1781

Lew Kopelew

Der Wind weht, wo er will

Gedanken über Dichter

Mit einem Nachwort
von Werner Keller

Der Wind weht, wo er will, und du hörst sein Sausen wohl; aber du weißt nicht, woher er kommt und wohin er fährt. Also ist ein jeglicher, der aus dem Geist geboren ist.
(Joh. 3,8)

Hoffmann und Campe

Illustrationen von Cornelia Sprung

CIP-Titelaufnahme der Deutschen Bibliothek

Kopelev, Lev:
Der Wind weht, wo er will: Gedanken über Dichter /
Lew Kopelew. – Hamburg: Hoffmann und Campe, 1988
ISBN 3-455-01886-6

Schutzumschlag und Einbandgestaltung Werner Rebhuhn
unter Verwendung einer Zeichnung von Boris Birger
Gesetzt aus Walbaum Standard von Berthold
Satzherstellung Dörlemann-Satz, Lemförde
Druck- und Bindearbeiten Mohndruck, Gütersloh
Printed in Germany

Für Raja

Vorbemerkung

Die hier versammelten Essays wurden in den sechziger und siebziger Jahren geschrieben, einige auch publiziert. Neue Erfahrungen und Erkenntnisse veranlaßten Ergänzungen und Korrekturen. Das Buch wage ich herauszugeben, weil die Probleme von damals inzwischen noch aktueller geworden sind:
Besteht heutzutage eine *Weltliteratur*, wie Goethe sie sich vorgestellt hat?
Ist eine deutsche Nationalliteratur noch Wirklichkeit oder ein Tagtraum weltfremder Idealisten?
Wie entwickelten sich bis in die jüngste Vergangenheit die deutsch-russischen Literaturbeziehungen?
Was vermag ein Dichterwort heute in unserer verwirrten Welt?
Diese Fragen bestimmen den Inhalt des Buches; sein wichtigstes Ziel ist es, solche Leser zu gewinnen, die darüber weiterdenken, nach eigenen Antworten suchen und neue Fragen formulieren.

Für verständnisvolle Ratschläge und kritische Einwände, für unmittelbar praktische Hilfe bei der Bearbeitung der Texte danke ich herzlich *Walerija Abrossimowa*, *Edith Kaiser*, *Mechthild* und *Werner Keller*, *Karl-Heinz Korn*, *Eva Rönnau* und *Brigitte Segschneider-Brückner*.

Weihnachten 1987 Lew Kopelew

Inhalt

I
Auf Goethes Spuren

Orient und Occident
Sind nicht mehr zu trennen.

Goethe entdeckt die Weltliteratur

Es begann mit Übersetzungen

Denn was man auch von der Unzulänglichkeit des Übersetzens sagen mag, so ist und bleibt es doch eines der wichtigsten und würdigsten Geschäfte in dem allgemeinen Weltverkehr. (Goethe)

Goethe hat sich zeit seines langen, schöpferischen Lebens viel mit Übersetzungen beschäftigt. Er hat selbst Gedichte, Dramen und Prosa übertragen, hat fremde Übersetzungen herausgegeben, bearbeitet oder kritisch analysiert, und manchmal hat er bereits übersetzte Texte zu neuen Kunstwerken umgearbeitet.

Von Jugend an lernte er Sprachen. Es sind Hefte des Neun- und Zehnjährigen erhalten, in denen er griechische und lateinische Fabeln übersetzt und lateinische Dialoge verfaßt hat. Mit neun Jahren beherrschte er das Französische; mit elf Jahren hatte er Italienisch gelernt, und mit dreizehn konnte er bereits Englisch und lernte Hebräisch. Später beschäftigte er sich mit arabischen Texten, und er verstand einiges vom Sanskrit.

Die frühesten erhaltenen Versuche literarischer Übersetzung gehen auf das Jahr 1765 zurück, als Goethe, sechzehnjährig, biblische Texte aus dem Griechischen und Hebräischen übertrug. Aus dem Französischen übersetzte er zu dieser Zeit Auszüge aus den »Abenteuern des Telemach« von Fénelon und aus dem Italienischen Ausschnitte aus Tassos Epos »Das befreite Jerusalem«.

Als Student in Leipzig übersetzte er 1768 Corneilles Komödie »Der Lügner« vollständig. Die wichtigsten literarischen Bearbeitungen der folgenden Jahre, die auch in die Werkausgabe aufgenommen wurden, waren Dramen: von Euripides (»Die Bakchen«, »Phaeton«), Shakespeare (»Romeo und Julia«), Voltaire (»Mahomet«, »Tankred«), eine altgriechische Hymne auf die Geburt Apolls, Lieder Ossians, später die Autobiographie von Benvenuto Cellini,

Diderots Dialog »Rameaus Neffe«, Gedichte von Byron und Manzoni, neugriechische Heldenlieder und anderes. Vielen eigenen Werken Goethes liegen schöpferisch verarbeitete fremdsprachige Texte zugrunde, so den Dramen »Clavigo«, »Iphigenie auf Tauris«, »Tasso«, dem großen lyrischen Zyklus »West-östlicher Divan« und vielen Gedichten.
Goethe bemühte sich besonders im Alter, das Wirken seiner schöpferischen Energie genau zu durchdenken, rational zu begründen, sich und anderen verständlich zu machen, und zwar nicht nur in seinen wissenschaftlichen Forschungen, sondern auch in der Dichtung und in allen Gebieten seines künstlerischen Schaffens. Der ungestüme, naive Poet war zugleich ein konsequenter, nüchtern überlegender Gelehrter. So mußte er selbst bei begeisterter Hingabe an Übersetzungen erforschen, welche Eigenheiten des Originals übertragbar seien und wie das am besten zu geschehen habe; ob es ästhetische Gesetzmäßigkeiten für das Werk des Übersetzers gäbe, worin sie bestünden und wozu es überhaupt nötig sei, Dichterwerke in andere Sprachen zu übertragen.
Die Entwicklung seines Verhältnisses zum Problem der Übersetzung und zur Literatur anderer Völker wird erkennbar aus seinen Äußerungen in kritischen und publizistischen Arbeiten, Briefen, Gesprächen und Reflexionen.

Einem Brief an Sophie v. La Roche vom 20. November 1774 legte Goethe ein »kurzes Rezipe« bei, eine Anweisung für einen Freund, der Griechisch lernte:

> [...] fang an zu lesen die Ilias, achte nicht auf Accente, sondern lies wie die Melodey des Hexameters dahinfliest und es dir schön klinge in der Seele. Verstehst du's; so ist alles gethan, so du's aber nicht verstehst, sieh die Übersezzung an, lies die Übersezzung, und das Original, und das Original und die Übersezzung, etwa ein zwanzig dreisig Verse, biss dir ein Licht aufgeht über Construcktion, die im Homer reinste Bilderstellung ist.[1]

Kritische Überlegungen zur Übersetzung seiner eigenen Werke sind erstmals in einem Brief Goethes an Charlotte v. Stein festgehalten (Dezember 1781):

Man hat mir eine Italiänische Übersetzung des Werthers zugeschickt. Was hat das Irrlicht für ein Aufsehn gemacht! Auch dieser Mann hat ihn wohl verstanden, seine Übersetzung ist fast immer Umschreibung; aber der glühende Ausdruck von Schmerz und Freude, die sich unaufhaltsam in sich selbst verzehren, ist ganz verschwunden und darüber weis man nicht was der Mensch will. Auch meinen vielgeliebten Namen [Charlotte – L. K.] hat er in Annetta verwandelt. Du sollst es sehen und selbst urtheilen.

Am Ende dieses Briefes, den er einen Tag später abschloß, heißt es:

Ich habe in der Italienischen Übersetzung gelesen, sie fängt mir an besser zu gefallen, die Sprache ist gar angenehm und ich habe noch keinen Misverstand gefunden, das viel ist. (B I, 379f.)

Mit der Zeit sah er immer mehr englische, französische, italienische Übersetzungen seiner eigenen Werke, übersetzte selbst und überarbeitete Stücke und Libretti, die von anderen für das Weimarer Theater übersetzt worden waren, das er 1776–1784 und 1791–1817 leitete. Zunächst war Goethe überzeugt, daß die Möglichkeiten jeglicher Übersetzung äußerst begrenzt seien. Im Tagebuch seiner ersten Italienreise behauptet er am 5. Oktober 1786 entschieden:

[...] unübersetzlich sind die Eigenheiten jeder Sprache: denn vom höchsten bis zum tiefsten Wort bezieht sich alles auf Eigentümlichkeiten der Nation, es sei nun in Charakter, Gesinnungen oder Zuständen.[2]

Doch zehn Jahre später, als er die Memoiren Benvenuto Cellinis übersetzte, schrieb er an J. H. Meyer (3. März 1796):

Es geht mit der Übersetzung eines Buchs wie Sie von dem Kopieren eines Gemäldes sagen, man lernt beide, durch die Nachbildung erst recht kennen. (B II, 216)

Der englische Literat und Schauspieler Thomas Holcroft (1745–1809) hatte »Hermann und Dorothea« übersetzt und schickte dem Autor das Manuskript. Goethe antwortete am 29. Mai 1801 mit einem zurückhaltenden Dankesbrief. Darin äußerte er zum ersten Mal seine Gedanken zu den verschiedenen Prinzipien der literarischen Übersetzung, die er später mehrfach wiederholt und differenziert hat:

Man kann wie es mir scheint, nach zweierlei Maximen übersetzen, einmal wenn man seiner Nation den reinen Begriff eines fremden Autors überliefern, fremde Zustände derselben anschaulich machen will, wobei man sich denn genau an das Original bindet; man kann aber auch ein solches fremdes Werk als eine Art Stoff behandeln, indem man es, nach eignen Empfindungen und Überzeugungen, dergestalt verändert, daß es unserer Nation näher gebracht und von ihr gleichsam als ein Originalwerk aufgenommen werden könne.
In dem letzten Falle scheinen Sie sich zu befinden. Sie haben zwar im ganzen den Gang meines Gedichtes beibehalten, aber durchaus, soviel ich beurteilen kann, die dramatisch charakteristischen, läßlichen Äußerungen meiner Personen strenger, auffallender, didaktischer überliefert, und die gemächliche epische Bewegung in einen ernsteren gemeßnern Schritt verwandelt.
Nach meiner wenigen Einsicht in die englische Literatur darf ich schließen daß Sie hierbei den Charakter Ihrer Nation vor Augen gehabt, und es ist mir um so angenehmer eine völlige Aufklärung hierüber in der Vorrede und den Noten, welche Sie Ihrer Arbeit beizufügen gedenken, nächstens zu erhalten. (B II, 418)

Goethes Zurückhaltung und Zweifel waren berechtigt. Die meisten englischen Kritiker fanden Holcrofts Übersetzung mißlungen. Noch Jahre später sagten englische Goetheverehrer, daß sein Werk wegen der schlechten Übersetzungen in England wenig populär sei.

Goethe überdachte die Prinzipien, Methoden und Aufgaben des Übersetzers immer öfter, ernsthafter und tiefgreifender.
Im Tagebuch werden Gespräche mit Jean Baptiste Lemarquand erwähnt (25. und 27. November 1808), einem französischen Schriftsteller, dem ersten Übersetzer des »Faust«.[3] Goethe schrieb Cotta darüber am 2. Dezember:

Diese Tage ist bei uns eine höchst merkwürdige Erscheinung vorübergegangen. Mr. Lemarquand, an dem wir schon, als er französischer Kommissär in Erfurt war, einen uneigennützigen, ehrliebenden und geistreichen Mann kennen lernen, hat sich die letzte Zeit in Berlin aufgehalten und ohne sonderliche Kenntnis des Deutschen sich an den Faust dergestalt attachiert, daß er mir ihn teilsweise, das Buch vor sich habend, sehr frei und anmutig in Prosa übersetzte. Die dunklen Stellen fühlt und kennt er auch alle und hat über manche Erklärung verlangt und erhalten. [...] Ich wünschte mir viel solche deutsche Leser. Nun arbeitet er das Einzelne durch und will nicht ruhen bis er das ganze zu einer genießbaren französischen Produktion umgearbeitet hat. Er wird während seiner Arbeit mit uns beständig konferieren und das Resultat wird immer höchst merkwürdig sein, weil der französische und deutsche Geist vielleicht noch niemals einen so wunderbaren Wettstreit eingegangen haben. (B III, 98)

Nachdichtung als »wunderbarer Wettstreit«; so hat sich Goethe auch seine Aufgabe, wenn er übersetzte, vorgestellt, so freute er sich an den Übersetzungen seiner eigenen Werke.
In seiner Rede »Zu brüderlichem Andenken Wielands« kurz nach dessen Tode (1813) sprach er von den Verdiensten des Dichters, der den deutschen Lesern die Schätze der antiken, englischen und französischen Literatur zugänglich gemacht hatte. (Wieland hat als einer der ersten Shakespeare ins Deutsche übersetzt.)
In dieser Rede entwickelte Goethe noch einmal die Idee von den verschiedenen Prinzipien und Methoden der Nachdichtung.

Es gibt zwei Übersetzungsmaximen: die eine verlangt, daß der Autor einer fremden Nation zu uns herüber gebracht werde, dergestalt, daß wir ihn als den Unsrigen ansehen können; die andere hingegen macht an uns die Forderung, daß wir uns zu dem Fremden hinüber begeben und uns in seine Zustände, seine Sprachweise, seine Eigenheiten finden sollen. (W 12, 705)

Weder damals noch später hat Goethe selbst sich eindeutig zu einem der beiden Prinzipien bekannt. Beide waren für ihn natürlich-gesetzmäßige Gegebenheiten: sie galten sowohl für die Literatur, zu der das Original gehört wie auch für die, in die es übersetzt wurde. Diese Erkenntnis einer *Gleichberechtigung aller Sprachen*, aller Literaturen schien Goethe mit zunehmendem Alter immer deutlicher und immer differenzierter als seine Überzeugung auszubilden.
Im März 1818 schrieb er anläßlich der französischen Übersetzung seines Aufsatzes über das »Abendmahl« von Leonardo da Vinci an Zelter:

Dies ist ein ganz eigner Spiegel wenn man sich in einer fremden Sprache wiedererblickt. Ich habe mich um die Übersetzung meiner Arbeit nie bekümmert, diese aber greift ins Leben ein, und so gibt sie mir viel Interesse. Will ich meine deutsche, eigentlich nur sinnlich hingeschriebene Darstellung im Französischen wiederfinden; so muß ich hie und da nachhelfen, welches nicht schwer wird, da dem Übersetzer gelungen ist die logische Gelenkheit seiner Sprache zu betätigen, ohne dem sinnlichen Eindruck Schaden zu tun. (B III, 423)

Goethes vorzügliche Sprachkenntnisse und sein dichterisches Sprachgefühl, mit dem er auch fremde Idiome empfand, bestimmen sein vorurteilsfreies Verständnis für Eigentümlichkeiten, eigenständige Besonderheiten anderer Sprachen.
Es ist nicht nur die Vernunft des weisen Polyglotten, sondern auch die freie Gefühlswelt des Poeten, die selbst die Übersetzungen seiner eigenen Werke, die ihm ja besonders befremdend, verfremdet erscheinen mußten, dennoch freundlich bejahend aufnimmt.
Einige Jahre später erschienen in Paris Goethes Dramen in der Übersetzung von Frédéric Stapfer. Goethe schrieb darüber am 10. Juni 1822 an Reinhard, der als Diplomat in französischen Diensten stand:

[. . .] die Franzosen übersetzen meine dramatischen Arbeiten und ich muß eine Befreiung von Vorurteil, eine Höhe ihrer Ansicht bewundern. Indessen die Deutschen in einer beinahe unverständlich werdenden Sprache sich Gedanken und Urteil einander mitteilen, so bedient sich der Franzose herkömmlicher Ausdrücke, weiß sie aber so zu stellen, daß sie wie ein aus Planspiegeln zusammengesetzter Hohlspiegel kräftig auf einen Focus zusammenwirken.
In England hat ein Herr Soane meinen Faust bewunderswürdig verstanden und dessen Eigentümlichkeiten mit den Eigentümlichkeiten seiner Sprache und den Forderungen seiner Nation in Harmonie zu bringen gewußt; ich besitze die ersten Bogen mit nebengedrucktem Original. Überhaupt will mir bedünken, daß die Nationen sich untereinander mehr als je verstehen lernen [. . .]. (B IV, 38)

So wuchs eine Idee, eine Schlußfolgerung aus seinen Erkenntnissen und Erfahrungen als Übersetzer, Nachdichter, Leser und Kritiker fremdsprachiger Übersetzungen: die Überzeugung, *daß die Nationen sich untereinander mehr als je verstehen lernen.*

Im Mai 1826 schrieb er wiederum an Reinhard, daß ihm die französische Kritik seiner Dramen große Freude gemacht habe:

> Verhalt' ich mich doch selbst gegen meine Produktionen ganz anders, als zur Zeit, da ich sie konzipierte. Nun bleibt es höchst merkwürdig, wie sie sich zu einer fremden Nation verhalten und zwar so spät, bei ganz veränderten Ansichten der Zeit. (B IV, 189)

* * *

Lange Zeit schätzte Goethe Übersetzungen in erster Linie als Bildungsquelle. Er freute sich über jede Nachricht von einer neuen wissenschaftlichen Entdeckung und ebenso über jedes neue Buch, das dem interessierten Leser den Weg in andere Länder, andere Epochen, zu einer unbekannten, fernen Schönheit eröffnete. Daher reagierte er immer mit Wohlwollen und Achtung auf die Arbeiten von Literaturwissenschaftlern und Übersetzern. Ganz besonders schätzte er Johann Heinrich Voß (1751–1826), den Nachdichter der »Ilias« und der »Odyssee«, der mit seinen beiden Söhnen Aristophanes, Virgil, Horaz, Theokrit und Shakespeare übersetzte.

Am 22. Juni 1821 schrieb Goethe an Johann Heinrich Voß den Jüngeren (1779–1822), der seine Lehrjahre in Weimar verlebt hatte und oft im Hause Goethes gewesen war:

> Da zu meinen liebsten Gefühlen die Dankbarkeit gehört, die ich gern hege, pflege und mich an ihr ergötze; so kommt mir oft genug vor die Seele, was wir Ihrem Herrn Vater und Ihnen schuldig sind. Je mehr man durchdrungen ist von dem Werte der Bildung, die wir den alten Schriftstellern verdanken, desto mehr lernt man nach und nach einsehen, daß ein ganzes Leben dazu gehört, sie recht zu verstehen und also gründlich zu nutzen. [. . .] Wie hoch haben wir daher den Übersetzer als Vermittler zu verehren, der uns jene Schätze herüber in unsere tägliche Umgebung bringt, wo wir vor ihnen nicht als fremden seltsamen Ausgeburten erstaunen, sondern sie als Hausmannskost benutzen und genießen. (B III, 511)

* * *

Allmählich reifte in Goethe die Erkenntnis, daß Werke aus fremden Sprachen nicht nur die Literatur und Sprache des Landes des Übersetzers bereichert, sondern daß er auch dem Original neue Kraft und Bedeutung verleiht.

Anläßlich der zweiten französischen »Faust«-Ausgabe in Stapfers Übersetzung mit Illustrationen von Delacroix scherzte er: »Und so wirkt unser alter Sauerteig immer fort auf neues Backwerk [. . .].« (B IV, 224)
1828 veröffentlichte er eine Rezension in der Zeitschrift »Kunst und Altertum«:

> Wenn ich die französische Übersetzung meines Faust in einer Prachtausgabe vor mir liegen sehe, so werd' ich erinnert an jene Zeit, wo dieses Werk ersonnen, verfaßt und mit ganz eignen Gefühlen niedergeschrieben worden. [. . .]
> Ist nun jenes Gedicht seiner Natur nach in einem düstern Element empfangen, spielt es auf einem zwar mannigfaltigen, jedoch bänglichen Schauplatz, so nimmt es sich in der französischen, alles erheiternden, der Betrachtung, dem Verstande entgegenkommenden Sprache schon um vieles klarer und absichtlicher aus. Seh ich nun gar ein Folioformat, Papier, Lettern, Druck, Einband, alles ohne Ausnahme bis zum Vollkommnen gesteigert, so verschwindet mir beinahe der Eindruck, den das Werk sonst auch alsdann noch auf mich ausübte, wenn ich es nach geraumer Zeit wieder einmal vor mich nahm, um mich von dessen Dasein und Eigenschaften zu vergewissern. (W 14, 952f.)

In demselben Heft von »Kunst und Altertum« erschien Goethes Gedicht »Ein Gleichnis«. Es war die zweite Veröffentlichung, nachdem es zuerst in der »Stuttgarter Morgenzeitung« abgedruckt worden war.

> Jüngst pflückt ich einen Wiesenstrauß,
> Trug ihn gedankenvoll nach Haus,
> Da hatten von der warmen Hand
> Die Kronen sich alle zur Erde gewandt.
> Ich setzte sie in frisches Glas,
> Und welch ein Wunder war mir das!
> Die Köpfchen hoben sich empor,
> Die Blätterstengel im grünen Flor,
> Und allzusammen so gesund
> Als stünden sie noch auf Muttergrund.
>
> So war mir's als ich wundersam
> Mein Lied in fremder Sprache vernahm.

In diesem Heft publizierte Goethe auch seine Rezensionen zur englischen Übersetzung von Schillers »Wallenstein«-Trilogie und zur französischen Übersetzung von Herders

»Ideen zur Philosophie der Geschichte der Menschheit«. In dieser Rezension schrieb er:

> Ein vor funfzig Jahren in Deutschland entsprungenes Werk, welches unglaublich auf die Bildung der Nation eingewirkt hat und nun, da es seine Schuldigkeit getan, so gut wie vergessen ist, wird jetzo würdig geachtet, auch auf eine in gewissem Sinn schon so hoch gebildete Nation gleichfalls zu wirken und in ihrer nach höherer Kenntnis strebenden Masse den menschlichsten Einfluß auszuüben. (W 14, 954)

Die englische Übersetzung von Schillers Dramen, die 1827, viele Jahre nach dessen Tod, erschien, läßt Goethe das wohlbekannte Werk seines Freundes in einer anderen Sprache ganz neu »mit seiner völligen Kraft« erleben.

> Wenn ich oben [in dem Gedicht »Ein Gleichnis«], auf das Gefühl hindeutete, welches Übersetzungen unsrer dichterischen Arbeiten jederzeit erregen müssen, so wird man mir gern zugestehen, daß ich bei einer Übersetzung Wallensteins eine beinahe noch lebhaftere Empfindung in mir hervorgebracht fühle.
> [...] wohnte ich so mancher Vorstellung in kritisch dirigierendem Sinne bei, [...] wußt ich das Gedicht auswendig, so wird man mir verzeihen, wenn ich sage, daß es mir zuletzt ganz trivial und bedeutungslos ward, so daß ich es in vielen Jahren weder wieder sehen noch lesen mochte.
> Nun aber trat es mir auf einmal in der Sprache Shakespeares entgegen, die große Analogie zweier vorzüglicher Dichterseelen ging mir lebhaft auf; es war das erste Frische wieder, dasselbe in einem andern, und so neu, daß es mich wieder mit seiner völligen Kraft ergriff und die innerlichste Rührung hervorbrachte. (W 14, 954f.)

Der Text dieser Rezension stimmt stellenweise wörtlich mit einem Brief an Carlyle vom 15. Juni 1828 überein, in dem Goethe ihn bat, den Übersetzer (George Moir) zu grüßen und ihm zu danken. In diesem Brief sprach er überdies von einem Aufsatz Carlyles, der unter dem Titel »Helena« erschienen und einigen Szenen aus dem 3. Akt von »Faust II« gewidmet war:

> Desto erfreulicher war mir Ihre Behandlung der *Helena*. Sie haben auch hier sich nach eigner schöner Weise benommen, und da zu gleicher Zeit aus Paris und Moskau über dieses so lang gehegte und gepflegte Werk mir zwei Aufsätze zukamen, so sprach ich mich darüber lakonisch folgendergestalt aus: Der Schotte[4]

sucht das Werk zu durchdringen, der Franzose[5] es zu verstehen, und der Russe[6] sich es anzueignen. Unverabredet haben also diese drei die sämtlichen Kategorien der Teilnahme an einem ästhetischen Werke dargestellt; wobei sich versteht daß diese drei Arten nicht entschieden getrennt sein können, sondern immer eine jede die andere zu ihren Zwecken zu Hülfe rufen wird. (B IV, 281)

Der Brief endet mit einer Schlußfolgerung, in der Goethes langjährige Überlegungen zusammengefaßt sind, die er selbst aber als »vielfach kaum empfundene, vielleicht nie ausgesprochene Bemerkung« bezeichnete:

[. . .] daß der Übersetzer nicht nur für seine Nation allein arbeitet, sondern auch für die aus deren Sprache er das Werk herübergenommen. Denn der Fall kommt öfter vor als man denkt, daß eine Nation Saft und Kraft aus einem Werke aussaugt und in ihr eigenes inneres Leben dergestalt aufnimmt, daß sie daran keine weitere Freude haben, sich daraus keine Nahrung weiter zueignen kann. Vorzüglich begegnet dies den Deutschen [. . .]. Deshalb denn sehr heilsam ist, wenn ihnen das Eigne durch eine wohlgeratene Übersetzung späterhin wieder als frisch belebt erscheint . . . (B IV, 282)

Ex Orientem . . .

Sinnig zwischen beiden Welten
Sich zu wiegen laß ich gelten;
Also zwischen Ost- und Westen
Sich bewegen, sei's zum Besten!

Goethe nahm Zuflucht zur Poesie des Ostens, als Napoleons Imperium zusammenbrach und die Throne seiner Verbündeten schwankten, als die politische Landkarte Europas wieder einmal radikal umgestaltet wurde (1814/1815).

Nord und West und Süd zersplittern,
Throne bersten, Reiche zittern,
Flüchte du, im reinen Osten
Patriarchenluft zu kosten . . .

Mit diesen Zeilen beginnt der »West-östliche Divan«, jener poetische Sammelband, in dem sich Goethes eindringliches Studium und seine eigene lyrische Interpretation der mittelalterlichen Dichtung Persiens niederschlagen.

Goethes Bekanntschaft mit der Literatur des Ostens hatte erheblich früher begonnen. Als junger Mann hatte er sich mit dem Alten Testament und dem Koran beschäftigt, in denen er die fortwirkenden Früchte alter Volksweisheit und ethischer Erkenntnis sah, die er aber auch als große Dichtung empfand. 1772–75 schrieb er Fragmente des Trauerspiels »Mahomet«, übersetzte 1775 das Hohelied und Sprüche Salomos, später gab er Übersetzungen arabischer Epen heraus und schrieb nach indischen Sagenmotiven die Ballade »Der Gott und die Bajadere« (1797).

Er war also weder im Studium des Ostens noch in der Kunst lyrischer Übersetzung ein Anfänger, als er den »Divan« in Angriff nahm. Er verfügte über eingehende Kenntnisse der Geschichte und Kultur des nahen Ostens. Meistens übertrug er englische Übersetzungen, doch oft verglich er diese mit den Originalgedichten von Hafis, Rumi oder Saadi; so entstanden seine ganz eigenständigen, naiv-weisen, leidenschaftlichen und ironischen Gedichte von Liebe, Tod, dem Sinn des Lebens – seine eigenen Interpretationen östlicher Weisheit.

Die Erläuterungen des Autors zum »Divan« sind ein Essay über die persischen Dichter, die Bibel, den Koran wie auch über aktuelle Probleme des gesellschaftlichen Lebens und der Literatur; dieser Essay ist eine wissenschaftliche, historisch-philologische, teilweise sogar theologische Abhandlung, aber zugleich auch ein poetisches Werk. In der Einleitung zum »Divan« erklärte Goethe:

> Am liebsten [. . .] wünschte der Verfasser vorstehender Gedichte als ein Reisender angesehen zu werden, dem es zum Lobe gereicht, wenn er sich der fremden Landesart mit Neigung bequemt, deren Sprachgebrauch sich anzueignen trachtet, Gesinnungen zu teilen, Sitten aufzunehmen versteht. Man entschuldigt ihn, wenn es ihm auch nur bis auf einen gewissen Grad gelingt, wenn er immer noch an einem eignen Akzent, an einer unbezwinglichen Unbiegsamkeit seiner Landsmannschaft als Fremdling kenntlich bleibt. In diesem Sinne möge nun Verzeihung dem Büchlein gewährt sein! Kenner vergeben mit Einsicht; Liebhaber, weniger gestört durch solche Mängel, nehmen das Dargebotne unbefangen auf. (W 3, 414)

Er gestand eindeutig, daß

> wir bei unseren Betrachtungen vom Standpunkte der Poesie entweder ausgehen oder doch auf denselben zurückkehren [...]. (W 3, 432)

In den folgenden Jahren befaßte sich Goethe weiterhin mit Übersetzungen persischer, indischer und chinesischer Autoren in westeuropäische Sprachen.
1821 schrieb er wieder über jene Werke der indischen Dichtung, die er in den Erläuterungen zum »Divan« erwähnt hatte; anläßlich der englischen und deutschen Ausgaben von »Sakuntala«, »Gita-Govinda« und »Megha-Duta« bemerkte er:

> Alle diese Gedichte sind uns durch Übersetzungen mitgeteilt, die sich mehr oder weniger vom Original entfernen, so daß wir nur ein allgemeines Bild ohne die begrenzte Eigentümlichkeit des Originals gewahr werden. Der Unterschied ist freilich sehr groß, wie aus einer Übersetzung mehrerer Verse unmittelbar aus dem Sanskrit, die ich Herrn Professor Kosegarten schuldig geworden, aufs klarste in die Augen leuchtet. (W 14, 719)

1825 rezensierte er eine deutsche Ausgabe dreier Märchen aus dem »Touti Nameh«, einer indisch-persischen Märchensammlung.
1791 hatte er »Sakuntala« zum ersten Mal auf Deutsch gelesen und dichtete einen Vierzeiler:

> Will ich die Blumen des frühen, die Früchte des späteren Jahres,
> Will ich was reizt und entzückt, will ich was sättigt und nährt,
> Will ich den Himmel die Erde mit Einem Namen begreifen;
> Nenn ich *Sakontala* dich und so ist alles gesagt.
>
> (B II, 140)

Der französische Orientalist Antoine Léonard de Chézy (1773–1832) benutzte diese Zeilen als Motto zu seiner Übersetzung der »Sakuntala«, die 1830 als zweisprachige Ausgabe erschien. Er schickte das Buch Goethe, der ihm mit einem langen Brief vom 9. Oktober 1830 antwortete:

> [...] welch ein ganz vorzügliches Geschenk Sie mir durch die Übersetzung der Sakuntala verliehen haben.
> Das erste Mal als ich dieses unergründliche Werk gewahr wurde, erregte es in mir einen solchen Enthusiasmus, zog mich dergestalt an, daß ich es zu studieren nicht unterließ, ja sogar zu dem

unmöglichen Unternehmen mich getrieben fühlte, es, wenn auch nur einigermaßen, der deutschen Bühne anzueignen. Durch diese wenngleich fruchtlosen Bemühungen bin ich mit dem höchst schätzbaren Werke so genau bekannt geworden, es hat eine solche Epoche in meinem Lebensgange bestimmt, es ist mir so eigen geworden, daß ich seit dreißig Jahren weder das Englische noch das Deutsche je wieder angesehen habe.
Nun aber begrüßt Ihre unmittelbare durchstudierte Übersetzung mich in hohen Jahren, wo der *Stoff* eines Kunstwerks, welcher sonst den Anteil meistens bestimmt, für die Betrachtung fast Null wird, und man der *Behandlung* allein, aber in desto höherem Grade, Ehre zu geben sich befähigt fühlt.
[. . .] Ich begreife erst jetzt den überschwenglichen Eindruck, den dieses Werk früher auf mich gewann. Hier erscheint uns der Dichter in seiner höchsten Funktion, als Repräsentant des natürlichsten Zustandes, der feinsten Lebensweise, des reinsten sittlichen Bestrebens, der würdigsten Majestät und der ernstesten Gottesbetrachtung [. . .].
Dieses alles wird uns nun erst recht eingänglich durch die anmutige, in so hohem Grade gebildete französische Sprache, und es ist uns im Augenblick zumute, als wenn wir alles Heitere, Schöne, Kräftige, was wir jemals in diesem Idiom vernommen, nochmals anklingend empfänden.
[. . .] Ihre Sakuntala (ist) unter die schönsten Sterne zu rechnen [. . .], die meine Nächte vorzüglicher machen als meinen Tag. (B IV, 401f.)

Für Goethes west- und mitteleuropäische Zeitgenossen lag der geheimnisvolle Osten räumlich und geschichtlich gewissermaßen näher als für ihre heutigen Nachkommen. In der damaligen Vorstellung verliefen die Grenzen zum »Osten« dort, wo einst die Grenzen des Römischen Reiches lagen – entlang der Donau und dem Balkanvorgebirge; alle Slawen, Baltenvölker und Griechen waren den Einwohnern Weimars fast ebenso fern wie Türken und Perser. Die Länder Osteuropas faszinierten Goethes Lehrer, die deutschen Aufklärer, auch deswegen, weil dort noch reine Volksdichtung erhalten war.
Hamann und Herder, die Bahnbrecher des deutschen Sturm und Drang, behaupteten, daß die Urquellen aller literarischen Gattungen in der Volkskunst lägen. Herders Sammelband »Stimmen der Völker in Liedern« (1774–79) blieb für viele Generationen eine Aufforderung zu Forschungen und Nachdichtungen.

Goethe war ein Freund und über die Jahre hinweg ein begeisterter Anhänger Herders. In Goethes lyrischem und kritischem Frühwerk sind der Einfluß Herders und dessen Vorstellungen vom Wesen der Volksdichtung deutlich erkennbar. Doch auch später, als Goethe den ungehemmten Subjektivismus und die ungestüme Emotionalität überwunden hatte, die dem Sturm und Drang eigen waren, als er zum führenden Geist einer neuen ästhetischen Epoche, zum Dichter und Theoretiker der Weimarer Klassik geworden war, bewahrte er das rege Interesse an der Volkskunst, an der Folklore verschiedener Länder und befaßte sich mit der historischen Bedeutung von Volksliedern und den ästhetischen und ethischen Wertungen, die darin zum Ausdruck kamen.

Mehrmals schrieb er über die serbische Volksdichtung; 1825 veröffentlichte er einen langen Aufsatz »Serbische Lieder«. Nachdem er vom alten Serbien und einigen Besonderheiten der serbischen Sprache berichtet hatte, legte er im abschließenden Teil die Geschichte seiner Bekanntschaft mit der serbischen Dichtung dar.

> Schon sind es funfzig Jahre, daß ich den Klaggesang der edlen Frauen Asan Agas übersetzte [. . .]. Ich übertrug ihn nach dem beigefügten Französischen, mit Ahnung des Rhythmus und Beachtung der Wortstellung des Originals. [. . .]
>
> Was nun aber die serbischen Gedichte betraf, so blieb ihre Mitteilung [. . .] schwer zu erlangen. Nicht geschrieben, sondern durch mündlichen Vortrag, den ein sehr einfaches Saiteninstrument, Gusle genannt, begleitet, waren sie in dem niedern Kreise der Nation erhalten worden [. . .].
>
> Alles dieses war jedoch von keiner Folge, wenn nicht ein tüchtiger Mann, Namens Wuk Stephanowitsch Karadschitsch, geboren 1787 und erzogen an der Scheide von Serbien und Bosnien, mit seiner Muttersprache, die auf dem Lande weit reiner als in den Städten geredet wird, frühzeitig vertraut geworden wäre und ihre Volkspoesie liebgewonnen hätte. Er benahm sich mit dem größten Ernst in dieser Sache und gab im Jahre 1814 in Wien eine serbische Grammatik an den Tag und zugleich serbische Volkslieder, hundert an der Zahl. [. . .]
>
> Auf diesem Punkt nun, wie die Sachen gekommen sind, konnte nichts erfreulicher sein, als daß ein Frauenzimmer von besondern Eigenschaften und Talenten, mit den slawischen Sprachen durch einen frühern Aufenthalt in Rußland nicht unbekannt, ihre

Neigung für die serbische entschied, sich mit aufmerksamster Tätigkeit diesem Liederschatz widmete und jener langwierigen Säumnis durch eine reiche Leistung ein Ende machte. [Therese Albertine Luise von Jakob, genannt Talvj.] Sie übersetzte, ohne äußeren Antrieb, aus innerer Neigung und Gutachten, eine große Masse der vorliegenden Gedichte und wird in einem Oktavband so viel derselben zusammenfassen, als man braucht, um sich mit dieser ausgezeichneten Dichtart hinreichend bekannt zu machen. (W 14, 543ff.)

In den folgenden Jahren beschäftigte sich Goethe noch mehrmals mit serbischer Dichtung. 1826 rezensierte er einen Volkslied-Sammelband, den v. Jakob übersetzt hatte. 1827 schrieb er in seinem Aufsatz »Serbische Gedichte« über den zweiten Band dieser Sammlung und rühmte in einem anderen die Epen von Simeon Milutinovic. Ein Jahr später freute er sich über neue Übersetzungen serbischer Lieder, die von Gerhard im Sammelband »Wila« herausgegeben wurden. Damals besprach er auch die englische Ausgabe serbischer Gedichte:

Wie es uns mit schönen geliebten Personen ergeht, die uns immer mit neuem Reiz überraschen, so oft wir sie in einem andern Kleid unvermutet wieder erblicken, so war es auch mir zu Mute, als ich die bekannten und anerkannten serbischen Gedichte in englischer Sprache wieder las. Sie schienen ein neues Verdienst erworben zu haben; es waren dieselbigen Gestalten, aber wie in einem andern Gewande. (W 14, 556f.)

In dieser Rezension erwähnt er auch Übersetzungen russischer Lyrik und nutzt die Gelegenheit, um seiner Sympathie für Wassilij Shukowskij Ausdruck zu verleihen:

Herr Bowring hat uns schon im Jahr 1821 ebenfalls mit einer russischen Anthologie beschenkt, wodurch wir mit jenen entfernten östlichen Talenten, von denen uns eine weniger verbreitete Sprache scheidet, näher bekannt worden. Nicht allein erhielten dadurch berühmte Namen eine lebendigere Bedeutung, sondern wir lernten auch daraus einen Mann, der uns schon längst durch Liebe und Freundschaft verwandt war, Herrn Schukowsky, näher kennen und ihn, der uns bisher in zarten Gedichten freundlich und ehrend verpflichtet hatte, auch in der weiteren Ausdehnung seines poetischen Erzeugens lieben und bewundern. (W 14, 557)

Die Übersetzungen alter und zeitgenössischer tschechischer Dichtungen veranlaßten Goethe in einer sehr freundlichen Besprechung, 1827 eine bilinguale Ausgabe vorzuschlagen:

> Einigen der in deutscher Übersetzung schon so wohlklingenden Sonette von Kollar wünschten wir auch wohl einmal das böhmische Original zur Seite beigefügt zu sehen. Dies würde jenen Wunsch, die slawische Sprachkunde auch in die deutsche Literatur hereinzuführen, befördern und erfüllen helfen. (W 14, 554)

Goethe rezensierte französische Nachdichtungen neugriechischer Heldenlieder und übertrug selbst einige Volkslieder, teils aus dem Original, teils nach französischen und deutschen Interlinearübersetzungen.
In demselben Heft von »Kunst und Altertum«, in dem seine Rezension der Liedersammlung »Wila« stand (1828, Bd. VI, Heft 2), erschienen auch Rezensionen zu den »Illyrischen Dichtungen« P. Mérimées und zu einem französischen »Kurs der neugriechischen Literatur«, schließlich die Besprechung einer deutschen Sammlung litauischer Volkslieder, die L. J. Rhesa herausgegeben hatte.

> Durch diese Sammlung ist abermals einer meiner Wünsche erfüllt. Schon Herder liebte diese Lettischen[7] Volkslieder gar sehr; in mein kleines Drama: die Fischerin[8] sind schon einige von seinen Übersetzungen geflossen. (W 14, 567)

Nachdichtungen aus der Volkspoesie hat Goethe sich nicht nur als Autor angeeignet – in beiden Teilen des »Faust« klingen manche volkstümliche Melodien nach –, sondern er hat aus ihnen auch neue Gedanken über die Bedeutung der Poetik geschöpft, über die Kraft des poetischen Wortes, die sowohl verschiedene Völker wie auch unterschiedliche Stände verbindet. Der geniale Zeitgenosse der französischen Revolution entdeckt eine wahrhaft demokratische, bedingungslos egalitäre Eigenschaft der Poesie, die für keinen sozialen Stand Privilegien gelten läßt:

> Es kommt mir, bei stiller Betrachtung, sehr oft wundersam vor, daß man die Volkslieder so sehr anstaunt und sie so hoch erhebt. Es gibt nur eine Poesie, die echte, wahre; alles andere ist nur Annäherung und Schein. Das poetische Talent ist dem Bauer so gut gegeben als dem Ritter, es kommt nur darauf an, ob jeder seinen Zustand ergreift und ihn nach Würden behandelt, und da haben denn die einfachsten Verhältnisse die größten Vorteile;

daher denn auch die höhern gebildeten Stände meistens wieder, insofern sie sich zur Dichtung wenden, die Natur in ihrer Einfalt aufsuchen. Gibt man doch zu, daß ein König das Hohelied gedichtet hat. (W 14, 569)

Diesen Gedanken äußerte Goethe mehrmals. Nachdrücklich formulierte er ihn in der Notiz »Kurze Anzeigen« über das Erscheinen neuer Übersetzungen:

Die deutsche poetische Literatur hat drei schöne Geschenke erhalten, die ich der Reihe nach als groß, lieblich und würdig bezeichnen möchte:
Serbische Lieder, übersetzt von Talvj, zweiter Teil;
Lettische[9] *Lieder, von Rhesa;*
Frithjof, durch Amalie von Helvig, aus dem Schwedischen.
Immer mehr werden wir in den Stand gesetzt einzusehen, was Volks- und Nationalpoesie heißen könne: denn eigentlich gibt es nur eine Dichtung, die echte, sie gehört weder dem Volke noch dem Adel, weder dem König noch dem Bauer; wer sich als wahrer Mensch fühlt, wird sie ausüben; sie tritt unter einem einfachen, ja rohen Volke unwiderstehlich hervor, ist aber auch gebildeten, ja hochgebildeten Nationen nicht versagt. Unsere wichtigste Bemühung bleibt es daher, zur allgemeinsten Übersicht zu gelangen, um das poetische Talent in allen Äußerungen anzuerkennen und es als integranten Teil durch die Geschichte der Menschheit sich durchschlingend zu bemerken. (W 14, 547)

Die Wege zur neuen Epoche

... die Epoche der Weltliteratur ist an der Zeit, und jeder muß jetzt dazu wirken, diese Epoche zu beschleunigen.
(Eckermann, 31. Januar 1827)

Die Vorstellungen von einer *Weltliteratur* und dieser Begriff selbst entstanden bei Goethe aus der Verallgemeinerung seiner eigenen Erfahrungen als Leser, Kritiker, Autor und »Objekt« von Übersetzungen. Er erkannte dabei die Größe der neu angebrochenen Epoche, der neuen und wahrhaft welthistorischen Probleme, die sich den Literaten stellten. Deswegen maß er der Mission eines Übersetzers immer größere Bedeutung zu.

Am 24. November 1813 schrieb er an Knebel:

> Griesens Übersetzung der *Zenobia*[10] ist in jedem Sinn vortrefflich. Wenn er fortfährt sich an Calderon zu halten, so wird er uns eine große Wohltat erzeigen, sich selbst für mehrere Jahre Beschäftigung geben, und einen noch von niemand erreichten Ruhm erwerben, ich meine den, die beiden Übersetzungsweisen dem Original ganz treu und seiner Nation verständlich und behaglich zu sein. (B III, 246f.)

Er verfolgte die Arbeit von Johann Diederich Gries[11] weiter, und nachdem er seinen zweiten Band mit Calderón-Übersetzungen gelesen hatte, schrieb er ihm am 29. Mai 1816:

> Ew. Wohlgeboren
> haben mich aus dem regnichten Jena auf einmal in die heiterste Gegend geführt, und bis in die tiefe Nacht hat mich Ihr Calderon festgehalten. Ich bewundere aufs neue dieses außerordentliche Talent und das mit desto mehr Behaglichkeit, als Sie uns Geist und Wort so glücklich überliefern. (B III, 355)

Nach einigen Jahren veröffentlichte Goethe eine ausführliche Analyse von Calderóns Schauspiel »Die Tochter der Luft«, an deren Ende es heißt:

> Wenn wir uns nun in einen so abgelegenen Zustand, ohne das Lokale zu kennen, ohne die Sprache zu verstehen, unmittelbar versetzen, in eine fremde Literatur, ohne vorläufige historische Untersuchungen bequem hineinblicken, uns den Geschmack einer gewissen Zeit, Sinn und Geist eines Volks an einem Beispiel vergegenwärtigen können, wem sind wir dafür Dank schuldig? Doch wohl dem Übersetzer, der lebenslänglich sein Talent, fleißig bemüht, für uns verwendet hat. Diesen herzlichen Dank wollen wir Herrn Dr. Gries diesmal schuldig darbringen; er verleiht uns eine Gabe, deren Wert überschwenglich ist, eine Gabe bei der man sich aller Vergleichung gern enthält, weil sie uns durch Klarheit alsobald anzieht, durch Anmut gewinnt und durch vollkommene Übereinstimmung aller Teile uns überzeugt, daß es nicht anders hätte sein können noch sollen. [. . .]
> Heil also dem Übersetzer, der seine Kräfte auf einen Punkt konzentrierte, in einer einzigen Richtung sich bewegte, damit wir tausendfältig genießen können. (W 14, 847)

In dem Brief an Johann Heinrich Voß den Jüngeren, der schon zitiert wurde, freut sich Goethe, daß Voß zustimmend und ohne Tadelsucht auf Knebels und Gries' Übersetzungen reagiert. Doch sein aufrichtiges Wohlwollen hinderte Goethe nicht, ein anspruchsvoller Kritiker zu sein, der sich aber stets zu helfen bemühte, sei es durch einen Ratschlag, sei es mit einer eigenen Übersetzungsvariante.

Wann immer Goethe vom Werk eines ausländischen Autors begeistert war, wurde ihm dies zum Anlaß, von neuem über allgemeine Probleme nachzudenken.

1821 veröffentlichte er in »Kunst und Altertum« (Bd. III, Heft 1) seine Übersetzung von fünf Stanzen aus Byrons »Don Juan« und versah sie mit einem Kommentar. Er erklärte, wie schwer es sei, das »grenzenlos-geniale Werk«, den »frechen« Charakter seiner lyrischen Sprache ins Deutsche zu übertragen, und begründete, warum er sich dennoch an die Übersetzung und deren Veröffentlichung gewagt habe:

> [. . .] ein solcher Versuch, wäre auch das Unmögliche unternommen, (wird uns) immer einigen Nutzen bringen: denn wenn uns eine falsche Spiegelung auch das Originalbild nicht richtig wiedergibt, so macht sie uns doch aufmerksam auf die Spiegelfläche selbst und auf deren mehr oder weniger bemerkliche mangelhafte Beschaffenheit. [. . .]
> Nur zufällig konnte die Übersetzung der hier mitgeteilten Strophen entstehen, und wir lassen sie abdrucken nicht als Muster, sondern zur Anregung. Unsere sämtlichen talentvollen Übersetzer sollten sich teilweise daran versuchen; man müßte sich Assonanzen, unreine Reime und wer weiß was alles erlauben; dabei würde eine gewisse lakonische Behandlung nötig sein, um Gehalt und Gewicht dieses frechen Mutwillens auszudrücken; erst wenn etwas geleistet ist, wird man sich weiter darüber besprechen können. (W 14, 790f.)

Im Frühjahr 1820 las er die Dramen von Manzoni, rühmte sie sehr in einer Rezension und verteidigte sie in einer Polemik mit englischen Kritikern. 1823 schrieb er begeistert über die Tragödie »Adelchi«.

Er bat Friedrich Streckfuß, den Übersetzer Dantes, Ariosts und Tassos, diese Tragödie Manzonis zu übersetzen, verfolgte dessen Arbeit aufmerksam und schrieb ihm am 27. Januar 1827:

Ich bin überzeugt daß eine Weltliteratur sich bilde, daß alle Nationen dazu geneigt sind und deshalb freundliche Schritte tun. Der Deutsche kann und soll hier am meisten wirken, er wird eine schöne Rolle bei diesem großen Zusammentreten zu spielen haben. [...]
Nehmen Sie also den besten Dank für die Bearbeitung des Adelchis; ich weiß recht gut daß man besonders diesen Dichter lieben muß wenn wir uns mit seinen Werken völlig vereinen sollen. [...]
In den Chören tun Sie sehr wohl sich nicht ängstlich an das Originalsilbenmaß zu halten; alles kommt an auf Hauptsinn, Wortstellung und Ton, diese dürfen wir nicht aus Augen und Ohr verlieren.
Ganz richtig wird bemerkt daß der Vortrag ganz wie ein Rezitativ klingt, besonders ist zu beachten daß die Hauptworte immer zu Anfang der Zeile stehen, wodurch ein unaufhaltsames Enjambieren bewirkt wird, jener Deklamationsart günstig. Sie haben es oft beibehalten, aber wohlgetan auch hierauf nicht zu bestehen; unser deutsches Ohr und Wesen ist nicht dazu gemacht. Ich will die Art nicht anpreisen, aber hätt ich noch fürs Theater zu arbeiten, so würde ich bedeutende Stellen auf diese Weise behandeln. (B IV, 215)

Im weiteren erklärt Goethe eine Stelle, die Streckfuß unklar erschien – er hatte nicht verstanden, von welchem Verrat eines »Treuen« oder »Vasallen« an einem »König der Könige« die Rede war. Goethe bringt seine eigene wörtliche Übersetzung des Textes und fügt die Entschlüsselung dessen, was »zwischen den Zeilen« steht, in Klammern hinzu:

O! König der Könige! (Jesus Christus)
Verraten von einem Treuen (Jünger Judas Ischariot)
Von andern verlassen (Petrus pp.)
Zu deinem Frieden (der Seligkeit).

Noch eine andere Stelle wird genau erörtert. Weil die Wortstellung des Originals ungenau war, ergab sich in der Übersetzung das unmögliche Bild, daß ein waldbewachsener Berg sich über beschneite Gipfel und Gletscher erhebt. Goethe schlägt eine freie Nacherzählung vor, die Widersinnigkeiten ausschließt, und schreibt dazu:

Eine solche Willkür soll sich vielleicht der Übersetzer nicht nehmen; aber wer seinen Autor durchdringt, wird doch auch nach dem was dieser leistete bei sich ausrufen können, was jener hätte

> leisten wollen und sollen. Ich habe wenigstens beim Übersetzen immer so verfahren, will aber nicht behaupten daß es zulässig sei. (B IV, 217)

In den Tagebüchern wird 1826/27 mehrfach die Manzoni-Lektüre erwähnt. Im Sommer und Herbst las Goethe zweimal dessen Roman »Die Verlobten« und verglich verschiedene Übersetzungen (Eintragungen vom 17. Juli, 13. August, 19. Oktober, 20. und 28. Dezember).
Im Gespräch mit Kanzler v. Müller (20. September 1827) sagte er, daß er sich sofort daran machen würde, Manzonis »Verlobte« zu übersetzen, wenn er jünger wäre; etwa so, wie er einst Cellini übersetzt hatte. In diesem Zusammenhang bemerkte er:

> Beim Übersetzen muß man sich nur ja nicht in unmittelbaren Kampf mit der fremden Sprache einlassen. Man muß bis an das Unübersetzbare herangehen und dieses respektieren; denn darin liegt eben der Wert und der Charakter einer jeden Sprache.[12]

Denselben Gedanken hielt er dann in den »Maximen und Reflexionen« fest:

> Beim Übersetzen muß man bis ans Unübersetzliche herangehen; alsdann wird man aber erst die fremde Nation und die fremde Sprache gewahr. (W 9, 633)

Am 11. November 1827 schrieb er seinem Freund, dem Kölner Kunstsammler Sulpiz Boisserée (1783–1854):

> Nun aber machte von ästhetischer Seite Alexander Manzonis Roman: I promessi sposi bei mir wirklich Epoche. [...] Zwei deutsche Übersetzungen kommen heraus; die Berliner hält sich mehr an die Darstellungsweise des Originals und liefert uns ziemlich das *Wie* des Vorgehenden; die Leipziger gibt uns auf alle Fälle auch von dem *was* geschehen historische Kenntnisse. Wem das Original zugänglich ist und wer eine gewiß bald erfolgende französische Übersetzung zur Hand nimmt, wird sich freilich immer besser befinden. (B IV, 258)

Sein Interesse an der italienischen Literatur hat Goethes Empfänglichkeit für Übersetzungsprobleme entscheidend verstärkt. Eine Idee – sei es in wissenschaftlichen, philosophischen Spekulationen oder im künstlerischen Schaffen – entwickelte sich bei ihm gewöhnlich aus der konkreten, persönlichen Erfahrung. Eine Puppentheateraufführung der »Geschichte des Dr. Faust« hatte ihn als Knaben fasziniert, als Jüngling hatte er sich für das deutsche Spätmittelalter begeistert; nach der Italienreise fühlte er sich von den antiken Überlieferungen besonders stark angezogen. Aus all dem erwuchs der zweiteilige Kosmos seines »Faust«. Fröhliche und ernste Beobachtungen und Erlebnisse an den Theatern in Leipzig, Frankfurt und Weimar gehörten zu den Quellen von »Wilhelm Meisters Lehrjahre«.

Ursprünglich bewertete Goethe die Tätigkeit des Übersetzers hauptsächlich aufklärerisch, utilitaristisch – als Hilfe für den, der die Sprache nicht kennt und andere Länder oder Epochen studiert. Später sprach er mehr von der eigenständigen künstlerischen Bedeutung seiner Arbeit für die eigene Sprache des Übersetzers, für die Kultur des Landes.

Die Doppelbestimmung der Übersetzung – einerseits objektiv mit dem Fremden bekannt zu machen und andererseits subjektiv zum literarischen Eigentum zu werden – galt Goethe als ein prinzipiell unlösbares Problem, das unausweichlich vor jedem gewissenhaften, begabten Übersetzer steht, wenn er mehr oder weniger glücklich jene Grenze erreicht hat, an der das Unübersetzbare beginnt. Dann hängt es allein von seiner künstlerischen Begabung ab, ob es ihm gelingt, diese Grenze so deutlich zu machen, daß der Leser den unübersetzbaren Charakter des Originals ohne Einbuße am Verständnis des Textes spürt.

Dieses Problem beschäftigte Goethe zeit seines Lebens; er setzte sich bei verschiedenen Anlässen damit auseinander. 1827 sprach er mit v. Müller über das Unübersetzbare, und an anderer Stelle scherzte er:

> Übersetzer sind als geschäftige Kuppler anzusehen, die uns eine halbverschleierte Schöne als höchst liebenswürdig anpreisen: sie erregen eine unwiderstehliche Neigung nach dem Original. (W 9, 531)

Ein Jahr vor seinem Tod schrieb er anläßlich der französischen Übersetzung seiner »Metamorphose der Pflanzen«:

> Es ist eine wundersame Stellung, wenn man seine Gedanken unmittelbar ins Französische übersetzt sieht und dabei zu fühlen glaubt, daß das *dort* wohl nicht so recht passen würde. (B IV, 423)

Möchte man in Goethes Reflexionen zur Übersetzung eine gewisse konsequente Reihenfolge nachweisen, so ließe sich – natürlich nur annäherungsweise – folgende Entwicklung aufzeigen: zuerst rein praktische und bescheidene Anforderungen, man soll helfen, Fremdes kennenzulernen und zu verstehen, wie man in einem fremden Sprachraum lebt, denkt und schreibt; dann eine ständig wachsende Anerkennung der Bedeutung der Übersetzerarbeit, immer tiefgreifendere Vorstellungen von ihrer kulturhistorischen Bedeutung; Vorstellungen, aus denen der Begriff »Weltliteratur« hervorging.
Dieser Begriff bedingte neue gesteigerte Anforderungen an Kunst und Genauigkeit der Übersetzung, die wiederum zu neuen Zweifeln und Unzufriedenheit mit sich und anderen führten.

Einheit und Vielfalt

Kein Lebendiges ist ein Eins,
Immer ists ein Vieles.

Die weitgespannten internationalen Interessen Goethes, seine engen Beziehungen zur Literatur verschiedener Länder, riefen besonders während und nach den Befreiungskriegen (1813–15) Unmut von Nationalisten und Chauvinisten aller Schattierungen hervor. Sie beschuldigten ihn der Abtrünnigkeit von nationalen Interessen, der kosmopolitischen Gleichgültigkeit gegenüber den vaterländischen Idealen und Traditionen.
Goethe wies die Forderungen derjenigen ab, die Haß gegen andere Völker predigten, er verachtete ihre leere Prahlerei und aufgeblasene Selbstzufriedenheit.
In seiner tiefen Verehrung des Altertums beurteilte er die mittelalterliche deutsche Kultur und Poesie – und manche zeitgenössischen Werke – gelegentlich ungerecht abwertend. Die Werke von Kleist und Hölderlin, sofern sie ihm vorlagen, E. T. A. Hoffmann und Jean Paul verwarf er, verstand sie nicht und bemühte sich nicht darum; Heines Lyrik ignorierte er.
Goethes ästhetischer Konservatismus entwickelte sich im

Laufe der Zeit, bedingt vor allem durch seine »Selbstüberwindung«. Den stürmerischen jugendlichen Subjektivismus des Autors des »Götz« und »Werthers Leiden« lehnte der Hohepriester der Weimarer Klassik immer entschiedener ab, ebenso die künstlerischen Werke und alle Theorien der deutschen Romantiker, die eigentlich die Nachfolger seiner einstigen jugendlichen Wagnisse waren. *Das Klassische nenne ich das Gesunde und das Romantische das Kranke*, sagte er zu Eckermann (2. April 1829).[13] Bemerkenswert ist dabei, daß Goethe trotz seiner Abneigung gegen die deutsche Romantik die romantische Dichtung in anderen Sprachen oft mit Wohlwollen, ja sogar mit Begeisterung aufnahm (Byron, Walter Scott, Manzoni). Diese eigenartige Diskrepanz ist vielleicht dadurch zu erklären, daß Goethe, der überzeugte Weltbürger, Polyglotte, Entdecker und Mitgestalter der Weltliteratur, in seinem Verhältnis zur Muttersprache doch besonders sensibel, eifersüchtig und anspruchsvoll war.
Die deutsche Sprache war sein Lebenselement, er kannte sie auch in Mundarten, in geschichtlichen Wandlungen. An deutschsprachige Epik und Lyrik stellte er andere Forderungen als an die Werke ausländischer Autoren; er wollte weniger Subjektivität, mehr Objektivität.

> Alle im Rückschreiten und in der Auflösung begriffenen Epochen sind subjektiv, dagegen aber haben alle vorschreitenden Epochen eine objektive Richtung. (Eckermann, 29. Januar 1826)[14]

Goethe glaubte, daß in der neuen »vorschreitenden Epoche« der Weltliteratur der deutschen Sprache eine besonders wichtige Bedeutung beschieden sei. Er hoffte, daß gerade die deutsche Sprache zum Mittel geistiger Verständigung verschiedener Völker werden würde, weil sie bereits die Sprache der tätigsten Übersetzer von wissenschaftlicher und künstlerischer Literatur aller Länder war. In einem Aufsatz über die »Urteilsworte französischer Kritiker« schrieb er 1817:

> Wie der einzelne Mensch so auch die Nation ruht auf dem Altvorhandenen, Ausländischen oft mehr als auf dem Eigenen, Ererbten und Selbstgeleisteten; aber nur insofern ein Volk eigene Literatur hat, kann es urteilen und versteht die vergangene wie die gleichzeitige Welt. Der Engländer hängt mit Ernst und Vorurteil am

Altertum und man muß ihm mit Parallelstellen aus Horaz beweisen, daß der Orient Poeten erzeugte. Welche Vorteile hingegen Shakespeares freier Geist der Nation gewährt, ist nicht auszusprechen. Die Franzosen haben durch Einführung mißverstandener alter Lehren[15] und durch nette Konvenienz ihre Poesie dergestalt beschränkt, daß sie zuletzt ganz verschwinden muß, da sie sich nicht einmal mehr in Prosa auflösen kann. Der Deutsche war auf gutem Weg und wird ihn gleich wieder finden, sobald er das schädliche Bestreben aufgibt, die Nibelungen der Ilias gleichzustellen.

Die günstige Meinung, die ein trefflicher Fremder uns Deutschen gönnt, darf hier, als an der rechten Stelle, wohl Platz finden. Der wirkliche russisch-kaiserliche Staatsrat Uwarow gedenkt in seinem schätzbaren Werke: Nonnos von Panopolis, der Dichter, Sankt Petersburg 1817, und zwar in dem an einen alten Freund und Teilnehmer gerichteten Vorwort, unserer in Ehren also: »Die Wiedergeburt der Altertumswissenschaft gehört den Deutschen an. Es mögen andere Völker wichtige Vorarbeiten dazu geliefert haben; sollte aber die höhere Philologie sich einst zu einem vollendeten Ganzen ausbilden, so könnte eine solche Palingenesie[16] wohl nur in Deutschland stattfinden. Aus diesem Grunde lassen sich auch gewisse neue Ansichten kaum in einer andern neuern Sprache ausdrücken; und deswegen habe ich Deutsch geschrieben. Man ist hoffentlich nunmehr von der verkehrten Idee des politischen Vorranges dieser oder jener Sprache in der Wissenschaft zurückgekommen. Es ist Zeit, daß ein jeder, unbekümmert um das Werkzeug, immer die Sprache wähle, die am nächsten dem Ideenkreise liegt, den er zu betreten im Begriff ist.

Hier hört man nun doch einmal einen fähigen, talentvollen, geistreich gewandten Mann, der, über die kümmerliche Beschränkung eines erkältenden Sprachpatriotismus weit erhoben, gleich einem Meister der Tonkunst jedesmal die Register seiner wohlausgestatteten Orgel zieht, welche Sinn und Gefühl des Augenblicks ausdrücken. Möchten doch alle gebildete Deutsche diese zugleich ehrenvolle und belehrende Worte sich dankbar einprägen und geistreiche Jünglinge dadurch angefeuert werden, sich mehrerer Sprachen, als beliebiger Lebenswerkzeuge, zu bemächtigen. (W 14, 782f.)

Später, in dem bereits zitierten Artikel über »Serbische Lieder«, bekannte sich Goethe zur deutschen Sprache als deutscher Weltbürger - Kosmopolit und Patriot.

Er behauptete die besondere Bedeutung der deutschen Sprache für die Vermittlung zwischen Völkern und Literaturen.

Die deutsche Sprache ist hiezu besonders geeignet; sie schließt sich an die Idiome sämtlich mit Leichtigkeit an, sie entsagt allem Eigensinn und fürchtet nicht, daß man ihr Ungewöhnliches, Unzulässiges vorwerfe; sie weiß sich in Worte, Wortbildungen, Wortfügungen, Redewendungen und was alles zur Grammatik und Rhetorik gehören mag, so wohl zu finden, daß, wenn man auch ihren Autoren bei selbsteignen Produktionen irgendeine seltsamliche Kühnheit vorwerfen möchte, man ihr doch vorgeben wird, sie dürfe sich bei Übersetzung dem Original in jedem Sinne nahehalten.
Und es ist keine Kleinigkeit, wenn eine Sprache dies von sich rühmen darf: denn müssen wir es zwar höchst dankenswert achten, wenn fremde Völkerschaften dasjenige nach ihrer Art sich aneigenen, was wir selbst innerhalb unseres Kreises Originelles hervorgebracht, so ist es doch nicht von geringerer Bedeutung, wenn Fremde auch das Ausheimische bei uns zu suchen haben. Wenn uns eine solche Annäherung ohne Affektation wie bisher nach mehrern Seiten hin gelingt, so wird der Ausheimische in kurzer Zeit bei uns zu Markte gehen müssen und die Waren, die er aus der ersten Hand zu nehmen beschwerlich fände, durch unsere Vermittlung empfangen. (W 14, 546)

* * *

Die Liebe zu seinem Land und seiner Sprache hinderte Goethe nicht daran, auch andere Länder, Völker und Sprachen zu achten und zu lieben. Offenheit, lebhaftes Entgegenkommen und Sensibilität für alle schöpferischen Kräfte, wo immer sie auftauchten und in welchen Sprachen sie zum Ausdruck kamen, waren vielmehr die Voraussetzung für Goethes aufgeklärten Patriotismus.
1808 unterstützte er die Idee, einen großen Sammelband deutscher Gedichte verschiedener Genres und Epochen herauszugeben, der für einen breiten Leserkreis gedacht war. In der Replik »Lyrisches Volksbuch« schrieb er:

Bedenkt man, daß so wenig Nationen überhaupt, besonders keine neuere, Anspruch an absolute Originalität machen kann, so braucht sich der Deutsche nicht zu schämen, der seiner Lage nach in den Fall kam seine Bildung von außen zu erhalten, und besonders was Poesie betrifft, Gehalt und Form von Fremden genommen hat.
Ist doch das fremde Gut unser Eigentum geworden. Mit dem rein Eigenen würde Angeeignetes, es wäre durch Übersetzung oder

> durch innigere Behandlung unser geworden, aufzunehmen sein; ja man müßte ausdrücklich auf Verdienste fremder Nationen hinüberweisen, weil man das Buch ja auch für Kinder bestimmt, die man besonders jetzt früh genug auf die Verdienste fremder Nationen aufmerksam zu machen hat. (W 14, 462)

So verständnisvoll objektiv urteilte er über internationale Verbindungen zwischen Sprachen und Literaturen. Wie unermeßlich überlegener erscheint sein weltoffener Patriotismus im Vergleich mit vielen späteren – auch gegenwärtigen – Ansichten nationalistischer Philologen und Literaten verschiedener Länder und verschiedener politischer Parteien, die leidenschaftlich und kleinlich um die »Reinheit«, um die »Bodenständigkeit« ihrer Sprachen und Literaturen besorgt sind. Sie wollen nichts davon wissen, was Goethe und bereits seine Vorgänger – europäische Aufklärer – und auch ihre russischen Nachfolger gewußt hatten, daß wahre Kraft und Fruchtbarkeit jeder Sprache, jeder nationalen Literatur nicht durch erfundene oder erzwungene »Eigenständigkeit«, nicht durch künstliche Abtrennung, Abkapselung von allen fremden Einflüssen und Einwirkungen erreicht werden kann.

Im Gegenteil – gerade daran, wie sich die deutsche (ebenso auch die russische) Sprache im 17./18. Jahrhundert all die lateinischen, französischen, italienischen, niederländischen, polnischen, arabischen und andere Wörter und Redewendungen auf die Dauer aneignete oder nach zeitweiliger Verwendung ausstieß, ist die wundersame Kraft einer Sprache besonders gut erkennbar. Sie lebt, sie entwickelt sich, wächst und zeugt neues Leben. Genau wie die nationalen Literaturen: sie empfangen, verarbeiten, »verdauen« verschiedene Einflüsse und Anregungen aus anderen Ländern; die Erzeugnisse modesüchtiger Epigonen vergehen wie Eintagsfliegen, aber die Werke eines Shakespeare, eines Goethe, eines Puschkin – mögen die fleißigen Philologen sie noch so ausgiebig nach fremden Quellen untersuchen – bleiben groß und eigenständig, auch darin, *was* und *wie* sie aus diesen Quellen schöpften.

Für Goethe waren die wechselseitigen Verbindungen der Gelehrten und der Schriftsteller verschiedener Völker eine der klar erkennbaren Ursachen und unmittelbaren Erscheinungen der Weltliteratur.

> Kein Lebendiges ist ein Eins,
> Immer ists ein Vieles.

Diese Zeilen geben einen wesentlichen Zug seiner dialektischen Denkart wieder, die alle Formen und Gattungen seines wissenschaftlichen und dichterischen Werks prägte. Jegliche Einseitigkeit war ihm fremd. Harmonie – sei es in der Natur oder in der Kunst – verstand er als Einheit unterschiedlicher, manchmal auch widersprüchlicher oder entgegengesetzter Elemente.

Auch die deutsche Sprache war für ihn eine lebendige Einheit verschiedener Elemente, zu denen verschiedene Landessprachen und Mundarten gehörten. Er beurteilte viele mundartliche Werke außerordentlich günstig, für heutige Maßstäbe sogar übertrieben lobend. Und das war nicht etwa die Folge persönlicher Vorliebe für den einen oder anderen Autor.

Er besprach die Bücher Johannes Grübels, der im Nürnberger Dialekt schrieb, die alemannischen Gedichte Johann Peter Hebels und ein Stück von J. Arnold in Straßburger Mundart. Dabei legte Goethe dar, daß es wichtig sei, Lokaldialekte zu pflegen, und suchte davon zu überzeugen, daß die Entwicklung der Nationalsprache und -literatur hierdurch keineswegs gestört, sondern, im Gegenteil, gefördert und mit frischer Kraft der Volkssprache angereichert werde.

> [...] wie es für eine Nation ein Hauptschritt zur Kultur ist, wenn sie fremde Werke in ihre Sprache übersetzt, (muß) es ebenso ein Schritt zur Kultur der einzelnen Provinz sein [...], wenn man ihr Werke derselben Nation in ihrem eigenen Dialekt zu lesen gibt. [...] Haben doch die Italiener ihren Tasso in mehrere Dialekte übersetzt. (W 14, 441)

Das erste Jahrzehnt des 19. Jahrhunderts war die Zeit, als viele deutsche Gebiete an Frankreich angeschlossen oder von napoleonischen Truppen besetzt wurden, die Zeit der demütigenden Niederlagen Österreichs, Preußens und anderer deutscher Staaten. Das tägliche Leben vieler Menschen wurde erschwert durch Kontributionen, Einquartierungen, Handelsbeschränkungen – durch die berüchtigte Kontinentalsperre –, Plündereien, wachsende Steuern und Abgaben.

In dieser so schweren Zeit entwickelte sich in verschiedenen deutschen Staaten eine patriotische Bewegung, die 1812/13 nach der Niederlage der französischen Armee in Rußland, in einen nationalen Befreiungskrieg überging. Studenten, junge Handwerker, Adlige und Bauern bildeten Freiwilligen-Korps, die gegen die napoleonischen Besatzungstruppen kämpften. Das geschah oft gegen den Willen der Landesfürsten, die feige oder eigennützig vor Napoleon dienerten.
Die patriotischen Träume der Freiheitskämpfer von einem geeinten freiheitlichen Deutschland scheiterten an der erzkonservativen »Heiligen Allianz« von Rußland, Preußen und Österreich, an den Ansprüchen der eigensüchtigen Landesherren, denen Napoleon erst kurz zuvor Königskronen verliehen hatte. Die frischgebackenen Könige von Bayern, Sachsen, Württemberg bekamen diese Titel nun auch von der Allianz bestätigt. An vielen Orten wurden die liberalen und demokratischen patriotischen Ideen von militant nationalistischen Vorstellungen und Ansprüchen durchwoben oder verdrängt.
Goethe wehrte diese politische Wirklichkeit entschieden ab.
1821 schrieb er einen Aufsatz, in dem er lobend von einem Stück im Straßburger Dialekt und von mundartlichen Gedichten berichtete, und er beendete diesen Aufsatz mit einer Schlußfolgerung, die weit über das Thema hinausreichte:

> Hörten wir doch [...] vor einigen Jahren, wo man zu so viel Wunderlichem schweigen mußte, gar unbedachte Reden; es hieß: die Deutschen sollten ihre verschiedenen Zungen durcheinandermischen, um zu einer wahren Volkseinheit zu gelangen. Wahrlich die seltsamste Sprachmengerei! zu Verderbnis des guten sondernden Geschmackes nicht allein, sondern auch zum innerlichsten Zerstören des eigentlichen Charakters der Nation; denn was soll aus ihr werden, wenn man das Bedeutende der einzelnen Stämme ausgleichen und neutralisieren will?
> Alle Sprachverschiedenheit ruht auf der Mannigfaltigkeit der Organe, und diese hängen wieder von mannigfaltiger Totalität menschlicher Organisation ab, die sich weder im Einzelnen noch im Ganzen verleugnen kann; sodann entscheiden Jugendeindrücke, Zusammenbildung der Gehör-, Sprach- und Denkwerkzeuge. Lassen wir also gesondert, was die Natur gesondert hat,

verknüpfen aber dasjenige, was in großen Fernen auf dem Erdboden auseinandersteht, ohne den Charakter des Einzelnen zu schwächen, in Geist und Liebe. (W 14, 490)

Goethe, der Aufklärer und Dichter, machte sich Sorgen um das Schicksal der mundartlichen Literatur und um die lebendige Vielfalt der Sprache. Er erkannte die ersten Keime einer gefährlichen Entwicklung, prophetisch ahnte er die Gefahren einer gleichschaltenden, alles standardisierenden Zivilisation. Diese Entwicklung drohte mit einer Entfremdung des einzelnen Menschen von der überkommenen Gemeinschaft, mit der Entfremdung der Kunst vom Leben.
Goethe mahnte, man solle gesondert lassen, »was die Natur gesondert hat«. Diese Mahnung darf auch heute nicht verklingen, heute gilt sie sowohl den eigenständigen Mundarten als auch eigenständigen Volksstämmen, ethnischen Gruppen, Kulturgemeinschaften, denen eine ideologisch totalitäre oder eine kommerziell zivilisatorische Gleichschaltung, Standardisierung, Kolonisierung durch größere, gewaltigere und reichere Mächte droht.
Goethe träumte von einer Entwicklung, in der verschiedene kulturelle Einzelelemente so verbunden würden, daß sie den Charakter des einzelnen nicht schwächten, nicht unterdrückten, sondern die unterschiedlichen Einzelelemente »in Geist und Liebe« verknüpft würden.
Das galt damals für die deutsche wie auch für die internationale Literatur.

Am 15. Januar 1827 schrieb er ins Tagebuch: »[. . .] diktiert bezüglich auf französische und Welt-Literatur.« (W 18, 530)
Das ist die erste schriftliche Notiz einer neuen Wortverbindung, eines entscheidend neuen Begriffs. (Im Tagebuch ist er noch zweiteilig, mit Bindestrich geschrieben, später benutzt Goethe das zusammengesetzte Wort »Weltliteratur«.)
Am 31. Januar desselben Jahres sagte er zu Eckermann:

Ich sehe immer mehr, daß die Poesie ein Gemeingut der Menschheit ist und daß sie überall und zu allen Zeiten in Hunderten und aber Hunderten von Menschen hervortritt. [. . .] Aber freilich, wenn wir Deutschen nicht aus dem engen Kreise unserer eigenen Umgebung hinausblicken, so kommen wir gar zu leicht in [...] pedantischen Dünkel. Ich sehe mich daher gerne bei fremden Nationen um und rate jedem, es auch seinerseits zu tun. Nationalliteratur will jetzt nicht viel sagen, die Epoche der Weltliteratur ist an der Zeit, und jeder muß jetzt dazu wirken, diese Epoche zu beschleunigen.[17]

Das erste Heft des sechsten Bandes von »Kunst und Altertum«, das im Winter 1827 erschien, enthielt Goethes Betrachtungen und Notizen zur antiken, englischen, französischen, serbischen und tschechischen Literatur. Darin stand auch ein Überblick über französische Rezensionen zu Alexandre Duvals Schauspiel »Tasso«, das in Paris erfolgreich aufgeführt worden war. Die Rezensenten wiesen auf den Bezug zum gleichnamigen Drama Goethes hin. Eine Kritik gab dem französischen Stück den Vorzug, eine andere wies die unvergleichliche poetische Überlegenheit des deutschen Vorbilds nach.
Goethe ging auf die ausländischen Kritiken ein. Dabei erläuterte er erstmals den neuen Begriff:

Eine jede Literatur ennuyiert sich zuletzt in sich selbst, wenn sie nicht durch fremde Teilnahme wieder aufgefrischt wird. Welcher Naturforscher erfreut sich nicht der Wunderdinge, die er durch Spiegelung hervorgebracht sieht? Und was eine Spiegelung im Sittlichen heißen wolle, hat ein jeder schon, wenn auch unbewußt, an sich selbst erfahren [...]. (W 14, 896f.)

Die Mitteilungen, die ich aus französischen Zeitblättern gebe, haben nicht etwa allein zur Absicht, an mich und meine Arbeiten zu erinnern; ich bezwecke ein Höheres, worauf ich vorläufig hindeuten will. Überall hört und liest man von dem Vorschreiten des Menschengeschlechts, von den weiteren Aussichten der Welt- und Menschenverhältnisse. Wie es auch im ganzen hiermit beschaffen sein mag, welches zu untersuchen und näher zu bestimmen nicht meines Amts ist, will ich doch von meiner Seite meine Freunde aufmerksam machen, daß ich überzeugt sei, es bilde sich eine allgemeine Weltliteratur, worin uns Deutschen eine ehrenvolle Rolle vorbehalten ist. Alle Nationen schauen sich nach uns um, sie loben, sie tadlen, nehmen auf und verwerfen, ahmen nach und entstellen, verstehen oder mißverstehen uns, eröffnen oder verschließen ihre Herzen: dies alles müssen wir gleichmütig aufnehmen, indem uns das Ganze von großem Wert ist.
Erfahren wir ja das gleiche von unsern eignen Landsleuten, und warum sollten die Nationen unter sich einig sein, wenn die Mit-

bürger nicht miteinander übereinzukommen verstehen. Wir haben im literarischen Sinne sehr viel vor andern Nationen voraus, sie werden uns immer mehr schätzen lernen, und wäre es auch nur, daß sie von uns borgten ohne Dank und uns benutzten ohne Anerkennung. (W 14, 908 f.)

Goethe machte ganz deutlich, wie er sich die Wirklichkeit der Weltliteratur vorstellt – nicht bloß als eine Summe von Büchern:

> Wenn wir eine europäische, ja eine allgemeine Weltliteratur zu verkündigen gewagt haben, so heißt dieses nicht, daß die verschiedenen Nationen voneinander und ihren Erzeugnissen Kenntnis nehmen, denn in diesem Sinne existiert sie schon lange, setzt sich fort und erneuert sich mehr oder weniger. Nein! hier ist vielmehr davon die Rede, daß die lebendigen und strebenden Literatoren einander kennenlernen und durch Neigung und Gemeinsinn sich veranlaßt finden, gesellschaftlich zu wirken. Dieses wird aber mehr durch Reisende als Korrespondenz bewirkt, indem ja persönliche Gegenwart ganz allein das wahre Verhältnis unter Menschen zu bestimmen und zu befestigen imstande ist. (W 14, 909 f.)

Goethe war immer vor allem Dichter. Auch in seinem naturwissenschaftlichen Forschen, im Philosophieren und in den kunsttheoretischen Arbeiten blieb er ein Poet. So empfand er auch den Anbruch einer neuen historischen Epoche zunächst aus seiner dichterischen Erfahrung.
Die neue Epoche beginnt für ihn mit dem Erkennen der Weltliteratur; »lebendige und strebende Literaten« sollen Gedanken- und Gefühlswelten anderer Völker kennenlernen und die Aufnahme ihrer eigenen Werke sowie der Schriften ihrer Freunde bei Übersetzern, Kritikern und Lesern in anderen Ländern erleben.
Am 15. Juli 1827 sagte er zu Eckermann:

> Es ist aber sehr artig, daß wir jetzt, bei dem engen Verkehr zwischen Franzosen, Engländern und Deutschen, in den Fall kommen, uns einander zu korrigieren. Das ist der große Nutzen, der bei einer Weltliteratur herauskommt und der sich immer mehr zeigen wird. Carlyle hat das Leben von Schiller geschrieben und ihn überall so beurteilt, wie ihn nicht leicht ein Deutscher beurteilen wird. Dagegen sind wir über Shakespeare und Byron im klaren und wissen deren Verdienste vielleicht besser zu schätzen als die Engländer selber.[18]

In diesem Gespräch kommt die damals gerade entstehende freundschaftliche Verbindung Goethes zu seinem jungen englischen Verehrer Carlyle zum Ausdruck, der zu einem aktiven Vermittler deutscher Dichtung in England wurde.

Kurz nach diesem Gespräch mit Eckermann, am 20. Juli, schrieb Goethe an Carlyle:

> Offenbar ist das Bestreben der besten Dichter und ästhetischen Schriftsteller aller Nationen schon seit geraumer Zeit auf das allgemein Menschliche gerichtet. In jedem Besondern, es sei nun historisch, mythologisch, fabelhaft, mehr oder weniger willkürlich ersonnen, wird man durch Nationalität und Persönlichkeit hindurch jenes Allgemeine immer mehr durchleuchten und durchschimmern sehn.
>
> Da nun auch im praktischen Lebensgange ein Gleiches obwaltet und durch alles Irdisch-Rohe, Wilde, Grausame, Falsche, Eigennützige, Lügenhafte sich durchschlingt, und überall einige Milde zu verbreiten trachtet, so ist zwar nicht zu hoffen, daß ein allgemeiner Friede sich dadurch einleite, aber doch daß der unvermeidliche Streit nach und nach läßlicher werde, der Krieg weniger grausam, der Sieg weniger übermütig.
>
> Was nun in den Dichtungen aller Nationen hierauf hindeutet und hinwirkt, dies ist es was die übrigen sich anzueignen haben. Die Besonderheiten einer jeden muß man kennen lernen, um sie ihr zu lassen, um gerade dadurch mit ihr zu verkehren; denn die Eigenheiten einer Nation sind wie ihre Sprache und ihre Münzsorten, sie erleichtern den Verkehr, ja sie machen ihn erst vollkommen möglich. [...]
>
> Eine wahrhaft allgemeine Duldung wird am sichersten erreicht, wenn man das Besondere der einzelnen Menschen und Völkerschaften auf sich beruhen läßt, bei der Überzeugung jedoch festhält, daß das wahrhaft Verdienstliche sich dadurch auszeichnet, daß es der ganzen Menschheit angehört. Zu einer solchen Vermittlung und wechselseitigen Anerkennung tragen die Deutschen seit langer Zeit schon bei.
>
> Wer die deutsche Sprache versteht und studiert befindet sich auf dem Markte wo alle Nationen ihre Waren anbieten, er spielt den Dolmetscher indem er sich selbst bereichert.
>
> Und so ist jeder Übersetzer anzusehen, daß er sich als Vermittler dieses allgemein geistigen Handels bemüht, und den Wechseltausch zu befördern sich zum Geschäft macht. Denn, was man auch von der Unzulänglichkeit des Übersetzers sagen mag, so ist und bleibt es doch eins der wichtigsten und würdigsten Geschäfte in dem allgemeinen Weltwesen.

Der Koran sagt: ›Gott hat jedem Volke einen Propheten gegeben in seiner eignen Sprache.‹ So ist jeder Übersetzer ein Prophet seinem Volke. (B IV, 236f.)

In den letzten Lebensjahren kamen Goethes Gedanken zur Weltliteratur immer wieder in Gesprächen, Briefen und in seiner Publizistik zum Ausdruck. So wie er das »Lebensrecht« der Mundarten verteidigte und den Schriftstellern, die in Dialekten schrieben, half, hat auch seine Entdeckung der Weltliteratur Verständnis für nationale Besonderheiten in Kultur, Kunst und Poesie vorausgesetzt.
1829 begann er eine große Abhandlung zur Weltliteratur vorzubereiten, die er nicht mehr beenden konnte. (Vgl. W 14, 908–917) Dennoch sind die Fragmente eindeutig, aufschlußreich und durchaus gegenwärtig.

Jede Nation hat Eigentümlichkeiten, wodurch sie von den andern unterschieden wird, und diese sind es auch, wodurch die Nationen sich untereinander getrennt, sich angezogen oder abgestoßen fühlen. Die Äußerlichkeiten dieser innern Eigentümlichkeit kommen der andern meist auffallend widerwärtig und im leidlichsten Sinne lächerlich vor. Diese sind es auch, warum wir eine Nation immer weniger achten als sie es verdient. Die Innerlichkeiten hingegen werden nicht gekannt noch erkannt, nicht von Fremden, sogar nicht von der Nation selbst, sondern es wirkt die innere Natur einer ganzen Nation wie die des einzelnen Menschen unbewußt; man verwundert sich zuletzt, man erstaunt über das was zum Vorschein kommt. (W 14, 913f.)

Wenn nun aber eine solche Weltliteratur, wie bei der sich immer vermehrenden Schnelligkeit des Verkehrs unausbleiblich ist, sich nächstens bildet, so dürfen wir nur nicht mehr und nichts anders von ihr erwarten, als was sie leisten kann und leistet.
Die weite Welt, so ausgedehnt sie auch sei, ist immer nur ein erweitertes Vaterland und wird, genau besehen, uns nicht mehr geben, als was der einheimische Boden auch verlieh; was der Menge zusagt, wird sich grenzenlos ausbreiten und, wie wir jetzt schon sehen, sich in allen Zonen und Gegenden empfehlen; dies wird aber dem Ernsten und eigentlich Tüchtigen weniger gelingen; diejenigen aber, die sich dem Höheren und dem höher Fruchtbaren gewidmet haben, werden sich geschwinder und näher kennenlernen. (W 14, 914)

Denn daraus nur kann endlich nur die allgemeine Weltliteratur entspringen, daß die Nationen die Verhältnisse aller gegen alle

kennenlernen, und so wird es nicht fehlen, daß jede in der andern etwas Annehmliches und etwas Widerwärtiges, etwas Nachahmenswertes und etwas zu Meidendes antreffen wird.
Auch dieses wird zu der immer mehr umgreifenden Gewerks- und Handelstätigkeit auf das wirksamste beitragen; denn aus uns bekannten übereinstimmenden Gesinnungen entsteht ein schnelleres entschiedenes Zutrauen. Dagegen wenn wir mit entschieden anders denkenden Personen im gemeinen Leben zu verkehren haben, werden wir einerseits vorsichtiger, anderseits aber duldender und nachsichtiger zu sein uns veranlaßt finden. (W 14, 916f.)

* * *

Goethe gelang es nicht mehr, eine abgeschlossene Schrift zur Weltliteratur zu verfassen. Man kann Ernst Robert Curtius zustimmen: »Weltliteratur ist, wie alle Begriffe Goethes, keine definitorische Abgrenzung, sondern Einheitspunkt vieler Bezüge, Zentrum divergierender Perspektiven: sie ist ein Aufgegebenes.«[19]
Verschiedene »Perspektiven« – verschiedene Epochen – trafen sich und verschmolzen in Goethes Denken und Dichtung: Seine *Vergangenheit* – die Ideen der Aufklärer, ihre Toleranz und ihr humanes Weltbürgertum, auch die Ideen von Herder, vom Sturm und Drang, das Bekenntnis zum einmaligen Individuum, die Erkenntnis der historischen Entwicklung der Nationen als einmaliger »kollektiver Persönlichkeiten«; seine *Gegenwart* – die Weimarer Klassik, die Auseinandersetzungen mit den Romantikern, das Aufkommen neuartig realistischer, dialektischer Weltanschauung und die *Zukunft* – die Vorahnung der Gefahren der industriellen Zivilisation, die Tragik der Illusionen Fausts vor dem Hintergrund des tödlichen Lemurenfleißes und das Entdecken der Weltliteratur, der lebenspendenden Wechselbeziehungen zwischen nationalen Kulturen und Nationen.
Diese Dreiheit kommt in Goethes Gedanken zur Weltliteratur besonders deutlich zum Ausdruck. Die Keime seiner Ideen sprossen auf verschiedenen anderen Feldern weiter: So in der Dichtung und Publizistik Heines, der danach strebte, Deutsche und Franzosen einander näherzubringen, in den Werken der Lyriker des »Vormärzes« und jener der deutschen Revolutionäre, die anderthalb Jahr-

zehnte nach Goethes Tod die Prinzipien des Internationalismus prägten und verkündeten: »Proletarier aller Länder vereinigt euch!«

In unserem Jahrhundert sind Goethes Ideen immer wieder bei Dichtern und Denkern vieler Länder, verschiedener Generationen und ideologischer Richtungen erkennbar, bei Thomas Mann und Bertolt Brecht, bei Lew Tolstoj und Maxim Gorkij, bei Romain Rolland und Pablo Neruda, in der Tätigkeit der PEN-Clubs und anderer internationaler Vereinigungen von Literaten.

Goethes Geist und Werk sind unvergänglich; sie strahlen lebensspendende Kräfte aus, denn *sie leben*, sie sind ständig in Fortentwicklung. Goethes Welt kommt nie zur Ruhe, sie wächst, erweitert sich mit jeder neuen Übersetzung in andere Sprachen, mit jeder neuen Aufführung, mit jedem neuen Nachfolger, Forscher, Kritiker, Kommentator. Goethes Geist bringt immer neue Früchte hervor, läßt neue Welten entstehen, schafft Harmonien und Widersprüche, fordert neue Generationen zu Auseinandersetzungen, zum Mit- und Weiterdenken, zu eigenem Schaffen auf.

Goethe entdeckte das Phänomen der Weltliteratur, er prägte erstmals diesen Begriff.

Seine Gedanken darüber erscheinen heute aktueller und wichtiger als je zuvor.

(Aus dem Russischen von Eva Rönnau)

Faust in Rußland

Hier ist Ernst bei Scherz.
Tüchtig, fest, mit starkem Schritte,
[. . .]
Fremde Kleider, fremde Sitte,
Wohlgekanntes Herz.

[. . .]

Wenn es wären
Alle, die dich ehren,
Treu und munter,
Wär es noch viel bunter.

(Goethe: Maskenzug russischer Nationen)

I

Die erste russische Nachdichtung aus Goethes »Faust« (Vorspiel auf dem Theater) stammt von Alexander Gribojedow (1795–1829), und sie erschien in einem der letzten Hefte der Zeitschrift »Poljarnaja swesda« (Polarstern, 1825), die Kondratij Rylejew (1795–1826) redigierte, der bald darauf nach dem Dezemberaufstand verhaftet und hingerichtet wurde.
Goethes Werke waren damals in Rußland verhältnismäßig gut bekannt. Von seinen größeren Arbeiten wurde als erste »Clavigo« 1780 übersetzt und aufgeführt. Der Übersetzer, Oleg Kossodawlew (1754–1819), stieg später zum Minister und zum Präsidenten der Akademie der Wissenschaften auf. 1781 erschien »Leiden des jungen Werther«, bis 1830 gab es schon drei Übersetzungen in mindestens sechs Auflagen.
Goethes Gedichte, Balladen und Poeme übertrugen berühmte russische Lyriker, unter ihnen Gawriil Dershawin (1743– 1816) und Wassilij Shukowskij (1783–1852). Die meisten russischen Leser kannten Goethe vor allem als den Verfasser von Werthers Leiden.

O Goethe, du zärtlicher Freund
gefühlvoller Herzen!

dichtete 1813 Fjodor Glinka (1786–1880), damals ein junger Offizier, später ein Dekabrist, noch später ein slawophiler Dichter und Theologe.
Im ersten Viertel des 19. Jahrhunderts wurden Goethes Werke von sehr vielen gebildeten Russen gelesen, doch nur wenige lasen sie im Original, meistens waren es französische und russische Übertragungen. Sein Einfluß auf die geistige und ästhetische Entwicklung in Rußland blieb zunächst weit hinter dem von Voltaire, Rousseau, Byron und Walter Scott zurück. Die entscheidende Wende, die sich im dritten Jahrzehnt ankündigte, war maßgeblich von »Faust« bestimmt. Gribojedow nannte Goethe den »größten Dichter der neuen Zeit« und ließ Shakespeare nur als Goethes Vorläufer gelten.
Der Lyriker Nikolaj Jasykow (1803–1846) schrieb, als er von Gribojedows Faust-Plänen hörte, das sei ein aussichtsloses Unterfangen, kaum eine Szene könne die Zensur passieren. Eine Hofdame erinnerte sich an die Empörung von Zar Nikolaus I., als er erfuhr, daß seine Frau – eine preußische Prinzessin – sich »Faust« vorlesen ließ. Der Zar wetterte: »Diese Wirrköpfe Schiller, Goethe und ähnliche Schurken haben dieses ganze jetzige Durcheinander vorbereitet.«[1] (Es war kurz nach der französischen Juli-Revolution 1830.)

»Faust« kam dennoch nach Rußland, und dazu hat Alexander Puschkin (1799–1837) entscheidend beigetragen. Von ihm heißt es, er sei ein »Gallophiler« gewesen, hätte sich als Jüngling nur für Byron und Shakespeare begeistert; die deutsche Literatur aber sei ihm immer fremd geblieben, er habe deutsche Autoren vorwiegend aus zweiter Hand gekannt, aus französischen Übersetzungen und aus Berichten der Madame de Staël.[2]
Das entspricht der Wirklichkeit ebensowenig wie die extrem gegensätzlichen Behauptungen, Puschkin sei seit frühester Jugend von Goethes Dichtung und besonders von »Faust« beeinflußt worden.[3] Er kannte »Faust« sehr gut und schätzte ihn sehr hoch. Eine Freundin von Puschkin schrieb in ihrem ausführlichen Tagebuch von einem Gespräch, das er mit Shukowskij und Gogol über »Faust« führte. Puschkin sagte:

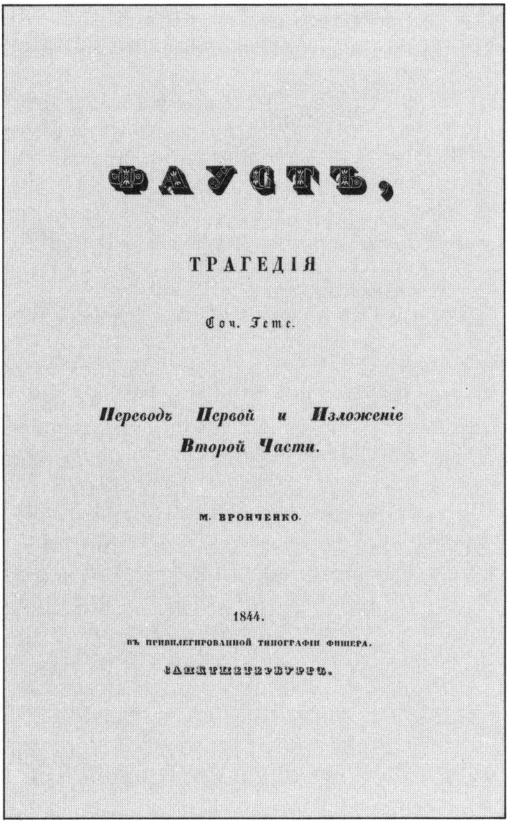
ФАУСТЪ,

ТРАГЕДІЯ

Соч. Гете.

Переводъ Первой и Изложеніе Второй Части.

М. ВРОНЧЕНКО.

1844.

ВЪ ПРИВИЛЕГИРОВАННОЙ ТИПОГРАФІИ ФИШЕРА.

Eine der ersten russischen »Faust«-Ausgaben, erschienen 1844 in Sanktpeterburg. Auf dem Titelblatt steht: »Faust, Tragödie. Goethes Werke. Übersetzung des ersten und Nacherzählung des zweiten Teils. M. Wrontschenko«.

Faust steht für sich allein. Er ist der höchste Ausdruck der deutschen Literatur und ebenso wie Dantes Göttliche Komödie eine Welt für sich, mit keiner anderen vergleichbar [. . .] ein Kosmos wie die Werke Shakespeares [. . .]. Es stecken mehr Gedanken darin, mehr originale Ideen, mehr Philosophien als bei allen deutschen Philosophen zusammengenommen, einschließlich Leibniz, Kant, Lessing, Herder [. . .]. Es ist die wahre Philosophie des Lebens, die Philosophie des lebendigen Lebens.

Shukowskij stimmte ihm enthusiastisch zu.[4]
Mit sechsundzwanzig Jahren schrieb Puschkin die Verse:

»Sag, welche Beschwörung
Hat Macht über dich?«
Jede ist gut: auf jeden Ruf
Bin ich zur Stell, wie vom Himmel gefallen.
[...]
Ein Pfiff, ein Ruf, im Augenblick
Erscheine ich. Was immer es sei – ich diene,
Lebe und stöhne unter dem ewigen Joch.
Der armen Amme gleich umsorg ich euch ...

Diese Verse werden heute als Faust-Mephisto-Dialog (nicht nach-, sondern neugedichtet) interpretiert.
1823 entstand das Gedicht »Der Dämon«. Es ist der alles verneinende, alles verspottende Geist. Ein Jahr darauf berief Puschkin sich in seinem Kommentar zu diesem Gedicht auf »den großen Goethe, der den ewigen Feind der Menschheit den *Geist der Verneinung* nennt«[5].
1825 arbeitete Puschkin an einem Gedicht über Fausts Besuch in der Hölle, von dem nur Fragmente erhalten geblieben sind, Dialoge in Versen. Der Teufel, der Faust führt, zeigt ihm die Sehenswürdigkeiten der Hölle, fordert ihn auf: »bloß tapfrer werden, Doktor Faust, dann wird's auch lust'ger sein« und bietet ihm seinen Schwanz als »Brücke zur Hölle« an. Dann geleitet er Faust zum Kessel, in dem Zaren gesotten werden, und ruft lachend: »Oh, siede, siede!«
Das Fragment enthält auch ein vielstimmiges Gespräch beim Kartenspiel in der Hölle, der Tod spielt gegen junge Partner »nur um der Ewigkeit Zeitvertreib«. Da erscheint ein Gast, der Teufel stellt vor:

Doktor Faustus – unser Freund.
Der lebt ja noch! – Jawohl, er lebt und doch
gehört er uns seit langem!
Ob heut, ob morgen – ist ja einerlei!

Im selben Jahr (1825) schrieb Puschkin eine »Szene aus dem Faust«. In Inhalt und Stimmung eher romantisch, enthält sie einige Motive des damals noch keinem Menschen bekannten »Faust II«: Mephisto versucht vergeblich, Faust zu erheitern, sie sprechen über die unentrinn-

bare, trostlose Langeweile – (Das russische Wort »skuka« war damals im romantischen Sprachgebrauch umfassender in seiner Bedeutung als bloß »Langeweile«, es galt auch für »Sehnsucht«, »Wehmut«, »Lebensunmut« u.ä.) –, über die Trugbilder der Liebe, über die Unmöglichkeit, auf Dauer glücklich und zufrieden zu sein. Dieses Gedicht war weder Nachdichtung noch Nachahmung eines Goetheschen Textes, sondern der kühne Versuch, über Goethes Gestalten »weiterzudenken«. Puschkins Faust läßt seinen gehorsamen Mephisto ein Schiff versenken, das beladen ist mit »dreihundert Lumpen, Goldbarren, Affen, Schokolade und der Venuskrankheit«. Er befiehlt es aus purer Langeweile, aus Lebensüberdruß. Bis zuletzt bleibt er seinem Dämon hoch überlegen, doch auch er selbst ist kein schaffender Geist und keineswegs »strebend bemüht«. André von Gronicka meint, die letzten Worte des Puschkinschen Faust »echo the command of Goethe's Faust that Mephisto and his minions do away with Baucis and Philemon«.[6]
Der Vergleich beider Szenen kann aufschlußreich werden, aber »echo the command« ist dabei fehl am Platze, denn Puschkins Poem erschien einige Jahre vor der Veröffentlichung des »Faust II«. Es wäre also eher von kongenialer Koinzidenz zu sprechen.
Puschkins Bewunderung für Goethe ließ zeit seines Lebens nicht nach. Er verglich den Autor des »Faust« nicht nur mit Shakespeare, sondern auch mit dem Autor des »Buches der Bücher«, mit dem Heiligen Geist, und meinte dazu: »Ich ziehe aber wirklich meinen Goethe und meinen Shakespeare vor.«[7] Die blasphemische Äußerung, so behaupten manche Puschkin-Forscher, hatte seine Verbannung in ein entlegenes Dorf zur Folge. Diese Verbannung hinderte ihn daran, zur Zeit des Dekabristenaufstandes in Petersburg zu sein, in den er sonst bestimmt verwickelt worden wäre. So hat Goethe, ohne es selbst zu wissen, Puschkins Schicksal günstig beeinflußt.
1827, kurz nach der deutschen Erstveröffentlichung der Helena-Szenen (»Faust II«), erschien die erste russische Nachdichtung von dem Literaturwissenschaftler und Kritiker Stepan Schewyrjow (1806–1864), der die Publikation ausführlich kommentierte. Er und seine Freunde,

junge Literaten, Gelehrte und Journalisten in Moskau, die sich Ljubomudry (Liebhaber der Weisheit – d.h. Philosophen) nannten, waren sich einig im Streben nach national selbständiger, geistiger Entwicklung. Als ihren schlimmsten Feind bezeichneten sie die rationalistische und materialistische französische Aufklärung und setzten ihr die sensualistische Philosophie Schellings entgegen ebenso wie die Dichtung von Goethe und Byron, den sie übrigens vor allem als Goethe-Schüler schätzten.
Mit ihnen beginnt eine grundsätzlich neue, eigentlich die erste bedeutsame Goethe-Rezeption in Rußland. Für sie wurde Goethe zum geistigen und ästhetischen Vorbild.
Seit 1827 erschien die Zeitschrift der Ljubomudry »Moskowskij westnik« (Moskauer Bote), zu dessen Förderern und ständigen Mitarbeitern auch Puschkin gehörte. Das erste Heft war mit einem Goethe-Bild geschmückt. Der Lyriker Dmitrij Wenewitinow (1805–1827), der damals sehr populär war, forderte Puschkin in einem Gedicht auf, Goethe poetisch zu würdigen. »Er ist unser aller Lehrer, er ist auch dein Lehrer . . .«
In Heft 6 (1827) des »Moskowskij westnik« erschien Schewyrjows Kommentar zu den Helena-Szenen. Er wurde deutsch übersetzt und Goethe zugeschickt, der in seinem Dankbrief diese Besprechung als »entschieden einsichtig und herzlich fromm« bezeichnete.
Puschkin schrieb an den Redakteur:

> Ehre und Ruhm unserem lieben Schewyrjow! Sie haben vortrefflich getan, den Brief unseres deutschen Patriarchen zu drucken.[8]

In demselben Heft des »Moskowskij westnik« (9/1828), in dem Goethes Brief publiziert war, erschien erstmalig Puschkins »Szene aus dem Faust«.
Damals lagen Goethe drei Besprechungen seiner Helena-Szenen gleichzeitig vor. Er äußerte sich dazu in den Briefen an Zelter und Carlyle und in der Notiz »Helena in Edinburgh, Paris und Moskau«:

> Hier strebt nun der Schotte, das Werk zu durchdringen; der Franzose, es zu verstehen; der Russe, sich es anzueignen. Und so hätten die Herren Carlyle, Ampère und Schewirew, ganz ohne Verabredung, die sämtlichen Kategorien der möglichen Teilnahme an einem Kunst- oder Naturprodukt vollständig durchgeführt.[9]

Anzueignen! Dieses Wort Goethes bezeichnet genau die vielseitige, wechsel- und widerspruchsvolle Entwicklung der Faust-Ideen, -Probleme und -Gestalten in Rußland. Puschkin meinte:

> Faust ist das allergrößte Werk des poetischen Geistes, es verkörpert die modernste Dichtung im selben Maße wie die Ilias dem klassischen Altertum zum Denkmal ward.[10] (1827)

Und ein russischer Literaturhistoriker schrieb sogar: »Die Faust-Gestalt durchdringt in sich ständig wandelnden Zügen Puschkins gesamtes Schaffen.«[11] Diese Behauptung ist übertrieben, aber sie wurde aus Tatsachen abgeleitet. Besonders oft und deutlich tritt die Faust-Gestalt in Puschkins Arbeitsheften 1834/35 auf, in Entwürfen und Skizzen, in dem Plan eines größeren Werkes, »Papesse Johanna«. Die Titelgestalt, ein kluges junges Mädchen, von leidenschaftlichem Wissensdurst besessen (»la passion du savoir«), verkleidet sich als Mann, um studieren zu können, erwirbt die Doktorwürde, steigt zum Kardinal auf und wird schließlich Papst. Doch eine heimliche Liebe hat Folgen, und während einer Prozession vom Colosseum zum Dom – zwischen Antike und Neuzeit (!) – kommt sie nieder, und das Kind wird vom Teufel geholt. Puschkin bemerkt dazu: »Si c'est un drame, il rappellera trop le Faust, il vaut mieux en faire un poème.«[12] Die faustische Mentalität der Hauptfigur ist eindeutig.
1835/36 schrieb Puschkin an seinen »Szenen aus der Ritterzeit«. In den fertigen Anfangsszenen treten auf: der Mönch Berthold – ein Alchimist, der nach dem Stein der Weisen sucht, nicht um reich zu werden, sondern um die Wahrheit zu erkennen (passion du savoir) – und der Bürgersohn Franz, der ein Ritterfräulein liebt, Minnelieder dichtet und zum Anführer rebellischer Bauern wird. Der teilweise französisch geschriebene Entwurf der nachfolgenden Szenen läßt Berthold das Schießpulver erfinden und den Bauern helfen, Burgen zu sprengen und Feuerwaffen herzustellen, denen kein Ritterpanzer standhält. »La pièce finit par des réflexions et par l'arrivée de Faust sur la queue du diable (découverte de l'imprimerie, autre artillerie).«[13]
So erscheint Faust, wie Puschkin ihn sich »angeeignet«

hatte, als ein genialer, militanter Vorbote des bürgerlichen, industriellen Zeitalters, dessen Heraufkommen die Gestalten von Berthold Schwarz und Johann Gutenberg und der Bauernkrieg kennzeichneten. Diese frechen Anachronismen in Puschkins Entwürfen verkörpern einen vieldeutigen kulturphilosophischen Inhalt – reale historische Zusammenhänge, die ein genialer Denker zu erkennen vermochte, der »von außen her« die Geschichte Westeuropas betrachtete.
Goethes »Faust« war für Puschkins »Szenen aus der Ritterzeit« gewiß die bedeutendste, aber nicht die einzige Ideenquelle. Faust als Erfinder des Buchdrucks erscheint in Maximilian Klingers Roman »Fausts Leben, Thaten und Höllenfahrt« (St. Petersburg, 1791), den Puschkin bestimmt gekannt hat.[14]
Puschkins Auseinandersetzung mit Faust blieb wie manche seiner anderen großangelegten Entwürfe unvollendet. Er fiel im Duell im Februar 1837, als er noch nicht einmal die Hälfte des Goetheschen Alters erreicht hatte. Sinnbildlich erscheint, daß Puschkin sich wenige Wochen vor seinem Tode um die Veröffentlichung der ersten vollständigen russischen »Faust«-Nachdichtung bemühte. Ein junger Lyriker, Eduard Huber (1814–1847), ein Wolgadeutscher, hatte seine »Faust«-Übersetzung 1835 der Zensur vorgelegt, die sie verbot. Huber war verzweifelt und vernichtete das Manuskript. Puschkin erfuhr davon und suchte den jungen Literaten auf. Der hatte von einer Bekanntschaft mit Rußlands größten Dichter nicht einmal zu träumen gewagt, war von dessen Anteilnahme überrascht und begeistert, ließ sich überreden und stellte seine Übersetzung wieder her. Puschkin lektorierte den Text, der bald nach seinem Tod in der von ihm gegründeten Zeitschrift »Sowremennik« (Zeitgenosse; Heft 6/1837) erschien. Huber widmete diese Nachdichtung dem Andenken Puschkins.
Die ersten russischen »Faust«-Ausgaben wurden von der Zensur rigoros bearbeitet: der »Prolog im Himmel« entweder ganz gestrichen oder stark gekürzt, der Name »Herr« durch »reiner Geist« ersetzt, das Gretchen-Gespräch mit Faust über die Religion gestrichen, im »Floh-Lied« hieß es statt »König« »alte Dame«.

II

Die *Aneignung* »Fausts« in Rußland vollzog sich in Übertragungen, Nachahmungen, in begeistert zustimmenden und scharf polemischen Rezensionen.
Wassilij Shukowskij, Fjodor Tjuttschew, Iwan Turgenew, Nikolaj Ogarjow, Dmitrij Wenewitinow und andere bedeutende Dichter haben »Faust«-Fragmente, komplette Akte, einzelne Szenen und Monologe übertragen. Um die Jahrhundertmitte war »Faust I« in drei russischen Fassungen bekannt: E. Huber (1837), M. Wrontschenko (1844) und N. Strugowschtschikow (in Zeitschriften 1839/40, 1844, als Buch 1856). »Faust II« wurde zunächst in kurzen Prosa-Nacherzählungen mit Verszitaten publiziert. Die erste vollständige Übertragung erschien 1878, sie stammt von Nikolaj Cholodkowskij (1858–1921). Der später berühmt gewordene Zoologe vollendete sie als zwanzigjähriger Student. Sie hat ihren Wert bis heute behalten, obwohl inzwischen manche bedeutende Schriftsteller sich um »Faust II« bemüht haben: Afanassij Fet, Dmitrij Mereshkowskij, Walerij Brjussow. Selbst nachdem Boris Pasternak »Faust I« und »Faust II« in ein poetisch eigenartiges und doch originalgetreues Meisterwerk russischer Dichtung verwandelt hatte, wird Cholodkowskijs Übersetzung noch immer wieder neu aufgelegt.

* * *

Im Jahrzehnt, das vom Tod Goethes (1832), Puschkins (1837) und Lermontows (1841) düster gekennzeichnet war, wirkte Goethes Geist in Rußland so unmittelbar und weitreichend wie nie zuvor und nie nachher. Für Goethe begeisterten sich die zukünftigen Slawophilen: Schewyrjow, Kirejewskij, Axakow ebenso wie ihre Gegner, die Westler: Belinskij, Stankewitsch, Granowskij, Herzen, Bakunin.
Timofej Granowskij (1813–1855) schrieb 1834/35, noch als Student, an einem Drama »Faust«, woraus er seinem Freund Iwan Turgenew eine Szene vorlas: Faust und Mephisto schweben über der Erde im Glaskasten, und Faust redet über Welt und Menschheit »gedankenvoll, wehmütig einsichtig«.[15]
Wissarion Belinskij (1811–1847), dessen Einfluß als Kritiker

und Publizist für mehrere Generationen russischer Intellektueller und vor allem für Schriftsteller höchst bedeutend war, pries anfänglich enthusiastisch Goethes Lyrik, den »Prometheus« und den »Faust«, und polemisierte heftig gegen Menzel und die jungdeutschen Goethe-Gegner. Doch später rückte er von Goethe ab, den er nun als »egoistischen«, »reaktionären«, »nur auf die Kunst beschränkten Weimarer Olympier« abwertete. »Faust II« nannte er »allegorisch-symbolischen Unsinn«.[16]
Für Michail Bakunin (1814–1876) waren Goethes Werke und vor allem »Faust« eigentliche Quellen seines Lebenswillens und seiner Lebensweisheit. Seine Tagebücher und Briefe bezeugen dies besonders in den Jahren 1837–42. Die Faust-Maxime »Nur der verdient die Freiheit wie das Leben, der täglich sie erobern muß« wurde zu seinem Wahlspruch; er variierte den Text in Reden und Schriften: Statt Leben hieß es entweder Ehre oder Liebe. In Fausts Bekenntnis: »was der ganzen Menschheit zugeteilt ist, will ich in meinem Innern selbst genießen« erkannte Bakunin den Sinn seiner Existenz als Revolutionär und Anarchietheoretiker ausgedrückt.[17]
Alexander Herzen (1812–1870) nannte Goethe als ersten in einer Liste seiner »großen maëstri« vor Shakespeare und Puschkin (1840).[18] Doch bereits damals analysierte er kritisch die inneren Widersprüche in Goethes Leben und Schaffen. Zunächst versuchte er es belletristisch in der Erzählung »Ein Deutscher auf Reisen«, die nach einer Umarbeitung als »Aufzeichnungen eines jungen Mannes« 1841 publiziert wurde. Ein junger Mann beobachtet Goethe im Lager vor Valmy und dann in Weimar bei der Erstaufführung seines »Bürgergenerals«. Der junge Mann verehrt den »Faust«-Dichter, aber weicht befremdet zurück vor dem majestätischen, kühl-distanzierten Höfling und Revolutionsgegner. In »Erlebtes und Gedachtes« schrieb Herzen:

> Ehre und Ruhm unserem Lehrer und Meister, dem alten Realisten Goethe, er wagte es, eine schwangere Frau den unbefleckten Jungfrauen gleichzustellen.[19]

Auch der Lyriker und Kunsttheoretiker Apollon Grigorjew (1822–1864) hatte von Jugend an Goethe als seinen »großen Meister« bezeichnet; auf »Faust« und vor allem auf die Euphorion-Gestalt berief er sich in der Polemik gegen byronistisch-romantische Strömungen, die ihm für die russische Literatur schädlich schienen. Auch in späteren Jahren, als seine konservativ-religiöse Entwicklung ihn zu recht heftiger Kritik an Goethes »unchristlichem Klassizismus« führte und er in »Wilhelm Meister« die »Personifizierung des deutschen Philistertums« verdammte, pries er uneingeschränkt Fausts tragische Erhabenheit, obwohl er zugleich den zweiten Teil wegen »trockener Symbolik« und »toter Plastizität« rügte.[20]

III

Iwan Turgenew (1818–1883) schrieb 1845 über Faust:

> [. . .] ein großes Werk. Es bringt am vollständigsten eine in Europa unwiederholbare Epoche zum Ausdruck, nämlich die Epoche, in der die Gesellschaft sich selbst verneinte, als jeder Untertan zum Menschen wurde, als endlich der Kampf der neuen Zeit gegen die alte begann, und die Menschen nur noch Vernunft und Natur – sonst nichts – als unerschütterlich gelten ließen.[21]

Turgenews Begeisterung für »Faust I« reichte damals noch nicht für den zweiten Teil. Er schätzte wohl einige Szenen, das ganze aber kritisierte er als »langgezogene Allegorie«. Er wünschte, »Faust« wäre besser »unbeendet, fragmentarisch« geblieben, »so wie die Zeit war, die er ausdrückt, die Zeit, in der Fausts Leiden und Freuden die allerhöchsten Leiden und Freuden waren und Mephistos Ironie die schonungsloseste Ironie«.[22]

Als Turgenew dies schrieb, war er ebenso wie seine westlerisch gesinnten Freunde Belinskij, Herzen und Bakunin radikaler Demokrat und von der immer breitere Kreise einbeziehenden sozialen Spannung im Europa der vierziger Jahre angetan.

> Goethe, dem Dichter, kann niemand gleichgestellt werden, aber wir brauchen jetzt keine Dichter mehr [. . .] wir sind schon (wenn auch leider noch nicht ganz) jenen Menschen ähnlich, die beim Anblick eines schönen Bildes, auf dem Bettler dargestellt sind, nicht mehr die ›Kunst der Darstellung‹ bewundern können, uns quält der Gedanke, daß es in unserer Zeit noch Bettler gibt.[23]

Turgenew eilte den utilitaristisch-nihilistischen Literaten und Kritikern voraus, die etwa ein Jahrzehnt später temperamentvoll sowohl Goethe wie Puschkin und alle Künstler und Kunstwerke, die sie nicht als unmittelbar »nützlich« – erzieherisch oder politisch verwendbar – empfanden, verwarfen.
Turgenews Kritik an Goethe gipfelte in seiner Novelle »Faust«. Der Ich-Erzähler bzw. der Briefschreiber, ein junger Gutsbesitzer und begeisterter Goethe-Anhänger, erkennt in der Frau seines Nachbarn das Mädchen, das er vor Jahren hatte heiraten wollen. Die bigotte Mutter hatte ihn damals abgewiesen. Zu einer schönen Dame gereift, folgt die junge Frau weiterhin den strengen Lebensregeln der längst verstorbenen Mutter, die ihr jegliche Lektüre weltlicher, »seelenverderbender« Schriften untersagt hatte. Der Erzähler will den asketischen Bann brechen und überredet den Nachbarn, im Familienkreis »das beste literarische Werk aller Zeiten«, Goethes »Faust«, vorzulesen. Die junge Frau, schon zu Beginn der Lesung von der poetischen Gewalt der Tragödie verzaubert, liest dann trotz mahnender Visionen selbst weiter. Sie verliebt sich in den Erzähler, er wird zu »ihrem Faust«, und Goethes Tragödie wirkt verführend wie Mephisto. Die junge Frau will sich wie Gretchen ihrem Geliebten hingeben, eilt zu ihm, da versperrt ihr ein Gespenst – die tote Mutter – flehend-drohend den Weg; sie verfällt einem Nervenfieber und stirbt. Das Motto der Novelle lautet: »Entbehren sollst du, sollst entbehren.«
So hat Turgenew in lyrischer Prosa das naiv-romantisch umgestaltete Gretchen-Motiv mit dem ebenfalls verflachten Tatjana-Motiv aus Jewgenij Onegin verschmolzen. Diese Novelle wurde von Herzen, Ogarjow, Dobroljubow und Pissarew scharf kritisiert und führte in der Redaktion des »Sowremennik« zu Zwietracht. Sie erschien in demselben Heft (10/1856), in dem auch eine neue »Faust«-Übersetzung publiziert wurde. Tschernyschewskij schrieb am 24. September an den Chefredakteur Nekrassow, daß »die Nachbarschaft der beiden Fausts« für Turgenew nur unangenehm sein könne.[24] Gleichzeitig verfaßte Tschernyschewskij einen ausführlichen »Faust«-Kommentar, der in demselben oder im nächsten Heft erscheinen sollte. Die

Publikation blieb aber aus bisher unbekannten Gründen aus. Der Text wurde erst 1938 veröffentlicht.
Im Laufe der Zeit änderte sich Turgenews Beziehung zu »Faust II«. 1877 schrieb er seinem Patenkind Claude Viardot: »Dans la 2e partie du Faust de Goethe il y a des choses d'une poésie achevée, notamment dans la Classische Walpurgisnacht«.[25] Doch das gehört schon zu einem anderen Abschnitt in der Geschichte der »Faust«-Aneignung in Rußland.
Mit der Polemik um Turgenews Faust-Novelle endete jene erste Periode dieser Geschichte, die mit Gribojedow, Shukowskij und Schewyrjow begann, mit Puschkin ihren Gipfel erreichte und in den Auseinandersetzungen der Slawophilen und der Westler mit Goethe ihre breiteste Entwicklung hatte.

IV

Wiktor Shirmunskij hat nachgewiesen, daß »vom Beginn der fünfziger Jahre die maßgebenden Strömungen der russischen Literatur von Goethe abrückten«[26]. Diese Entwicklung war aus verschiedenen Gründen gesetzmäßig. Das geistige Leben, Literatur und Kunst in Rußland wurden in dieser Zeit immer mehr von dem Vordringen wesentlich neuer demokratischer und revolutionärer Ideen, positivistischer und materialistischer Ansichten bestimmt und von bilderstürmerischen, nihilistischen Stimmungen beeinflußt. Um diese Zeit wurden in Rußland die kritischen Schriften der »Jungdeutschen« populär, die bereits früher den »Olympier« Goethe anzugreifen pflegten. Ganz unterschiedliche junge Russen glichen sich in ihren ästhetischen Ansichten: Revolutionäre und liberale Pragmatiker, Volkstümler und zukünftige Marxisten, Idealisten und Materialisten – sie alle glaubten, was Heinrich Heine über »das Ende der Kunstperiode« geschrieben hatte, sie alle verschmähten die L'art pour l'art; die einen verwarfen die »selbstzweckmäßige« Kunst und Poesie als elitäre, aristokratische Spielerei, die anderen als unchristlich, heidnisch, unmoralisch. Dabei gerieten auch Goethe und Puschkin in Acht und Bann. »In der zweiten Hälfte des 19.

Jahrhunderts war ein deutliches Nachlassen des Interesses an Goethe zu verzeichnen.«[27]
Doch trotz alledem blieb »Faust« für sehr viele Russen wichtig. In den 25 Jahren von 1875–1901 wurde er von acht verschiedenen Autoren neu übersetzt, und die Zahl der Neuauflagen war mindestens doppelt so groß.[28]

Die Faust-Gestalt hat sich im Laufe der Jahrhunderte gewissermaßen »verselbständigt«, etwa so wie die Gestalten von Don Juan, Don Quijote, Hamlet, Tartuffe, Schwejk.
Jede von ihnen hat ihre konkrete, nationale, realhistorische oder folkloristische Vorgeschichte, und jede wurde von Dichtern, Malern, Musikern oder Filmkünstlern zur allgemeinen, internationalen Geltung erhoben. Sie lösten sich allmählich von ihren Urbildern und gewannen immer neue Existenzen und Charakterzüge in anderen Zeiten, anderen Ländern, anderen Ideenwelten. Sie ließen sich neu gestalten, traten in verschiedene Verbindungen mit anderen erdichteten Personen oder auch miteinander, zeugten Erben und Epigonen, gewannen immer neue Anhänger und immer neue Gegner.
Herzen hat Goethes »Faust« bereits 1848 kritisch betrachtet. Später gab es immer mehr Angriffe aus verschiedenen Richtungen. Die konservativen Frömmler, darunter auch der »Faust«-Übersetzer Wrontschenko, kreideten ihm das Teufel-Bündnis an, rügten Goethe als rebellisch, zynisch, atheistisch. Die radikalen Demokraten wie Dobroljubow und Pissarew mißbilligten dagegen seine »Weltfremdheit«, die klassizistischen Züge der Darstellung und die religiösen Motive. Der zweite Teil wurde fast von allen abgelehnt; die ehrerbietigsten Bewunderer urteilten wie die gehässigsten Gegner: »wirr«, »undeutbar allegorisch«, von »philosophischen Abstraktionen« überladen usw.[29]

Für Puschkin, für die Moskauer Ljubomudry, auch noch für Belinskij und Turgenew blieb Goethe selbst nach seinem Tod ein großer Zeitgenosse, unmittelbar wahrnehmbar, sei es als Lehrmeister, sei es als Opponent.
Dann aber rückte er immer weiter fort. Für die Bewunderer und Nachfolger war es die Entfernung erlauchter Klas-

sizität, die ihn neben Homer, Dante, Shakespeare auf unerreichbare Höhen brachte. Die Gegner aber trennte von ihm eine nunmehr unüberbrückbare Kluft der ideologischen, moralischen und ästhetischen Entfremdung.
Dennoch blieben viele Leser und Literaten ihrer Liebe zu Goethe unverbrüchlich treu. Die Lyriker Afanassij Fet, Appolon Majkow und Alexej Tolstoj warben für Goethe vor allem als Nachdichter. »Die Braut von Korinth«, die Alexej Tolstoj nachgedichtet hat, gehört ebenso wie der »Erlkönig« dank Shukowskij und »Über allen Gipfeln« dank Lermontow zum klassischen Bestand der russischen Poesie. Tolstoj wollte auch »Faust« nachdichten, vollendete aber nur einzelne Fragmente, doch seine »Faust«-Auffassung verdichtete er in seinem eigenen Poem »Don Juan«: Im Prolog streitet Satan mit »edlen Geistern« um die Seele des Helden, verführt ihn, aber die Liebe der selbstlosen Donna Anna erlöst Don Juan, und er stirbt verklärt im Kloster. In diesem Fall kann man von einer gelungenen Nachahmung einzelner »Faust«-Motive sprechen.
Goethes unmittelbare Einwirkung auf das literarische, auf das geistige Leben schlechthin war trotz der vielen Neuausgaben in Rußland um diese Zeit geringer als die Einflüsse von Schiller, Heine, Hugo, Dickens, George Sand. Sogar Spielhagen und Auerbach und besonders Nietzsche, Zola und etwas später Hauptmann rangierten vor Goethe, waren einflußreicher als der Weimarer Klassiker, dessen Gedichte jeder Gymnasiast auswendig kennen mußte, dessen Werke im Bücherschrank jeder honorigen Wohnung verstaubten und dessen »Faust« in jedem Operntheater auf dem Spielplan stand. Als Drama wurde »Faust« in Rußland nie richtig bekannt, aber man summte die Melodien von Gounot, man glaubte, Goethe hätte die süßlichen Arien verfaßt, die meisten von ihnen stammten jedoch vom Librettisten.

* * *

In Dostojewskijs Arbeitsheft 1876/77 ist eine Bemerkung zwischen den Notizen »Tagebuch eines Schriftstellers« und der Novelle »Die Sanfte« eingetragen:

> Ich erhielt von zu Hause drei Rubel und rannte sofort, um mir den ›Faust‹ von Huber zu kaufen, den ich noch nicht gelesen hatte.[30]

(Hubers Nachdichtung war als Buchausgabe 1838 erschienen, als der siebzehnjährige Dostojewskij in der Petersburger Kadettenschule lernte.) Am 9. August 1838 schrieb er seinem Bruder, daß er trotz gedrückter Stimmung viel lese: Goethe, Hoffmann, Balzac, Hugo.

Der autobiographischen Notiz folgte im Arbeitsheft ein Zitat aus »Faust«: »Ein Teil der Kraft, die Böses will, und Gutes schafft.« Mit diesem Mephisto-Bekenntnis beginnt die Handlung der Novelle »Die Sanfte«. Denselben Vers sagt der Teufel im Gespräch mit Iwan Karamasow auf und kommentiert:

> Welch ein Unterschied zwischen dem Dämon und dem Menschen [...]. Der Mensch dürfte von sich nur das Gegenteil sagen: Ich bin der Teil des Ganzen, der immer Gutes will, nach Gutem dürstet, lechzt, doch die Folgen meiner Taten sind einzig und allein böse.[31]

Kurz vor seinem Tode schrieb Dostojewskij in seinem Arbeitsheft (Winter 1880/81): »Die Frage nach ›Faust‹ beantworten.«

Welche Frage? Von wem gestellt?

Die Notizbücher Dostojewskijs bezeugen, daß er während der Arbeit am »Jüngling« wiederholt an »Faust« dachte. Bereits in den ersten Notizen zum Entwurf (Februar 1874) heißt es:

> [...] ein phantastischer Poem-Roman, Zukunftsgesellschaft. Kommune. Aufstand in Paris. Sieg. 200 Millionen Köpfe. Schreckliche Plagen [...]. Ein Selbstmörder und Dämon von der Art wie im ›Faust‹ kann mit dem Poem-Roman vereinigt werden.[32].

Auch in den folgenden Notizbüchern wird »Faust« erwähnt (September/Oktober 1874). Zweimal vermerkte er auf französisch: »Je sais tout, mais je ne sais rien de bon.« Und auf russisch: »Das sagt ›Faust‹.«[33]

Michail Bachtin weist mit besonderem Nachdruck daraufhin, daß die einzige Stelle in Dostojewskijs Werk, wenn er sich emotional und ausführlich über Musik äußert, auf Goethes »Faust« bezogen ist.[34] Im »Jüngling« phantasiert der heruntergekommene Musiker Trischatow, wie er eine Oper nach Goethes »Faust« komponieren will und schildert ausführlich seine musikalischen Entwürfe für die Szene, in der Gretchen aus der Kirche getrieben wird.

Die tiefverwurzelte geistige Verbundenheit Dostojewskijs mit Schiller ist mehrmals eingehend erörtert worden.[35] Seine Beziehungen zu Goethe schienen von geringerer Bedeutung zu sein. Dennoch war es Dostojewskij, der als erster russischer Autor den eigentlichen »russischen Faust« erkannte und dargestellt hat. Darüber hatten schon mehrere Kritiker geschrieben, doch sie waren sich nicht einig, welche Gestalt aus Dostojewskijs Werken die wirklich faustische sei. Nikolaj Michajlowskij (1842–1904) nannte Iwan Karamasow, andere votierten für Aljoscha Karamasow, für den Fürsten Myschkin (»Idiot«), für Nikolaj Stawrogin (»Die Dämonen«) u.a.m.
André von Gronicka hat die Verbundenheit von Dostojewskij zu Goethe und zu »Faust« überzeugend bewiesen:

> All three chief protagonists of the drama – Faust, Mephisto, and Gretchen – had a lasting and productive impact on Dostoevski, contributing significantly to the creation of central characters and to important episodes of two of Dostoevski's masterpieces, *The Brothers Karamazov* and *The Devils*. Ivan Karamazov has been called a ›Russian Faust‹. He should more properly be called a ›Russian *anti*-Faust‹.[36]

A. v. Gronicka erörtert die »tiefe Polemik« gegen Goethe, die Dostojewskij in den Gestalten und Schicksalen von Iwan Karamasow und Nikolaj Stawrogin verkörpert. Damit stimmt er mit dem russischen Goetheologen und Goetheaner Wjatscheslaw Iwanow überein. Ähnlich wie Iwanow erkennt Gronicka auch direkte Verbindungen zwischen Goethes Gretchen und vielen Frauengestalten von Dostojewskij, z.B. Maria und Lisa in den »Dämonen«. Man könnte wohl eine direkte Einwirkung der Goetheschen Idee des »ewig Weiblichen« viel ausführlicher erörtern. Aber Gronicka sieht z.B. im Verhältnis zwischen Stawrogin und Daria Pawlowna eine Art Polemik mit Goethe:

> Daria's role is not to be Gretchen's. She will not lift this Faust to loftier realms (»zu höheren Sphären«). The ›Eternally Feminine‹ (das Ewig-Weibliche) is powerless to save this ›negating Russian Faust‹, to ›draw him heavenward‹.[37]

Die grundsätzlichen Unterschiede in der Weltauffassung von Goethe und von Dostojewskij sind besonders deutlich an der faustischen Neuübersetzung eines Satzes aus dem Evangelium ausgedrückt: »Im Anfang war die *Tat*.«

> This Faustian glorification of the self-assertive ›Tat‹ is anathema to Dostoevski. He recognizes in the very root source of the decline of Western civilisation, the devil's temptation leading mankind to its doom.[38]

Dostojewskij war unermüdlich auf der Suche nach Wahrheit und Erkenntnis, aber nie hoffte er auf den Augenblick, den man »Verweile doch« beschwört. Er war besessen von dem unstillbaren Mitleid mit den Beleidigten, Erniedrigten, Gequälten und Untröstlichen. Sein Mitleid war für ihn ein Leiden und eine Quelle schöpferischer Energie. Er selbst rang mit den Dämonen, von denen seine Gestalten besessen waren. Er selbst zweifelte wie sie und verzeifelte auch manchmal. Für ihn war die »Faust«-Tragödie immer gegenwärtig, so in dem unlösbaren Widerspruch zwischen guten Zielen – »auf freiem Grund mit freiem Volke stehen« – und schlechten Mitteln – »Krieg, Handel und Piraterie« –, zwischen der schönen Utopie des Fortschritts und den Menschenopfern, die er verlangt (»Philemon und Baucis«) . . .

Der Teufelspakt von Faust und alles, was ihm folgte, waren für Dostojewskij immer gegenwärtig in den ungelösten Problemen der Weltgeschichte, im Schicksal Rußlands, in seinem eigenen Leben und Schaffen.

Mit Dostojewskij endet die zweite Periode der »Faust«-Aneignung in Rußland, die mit der Absage von Pissarew und anderen Positivisten begonnen hatte, während der viele neue Nachdichtungen den Aufstand Lew Tolstojs gegen Goethe kaum ausgleichen konnten.

Dostojewskij hatte ganz anders als Tolstoj, aber auch überaus leidenschaftlich als Künstler und Publizist gegen Goethe gestritten, gegen dessen Verständnis für Mephisto, für Dämonisches, gegen die pantheistische »Mensch-Gott«-Poesie und die aufklärerische Toleranz. Aber all die leidenschaftlichen Polemiken, die Dostojewskij und Tolstoj führten, haben die unvergängliche Gegenwärtigkeit von Goethe überzeugender bestätigt als alle Lobeshymnen und Preisungen und haben seine faustische Welt beträchtlich erweitert.

V

Um die Jahrhundertwende zeichnet sich eine russische Goethe-Renaissance ab. Das ist besonders an den neuen Deutungen, neuartigen Auffassungen der beiden Teile von »Faust« erkennbar. Die Symbolisten Konstantin Balmont (1867–1942), Andrej Belyj (1880–1934), Dmitrij Mereshkowskij (1865–1941), Wjatscheslaw Iwanow (1866–1949), Walerij Brjussow (1873–1924) schrieben über Goethe Essays und Gedichte. Balmont übertrug mehrere »Faust«-Szenen, Brjussow dichtete beide »Faust«-Teile vollständig nach. Die Zeitschrift der Symbolisten »Trudy i dni« (Werke und Tage), die von 1911 bis 1914 erschien, enthielt eine ständige Rubrik »Goetheana«. Darin wurden neue Übersetzungen aus Goethes Werken, historische und literaturkritische Beiträge über ihn publiziert. Das ständige Motto für die Rubrik lautete: »Goethe ist unser Lehrer« (Puschkin). Das war eine kleine poetische Fälschung, denn diese Worte hatte Wenewitinow an Puschkin gerichtet.
Die Goethe-Nachfolge der Symbolisten wurzelte aber nicht nur in der unmittelbaren Rezeption seiner Werke, sondern sie entwickelte sich auch mittelbar über Nietzsche und Rudolf Steiner zu irrational und eschatologisch mystischen Mythen.
Balmont empfand Faust als eine klassizistische und materialistische Herabsetzung der ursprünglichen Faust-Gestalt der Volkssage. Er zog sogar Christopher Marlowes »Doktor-Faust« vor, den er vollständig übertrug.
Wjatscheslaw Iwanow dagegen sah in Goethe den großen Vorläufer der symbolistischen Poesie und Weltempfindung; er ließ neben ihm nur noch Novalis gelten. Iwanow erklärte, das Fazit des »Faust II«: »Alles Vergängliche ist nur ein Gleichnis« sei der höchste Ausdruck, der Inbegriff des Symbolismus. Auch Andrej Belyj teilte diese Ansicht.[39]
Walerij Brjussow gehörte zu den wenigen Schriftstellern seiner Generation in seinem Umkreis, die sich 1917 von Anfang an zur Revolution bekannten. Seit seiner frühesten Jugend galt er als ein begeisterter Goetheaner. 1908 erschien Brjussows Roman »Der feurige Engel«. Der Held, der aufgeklärte Landknecht Ruprecht, und seine Geliebte,

die mystische Zauberin Renate, die den Gretchen-Tod im Gefängniskeller stirbt, agieren in direkten Beziehungen zu Faust, dem geistreichen, lebenslustigen, tapferen Magier und Beschwörer der schönen Helene, den sein treuer Diener, der Scharlatan Mephisto begleitet. André Dabezies schrieb über Brjussows Roman: »Une ›chronique‹, qui veut reproduire si fidèlement le style naif (ou pedant) des témoins de l'époque, ne pouvait guère, sans forcer l'anachronisme, évoquer un Faust plus faustien.«[40] Dieser faustische Roman hat den Komponisten Sergej Prokofjew zu der Oper »Der feurige Engel« angeregt, die bis heute noch in mehreren Ländern gespielt wird.

Anatolij Lunatscharskij (1875–1933), der erste sowjetische Volkskommissar für Bildungswesen, war ein vielseitig gebildeter Philologe, Literatur- und Kunsthistoriker, Kritiker, Essayist und auch Schriftsteller, vor allem Dramatiker; doch darin eher fleißig als begabt. Er schrieb bereits 1906–08 ein Drama »Faust und die Stadt« und publizierte es in gekürzter Fassung 1918. Das war eine der ersten Veröffentlichungen der damals eben entstehenden sowjetischen Literatur. Dieses Drama wurde noch in den zwanziger Jahren in vielen Theatern aufgeführt. Faust ist zu Beginn der Handlung ein siegreicher Herrscher, der dem Meer neuen Boden abgerungen und eine neue Stadt aufgebaut hat. Die Stadt heißt Trotzburg. Das klang allegorisch für die Leser und Zuschauer, die deutsch verstanden, mußte aber alle anderen an den damals sehr populären Trotzkij erinnern. Dieser alte Faust soll »marxistisch« wirken, er erfindet eine universale Dampfmaschine, die selbst die schwerste Arbeit leicht und angenehm macht (»neue Produktionskräfte!«). Er will auf Krone und Macht verzichten, damit sein Volk absolut frei leben kann (»Absterben des Staates!«). Doch sein böser Sohn Faustulus, angestachelt von dem reaktionären Mephisto, zettelt einen Bürgerkrieg an (»Klassenkampf!«). Ihnen widersteht das Volk, geführt von Fausts Tochter und Schwiegersohn, einem Tribun, den sein Schwiegervater zunächst ablehnt, der dann aber durch Tochter und Volk eines Bessern belehrt wird. Das Volk siegt, Faustulus und Mephisto fahren zur Hölle; der überglückliche Erfinder

Faust, von allen umjubelt, hält eine lange und pathetische Rede, begrüßt den neugeborenen Enkel und stirbt mit den Worten: »O Augenblick des Glücks, verweile!«
Dieser erste sowjetische »Agitprop-Faust« erinnert viel mehr an die symbolistischen und expressionistischen Stücke von Leonid Andrejew, Kaiser, Hasenclever, Toller als an Goethe, ist in einer hochtrabend schwulstigen Papiersprache geschrieben, alle Personen sind zweidimensionale Pappfiguren.
Maxim Gorkij, der an der Bühnenfassung mitgearbeitet hatte, verhieß dem Stück Erfolg, den es auch in mehreren Theatern hatte. Heute gehört es in kulturgeschichtliche Archive und nicht in die lebendige Faust-Welt. Doch es muß hinzugefügt werden, daß Lunatscharskij als Literaturwissenschaftler, als Aufklärer in seinen Büchern, Essays und Vorlesungen viel geistreicher als im Drama über Faust berichtete und zu dauerhafter Goethe-Präsenz in Rußland tatkräftig beigetragen hat.

* * *

Die weitreichende Bedeutung der Entwicklung der Faust-Problematik in Gorkijs Werk und Leben hat Ralf Schröder ausführlich und in manchem einsichtig erörtert.[41] Allerdings ist die Art, in der er eigenartige und einheitliche Werke Gorkijs als Umgestaltung bzw. »Verdoppelungen« vorbedachter Modelle betrachtet, sie zerpflückend umdeutet, von vordergründiger, voreingenommener Konzeption und manchmal simplifizierend ideologisch bestimmt.
Gorkij berichtet in seinem autobiographischen Essay »Wie ich schreiben lernte« (1928), mit 20 Jahren habe er den »Faust« gelesen, doch erst viel später erfahren, daß die Tragödie auf ein mittelalterliches Volksbuch zurückgehe. Dieses interessierte ihn dann mehr als Goethes »Kunstdichtung«.

> Dieses Volksbuch entstand aus Beobachtungen des Lebens und der Arbeit der Gelehrten, ›Alchimisten‹ des Mittelalters [...]. Unter diesen Menschen gab es ehrliche Träumer, ›Fanatiker der Idee‹, aber auch Scharlatane und Betrüger, und die Fruchtlosigkeit der Bemühungen dieser Individuen, ›höchste Macht‹ zu erlangen, wurde in der Geschichte von den Abenteuern des mit-

telalterlichen Dr. Faust verspottet, dem selbst der Teufel nicht helfen konnte, Allwissenheit und Unsterblichkeit zu erlangen.[42]

Das schrieb der 60jährige Gorkij. Diese kritische Ablehnung faustischer Ansprüche war bei ihm keine zufällige Stimmung, und es war auch nicht das erste Mal, daß er die Volksdichtung als der »hohen Literatur« überlegen darstellte. Als Gegenstück zu der »unglücklichen Gestalt des Faust« setzt er im selben Essay den »unbesiegbaren Helden« der Volkskomödie und des Puppenspiels Petruschka – den russischen Vetter des Hans Wurst.

In seiner lebenslangen Auseinandersetzung mit der russischen und mit der internationalen Intelligenzija kommt Gorkij häufig auf Faust zurück, der ihn in zweifacher Weise interessierte. Einmal verkörperte Faust für ihn den grenzenlosen Wissens- und Tatendrang, die Selbstbehauptung einer einzigartigen, hervorragenden Einzelpersönlichkeit – Eigenschaften, die er als Vorzüge des Menschen pries. Zum andern verdammte er gerade diese Eigenschaften als Entfremdung des überheblichen Intellektuellen vom Volk, als Egoismus-Individualismus; da galt ihm »Faust« als deutlichstes Beispiel dafür, daß alles Bedeutende in der Literatur aus der Volkskunst entsteht. Je nach den Umständen seines so wechselreichen Lebens erhielt bei Gorkij bald die eine, bald die andere Auffassung Vorrang.

Schröder findet »direkte Erneuerung von Goethes Faust-Idee und die indirekte durch polemische Gestaltung der Zurücknahme des Faust« in Gorkijs frühen Erzählungen: »Vom Teufel« (1899), »Noch einmal vom Teufel« (1899), »Und noch einmal vom Teufel« (1905) und im Poem »Der Mensch« (1903). Schröder stimmt dem sowjetischen Philologen B. Michajlowskij zu, der »Das Lied vom Falken« (1895) als eine poetische Variante des Gesprächs zwischen Faust und Wagner deutete.[43]

Schröder beruft sich auf Gorkij, der in seiner Erzählung »Vom Teufel« selbst bekennt, daß er einen Weg sucht, »auf dem ein Mensch aus dem Chaos der Trübsal und der Zweifel auf den festen Boden der Selbstsicherheit zurückfinden kann«. Aber er muß feststellen, »immer wartet am Ende des Weges auf uns der Teufel! Es ist jener beste unter

allen uns geläufigen Teufeln, mit dem uns der große Goethe bekanntgemacht hat.«[44]
Doch diese Berufung auf Goethe ist das einzige, was all die Teufelsgestalten von Gorkij mit »Faust« verbindet. Sie ähneln mehr dem »lahmen Teufel« von Lesage – der übrigens auch erwähnt wird –, vor allem aber den einfältig-listigen Teufeln der russischen Folklore, die auch bei Puschkin, Gogol und Tolstoj vorkommen. Ein Teufel taucht bei Gorkij auch in der Erzählung »Über den Schriftsteller, der überheblich wurde« (1901) auf; aber dessen unmittelbarer Vorgänger war offenbar der schlaue Teufel Iwan Karamasows.
Im Poem »Der Mensch« sehen Michajlowskij und Schröder »eine eigenartige Fortführung der Probleme und Ideen von Goethes Tradition«.[45] Dieses Poem besteht aus einer Reihe von rhetorischen Leitsprüchen und Maximen, die wie ein hymnischer Lobgesang auf die Allmacht der Vernunft, des Gedankens, des Menschenstolzes anmuten und Liebe, Hoffnung, Schwermut, Verzweiflung und ähnliche »Schwächen« verächtlich zurechtweisen. Es erinnert eher an Nietzsches aphoristisch verdichtete Prosa und greift manche Züge der exaltierten O-Mensch-Pathetik der deutschen Expressionisten des folgenden Jahrzehnts voraus, denen Gorkij zeitlich und mental näher war als Goethe.
»Klim Samgin«, Gorkijs letztes und umfangreichstes Werk, ist ein unbeendeter, episch-lyrischer, historisch-philosophischer, psychologischer und politischer Roman, der rund 40 Jahre russische Geschichte bis 1917 umfaßt. In einigen wesentlichen Strömungen dieses weitverzweigten und vielschichtigen Werkes sind Auseinandersetzungen mit faustischen Problemen erkennbar, auch einzelne, eher äußerliche, allegorische oder parodistische Bezüge zu »Faust«. Die erste Geliebte Samgins heißt Margarita, ist ein schlichtes Kleinstadtmädchen, aber kein »arm unwissend Ding«. Sie läßt sich von Samgins Mutter dazu dingen, den Sohn praktisch in die Mysterien der Liebe einzuführen, schläft abwechselnd mit ihm und seinem »mephistophelischen« Kameraden Dronow. Samgins letzte Geliebte heißt Jelena, sie ist schön und wird leidenschaftlich von ihm begehrt, doch sie ist auch eine kühl berechnende, überlegene Geschäftsfrau. Eine Nebenfigur,

der Lyriker Inokow, erinnert in seiner Biographie und in seinem Äußeren an Gorkij. Er schrieb ein Gedicht, in dem es heißt, sein Drang zur Freiheit, sein Wille aus kleinlicher Alltagsenge herauszukommen, sei von »Satan, dem Fanatiker des Wissenwollens« geweckt worden.

Gorkijs Verhältnis zu Faust erscheint in diesem Roman zunächst außerästhetisch bestimmt zu sein, es geht für den Autor wie für seine Helden vor allem um den Sinn des Lebens, der Wahrheit letzten Schluß. Doch da der Autor ein Dichter und kein Illustrator war und sein Roman kein belletristisches Lehrbuch für höhere Ideen ist, werden auch abstrakte Probleme künstlerisch verdichtet.

Die Sehnsucht »nach des Lebens Quellen« erzeugt das beharrlich-dringliche Fragen nach dessen Anfang und nach dem, was bleiben soll, nach dem Wert, dem Sinn des Daseins. Darüber reflektieren, streiten, grübeln, quälen sich selbst und einander Klim Samgin, die Nebenfiguren und der Autor. Untersuchte man den Text statistisch, erhielte man sicherlich ein äußerst hohes »spezifisches Gewicht« der Begriffe »ausdenken«, »erdenken«, »ersinnen«, »einbilden« und »sich erinnern«. Im Wortschatz der handelnden Personen und im verbindenden Text des Autors gehören auf diese Begriffe bezogene Wörter zu den weitaus häufigsten. Als Gorkij die Arbeit an diesem Roman begann, schrieb er an Stefan Zweig (15. 3. 1925):

> [. . .] (ich) schreibe über jene russischen Menschen, die wie sonst niemand fähig sind, ihr Leben, sich selbst zu erdichten.[46]

Freud und Leid am »Blenden der Erscheinung«, Fluch und Segen für alles, was »in Träumen heuchelt«, die plastisch produktive Empfindung und Gewißheit: »Was verschwand, wird mir zu Wirklichkeiten« – das sind die ideellen wie bildgestaltenden faustischen Wesenszüge dieses Romans. Sie lassen sich an den unstillbaren Zweifeln erkennen, mit denen Samgin und die meisten seiner Freunde sich quälen, an dem hartnäckigen Drang, den Sinn der Welt und der eigenen Existenz zu erkennen und an dem gewaltigen Tatendrang, der sie über manchen überlieferten und manchen neuen moralischen Imperativ hinwegführt, an der maßlosen, anspruchsvollen Lebens-

lust, an der Egozentrik, die aber gleichzeitig nach gesellschaftlicher Aktivität verlangt.
Klim Samgin erlebt in der Silvesternacht 1912 seine Sternstunde – er hält seine beste Rede, was für ihn, dem das Wort ganz besonders viel bedeutet, zum Gipfel seiner Entwicklung wird. Das Hauptthema dieser Rede ist der Gegensatz Don Quijote-Faust.
»Man erzieht uns zu Don Quijotes«, sagt er und meint die Tradition der russischen Intelligenzija, die vom aktiv altruistischen, selbstlos kämpferischen Geist der Aufklärer, der Narodniki und der staatstreuen patriotischen Idealisten, von ihrer tätigen Opferbereitschaft und Anfälligkeit für optimistische, sozialpolitische Illusionen bestimmt war. Samgin dagegen bekennt:

> Ich bin kein Don Quijote [. . .]. Ich spreche davon, daß unsere Vernunft – das Organ des Pyrrhonismus, das Organ Fausts, der die Welt kritisch untersucht – gewaltsam in ein Organ des Glaubens verwandelt wurde.[47]

Auf dieses Dilemma kommt er dann noch einige Male zurück. Über den Bolschewiken Kutusow heißt es beispielsweise: »[. . .] ein Mensch, der Don Quijote und Faust harmonisch in sich vereint«.[48]
Viele faustische und antifaustische Motive in Gorkijs Werken und vor allem im »Klim Samgin« hat Ralf Schröder entdeckt und mit außerordentlichem Forscherfleiß erörtert. Doch seine Schlußfolgerungen und verallgemeinernden Schemata – ganz abgesehen davon, daß in Literatur- und Kunststudien jede Art von Schematisierung fehl am Platze ist – werden von axiomatisch verabsolutierten Prämissen abgeleitet, denen zufolge Gorkijs philosophische und künstlerische Entwicklung als geradlinig und eindeutig ausgerichtet postuliert wird. Etwa so wie die Schlußzeile seines oben erwähnten Poems »Der Mensch« lautet: »Vorwärts! und höher hinauf! immer so vorwärts und höher hinauf!« Gorkijs ganzes Leben und Schaffen wird als einheitlich, unfehlbar, makellos aufgefaßt und »Klim Samgin« als Entlarvung und Verurteilung des »bürgerlichen Pseudo-Faust« gedeutet.
In seinem lyrisch-satirischen Prosa-Poem »Über den Schriftsteller, der überheblich wurde«, das zweifellos

manche selbstkritische autobiographische Züge enthält, schrieb Gorkij: »Immer aufrichtig war er, und jeden Tag widersprach er sich selbst.«

Auch Gorkij widersprach sich oft selbst, und die Entwicklung seiner philosophischen, politischen, kunsttheoretischen und moralischen Ansichten war reich an Widersprüchen. Nichts weniger als geradlinig verlief sein literarischer Werdegang.

1909 hatte Gorkij den Essay »Zerstörung der Persönlichkeit« publiziert, in dem er ebenfalls die Volksdichtung höher als die Kunstdichtung einstufte. Darin heißt es über die Faust-Sage:

> Das Volk schuf diese Legende so, als ob es die geistige Kraftlosigkeit der Persönlichkeit schildern wollte, der Persönlichkeit, die offenbar schon seit langem dem Volk feindlich gesinnt ist. Er verspottet die Genußsucht dieser Persönlichkeit ebenso wie ihre Versuche, das Unerkennbare zu erkennen [. . .]. Die besten Werke der großen Dichter aller Länder schöpften aus der Schatzkammer des kollektiven Volksschaffens, in dem seit alters alle poetischen Konzentrate, alle berühmten Gestalten und Typen vorhanden sind.[49]

Damals war Gorkij einer von den »Gottsuchern« (Bogdanow, Lunatscharskij u. a.) und stand in extremem Widerspruch zu seinem jugendlichen Nietzscheanertum, zum pathetischen Individualismus seiner frühen Werke, er betete die schöpferische Kraft der Masse an und sah im Proletariat den kollektiven Heiland. Leidenschaftlich und rechthaberisch verdammte er die Todsünde des Individualismus und behauptete:

> Milton und Dante, Mickiewicz, Goethe und Schiller schwangen sich zu ihren höchsten Leistungen immer dann auf, wenn sie vom Schaffen eines Volkskollektivs beflügelt wurden, und wenn sie aus der Quelle der Volkspoesie schöpften [. . .]. Die individuelle Phantasie hat von sich aus bis jetzt weder einen Prometheus noch einen Wilhelm Tell zu schaffen vermocht.[50]

Im August 1910 schrieb er an einen Kollegen:

> Der erste Teil des Faust ist, wie Sie wissen, ein realistisches Werk, den zweiten Teil aber liest man nicht. Und man braucht's auch nicht, denn jeder beliebige Sammelband mit Volksmärchen und

-sagen ist dreimal so tief und dreimal so inhaltsreich wie dieser übergescheite Wirrwarr.[51]

Für Gorkij war »Faust I« während dieser Phase das Beispiel überpersönlicher, aus der Volkskunst herausgewachsener Dichtung, eine Demaskierung des egoistischen Individualismus. In diese Konzeption paßte der zweite Teil verständlicherweise nicht.
Doch bereits 1911 veröffentlichte er »Der Alte«, ein hymnisches Poem in rhythmisierter Prosa (geschrieben etwa 1906). Im Ton ähnlich wie »Der Mensch« wird hier ein blinder Greis gepriesen, der verklärt und ruhevoll dem Tod entgegengeht, vorbei an verzweifelten, verbitterten, verblödeten Menschen. Er liebt das Leben, segnet es, aber er fürchtet sich nicht vor dem unvermeidlichen Nichtsein.

Ich liebe alle Blumen und alle Farben der Erde; und der Mensch, das allerbeste auf ihr, war mein Leben lang für mich das wunderbarste Rätsel, und ich wurde nicht müde, es zu bewundern! O nein, ich wurde nicht müde! Nie verlangte mich nach der Aufmerksamkeit der Menschen, denn wichtig ist nicht, was mir zuteil wird, sondern was ich geben kann [...]. Ich nahm vom Leben alles, was ich nehmen konnte. [...] Aber auch in das Dunkel der Vergessenheit, in die Tiefe des ewigen Schweigens werde ich heiter und dankbar lächelnd hinuntersteigen, so wie die Sonne, die in die Nacht untergeht, nachdem sie den Tag lang all ihre Strahlen, alle Kräfte und Freuden auf die Erdenbrust ergossen hat.[52]

Dieses Preislied auf den greisen, bescheiden-stolzen, blinden Menschenfreund, der alles andere als »antiindividualistisch« ist, trägt deutlich faustische Züge und verrät Nietzsches Einfluß.
Das Weltempfinden eines Künstlers, sein konkret emotionales Unterbewußtsein ändert sich nicht so schnell – wenn überhaupt – und nicht so radikal, wie seine Weltsicht, seine bewußten generalisierenden Ansichten sich zu ändern vermögen. Am dauerhaftesten aber sind meistens die inneren Widersprüche zwischen Weltsicht und -empfindung, der Kampf zweier Seelen in einer Brust, die unversöhnlich gegensätzlich und doch untrennbar bleiben.
In Gorkijs Leben und Werk bekämpften sich seit seiner Jugend das bewußte Bekenntnis zu einer überindividuel-

len guten, aber abstrakten Macht – zur Menschheit, zum Volk schlechthin, zu den Werktätigen als homogener Masse, zum Proletariat – und die konkret künstlerische, konkret moralische Bewunderung der Individualität, der eigenartigen Persönlichkeit, der im grauen, kleinlichen Alltag verborgenen farbenreichen, prägnanten Gestalten von Einzelgängern, Sonderlingen, Rebellen, seien es deklassierte Strolche im »Nachtasyl«, seien es ungestüme Wahrheitssucher oder leistungssüchtige und raffgierige Tatmenschen, Kaufleute oder Arbeiter. Im Kampf dieser beiden »Seelen« Gorkijs überwog bald die eine, bald die andere.[53]

Am 20. Dezember 1924 schrieb er an Konstantin Fedin:

> Hol der Teufel alle Laster des Menschen samt all seinen Tugenden – nicht das macht ihn bedeutend und wertvoll für mich. Wertvoll ist er mir durch seinen Lebenswillen, durch seine ungeheure Beharrlichkeit im Streben, größer zu werden als er ist, und sich zu befreien aus den Schlingen, aus dem straffen Netz seiner historischen Determiniertheiten, über den eigenen Kopf hinauszuspringen, sich von all den Listen zu befreien, die die Vernunft ersinnt, die Vernunft, die angeblich vollkommene Harmonie anstrebt, in Wirklichkeit aber nur darauf ist, einen ruhigen Käfig für den Menschen zu bauen. Die wahre Geschichte der Menschen verfaßt nicht der Historiker, sondern der Künstler. Weder Solowjow noch Theodor Mommsen hätten Doktor Faust, Don Quijote, Iwan Karamasow erdichten können, aber gerade diese Männer sind es, die das Material für all die Niebuhrs und Kljutschewskijs heranschaffen.[54]

Wenige Monate darauf erzählte Gorkij mehreren Freunden und Kollegen, daß er an einem großen Roman, an einer »Chronik aus der Zeit zwischen 1880 und 1918« arbeite.[55] Er begann mit der Arbeit an »Klim Samgin« in einer wesentlich anderen Verfassung als der, die bald darauf für ihn bestimmend wurde. Eine entscheidende und gewissermaßen faustische Wendung in seinem Leben und in seinen Beziehungen zur Welt bahnte sich an.

Vor dem ersten Weltkrieg war er aktiver Kombattant der linken Sozialdemokraten (Bolschewiki) gewesen. Mit Lenin verband ihn eine herzliche Freundschaft trotz mancher ernsthafter Meinungsverschiedenheiten, vor allem wegen Gorkijs Empiriokritizismus und seinem »Gottsuchertum«. 1917/18 polemisierte Gorkij in seiner Zeitung »Nowaja shisn« (Neues Leben) scharf gegen die Bolschewiki, gegen Lenins Regierung. Er faßte seine in der Zeitung veröffentlichten kritischen Aufsätze in einem Buch »Unzeitgemäße Gedanken« (1918) zusammen. Zeitung und Buch wurden noch im selben Jahr verboten. Gorkij war hier als Anwalt der russischen und internationalen Kulturtraditionen aufgetreten, als Verteidiger der demokratischen Rechte der Person und der menschlichen Würde gegen die Willkür und terroristische Herrschaft der bolschewistischen Staatsmacht, gegen die blindwütige, zerstörerische Raserei der aufgehetzten kultur- und moralfeindlichen Massen.

Bald aber versöhnte er sich wieder mit Lenin; 1919–21 baute er zusammen mit Alexander Blok und Kornej Tschukowskij den Verlag »Mirowaja literatura« (Weltliteratur) auf, beschützte und verteidigte Schriftsteller, Wissenschaftler und andere Intellektuelle, die in Tscheka-Haft gerieten (seine Frau leitete das »Rote-Kreuz-Komitee für politische Häftlinge in Rußland« bis etwa 1936/37). Er organisierte die »Zentrale Kommission für Besserung der Lebensbedingungen der Wissenschaftler« (ZEKUBU), die Hunderte von Menschen vor dem Verhungern und Erfrieren rettete.

1921 reiste Gorkij ins Ausland, erst nach Deutschland, dann nach Italien. Wieder griff er polemisch die Sowjetregierung an, protestierte gegen brutale Verfolgungen der Intellektuellen, der Sozialdemokraten, Sozialrevolutionäre und Liberalen.

Lenins Tod (1924) war für Gorkij ein schwerer schmerzlicher Schlag. Mit den konservativen Emigrantenkreisen hatte er während seines Auslandsaufenthalts kaum Verbindung gehabt und sich von ihnen distanziert. Enge Kontakte mit den Freunden und Kollegen in Rußland blieben erhalten und verstärkten sich von Jahr zu Jahr. 1928, zu seinem 60. Geburtstag, fuhr er in die Heimat, die er sieben Jahre zuvor in Hunger und Elend verlassen hatte. Alles, was er nun sah, verführte ihn zu dem Glauben, daß das neue Rußland auf dem richtigen Wege sei. Ihn begeisterten das Ausmaß der Kultur- und Bildungsarbeit, die neuen Schulen und Bibliotheken, die neu gewonnenen beispiel-

los aktiven Lesermassen, die grandiosen Aufbaupläne, die enthusiastische Jugend.
Er wurde umjubelt, wohin er auch kam. Es schien, das ganze Riesenland, das ganze Volk feierte Gorkijs Geburtstag. Die Stadt, in der er geboren war, Nishnij Nowgorod, wurde nun in Gorkij umbenannt, ebenso das Künstlertheater in Moskau. Straßen, Plätze, Schulen und Hochschulen, Bibliotheken und Betriebe in vielen Städten erhielten seinen Namen.
Kurz nachdem er aus der gastfreundlichen, wunderbar veränderten Heimat wieder nach Italien zurückgekehrt war, brach in der westlichen Welt die Weltwirtschaftskrise aus, das unaufhaltsame Vordringen der schwarzen und braunen Faschisten ließ Schlimmes ahnen.
1931 siedelte Gorkij endgültig von Capri nach Moskau über. Er wurde zum offiziellen väterlichen Oberhaupt der Sowjetliteratur. Es geschah nun weit mehr, als das, was fünf Jahre zuvor Majakowskij in seinem ironischen Gedicht »Ein Brief an den Schriftsteller Alexej Maximowitsch Gorkij« vorausgesagt hatte: »Die Epiker werden sich vor Ihnen in die Schulbänke setzen – belehr uns! bieg uns um!« Stalin selber, alle Politbüromitglieder und der NKWD-Chef Jagoda umwarben ihn und biederten sich ihm als Freunde an. Massenversammlungen in Schulen und Hochschulen, in Fabriken, Heereseinheiten, in Dörfern und Städten jubelten ihm zu, wollten sich von ihm belehren lassen.
Im Moskauer Gorkij-Museum konnte man lange Zeit ein Exemplar seines Jugendwerkes, das Versmärchen »Das Mädchen und der Tod« bewundern: Auf dem Titelblatt stand schräg in der oberen Ecke – wie es bei Kanzleivermerken gebräuchlich ist – eine »Resolution«: »Dieses Stück ist stärker als Goethes Faust. Die Liebe besiegt den Tod. Stalin.« Darunter befand sich eine zweite, wortreichere »Resolution« von Woroschilows Hand. Zu Gorkij Lebzeiten war dieses Büchlein wohlverwahrt geblieben. Er selbst soll über dieses Lob unzufrieden gewesen sein, er nahm sein »Knabengeschreibsel« nicht ernst. Aber später wurden Dissertationen und literaturgeschichtliche Studien über »dieses Stück stärker als Goethes Faust«, über die grundsätzliche »Weisheit« dieses Vergleichs verfaßt.

Gorkij, der einstige leidenschaftliche Verteidiger von Menschlichkeit und Freiheit, wurde zum Befürworter härtester terroristischer Maßnahmen gegen »Saboteure« und »Schädlinge«. Er wies die Proteste »bürgerlicher Humanisten« wie Einstein, Heinrich Mann verächtlich zurück. Umgeben von schmeichlerischen, aber wachsamen Dienern und Literaturfunktionären lebte er nun von seiner Heimat weit stärker isoliert, als es jemals im Ausland der Fall gewesen war. Begründet wurde diese Abschirmung mit der Sorge um seine Gesundheit, ihn betreuten Stalins Leibärzte, die aber bald nach Gorkijs Tod als seine Mörder angeklagt und verurteilt wurden.
Er starb im Juni 1936. Zwei Monate später fand der erste große Schauprozeß gegen Sinowjew und Kamenew statt. Es setzte die große »Säuberung« ein. Millionen Menschen wurden verhaftet, Tausende vernichtet, darunter zahlreiche von Gorkijs alten Freunden. Das hätte er nicht billigen können. Man ließ ihn zur rechten Zeit sterben.
An »Klim Samgin«, in dem sich die meisten faustischen und antifaustischen Züge finden, schrieb Gorkij bis etwa 1931/32, danach nahm er nur noch Korrekturen vor und skizzierte Kapitel-Pläne, die nicht mehr ausgearbeitet wurden. Über »Faust« sprach und schrieb er in den letzten Lebensjahren nur noch beiläufig und wieder vorwiegend als von einem Beispiel eines »aus der Volkspoesie entstandenen« Werkes.[56] In der widerspruch- und wechselreichen Entwicklung von Gorkijs Ansichten gab es sonderbare Rückbezüge, so ist z. B. in seiner eigentlich widernatürlichen Verbindung mit Stalin ein Widerhall der jugendlichen Verlockung durch verflachtes Nietzscheanertum deutlich spürbar – der Übermensch steht jenseits von Gut und Böse.
»Klim Samgin« ist eine dicht bevölkerte, vielfältige Welt in sich, hier gibt es lichte und finstere, üppige und öde Gegenden. Diese Welt ist aber auch zugleich eine plastische Darstellung von vierzig Jahren russischer Geschichte, vieler tatsächlicher, historisch bedeutender und folgenschwerer Ereignisse. Vergleicht man manche von Klim Samgins Äußerungen und Gedanken mit Gorkijs Essays in »Neues Leben« und »Unzeitgemäße Gedanken«, drängt sich die Vermutung auf, daß dieser »kleinbürgerliche Pseudofaust«

nicht nur Gorkijs Kritik an den schlechten Intellektuellen, sondern auch einen beträchtlichen Schuß Selbstkritik enthält. Es gibt im Roman auch noch den Lyriker Inokow, dessen Lebenswandel und Verhalten, dessen Gedichte – auch das vom verführerischen Satan, dem Fanatiker des Wissens – autobiographisch gefärbt sind. In den Gegensätzen: Samgin/der Schurke Dronow, Samgin/der Lyriker Inokow und Samgin/der Bolschewik Kutusow sind eigenartige Varianten, realistisch-symbolische Neugestaltungen »zweier Seelen in einer Brust« deutlich erkennbar. Ralf Schröders Arbeit gibt manche Anregungen für künftige Forscher und liefert Herausforderungen zu fruchtbarer Polemik.
1931 erwiderte Gorkij der Behauptung eines russischen Emigranten, er habe sich dem Teufel ergeben:

> Wenn der Teufel existiert, und wenn er mich verführt hat, so ist das gewiß nicht ›der kleine Dämon‹ der Ehrsucht und Eigenliebe, sondern Abadonn, der sich gegen den unbegabten und menschenfeindlichen Schöpfer empörte.[57]

Das war nun wahrhaftig ein faustisches Bekenntnis. Faustische Züge sind weit mehr als Gorkijs Werken seiner Persönlichkeit und seinem Schicksal eigen. Die Verzweiflung des alten Faust erlebte er als Zwanzigjähriger. Damals hatte er sich eine Kugel in die Brust geschossen. Er wurde gerettet und in den nachfolgenden Jahrzehnten waren sein Erkenntnisstreben, sein Tatendrang, seine Lebenslust unerschöpflich.
Gorkij ging durch die Walpurgisnächte der Kriege und Revolutionen. Einen eigentlichen Teufelspakt schloß er erst im siebten Lebensjahrzehnt, als er glaubte, daß die Gewaltigen der Stalinschen Kamarilla die einzig legitimen Erben und Fortsetzer der sozialistischen Revolution seien. Von ihnen umgeben, wähnte er sich auf »freiem Grund mit freiem Volk«, aus ihren heuchlerisch verlogenen Reden meinte er der Weisheit letzten Schluß herauszuhören. Und verführt von teuflischer List, geblendet von Sorge begrüßte er am Grabesrande das Spatengeklirr der höhnisch grinsenden Lemuren als den letzten Angriff auf den »faulen Pfuhl« der alten verhaßten Welt.
Dennoch hat auch er »immer strebend sich bemüht«, und

so muß er aus der Hölle des Verkennens, aus der Unterwelt der verklärenden und verdammenden Mißdeutungen erlöst werden.

* * *

An der Front von Stalingrad schrieb der Panzeroffizier Samuil Aljoschin 1942 sein Drama »Mephistopheles«. – Im ersten Weltkrieg nahmen viele deutsche Soldaten den »Faust« in einer Tornisterausgabe an die Front mit. Im zweiten Weltkrieg kannte ich mehrere sowjetische Soldaten und Offiziere, die in ihrem Feldgepäck »Faust« bei sich hatten.

Aljoschin (*1913) schrieb seinen eigenen neuen »Faust«, noch dazu einen polemischen. Er polemisierte aber nicht nur gegen Goethe, sondern gegen die überlieferte Vorstellung von der Allgewalt des menschenfeindlichen und menschenverachtenden Teufels. Er baute die Fabel von »Faust I« auf einem umgekehrten Kräfteverhältnis auf. Faust – der weise und gütige Menschenfreund – »verführt« den skeptischen Mephisto zu Menschenliebe und schließlich zur Menschwerdung. Bei Aljoschin ist es Mephisto, der Gretchen liebt, ihr aber mißtraut und sie schließlich aus Eifersucht verläßt. Gretchen wird zur Hure und verkommt. Mephisto, von Reue geplagt, verzichtet auf seine seelenlose Unsterblichkeit, und an Fausts Sterbebett wird er endgültig zum Menschen. Aljoschin schrieb in seinem Vorwort:

> [. . .] statt unendlicher Existenz, statt Jagd nach leeren Symbolen – das menschliche Leben. Und Faust schenkt Mephisto dieses Leben.[58]

Auf eine direkte Auseinandersetzung mit Goethes »Faust« legte es auch Ilja Selwinskij (1899–1968) in seinem Stück »Faust lesend«[59] an. Ein deutscher Atomphysiker wird von einem gräflichen SS-Mephisto zur Herstellung der Atombombe verführt. Aber sein Kollege, ein Kommunist, setzt alles daran, dies zu verhindern. Glücklicherweise bricht das Nazi-Reich gerade noch rechtzeitig zusammen. In diesem Stück wimmelt es von »Faust«-Zitaten, faustischen Sprüchen und Reminiszenzen, Vergleichen mit faustischen Situationen. Es wurde von der Kritik schroff abgelehnt als eine Mischung aus primitiver Kriminalstory, Pseudo-Tiefsinn, politischen Parolen und »Faust«-Zitaten.[60]

Der ukrainische Lyriker und Dramatiker Alexander Lewada (*1909) beabsichtigte mit seinem Trauerspiel »Faust und der Tod«[61], das erste Drama des kosmischen Zeitalters zu schreiben. Der sich faustisch gebärdende Kybernetiker Wadim, ein gelehrter Egoist, der ein »Kosmosbezwinger« werden möchte, hat einen »denkenden und handelnden« Roboter konstruiert und zu seinem Gehilfen gemacht. Dieser Mechanotrop, ein kybernetischer Homunculus, wird zum teuflischen Werkzeug der bösen Kräfte, die in Wadims eigenem Wesen lauern. Als ein zweiter Mephisto tritt ein Mönch auf, Wadims Bruder, der im Krieg mit den Faschisten kollaboriert hatte und als tot galt. Den beiden bösen Brüdern stehen zwei gute Wissenschaftler gegenüber, die Kosmonauten Jaroslaw und Roman. Da sie gut sind, haben sie auch eine gute Mutter, die die dramatische Handlung volkstümlich kommentiert. Jaroslaw ist mit einer Malerin verheiratet und Roman mit einer Musikstudentin verlobt. Die bösen Gegenspieler müssen ohne Eltern und Frauen auskommen. Wadim versucht Jaroslaws Frau zu verführen, und der Mechanotrop sorgt dafür, daß Jaroslaw bei seinem Flug in den Kosmos tödlich verunglückt. Kurz vor seinem Tod verkündet Jaroslaw: »O Faust, du irrtest bitter, Faust [...] unvernünftig hast du den Augenblick aufhalten wollen.« Wadim, den die Geliebte verläßt, wird von Reue gepeinigt. Er und sein Doppelgänger Mechanotrop vernichten einander, der finstere Mönch verschwindet sang- und klanglos. Roman fliegt in den Kosmos und kehrt, von Mutter und Braut jubelnd empfangen, gesund und munter wieder.
Alle diese mehr oder weniger vordergründigen Umgestaltungen der »Faust«-Fabel verkörpern recht verschiedene Gedankengänge – romantisch-utopische, naiv-propagandistische und sentimental-humane. Unterschiedlich im literarischen Rang haben sie eines gemeinsam: die Gegenwärtigkeit der »Faust«-Probleme und des »Faust«-Mythos.

Doch »Faust« wurde und wird in Rußland nicht nur »literarisch« angeeignet. Für viele Menschen ist er in erster Linie ein personifizierter philosophischer Begriff, eine Weltanschauung, die zur Welteinwirkung drängt.
Ilja Metschnikow (1845–1916), der große Biologe, der eine positivistische Lebensphilosophie entwarf, berief sich oft auf Goethes »Faust« als Sinnbild natürlicher Menschlichkeit, als überzeugendes Beispiel für wahren Optimismus. In seinem Buch »Optimismus-Etüden« widmet Metschnikow Goethe und insbesondere Faust das vorletzte Kapitel. An Fausts Beispiel zeigt er eine gesunde, natürliche Menschenentwicklung: Ein pessimistischer, zum Selbstmord neigender junger Mann, ein ausschweifender Egoist und Verführer wird als Greis zum tatkräftigen Optimisten und Menschenfreund.
Metschnikow sah in Faust seine eigenen Theorien bestätigt. Er vertrat – übrigens noch vor Freud – die Auffassung, daß der Geschlechtstrieb im geistigen Leben des Menschen eine entscheidende Rolle spiele, und lehrte, Optimismus sei eine natürliche, alle Gebiete menschlicher Tätigkeit fördernde Weltanschauung und Empfindung und »ein gesunder Trieb zum natürlichen Tode« vollende ein optimistisches Leben.
Spengler schrieb im »Untergang des Abendlandes«, im Kapitel »Faustische und apollinische Naturerkenntnis«:

> Der letzte Schluß faustischer Weisheit ist [. . .] die Auflösung des gesamten Wissens in ein ungeheuerliches System morphologischer Verwandtschaften. Eine *infinitesimale Musik* des grenzenlosen Weltraumes, das ist immer die tiefe Sehnsucht dieser Seele im Gegensatz zur Antike mit ihrem plastisch-euklidischen Kosmos gewesen.[62]

Der pessimistische Kulturphilosoph verkündete genau das, was vier Jahrzehnte später die sentimental-optimistische Zukunftsidylle Lewadas als eine Neugestaltung der »faustischen Weisheit« darzustellen suchte. Und die eigentliche Kollision, die alle dramatischen Konflikte in diesem Stück bestimmt, enthält bereits in ihrer naiven Zweidimensionalität die gleiche grundsätzlich neue faustische Problematik der »kosmisch-kybernetischen« Epoche, die vor einiger Zeit der österreichische Dramatiker

Kurt Becsi in seinem Essay »Zur Aktualität des Faust-Problems« erörterte.

> Gerade Faust ist sozusagen als das Modell des modernen kosmischen Menschen zu erkennen. [. . .] die ursprüngliche [. . .] Sagengestalt Fausts bildete gleichsam noch jenen gemeinsamen Urgrund, in dem sich [. . .] der kosmische wie der apokalyptische Mensch, noch ungetrennt, noch nicht polar bewußt, zutiefst durchdrangen. [. . .] Das faustische Problem, das [. . .] in seiner Aktualität universal wird, umgreift die beiden [. . .] nur denkbaren Extreme, die eines kosmischen Menschen und eines kosmischen Äons und die eines apokalyptischen Menschen und eines apokalyptischen Äons. Vor allem aber wird Faust als der kosmische Revolutionär der Zukunft, vielleicht als der große Alchimist des Kosmos zu begreifen sein.[63]

»Fausts« allgemeine sozialphilosophische Bedeutung betonte Sergej Eisenstein (1898–1948) mehrfach:

> [. . .] dieser Sprung aus der Poesie in die Sphären der reinen Philosophie (wie etwa in Faust II) ist noch gewaltiger als bei Leonardo da Vinci, Zola und Gogol. – Die Gestalten Faust, Margarete, Mephistopheles haben die zeitgemäße Alltäglichkeit eines Doktor Faustus, der mittelalterlichen Bühnenbretter und Christopher Marlowes längst verloren. Sie wurden zu Mustern allerhöchster philosophischer Verallgemeinerungen.[64]

Ein Notizbuch Sergej Eisensteins enthält den Entwurf zu einer größeren Abhandlung über die Grundprobleme des Fernsehens. Darin heißt es:

> »Verweile doch, du bist so schön« als Ersatz* für die Unmöglichkeit einer *wirklichen Teilnahme an den Ereignissen*, daher die Notwendigkeit, mit ihren widerspiegelnden Schatten kohabitieren zu müssen. Das Fernsehen als Substitut realen Mitmachens.[65]

In der Schlüsselformel des Faust-Mephisto-Paktes, die zum Kernproblem der Tragödie gehört, sah Eisenstein das zentrale Problem der »Kunst wie überhaupt jeder schöpferischen Tätigkeit des 20. Jahrhunderts«. Er war der Ansicht, daß diese von Goethe genial vorausgeahnte Problematik unserer Epoche vor allem in dokumentarischen Filmen und Fernsehreportagen eine grundsätzliche Neugestaltung erlebt. Darum wählte er die Faust-Mephisto-

(* im Original auf Deutsch)

Formel zum Ausgangspunkt einer weit zurückgreifenden universalen Kunstgeschichte, die er als Einleitung für seine Arbeit über die inneren Gesetze des Fernsehens schrieb. Eben diese allerneueste und am weitesten technisierte Kunstgattung glaubte er im Lichte der poetischen Philosophie Goethes erforschen zu müssen. Er begriff das Fernsehen als das gegenwärtige Ergebnis der Entwicklung aller Künste seit Jahrtausenden.

Neben der vielfältigen intensiven, künstlerischen und wissenschaftlichen Beschäftigung mit Faust gibt es in der Sowjetunion auch die feuilletonistische, opernhafte, schul- und kathedermäßige sowie den propagandistischen Kitsch. Da geistert ein frisch-fröhlicher Faust herum, durchaus auf Fortschritt und Gemeinnutz bedacht, aufklärerisch, atheistisch, dialektisch-materialistisch, ein tüchtiger Staatsmann, der es versteht, energisch durchzugreifen, wenn irgendwelche Spießer wie Philemon und Baucis seinen Aufbauplan stören. Dabei dient Goethes »Faust« hauptsächlich als Zitatenschatzkammer. Eine derartig triviale »Faust«-Aneignung veranlaßte wahrscheinlich den Lyriker Iossif Brodskij zu einem satirischen Poem, das mit der bösen Zeile beginnt: »Ich bin Antifaschist und deshalb Anti-Faust.«[66]

* * *

Michail Bulgakow (1891–1940) begann seinen Roman »Der Meister und Margarita« 1928 und beendete ihn 1940 kurz vor seinem Tode; veröffentlicht wurde er erst 1966/67. Die bereits im Titel und Motto (»Ein Teil von jener Kraft, die stets das Böse will und stets das Gute schafft.«) angekündigte »Faust«-Aneignung wird auf sonderbare Weise vollzogen. Nicht der Titelheld, der Meister, in dem man leicht einen lyrischen Protagonisten des Autors erkennen kann, spielt die Faust-Rolle, sondern seine Geliebte Margarita. Sie schließt mit dem Teufel Voland (als Junker Voland wird Mephisto in der ersten Walpurgisnacht begrüßt) ein Bündnis, um den Meister und sein Werk zu erlösen, vor dem Untergang zu retten. So ist das »Ewig-Weibliche« für die Rettung entscheidend, aber vollzogen wird sie nicht durch himmlische Gewalten, sondern eben durch

»jene Kraft, die stets das Böse will und stets das Gute schafft«.
In drei Schichten oder auch Strömen entwickelt sich die Fabel klar überschaubar, trotz aller Verwicklungen. *Der erste Strom:* das reale Moskauer Alltagsleben in den Straßen, Wohnungen, Läden, im Schriftstellerclub, im Varieté, im Krankenhaus usw. *Der zweite Strom:* Mitten in diesem realistisch dargestellten Alltagsleben treibt irrealer Teufelsspuk die tollsten Zaubereien, walpurgisnächtliche Orgien, bevölkert von satirisch verzerrten, romantisch verklärten Gestalten. Irreale phantastische Situationen und Ereignisse bringen die realen Menschen in Verwirrungen.
Der dritte Strom, deutlich getrennt von den beiden anderen ineinanderfließenden ist die lichte Passion des Jeschua han Nazri vor dem Hintergrund der finsteren Passion des Pontius Pilatus. Der »Meister« hat sie realistisch beschrieben und wurde in seiner realen Welt verfolgt.
Voland rettet des Meisters Manuskript, das dieser verbrennen wollte. So wird der dritte Strom mit den beiden anderen doch unmittelbar verbunden und bleibt dabei sprachlich-musikalisch und plastisch-farbig vollkommen selbständig – ein Berg zwischen zwei Tälern oder ein Strom zwischen zwei Ufern.
Bulgakow bezieht seinen Roman offenkundig auf Goethe. Die zahlreichen Reminiszenzen, typologische, symbolische, ironische, kontrastisch-kontrapunktische oder parodistische Anspielungen hat Elizabeth Stenbock-Fermor gründlich untersucht, überzeugend analysiert und die Schlußfolgerung gezogen:

> Bulgakov used all the devices of an old and still living literary genre to reach through satire of contemporary life into the sphere of eternal problems.[67]

Auch Ralf Schröder erkennt, abgesehen von einigen Vorbehalten, daß »Bulkakow, anknüpfend an seine großen weltliterarischen Vorgänger, erneut Grundfragen der Menschheit aufwirft«.[68] Man kann seiner Auseinandersetzung mit Monika von Zitzewitz, die der Ansicht ist, Bulgakows Roman entwaffne »jeden Versuch einer rationalen Auslegung«[69], im Grunde zustimmen, obwohl einige seiner

Deutungen, wie etwa der Versuch, den Proletkult-Lyriker Iwan Besdomnyj als eine »Faustgestalt« zu erklären, wenig stichhaltig erscheinen. Übrigens hat auch Elizabeth Stenbock-Fermor auf ihrer Suche nach einer Faust-Analogie bzw. nach einer direkten Parodie sich zu der doch etwas vorschnellen Deutung verleiten lassen, den Teufelsgehilfen Korowjow, der sich Clown »Fagot« nennt, als einen parodistischen Faust zu interpretieren.[70]

Bulgakows Roman ist ironisch-witzig und realistisch in der Schilderung des Alltags; zugleich aber poetisch, mythologisch, ja gewissermaßen theologisch, aber auch lyrisch, ich-bezogen, tagesbedingt, erfüllt von Auseinandersetzungen mit literarischen und sonstigen Zeitereignissen.

Bulgakow eignete sich Goethes »Faust« an, nahm seine Probleme auf und entwickelte sie auf eine gänzlich andere Weise weiter.

Er nahm Goethes poetische Dialektik der ewigen Untrennbarkeit von Gut und Böse, Schönheit und Häßlichkeit, Tod und Leben, Vernunft und Irrsinn auf, die unlösbaren und ewig unvermeidlichen Widersprüche zwischen der großen Persönlichkeit und der stumpfen Masse, zwischen einem Propheten, einem Meister, einem Wahrheitssucher und all den anmaßend rechthaberischen Massenmenschen, zwischen dem höllisch hinabziehenden und dem himmlisch hinanziehenden »Ewig-Weiblichen«, die Widersprüche der Dauerhaftigkeit und Vergänglichkeit in der Kunst, in der Liebe, im »höchsten Augenblick«.

Bulgakow war in allem eigenständig – für manche Zeitgenossen zu sehr, zu trotzig eigentümlich –, so war auch seine »Faust«-Aneignung dermaßen Bulgakowsch, daß er keine direkten und indirekten Entlehnungen zu scheuen brauchte. Er nahm sie von Goethe, aus dem Evangelium und aus den Tageszeitungsfeuilletons. In alldem, trotz und dank alldem, ist sein Werk einzigartig.

Der Dreieinheit der alltags-realistischen, der märchenhaft-phantastischen und der religiös-mythologischen Fabeln entsprechen andere darin gestaltete »Dreieinheiten«: die des Guten, des Bösen und der beide umfassenden Kunst, die der Gegenwart, Vergangenheit und der beide umfassenden Unvergänglichkeit.

Der Roman ist mit allen Gestalten, Ereignissen und Problemen durchaus heutig, russisch, Bulgakowsch und in dieser zeitlich-räumlichen, nationalen und individuellen Bestimmtheit eine international gültige Weiterausbreitung der Goetheschen »Faust«-Welt.

* * *

Zu Anfang der sechziger Jahre entbrannte im Zentralorgan der sowjetischen Jugendorganisation »Komsomolskaja prawda« eine hitzige Diskussion, die von Moskau aus bald auf andere Städte und mehrere Zeitschriften übergriff. Den Anlaß dazu hatte ein ironisch-wehmütiges Gedicht von Boris Sluzkij gegeben:

> So ist es nun:
> Lyriker sind im Hintertreffen,
> Physiker hoch in Ehren.

Ein Teil der Diskutierenden unterstützte den Kybernetiker Professor Poletajew aus Nowosibirsk. Er verfocht positivistisch-pragmatische Ansichten und behauptete, die abstrakten und vagen Gedankenspiele der Philosophen, die Träume und Schwärmereien der Künstler, Dichter und Ästheten seien bestenfalls zum angenehmen, unverbindlichen Zeitvertreib geeignet. Man könne wohl manches Musische für die Entspannung und Unterhaltung der Tatmenschen akzeptieren, man müsse sich aber dabei immer im klaren darüber sein, wie es um die wirklichen Wertverhältnisse stehe: Eine gut konstruierte Maschine sei der Menschheit weitaus nützlicher als das schönste Poem, die allerbeste Sinfonie. Viel dringender als noch so gute Musiker, Dichter, Maler, Philosophen würden tüchtige Ärzte, Ingenieure, Biologen gebraucht. Poletajews Gegner argumentierten eher emotional als rational: »Der Mensch kann nicht zum Roboter werden. Auch in den Kosmos wollen wir Fliederzweige mitnehmen.«
Es gab aber auch ernste, historisch, logisch und dialektisch begründete »antipositivistische« Stellungnahmen, wie sie der Moskauer Literaturwissenschaftler Wladimir Turbin in seinem Buch »Genosse Zeit und Genosse Kunst« darlegte.[71] Turbin wies nach, wie untrennbar Künste, Geistes-

und Naturwissenschaften aufeinander angewiesen sind und sich gegenseitig beeinflussen. Einige Physiker – darunter die späteren Nobelpreisträger Igor Tamm und Lew Landau – bekannten sich zur »synthetischen« Auffassung der Gesetzmäßigkeiten in der Kulturgeschichte.
Diese Fehden regten Igor Solotusskij zu seinem Buch »Faust und die Physiker« (1968) an. Der alte Faust – eben Goethes Faust und kein anderer – erscheint in diesem Buch ebenso unmittelbar gegenwärtig wie der jüngere Einstein. Seine Worte über die »Faust«-Tragödie »Es ist ein Drama, ein Drama der Ideen« stehen als Motto über dem ersten Kapitel.
Solotusskij untersucht Faust im Zusammenhang mit dem, was die modernen exakten Wissenschaften über Mensch und Welt, Tod und Leben aussagen, und er kommt zu dem Schluß, daß Fausts tragische Schuld schon damit beginnt, daß er mit der Maxime »Im Anfang war die Tat« dem Geist untreu wird. Solotusskij behauptet, daß schließlich Fausts Geist und nicht seine Seele erlöst wurde; denn ewig sei der unstete, »immer strebend sich bemühende« Geist.

> Wir leben im Bewußtsein unserer Sterblichkeit. Mephistopheles ist im Bewußtsein seiner Unsterblichkeit tot. [...] Der Mensch, den die Wissenschaft zum Detail der Welt verwandelt, wird nun dieser Welt gleich. Er fordert das Ganze zum Kampf auf und bleibt dabei ein Teil von ihm.[72]

Die Motti der beiden anderen Kapitel sind Worte von Saint-Exupéry: »Die Vernunft ist nur im Dienst der Liebe etwas wert« und »Eine würdige Synthese ist noch nicht zu sehen, und jeder von uns besitzt nur einen Teil der Wahrheit«.
Solotusskijs Analyse des Goetheschen »Faust« begleiten historische und literarische Beispiele: Einstein, Planck, Harnack, Galilei, Oppenheimer, Eatherley, Teller, Wiener; Iwan Karamasow, Raskolnikow, Werchowenskij und andere Dostojewskij-Gestalten; Wissenschaftler und Schriftsteller treten als Zeugen, Opponenten und Anwälte auf. Dieses kleine Buch ist ein konfliktreiches Drama wagemutiger Gedanken und Ideen. In manchen Einzelheiten fordert es zum Widerspruch heraus, so bei der Gegen-

überstellung von Geist und Seele, wo sich der Autor von der etymologisch-phonetischen Verwandtschaft der beiden russischen Wörter ›duch‹ (Geist) und ›duscha‹ (Seele) zu gewagten Spekulationen verleiten läßt.

Jedes Zeitalter hat seine enthusiastisch-anspruchsvollen Zeitgenossen, die glauben, daß eben ihre Epoche, ihre Generation grundsätzlich entscheidend die Menschheitsgeschichte, ja die Menschenart ändern, von allem Übel erlösen und zum ewigen Glück bringen oder umgekehrt zum endgültigen Verderben führen wird. Derartige übersteigerte Vorstellungen vom eigenen Zeitalter, die man »generationistisch« (statt nationalistisch, rassistisch u. dgl.) nennen kann, gab und gibt es zu allen Zeiten, seitdem die Menschen gelernt haben, historisch zu denken, besonders in den Perioden der beschleunigten, sprunghaften sozialen und kulturwissenschaftlichen Umwälzungen.
Prometheus und Faust sind die poetisch typologisch zum ewigen Leben gestalteten Verkörperungen des immer strebenden menschlichen Geistes; er ist einheitlich selbst im Widerspruch und in tragischer innerer Zerrissenheit, er ist fruchtbar schöpferisch und unvergänglich in seiner Vergänglichkeit.
So wie es Goethe, der ja selbst eigentlich als dritter zu diesem ewigen Gestirn der von ihm lyrisch verdichteten Mythen-Menschen gehört, sagte:

Immer wechselnd, fest sich haltend,
Nah und fern und fern und nah;
So gestaltend, umgestaltend –
Zum Erstaunen bin ich da

In den entferntesten Welten, die der Mensch im endlosen Kosmos zu erreichen vermag, und in den durch und durch kybernetisierten neuen Kulturepochen werden jene alten Mythen und uralten tragischen Probleme, ohne die der Mensch aufhört, Mensch zu sein, »immer wechselnd fest sich halten«.
Prometheus, der hellenische und kaukasische, iberische – in Georgien, wo ihn die altgriechische Sage am Marterfelsen weiß, heißt er Amirani – Urvater des deutschen Faust,

führt sein vieltausendjähriger Lebensweg aus der Zeit, da das erste von Menschenhand entzündete Feuer aufloderte, ins kosmische Äon. Heute brennen die Funken des ewigen Prometheus-Feuers im Treibstoff der kosmischen Raketen und beleuchten die Spieltische in den Kindergärten. Faustische Träume und Tragödien, faustische Leidenschaften und Leiden, die in den mittelalterlichen Geschichten von Magiern und Zauberkünstlern keimten, erhielten durch Goethes Poesie – in der die Lyrik gedankenreich und naturwissenschaftlich-philosophische Erkenntnisse lyrisch sind – magnetische Kraft, die auch heute wirkt und wächst.

André Dabezies zählt in seinem Werk »Visage de Faust au XXe siècle« allein von 1900 bis 1965 an literarischen Originalwerken zum Thema »Faust« 219 Titel, ferner 26 »Faust«-Bearbeitungen und 45 Parodien, nicht gerechnet, die um ein Vielfaches größere Zahl an wissenschaftlichen, essayistischen, populären und trivialen Publikationen. Schon diese Zahlen zeigen, wie gegenwärtig die »Faust«-Problematik geblieben ist.
Im Rußland nach 1917 fand sie ihren bedeutendsten Niederschlag in Gorkijs Schicksal, in Pasternaks Faust-Welt, in Michail Bulgakows »Meister und Margarita« und in der Entwicklung des kunsttheoretischen und philosophischen Denkens bei Sergej Eisenstein und Igor Solotusskij.
Die wichtigsten der gegenwärtigen Schlußfolgerungen der künstlerischen und philosophischen *Aneignung* »Fausts« in Rußland – die hoffentlich auch für andere Länder und Zeiten gelten – hat Igor Solotusskij in seinem faustischen Büchlein zum Ausdruck gebracht:

> Faust erkennt in Mephistopheles einen Teil seiner selbst. Mephistos Zynismus des Wissens ist ihm vertraut. Die Welt ohne *Geheimnis* ist schrecklich. Aber für Mephisto gibt es keine Geheimnisse. Er *weiß alles*. [...]
>
> Eben darin unterscheidet sich der Mensch vom Teufel, daß er nie alles erkennen wird. So bleibt ihm eine Lichtung für Glaube, für Hoffnung, für Liebe. [...]
>
> Deswegen sagen wir, daß Faust ewig ist. Er ist ewig, weil der Mensch ewig ist. [...]

Die *Wahrheit* ist nicht eindeutig. Sie gehört weder der Wissenschaft noch der Tat noch der Liebe. Sie ist in der *Synthese* von ›Himmel‹ und ›Erde‹, sie ist in der Vereinbarung des ›alten‹ und des ›neuen‹ Gottes, sie ist im ganzen Menschen. [...]
Goethes Faust ist *unerschöpflich*. Er ist ebenso geheimnisvoll wie die Natur, deren Geheimnisse zu erkennen er sich bemüht. Er ist ebenso *unvorhersehbar*. Und ebenso bewegt er sich, angezogen vom Unbekannten der großen Welt und der Welt in ihm selbst.[73]

Lew Tolstoj bekämpft sich selbst ...

Abram A. Belkin
zum Gedächtnis

I

Als Goethe starb, war Tolstoj vier Jahre alt. Zum ersten Mal erwähnte er Goethe in seinem »Journal der täglichen Studien« von 1847. Der 19jährige Student wollte Ordnung in seine Beschäftigungen bringen, stellte sich Aufgaben und kontrollierte die Ausführung.

> 1847, 3.3., Von 8 bis 10 ›Faust‹ lesen. Pensum erledigt.
> Donnerstag, 6.3. Von 6 bis 8 ›Faust‹. Verschlafen.
> Sonnabend, 9.3. ›Faust‹. Pensum nicht erledigt.
> Montag, 10.3. ›Faust‹.[1]

Die letzte eigenhändige Notiz Tolstojs über Goethe, und zwar wieder über »Faust«, enthält sein Tagebuch vom 3. Dezember 1909:

> [...] kann ganz und gar nicht leiden, halte sogar für schlecht, wenn religiös-philosophisch-ethische Fragen in poetischer, künstlerisch-dramatischer Form bearbeitet werden, etwa in Goethes Faust u.a. Über derartige Fragen muß man entweder schweigen oder höchst behutsam und vorsichtig sprechen ohne rhetorische Phrasen und – Gott behüte – ohne Reime.

Zwischen beiden Notizen liegen mehr als 60 Jahre. In dieser langen Zeitspanne sprach und schrieb Tolstoj viel über Goethe, las seine Werke wieder und wieder, lobte und verurteilte ihn, stritt mit ihm, sagte sich bitterböse von ihm los, um sich ihm erneut zuzuwenden.
Tolstojs Beziehung zu Goethe war von immer wiederaufkommenden Auseinandersetzungen geprägt. Hier werden die exemplarischen Zeugnisse in chronologischer Reihenfolge angeführt.
Aus Tolstojs Tagebuch:

1851, 25.3.: [. . .] Werther gelesen.
1854, 6.7.: [. . .] den ganzen Tag gelesen, erst Lermontow, dann Goethe.
8.7.: [. . .] las Goethe, Lermontow und Puschkin. Goethe ist mir unverständlich, sosehr ich mich auch bemühe, ihn zu verstehen, ich kann nicht umhin, *du ridicule* in der deutschen Sprache zu sehen.

Dies ist eine erste kritische Bemerkung über Goethe.

10.7.: [. . .] las Lafontaine und Goethe, den ich von Tag zu Tag besser verstehe.
11.7.: [. . .] las wieder einmal ›Held unserer Zeit‹[2], [. . .] dann Goethe, [. . .] jetzt beide: Goethe und Lermontow. [. . .] versuche schon den zweiten Tag Verse zu schreiben.
14.7.: [. . .] Goethe-Lektüre.
1855, 31.5.: [. . .] morgens, Faust zu Ende gelesen.

In der gleichen Eintragung heißt es weiter unten:

Seit fünf Tagen bedrängen mich Arbeitsprojekte, Unmengen von Gedanken schwärmen in meinem Kopf herum.
1856, 29.9.: [. . .] Wieder Werther gelesen. Herrlich.

Am 23. November heißt es in einem Brief an die Freundin P. I. Arsenjewa:

Ich las ein erstaunliches Stück von Goethe ›Iphigenie in Tauris‹ [. . .] empfand unsägliches Entzücken. [. . .] Neue Arbeitspläne schwirren mir durch den Kopf, sehr verlockende.

Weitere Tagebucheintragungen:

1857, 7./19.6.: [. . .] las den bewundernswerten Goethe.
2./14.7.: [. . .] Luzern. Trotz der Hitze ›Wilhelm Meister‹ gelesen.

Notizbuch, September/Oktober 1857:

Im Faust ist Goethe kalt.
Wäre er jung und stark gewesen, hätte er alle Gedanken und Bestrebungen Fausts entwickelt. Und wenn er sie entwickelt hätte, dann hätte er sie nicht in diese Form gepreßt.

In einem Brief an seinen Freund, den Arzt und Literaten Wassilij Alexandrowitsch Botkin vom 4. Januar 1858 werden zum ersten Mal jene Faustworte »glaubst zu schieben, wirst geschoben« auf deutsch angeführt, die später zum ständigen Motto seiner pädagogischen Zeitschrift »Jasnaja Poljana«[3] wurden.

Am 8. März 1861 schrieb er an Alexander Herzen:

> Faust ist das größte Drama der Welt [. . .]. Selbst in der Bearbeitung als französisches Libretto bleibt es groß.

Vom 13. bis 17. April 1861 war Tolstoj in Weimar; er kam zum Goethe-Haus, das damals noch kein öffentliches Museum war. Ihn interessierte die »Farbenlehre«, aber mehr noch beschäftigten ihn Unterrichts- und Erziehungsfragen; in Weimar und Jena besuchte er Schulen, Fröbelsche Kindergärten, unterhielt sich mit Lehrern.
1862 veröffentlichte er in »Jasnaja Poljana« einen Artikel über Bauernjungen, bei denen er eine verblüffende Er-

zählbegabung entdeckt hatte. In seiner Erörterung dieses Phänomens bezieht er sich auf Goethe als höchsten Maßstab:

> Jedes künstlerische Wort, stammt es nun von Goethe oder irgendeinem Fedjka, unterscheidet sich vom nichtkünstlerischen dadurch, daß es eine unendliche Vielfalt von Gedanken, Vorstellungen und Auslegungsmöglichkeiten im Leser weckt. [...] der halbanalphabetische Bauernjunge besitzt eine unbewußte Künstlerkraft, die Goethe bei all seiner unermeßlichen Entwicklungshöhe nicht erreichen konnte.

Tagebuch 1863, 2. Juni:

> Beim Erwachen scheint mir: Ich liebe sie und die Zukunft und mich und mein Leben. Nichts kannst du gegen das in dir Entstandene tun. Was dir als Schwäche erscheint, könnte eine Kraftquelle sein. Lese Goethe und grübele.

Für 1863 gibt es nur noch drei weitere Tagebucheintragungen, am 18. Juni, 5. August und 6. Oktober. Sie sind voll quälender Zweifel und Selbstzerfleischung, in der letzten dann der Aufschrei:

> Aber ich will den Tod nicht, ich will und liebe die Unsterblichkeit.

Die folgenden fünfzehn Jahre führte Tolstoj nicht Tagebuch, erst 1878 nahm er es wieder auf.
1863 arbeitete er an den ersten Fragmenten des Romans »Die Dekabristen«, schrieb die Erzählungen »Der Leinwandmesser« und »Polikuschka« und veröffentlichte die große Novelle »Die Kosaken«.
Notizbuch 7. März 1865:

> ›Faust‹ gelesen. Poesie des Gedankens und eine Poesie, die zum Gegenstand hat, was keine andere Kunst auszudrücken vermag.

In einem Brief aus dem Jahre 1870 an den Lyriker Afanassij Fet (1820–1892) heißt es:

> Ich schreibe nichts, aber ich möchte sehr gern mit jemandem über Shakespeare, Goethe und ganz allgemein über das Drama sprechen. Den ganzen Winter über war ich mit Konstruktionsproblemen des Dramas beschäftigt.

Sofja Andrejewna notiert in ihren Erinnerungen aus dem Winter 1869/70:

> Leochen [. . .] hat den ganzen Winter viel nachgedacht, sich gequält, sagte, für ihn sei alles zu Ende.

Unter dem Datum Februar 1870 schrieb sie:

> Gestern abend sprach Leochen viel über Shakespeare, war ganz bezaubert von ihm. Über Goethe sagte er, der sei Ästhet, glänzend, ausgewogen, aber dramatisches Talent habe er nicht. [. . .] dann sagte Leochen noch: Goethe sei groß, wenn er analysiert, philosophiert.[4]

In Tolstojs Notizbuch vom 21. Februar 1870 enden Überlegungen zu Aristophanes' Dramaturgie mit einer kritischen Schlußfolgerung:

> Die Worte der Armut, mit denen sie ihre Unvermeidbarkeit beweist, sind sehr gut für Griechen des 5. Jahrhunderts, aber für uns, bei unseren Kenntnissen vom Reichtum der Völker und der allgemeinen ökonomischen Gesetze, hat so ein Gespräch überhaupt keinen Sinn, derartige Figuren existieren gar nicht. Das, was diese Personifizierungen ermöglichte, ist untergegangen, vernichtet. Und wir (mit Goethe) bemühen uns, griechische Auffassungen in der Kunst wiederzugeben.

Tolstoj polemisierte bereits gegen Goethes Ansichten, vor allem gegen seine Ästhetik, die er als eine Erscheinung allgemeiner europäischer »Gedankenverwirrung« empfand:

> Die Begeisterung Europas für die griechische Dichtung gleicht der Begeisterung eines verständigen Altgläubigen für ein sinnloses Altgläubigen-Lied, das durch die Apokalypse inspiriert wurde.

Im Februar 1870, als er den »ganzen Winter mit dem Drama beschäftigt war«, notiert Tolstoj auf einen losen Zettel, datiert 2. Februar:

> Die Menge liebt das System. Die Menge will die ganze Wahrheit darin einfangen, und so kann sie sie nicht verstehen. Goethe sagt, die Wahrheit sei widerwärtig, der Irrtum dagegen anziehend, denn die Wahrheit zeige sich uns als begrenzt, der Irrtum aber als allmächtig. Außerdem sei die Wahrheit widerwärtig, weil sie bruchstückhaft, unvollständig sei, der Irrtum aber unzusammenhängend, folgerichtig und konsequent.

Weiter heißt es:

Komödie – komischer Held – möglich, aber Tragödie – das ist bei der psychologischen Entwicklung unserer Zeit schrecklich schwer.[5] [Erst schrieb er »unausdenkbar«, dann korrigierte er sich »schrecklich schwer«.] Darum kann man nur in Lehrbüchern über Iphigenie, Egmont, Heinrich IV., Coriolan usw. *berichten.* Aber sie aufführen, lesen – unmöglich [. . .].

Hier deutet sich bereits die Krise an. Tolstoj war schon auf dem Wege zu seiner großen Rebellion, drauf und dran, alles zu verwerfen, was Inhalt und Sinn seines bisherigen Lebens ausgemacht hatte. Er wandte sich gegen das zwecklos freie Schöpfertum, gegen das ungebundene, unersättliche Spiel der Phantasie.

II

Von 1870 an erwähnte Tolstoj zehn Jahre lang Goethe überhaupt nicht, weder in Briefen noch in Notizbüchern. Erst am 28. Dezember 1880 taucht dessen Name in einem Brief an Nikolaj Strachow wieder auf.

Tolstoj drückt seinen Unmut und sein Bedauern darüber aus, daß Fet den »Faust« ins Russische übersetzte, »diesen wortreichsten Blödsinn von allem Blödsinn, der je geschrieben wurde«.

Früher hatte ihm »Faust« noch als »das größte Drama der Welt« gegolten. Doch inzwischen hatte der Kampf des Moralisten Tolstoj gegen den Künstler Tolstoj und alles, was er schlechte, schädliche oder unsittliche Kunst nannte, begonnen. Bereits im Dezember 1870 nannte er seinen Roman »Krieg und Frieden« in einem Brief an Fet »wortreichen Blödsinn«.

Die neue Richtung seines Denkens, seines geistigen Suchens und künstlerischen Wollens skizzierte Tolstoj in einer Rede, die er im Dezember 1883 vor einem kleinen Kreis von Verlegern und Literaten hielt, der das Verlagsprojekt »Bücher fürs Volk« diskutierte:

Wir bieten dem Volk Puschkin, Gogol an, die Deutschen bieten Goethe und Schiller, die Franzosen Racine, Corneille usw., alles, was es auf der Welt gibt, aber das Volk nimmt es nicht. Nimmt es nicht, weil dies alles keine Nahrung ist, sondern ein *hors d'oeuvre.*

Nahrung geben jene Entdeckungen des Geistes, durch die die ganze Menschheit lebte und lebt, durch die all die Puschkins, Corneilles und Goethes überhaupt erst möglich wurden. Und wenn jemand von uns satt ist, so ist er es nur dadurch, und nur damit kann man nicht nur das Volk, sondern jeden Menschen ernähren.

Es war Tolstojs sehnlichster Wunsch, seine Kunst möge zur Volksnahrung werden. Damals nahm jene Gedankenrichtung feste Konturen an, die ihn dazu trieb, fast alle seine künstlerischen Ideale zu zertrümmern.

Man muß begreifen, daß das Volk aus Menschen wie wir besteht, nur ist seine Zahl unendlich viel größer, und es ist fordernder und hellhöriger in bezug auf Wahrheit. Daher ist alles, was für uns nicht ganz und gar gut ist, für das Volk absolut schlecht [. . .]. Das Volk nimmt von uns die Nahrung der Shukowskijs, Puschkins und Turgenews nicht an – das bedeutet: diese Nahrung ist – ich sage nicht: schlecht, sondern es ist überhaupt keine.

Die Neuorientierung seiner Ästhetik bewirkte in Tagebüchern, Briefen und Gesprächen feindselige Äußerungen über Goethe.
Tagebuch, 28. Mai 1889, über Jean Paul:

Er gehört zur guten Sorte Schriftsteller im Gegensatz zu diesem Egoisten Goethe.

Brief an Anna Andrejewna Tolstaja[6] vom 29. August 1891:

Goethe schätze ich ganz und gar nicht. Ich mag sein selbstzufriedenes Heidentum nicht.

Aber als im selben Jahr ein Journalist ihn fragte, welche Bücher ihn im Laufe seines Lebens am meisten beeinflußt hätten, gestand Tolstoj, daß zwischen seinem 20. und 35. Lebensjahr »Hermann und Dorothea« auf ihn »sehr großen Eindruck« machten. An zweiter Stelle, mit demselben Vermerk, nannte er »Notre Dame de Paris« von Hugo. Als folgende Zeile schrieb er zunächst: »Faust und einige kleine Gedichte. Einfluß«, doch dann strich er das vor Absendung der Liste aus.
Am 23. November 1892 schrieb er an Sofja Andrejewna:

Gerade beginnt die Veröffentlichung des Faust in Fets Übersetzung. Grüß ihn schön von mir.

Am 11. Oktober 1893 bat er seine Tochter Tatjana, ihm den Werther zu schicken.
Im April 1894 erklärte er in einem Gespräch:

> Von 43 Bänden Goethe – und ich habe sie alle gelesen – sind zwei Bände gut, die übrigen schlecht.

Zwei Monate später, am 21. Juni 1894, notierte Tolstojs Privatsekretär Lasurskij eine ähnliche Äußerung:

> Sie haben nicht den ganzen Goethe gelesen? Ich las alle 42 Bände. Man sollte daraus vier Bände – nicht mehr – zusammenstellen. Meiner Meinung nach müßte diese Fleißaufgabe ein westlicher Professor auf sich nehmen.

Anfang Oktober 1894 las Tolstoj einen Aufsatz von Wladimir Spassowitsch »Die Freundschaft zwischen Goethe und Schiller«. Er erwähnte dies im Tagebuch, in Briefen an Sohn und Tochter (2. und 12. Oktober) und noch einmal im Tagebuch vom 13. Oktober:

> Las ›Die Freundschaft zwischen Goethe und Schiller‹. Bei der Lektüre viel über Ästhetik und über ein eigenes Drama nachgedacht. Möchte schreiben. Vielleicht befiehlt es Gott.[7]

Ein Jahr später, am 29. Dezember 1895, notierte Lasurskij nach einem Gespräch, in dem sich Tolstoj sehr scharf über Shakespeare äußerte:

> Lew Nikolajewitsch [Tolstoj] mag Goethe als Dramatiker absolut nicht, sagte, man sieht zu deutlich, wie er sitzt und dichtet.[8]

Tolstoj blieb mit 70 und 80 Jahren leidenschaftlich aufbrausend, sowohl in enthusiastischer Zustimmung wie in zorniger Ablehnung. Er konnte sich selbstvergessen freuen und untröstlich verzweifeln. Er legte strenge Maßstäbe an sich und andere. Er entflammte in Begeisterung und verfiel in Schwermut; bald demütig und selbstgeißelnd, bald stolz und rechthaberisch, kaum anders als während seiner Jugendjahre als Offizier im Kaukasus und in Sewastopol, wenn er in den Pausen zwischen Feldzügen, Duellen, Kartenspielen, Scharmützeln und Zechgelagen in Schwermut und Selbstvorwürfen zerging.
Die schroffen und heftigen Stimmungsbrüche blieben in allen Entwicklungsstufen für Tolstoj charakteristisch:

Während seiner Friedensrichter-Tätigkeit nach der Aufhebung der Leibeigenschaft, als er sich den Haß der Gutsnachbarn zuzog und bei den Bauern teils scheues Mißtrauen, teils zutrauliche Bewunderung erntete; während er seine Schule in Jasnaja Poljana leitete und dabei als Autodidakt in unermüdlichem Eifer Pädagogik und Theologie studierte; in den ersten Ehejahren, als er Liebe, Freuden und Sorgen der Vaterschaft erlebte, auf seinen Feldern arbeitete, sich auf seinen Garten, seine Pferde freute; und auch dann, wenn er am Schreibtisch die göttliche gestaltende Macht seines Wortes fühlte, neue Welten und neue Menschen schuf und als seine Bücher ihm Weltruhm und die Gewißheit der Unsterblichkeit seines Geistes brachten; auch dann überfielen ihn düstere Gedanken, Gewissensskrupel, und er versank in Schwermut, verwarf, was ihn tags zuvor entzückt hatte, schämte sich dessen, worauf er stolz gewesen war, verlor den Glauben an sich, mißtraute den nächsten Angehörigen.
Zeitlebens suchte er die Wahrheit und das Gute, forschte nach dem Sinn des menschlichen Daseins, dem Sinn seines eigenen Lebens, seiner Bemühungen und seiner Leistungen.
Manche Antworten auf seine Fragen fand er in der Bibel, in den Evangelien, im naiven Urchristentum, in den Sprüchen von Laotse, im Buddhismus. Er lernte und lehrte, predigte Pazifismus, Vegetariertum, gewaltlosen Widerstand gegen das Böse, bekannte sich zu einer bäuerlichen Anarchie, zur Absage an jede Staatsmacht. Er verlangte, alle Idole zu stürzen, allein dem eigenen Gewissen zu gehorchen, das von Gott eingegeben sei. Er wollte von den einfachen, einfältigen Menschen lernen, von denen, die leiden, sich abplagen, arm im Geiste, aber von Gott gesegnet sind.
Doch in Tolstojs Demut steckte auch eine gehörige Portion Hochmut. Er bemühte sich ehrlich, sein gewaltiges Talent den Geboten christlicher Ethik und den Forderungen des Volkswohls unterzuordnen, verdammte die »nutzlose« Kunst, verurteilte sich selbst, Shakespeare, Goethe, Beethoven und Puschkin nach so rigoristischen Gesetzen, die auch die gütigsten Richter unerbittlich streng und die bescheidensten hochmütig machen würden. Tolstojs »Ge-

setze« glichen denen, die alle Fanatiker und Fundamentalisten den Künstlern aufzwingen wollen: Eifernde Priester werfen der weltlichen Kunst sündige Blasphemie und Gottlosigkeit vor; Verfechter positivistischer Philosophie und radikale Volkstümler denunzieren die Künstler, weil sie nicht der Propagierung und Illustrierung wissenschaftlicher Doktrinen oder politischer Programme dienen wollen und ihre Werke deswegen ideen- und nutzlos sind.

Tolstoj suchte seinen Weg zur Wahrheit und zum Guten allein. Er traute keiner Heilslehre, keinem geistigen Führer. Er teilte das Mißtrauen zur Buchstabengelehrsamkeit, das vielen Bauern, aber auch manchen Herren eigen war. In diesem Grafen lebte ein bäuerlicher Rebell, ein geistiger Urenkel von Stepan Rasin und Pugatschow und gleichsam ein aristokratisch-rousseauistischer Verächter der Zivilisation, der rationalistischen Anbetung der Vernunft. Das Gefühl und das Bewußtsein seiner übermenschlichen Kraft, seiner Besonderheit, seiner Einsamkeit trieb ihn, gegen die Großen der Weltliteratur aufzubegehren, durchdrang ihn mit Schmerz und mit Zorn auf sich selbst. Thomas Mann bewunderte die »Bärenart und Bärenkraft« seines Talents.
Diese »Bärenart« war es, die Tolstoj manchmal zum Beschützer der kleinlichen und unbegabten Eigenbrötler machte, zum unfreiwilligen Verbündeten der Epigonen der Slawophilen oder sogar der radikalsten Nihilisten.
Mit reckenhaftem Wagemut warf er alte Regeln ab, die ihm zu unerträglicher Last geworden waren, trennte sich von seinen früheren ästhetischen Idealen und unterwarf sich damit, ohne es zu merken, dem Einfluß geistig armseliger Schwärmer, die bewundernd zu ihm aufsahen. Diese Gemeinschaft befriedigte sein Bedürfnis nach Demut. In der Gemeinschaft mit den »Geringsten unter ihnen« – angefangen bei den Schulkindern von Jasnaja Poljana bis zu seinen Mitarbeitern Tschertkow und Makowizkij[9] –, im Namen ihrer Demut befehdete er hochmütig die weltberühmten Halbgötter Shakespeare und Goethe und wollte seine eigene widerspenstig aufsässige Künstlermacht bezwingen.
In den neunziger Jahren war Goethe oft Zielscheibe sei-

ner Angriffe. Dies vermerkte mit besonderer Genugtuung Wladimir Stassow[10], damals der Hohepriester der Positivisten. Am 8./20. August 1893 schrieb er seinem Bruder:

> Ich bin entzückt und überrascht, daß Lew Nikolajewitsch aufs Haar genau wie ich Goethes Faust weder liebt noch schätzt; er findet, ebenfalls genau wie ich, ihn ausgeklügelt, ausgetüftelt, unnatürlich und konventionell.

»Weder liebt noch schätzt«, diese Formulierung gefiel Stassow so gut, daß er sie mehrmals vergnügt in Briefen über »Lew den Großen« zitierte.
Der Literaturwissenschaftler Pjotr Sergejenko berichtete von seinen Begegnungen mit Tolstoj zwischen Januar und April 1896:

> [. . .] Lew Nikolajewitsch zitiert häufig auf deutsch Zeilen Goethescher Gedichte, obwohl er nicht zu dessen glühenden Verehrern gehört und Heines Meinung teilt, daß Goethe ein großer Mensch in seidenem Habit sei. Einmal äußerte er sich dezidiert über Goethe und sagte: Goethe sei für ihn das seltene Beispiel eines ganz großen Künstlers, dem jenes besondere Ungreifbare fehle, das dem Schriftsteller die unverwechselbare Würde verleihe.[11]

Aus Tolstojs Tagebuch, 28. Mai 1896:

> [. . .] Goethe? Shakespeare? Alles was von ihnen herrührt, muß gut sein, und *on se bât les flancs*, um auch im Dummen und Mißlungenen Vorzügliches zu erblicken, und so verdirbt man den Geschmack. Aber alle diese großen Talente, die Goethes, Shakespeares, Beethovens, Michelangelos haben neben sehr schönen Sachen nicht etwa auch mittelmäßige, sondern ganz abscheuliche hervorgebracht. Mittelmäßige Talente bringen Mittelmäßiges hervor, aber nie ganz Schlechtes. Anerkannte Genies hingegen bringen entweder wirklich große Schöpfungen hervor oder ganz Nichtiges. Shakespeare, Goethe, Beethoven, Bach u. a.

Am 20. Dezember 1896 greift er dieses Thema im Tagebuch wieder auf:

> Verschiedene Kleinigkeiten über die Kunst eingetragen [. . .]. Nichts bringt soviel Konfusion in den Begriff der Kunst wie das Autoritätsprinzip. Statt daß man nach einem klaren und genauen Begriff der Kunst zu bestimmen sucht, ob die Werke Sophokles', Homers, Dantes, Shakespeares, Goethes, Beethovens, Bachs, Raffaels, Michelangelos unter den Begriff Kunst fallen, bestimmt

man im Gegenteil die Kunst und ihre Gesetze nach den Werken anerkannter großer Meister. Aber es gibt viele Werke berühmter Künstler, die nichts taugen, viele falsche Reputationen und manchen Ruhm, der zufällig erworben wurde: Dante, Shakespeare.

III

In seinen Aufsätzen »Shakespeare und das Drama« gab Tolstoj Goethe die Schuld an Shakespeares »falscher Reputation«:

> Goethe war damals der Diktator in ästhetischen Fragen [. . .], teils weil er den Zauber der falschen französischen Kunst brechen wollte, teils um seiner eigenen dramatischen Dichtung zu größerer Verbreitung zu verhelfen, vor allem aber die Übereinstimmung seiner Weltauffassung mit der Shakespeares ließen ihn Shakespeare zum großen Dichter ausrufen.

An seinem Traktat »Was ist Kunst?« begann Tolstoj schon 1889 zu schreiben und arbeitete jahrelang daran. Er dachte dabei viel über Goethe nach und las ihn immer wieder. Im Notizbuch vermerkt er auf den Seiten »April 1897« »Auszüge aus Goethes Gesprächen mit Eckermann«. Im Tagebuch, 13. Dezember 1897, heißt es:

> Las Gespräche mit Eckermann (mir recht interessant, sowohl für die ›Kunst‹ wie für das Studium des Alters). Goethe sagt dort, daß, solange der Mensch tätig ist, er auch nicht sterben kann. Sein Wirken setzt sich fort, wenn es auch nach seinem Tode in eine andere Form übergeht. Das ist ein richtiger Gedanke, auf den Kopf gestellt. Nicht vom Willen des Menschen hängt sein Wirken ab, sondern davon, daß im Menschen der Geist Gottes waltet, der immer wirkende.

Bemerkenswert, daß Tolstoj in Eckermanns Buch aus all den zahlreichen Maximen, Reflexionen und Überlegungen eben der Gedanke anzog, der für Goethe äußerst wichtig war. Als einen »Schlüssel« zum »Faust« bezeichnete er den Vers:

> Wer immer strebend sich bemüht,
> den können wir erlösen [. . .]

1898 war der Traktat »Was ist Kunst?« vollendet. Darin faßte Tolstoj die Gedanken zusammen, die ihn seit mehr als zwanzig Jahren bewegten und bis dahin fragmentarisch in seinen Tagebüchern, Briefen und Gesprächen zum Ausdruck kamen. Der Traktat ist von jener rücksichtslosen Offenheit, die manche Leser als »barbarische Ungezogenheit« auffaßten.

Im ersten Abschnitt schreibt Tolstoj, daß für Winckelmann das Ziel jeder Kunst »reine Schönheit« gewesen sei, losgelöst und unabhängig vom Guten. Und ebenso hätten auch Lessing, Herder, Goethe und alle bedeutenden deutschen Ästheten bis zu Kant Schönheit verstanden.

Solche Auffassungen der Kunst, die ihren Sinn und ihr Ziel unabhängig von sittlichen und religiösen Kriterien wahrnehmen, hat Tolstoj entschieden abgelehnt.

Er verwarf eine Kunst als »schlecht und schädlich«, die »nur Eingeweihten zugänglich sein konnte und dem Volk unverständlich« blieb. Er wollte eine neue folgerichtige und allgemein verständliche Ästhetik ausarbeiten, neue Grundsätze des Künstlerschaffens und neue Maßstäbe für dessen Beurteilung.

Fast in jedem Abschnitt dieses Traktats wird Goethe erwähnt. Einige besonders scharfe Urteile blieben in den Entwürfen und wurden in den endgültigen Text nicht aufgenommen, z. B.:

> Geradezu langweilig und oft für viele (für die überwältigende Mehrheit) regelrecht abstoßend sind die Dichtungen Virgils, Dantes, Miltons, die meisten Dramen Shakespeares, der größte Teil der Werke Goethes.

Er strich aber auch den Absatz, der sein Urteil über die Relativität der üblichen ästhetischen Kriterien einführen sollte:

> Mir gefallen Dickens' Romane, die Gedichte von Goethe, Schiller, Puschkin, Tjuttschew [. . .], aber es gibt Menschen, und zwar sehr viele, denen diese Werke gar nicht gefallen, dagegen aber die Romane von Dumas, Charles Paul de Kock, Zigeunerlieder und Bilder nackter Frauen.

Einige ausführlichere Auseinandersetzungen mit Goethe, die vieles wiederholten, was Tolstoj schon mehrmals früher geschrieben und gesagt hatte, wurden auch nicht in die endgültige Fassung aufgenommen.

> Goethe schrieb 42 Bände. Von diesen 42 Bänden kann man drei als echte Kunstwerke gelten lassen, alle übrigen aber (sehr kluge, sehr feinsinnige) enthalten keine Kunst. Manches ist interessant, geistreich; anderes – seine Dramen, Komödien, Romane – ist so schlecht, daß, wären sie Werke unbekannter Autoren, niemand sie lesen würde. ›Werther‹, obwohl unsittlich, ist ein hervorragendes, ›ansteckendes‹ Werk, ebenso hervorragend sind kleinere Gedichte und ›Hermann und Dorothea‹, aber ›Faust‹ ist nur Intellekt, nur Sprache, ein totgeborenes Verstandeswerk, es rührt niemanden.
> Ein Kunstwerk, das auf einer Entlehnung aufgebaut ist, wie etwa Goethes ›Faust‹, kann vielleicht sehr gut gemacht sein, Geist und alle Arten von Schönheit besitzen, aber es kann keinen echten künstlerischen Eindruck hervorbringen, denn ihm fehlt die wichtigste Eigenschaft des Kunstwerks – die Ganzheit, das Organische, das, was Form und Inhalt zum unzerstörbaren Ganzen macht und das Gefühl reflektiert, das der Künstler durchlitten hat.

Kunstwerke, die allen Menschen verständlich sind, aber schlechte, die Menschen trennende Gefühle vermitteln, wie beispielsweise das Gefühl der Wollust, des Aristokratismus, der Langeweile, der Menschenverachtung, lehnt er ab als »schlechte Kunst«.

> So ist es mit den Werken Goethes und dem größten Teil der Werke Byrons und Maupassants, mit allen patriotischen Schlachten- und Genrebildern. Heutzutage herrschen sie in der Kunst vor.

Diese Ausfälle gegen Goethe nahm Tolstoj in die endgültige Fassung des Traktats nicht auf.
In seinem Feldzug für die hohe Kunst schonte er am wenigsten sich selbst:

> Meine schriftstellerische Produktion rechne ich zum Gebiet der schlechten Kunst mit Ausnahme der Erzählungen ›Gott sieht die Wahrheit‹ und ›Der Gefangene im Kaukasus‹.

Im ursprünglichen Text seines Traktates unterscheidet er vier Arten »nicht schlechter Kunst«. Zur niedrigsten Stufe gehören Werke, die »keine schlechten Gefühle« vermitteln, aber nur eine kleine Leserzahl haben wie die meisten lyrischen Werke, Historien- und Schlachtenmalerei, die

Musik Beethovens, Schumanns, Chopins. In der zweiten Stufe ordnete er Werke ein, die sehr viele Menschen »anstecken«: Die »Ilias« und die »Odyssee«, »1001 Nacht«, Genrebilder, die Musik von Haydn und Bach. Zur hohen, aber nur einem kleinen Kreis zugänglichen Kunst rechnet er »einige Dichtungen von Schiller, Victor Hugo, Lamartine, Don Quijote, Dickens, Dostojewskij«. Auf der höchsten Stufe erkennt er »Die Bibel (Josephsgeschichte) und die Geschichte Buddhas«.

In der endgültigen Fassung des Traktats gibt es nur noch zwei Arten von wahrer Kunst, zur ersten gehören Werke, die »die Menschen mit Gott und untereinander vereinen«, und als zweitrangig wird solche Kunst eingestuft, die nur zu »zwischenmenschlicher Harmonie« führen will.

Als Beispiele höchster, aus Liebe zu Gott und den Nächsten entstandener religiöser Kunst nennt Tolstoj Schillers »Räuber«, »Les misérables« von Hugo, »A Christmas Carol« und »The Chimes« von Dickens, »Onkel Toms Hütte«, Dostojewskijs Romane, vor allem die »Aufzeichnungen aus einem Totenhause«, und George Eliots »Adam Bede«.

Im neuen Jahrhundert blieb Tolstoj seinen asketischen Kunstidealen treu, er bekannte sich zu denen, die »alles Griechische in Literatur und Bildhauerei mit Ablehnung und Abscheu« betrachteten. Er schrieb dazu am 24. Dezember 1905 an Stassow:

> [...] für unreligiöse Menschen, [...] die glauben, unsere Welt, so wie wir sie wahrnehmen, existiere wirklich, und eine andere Welt gebe es nicht und könne es nicht geben, für Leute wie Goethe und unseren guten Herzen [...] war die griechische Kunst die Manifestation größter und höchster Kunst.

IV

Der Dialog Jasnaja Poljana – Weimar war keine Totenbeschwörung, keine Auseinandersetzung mit Gespenstern hinter dem Orkus, der Epochen, Länder, Generationen trennt. Für Tolstoj war es der Nahkampf mit einem Gegner, der dicht neben ihm, ja in ihm selbst lebte, in seinem eigenen unüberwindlichen Schaffensdrang, in seinen Gedanken und Leidenschaften.

Der Musiker Alexander Goldenweiser hielt in seinem Tagebuch Gespräche mit Tolstoj fest.

> 29. April 1900: ›Shakespeare und Goethe habe ich dreimal in meinem Leben von Anfang bis zu Ende durchstudiert, und niemals habe ich begriffen, worin ihr Reiz besteht.‹
> [. . .] Er hält Goethe für kalt. Von seinen Werken gefallen ihm viele lyrische Dichtungen, auch ›Hermann und Dorothea‹. Goethes dramatische Werke mag er nicht, und die Romane hält er für äußerst schwach [. . .].
> 28. Juli 1902: Lew Nikolajewitsch sagte: [. . .] ›Der zeitgenössische Schriftsteller, wie Goethe richtig bemerkte, muß *alles* beschreiben können. Und ich muß sagen, obwohl ich Goethe nicht sonderlich liebe, *er* konnte das.‹[12]

Am 13. August 1904 wurde Tolstoj von dem deutschen Journalisten Hugo Hanz interviewt und fällte seine Urteile wie gewöhnlich ohne die geringste Rücksicht darauf, wie sie aufgenommen werden würden. Nietzsche, dessen Ruhm damals im Zenit stand, nannte er einen »windigen Feuilletonisten«, über Goethe sagte er wie immer, daß er »Hermann und Dorothea« am meisten schätze, in der Lyrik aber bevorzuge er Heine, denn für Goethe seien Gedichte nur eine »ästhetische Spielerei« gewesen.
Am 5. April 1905 gab Tolstoj als Antwort auf eine Anfrage des »Berliner Tageblatts« ein Telegramm zum 100. Todestag von Schiller auf: »Schiller lebt, er stirbt nicht.«
In der einbändigen Schiller-Ausgabe, die in der Bibliothek von Jasnaja Poljana aufbewahrt blieb, sind an vielen Seiten Tolstojs Merkzeichen: blaue, rote Kreuzchen, Striche, N und NB, vor allem bei philosophisch-aphoristischen Gedichten, bei Balladenzeilen, beim »Lied von der Glocke« u. a.
Tolstoj liebte Schiller und übersah stillschweigend Schillers Ästhetik, sein Verhältnis zur Antike, alles, was er bei Goethe und bei anderen Dichtern und Denkern entschieden verurteilte.
In einem Gespräch am 11. Oktober 1906 sagte er:

> Schiller liebe ich, er ist einer von uns. Goethe ist ein toter Deutscher.

* * *

Thomas Mann war der erste, der über die Verwandtschaft und Fremdheit von Goethe und Tolstoj gründlich nachgedacht hat. In Tolstojs erbittertem Widerwillen gegen die Antike sieht er dessen »Asiatismus«.

> Tolstoi *protestiert* gegen die in seinen Augen naive Verwechslung europäischer, das heißt westeuropäischer Menschlichkeit mit der Gesamtmenschheit, und in diesem Protest bekundet sich die Richtung seines Blickes nach Osten, sein Asiatismus mit einem Wort, der anti-petrinisch, urrussisch-zivilisationsfeindlich, kurz: bärenmäßig ist. Was wir vernahmen, war die Stimme des russischen Gottes auf dem Ahornthron unter der goldenen Linde.[13]

Thomas Mann hat das von Gorkij geprägte Bild vom »russischen Gott Tolstoj« besonders gut gefallen, ebenso die Vorstellung von der »urrussischen« Bärenkraft. Dadurch aber bedrängt der Künstler den Forscher, den Historiker. In seiner Kritik am griechischen Erbe folgt Tolstoj nicht nur den byzantinischen Bilderstürmern und den altrussischen Gegnern des »Lateinertums«, sondern vor allem den Christen des ersten Jahrtausends und den westeuropäischen Protestanten des späten Mittelalters, den Puritanern, den mährischen Brüdern. Im Namen des Heilands verwarfen sie die heidnischen Idole, identifizierten die olympischen Götter mit Höllenmächten.

Im Volksbuch über den Schwarzkünstler Faust, der seine Seele Satan verkauft, ist Helena – die Personifizierung des antiken Schönheitsideals – ein Mittel teuflischer Verführung. Im Parzifal erweist sich Venus, die Göttin der Liebe, als »Teufelin«. Die westlichen Vorstellungen von der Verderbtheit antiker Ideale waren Tolstoj nicht weniger vertraut als die heimatlichen.

Die englischen, deutschen und französischen »Dichter der Empfindsamkeit«, Rousseau (den Goethe und Tolstoj als Lehrer verehrten), die Dichter des deutschen Sturm und Drang und die gesamte europäische Romantik hatten den antikisierenden Klassizismus heftig kritisiert.

Tolstoj verwarf aber auch die Ästhetik der Stürmer und Dränger und der Romantiker. Er wollte die Kunst absoluten religiös-sittlichen, d.h. außer-ästhetischen Kriterien unterordnen. Diese Forderung war insofern dem Streben Schillers und Goethes verwandt, als beide den Sturm und

Drang mit seiner subjektivistischen Willkür überwanden, nach Gesetzen der Harmonie suchten.
Als Erben Tolstojs im Streit gegen Shakespeare und Goethe erschienen später seine rebellischen Landsleute: die Anhänger des Proletkult, die LEF-Theoretiker, Majakowskij und Tretjakow und noch einige Generationen später die »Ultralinken« in Goethes und auch in Shakespeares Heimat und vielen anderen europäischen Ländern. Sie verschmähten jede Kunst, die nicht unmittelbar dem Freiheitskampf der unterdrückten Massen nützte.
Im Gegensatz zu all den alten Fanatikern und zu seinen Epigonen war Tolstoj großartig inkonsequent. Seinen eigenen Spekulationen trotzte fruchtbar sein Genie, er hat nie in eine Partei, eine Ideologie, in irgendein Schema gepaßt, selbst nicht in die Bewegung der Tolstojaner.
Duschan Petrowitsch Makowizkij, Tolstojs Hausarzt, der zu seinem Eckermann wurde, notierte am 20. Januar 1905, wie Tolstoj Goethe auf deutsch zitierte:

> Greif in die Mitte mit kecker Hand, wo du's auch packst, dort ist's interessant.[14] Also warum dann Themen ausklügeln wie dieser Ibsen?
> 6.9.1905: In meiner Jugend begeisterten mich Goethes abscheuliche Dramen.
> 7.5.1906: Lew Nikolajewitsch lobte einige Sachen von Goethe, kurze Gedichte und das Vorspiel zum Faust. Vom zweiten Teil sagte er: ›Blödsinn! Ich verstehe ihn nicht und bin doch ebenso alt wie Goethe, als er ihn schrieb [...]. Ich möchte es klarer, einfacher haben, bin kein Mystiker.‹
> 4.9.1906: Lew Nikolajewitsch bat mich, ihm aus der Bibliothek Goethes Erinnerungen zu bringen. Er habe sie vor langer Zeit gelesen, aber sie hätten ihm nicht gefallen. »[...] schon der Titel ›Dichtung und Wahrheit‹ – also Poesie und Wirklichkeit – ist verlogen, zeigt, daß Eindrücke und Gefühle nicht aufrichtig wiedergegeben werden.«
> Viktor Anatoljewitsch[15] fragte: ›Lohnt es sich, Faust zu lesen?‹ – ›Nein‹, antwortete Lew Nikolajewitsch. ›Mystische Vorstellungen von Kunst. Er glaubte, auf seiner Italienreise etwas Neues in der Kunst entdeckt zu haben: Schönheit! Lesen Sie Hermann und Dorothea, das ist eine Idylle, sehr gut. [...] noch besser ist Werthers Leiden.‹
> 8.9.1906: Lew Nikolajewitsch sagte: ›Ich las Dichtung und Wahrheit – unnatürlich, gekünstelt, falsch, aber viel Gutes, Interessantes dabei.‹

27.9.1906: Lew Nikolajewitsch sagte: ›Alle 42 Bände Goethe habe ich gelesen. Turgenew hat sie seinerzeit so hoch gelobt, mir so viel davon erzählt, daß ich mir die Mühe machte, alles noch einmal zu lesen.‹

Tolstojs Tagebuch vom 24. September:

Ich träumte, daß Ljowa[16] etwas über Goethe erzählte, so als verstehe er es nicht, oder als wolle er es nicht verstehen, und mir war das sehr unangenehm.

So drang Goethe auch in seine Träume ein. Ins Unterbewußtsein verdrängt, wirkte der nicht endende Streit weiter. Tagebuch, 30. September 1906:

Lese Goethe und erkenne den ganzen schädlichen Einfluß dieses nichtigen, bürgerlich-egoistischen, begabten Menschen auf die mir vorangegangene Generation, besonders auf den armen Turgenew mit seiner Faust-Begeisterung (absolut schlechtes Stück) und seiner Begeisterung für Shakespeare (auch so eine Tat Goethes) und dann die große Wichtigkeit, die verschiedenen Statuen zugeschrieben wird: der Laokoon-Gruppe, Apoll und einzelnen Gedichten und Dramen [. . .], was für einen entsetzlichen Schaden richten Autoritäten an, berühmte, gefeierte, noch dazu falsche!

Einen Tag später, am 1. Oktober, ist alles anders, im Sinn wie im Ton:

Schreibe schon den zweiten Tag nichts, fühle mich schwach und schläfrig, aber mir ist wohl zu Mute, sehr wohl sogar, lese Goethe.

Makowizkij notierte am 13. Oktober 1906:

Lew Nikolajewitsch sagte über Goethes Autobiographie: ›gefällt mir nicht, langweilig, pedantisch, bürgerlich: schließt Bekanntschaft mit Herzögen – und mißt dem Wichtigkeit bei!‹
19.10.1906: Lew Nikolajewitsch sagte, Goethe schildere im Götz von Berlichingen das mittelalterliche Leben richtig.

20. Oktober 1906. Tolstoj reflektiert in seinem Tagebuch über Wesen und Sinn des Weltalls, seiner selbst, und wieder kommt ihm Goethe dazwischen:

Alles Vergängliche ist ein Gleichnis, sagt Goethe; in Wirklichkeit ist aber alles Räumliche und Zeitliche eine Erscheinung des Göttlichen, des Geistigen.

Im Frühjahr 1909 sandte die Goethe-Gesellschaft Tolstoj den Goethe-Kalender für das laufende Jahr. Tagebuchnotizen und Gespräche halten im Mai mehrmals fest: »Lektüre des Goethe-Kalenders«.
Am 27. Mai schrieb Tolstoj auf deutsch an Theodor Weicher, den Herausgeber des Kalenders, nach Leipzig:

> Geehrter Herr!
> Danke sehr für die Sendung Ihres Goethe-Kalenders auf 1909. Ich habe ihn mit großem Interesse durchgesehen. Was mich besonders interessirt hat, sind's Goethes Gespräche mit verschidenen Personen. (Ich) habe in diesen Gesprächen vieles für mich neues und wertvolles gefunden, so wie z.B. was er mit Falk über die Wissenschaften, die zu weitsichtig geworden sind, äusert, oder mit Riemer über die vegetabile Geister (eleitheron) oder dass die Natur eine Orgel ist, auf die unser Herrgott spielt, und der Teufel tritt die Bälge dazu.
> Besonders bemerkenswert ist sein Gespräch mit Müller 1823, 3. Febr. Auch was er von Schäden, die die Journale und Kriticken beibringen, schon im Jahre 1824 sagte, und was besonders in unserer Zeit so wahr ist.
> Aber es wäre zu lang alles tiefsinnige und geistvolle, was ich in dem Buche gefunden habe, aufzuzählen.
> Nehmen Sie es mir nicht übel dass ich Ihren Wunsch mich über Goethes Werke zu äussern wegen meinen vielen Beschäftigungen nicht erfüllen kann.
> Danke noch einmal für das Buch das mir so wertvoll war.
> 27/5–9 Juni 1909 Leo Tolstoy

Der Kalender belebte Tolstojs Interesse an Goethe neu. Am 30. und 31. Mai war der Biologe Ilja Iljitsch Metschnikow in Jasnaja Poljana zu Besuch. Tolstoj notierte bereits nach ihren ersten Gesprächen im Tagebuch am 30. Mai:

> Metschnikow ist areligiös [...] die alte Hegel-Goethe-Turgenew-Ästhetik. [...] hatte einen schrecklichen Traum: Verschmelzung von Wissenschaftler und Revolutionär zu einem Typ.

Metschnikow hat in seinen Erinnerungen an diesen Besuch Tolstojs Äußerungen wiedergegeben:

> Ich bin mit einer rein künstlerischen Arbeit beschäftigt, in der ich die jüngste revolutionäre Bewegung Rußlands darstellen will [...] ich fürchte, dabei wird irgend etwas Garstiges herauskommen, etwas in der Art wie Faust II.

Metschnikow hat sich noch einmal wieder an diese Gespräche erinnert:

> Lew Nikolajewitsch reizte der Wunsch, etwas in der Art des Faust II zu schreiben.[17]

* * *

Der Goethe-Kalender blieb bis in die letzten Lebenstage Tolstojs in Reichweite auf dem Bücherbord über seinem Schreibtisch stehen. Der Band ist gespickt mit Randbemerkungen, Unterstreichungen im Text, mit Strichen, Punkten, Klammern, Fragezeichen.
Am 2. Juni 1909 notiert Goldenweiser Tolstojs Worte:

> Was Goethe schon in den zwanziger Jahren des vorigen Jahrhunderts an Zeitschriften und Kritiken bemängelte – bei den zeitgenössischen Literaten ist das Gefühl dafür, was gut, was schlecht ist, was veröffentlichungswürdig und was nicht, vollständig verloren gegangen.[18]

Makowizkij vermerkte am 27. Juni 1909:

> Disput [...] über die letzten Zeilen im Faust: »Das ewig Weibliche zieht uns hinan.« – Lew Nikolajewitsch sagte: ›Schweinerei [...] ich bin ja doch kein kompletter Schwachkopf, aber sowas verstehe ich nicht.‹

Tolstoj schrieb über diesen Disput in sein Tagebuch vom 27. Juni 1909:

> Unangenehmes Gespräch [...] ich maß ihm wohl mehr Bedeutung zu, als ihm zukommt.

Der Goethe-Kalender für das Jahr 1910 kam schon im Herbst 1909 in Jasnaja Poljana an. Am 5. September sagte Tolstoj zu seinem Mitarbeiter Wladimir Tschertkow:

> Nehmen Sie beispielsweise Hugo und Heine, trotz ihres Pathos fühle ich mich ihnen nah und verwandt. Goethe ist mir fremd. Faust II – Greisenliebe – was gibt es Widerlicheres?! Einfachheit – das ist unzweifelhaft das Zeichen des Echten, Ernsten, Notwendigen.[19]

Duschan Makowizkij, der besonders gern kritische Äußerungen von Tolstoj aufgriff, wenn sie mit seinen eigenen Ansichten übereinstimmten, schrieb am 3. November 1909:

Lew Nikolajewitsch sprach über Goethe: ›Er besitzt große Fähigkeiten, aber es fehlt ihm das wichtigste menschliche Gefühl – das religiöse.‹

Am 11. November sagte er: ›Goethe war mir immer unsympathisch, daher fürchtete ich, ihm gegenüber ungerecht zu sein und las ihn deshalb wieder und wieder – nein, ich konnte meine Meinung über ihn nicht ändern. Sie ist unveränderlich.‹

Der Goethe-Kalender für 1910 hat Tolstoj offensichtlich weniger interessiert als der vorhergehende. Es gibt nur 20 Randnotizen, sie sind gleichmäßiger und »ruhiger«: in der Regel dünne Bleistiftstriche an den Rändern. In der Bibliothek von Jasnaja Poljana blieb dieser Kalender in einem abseitigen Schrank zurück.

V

Thomas Mann stellte Goethe und Tolstoj als die größten Gestalten, die zwei Epochen und zwei Völker personifizierten, einander gegenüber.[20] In seinem Essay »Goethe und Tolstoj« befaßt er sich vor allem damit, was beide verbindet, was diese Gegenüberstellung rechtfertigt, von der er damals (1922) annahm, sie könne deutschen Lesern als »eine im höchsten Grade wilde, willkürliche und ungebührliche Kopulation« (32) erscheinen.

Mann begann mit den am klarsten zutage liegenden, ihnen beiden gemeinsamen »Elementen ihres seelisch-geistigen Aufbaues [...]. Es ist das Element *Rousseau.*« (37)

Das Bekenntnishafte liegt dem Werk Rousseaus wie dem Goethes und Tolstojs zugrunde und ist unlösbar von der »Liebe zu sich selbst«, die so fruchtbar beim Genie und manchmal so komisch bei den übrigen ist. Auch sind Rousseaus Ideen über Pädagogik und seine Autobiographie aus beider Leben nicht wegzudenken.

Thomas Mann vergleicht konkrete Beispiele aus epischer Prosa, persönliche Bekenntnisse und glaubwürdige Zeugnisse von Zeitgenossen.

Goethe hat sich sein Leben lang gegen die Prüderie gewendet, die das Gefallen an sich selbst verpönen möchte. Er gab zu verstehen, daß sie Sache derer sei, denen zum Gefallen an sich selbst auch nicht der mindeste Grund gegeben ist. [...] Und ist der Ruhmes-

> traum des jungen Tolstoi, sein Wunsch, ›gekannt und geliebt‹ zu sein, nicht ein Beweis seiner Liebe zum großen Du der Welt? (43)

Thomas Mann sieht eine Grundverwandtschaft darin, daß beide Schriftsteller ihr Künstlertalent, um einer unmittelbar sozialen Tätigkeit willen, viele Jahre in sich unterdrückt haben.

> Tolstoi unterdrückte den Künstler in sich zugunsten seiner Tätigkeit als Mirowoj posrednik, als Friedensrichter, und als freier Volksschullehrer; Goethe regierte das Herzogtum Sachsen-Weimar [...]. (56 f.)

Mann glaubt, daß Goethe wie Tolstoj jene »gesunden«, »natürlichen«, »tierisch-göttlichen« (Mereshkowskij) Kräfte verkörperten, die den »kranken«, »geistigen« und nur »menschlich-göttlichen« Kräften Schillers und Dostojewskijs gegensätzlich erscheinen.

> Und es ist nachzuweisen, daß Tolstois Kunstidee ursprünglich genau mit der Goethe's übereinstimmte, – was nur den verwundern kann, der ihn auf Grund seiner kindlich ungeschickten Vergeistigungsversuche ernstlich für einen Sohn des Geistes, gleich Schiller und Dostojewski, hält und nicht den Naturadel Goethe's in ihm wiedererkennt. Kein Zweifel: sein Haß auf Shakespeare, der von viel früher datiert, als man gewöhnlich annimmt, bedeutet Widerstreben gegen die universale und allbejahende Natur, die Eifersucht des moralisch Gequälten auf das Weltglück und die Ironie des absoluten Schöpfers; sie bedeutet das Wegstreben von Natur, Naivität, moralischer Indifferenz zum Geist, das heißt zur sittlichen und gar sozialen *Wertung* [...]. Daß Dostojewski sich mit der Politik eingelassen habe, kritisierte er als alter Mann in demselben Sinne, wie Goethe etwa die Politisierung Uhlands beklagte [...]. (60)

Verwandte Züge erblickte Mann auch in Goethes Flucht nach Italien und Tolstojs Reise in die baschkirische Steppe und sogar in beider Familienleben.

> Sehr ähnlich, ja genau wie Goethe's ›tiefes, ruhiges Anschauen‹, seine exakt sinnliche Phantasie, die Seinswirklichkeit seiner Gestalten sich zu der idealen Vision Schillers und dem rhetorischen Aktivismus seiner Geschöpfe verhält, so verhält sich die mächtige Sinnlichkeit von Tolstois Epik zu Dostojewski's krankhaft verzückter Traum- und Seelenwelt [...]. (65)

> [. . .] der Sinn für das Sportliche, der Geschmack an körperlicher Übung, Leibeszucht und -glück (spielt) im Leben Tolstois wie in dem Goethe's eine charakteristische Rolle [. . .]. (80)

Thomas Mann sieht bei Goethe und Tolstoj die gleiche Art des »gesegneten Wohlseins«, »denselben animalischen Übermut«, »sinnliche Begabtheit«, und er stimmt Gorkij zu, der meinte, Tolstoj habe, wenn er sich darauf verlegt hätte, geniale naturwissenschaftliche Entdeckungen machen können.

> Es ist die wissende Sympathie der Naturgesegneten mit dem organischen Leben – eine Sympathie, der Eros nicht fern ist und der Goethe's biologische Intuitionen, zum Beispiel seine unglaublich sichere Vorwegnahme der Zellentheorie, entstammen. (115)

Mann bestreitet auch den allgemein behaupteten Gegensatz zwischen dem Christen Tolstoj und dem Heiden Goethe, so sehr ist er überzeugt vom »Urheidentum« Tolstojs, dem »Seher des Leibes« (Mereshkowskij) und stellt fest:

> Goethe [. . .] war [. . .] in seinem Bewußtsein Humanist und Weltbürger; war, aller olympischen Göttlichkeit ungeachtet, in hohem Grade geistiger Christ [. . .]. Es brauchte viele Jahrhunderte christlicher Innerlichkeitskultur und ein Jahrhundert pietistisch-selbstprüferisch-autobiographischer Übung, damit ein Werk wie der ›Werther‹ erzeugt werden konnte [. . .]. (92)

Thomas Mann analysiert dichterisch und kulturphilosophisch die offenbaren und die geheimen Verwandtschaftszüge bei Goethe und Tolstoj; aber in manchen Fällen läßt er sich zu Vergleichen verführen, die – wenn auch spitzfindig und kunstvoll dennoch eher willkürlich und wirklichkeitsfern erscheinen. Im schönen Blumenmädchen Christiane Vulpius will er das Pendant zu Sofja Andrejewna Tolstoja sehen und glaubt, den Tolstojschen »Protest des russischen Volkstums gegen die humanistische (d. h. westlich individualistische – L. K.) Zivilisation« wäre Goethes jugendlicher »Rebellion des deutschen Nationalismus gegen die humanistische Zivilisation« gleichzusetzen.
Manche Unterschiede zwischen beiden Dichtern, die Thomas Mann hervorhebt, erscheinen noch weniger über-

zeugend als der Gegensatz von Goethes »majestätischen Vergeistigungsgrad« und Tolstojs »nicht recht gesegneter Entnatürlichungsmühsal«.
Thomas Mann glaubt, daß Goethes »organische Sympathie, dieses liebende Interesse« ganz und gar auf das Leben gerichtet sei,

> während (und was könnte charakteristischer für die Verschiedenheit der beiden großen Naturkinder sein!) Tolstois stärkstes, quälendstes, tiefstes und produktivstes Interesse dem *Tode* gilt. [...] Auf jeden Fall ist auch bei seiner Todesfixierung *Liebe* im Spiel: denn Todesfurcht, diese Quelle von Tolstois Poesie und Religiosität, ist Natur-Liebesfrucht [...]. (115 f.)

Den Autor des »Götz«, »Werther«, »Clavigo«, »Egmont« und »Faust« als Gestalter absoluter Lebensliebe dem Autor von »Kindheit«, »Jugendjahre«, »Die Kosaken«, »Auferstehung« als einen vom Tode oder gar von Todesfurcht inspirierten Dichter gegenüberzustellen, ist kaum richtig. Weder Goethe noch Tolstoj lassen sich in das eine oder andere Schema zwängen.
Bewußtsein und Schaffen Tolstojs, der eine Epoche von Welttragödien ankündigt, unterlagen viel stärkeren Beunruhigungen und Vorgefühlen, als es bei Goethe der Fall war. Goethe überstand wohlbehalten als distanzierter Beobachter die Gewitter des späten 18. und frühen 19. Jahrhunderts. Als Greis glaubte er, nun sei eine friedliche Epoche angebrochen, und kurz vor seinem Tode interessierten ihn noch die Projekte für den Suez- und den Panama-Kanal.
Zutreffender und scharfsinniger dagegen erscheinen Thomas Manns Äußerungen über den unüberbrückbaren Gegensatz zwischen Goethes Weltsicht und den »anarchistischen Prinzipien« von Tolstoj.

> [...] vielmehr fällt sein [Goethes] Begriff der Menschlichkeit, der Menschenwürde, Gesittung und Bildung so sehr mit dem der feierlichsten Ordnung und Stufung, mit einem so ausgeprägten Sinn für Ehrfurcht, Überlieferung, Symbol, Geheimnis, für Disziplin, Rhythmus, eine reigenartige, fast choreographische Gebundenheit in der Freiheit zusammen, daß man diesen Begriff wohl als staatsmännisch im höchsten und schönsten Sinn, im Gegensatz zu Tolstois ›Herauslassen aus den Bänken‹[21], sprechen kann. (130 f.)

Ohne den pathetischen Überschwang Manns hinsichtlich Goethes klassizistischem und staatsmännischem Konservatismus oder seine ironische Einstellung zu Tolstojs »pädagogischem Bolschewismus« zu teilen, erkennt man in seinem Essay die Grundlagen der dramatischen Entwicklung der Tolstoj-Goethe-Beziehung.

Zu Beginn der dreißiger Jahre untersuchte Marina Tschistjakowa[22] den Tolstoj-Goethe-Dialog. Ihr Essay ist in seinen Erkenntnissen bis heute nicht überholt.

> Mit ungeheurem innerem Widerstand vertiefte sich Tolstoj in die lebendige Quelle des Goetheschen Schaffens, durchlebte, durchlitt und durchkämpfte ihren Einfluß bis zum Grund, entfernte sich von ihr in scharfer Absage, um immer wieder zu ihr zurückzukehren. Diese Rückkehr zu Goethe charakterisiert die Etappen intensiver schöpferischer Arbeit, Perioden der Leidenschaft, der Erprobung neuer schöpferischer Wege und konzentrierter theoretischer Konstruktion.

Wiktor Shirmunskij widmete in seinem Buch »Goethe in der russischen Literatur« diesem Thema einen Abschnitt.

> Tolstoj beschuldigte Goethe des egoistischen Individualismus und traf sich in diesem Punkt teilweise mit der revolutionär-demokratischen Kritik, mit den radikalen Vertretern der egalitären und utilitaristischen Tendenzen in der kleinbürgerlichen Demokratie. Aber in den Forderungen an die Kunst tritt Tolstojs beschränkte bäuerliche Ideologie klar zutage: er kritisiert Goethe und andere, in ihren ästhetischen Auffassungen ihm verwandte Schriftsteller vor allem wegen des Fehlens sittlicher Ideale, christlicher Demut, die die Menschen vereine.[23]

Als wichtigste Quelle dieser Kritik Tolstojs an Goethe nennt Shirmunskij den Gegensatz zwischen Tolstojs tiefer Religiosität und Goethes a-religiöser oder religiös indifferenter Einstellung.
Doch Tolstojs »Beschränktheit« war nicht nur bäuerlich, sondern auch grandseigneural, und Thomas Mann hat wohl eher recht, wenn er von Tolstojs Aristokratismus spricht, vom stolzen Geist »des alten Grafen Wolkonskij, der in seinem genialen Enkel nicht erloschen ist«.
Ähnliche »Beschränktheiten« kann man bei einem philosophierenden Künstler jeder sozialen Schicht feststellen, wenn er sich in rationalistischen Spekulationen über

die Grenzen seiner Schaffensmöglichkeiten hinausbegibt, oder wenn er seine unmittelbare künstlerische Wahrnehmung ideologischen Schemata unterordnet. Tolstojs Religiosität beeinflußte sein Denken. Sie war das einzige Kriterium für seine ästhetischen Wahrnehmungen.
Tamara Motyljowa[24] hat unterschiedlich zu Shirmunskij, der über Tolstoj sagte, »als Künstler hat er mit Goethe nicht die geringsten Berührungspunkte«, das ständige, sehr ernste Interesse Tolstojs an Goethe als ein Interesse »des Künstlers und Denkers« hervorgehoben.

VI

Zwischen Goethe und Tolstoj lassen sich nicht so direkte, deutlich erkennbare Verbindungsfäden ziehen, wie sie von Schiller zu Dostojewskij führen.[25] Aber es gibt einige »Knotenpunkte« in Tolstojs künstlerischer Entwicklung, die sich für eine vergleichende Analyse bieten.
Schon 1887 wies Robert Schwaichel in der Wiener Zeitschrift »Neue Zeit«[26] auf einige verwandte Züge in »Anna Karenina« und »Werther« hin. In jüngster Zeit befaßte sich Christa Schulz mit diesem Thema.[27]
Im September 1873, als Tolstoj an »Anna Karenina« arbeitete, schrieb er an Nikolaj Strachow:

> Ich komme sehr gut voran, werde aber kaum vor dem Winter fertig sein [. . .]. Werther hat sich erschossen, auch Komarow und der Gymnasiast, dem die Lateinaufgaben zu schwer wurden. Das eine ist bedeutend und groß, das andere nichtswürdig und jämmerlich. Schreiben Sie, wenn Sie Einzelheiten über diese Morde erfahren.

Komarow, ein Petersburger Literat, hatte ein Verhältnis mit der Frau des bekannten Verlegers Suworin. Er tötete sie und erschoß sich dann. Die Zeitungen berichteten ausführlich über den Skandal und über die damals sich häufenden Schülerselbstmorde. Sicher blieb dies nicht ohne Einfluß auf das Schicksal »Anna Kareninas«. Bemerkenswert aber ist, wie Tolstoj sich dabei an Werther erinnerte. Auch Vergleiche der »Anna Karenina« mit den

»Wahlverwandtschaften« wurden schon von einigen Forschern gezogen.
Die ersten Zeilen von »Anna Karenina« lauten:

> Alle glücklichen Familien gleichen einander, jede unglückliche Familie ist auf ihre Art unglücklich.

Goethe schrieb in seiner Einführung zu den Erinnerungen eines Abenteurers (»Des jungen Feldjägers Kriegskamerad«):

> Man pflegt das Glück wegen seiner großen Beweglichkeit kugelrund zu nennen [. . .]. Alles Wohlbehagen, alle Zufriedenheit ist einfach, sie mögen, woher es auch sei, entspringen. Die Glücklichen überlassen wir sich selbst [. . .].
> In diesem Bezug vergleichen wir das Unglück mit einem Tausendeck, das den überall anstoßenden Blick verwirrt, wobei der zartere Sinn nirgends Beruhigung findet. Denn wie auf der Kugel das Licht sanft zu verweilen angelockt wird, [. . .] so sendet das Vieleck von jeder Seite andern Glanz, andere Verdüsterung, andere Farbe, andern Schatten und Widerschein; das Auge, beunruhigt, verweilt darauf, begierig, dasjenige in eins zu fassen, was sich selbst zerstreut [. . .].[28]

In zwei lapidaren Sätzen spricht Tolstoj genau den Gedanken aus, den Goethe poetisch und wissenschaftlich-umständlich in zwei langen Absätzen darlegt. Möglich, daß dieses zufällige Zusammentreffen die Kongenialität zweier Künstler ist. Stellt man aber die beiden in der Wort- und Tonwahl verschiedenen Ausdrücke identischer Gedanken einander gegenüber, erkennt man den Unterschied in beider Mentalität besonders eindringlich.
Bei Goethe, der die brillante Beredsamkeit der Aufklärung geerbt hat, ist die freie Phantasie des Dichters untrennbar mit der rationalen Beobachtung des Naturwissenschaftlers verbunden.
Tolstoj prägten seit Kindertagen das Wort der Bylinen und das Wort Puschkins, deren Verse transparent wie Prosa und deren Prosa harmonisch verdichtet ist. Bei ihm verbanden sich Künstlerphantasie, Prophetenpathos und Lehrererfahrung zu knapper Diktion.
Thomas Mann sah die historischen Quellen der Unterschiede zwischen Goethe und Tolstoj als Konfrontation zeitbedingter Ideen; er glaubte,

> [...] daß in Tolstoi ebensoviel vom achtzehnten, von Goethe's Jahrhundert, lebendig war, wie in Goethe vom neunzehnten, von demjenigen Tolstois. Tolstois rationales Christentum hat mit dem Deismus des achtzehnten Jahrhunderts mehr zu schaffen als mit der mystisch-gewaltigen Religiosität Dostojewski's, die ganz neunzehntes Jahrhundert war. (36)

Gewiß war Tolstoj mit dem Zeitalter der Aufklärung, mit der Epoche Rousseaus eng verbunden. Thomas Mann schildert diese Bindung als eine zeitlich und »standesgemäß« bestimmte, beschränkte Weltanschauung:

> [...] sein Hang zur Utopie, sein Haß auf die Zivilisation, seine Passion für die Ländlichkeit, den bukolischen Frieden der Seele – eine *noble* Passion, die Passion eines adligen Herrn – kann ebenfalls als achtzehntes Jahrhundert, und zwar als französisches achtzehntes angesprochen werden. (37)

Die Bedeutung des 18. Jahrhunderts für den jungen und mehr noch für den reifen und alten Tolstoj hat Thomas Mann übertrieben hoch eingeschätzt, vielleicht um seine andere These deutlicher zu profilieren.

> Goethe andererseits: Sein Alterswerk, der soziale Roman ›Wilhelm Meisters Wanderjahre‹, gibt namentlich dadurch Anlaß zum Erstaunen, daß darin mit einer Intuition, einem Scharf- und Weitblick, die okkult, seherisch anmuten, aber nur der Ausdruck feinerer Organisation, Ergebnis der Sensitivität, des Spürsinns sind, die ganze gesellschaftlich-ökonomische Entwicklung des neunzehnten Jahrhunderts: die Industrialisierung der alten Kultur- und Agrarländer, die Herrschaft der Maschine, der Aufstieg der organisierten Arbeiterschaft, die Klassenkonflikte, die Demokratie, der Sozialismus, der Amerikanismus selbst, nebst sämtlichen aus diesen Veränderungen erwachsenden geistigen und erzieherischen Konsequenzen vorweggenommen ist. (37)

In den utopischen Träumen Tolstojs vom friedlichen, freien, guten Leben der Arbeitenden sind die bukolischen Phantasien eines aristokratischen Rousseau-Schülers nur ein kleiner Steg am Ufer des grenzen- und bodenlosen Ozeans von Bauernelend, von Leiden und Hoffnungen seiner Landsleute und auch einige Tropfen aus dem unerschöpflichen Born rebellischen, revolutionären Denkens, das schon in Alexander Herzens Schriften, in den Artikeln

des »Sowremennik«[29], in den Flugblättern und Broschüren der Narodniki Gestalt annahm.
Goethe als »fortschrittlich« einem »reaktionären« Tolstoj gegenüberzustellen erscheint heute paradox.
Goethes Utopien stiegen tatsächlich aus den Träumen des 19. Jahrhunderts hervor. Seine geniale Intuition, sein Scharf- und Weitblick, ermöglichten es ihm, viele verborgene Eigenschaften des ausgehenden 18. Jahrhunderts der Aufklärung und des neuen industriellen Zeitalters zu erkennen, aber seine Hoffnungen auf den segensreichen Fortschritt, wie sie in den »Wanderjahren« ihren Niederschlag fanden, gemahnen eher an die Visionen des blinden Faust, der im Spatenklirren der Lemuren – der Totengräber, die ihm sein Grab schaufeln – den Lärm siegreichen Aufbaus hört.
Dagegen sind Tolstojs zornige Ausbrüche gegen die industrielle Zivilisation, seine Verdammung der Versklavung der Menschen durch Gewinnsucht, Lüge und politische Unterdrückung, seine Klagen über die Zerstörung der Natur und der menschlichen Seelen heute aktueller als Goethes Industrie-Utopie.
Es ist eben natürlich, daß Tolstojs Personen die Welt besser verstanden, als ein Wilhelm Meister es vermochte, weil sie um viele Jahrzehnte historischer Erfahrung reicher sind.
Aber Tolstoj war auch seinen jüngeren Zeitgenossen in vielem voraus, war klarsichtiger als manche seiner Enkel und Urenkel. Selbst die Entwicklung Thomas Manns vom »Zauberberg« über »Joseph und seine Brüder« bis zu »Felix Krull« und »Doktor Faustus« – eine Entwicklung, deren Quellen man bis zu Goethe und Tolstoj zurückverfolgen kann – zeugt davon, wie unsere grausame Gegenwart Wilhelm Meisters Utopien zermalmte und die kassandrische Weitsicht die vergeblichen Mahnungen von Tolstoj und Dostojewskij bestätigte.
Die Gegenüberstellung der »reaktionären« Utopie Tolstojs mit den »progressiven« Utopien Goethes war 1922 noch möglich, vielleicht auch selbstverständlich, denn das Trommelfeuer von Verdun, die Brände des ersten Weltkriegs waren weniger vernichtend als die Atomstürme in Hiroschima und Nagasaki, weil die grausamsten Massen-

mörder von damals als bescheidene Vorläufer der kommenden Henkersknechte von Stalin und Hitler erscheinen. In der Zeitschrift »Lettre Internationale« erschien im Dezember 1987 ein Essay »La pertinance de Tolstoï«. Der Autor E. Kohak, ein amerikanischer Philosoph, behauptet, daß »nach Tschernobyl« besonders deutlich wurde, wie richtig und wichtig die Mahnungen von Tolstoj sind. Denn im Gegensatz zu dem anspruchsvollen »Anthropozentrismus« von Goethe und dessen Faust – der direkten Erben der Renaissance und der Aufklärung – hat Tolstoj »die Menschen nicht als Herrscher und Eroberer gesehen, sondern als Hüter des Daseins, die friedlich und in Achtung vor allen Elementen der Schöpfung leben«.

Ein »seismographisches« Geschichtsgefühl, wie es Goethe und Tolstoj, Schiller und Dostojewskij von den mittelalterlichen Mystikern und den alttestamentarischen Propheten geerbt hatten, besaßen damals nur einige wenige Zeitgenossen. Andrej Belyj hat 1921 eine weltvernichtende Atombombe in seinem Poem vorausgesagt. Franz Kafkas Erzählung »In der Strafkolonie« (1914) und Jewgenij Samjatins Roman »Wir« (1923) waren Visionen zukünftiger totalitären Staatsmächte.
Die Entwicklung Tolstojs vom 19. zum 20. Jahrhundert entsprach gewissermaßen der Entwicklung Goethes vom 18. zum 19. Jahrhundert, aber mit umgekehrtem Vorzeichen. Goethe begann mit einer Auflehnung gegen den Rationalismus der Aufklärung, löste sich aber später auch vom irrationalen Sturm und Drang und gelangte zur Weimarer Klassik. Er floh vor höfischer, krähwinkelstaatlicher Misere nach Italien und fand bei den alten Quellen ewiger Schönheit und ewiger Menschheitsideale neue Kräfte für seinen erhaben-ironischen Frieden mit der Wirklichkeit, auch mit der Misere seiner Umgebung. Er war göttlich frei und unabhängig in seiner eigenen Welt – der grenzenlosen Welt der Dichtung, der Wissenschaft, kühnster Gedankenspiele – und folgte pedantisch-gehorsam den Gesetzen, Regeln und dem Brauch der miserablen Umwelt.
Tolstoj aber löste sich von den ererbten ästhetischen Idealen, von jugendlicher Ehrsucht und Eitelkeit, vom mili-

tärischen, literarischen, weltmännischen *comme il faut*, dann vom familiären, hausväterlichen, jagdherrlichen Behagen, vom sehnlichen Wunsch, Harmonie zu schaffen, im Einklang mit der Welt zu leben (»daß alle mich liebten«) und ging über zu seinem Sturm und Drang, verdammte seine früheren Ideale und seine früheren Werke. Die bitteren Schmerzen, die Werther zum Selbstmord und Goethe zur Flucht nach Italien trieben, sind kaum mit Tolstojs Leiden und Kämpfen zu vergleichen.

Thomas Mann versucht, Tolstojs Reise in die baschkirische Steppe mit Goethes Italienflucht gleichzusetzen; es ist wohl anzunehmen, daß der Drang zu einer solchen »Goetheschen Flucht« auch Tolstoj eigen war, nur floh er auf ganz andere Weise, in einem anderen Alter, zu anderen Zielen. Sein »Italien« wurde die kleine Eisenbahnstation Astapowo, und seine Flucht war kein neuer Anfang, sondern das Ende.

Goethe ging fort vom unproduktiven Wohlsein zum produktiven Leben, gelangte über die Rebellion zu stoischer Demut (»entbehren sollst du, sollst entbehren«), zur Freiheit des souveränen Künstlers und Gelehrten, Betrachters und Forschers.

Tolstoj ging fort vom drückenden, aber produktiven Wohlsein in offenbares Elend, über selbstquälerische Demut zu Rebellion, sagte sich von der Familie los, vom gewohnten Leben, von seiner Arbeit, von seiner Freiheit als Künstler und Denker und strebte zur Freiheit der Bettelmönche, der Eremiten, der Derwische, die sich, um frei zu sein, einer absoluten Armut unterwarfen. Diese göttlich-anarchische Freiheit machte Tolstoj zum Untertan seines selbstherrischen unduldsamen Gewissens.

Doch in seinem letzten Aufbegehren steckt mehr von der Phantasie des Künstlers als von den Überlegungen eines Moralphilosophen. Er wagte es, in seinem eigenen Leben, die Idealforderungen zu verwirklichen, die er in seinen Büchern vertrat. Das bedeutete ein Ende seiner Kunst und auch das Ende seines Lebens.

Darin äußerte sich dieselbe Gesetzmäßigkeit, die in Tolstojs Kampf gegen Goethes Geist und Dichtung wirkte. Es war zugleich sein Kampf gegen sich selbst.

Als Jüngling hatte Tolstoj den »entzückenden Werther«

über die Maßen geliebt, ebenso die »erstaunliche« Iphigenie, den Faust, die Lyrik, die philosophischen Verse von Goethe. Aber später begann er gegen sein eigenes elementar-künstlerisches Weltempfinden aufzubegehren, das dem Goethischen sehr nah war. Er bekämpfte seine eigenen Zweifel und Skrupel, die der mephistophelischen Skepsis verwandt waren. Der alte Tolstoj verdammte seine eigenen Leidenschaften, die seinem Gewissen trotzten, seine Träume und seine Werke durchdrangen. Das waren die gleichen Leidenschaften, die Werther in den Tod getrieben hatten, die in den »Römischen Elegien« fröhlich herrschten und im »Faust« poetisch verklärt in die höchsten Sphären stiegen.

Tolstoj verurteilte die unverblümte und heitere Selbstliebe des »Egoisten« Goethe, sein »Heidentum«, weil er dieselben Eigenschaften in sich verzweifelt zurückdrängte, sie als »aristokratische Laster« verdammte, die der christlichen Vereinigung der Menschen widersprachen.

Tolstoj war Aristokrat – insgeheim stolz auf seine Vorfahren, die sich der Selbstherrschaft der Zaren widersetzt hatten, und offen stolz auf seine eigene Unabhängigkeit, seine Verachtung für alle Privilegien. Mit um so größerem Mißbehagen nahm er wahr, wie der Bürger Goethe peinlich genau die Etikette am Weimarer Hof beachtete, wie geschraubt-unterwürfig und feierlich er sich seinem Herzog gegenüber verhielt.

Der Dichter Goethe empörte ihn kaum weniger als Goethe, der politische Konformist. Der Dichter, der die absolute Souveränität seiner Kunst behauptet, ihre Unabhängigkeit gegenüber jeder geistigen oder politischen Bevormundung verteidigt hatte, erschien Tolstoj als ein Verfechter der »schlechten« Kunst.

Doch er konnte sich von Goethe nicht lösen ebensowenig wie von seiner eigenen Kunst, die er auch als »schlecht« verschmähte.

Shirmunskij erklärte diese Widersprüche einfach: Der greise Tolstoj, der die »heidnische Selbstliebe« und die elitäre Meisterschaft des Faust-Dichters ablehnte, schätzte in dessen Werken die »idyllische Darstellung patriarchalischer Verhältnisse, die von moralischer Sympathie zu den einfachen Leuten durchdrungen sind«.

Dazu müßte man einwenden, daß Tolstoj zeit seines Lebens »Hermann und Dorothea« und »Werther« unverändert geschätzt und geliebt hat. Aber in diesen Werken spielt die »idyllische Darstellung patriarchalischer Verhältnisse« eine viel geringere Rolle als die poetische Behauptung der Gefühlswelt, die über prosaisch kalte Vernunft triumphiert. Auch die Freiheitsideale des jungen Goethe verleugnet der Autor von »Hermann und Dorothea« nicht, obwohl er in den Gestalten der beiden liebenden Bauernkinder seine neuen Ideale verkörpert: die Würde der Demut, gelassene Hinnahme der Wirklichkeit, die Poesie friedlicher Arbeit. Sie widerstehen den grausamen Wirren der Kriege und Rebellionen, den Illusionen der Freiheitsschwärmer.

* * *

Tolstojs Beziehung zu Schiller, dessen Kunstideale ihm eigentlich noch ferner als die Goetheschen sein müßten, blieb dennoch immer von begeisterter Anerkennung bestimmt. Darin äußert sich wohl die Anziehungskraft eines unähnlichen, ganz anders gearteten Geistes.

Goethe liebte die englischen und die italienischen Romantiker Byron und Alessandro Manzoni. Aber die deutschen Romantiker, die eigentlich seine Schüler waren, lehnte er entschieden ab.

Tolstoj wandte sich gegen Goethe, weil er ihm nahe war, genauso wie er sich gegen seine Familie und gegen sich selbst wandte. Um so stärker zog ihn Schillers sittliche Zielsetzung im künstlerischen Schaffen an, dessen Treue zu hohen meta-ästhetischen Idealen, jenes »Schillerisieren«, das Belinskij begeisterte, der Schiller als »edlen Anwalt der Menschheit« pries.

Tolstoj war Lehrer, Prediger, wollte Gesetzgeber der Kunst und demütiger Pilger sein. Aber vor allem und in allem war er Dichter, Künstler. Sein ganzes Leben war ein eigenwilliges Kunstwerk – ein Drama mit vielen Akten, vielen Kollisionen, ein phantastisches und zugleich reales Drama, in dem ein Graf zum größten Bauern der russischen Literatur wurde, in dem ein Verkünder christlicher Sanftmut die Revolutionäre begeisterte und selbst durch ihre Leiden, ihren Opfermut inspiriert wurde, in dem ein

Dichter, für den das Wort – das gestaltende und schaffende Wort – den Sinn seines Lebens ausmachte, sich im Namen eines bäuerlich-asketischen Christentums von seinem Wort lossagte.

In Tolstojs Lebensdrama sind seine wiederholten Auseinandersetzungen mit Goethe eine der wesentlichen Kollisionen.

Die faustische Welt Boris Pasternaks

Marina Baranowitsch
zum Gedächtnis

I

Boris Pasternak hat Goethes »Faust« in zwei Etappen übersetzt: den ersten Teil im Winter 1949/50, den zweiten 1951/52.[1] Diese Arbeit war alles andere als eine Fleißübung des Berufsübersetzers. Pasternak vertiefte sich in die Welt der Goetheschen Dichtung; er entdeckte immer neue Eigenschaften des Dramentextes, der mythischen, religiösen und volkstümlichen Gestalten, die, unabhängig vom Drama, vorher wie nachher existierten. Er arbeitete begeistert, ungestüm, übersetzte manchmal eigenmächtig . . .

> Das Verhältnis des Originals zur Übersetzung muß das Verhältnis der Basis zur Ableitung, des Stammes zum Ableger sein. Die Übersetzung muß von einem Autor stammen, den das Original schon lange vor Beginn der Arbeit beeinflußt hat. Sie muß eine Frucht des Originals und dessen historische Folge sein.[2]

So schrieb Pasternak, einige Jahre bevor er den »Faust« in Angriff nahm, den er schon in Jugendzeiten »das für mich schönste Werk aus der Literatur«[3] bezeichnet hatte. Als er seine Übersetzung zum ersten Mal im »Haus der Literaten« (Moskau) vorlas, konnte er sich der Tränen nicht enthalten. Assejew las für ihn weiter, und Pasternak weinte selbst noch beim Zuhören.[4]

In mehreren seiner eigenen Gedichte aus verschiedenen Jahren kommen Gestalten aus dem »Faust« und die mit ihnen verbundenen Ideen und Stimmungen vor. Zwischen 1916 und 1920 entstanden die Gedichte »Margarete«, »Mephistopheles« und »Fausts Liebe« (das letzte wurde erstmals posthum 1965 veröffentlicht).[5]

Margarete

Es entwirrte die Sträucher wie Schlingengeflecht,
Margaretes Aug' glüht, doch ist heißer sein Glanz,
Violetter als Lippen, die schmal sie gepreßt,
Schlug und schluchzte und herrscht Nachtigallengesang.

... Und als dann Margarete, vom Silber gebannt,
Darauf zu schritt, halb staunend, da wars tief im Wald,
So als fiele im Regenhelm schwach in den Sand
Amazone im Strauchkleid von Rittergestalt.

... Wo ihr Schattenhelm hängenblieb, tief im Gebüsch,
Er entwirrte die Sträucher wie Schlingengeflecht.

Diese Margarete hat mit Fausts junger Geliebten, mit deren tragischem Schicksal und der einer Apotheose gleichenden Verwandlung kaum noch eine direkte Verwandtschaft. Hier geht es eigentlich um eine untrennbare Einheit zwischen Frau und Natur, die durch Nachtigallengesang, Wald, Sträucher, Gräser, Regen dargestellt wird. Am Schluß des »Faust« läßt Goethe den Chorus Mysticus das »Ewig-Weibliche« preisen. Pasternak besingt es in einem kurzen Gedicht in so konkreter Personifizierung und so weitreichenden Vergleichen, wie sie früher kaum denkbar waren.
Die letzte Gedichtzeile wiederholt die erste, wodurch das Ganze ringförmige Abgeschlossenheit bekommt. Die plastischen Bilder sind ineinandergefügt, verschmolzen. (In dem Bild der Amazone könnte eine Kindheitserinnerung aufgegriffen sein: »[. . .] im Frühling 1901 wurde im Zoologischen Garten eine Gruppe Amazonen aus Dahomey gezeigt [. . .] die erste Vorstellung von der Frau verband sich bei mir mit der Vorstellung einer nackten Gestalt und geheimen Leids.«[6]) Die Oxymora und Metaphern sind unerwartet, beinahe absurd, so der Nachtigallengesang:

. . . er hing in den Faulbeeren, Quecksilber gleich,
Das der Regen im Rausch dort vergaß. Und er war
Wie ein Grashauch, betäubte den Baum und erreichte
Außer Atem den Mund und blieb hängen im Haar.

Was bleibt bei alledem von Gretchen? Der russische Dichter hat das Weibliche, die Reinheit, die Jugend, die nachtigallenhafte Anmut und Natürlichkeit Margaretes gerade als Gegensatz zu der gebrechlichen Bücherweisheit und der teuflisch künstlichen neuen Jugend Fausts aufgefaßt. Erinnert das Schlingengeflecht, das vom Nachtigallenlied und vom Schattenhelm der Amazone Margarete gelöst wird, nicht an die Fangnetze, die von der Kraft des Bösen gelegt werden?
Im Gedicht »Mephistopheles« sind noch gemeinsame Züge mit dem Helden der Legenden und des Goetheschen Dramas erkennbar, wenn auch mehr äußerlicher Art. »Rosseschreckende Schattengespenster« werden allabendlich am Stadtwall wach.

In Strümpfen wie Blut mit großen Schnallen,
– Troddeln, die an der Trommel hingen –
Hört man des Teufels Beine hallen,
Die über rotgoldne Wege gingen.

... Er grüßt sie nur lässig, die neben ihm zogen,
Und zählt sie wie Meilensteine aus.
Den Kopf im Lachen zurückgebogen,
Stapft er geschmeidig dem Freund voraus.

Dieser Mephisto, der vielleicht eher an Gounods Oper als an Goethes Drama erinnert, streift in den Straßen jener Stadt umher, in der der junge Pasternak im Jahre 1912 lebte und die auch mit Bildern in dieses Gedicht eingegangen ist:

... Indessen – ein Veloziped – wie besessen
Windwirbel die Zimmerkommoden durchfegen.

Jetzt wurden dort bis an die Decke
Die Seidenvorhänge hochgeschüttelt,
Indessen draußen, an Teichen und Hecken
Der Sturm die Philister zusammenrüttelt.[7]

Der lachende Vagabund Mephisto ist ebensoweit von dem weisen Zyniker entfernt, der manchmal Goethes wichtigste Gedanken äußert, wie der Waldgeist Margarete von seiner deutschen Namensschwester.
»Fausts Liebe« erinnert nur noch in einzelnen Wörtern und kaum entschlüsselbaren Tropen an die Titelgestalt:

All die Laternen, Scharlachglut der Läden,
Des Ahorns Kaliko
Seit kurzem so
Ein Fenster ganz in dichten Spinnenweben.

Kantinenwachstuchdecken. Und das Maß
Der Schränke, Gipsgedanken. Die Kasernen.
Der Hexenzauber fehlerfreien Traums.
Seit kurzem so
Zur Violette de Parme.

Es werden Gegenstände und Begriffe genannt, aneinandergereiht, verknüpft ohne irgendeinen äußeren oder inneren Bezug; unverbindbare Bilder und Wörter werden verbunden, die einander anscheinend nur durch den Gleichklang verwandt sind:

Der dicke Teer des Teufels. Die Doktorn
Und Doggen. Ferne dröhnen Lasten, fremde.
Um Mitternacht gedreht das schwere Horn
Zum armen Hemde.

Die Asche aller Julis, das Grüne aller Gluten,
Der Stirne Firnis: ein rutschend' Verband
Von Himmels Heilung. Um Galen Vermuten –
Ein Teufel hat's arabisch grell gesandt,
Ein Genius geflüstert . . .

Die »Doktorn und Doggen« lassen an Faust denken (obwohl bei Goethe Faust mit einem Pudel zu tun hat, aber das Wort Dogge ist Pasternak phonetisch passender), ebenso der Arzt Galen, der Teer und die arabischen Gerüchte des Teufels, vielleicht noch der »Hexenzauber eines fehlerfreien Traums« und das Flüstern des Genius.
Diese Wort-Bilder, Wort-Begriffe, Wort-Übergänge zwischen anderen Worten, die Wort-Klänge, die lärmende oder klingende Alliterationen schaffen, können über den legendären oder literarischen Faust nichts aussagen. Sie sind nur ein Nachhall und ein Abglanz dessen, was der junge Pasternak im »Faust« las und hörte, wie er ihn aufnahm.

Der Ölgemälde Fette; die Barette;
Vom Teufel kreidig, korkig in den Kalk
Mit Strumpf hineingeschmierte
Poeten.
Ein Spinnersumpf.
Seit kurzem so.

Mit dem dritten »Seit kurzem so« endet das Gedicht – oder ist es ein Fragment, das abbricht?
Deutlich sind hier Zeilen aus dem »Stern der Geburt«, einem Gedicht des Jurij Schiwago vorweggenommen[8]:

Und sie trauten der Schau ihrer Augen noch kaum:
Da erstand in der Ferne, was später gewesen,
Alles Denken und Sehnen in Zeiten und Raum,
Alle künftigen Kunstgalerien und Museen,

Alle Taten der Zaubrer und Streiche der Feen,
Alle Christbäume und aller kindliche Traum.[9]

Eine solche *Entsprechung* zwischen zwei Texten, die durch einen weiten Schaffensweg voneinander getrennt sind, eine *Entsprechung* zwischen dem zweiten und dem fünften und sechsten Jahrzehnt unseres unruhigen Jahrhunderts, zwischen einem kleinen, wohl kaum abgeschlossenen Gedicht, das zu Lebzeiten Pasternaks nicht veröffentlicht wurde, und dem großen, lyrischen Roman, der gleichzeitig mit der »Faust«-Übersetzung entstand – diese Übereinstimmung ist eines der wichtigsten Beispiele für die Vielstimmigkeit der Pasternakschen Dichtung. Außerdem zeigt diese *Entsprechung* (Übereinstimmung) einen jener Fäden, die das Gewebe von Pasternaks faustischer Welt bildeten.

1921 erinnerte er sich an die früheste Zeit, als er sich noch unbewußt der Poesie näherte:

So fängt man an. Man ist knapp zwei –
Schon reißt's dich von der Amme fort
Ins Dunkel süßer Melodei.
Im dritten Jahre kommt das Wort.

Doch schon in dieser frühen Kinderzeit des Dichters

. . . reifen Ängste: wie er's schafft,
Den Stern noch höher anzusetzen.
Wann ist er Faust und wann Phantast?

Im selben Jahr entstand das Gedicht »An Helena«. Dessen Heldin, die schöne »Herrscherin Spartas«, ist auch die Heldin in »Faust II«, und gleichzeitig ist sie Ophelia, und die ihr zugeordnete Welt »schillert« zwischen den Welten Goethes und Shakespeares:

Wiese liebt Manieren
Fausts vielleicht und Hamlets auch.

Und der Dichter überläßt es dem Schicksal, ob die schöne Helena für ihn »Mutter oder Stiefmutter« sein wird.

Pasternak hat »Hamlet«, einige andere Dramen und zwei Sonette Shakespeares übersetzt, bevor er den »Faust« übersetzte. Das Gedicht »Hamlet« (auch dies aus dem Roman über den Dichter und Arzt Dr. Schiwago), in dem der dänische Prinz wie Christus im Garten Gethsemane betet:

»Vater, gib, daß dieser Kelch vorübergeht«, entstand, als der Autor den Roman beiseite legte, um den »Faust« zu übertragen.
Auch die Shakespearsche, Hamletsche Welt Pasternaks wartet noch auf ihre Erforschung. Wenn sein Briefnachlaß überschaubar wird, werden sich sicher weitere Bezüge zwischen diesen beiden Linien in seinem Schaffen herausstellen, die nicht nur in der Übersetzung sowohl Shakespeares wie Goethes bestehen.

II

Anna Achmatowa sagte 1944 zu Pasternak: »Sie werden noch Ihren eigenen Faust schreiben.«[10] Das Faustthema war auch Achmatowa selbst vertraut. Sie erkannte seine Verwandtschaft mit der russischen Literatur, seine Aktualität für das russische Leben im 20. Jahrhundert.
Achmatowas »Poem ohne Held« entstand am Vorabend des Zweiten Weltkriegs. Im ersten Kapitel, das in der Neujahrsnacht 1941 spielt, erscheinen dem Dichter Karnevalsgestalten – »Gäste« aus der Neujahrsnacht 1914, als »das wirkliche 20. Jahrhundert begann, nicht das kalendarische«.
Den Reigen der Neujahrsmasken jener düsteren Wende eröffnen »dieser als Faust, jener als Don Juan«. Einer Bühnenanweisung zum »Zwischenspiel« zufolge (vor dem zweiten Kapitel) erscheint eine der Hauptpersonen »auf dem Gipfel des Goetheschen Brockens«.
Das alles sind durchaus keine Zufallslaunen dichterischer Phantasie.
Eben in den Jahren, als Achmatowa und Pasternak ihren Schaffensweg begannen, durchzog Faust Rußland, und er tauchte immer wieder auf, um die russischen Dichter zu beunruhigen und zu faszinieren.
Als Anna Achmatowa 1943 in Taschkent evakuiert war, besuchten die Karnevalsmasken sie wieder:

Es trafen sich an meiner Tür
Ein wieder neu verjüngter Faust,
Ein alt geword'ner Don Juan.

Und zwei Jahre später erkannte sie Fausts Gestalt in einem Deutschlandbild, wie sie es im letzten Kriegsjahr erlebte:

> Und in der Ferne Faust als Umriß
> Wie eine Stadt mit vielen schwarzen Türmen,
> Wo dumpf die Glocken und die Uhren dröhnen,
> Und Mitternächte angefüllt mit Donner
> Und alte Männer ohne Goetheschicksal
> Und Leiermänner, Wechsler, Antiquare;
> Den Teufel hatten sie gerufen, feilschten
> Und überlisteten ihn spielend, ließen
> Den Pakt jedoch als Erbschaft uns ...

Achmatowa hat Pasternak vorausgesagt, daß er noch »seinen eigenen Faust« schreiben werde. Das war kein willkürliches Orakel. Sie war nicht nur eine große Zauberin der Poesie, sondern auch eine scharfsinnige Kennerin der Literatur. Sensibel nahm sie historische Strömungen wahr, wenn sie auch nicht immer versuchte, diese Strömungen in abstrakte Begriffe zu erfassen. Doch ihre literarischen Freunde kannte sie zumeist sehr gut, und sie vermochte selbst dann noch nüchtern zu urteilen, wenn sie voreingenommen war. Ihre Voraussage war so dichterisch feinfühlig wie rational begründet.

Bereits um 1925 erörterte Pasternak im Briefwechsel mit Marina Zwetajewa ausführlich den Plan einer gemeinsamen »Faust«-Übersetzung.[11]

Mehr als zwei Jahrzehnte später nahm er die Übersetzung in Angriff; in jenen Nachkriegsjahren, als eine wütende Hetzkampagne gegen die Kosmopoliten umlief, die »Kriecher vor allem Ausländischen«. Gerade zu dieser Zeit begann er Goethes Tragödie zu übersetzen und schrieb den Roman »Doktor Schiwago« und Schiwagos Gedichte.

Ein Exemplar der Erstausgabe der Faustübersetzung schenkte er seinem Freund, dem Philosophen Walentin Asmus, mit der Widmung: »Ach, wie freue ich mich, Ihnen dieses Buch zu widmen, einem lieben Freund, einem Menschen der faustischen Welt, von faustischer Neigung und Veranlagung. 19. Dezember 1953. B. P.«

Auf Fragen, was Pasternak mit »faustischer Welt« gemeint habe und was genau ihn an Goethes »Faust« fasziniert habe, antwortete Asmus: »Vor allem die unendliche, gren-

zenlose Offenheit dieser Welt, die unerschöpfliche Fülle an Ideen und Bildern, poetischer wie philosophischer, wissenschaftlicher wie künstlerischer. [. . .] Diese Welt ist grenzenlos wie das Leben, ja, sie ist das Leben selbst, ungeheuer vielfältig. Die höchsten und niedrigsten Kräfte, Wahrheit und Lüge, Wissenschaft und Poesie sind untrennbar miteinander verbunden und verwoben.«[12]
Pasternak lebte und arbeitete in dieser Welt. Die »Faust«-Übersetzung war nicht nur ein ehrerbietiger Tribut, eine Frucht seiner Liebe zu Goethe, sondern gleichzeitig auch ein unmittelbarer Ausdruck seiner selbst. In der Übersetzung brachte er sowohl ganz bewußte Anschauungen zum Ausdruck (philosophische, religiöse, ethische, ästhetische) als auch halbbewußte, teilweise wohl auch völlig unbewußte, ursprüngliche Empfindungen: bildhaft poetische, sprachliche oder musikalische.
Am 27. März 1949 schickte er die erste Fassung der Übersetzung an die Musikerin Marija Wenjaminowna Judina und schrieb dazu:

> Hier ist das Gute mit dem Schlechten vermischt, und weniger Gelungenes bleibt zuweilen unverbessert (z. B. die schwache erste Zeile des »Königs in Thule«; ich wollte die lateinische Färbung »ultima Thule« erhalten, die so exotisch fern klingt, oder eine Stelle wie »zählt er seine Städt im Reich«, wo es auf die vielen Vokale ankommt).
> Es kam mir darauf an, Faust als ganzes in Gang zu bringen, seine ganze fließende und rollende Welt, seine dramatische Ganzheit, und das habe ich wohl auch geschafft, aber jetzt lenkt mich die Romanfortsetzung ab, und ich werde mich lieber heute als morgen daran machen.[13]

An seine Cousine und langjährige Vertraute Olga Freudenberg schrieb er am 12. Juli 1953:

> Von beiden Teilen des Faust mußte ich Korrektur lesen, und ich habe ein gutes Zehntel dieses lyrischen Flusses von 600 Seiten umgearbeitet, mit völlig neuen Lösungen. War ganz interessant, ob ich mir eine solche Grille, ein solches Wagnis noch erlauben kann, nämlich ohne Rücksicht auf die Tages- oder Nachtstunde einen Faust zur Welt zu bringen, wie allein er denk- und vorstellbar ist, der seinen Platz im Raum ausfüllt, und zwar leiblich, nicht als Anmaßung, der tatsächlich ein Faust ist, nach meinem eigenen derzeitigen Urteil und Empfinden.

> [. . .] Ach, welch ein Glück es war, um den Ausdruck des Ganzen zu ringen, damit es singe, atme, existiere! Bei Goethe wie auch bei mir ist das Schwierigste, Undenkbarste und Undurchführbarste am besten gelungen: die Welt des griechischen Jenseits im dritten Akt sowie das christliche, neuzeitliche Jenseits. Im Herbst kommt das Buch wohl heraus, und aus diesem prahlerischen Brief erwächst Dir die Bedrohung, der Lektüre nicht zu entgehen.[14]

In einem Brief vom 9. August 1953 an seine Freunde, Marina Baranowitsch und deren Familie, bemühte sich Pasternak in Fortführung eines früheren Gesprächs über den »Faust«, dessen »fließende und rollende Welt« näher zu erklären:

> Ich habe die Übersetzung überarbeitet und einen besseren und verständlicheren Ausdruck für all das Gewagte und Geheimnisvolle im Faust gefunden, um dessentwillen er geschrieben wurde und um dessentwillen ich ihn übersetzt habe. [. . .] Faust erringt neue menschliche Möglichkeiten und gliedert sie dem seelischen Territorium ein, das von der lyrischen Kraft dieses Werkes erschlossen wird. Man kann nicht sagen, daß es diese Gebiete ohne Faust nicht gäbe. Doch sie entstehen, erwärmt vom Atem dieser Lyrik, sie beleben sie und machen ihren Wert aus, sie sind während der Handlungsdauer des Faust gegenwärtig, d. h. solange er wächst, solange er Strophe für Strophe, Szene für Szene erschaffen wird. So, wie auch die einmal gerufenen Geister da sind, solange der Zauber gilt (im übertragenen, real nicht existierenden Sinne). Überhaupt kommt die ganze Faustwelt – nicht nur ihre geheimnisvollen Teile – auf Aufruf. Fausts poetisches Wesen gibt die Überzeugung, Recht und Macht zur Geistererweckung zu besitzen. Die Vergleiche mit Zauberformeln und der magischen Welt in diesem Brief dienen nur zur Erklärung. Sie sind irreal, ich glaube nicht an sie. Es gibt ein unabsehbar großes reales Gebiet, zu dem die Hauptwunder des Faust eine direkte Analogie darstellen und von dem Faust eigentlich handelt. Warum also vergleiche ich die Besonderheiten des Faust, die sich auf das reale Gebiet beziehen, nicht mit den Erscheinungen dieses Gebietes selbst, sondern ziehe Parallelen zur Geisterwelt, die es nicht gibt und an die ich nicht glaube? Deswegen, weil etwas schwer Verständliches manchmal leichter über das Symbolische, Imaginäre erklärt werden kann, als durch den Versuch, es einer rational erfaßbaren Analyse zu unterziehen. Weil ich eine ganze Abhandlung über das andere, real existierende, wahre Thema schreiben müßte, wenn ich die Scheinähnlichkeiten der faustischen Formen mit der Magie überginge, die sich äußerlich aufdrängen und

stattdessen direkt jene Kategorie nennen würde, auf die sie sich beziehen.

Das Gebiet, dessen Wesen Faust ausdrückt, ist das Reich des Organischen, die Welt des Lebens. Diese Welt existiert nach denselben Gesetzen, die die Idee des Faust und das Geheimnis seiner Leuchtkraft ausmachen. Wenn man nichts will, existiert auch hier nichts, sowie man aber mit aller Kraft und mit ganzer Seele wünscht, treten, wie gerufen, neue Geschöpfe ins Leben, werden Kinder geboren, beginnen neue, der Sonne zugewandte Epochen, werden Reisen unternommen, Entdeckungen gemacht. In Entsprechung zur Stärke des Wünschens entwickeln sich diese Eigengeschöpfe des Lebens weiter, von einer Form zur anderen, von einer Generation zur nächsten. Sie werden samt den darauf folgenden Erfahrungen und Versuchen der Auslese unterworfen und verbessern sich, so, wie Faust das Leben darstellt, das zur Vollendung strebt. Aus innerer Sicht wird dieser Drang Liebe genannt. Goethe hat den Nerv dieser Naturkraft im Faust so direkt getroffen, daß seine Sprache in diesem Werk die natürliche Sprache dieser Kraft selbst zu sein scheint.

Eine Erscheinungsform dieser Energie mußte natürlich auch in mir für die Übersetzung geweckt werden. Ich freute mich, als ich diesen Ursprung in und um mich spürte, während ich an der russischen Neuschaffung dieses Wunders arbeitete, und es war traurig, sich nach Abschluß der Arbeit von der Kraft zu trennen.

[...] Jetzt schreibe ich (zuweilen hingerissen) am Schluß des Romans. Im Frühling hatte ich mir notiert, was in Versen behandelt werden muß. Ich denke, daß ich in diesem Sommer das Schreiben in eigenem Namen wieder aufnehmen werde und nicht im Namen Schiwagos.

Am 26. August schrieb er denselben Freunden:

In dem, was ich Ihnen über den Faust schrieb, ist das Wichtigste nicht zuende gedacht. Im Vergleich gesagt (es direkt auszudrükken ist unmöglich) liegt die Vollkommenheit dieser Riesenform im Versuch, eine *neue Materie* zu schaffen. Es ist lyrische Alchimie, die zwar nie ganz befriedigt, das Verlangen ihrer Schöpfer also nicht restlos stillt, die aber immer die höchste Spannung schöpferischen Gefühls begleitet, so auch bei Michelangelo, bei Beethoven oder Gogol.[15]

Die »neue Materie« ist die wundertätige Kraft der Poesie, die zur sprachlichen oder musikalischen »Frucht« wird, die »lyrische Alchimie« ist eine Kraft göttlichen Ursprungs, unendlich geheimnisvoll und gleichzeitig deutlich hörbar, sichtbar, gegenständlich ...

So hat Boris Pasternak die Welt Fausts verstanden und erklärt.
Die widersprüchliche Einheit von mystischem Wunder und Gegenständlichkeit erinnerte auch wirklich an Alchimie, an die geheimen Zaubereigenschaften des »materiellen« Steins der Weisen, an Tiegel, in denen Zauberkräfte wirkliches Gold produzierten, an die mächtigen Zauberformeln, die den Geistern befahlen und es ermöglichten, durch Verschmelzen verschiedener Elemente Homunculi zu schaffen, menschenähnliche Geschöpfe, greifbar gegenständliche wie gleichzeitig absolut »geistige« Kopfgeburten.
So erwies sich die Welt Fausts – des von Unsterblichkeitssehnsucht geplagten Magiers, Alchimisten und Hellsehers – als der Welt der Poesie und des künstlerischen Schaffens verwandt, vielleicht gar als mit ihr identisch.
Pasternak hat diese faustische Welt in Goethes Werken entdeckt, und er hat sie wieder und wieder in und um sich entdeckt. Er wollte, daß sie auch anderen zugänglich werde, seinen Freunden, seinen Lesern ...
Am 30. Dezember 1953 schrieb Pasternak wieder an seine Cousine:

> Es ist mir gelungen, das ungeheure Monster des beidteiligen Faustes so umzuarbeiten, wie es mir vorschwebte. Nach Ablieferung der Korrekturfahnen blieb ein Rest an Befriedigung zurück, der sich in Erwartung des Buches fälschlicherweise auswuchs und die Illusion schuf, mit der Übersetzung sei – auch was den Gehalt, das spürbare Gewicht des Ganzen und das System der Gedanken betrifft – etwas Neues erreicht worden, etwas Offensichtliches, das sich unmittelbar erschließe. Jetzt ist der Faust da. Ich sehe, daß dem nicht so ist, daß es ein falsches Gefühl war. Dennoch bin ich nicht enttäuscht. Zu der irrigen Meinung über den Gehalt des Textes hat mich ein anderer Erfolg verleitet: die Flüssigkeit und Natürlichkeit von Sprache und Form, die einzige Voraussetzung, unter der man rund 600 Seiten gebundener Rede überhaupt lesen kann, und eben das hatte ich vor allem andern auch erreichen wollen.[16]

Und am 7. Januar 1954 schrieb er erneut an sie:

> Ich weiß, daß an der Übersetzung vieles gut ist. Aber wie soll ich Dir erklären, daß dieser Faust ganz aus dem Leben stammt, daß er mit Herzblut übersetzt wurde, daß es neben der Arbeit und zur gleichen Zeit das Gefängnis gab, all das andere, dieses Grauen, die Schuld und die Treue.[17] [...]

> Enttäuscht bin ich von anderem. Außer einer guten Übersetzung hätte Goethe auch selbst noch einer Anverwandlung und Umsetzung bedurft, und zwar durch eine gute, inspirierte Einführung und durch Kommentare, die völlig fehlen. [. . .] Dabei hätte ich so lebendig und eingängig, in leichter, gedrängter Prosa den Inhalt nacherzählen können, so ungezwungen die *tatsächlichen Merkwürdigkeiten des Originals aufzeigen* können, seine *Inkonsequenzen* in moralischer Hinsicht, die nun unbenannt und unerklärt geblieben sind, und ich hätte mich so *ehrlich und interessiert* um eine Erklärung dafür bemüht, daß sicher etwas tatsächlich Erhellendes dabei herausgekommen wäre, zusätzlich zur klärenden Wirkung der Übersetzung.[18]

Doch seine Beziehung zu dem Drama war nicht nur von bedingungsloser Begeisterung bestimmt. Die subjektiv-idealistischen und kirchlich-religiösen Elemente in Pasternaks Weltanschauung widersprachen manchmal der Freidenkerei Goethes, des Pantheisten, des Erben der Aufklärer.

In einem Brief an Marija Wenjaminowna Judina (18. Januar 1954), die eine sehr fromme Rechtgläubige war, behauptet Pasternak, daß es ihr gelungen sei,

> den grundlegenden Mangel des Faust treffend und erschöpfend zu benennen, jene Ursache, die alle Aufschwünge des Werkes belastet, das Rätsel jenes Haupthindernisses, das bei der Übersetzung ständig vor mir stand, und dessen Wesen mir ein Geheimnis blieb. [. . .] mich hat genau dieses unvorstellbare, mir unverständliche, unzulässige Hängenlassen der Flügel nach so glücklich genommenen Höhen bedrückt, diese Seiten von Schmutz und Plattheit nach Bildern einer Tragödie von Reinheit und Sanftmut, das Auftauchen einer hohlen Gelehrsamkeit, die herrisch arrogant und fern von jeder Höhe ist.
>
> Der Grund dieses Mangels, dieses stilistischen Ballasts, liegt in der verlogenen Redegewandtheit Mephistos, die der Autor selbst verurteilt, der er aber dennoch so viel Raum in der Tragödie einräumt. Diese bewußt beschränkte, zweitrangige, rednerische Großtuerei, die dennoch so umfangreich ist, ist jener zwiespältige, widersprüchliche Aspekt, der meine besten Bemühungen um den Text zu Staub werden ließ und die Freude an der Arbeit vergiftet hat, ohne daß ich auch nur im geringsten verstanden hätte, wo die Wurzel des Übels liegt [. . .]. Und das Wort wird völlig unterschiedlichen Bedingungen unterworfen, je nach dem, aus wessen Mund es kommt – von Faust oder Mephisto.[19]

In diesem Streit Pasternaks mit Goethe kommen uralte, nie gelöste Widersprüche zum Ausdruck: Die Orthodoxie der »östlichen« Religiosität erträgt selbst die elegantesten Abweichungen von den moralischen Dogmen nicht, oder sie will sie nicht ertragen, sie läßt kein Geschäft selbst mit dem scharfsinnigsten und weisesten aller Teufel zu, sie lehnt jene westliche »Liberalität« strikt ab, die so ungeheuer weit ist, daß sie sich gelegentlich in einen religiösen Relativismus umkehren kann.
Indem Pasternak dem dämonischen Zauber des Goetheschen Mephisto widerstehen wollte, wandte er sich eigentlich gegen jene Kräfte, die bei solchen Zeitgenossen Goethes besonders krass zum Ausdruck kamen wie dem Marquis de Sade, dem Advokaten Robbespierre und einem so unberechenbaren Erben des Gedankenguts und der Poetik des Goetheschen »Faust« wie Nietzsche.
In der Auflehnung des Nachdichters Pasternak gegen Faust, den er so begeistert übertrug, ist ein Echo vernehmbar von Lew Tolstojs Auflehnung gegen Shakespeare und gegen denselben Faust[20], gegen die ganze »gottlose und unmoralische« Kunst.
Obwohl sich Pasternaks Auflehnung auch in einigen Einzelheiten der Übersetzung niederschlägt, bleibt sie letztlich doch vor allem in seinen Reflexionen in Briefen und Notizen als eine widersprüchliche Kehrseite seiner künstlerisch-poetischen Lebensauffassung.

III

In den Aufzeichnungen Pasternaks aus seinem Notizbuch von 1956 heißt es:

> Faust beschwört kraft der Lyrik Schicksale, Naturgewalten und die Geister der Vergangenheit und Zukunft. Die Lyrik der Gedichtbände ist eine folgenlose Lyrik, eine Lyrik, die seelische Wirkung auf den Leser ausübt. Die Lyrik Fausts ist voller offensichtlicher, leicht überschaubarer Folgen. Der dramatische Inhalt Fausts besteht im Schauspiel dieser Errungenschaften und Resultate.[21]

In demselben Notizbuch findet sich im Abschnitt »Beiläufiges zu Faust und Shakespeare für ein eventuelles Vorwort« folgende Eintragung:

> Goethes Streben während der zweiten Lebenshälfte und gegen Ende seines Lebens, seine Vermutungen, Vorstellungen und Meinungen auf der Achse seines stärksten und lebensvollsten Werkes auszusetzen, ist natürlich und richtig. Ein starkes, widerstandsfähiges Kunstwerk, das voller Wärme ist, kann genau wie ein lebendiger Organismus eine Injektion aufnehmen, kann sich ausdehnen usw.[22]

Wohl unbewußt und dennoch nicht zufällig haben diese Worte einen Bezug zu dem, was Goethe selbst über den Ideengehalt des Faust gesagt hat:

> Da kommen sie und fragen: welche Idee ich in meinem Faust zu verkörpern gesucht? – Als ob ich das selber wüßte und aussprechen könnte! – Vom Himmel durch die Welt zur Hölle, das wäre zur Not etwas; aber das ist keine Idee, sondern Gang der Handlung. Und ferner, daß der Teufel die Wette verliert und daß ein aus schweren Verirrungen immerfort zum Besseren aufstrebender Mensch zu erlösen sei, das ist zwar ein wirksamer, manches erklärender guter Gedanke, aber es ist keine Idee, die dem Ganzen und jeder einzelnen Szene im besondern zugrunde liege. Es hätte auch in der Tat ein schönes Ding werden müssen, wenn ich ein so reiches, buntes und so höchst mannigfaltiges Leben, wie ich es im Faust zur Anschauung gebracht, *auf die magere Schnur einer einzigen durchgehenden Idee* [Hervorhebung – L. K.] hätte reihen wollen![23]

Indem Pasternak Goethes Metapher umformt (statt »Schnur« sagt er »Achse«), erweitert er sie und verleiht ihr neue Entwicklung, neue Bedeutung. Die Achse wird zum Lebensstamm, der »eine Injektion aufnehmen kann«. Indem der Dichter die »Vermutungen und Vorstellungen« einer anderen Epoche ergründet, erfährt er, daß ein »starkes, widerstandsfähiges Kunstwerk [. . .] voller Wärme [. . .] genau wie ein Organismus« leben kann, sich also entwickelt, wächst, sich verändert.

Goethe hat vier Jahre nach dem Gespräch über die Idee, die er im »Faust« verkörpern wollte, wieder mit Eckermann darüber gesprochen:

In diesen Versen:

Gerettet sei das edle Glied
Der Geisterwelt vom Bösen:
Wer immer strebend sich bemüht,
Den können wir erlösen,
Und hat an ihm die Liebe gar
Von oben teilgenommen,
Begegnet ihm die selige Schar
Mit herzlichem Willkommen.

ist der Schlüssel zu Fausts Rettung enthalten:

> in Faust selber eine immer höhere und reinere Tätigkeit bis ans Ende, und von oben die ihm zu Hülfe kommende ewige Liebe.
>
> (Eckermann, 6. Juni 1831)

Das alles hat Pasternak gewußt, gespürt, das wollte er in seiner Nachdichtung, in seiner Faust-Welt auf Russisch wiedergeben.
Seiner Brieffreundin, der deutschen Schriftstellerin Renate Schweitzer, schrieb er im Juni 1958:

> Goethes Faust ist ein Zauberdrama über Zaubergegenstände. Über das Schöpferische, das Handelnde der historischen Existenz. Über das Wunder der Bildung, welche die Raumschranken übersteigt, den Inhalt der Jahrhunderte formt und stürzt und wieder belebt, welche Natur in Dichtung taucht und die Zukunft, deren Urheberin sie ist, wahrsagt und verbürgt.
> Das Drama bringt die Tragik und den Zaubergenuß des persönlichen Anteils an den breitesten Menschheitsbegebenheiten zum Ausdruck. Daß der Mensch Exorcierer, Geistesbeschwörer ist, will betonen, daß der Kern der Tragödie, die große, sinneskräftige und leistungsfähige Persönlichkeit ihrem erfolgreichen, wirkenden Wesen nach als zauberähnlich, wundererregend und außergewöhnlich zu schätzen sei. Das Drama spricht das Geniale und Tatesdurstige dieses Dranges und Triebes heilig und unsterblich.
> Von allen Wundern, die Faust mit seinem Gefährten als Schwarzkünstler am Kaiserhofe treibt und sehen läßt, ist das Wunder der Faustsprache, das Textwunder das höchste.
> Was ist Shakespeares, Goethes, der Griechen, weniger Anderen jahrhundertelange Dauerhaftigkeit? Ist es unserer lobenswerten Achtung Fortdauer, die wir, ihre veraltete Unbrauchbarkeit überwindend, ihren ehemaligen Verdiensten großmütig zahlen? Oder ist es das Geheimnis ihrer fortdauernden Wirkungsfähigkeit, die Vergangenheiten und Generationen überholend, uns in unserer Gegenwart erjagt und, unserer Trägheit ungeachtet, erobert?

Die stürmische, dahinreißende Redeart der Tragödie macht den Eindruck, als wäre das alles soeben gesagt und bis ins Unglaubliche heutig. Man wohnt der Anwesenheit der Poesie in eigener Person und in vollem Gange bei.
Die Vergeistigung der Umgangssprache einerseits, andererseits aber die Vergegenständlichung, die durch Bild, Bündigkeit, Alliteration, Aphoristik, Schwung, Wortklang, Rhythmus und Reim erstrebt und erzielt wird, ist von der namentlichen Bühnenhandlung abgesehen, schon von selbst eine Sehenswürdigkeit, ein seltsamer Auftritt, ein Schauspiel an und für sich. Besonders muß es über Goethes Faustreim gesagt werden, der weit über die Erfordernisse seiner Zeit bis beinahe zu Rilke vorschreitet und neue stoffliche, dynamische satzordnende Wirkungen verrichtet, die dem vorigen Jahrhundert unbekannt gewesen waren.[24]

Pasternak sieht das »größte Wunder« in der Sprache des »Faust«. Er versteht die zahlreichen Besonderheiten von Goethes poetischer Sprache als die Kräfte, die seine unvergängliche Widerstandsfähigkeit ausmachen – das Geheimnis seiner Unsterblichkeit.
Ein Geheimnis liegt auch darin, daß diese Besonderheiten, oder besser: ihre wirksamen Schaffenskräfte in einer anderen Sprache wiedergegeben werden können, mit anderen Klängen, anderen Satzstrukturen, oft auch mit anderen Bildern und anderen assoziativen Vorstellungen.

IV

Boris Pasternak schenkte seine »Faust«-Übersetzung Tschuchurtma Gudiaschwili, der jungen Tochter des georgischen Malers Lado Gudiaschwili, und schrieb eine ausführliche Widmung dazu:

Liebe Tschuchurtma, lesen Sie nicht die Erklärungen und Kommentare, belasten Sie sich nicht mit dem überflüssigen Tiefsinn einiger Stellen, sondern lesen Sie die *ganze* Tragödie in kleinen Portionen, die Ihnen Freude machen und Sie werden sehen, was man in der Kunst erreichen kann, wenn man sich für die Anwesenheit Gottes im eigenen Schicksal, irgendwo ganz nahe bei, interessiert und alles andere vergißt und daß man sich unter dieser hohen Voraussetzung alles erlauben kann, was einem in den Kopf kommt.
21. März 1959. B. P.[25]

Diese Aufforderung an die junge Leserin enthält ein sehr wichtiges Bekenntnis. Sie erlaubt zumindest zu erahnen, was dem Dichter geholfen hat, die Hindernisse zu überwinden, die er Marija Judina gegenüber beklagt hatte, vor allem die ihm so leidige »Redegewandtheit Mephistos«. Während er seiner Weltanschauung, seiner Überzeugung von der »Anwesenheit Gottes« unbeirrbar treu bleibt, ist er in seiner poetischen Weltauffassung, in der Kunst um so kühner. Er gibt sowohl Gott, was Gottes ist, als auch dem Dichter, was des Dichters ist, und das heißt, er »erlaubt sich alles, was ihm in den Kopf kommt«. Weil er Goethe gibt, was ihm gebührt, gibt er es auch sich selbst, dem Schöpfer einer neuen faustischen Welt.
Die Eigenart dieser Welt wird mit denselben Mitteln geschaffen wie auch die Besonderheiten des Originals – mit den Mitteln der poetischen Sprache.

Fast alle wissenschaftlichen Kritiker der Pasternakschen Übersetzung sind sich darin einig, daß der Nachdichter nicht immer genau dem Original folgt und manchmal sogar erheblich davon abweicht. Die Gegner sehen darin »subjektivistische Eigenwilligkeit«, »Übersetzerwillkür«. Die Anhänger sind von der dichterischen Freiheit begeistert, die Goethes Tragödie angemessener sei und eine größere Achtung vor dem Original zeige als eine pedantisch »treue« Genauigkeit.[26]
Auf eine Frage Lidija Tschukowskajas zu Pasternaks Übersetzung antwortete Anna Achmatowa:

> Sie ist unterschiedlich. Der Anfang, wo die Engel singen, ist besser als bei Goethe. Aber seine Margarete ist unnötig grob. Bei Goethe ist sie ein Mädchen. Als sie den Schmuck anprobiert, sagt sie: »Ach, wie glücklich sind die Reichen! Wir aber sind arm.«[27] Bei Pasternak klingt das nicht so naiv, sondern viel erwachsener. Danach ist er wieder genau, da gelingt ihm das Goethesche Kind Margarete wieder.[28]

Aus der Kladde des Übersetzungsmanuskripts[29] geht hervor, daß oft mehrere Varianten ausprobiert wurden. Das zeugt nicht nur von der Suche nach einer besseren Wortwahl, sondern auch von einer veränderten Interpretation oder von Zweifeln an der Richtigkeit der Interpretation. Eine gut fundierte Untersuchung vom Anfang der siebzi-

ger Jahre, ein Aufsatz von Dimiter Statkow[30], legt dar, daß oft dort, wo im Original »prosanahe Form« vorherrscht, »die Übersetzung in Poesie und Lied« übergeht. Nach Meinung Statkows sind die wichtigsten Merkmale und der ganze Kompositionsplan von Pasternaks Faustübersetzung von dem Bestreben geprägt, »die Poesie, genauer: das Lied zum tragenden Element zu machen«.
Der Kritiker meint, daß dem ganzen Übersetzungstext eine solche »Angleichung an das Liedhafte« eigen sei. Das Ergebnis ist nicht eindeutig. »Die einseitige Tendenz der Übersetzung zum Poetischen und – im Rahmen des letzteren – zum Musikalischen bewirkt freilich wiederum eine besondere Art der Annäherung an das Original. Sie wird durch die Intensität des musikalischen Ausdrucks erzielt.« Statkov behauptet, daß der Übersetzer über eine »wesentlich kleinere Auswahl an Stilmitteln als (das) Original« verfüge. Doch zum Schluß unterstreicht er noch einmal die fruchtbare Rolle der »Intensität des musikalischen Ausdrucks«.
Diese gegensätzlichen Elemente: Poesie und Prosa, Alltäglichkeit und Wunder, grobe, teuflische »Fleischlichkeit« und seraphisch entrückte Musik – das alles ist sowohl dem Original wie der Übersetzung eigen, aber es steht in grundverschiedener Wechselbeziehung zueinander. Der Unterschied beruht teilweise auf den objektiven Sprach-, Stil- und Versunterschieden, teilweise aber auch auf der subjektiven Verschiedenheit der Dichterpersönlichkeit und der Weltanschauung.
Die Engelschöre klingen bei Pasternak anders als bei Goethe, weil der russische Dichter ebensowie Anna Achmatowa tief gläubig war, und für sie übertraf die Übersetzung das Original gerade an dieser Stelle.
Pasternak bemühte sich – in vielen Fällen wohl sogar unbewußt –, die plebejischen Prosaismen melodisch zu poetisieren, zu »veredeln«, die satanische Redekunst und die rebellische, skeptische Ironie Mephistos einzuschränken, all das also, was in Goethes lyrischer Tragödie das Erbe der volkstümlichen Possenreißer, der Hanswurste ist, oder als Nachhall der grellen Vielstimmigkeit der Französischen Revolution und der Donner der napoleonischen Kriege klingt.

Aus einigen Briefen von Pasternak möchte ein Frömmling vielleicht schließen, daß auch für den russischen Dichter die spöttische Xenie Goethes gilt, die er einigen seiner Kritiker widmete:

> Seid ihr verrückt? was fällt euch ein?
> Den alten Faustus zu verneinen!
> Der Teufelskerl muß eine Welt sein,
> Dergleichen Widerwärtges zu vereinen.

Doch zum Glück bleibt Pasternak auch in der Auseinandersetzung mit dem Original, auch beim Übersetzen, vor allem ein Dichter. So ist auch er innerlich widersprüchlich und inkonsequent – sicher in vieler Hinsicht anders als Goethe und Tolstoj, doch letztlich sind es fruchtbare Widersprüche und fruchtbare Inkonsequenz.

V

Pasternak schrieb an Renate Schweitzer: »Der Dichter ist der Faust der heutigen Gesellschaft, der einzige noch unversehrte Individualist in einer Epoche der Massen.«
Der faustische Individualismus bleibt »unversehrt« in allen Epochen. »Höchstes Glück der Erdenkinder / sei nur die Persönlichkeit.«
In dieser Erkenntnis, dieser Empfindung liegt eine der wichtigsten verwandtschaftlichen Ähnlichkeiten zwischen Goethe und Pasternak, und im unterschiedlichen Verständnis der sozialen »Persönlichkeit« liegt der größte Unterschied zwischen ihren Welten.
Parallel zur »Faust«-Übersetzung entstanden der Roman und die Gedichte des »Doktor Schiwago«. Um alle inneren Bezüge dieser grundverschiedenen Arbeiten aufzuzeigen, bedürfte es einer besonderen Untersuchung. Doch einige Züge ihrer engen Verwandtschaft fallen schon auf den ersten Blick ins Auge. Selbstverständlich ist das nicht etwa Nachahmung, nicht eine bloße Fortentwicklung oder Transponierung von Goethes »Faust«-Problematik in eine andere Epoche, unter anderen Bedingungen.
Dennoch sind Jurij Schiwago und Pawel Antipow (Strelnikow) zwei Varianten eines faustischen Schicksals, einer

faustischen Versuchung. Strelnikow erliegt der Versuchung. Er möchte auf die Welt einwirken, ein gutes Ziel erreichen, verbündet sich aber mit bösen Kräften und kommt um. Jurij Schiwago weist alle Versuchungen zurück, sowohl diejenigen, die durch Komarowskij verkörpert sind, dem habgierigen, eigennützigen, wollüstigen Dämon irdischer Freuden, als auch die anziehenden Kräfte der Revolution, die viele seiner Altersgenossen und Landsleute, wie Strelnikow, anzog.

Im Schicksal Laras, die von Komarowskij verführt, von Schiwago geliebt wird und im Lager umkommt, sind Gedanken zu Margaretes und Helenas Schicksal verarbeitet. Sie und Schiwagos Frau sind Hypostasen des »Ewig-Weiblichen«.

Mit anderen Worten: Jurij Schiwago hat – wie sein Autor – Leidenschaften, Träume und Zweifel, Konflikte und Versuchungen durchlebt, die denen Fausts verwandt sind. Der Held und der Autor des Romans überwanden schließlich die tragische Ausweglosigkeit dieser Konflikte auf ganz andere Weise als der legendäre Faust, aber auch nicht so wie in Goethes Drama.

»Wer immer strebend sich bemüht, den können wir erlösen.« Pasternak übersetzt diese Schlüsselzeile Goethes als: »Wessen Leben ganz im Streben verging . . .«

Doch das Streben Jurij Schiwagos und Boris Pasternaks galt keiner Tat, nicht dem Deichbau, der Trockenlegung von Sümpfen, der Errichtung neuer Gesellschaften. In der Welt Schiwago-Pasternaks ist das Wort das Hauptziel der lebensspendenden Kraft.

> Der Welt Gestalt im Worte offenbart,
> Die Schöpfertat und Wundertat.

Aber auch Schiwago wird von seiner Geliebten, von seiner Frau, vom »Ewig-Weiblichen« angezogen und geleitet.

Pasternaks Welt ist von Goethes Welt durch große Kriege und große Revolutionen getrennt, durch furchtbare Katastrophen und gewaltige Bewegungen, die viele Millionen Menschen erfaßten, durch große wissenschaftliche Entdeckungen und immer neue Krisen eines wissenschaftlichen Denkens, das bis zur Selbstzerstörung widersprüchlich wurde.

Für Pasternak ist das faustische Streben nicht nur einzelnen Titanen, sondern vielen Menschen eigen. Der russische Dichter des 20. Jahrhunderts ist demokratischer als sein großer deutscher Vorgänger. Er behauptet:

> Jeder wird als Faust geboren, um alles zu umfassen, alles auszuprobieren, alles auszudrücken. Die Fehler der Vorgänger und Zeitgenossen sorgen dafür, daß Faust Wissenschaftler ist. In der Wissenschaft vollzieht sich ein Schritt vorwärts nach dem Gesetz der Abstoßung: als Widerlegung herrschender Irrtümer und falscher Theorien.
> Die anregenden Beispiele der Lehrer sorgen dafür, daß Faust Künstler ist. In der Kunst vollzieht sich ein Schritt vorwärts nach dem Gesetz der Anziehung: als Nachahmung, Folge und Verehrung eines Vorgängers.[31]

Pasternak war Künstler. Daher bilden seine Äußerungen und Vorstellungen, die so widersprüchlich wirken, doch eine Einheit in seiner faustischen Welt. Darin besteht seine *faustische* Weltanschauung. Sie verbindet nüchternen Verstand, unstillbaren Wissensdurst, stürmische Phantasie mit einer glühenden Liebe zum Leben. In einer Welt seelenloser Normen, persönlichkeitsvernichtender Schablonen kann nur noch die faustische Weltanschauung die Persönlichkeit, jenes »höchste Glück der Erdenkinder«, retten, erhalten und behaupten.
Sowohl die Verehrer wie die Kritiker Pasternaks sprechen von seinem »extremen Subjektivismus«, seinem »elitären Ästhetizismus«, seiner »hermetischen Dichtung«, »Esotherik« usw. – die einen wohlwollend, die anderen ablehnend. Doch seine faustische Welt ist durchaus nicht als in sich verschlossenes Reich eines selbstzufriedenen poetischen und philosophischen Subjektivismus entstanden. Im Gegenteil, er bemühte sich, sie so weit wie möglich zu öffnen, sie so vielen Landsleuten wie möglich zugänglich zu machen. Er hat selbst eine Kurzfassung, ein »szenisches Exposé« beider Dramenteile erstellt in der Hoffnung, Regisseure und Schauspieler dafür zu interessieren. Und im Nachwort zu diesem Manuskript schrieb er über den unvergänglichen Sinn und die neue Aktualität Fausts:

> Die Verwandlungskünste, die der Gelehrte Faust in der Tragödie vollbringt, indem er sich mittels der Vorstellungskraft in längst

verflossene Vergangenheit versetzt oder gedanklich in die Zukunft vorauseilt, das sind Wunder, die durch das Wissen täglich vor unseren Augen vollzogen werden, Wunder der Voraussicht, Wunder des schöpferischen Anfangs, der in der Kunst enthalten ist.

Solche Verwandlungen vollzieht die Geschichte, indem sie Jahrzehnte eigenen Lebens zur Vergegenwärtigung vergessener, längst aus dem Gedächtnis der Menschheit entschwundener Jahrtausende gibt; oder ein Reformator, der sich mittels einer Hypothese in eine noch nicht angebrochene Zukunft vertieft. Ebensoeine Verwandlung stellen die Arbeiten großer Künstler dar, darunter zum Beispiel die Tragödie Faust, in der die flüchtigen Beobachtungen und Verhältnisse von Goethes persönlichem Leben verwandelt sind zu Bildern von dauerhafterer, jahrhundertewährender Bedeutung.

In der Physik sind diese Verwandlungswunder unter dem Begriff der Umwandlung von Materie und Energie oder ihrer Erhaltung bekannt, denn auch hier vollziehen sich Verwandlungen solcher Art. Das schöpferische Wesen der Zeit geht aus einer in Jahren meßbaren biographischen Form in eine allgemein historische, kulturelle Form über, die in Jahrhunderten meßbar ist.[32]

Pasternak hat Goethes »Faust« nicht einfach auf Russisch übersetzt. Er hat eine dichterisch-musikalische und folglich auch geistig und emotional neue Atmosphäre geschaffen, die seinen Faust vom Original und von anderen Übersetzungen unterscheidet.

Die Eigenart dieser russischen Variante des großen Dramas bildet zusammen mit allem, was Pasternak über den »Faust« und die zugehörigen Problemkreise in Vers und Prosa geschrieben hat, seine *faustische Welt.* Sie ist eng mit der Welt des Goetheschen »Faust« verbunden, doch diese Verbindung ist kreativ, und das heißt nicht nur einseitig, sondern gleichsam rückwirkend.

Eben darin besteht die Unsterblichkeit großer Kunstwerke und großer Künstler, das Geheimnis ihrer fortdauernden Wirkungsfähigkeit. Sie gehören zu anderen Epochen und anderen Völkern nicht nur als museale Werte und Verehrungsobjekte, sondern sie entwickeln sich weiter, bilden sich neu, formen sich um, wandeln sich ähnlich wie Lebewesen – »wie ein lebendiger Organismus« – und regen immer neue Künstler zu Nachahmung und Nachfolge an, fordern sie zu Streit und Wettstreit auf.

Die Shakespeare-Welt ist im 20. Jahrhundert größer, vieldeutiger geworden, als sie vor dreihundert Jahren war. Diese Welt ist »gewachsen«, weil immer neue Übersetzungen, Aufführungen und Untersuchungen in verschiedenen Sprachen und Ländern sie erweitern. Neue »Shakespearesche Welten«, die im Werk Goethes und Tiecks, Puschkins und Pasternaks entstanden sind, entwickeln sich weiter und bereichern den Kosmos Shakespeares. So erweitert auch die faustische Welt Boris Pasternaks den Kosmos von Goethes »Faust«.

(Aus dem Russischen von Eva Rönnau)

II
Grenzgänger und Brückenbauer

Wer den Dichter will verstehen
Muß in Dichters Lande gehen.
(Goethe)

Wer ein Land will verstehen
Muß zu seinen Dichtern gehen.
(Ein Spruch der Moskauer Germanistik-Studenten in den 30er Jahren unseres Jahrhunderts)

Die Sprachgrenzen wären nur zu überbrükken durch eine Esperanto-Literatur; und eine solche wäre das Ende jeder Literatur; der Reiz des Nachbarn liegt in seiner Eigenart und in seiner Fremdheit, die Schönheit und Größe der Weltliteratur in ihrer Vielstimmigkeit. [. . .] Eine Literatur ohne Grenzen ist eine des Respekts und der Freundschaft, keine des Gleichschritts.
(Heinrich Böll)

Rilkes Rußlandmärchen

Konstantin Bogatrjow
zum Gedächtnis

Rußland in Prag erträumt

Daß Rußland meine Heimat ist,
gehört zu jenen großen
und geheimnisvollen Sicherheiten,
aus denen ich lebe [. . .]. (1903)

Im Anfang war das Wort.
Das russische Wort kam für Rainer Maria Rilke aus Büchern und von Büchermenschen.
Die ersten Vorstellungen von Rußland erhält der siebzehnjährige Student in Prag aus deutschen und französischen Übersetzungen russischer Autoren. Er war darauf vorbereitet durch früheste Eindrücke und Erlebnisse in seiner tschechischen Heimat.
Von Kindheit an hörte er um sich die tschechische Sprache, Lieder, Märchen, Witze, lernte manche seiner tschechischen Landsleute kennen, achten und lieben und wußte von ihrer traditionellen, oft leidenschaftlichen Zuneigung für den »großen slawischen Bruder im Osten«.
Einer seiner ersten literarischen Lehrmeister war Julius Zeer (1841–1901), ein Epiker, Lriker und Dramatiker, der zu den führenden Persönlichkeiten der tschechischen Neuromantik gehörte.
Er war einige Male nach Rußland gereist und hatte 1882 das Igor-Lied tschechisch nachgedichtet, das später auch Rilke nach seinen Rußlandreisen ins Deutsche übersetzte.
Seinen ersten Gedichtband »Leben und Lieder« widmete Rilke Valér von David-Rhonfeld, einer Nichte Zeers, in die er damals verliebt war. Den tschechischen Patrioten Zeer feierte er in einem Sonett, das in seinem nächsten Buch »Larenopfer« (1895) erschien.

Du bist ein Meister; – früher oder später
spannt sich dein Volk in deinen Siegeswagen;
du preisest seine Art und seine Sagen, –
aus deinen Liedern weht der Heimat Äther.

Auf den tschechischen patriotischen Lriker Kajetan Týl, dessen Lied »Kde domov můj« (Wo ist meine Heimat) nach 1918 zur Nationalhymne wurde, schrieb er 1895 das Gedicht »Kajetan Týl. *Bei Betrachtung seines Zimmerchens [. . .]*«.

Da also hat der arme Týl
sein Lied »Kde domov můj« geschrieben.
In Wahrheit: Wen die Musen lieben,
dem gibt das Leben nicht zuviel.

[. . .]

Doch wär er nicht für tausend Louis
von Böhmen fort. Mit jeder Fiber
hing er daran. – »Ich bleibe lieber,«
hätt er gesagt, »kde domov můj.«

Dieses Gedicht war ein unmittelbares Bekenntnis zu den tschechischen Patrioten.

In anderen Gedichten pries Rilke die großen Tschechen: den Reformator Jan Hus, den Dichter Jaroslav Vrchlický, schrieb auch über Alltagsleben und Feste, über Bauern und Fabrikarbeiter »hinter Smichov«, über slowakische Drahtbinder, über Vergangenheit und Gegenwart von Prag. Konservative Kritiker rügten ihn für das »Hereinzerren tschechischer Worte, ja ganzer Sätze«.[1]

Der junge deutsche Lriker, aufgewachsen auf tschechischem Boden im Vielvölkerstaat der Donaumonarchie, enthielt sich auch damals schon jeglicher politischen Aktivität.

Der erscheint mir als der Größte,
der zu keiner Fahne schwört,
und, weil er vom Teil sich löste,
nun der ganzen Welt gehört.

So bekannte er 1895 im Gedicht »In Dubiis«.

Um so bemerkenswerter ist seine Verbundenheit mit der

tschechischen Heimat – mit ihren Menschen und Kulturtraditionen, mit ihren Mthen und ihrer Wirklichkeit.

> Mich rührt so sehr
> böhmischen Volkes Weise,
> schleicht sie ins Herz sich leise,
> macht sie es schwer.
>
> [...]
>
> Magst du auch sein
> weit über Land gefahren,
> fällt es dir doch nach Jahren
> stets wieder ein.

In seinen »Prager Geschichten« (1899) und in seiner Lrik erscheinen immer wieder vertraute böhmische Landschaften, alte Kirchen, Standbilder, Burgen und »böhmischen Volkes Weise«.

Die tschechischen Quellen seiner jugendlichen Gefühls- und Gedankenwelt hatten Rilke für die Aufnahme russischer Eindrücke vorbereitet.
In den meisten naiv-sentimentalen Gedichten seines ersten Buchs »Leben und Lieder« (1894) erkennt man Einflüsse deutscher Romantiker, Einflüsse auch von Heine und Liliencron. Die Ballade »Fürst Poppov« dagegen offenbart bereits russische Motive.
Eine alte Zigeunerin warnt einen russischen Fürsten, daß er sterben muß, sobald ein Schloß, das er sich »an des Bosporus Rand« bauen läßt, vollendet ist. Darauf läßt er immer wieder durch Boten befehlen, die kaum gebauten »Zinnen herniederzureißen«. Doch einmal werden sie unterwegs ermordet, der Bau wird vollendet, und der Fürst stirbt.
Das Gedicht entstand, als der Russisch-Türkische Krieg (1877/78) noch frisch im Gedächtnis war, daher wohl ein »russisches« Schloß am Bosporus. Die Fabel von der erfüllten Voraussage sowie die Tonart, die Weise erinnern unmittelbar an Puschkins Ballade vom heidnischen Kiewer Fürsten Oleg – »Pesn o weschtschem Olege« (1822). Ein Zauberer hat ihm vorausgesagt, daß er an seinem Rosse sterben wird. Der Fürst läßt sein Lieblingspferd weit fort-

bringen. Doch bald erfährt er, das Roß sei tot. Er will die Gebeine sehen und wird von einer Schlange, die sich im Pferdeschädel verborgen hatte, tödlich gebissen. Intonation, Rhthmus, Stimmung und Fabelstruktur sind in beiden Gedichten nah verwandt.

Auch in Rilkes früher Prosa sind russische Motive erkennbar. Die Erzählung »Die Näherin« (1894) ist von der düsteren Vorstadt-Atmosphäre, wie sie den Werken Dostojewskijs eigen ist, durchdrungen.

Die leidenschaftlich aufrichtige Beichte eines jungen Sonderlings, mit der das Gespräch einer um den »mächtigen russischen Samowar« versammelten Gesellschaft endet, (»Das Ereignis«, 1896) erinnert an die selbstquälenden Geständnisse mancher Gestalten Dostojewskijs.

Der Student mit dem russischen Namen Viktor Karsk, (»Heiliger Frühling«, 1897), hat »slawisch eckige Schultern«, spricht mit einer Stimme »wie fernes Birkenrauschen«, ist gutmütig, leichtsinnig, verträumt, freigiebig in Liebschaften und Freundschaften und ähnelt manchen Gestalten von Turgenew.

Rilke selbst gestand bereits 1894 in einem Brief:

> Wie lange waren Tolstoj, Zola, Turgeniew mir Propheten, die ein neues glückliches Zeitalter anzukündigen schienen.[2]

* * *

Im Mai 1897 lernte Rilke in München Lou Andreas-Salomé kennen. Tochter eines russischen Generals deutsch-französischer Abstammung, war sie 1861 in Petersburg geboren, dort aufgewachsen und hatte in Zürich studiert. Sie wurde eine deutsche Schriftstellerin, Kritikerin und Essaistin, blieb aber Rußland leidenschaftlich zugetan, gut bewandert in russischer Geschichte und Literatur.

Kaum zwanzig Jahre alt, hatte sie Nietzsche kennengelernt, der sich blindlings in die geniale schöne Russin verliebte[3]; sie aber lehnte seine Liebe und sein Heiratsangebot freundschaftlich ab. 1894 war ihr Buch »Friedrich Nietzsche in seinen Werken« erschienen, eines der ersten gründlichen Werke über diesen großen Dichter und widerspruchsvollen Denker.

Als Leser kannte Rilke sie seit Jahren, er war begeistert

von ihren Büchern über Nietzsche und Ibsen, von ihren Novellen und kritisch-theologischen Aufsätzen, hatte ihr anonme lobpreisende Briefe, zum Teil in Versen, geschrieben. Er wurde ihr bei einer Münchener Theateraufführung vorgestellt; kaum 22 Jahre alt – 14 Jahre jünger als sie.

Obwohl er bereits vier Gedichtbände herausgegeben hatte, blieb er noch in vielem ein unsicherer Anfänger, sehr empfindsam, leicht erregbar. Er war sich aber seiner Dichterberufung, seiner Schaffenskraft wohl bewußt. Seine Ansprüche auf aristokratische Herkunft, auf ererbte und angeborene Auserwähltheit, führten nicht zu Selbstgefälligkeit, sondern eher zu quälenden Selbstanalsen, Zweifeln, Ängsten und zu exaltierten Gefühlsausbrüchen. Dabei war er stets ernüchterungsfähig, verlor nie auf Dauer die Zügel der überlegenen Vernunft.

Lou nahm sich des jungen Poeten freundlich und verständnisvoll an.

Eine Zeitlang war sie seine Geliebte, aber auch später blieb sie seine Ratgeberin, mütterlich zärtlich und mütterlich anspruchsvoll zugleich.

In den ersten Jahren war seine Liebe sowohl erotisch als auch mstisch exaltiert.

> Durch Dich will ich die Welt sehen; denn dann sehe ich nicht die Welt, sondern immer nur Dich, Dich, Dich![4]

Von den Gedichten, die in dieser Zeit entstanden, behauptete ein zeitgenössischer Kritiker »oft genug, versteckt sich hinter der dort beliebten Formel Gott niemand anders als die schöne kluge Frau«.[5] Lou brachte in Rilkes Leben nun auch eine direkte Verbindung zu Rußland. Er erinnerte sich später an diese Zeit:

> [. . .] da wirkte, durch einen mir nahen Menschen, der es in seiner Natur zusammenfaßte, zwei Jahre ehe ich es bereiste, Rußland herein, und damit war [. . .] die Wendung ins eigentlich Eigene vorbereitet.[6] (An Hermann Pongs, 17. August 1924)

Lou – ihre gebieterische, mannigfaltige, liebevolle und liebesdurstige Natur verkörperte Poesie und Erotik, irdische Freuden und himmlische Wehmut, kindliches gelassenes Spiel und weise Welterfahrung, nüchternen Rea-

lismus und mystische Phantastik – wurde für Rilke zum Sinnbild Rußlands. Zusammen mit ihr erlebte er immer neue Begegnungen mit russischen Menschen und russischer Kunst.
Im Frühsommer 1897 wohnten er und Lou als Gäste der Schriftstellerin Frieda von Bülow in Wolfratshausen. Dorthin kam auch der russische Kritiker und Publizist Akim Wolynskij, der mit Lou schon länger befreundet war. Sie übersetzte seine Artikel über Leskow, verfaßte gemeinsam mit ihm eine romantische Erzählung für ein russisches Magazin und schrieb, von ihm beraten, selbst Essays über russische Literatur und Philosophie. Rilke lernte bereits Russisch, verstand aber nur mühsam und nicht immer ihre Gespräche, schrieb dafür sehr fleißig alle von Lou verfaßten russischen Texte ins reine.
Durch Vermittlung von Wolynskij wurde Rilkes Erzählung »Alle in einer« in der Petersburger Monatsschrift »Sewernyj Westnik« (Der Nordische Bote) im Oktober 1897 publiziert. So kam er als Autor nach Rußland, zwei Jahre bevor er es bereiste.
1898 begegnete er in Italien Helene Woronina, eine junge intelligente Petersburgerin, die ihren Vater, einen Wissenschaftler, auf seinen Reisen begleitete. Sie kannte bereits Rilkes Gedichte, deutete sie gefühl- und verständnisvoll, erzählte ihm auch vieles über ihre Heimat.
Ihr schrieb er am 9. März 1899:

> [...] es ist nunmehr bestimmt, daß ich nach dem 20. April für die russischen Ostern mit Lou Andreas-Salomé und ihrem Mann Dr. Andreas nach St. Petersburg reise – für 4 oder 5 Wochen. [...] Der neue Norden, seine Sitten und Geselligkeiten, seine Kämpfe und Künste, die Wunder und Weiten des russischen Reiches: das alles mutet mich an wie eine neue Schönheit, die mir noch geschenkt werden soll zu jenem besten Besitz, dessen Vertraute Sie mir in tiefen Tagen geworden sind.[7]

Lou beschrieb in ihren Erinnerungen, wie sich Rilke schon Wochen zuvor auf russische Lebensformen einzustimmen begann:

> [...] in seinem blauen Russenhemd mit rotem Achselschluß half er mir Holz zerkleinern oder Geschirr trocknen, während wir dabei ungestört bei unsern verschiedenen Studien blieben. [...]

am eifrigsten aber betrieb er – der seit langem tief in russischer Literatur gelebt – russische Sprache und Landeskunde, seitdem wir ernstlich unsere große Reise vorhatten.[8]

Rilke berichtete Frieda von Bülow am 22. April:

[...] jetzt füllen die Vorbereitungen für Rußland uns allen Zeit und Sinn. Die Sorgen um die Vollgültigkeit der Pässe, das Studium des Baedeker [...]. [Für Moskau und St. Petersburg] habe ich mich mit einer Reihe von Anempfehlungen versehen; in Moskau an moderne Künstler, in Petersburg überdies an einen Verleger und an den Inspektor der kaiserl. Theater. Möglicherweise kommen wir auch zu Leo Tolstoi.

Die bevorstehende Reise empfand Rilke als den Beginn einer neuen, entscheidenden Wende in seinem Leben.

Die Rußlandreisen – Erlebnisse und Erkenntnisse

Das Land ist weit, in Winden, eben,
sehr großen Himmeln preisgegeben
und alten Wäldern untertan.
Die kleinen Dörfer, die sich nahn,
vergehen wieder wie Geläute
und wie ein Gestern und ein Heute
und so wie alles, was wir sahn.
Aber an dieses Stromes Lauf
stehn immer wieder Städte auf
und kommen wie auf Flügelschlägen
der feierlichen Fahrt entgegen.

Am 25. April 1899 brachen Rilke, Lou und ihr Mann auf. Zwei Tage später erreichten sie Moskau. Von seinem Hotelfenster aus konnte Rilke das Iberische Tor, das zum Roten Platz führte, sehen. Es war Gründonnerstag, in allen Kirchen läuteten die Glocken.
Seiner Mutter schrieb er aus Moskau von »der Herrlichkeit und Hoheit des Eindrucks«.

Immer wieder von Zinnen umgeben schließt sich eine Stadt hier an die andere an. Und jede Stadt ist aus Gold und den festlichsten Farben in ihren Kuppeln, in ihren Mauern aus schlichter schimmernder Weiße. Stell Dir einen Frühlingstag vor über dieser

Verschwendung oder eine Mondnacht. Ein jedes Märchen wird kleinlaut davor. Es ist etwas so Neues für mich. Die Klänge des Orients gespielt auf den Orgeln demütiger Gedanken: das ist Moskau, das ist Rußland.[9]

Mehr als zwei Jahrzehnte später erinnerte er sich an diesen ersten Tag in Moskau:

> Nach einer kurzen Ruhepause im Hotel ging ich trotz Müdigkeit gleich in die Stadt.
> In der Dämmerung hoben sich die Umrisse der Kathedrale ab; zu beiden Seiten standen im Nebel zwei kleine silbrige Kapellen, auf ihren Stufen hatten sich Pilger gelagert, die darauf warteten, daß die Türen geöffnet würden. Dieser mir so ungewöhnliche Anblick erschütterte mich bis ins Innerste der Seele. Zum ersten Mal in meinem Leben überwältigte mich ein nicht ausdrückbares Gefühl, ein Gefühl von Heimat [. . .].[10] (An Witold Hulewicz)

An diesem Tag suchte Rilke den Maler Leonid Pasternak auf, der als Professor an der Moskauer Hochschule für Malerei, Bildhauerei und Architektur lehrte. Pasternak, der gerade damals Illustrationen für Tolstojs Roman »Auferstehung« zeichnete, brachte Rilke und Lou in das Moskauer Haus Tolstojs.

> [. . .] und die Krone vor allem: gestern waren wir bei Graf Leo Tolstoj zum Tee und blieben zwei Stunden tief erfreut von der Güte und Menschlichkeit des Grafen. Gerührt von der rührenden Einfachheit seines Entgegenkommens und wie gesegnet von dem großen Greise, der so jugendlich gut sein und zürnen kann! Es ist über alle Worte.[11] (An die Mutter, am 29. April)

Dieser Besuch fiel auf den Karsamstag. Lou notierte im Tagebuch am 30. April 1899:

> Obgleich uns Tolstoi auf das heftigste ermahnt hatte, abergläubischem Volkstreiben nicht noch durch dessen Mitfeier zu huldigen, fand die Osternacht uns doch, direkt von ihm kommend, unter der Gewalt der Kremlglocken.[12]

Für Rilke wurde diese Nacht zu einem überwältigenden Erlebnis:

> [. . .] meine Stimme ist in den Kremlglocken verloren gegangen, und mein Auge sieht nach dem Goldglanz der Kuppeln nichts mehr.[13]

Am 3. Mai fuhren er und Lou nach Petersburg. Die Stadt war wegen Puschkins 100. Geburtstag festlich geschmückt. Rilke besuchte Helene Woronina und schenkte ihr sein Buch »Zwei Prager Geschichten« mit der Widmung:

> So empfangen Sie Erinnerungen aus meiner Heimat im Augenblick, da Ihre Heimat mir lieb wird von Tag zu Tag.[14]

In Petersburg besuchte Rilke Gemäldesammlungen und das Atelier von Ilja Repin, den er als »Künstler im Gefühl« bewunderte.

> Sehen Sie, das ist wieder ein Russe, dieser Repin. Und diese wahren Russen sind alle wie Menschen, die einem in der Dämmerung sagen, was die anderen im Lichte leugnen. Ihre Sprache ist mir nur Klang – aber ich muß mir keinen Sinn dazu erfinden; es gibt Stunden, wo der Klang selber Bedeutung wird und Bild und Ausdruck. Und jetzt weiß ich, daß das *russische Stunden* sind und daß ich russische Stunden *sehr* liebhabe.[15] (An Helene Woronina, 18. Mai 1899)

Die Erlebnisse und Erfahrungen dieser »russischen Stunden« versuchte er bereits damals zusammenzufassen:

> Ich bin seit drei Wochen in Rußland wie seit drei Jahren so gern und gut. Moskau war das erste Ziel. Ostern die erste Freude. Tolstoi, den ich besucht habe, der erste Mensch im neuen Lande und der rührendste Mensch, der ›ewige Russe‹. Und seither so viel des neuen und in meinem Gefühl noch namenlosen Erlebens [. . .]. Ich höre jetzt nur russische Stunden reden, und sie verkünden sich klar und glockenstimmig. (An Hugo Salus, 19. Mai 1899)

Fünf Jahre später wird er seinen Gedichtband »Das Stunden-Buch« nennen.

Am 25. Mai kehrten Rilke und Lou für wenige Tage nach Moskau zurück, wo sie wieder in dem Hotel gegenüber dem Tor mit der Iberischen Kapelle wohnten. Sie besichtigten mehrere Museen, Kirchen, Klöster, besuchten zwei Güter in der Nähe der Stadt: Ostankino mit dem großen Palast der Fürsten Scheremetjew und Abramzewo, wo im Hause des Großkaufmanns und Mäzens Mamontow stets Literaten, Musiker und Maler wohnten, von denen manche auch dort Ateliers hatten.

Dann ging es wieder nach Petersburg, wo Rilke am 9. Juni an Helene Woronina schrieb und ihr schilderte, was ihm die Reise bedeutete:

> [. . .] nach meiner Rückkehr von Moskau kam ein großer Fleiß über mich und eine große Einsamkeit. Ich vertiefte mich in allerlei Mappen, besah alte russische Heiligenbilder, studierte die Darstellung Christi in der russ. Kirche und die Madonnen und lernte, wie die Wladimirskaja* sich von jener von Smolensk unterscheide**. Auch heute noch erscheinen mir diese Dinge von der höchsten Wichtigkeit, ja als das einzige, was zu erfahren überhaupt wert ist. [. . .] ich gebe zu, es werden auch wieder andere Dinge zu ihrem Rechte kommen, aber ich kann Ihnen versichern, daß das Studium dieser russischen Dinge die *dauernde* Beschäftigung für mich bleiben wird, zu der ich aus allen Zerstreuungen und Versuchen zurückkehren – am liebsten möchte ich sagen: heimkehren werde. Dafür ist das Russische so geeignet. Es ist die letzte, heimlichste Stube im Herzen Gottes. Seine schönsten Schätze sind darin. Und sie liegen nicht verstaubt und müßig herum – sie sind alle im Gebrauch jener tiefen Frömmigkeit, aus welcher heraus Wunder und Werke kamen seit Anbeginn.
> Sehen Sie, liebe Helene, in Ihrem Rußland fühlte ich zum ersten Mal den Ruf, zu forschen und zu finden. Eine geradezu wissenschaftliche Neigung, die mir überall durch die Menge des vorhandenen Materials erstickt und entfremdet wurde, bleibt diesen unberührten Rätseln gegenüber wach, vor denen man sich als der erste fühlt. [. . .]
> Alles ist so gut in Ihrem Rußland. Sogar der sonst sehr häßliche Umstand, daß so viele moderne Russen ihrer Heimat entfremden, für das Ausland schwärmen und seine flache oder endende Eigenart nachahmen! Denn da diese versäumen, die Schönheiten ihrer Heimat zu erfassen und zu benützen, hoffe ich – der Fremde –, immer mehr der Vertraute russischen Wesens zu werden und der Verkünder seiner hundert Herrlichkeiten. Das ist keine Hingabe an eine Aufgabe, Helene. Es ist für mich etwas Unwillkürliches: Ich fühle, daß die russischen Dinge die besten Bilder und Namen für meine persönlichen Gefühle und Geständnisse sind. Und daß ich mit ihnen – sobald ich sie nur gründlich erfaßt habe – alles aussprechen werde, was in meiner Kunst nach Klang und Klarheit drängt.
> [. . .] Moskau hat mich reich beschenkt, reich beschenkt hat mich die Madonna von Kasan und der heilige Sergei und die heilige

* Im Original kyrillisch.
** Verschiedene Arten der Darstellung von Madonnen-Ikonen.

Warwara. Reich beschenkt hat mich die Einsamkeit hinter allem Schauen [. . .].[16]

Am letzten Tag in Rußland ergänzte er den Brief:

Ich gehe recht schweren Herzens über die Grenze, und nur das tröstet mich: daß ich innerlich so voll Rußland bin – und so mit seiner Schönheit beschenkt, daß ich das Ausland kaum bemerken werde.[17] (15. Juni 1899)

Am 17. Juni kehrten Lou und Rilke zurück nach Deutschland. Sie zogen wieder in das Sommerhaus von Frieda von Bülow, und bereits am 27. Juli 1899 berichtete Rilke ausführlich an Helene Woronina:

Ich war nicht ganz träge, verbrachte manche Stunde in Gesellschaft einer Grammatik und bin dabei, Puschkin und Lermontow im Original zu lesen. Es kommt schon vor, daß ich plötzlich eine Zeile, auch zwei, ganz leicht verstehe, und das ist jedesmal ein kleines intimes Fest. Beim ›Onegin‹ habe ich begonnen, aber ich bin ganz in den ›Dämon‹ geraten [. . .].
Liebe Helene, wissen Sie, wie stolz alles Russische ist, und haben Sie manchmal nachgedacht darüber, daß Stolz und Demut fast dasselbe ist, ja, daß man die Ähnlichkeit der beiden geradezu zum Maßstab ihrer Echtheit und Wahrhaftigkeit machen kann? Und haben Sie auch gefühlt, daß diese Erkenntnis angesichts Rußlands, *nur* angesichts Rußlands möglich ist?
[. . .] kein Tag vergeht, da ich nicht wiederkehre zu diesen Eindrücken und mich gleichsam wärme an ihrer Einfachheit und ihrer innigen Einfalt. Ich entfremde den deutschen Dingen immer mehr, und bis ich die Sprache kenne und kann, werde ich mich ganz Russe fühlen.
[. . .] mich interessiert (was ist ›interessieren‹ übrigens ein schwaches, abgenütztes Wort) alles, was wirklich russisch ist, ohne Seitenblicke ins Ausland, so auf sich gesetzt, vertrauend tief und tätig in seinem Grunde. Ich habe auch sonst viel gelesen Tolstoj, dessen kleine Skizze ›Luzern‹ mir besonders imponiert hat, Dostojewski (in dessen ›Brüder Karamasow‹ ich noch lese) hat mich mit seinen ›Weißen Nächten‹ (was sind die wundersam!) entzückt, und Garschin hat auch begonnen, mich zu gewinnen! Also! Und immer nur die Trauer, all das noch deutsch lesen zu müssen in dieser mangelhaften Übersetzung und in dieser unintimen und kanzleifrommen Sprache, in welcher alle Zärtlichkeiten hart oder läppisch klingen, die im Russischen wie Nachtigallen in nächtlichen Wipfeln loben und locken . . . Ich liebe das Deutsche (die Sprache nämlich, nicht die Menschen) trotzdem, Sie verstehen

mich, aber ich fühle, daß wir vieles nicht einmal im festlichsten Augenblick ausdrücken können, was die Russen im Tage und zur Begrüßung aussprechen!

[...] Bei Ihnen ist jeder ein Philosoph, ein Denker, ein Deuter, ein Dichter, wenn Sie wollen. [...]

Liebe Freundin, wenn ich als Prophet gekommen wäre, ich würde mein Leben lang Rußland predigen als das auserwählte Land, über welchem Gottes schwere Bildhauerhand wie eine große weise Verzögerung liegt; *alles* soll diesem Land geschehen, was ihm not tut; aber langsamer sollen seine Schicksale sich erfüllen und klarer. Nicht in zitternden ungewissen Takten, wie in breiten Atemzügen trinkt es seinen Fortschritt ein, und sein weiter Brustkorb hebt sich herrlich und ruhig ...

[...]

N.B.: Bis ich wieder nach Rußland komme, dann müssen Sie meine russische Anrede belohnen. Ich küsse Ihnen die Hand, und neige die Stirn Ihrem Kusse – das macht mich zum Russen?![18]

Im Herbst 1899 studierte Rilke in Berlin weiter russische Sprache, Geschichte, Literatur und Kunst, und er arbeitete mit einer für ihn ungewöhnlich hartnäckigen und methodischen Beständigkeit. Helene Woronina hatte ihm die erbetene Kopie eines Bildes von Wasnezow geschickt, und er schrieb ihr daraufhin:

[...] ich bin eben von Meiningen zurückgekehrt und richte meine Wohnung für den Winter ein: da kommen die ›Bogatyri‹* an. Sie werden einen Rahmen, schlicht, aus rotem Holz bekommen und über einem kleinen Kästchen hängen, welches ich in Moskau, in der Mamontowschen Niederlage gekauft habe. Aus Kästchen, Kreuzen, Bildern fügt sich so allmählich eine fromme russische Ecke in meinem Arbeitszimmer; und von da aus soll russische Art es immer breiter überfluten. Nebenan liegt ein kleines Stübchen mit schrägem Dach, Heiligenbildern und einer groben Bank, welches ich mir vorbehalte, um Tee zu trinken, eine Dämmerung lang über die Dinge nachzudenken bis hinunter zu Gott – oder selten jemanden darin zu empfangen, der, gleich mir, Lust hat, leise zu sein, Tee zu trinken und nichts von der Welt draußen zu wissen, welche doch nicht die Welt ist.[19] (17. September 1899)

Während der darauffolgenden Wochen las er »Le Roman russe« von Melchior de Vogüé und auf russisch Dostojewskijs »Arme Leute«.

* Im Original kyrillisch.

Im Winter befreundeten sich Lou und Rilke mit der russischen Schriftstellerin Sophia Schill, die unter dem Pseudonym Sergej Orlowskij eigene Arbeiten, Essays und auch Übersetzungen aus dem Deutschen publizierte. Sie hörte in der Berliner Universität Vorlesungen, half Rilke bei seinen russischen Sprachstudien und empfahl ihm die Gedichte des Bauernlyrikers Spiridon Droshshin. Rilke dankte ihr für die »große Überraschung« –

> die Poesie, in der sich ein tiefer und stiller, einsamer Mensch verrät, vereint mit soviel Klang, Gewandtheit und Bewegung im Rhythmus. Ich habe gleich einiges übersetzt. [. . .] Voll Musik ist das alles und voll – Tanz. Die ›Pesni o gore i radost‹ enthalten die Bewegung tanzender Gruppen und das Zittern der Balalaika und das Schwingen der Stimmen, welches darüber liegt. – Wie sympathisch geschaut sind alle Dorfbilder, wie erlebt sind die festlichen Abende, und wie hingeweint ist alle Sehnsucht dieses reifenden Herzens! Es sind noch 3 Büchlein von Drozzin auf dem Umschlag verzeichnet; könnten Sie mir diese verschaffen?

In diesem Brief bittet er sie »dringend«, ihm Stücke von Tschechow zu besorgen, berichtet, daß er bereits die »Möwe« (Tschajka) übersetzt, schreibt entzückt von seinen russischen Lektüren: das Igor-Lied, Gedichte von Tjuttschew, die Lebensgeschichte des Malers Kramskoi und von einem Gedicht Fofanows, das er übersetzt hatte, und schließt diesen Brief mit der Bitte:

> Und (ich vergaß neulich zu bitten) schreiben Sie russisch. Wir können's ja lesen! (23. Februar 1900)

Die zweite Reise nach Rußland wurde für das Frühjahr 1900 geplant. Rilke kündigte sie den russischen Freunden an; er berichtete, daß er »fast ausschließlich damit beschäftigt« sei, »russische Geschichte, Kunst, Kultur« und ihre »schöne, unvergleichliche Sprache zu studieren; wenn ich auch noch nicht sprechen kann, lese ich doch ziemlich mühelos Ihre großen (Ihre so großen) Dichter! Auch verstehe ich das meiste, was man sagt«. Deshalb beabsichtige er, »diesmal länger, als ein Eingeweihter und Wissender, in Ihrem Kreise zu verweilen«.[20]
Sophia Schill teilte er seine Absicht mit, »die Tretjakow-Galerie zu durchwandern, alles nachzuholen, was mir vor

einem Jahr infolge Flüchtigkeit und Fremdheit verloren gehen mußte«. (16. März 1900)
Rilke und Lou reisen am 7. Mai 1900 aus Berlin ab. Sie logierten wieder in den alten Stuben der Bolschaja gostiniza gegenüber der Iberischen Kapelle.

> Sie sind uns so lieb geworden, und wir würden nicht glauben, in Moskau zu sein, wenn nicht wieder das silberne Kapellchen der Iverskaja* vor unseren Fenstern stünde. Es wird so mehr wie eine Wiederkehr sein! (An Sophia Schill, 16. März)

Sie besuchten alte und neue Bekannte, wieder gingen sie Tag für Tag in Museen, Galerien, Kirchen und Klöster und wieder erhielt Phia Rilke ausführliche und begeisterte Briefe ihres Sohnes:

> [. . .] ich muß die Zeit hier benutzen und komme nach Hause nur um zu schlafen. Es gibt so unendlich viel hier zu sehen [. . .]. Alles Menschliche ist nah und wach, und so fühlt man sich unbeschreiblich zuhause in der Güte dieser Menschen und in ihrer leisen unaufdringlichen Sorgfalt. [. . .] Dank der ausgezeichneten Verbindungen, die ich anknüpfen durfte, stehen mir alle Kreise offen; und aus dem Kreise von Arbeitern fahre ich zu irgend einem Fürsten, um mit ihm zu speisen oder irgend etwas zu besichtigen.[21] (8. [21.] Mai)

Der »Kreis der Arbeiter« waren einige wissensdurstige Moskauer Arbeiter, die sich regelmäßig in der Wohnung von Sophia Schill trafen. Sie veranstaltete dort literarische Fortbildungskurse. Auch Rilke und Lou waren bei einigen dieser Versammlungen zugegen. Sophia Schill erinnerte sich:

> Es war anregend, diese nicht alltäglichen Zusammentreffen unserer aus der Bauernschaft kommenden Arbeiter mit den Vertretern der raffiniertesten Kultur Europas mitzuerleben. Sie interessierten sich nicht für die ersten Versuche der russischen Arbeiter, aktiv in der Politik aufzutreten, sondern für ihr Sein, ihr ländliches Wesen, die gesunden Wurzeln – für ›die Seele des Ackerbauern, die noch nicht endgültig verstümmelt ist durch die Stadt und die Arbeiterkaserne‹.[22]

* Im Original kyrillisch.

Am 31. Mai reisten Rilke und Lou nach Südrußland. Unterwegs besuchten sie Tolstoj auf seinem Gut in Jasnaja Poljana.

> Vor diesem Tore steigen wir ab und gehen leise, wie Pilger, die stille Waldstraße hinauf, bis das Haus immer weißer und länger hervortritt. [. . .] wir stehen im Flur dem Grafen gegenüber, dem greisen Manne, zu dem man immer wie ein Sohn kommt, selbst wenn man nicht unter der Gewalt seiner Väterlichkeit bleiben will. Er scheint kleiner geworden, gebeugter, weißer, und wie unabhängig von dem greisen Körper erwartet das schattenlos klare Auge die Fremdlinge und prüft sie mit Absicht und segnet sie unwillkürlich mit irgendeinem unsagbaren Segen.

Er schildert enthusiastisch den gemeinsamen Spaziergang mit Tolstoj durch den Park, glaubt sogar:

> [. . .] wenn in dem Klange des Gesprächs das Nichtgemeinsame bemerkbar wurde, ging irgendwo ein Ausblick auf helle Hintergründe tiefer Einigkeit. [. . .] Manchmal im Wind wuchs die Gestalt des Grafen; der große Bart wehte, aber das ernste, von der Einsamkeit gezeichnete Gesicht blieb ruhig, wie unberührt vom Sturm.

So schildert Rilke diesen Besuch in einem Brief vom 2. Juni an Sophia Schill. Aber in seinem Tagebuch erscheint dieser Besuch in einem anderen Licht:

> [. . .] suchende Augen in einem kleinen greisen Gesicht. [. . .] und da tritt der Graf herein. Kalt und höflich fragt er Dich irgend etwas, sein Auge ist nicht bei uns, nur sein Blick kommt zu mir und die Frage: ›Womit beschäftigen Sie sich?‹ Ich weiß nicht mehr, ich antwortete scheint mir: ›Ich habe einiges geschrieben.‹[23]

Empfand er, der sensible Dichter, selbst die Widersprüchlichkeit seiner Schilderung?

Anfang Juni reisten sie nach Kiew, und von dort aus fuhren sie mit dem Dampfer den Dnepr abwärts bis Krementschug, dann mit dem Zug über Charkow nach Saratow. Dort bestiegen sie wieder einen Dampfer und fuhren die Wolga aufwärts.
In der Umgebung von Jaroslawl machten sie in einem Dorf halt.

In einer kleinen Hütte, Bauer unter Bauern habe ich 3 Tage gelebt, ohne Bett geschlafen und die kargen Mahlzeiten geteilt, die meine Wirte in ihre schwere Arbeitszeit da und dort einschoben. Da das Wetter gut war, hatte das primitive Wohnen viele Schönheit und die Kargheit des materiellen Lebens entsprach meinen geringen Ansprüchen.[24] (An die Mutter, 23. Juni)

Am 6. Juli waren sie wieder in Moskau. Lou erinnerte sich später:

Unfähig von Rußland fortzugehen. Plan, nochmals abzureisen nach der Wolga; mit Schachowskoi die Route der Uralbahn bis Schtscheljabin besprochen. Unter Tränen aufgeben müssen, Geld langt nicht.[25]

Doch sie wollten noch einmal ein russisches Dorf besuchen. Sophia Schill schrieb an Spiridon Droshshin, dessen Gedichte Rilke schon in Berlin kennengelernt und übersetzt hatte. Er lud die deutschen Gäste in sein neuerbautes Haus ein.

Droshshin war ein recht wohlhabender Bauer; als Kind hatte er nur wenige Jahre die Schule besucht, war aber sehr belesen. In seinem Haus hatte er eine richtige Bibliothek angesammelt, und um die Jahrhundertwende waren schon mehrere kleine Gedichtbände von ihm erschienen.

Er ist Starost* des kleinen Dorfes, darin alle zu ihm mit großer Verehrung aufsehen, tut Sommers die gewöhnliche Bauernarbeit, und wird in jedem Winter, wenn die Hände von den Feldern abgeschnitten sind, wieder Dichter; als solcher ist er in ganz Rußland bekannt und neben die ersten Volksdichter gestellt [. . .].[26]

Droshshin empfing Rilke und Lou sehr freundlich.

Jetzt sind wir bei dem lieben Spiridon Dim. im Dorfe Nisowka und fühlen uns in seiner großen Gastfreundschaft sehr wohl. [. . .] Mit diesen Tagen tun wir einen großen Schritt auf das Herz Rußlands zu, nach dessen Schlägen wir schon lange hinhorchen im Gefühl, daß dort die richtigen Taktmaße sind auch für unser Leben. (An Sophia Schill, 18. Juli 1900)

Aus dem Bauernhaus zogen die beiden poetischen Rußlandwanderer auf ein Gut des Grafen Nikolaj Tolstoj, eines Namensvetters des Dichters.

* Dorfältester

> Was die Annehmlichkeit dieses Aufenthaltes so wertvoll machte, war, daß dieser Zweig der Tolstois, echt russisch, sehr konservativ und so tiefgläubig ist, daß alle Ereignisse der Familie mit irgendwelchen Wundern, geheimnisvollen Gebeten und ihren leisen Erfüllungen verknüpft sind [...]. An Tolstois habe ich rechte Freunde gefunden, der Abschied war schwer.[27] (An die Mutter, 25. Juli)

Lou fuhr zu ihrer Familie nach Finnland. Vier Wochen blieb Rilke allein in Petersburg. Er verbrachte viele Stunden im großen Petersburger Kunstmuseum, bewunderte die Bilder der realistischen, volkstümlichen Maler des 19. Jahrhunderts – Alexander Iwanow, Fjodor Wassiljew, Iwan Kramskoj – und diskutierte mit dem Kunsthistoriker und Kritiker Alexander Benois, der die neuesten Strömungen in der russischen Malerei bevorzugte, solche, die den westeuropäischen Impressionisten und Jugendstilkünstlern nahe waren.
Nach den »altrussischen« Eindrücken in Moskau und auf dem Lande erlebte Rilke nun also wieder das Petersburger Rußland, sah auch

> die großen alten Parke von Peterhof, in denen die kleinen holländischen Schlösser Peters des Großen verstreut liegen und aus deren tiefem Dunkel hinaus lange Alleen lichtsteigender Fontänen bis an das ganz stille Meer führen. An einem herrlichen Abend [...], ist das ein ganz unwirklicher, traumhafter, märchengleicher Eindruck.[28] (18. August)

Am 22. August 1900 sah er Rußland zum letzten Mal.

Die ersten Nachklänge
Russische Dinge und russischer Gott

> *Und ich fühle in diesen Tagen, daß mir*
> *russische Dinge die Namen schenken werden für jene*
> *fürchtigsten Frömmigkeiten meines Wesens,*
> *die sich, seit der Kindheit schon, danach sehnen,*
> *in meine Kunst einzutreten!* (1899)

Den Anbruch des neuen Jahrhunderts wollte Rilke in Rußland erleben.

> Meinen ganzen Winter richte ich dafür ein, tüchtig im Tage zu sein, und vielleicht schon im Januar 1901 gehe ich wieder nach Rußland. Dort werden mir alle Züge des Lebens klarer und seltsam vereinfacht, dort kann ich dann leichter weiterarbeiten, bessern, ergänzen [. . .].

So schrieb er am 18. Oktober 1900 an die Bildhauerin Clara Westhoff, die bald darauf (im April 1901) seine Frau wurde. Am selben Tag in einem Brief an die große Malerin Paula Becker bekannte er:

> Mir ist ja Rußland doch das geworden, was Ihnen Ihre Landschaft bedeutet: Heimat und Himmel. [. . .] *Meine* Umgebung ist *nicht* um mich gestellt. In der Ferne auf weiten Pfaden habe ich die Städte gesehen, die ich bewohne, und die Gärten, die über mir rauschen, sind viele Flüsse weit von mir. Kirchen, die an der Wolga stehn und die sich in sanfterem Weiß und mit matterem Kuppelgold in ziehenden Strom wiederholen, läuten mir morgens und abends mit ihren großen stehenden Glocken, und Lieder, die Blinde und Kinder singen gehen wie Verirrte um mich herum und betasten meine Wangen und mein Haar. So ist meine Landschaft, liebe Freundin. Und ich darf diese Umgebung, die wie Duft und Ton um mich ist, nicht durch eine breitere Wirklichkeit verdrängen wollen; denn ich will ja so leben und schaffen, daß das, was mich jetzt, halb Erinnerung und Ahnung halb, umgibt, allmählich sich in den Raum reimt und mich wirklich umstellt, still und sicher wie etwas, was von ewig war und wofür mir nur die Augen erst recht mächtig geworden sind.

Rilke studierte weiter fleißig die russische Sprache, Geschichte, Literatur, Kunst, Folklore und Kunstgewerbe. Unter seinen Studien jener Jahre blieb russische Sprache und Literatur obenan, während das zeitweilig immer wieder geplante Universitätsstudium nicht richtig zustandekam.
Die Sprache beherrschte er bereits 1900 so gut, daß er am 16. Juli seinen ersten russischen Brief schrieb – an Spiridon Droshshin.[29] Immer tiefer drang er in sie ein, so daß er am 22. Dezember Fürst Sergej Schachowskoj gegenüber äußerte:

> Ich denke schon sehr oft russisch, und Gedanken dieser Art lassen sich kaum auf deutsch aussprechen, gibt es doch in dieser Sprache nichts Einfaches, Herzliches, so daß mit deutschen Lauten zu beten mir ganz unmöglich scheint.[30]

Am 29. November 1900 hatte Rilke in seinem Tagebuch notiert: »Das erste russische Gedicht kommt mir ganz unversehens heute im Walde.« Darauf folgt »1. Pesnja« [1. Lied]. In wenigen Tagen – bis zum 7. Dezember – entstanden sechs russische Gedichte, und dann im April 1901 zwei weitere. So »ganz unversehens« waren diese poetischen Ausflüge in die neu erschlossene Sprachwelt aber nicht. Im Februar 1900 – d.h. noch vor der zweiten Reise – hatte er Sophia Schill erklärt, daß, wenn er so gut Russisch schriebe wie sie Deutsch, er »wohl schon russische Gedichte versuchen (würde). Das erscheint mir überhaupt als das Höchste: russische Verse machen zu können. Wer das dürfte!«[31] Und am 17. August versprach er, ihr »bald die erste russische Gedichtsammlung« zu senden.
Lou, der seine Gedichte wie das gesamte Tagebuch Rilkes »zu eigen« bestimmt waren, meinte, sie seien »obwohl grammatikalisch arg, doch irgendwie unbegreiflich dichterisch«.[32]
Rilkes russische Verse wimmeln von syntaktischen und lexikalischen Fehlern, beinahe jede Zeile verrät den fremdsprachigen Satzbau, das ungeschickte Stammeln eines Ausländers. Und doch – nicht nur trotz, sondern hin und wieder eben dank dieser offenbaren Sprachmängel – klingt aus ihnen Poesie, die eigenartig individuelle Stimme, die einzigartige Ausdrucksweise dieses Lyrikers – eben Dichters und nicht Nach-Dichters.
Er selbst erinnerte sich daran in einem Brief vom 15. Januar 1918 an Marie von Mutius:

> Vor siebzehn Jahren, in Rußland, war ich nahe daran, mir diese Sprache, als die meinem Gemüt nächste, sogar für meinen künstlerischen Ausdruck aneignen zu wollen – (es wäre, selbstverständlich, ohne enorme Verluste nicht möglich gewesen) [...] –, im Grunde müßte man alle Sprachen schreiben [...].[33]

Auf dieses Erlebnis ist auch die erweiterte Metapher aus dem letzten Abschnitt der »Aufzeichnungen des Malte Laurids Brigge« zurückzuführen: »Er war wie einer, der eine herrliche Sprache hört und fiebernd sich vornimmt, in ihr zu dichten.«[34]
Die Absicht, nach Rußland umzusiedeln, gab er nicht auf. Am 5. März 1902 richtete er an Alexej Suworin, den Verle-

ger der größten konservativen Zeitung »Nowoje Wremja« (Neue Zeit), ein Anliegen:

> Was ich brauche [...] sei gleich gesagt: eine Heimat und die Möglichkeit, ihr zu dienen und mich zu entfalten.
> [...] Ich bin ein Einsamer und Überzähliger in diesem Lande [Deutschland], in welchem es keine Demut gibt und keinen Gott für Schweigsame und Demütige. Und ich würde glauben, daß ich überall so einsam und verloren und überzählig wäre, wenn ich nicht zweimal (in den Jahren 1899 und 1900) in Rußland gewesen wäre, wo ich erkannte, daß es eine Heimat für mich gibt, ein Erdreich, in dem ich Wurzel schlagen, ein Volk, das ich lieben könnte – das ich – liebe.[35]

Dieser Brief scheint unbeantwortet geblieben zu sein. Ausgerechnet den erzreaktionären Verleger Suworin um Hilfe und Anstellung zu bitten war ein untauglicher Versuch des naiven unpolitischen Dichters, was manche seiner russischen Freunde auch mißbilligten.
Am 10. Dezember 1906 schrieb er an Leonid Pasternak:

> Nein, ich habe das Russische nicht vergessen, d.h. es ist ja so schwer, russische Bücher zu haben, und äußerlich hab ich wohl viel, viel vergessen; Sprechen geht kaum mehr. Aber Denken. Glauben Sie mir, daß ich oft russisch denke; denn ich hänge sehr an Ihrer lieben gequälten Heimat und leide mit ihr.
> [...] Ja, wer doch in Moskau sein könnte; so oft denke ichs. Ich lese keine Zeitungen; wie fühlt sich alles aus der Nähe an, *lebt* Rußland, das alte, große, ewige Rußland unter aller Zerstörung?

Rußland drang in Rilkes Leben und Schaffen unaufhaltsam ein. Er übersetzte Prosa, Gedichte und Dramen, schrieb Aufsätze über russische Kunst, trug sich mit der Idee, Ausstellungen russischer Maler im Westen zu organisieren, wollte Korrespondent russischer Zeitschriften werden.
Noch vor der ersten Rußlandreise begann Rilke, Texte russischer Autoren zu übersetzen. Danach übersetzte er besonders viel und oft, nicht nur um zu veröffentlichen, sondern ›zum eigenen Gebrauch‹. So hat er Auszüge aus den »Armen Leuten« von Dostojewskij übersetzt, worüber er im Tagebuch (2. Dezember 1899) notierte: »ich weiß kein Buch, welches ich daneben nennen könnte«.[36] Er beabsichtigte, »Die lebende Leiche« von Tolstoj für eine Sonderausgabe und für ein deutsches Theater vorzuschla-

gen, hat aber vergeblich den Autor und seine Mitarbeiter um das Manuskript ersucht.[37]
In einem Brief an Sophia Schill vom 5. März 1900 berichtete er, daß er Tschechows »Möwe« übersetzt habe. Am selben Tag schrieb er auch an Anton Tschechow: »Je viens de traduire votre ›Tschajka‹.«[38] Das Manuskript ist aber noch nicht gefunden worden.
Dafür gelang es ihm 1902, seine Übersetzung der süßlich- sentimentalen monarchistischen Erzählung »Die Bittschrift« (Chodoki) von Wassilij Jantschwezkij zu publizieren.[39]
Er übersetzte auch das Heldenlied aus dem 12. Jahrhundert »Heerzug Igors« (Igorlied), das ein unbekannter Verfasser in altrussischen freien Versen und teilweise rhythmisch gegliederter Prosa geschrieben hat. Rilke begann die Nachdichtung 1902 und beendete sie in Paris 1904.
Zwischen 1899 und 1902 übertrug er Gedichte von Lermontow, Fofanow, Gippius und Droshshin.
Seine Moskauer und Petersburger Briefpartner, Leonid Pasternak, Sophia Schill, Pawel Ettinger und Alexander Benois, unterrichteten Rilke über das geistige Leben in Rußland, über literarische Neuerscheinungen, Theateraufführungen, philosophische und ästhetische Diskussionen sowie über Kunstausstellungen.
In der Zeit von 1900 bis 1904 las er auf russisch Gogol, Gontscharow, Tschernyschewskij, Garschin und populäre Geschichtsbücher. In seinem Brief an Suworin erwähnte er als seine Lektüre »russische Geschichtswerke Pypin's und Kostomarov's«.[40] Er studierte auch alte Chroniken, Heldenlieder (byliny), Texte aus dem 16. Jahrhundert (Domostroj), die Erinnerungen des nach Schweden geflohenen Beamten (Djak) Grigorij Kotoschichin (17. Jh.), die Memoiren des Wissenschaftlers, Schriftstellers und Anarchisten Fürst Pjotr Kropotkin. Vieles davon hat er fleißig exzerpiert.

Nach den Rußlandreisen beginnt eine Wende in Rilkes Schaffen, in seiner Welt- und Kunstempfindung. Er war in seinen ersten Büchern ein Impressionist, ein Symbolist, auch Neuromantiker, jetzt begann er bewußt eine neue, »dinghafte Wirklichkeit« anzustreben.

Während seiner ersten russischen Reise erinnerte er sich an Italien:

> [. . .] ich empfinde meinen Aufenthalt in Rußland als eine seltsame Ergänzung jenes Florentiner Frühlings [. . .]. Eine freundliche Fügung hat mich zum nächsten Dinge geführt, weiter in die Tiefe, in die größere Einfachheit und zu der schöneren Einfalt hin. Florenz scheint mir jetzt als eine Art Vorbildung und Vorbereitung für Moskau [. . .]. Alle Dinge sind ja dazu da, damit sie uns Bilder werden in irgendeinem Sinn. [. . .] Und ich fühle in diesen Tagen, daß mir *russische* Dinge die Namen schenken werden für jene fürchtigsten Frömmigkeiten meines Wesens, die sich, seit der Kindheit schon, danach sehnen, in meine Kunst einzutreten! . . . (An Frieda von Bülow, 27. Mai 1899)

* * *

Malerei und Kunsthandwerk gehörten auch zu den »russischen Dingen«, die er gründlich erkennen wollte, weil sie für ihn sehr wichtig, ja lebensnotwendig wurden. Aus Petersburg berichtete er Droshshin in einem Brief (16. Juli 1900), der russisch geschrieben war:

> [. . .] in der kaiserlichen Bibliothek fand ich ein vortreffliches Buch: ›Das häusliche Leben [domaschnij byt] der russischen Zaren‹ von Sabelin, worin das alte Moskau so licht [jarko] beschrieben ist wie auf den Bildern von Apollon Wasnezow. Danach werde ich viele Bücher lesen, die sich mit der ersten Periode der Peredwishniki [Wandermaler] und überhaupt mit der Literatur jener Jahre beschäftigen.[41]

Und noch nach mehreren Monaten befaßte er sich fleißig mit »russischen Dingen« und mit Malerei: Er schrieb Droshshin wieder am 21. Dezember 1900 aus Schmargendorf:

> Von mir gibt es nur zu sagen, daß ich viel arbeite und mich vor allem mit russischen Dingen beschäftige, ich studiere das Leben russischer Künstler und lese Dostojewski, Garschin und anderes. Im Augenblick bin ich dabei, etwas über A. A. Iwanow zu schreiben, der mir der bedeutendste und Künstler-Prophet Rußlands zu sein scheint.[42]

1901 begann Rilke die »Geschichte der russischen Kunst« von Alexander Benois zu übersetzen, die er auch verlegen wollte, fand aber keinen Verlag, der eine von ihm unbe-

dingt verlangte Anzahl und Qualität der Illustrationen sichern konnte.
Er verfaßte und publizierte zwei größere Aufsätze über die russische Malerei »Russische Kunst« (1901) und »Moderne russische Kunstbestrebungen« (1902). Sie zeugen sowohl von gründlichen Studien als auch von höchst emotionaler Teilnahme an den Auseinandersetzungen russischer Künstler und Kunstkritiker untereinander.
Der erste Aufsatz, ein essayistischer Überblick der Entwicklung russischer Kunst von alters her, enthält eine poetisch sinnbildliche Bewertung:

> Wenn man von Völkern wie von Menschen spricht, die in der Entwickelung begriffen sind, so kann man sagen: dieses Volk will Soldat werden, ein anderes Kaufmann, ein drittes Gelehrter; nun, das russische Volk will Künstler werden, und daher kommt es, daß gerade die Besten von seinen Schaffenden sich zu seinen Erziehern berufen fühlen. Und in der Tat wird Rußland nur durch seine Künstler Kultur empfangen, vorausgesetzt, daß diese den Zusammenhang mit der Heimat behalten und ihre Werke durch keine absichtliche, belehrende Note entstellen und verkleinern. Denn dieses sind die beiden Gefahren, welche den russischen Künstler bedrohen: einmal der bestechende, glänzende Einfluß fremder Schönheit, der ihn seinem Volke entfremdet, und andererseits, wenn er seinem Volke gehört, der dringende Wunsch, ihm mit seiner Kunst zu helfen. (10, 495)

Nur über einen Maler wird in diesem Aufsatz ausführlich berichtet – über Wiktor Wasnezow; in seinem Werk erkennt Rilke

> ein glänzendes Zeugnis [. . .] für die Lebendigkeit des russischen Gottes und die tiefe, aus dem Leben strömende Frömmigkeit des Meisters. (10, 501f.)

Der zweite Aufsatz dagegen ist übervoll von Namen und Fakten, enthält kurze und treffende Charakteristika vieler russischer Maler vom 18. Jahrhundert bis zur Wende vom 19. zum 20. Jahrhundert. Ausführlich und verständnisvoll schreibt er über Alexander Iwanow (1806–1858), Iwan Kramskoj (1837–1887) und wieder über Wiktor Wasnezow (1848–1926).
Bemerkenswert ist, daß Rilke eben diese drei Künstler so besonders hervorhebt.

Zugleich urteilte er sachverständig und höchst lobend über die Werke von Ilja Repin, Isaak Lewitan und Fjodor Wassiljew, wollte eine Wanderausstellung russischer Maler und Graphiker in Deutschland organisieren und nannte dabei vor anderen die jungen Künstler Walentin Serow, Filipp Maliawin, Konstantin Korowin und Konstantin Somow. Er versuchte deutsche und österreichische Verleger für die Graphik Sergej Maljutins zu interessieren. Ilja Repin hatte er in dessen Werkstatt besucht, las sehr aufmerksam seine autobiographischen und kunstkritischen Publikationen in russischen Zeitschriften, glaubte, er sei »malerischer, geistreicher, aber auch seichter, wenn man ihn mit Kramskoi vergleicht«. (10, 618)
Rilke galt in seiner Heimat als ausgesprochener Vertreter der »L'art pour l'art«-Ästhetik. Aber in Rußland pries er vor allem die Maler, deren Schaffen von »außer-« und »überästhetischen« Ideen bestimmt war.
An Iwanow schätzte er durchaus dessen religiöses Verhältnis zur Kunst:

> Im Grunde [. . .] war es Frömmigkeit, innige russische Frömmigkeit, was bei ihm nach malerischem Ausdruck verlangte. (10, 617)

Sophie Brutzer kam zur Schlußfolgerung: »Kramskoi ist für Rilke der Mensch, der aus der Fülle seines zu Gott hingeschaffenen Menschtums sich der Welt mitteilen muß, der große Liebende, der nicht länger schweigen kann, dessen Reichtum aus ihm herausbricht als Kunst, der Künstler, der Prophet, der Liebende, der Führer zu Gott.«[43]
Rilke war sich der Widersprüche in seiner Kunstauffassung bewußt. Darum erklärte er, als er die Aufsätze über die russische Kunst in Angriff nahm, er beabsichtige lediglich, seine »Stellung zu den russischen Menschen [. . .] einfach anzudeuten«, und auf diese Weise das »Ereignis«, das »der russische Mensch in seiner Heimat« für ihn geworden war, begreiflich zu machen. (12, 1383)

* * *

Rilkes Drang nach der »Heimat seiner Seele« äußerte sich am stärksten zwischen 1897/98 und 1902, dem Zeitabschnitt, den manche Autoren »die russische Periode« in Rilkes Entwicklung nennen.[44]

In diesen Jahren entstanden auch die am deutlichsten von russischen Eindrücken zeugenden Werke – »Die Geschichten vom lieben Gott« (1899/1900) und das »Stunden-Buch« (1899–1903).

> [. . .] was sich mir bei meinen Betrachtungen und als geläuterte Erinnerung meiner zwei Reisen in Rußland schenkt, sind Ergebnisse so stiller, intimer und unlitterarischer Art, daß ich noch mit der Form kämpfe, mit der Möglichkeit sie auszusprechen, ohne sie preiszugeben [. . .]. (An Gerhart Hauptmann, im Dezember 1901) (12, 1384)

In diesem Kampf mit der Form waren im Rußlandjahr 1899 die »Geschichten vom lieben Gott« entstanden. Die Einleitung zu den Geschichten ist »Das Märchen von den Händen Gottes«, eine Schöpfungsgeschichte ganz besonderer Art. Dieser Rilkesche »liebe Gott« formte

> in bewundernswerter Geschwindigkeit die Dinge, [. . .] die großen wirklichen Dinge, als da sind: Felsen, Gebirge, einen Baum [. . .]. [. . .] solange nur die Dinge gemacht waren, hatte der liebe Gott nicht notwendig, beständig auf die Erde herunterzuschauen. [. . .] Die Dinge hat er sozusagen im Schlafe gemacht, allein schon bei den Tieren fing die Arbeit an, ihm interessant zu werden.

Besonders interessiert war er, als er »den Menschen formte«, aber dennoch überließ er »seinen Händen, welche ja auch weise sind«, die Arbeit. So wurden Gottes Hände selbständig, haben aber den frisch gekneteten Menschen verloren.

> Er war so ungeduldig, der Mensch. Er wollte immer schon leben. Wir können beide nichts dafür [. . .]. (7, 290–293)

In den »Geschichten vom lieben Gott« sind russische und ukrainische Hintergründe, Quellen und Stoffe deutlich erkennbar. Doch es sind keinesfalls Übertragungen, Nacherzählungen oder Bearbeitungen bestimmter, aus Folklore oder Schriftliteratur entlehnter Fabeln, obwohl in manchen Seiten auch konkrete Einflüsse solcher Quellen erschlossen werden können.[45]

Der Gott dieser Geschichten ist ein russischer Gott, ein »tiefer«, »dunkler«, »bäuerlich bärtiger«, »unterirdischer«, »in den Wurzeln lebender«.

Es ist eigentlich ein heidnischer Gott. In ihm vereinigen

sich Natur und Mensch, das Weltall und das kleinste Ding, Leid und Freud – Kontraste verschmelzen zu einer Einheit und erscheinen in einer einheitlichen Vielfalt als schöpferische Kraft und zugleich als ihre Geschöpfe.
Hände und *Dinge* sind Wörter, die in Rilkes neuen Dichtungen unmittelbar – aber auch metaphorisch, symbolisch – wirken. Sie erscheinen um diese Zeit immer häufiger in seiner Lyrik und in seiner Prosa.
Die besondere Bedeutung dieser Wörter ist bereits erkennbar in seinem Brief vom 9. März 1899 an Helene Woronina über seine bevorstehende Rußlandreise:

> [...] wie gut, zu denken, daß es *Ihre* Heimat ist, die zuerst nach den großen Gaben des Säens und der Sonne mich bereichern wird mit ihren Eigenarten. Denn in unserem Schauen liegt unser wahrstes Erwerben. Wollte Gott, daß unsere Hände wären, wie unsere Augen sind: so bereit im Erfassen, so sorglos im Loslassen aller Dinge; dann könnten wir wahrlich reich werden. Reich aber werden wir nicht dadurch, daß etwas in unseren Händen wohnt und welkt, sondern dadurch, daß alles durch ihren Griff hinströmt wie durch das festliche Tor des Einzugs und der Heimkehr. Nicht ein Sarg sollen uns die Hände sein: ein Bett nur, darin die Dinge dämmernden Schlaf und Träume tun, aus deren Tiefen heraus ihre liebsten Verborgenheiten reden. Jenseits der Hände aber sollen die Dinge weiterwandern, stämmig und stark, und wir sollen von ihnen nichts behalten als das mutige Morgenlied, das hinter ihren verhallenden Schritten schwebt und schimmert.[46]

Zu der ersten Fassung des Schlusses der »Aufzeichnungen des Malte Laurids Brigge« gehörte die Schilderung eines Besuches bei Lew Tolstoj, die in »zweiter Niederschrift« etwa sieben Seiten lang ist.[47] Zwei Seiten davon sind eine ausführlich plastisch-poetische Beschreibung der Hände auf dem Porträt einer Nonne, das in Tolstojs Wohnzimmer hing.

In Paris erkannte Rilke bereits seine neue Wahlheimat und in Rodin seinen Lehrmeister, der ihm die »lyrische Oberflächlichkeit [...] überwinden half« und ihn lehrte, »vor der Natur zu arbeiten, unerbittlich begreifend und nachbildend«.[48]
Doch auch in dieser Zeit kam er nicht von Rußland los:

[. . .] die Geschichte unendlicher Geschlechter von Dingen ließ sich unter der Menschengeschichte ahnen, wie ein Gefüge langsamerer und ruhigerer Entwicklungen, die tiefer inniger und unbeirrter geschehen. In diese Geschichte, Lou, wird sich vielleicht einmal der russische Mensch einfügen, welcher, wie Rodin es als ein Schaffender thut, als ein Werdender und Duldender von den Dingen abstammt und ihnen verwandt ist, blutsverwandt. Das Abwartende in dem Charakter des russischen Menschen [. . .] erhielte so eine neue und sichere Aufklärung: vielleicht ist der Russe gemacht, die Menschengeschichte vorbeigehen zu lassen, um später in die Harmonie der Dinge einzufallen mit seinem singenden Herzen. [. . .] Immer mehr und von immer innigerer Zustimmung erfüllt, trage ich meine Zuneigung für dieses weite, heilige Land in mir; als einen neuen Grund für Einsamkeit und als ein hohes Hindernis zu den anderen. (An Lou, 15. August 1903)

Um diese Zeit – 1903 – beendet Rilke in Paris die erste Fassung des »Stunden-Buchs«. Mit diesem Buch beginnt Rilkes poetische Reife. Darin ist der Einfluß »russischer Dinge« erlebt, erkannt und lyrisch verdichtet.
Russisch »dinghaft« ist der Gott des »Stunden-Buchs«, wie er bereits im ersten Teil, in dem »Buch vom mönchischen Leben« erscheint.

Du bist der raunende Verrußte,
auf allen Öfen schläfst du breit.
Das Wissen ist nur in der Zeit.
Du bist der dunkle Unbewußte
von Ewigkeit zu Ewigkeit.

Du bist der Bittende und Bange,
der aller Dinge Sinn beschwert.
Du bist die Silbe im Gesange,
die immer zitternder im Zwange
der starken Stimmen wiederkehrt.

Du hast dich anders nie gelehrt:

Denn du bist nicht der Schönumscharte,
um welchen sich der Reichtum reiht.
Du bist der Schlichte, welcher sparte.
Du bist der Bauer mit dem Barte
von Ewigkeit zu Ewigkeit.

Dieser auf den Öfen hockende, bäuerlich-bärtige und »aller Dinge Sinn beschwerende« Gott ist noch »dinghafter« als der in den »Geschichten vom lieben Gott«. Ihn erkannte der junge Dichter, als er durch die russischen Kirchen gegangen war, die Mengen der Betenden im österlichen Kreml sah, mit Lew Tolstoj über Glauben und Aberglauben gesprochen hatte, Texte von Dostojewskij und Lermontow, Volksmärchen und Bylinen, Gedichte von Droshshin nicht nur in deutschen Übersetzungen, sondern später auch im Original gelesen hatte.

Wir bauen Bilder vor dir auf wie Wände;
so daß schon tausend Mauern um dich stehn.
Denn dich verhüllen unsre frommen Hände,
sooft dich unsre Herzen offen sehn.

Auch das ist ein »russischer Gott«, dessen Altäre von Ikonostasen verbaut sind, der verborgen und zugleich ganz nahe ist. Selbst die Trennung von Gott empfindet der Dichter als eine Trennung in der Nähe.

Du, Nachbar Gott, wenn ich dich manchesmal
in langer Nacht mit hartem Klopfen störe, –
so ists, weil ich dich selten atmen höre
und weiß: Du bist allein im Saal.

[...]

Nur eine schmale Wand ist zwischen uns,
durch Zufall; denn es könnte sein:
ein Rufen deines oder meines Munds –
und sie bricht ein
ganz ohne Lärm und Laut.

Aus deinen Bildern ist sie aufgebaut.

Die Erkenntnis dieser Trennung in der Nähe wird zur Quelle der Poesie des Heimatlosen. Er ist ein frommer, aber auch selbstbewußter Dichter: Er bittet nicht um die Hilfe Gottes, er selbst bietet ihm seine Hilfe an. Er fühlt sich Gott so vertraut, daß es manchen frommen Menschen auch blasphemisch erscheinen könnte.

Wenn du der Träumer bist, bin ich dein Traum.
Doch wenn du wachen willst, bin ich dein Wille
[...].

Der betende Poet – denn ein Stundenbuch ist eben ein Gebetbuch – empfindet sich als Geschöpf, aber auch als Schöpfer, als Spielgefährte Gottes, der es wagt, Gott in leichtfüßigen Versen zu gestehen:

Wenn ich gewachsen wäre irgendwo,
wo leichtere Tage sind und schlanke Stunden,
ich hätte dir ein großes Fest erfunden,
[...].

Wie einen Ball
hätt ich dich in alle wogenden Freuden
hineingeschleudert, daß einer dich finge
und deinem Fall
mit hohen Händen entgegenspringe,
du Ding der Dinge.

Den Gott des »Stunden-Buchs« hat Rilke in Rußland »gefunden«. Doch seine religiös-poetische Weltempfindung wächst auch noch aus anderen, verborgenen Wurzeln. Im »Buch vom mönchischen Leben«, unmittelbar vor dem Gedicht vom verrußten Bauern mit dem Barte, fragt der frevelhaft beherzte Poet:

Was wirst du tun, Gott, wenn ich sterbe?
Ich bin dein Krug (wenn ich zerscherbe?)
Ich bin dein Trank (wenn ich verderbe?)
Bin dein Gewand und dein Gewerbe,
mit mir verlierst du deinen Sinn.

Nach mir hast du kein Haus, darin
dich Worte, nah und warm, begrüßen.
Es fällt von deinen müden Füßen
die Samtsandale, die ich bin.

[...]

Was wirst du tun, Gott? Ich bin bange.

Dieses solipsistisch häretische Bekenntnis zu einer Gottheit, die von keiner Kirchenlehre gebilligt werden könnte, war seit Jahrhunderten der westlichen, auch der christlichen Gedankenwelt bekannt. Schon Johannes Scheffler, genannt Angelus Silesius (1624–1677), wagte es, Gott mit dem Poeten untrennbar zu verbinden:

Gott ist mein Stab, mein Licht, mein Pfad, mein Ziel, mein Spiel.
Mein Vater, Bruder, Kind und alles, was ich will.

Ich bin nicht außer Gott und Gott nicht außer mir;
Ich bin sein Glanz und Licht und er ist meine Zier.

Ich weiß, daß ohne mich Gott nicht ein Nu kann leben;
Werd ich zunicht, er muß von Not den Geist aufgeben.

Mehrere Neuausgaben des »Cherubinischen Wandermanns« von Angelus Silesius erschienen in den Jahren von 1895 bis 1905, als Rilke dichterisch reifte, als er seinen russischen Gott entdeckte und ihn als übermenschlichen, überweltlichen und gleichsam »dinghaften«, erdgebundenen, nachbarlichen Gott pries.
Der Gott des »Stunden-Buchs« ist sowohl den Kiewer Mönchen und Pilgern, als auch dem begeisterten Poeten der Gegenreformation Angelus Silesius direkt verwandt. Er ist reich an Farben, Tönen und Widersprüchen, ist allmächtig und schwach, ist Schöpfer aller Dinge und wird selbst von jedem Gedicht dinghaft neu geschaffen.

Du bist der Wald der Widersprüche.
Ich darf dich wiegen wie ein Kind,
und doch vollziehn sich deine Flüche,
die über Völkern furchtbar sind.

[. . .]

Ich weiß: Du bist der Rätselhafte,
um den die Zeit in Zögern stand.
O wie so schön ich dich erschaffte
in einer Stunde, die mich straffte,
in einer Hoffahrt meiner Hand.

Größer könnte kaum der Stolz eines Dichters sein, kaum anspruchsvoller sein Ehrgeiz als im Glauben, er hätte Gott

erschaffen. Doch Rilkes Stolz und Selbstvertrauen sind untrennbar von Demut, von frommen Gebeten.
Die Einheit von stillem Stolz und lauter Demut, von dunklem Selbstvertrauen und heller Frömmigkeit ist einzigartig, rilkisch.
Das »Buch vom mönchischen Leben« – ein wechselreiches, in sich geschlossenes Poem –, ein Gebet und ein Bekenntnis, das steigt wie die Flut und sinkt wie die Ebbe, mal schallend rufend, mal leise flüsternd, ein begeistertes Gebet zum selbsterschaffenen ewigen Gott der Dinge und der Lieder, ein poetisches Bekenntnis zu Gott, den der Dichter im fernen Lande entdeckt hatte.

* * *

Im nächsten Band des »Stunden-Buchs«, dem »Buch von der Pilgerschaft«, werden die Gebete und Bekenntnisse immer leidenschaftlicher, zugleich aber auch immer dinghafter, wechsel- und widerspruchsreicher.

Ich bin derselbe noch, der kniete
vor dir in mönchischem Gewand:
der tiefe, dienende Levite,
den du erfüllt, der dich erfand.
Die Stimme einer stillen Zelle,
an der die Welt vorüberweht, –
und du bist immer noch die Welle
die über alle Dinge geht.

Dem Dichter erscheint sein Gott immer wieder als sein eigenes Geschöpf.

Du Ewiger, du hast dich mir gezeigt.
Ich liebe dich wie einen lieben Sohn,
der mich einmal verlassen hat als Kind,
weil ihn das Schicksal rief auf einen Thron,
vor dem die Länder alle Täler sind.
[...]

Das ist der Vater uns. Und ich – ich soll
dich Vater nennen?
Das hieße tausendmal mich von dir trennen.
Du bist mein Sohn. Ich werde dich erkennen,
[...].

Die blasphemische Idee – Gott als Sohn des Dichters – wird in einem kurzen Bekenntnis-Gebet zum Sinnbild der göttlichen Ewigkeit.

Du bist der Erbe.
Söhne sind die Erben,
denn Väter sterben.
Söhne stehn und blühn.
Du bist der Erbe:
[...].

Die Erbschaft, die der Dichter-Vater seinem Sohn – Gott – weiht, zählt er greifbar konkret und feierlich auf.

Du erbst Venedig und Kasan und Rom,
Florenz wird dein sein, der Pisaner Dom,
die Troitzka Lawra und das Monastir,
das unter Kiews Gärten ein Gewirr
von Gängen bildet, dunkel und verschlungen, –
Moskau mit Glocken wie Erinnerungen, –
[...].

Im dritten Teil des »Stunden-Buchs«, dem »Buch von der Armut und vom Tode«, wird fast nichts mit einem russischen Namen benannt. Aber das große Gedicht auf den armen Gott ist von demselben russischen Geist beseelt, der die beiden vorangegangenen Teile durchdringt.

Du bist der Arme, du der Mittellose,
du bist der Stein, der keine Stätte hat,
du bist der fortgeworfene Leprose,
der mit der Klapper umgeht vor der Stadt.

Die Stimme und der Ausdruck in diesem Gedicht-Gebet sind wie ein Widerhall eines Gedichts von Fjodor Tjutschew, dessen Werke Rilke gut kannte und hoch achtete.

Udrutschjonnyj noschej krestnoj,
Wsju tebja semlja rodnaja,
W rabskom wide Zar nebesnyj
Ischodil, blagoslowljaja.

Ermattet von des Kreuzes Last
Zog er durch dich, mein Heimatland,
Der Herr des Himmels in Sklavengestalt
Und hatte dich gesegnet.

Tjuttschew hatte dieses Bild mit einem Bekenntnis zu seiner Heimat ergänzt, das zugleich auch einen Vorwurf an die Fremden enthält, und behauptet:

Ne poimjot i ne sametit
Gordyj wsor inoplemennyj,
Tschto skwosit i tajno swetit
W nagote twojej smirennoj.

Ein stolzer Ausländerblick
Wird nie bemerken, nie begreifen,
was da verborgen glimmt und leuchtet
in deiner demütigen Nackheit.

Rilke schrieb über Rußland, Russen und »russische Dinge« so, als ob er eben solche Vorstellungen der russischen Nationalisten widerlegen wollte. Er – der Ausländer – hat die »demütige Nacktheit« Rußlands mit so aufmerksamen, liebend-idealisierenden Blicken gesehen, die denen von Tjuttschew und seinen Freunden vergleichbar sind.[49] Er begegnete Russen und Ukrainern – Dichtern, Malern, Mönchen, Pilgern, Kobsaren (Volkssängern) – in Moskau, Petersburg und Kiew; er sprach mit Spiridon Droshshin, mit Lew Tolstoj, mit den Moskauer Arbeitern; er bewunderte Städte und Dörfer, den Dnepr, die Wolga, die Steppe, die Kurgane; er ging in Häuser, Kirchen und Klöster eben damals, als er auf der Suche nach Selbsterkenntnis, nach dem Sinn des Daseins war.
Auch der dritte Teil des »Stunden-Buchs« entstand aus »dem Heimweh nach Rußland«, das Rilke besonders tief in Paris erlebte – in der Stadt, die ihm »damals als steinern gefroren« erschien.[50]

Denn, Herr, die großen Städte sind
verlorene und aufgelöste; [...]

Die großen Städte sind nicht wahr; sie täuschen
den Tag, die Nacht, die Tiere und das Kind;

ihr Schweigen lügt, sie lügen mit Geräuschen
und mit den Dingen, welche willig sind.

In Rußland – in russischer Literatur, Kunst und Landschaft, in russischen Kirchen und russischen Menschen – suchte Rilke Zuflucht vor der tödlichen großstädtischen Zivilisation und fand seinen russischen Gott.
Erst später wird ihm voll bewußt, daß der Atem der unübersehbar weiten russischen Landschaft und die Empfindung einer Geborgenheit, eines vertrauten Heims in russischen Häusern ihm auch als Gegensatz zur »landschaftslosen« und »heimatlosen«, urbanisierten, technisierten westlichen Welt wesentlich, wichtig wurden. Einige Rilke-Forscher behaupten, daß Rilke Landschaft überhaupt erst in Rußland entdeckt.[51]
Viele Jahre nach dem »Stunden-Buch« erzählt er einer jungen Leserin:

> [. . .] Anschluß an die menschliche Nachbarschaft und Nähe, widerfuhr auch mir erst sehr spät, und wäre mir ohne gewisse Zeiten in meiner Jugend, die ich in Rußland verlebte, wohl kaum je so rein und so vollkommen vergönnt gewesen [. . .]. Dann aber tat sich mir Rußland auf und schenkte mir die Brüderlichkeit und das Dunkel Gottes, in dem allein Gemeinschaft ist. (An Ilse Jahr, 22. Februar 1923)

Dieser von Rußland geschenkte Gott ist metaphysisch-poetisch erhaben und bäuerlich-irdisch; weltumfassend und persönlich verinnerlicht; transzendent abstrakt und dinghaft konkret; er wirkt mystisch-geheimnisvoll, entfremdet fern und ist greifbar nah, alltäglich, nachbarschaftlich . . . Er gehört keiner etablierten Kirche, keiner dogmatischen Doktrin. Er ist der gute Gott aller Gläubigen, aller Konfessionen; er war da seit eh und je, und er wird nicht vergehen, solange die Menschheit bleibt. Doch er ist allen Fanatikern und Frömmlern fremd.
Rilke betete ihn an, pries und deutete ihn nicht wie ein frommer Theologe, sondern wie ein Dichter, er begriff ihn als seinen eigenen Gott, empfand ihn als »Ding der Dinge« und als das »freie Leben des Klanges«.

Alte Weisen in neuen Welten

> *[. . .] was verdankt ich Rußland –, es hat mich zu* dem *gemacht, was ich bin, von dort ging ich innerlich aus, alle Heimat meines Instinkts, all mein innerer Ursprung ist* dort! (1920)

Rilke ist nicht mehr nach Rußland gefahren. Alle Versuche, dort eine dauerhafte Anstellung zu finden, scheiterten. Die ersten Jahre des neuen Jahrhunderts waren für ihn schwere Krisenjahre. Der Trennung von Lou folgte der vergebliche Versuch, in der Künstlergemeinschaft in Worpswede Fuß zu fassen; die Ehe mit Clara Westhoff war kurz, immer wieder reiste er von Ort zu Ort in Deutschland, Italien, Frankreich, Dänemark und Schweden.

Er führte ein unstetes Wanderleben, doch immer und überall arbeitete er fleißig. In Worpswede (1901–1902) betrachtete er die Bilder von Heinrich Vogeler, Otto Modersohn, Fritz Mackensen, Paula Becker und Friedrich Overbeck, beschrieb und deutete sie, diskutierte mit Künstlern und Kritikern.

Das alles war wichtig für die Entwicklung seiner neuen »dinghaften« Weltempfindung. Auch dort vergaß er die »russischen Dinge« nicht und gewann für sie einen der Worpsweder Freunde, den Maler Heinrich Vogeler, der nach Rußland ging und bis zu seinem Lebensende dort blieb.

Moskau hatte Rilke überrascht vom ersten Anblick, vom ersten Atemzug an berauscht, obwohl er die »russischen Dinge« bereits vor seiner ersten Reise kannte und liebte. In Moskau überkam ihn eine alles überwältigende Liebe.

Auch Paris glaubte er schon früher zu kennen. Französisch beherrschte er seit seiner Kindheit. Aber die ersten Begegnungen mit Paris waren für ihn bitter enttäuschend.

> Diese Stadt ist sehr groß und bis an den Rand voll Traurigkeit. (An Clara, 11. September 1902).

> Paris? Paris ist schwer. Eine Galeere. Ich kann nicht sagen, wie unsympathisch mir alles hier ist, nicht beschreiben, mit welcher instinktiven Ablehnung ich hier herumgehe! (An Heinrich Vogeler, 17. September 1902)

Widerwille und Angst hat er nur allmählich und mit Mühe überwunden.

> Die Stadt war wider mich, aufgelehnt gegen mein Leben und wie eine Prüfung, die ich nicht bestand.
> Vielleicht ist das nur eine Folge dieser schrecklichen und schweren Stadt, für die ich zu weich und zu wehleidig war; vielleicht sind das Spiegelbilder jener Ängste, die aus unserem Armsein stammen [. . .].

berichtete er Lou im Juni 1903, als ihre geistige Freundschaft wiederhergestellt war.
Von Paris fuhr er zwischendurch nach Worpswede:

> [. . .] vielleicht brauche ich Stille vor allem. Ich werde hier viel in meiner Stube sitzen und barfuß in meinem blauen russischen Hemde im Garten auf und niedergehen. Und irgend eine Arbeit versuchen. Eine Übertragung des Slowo o polku Igorja* wurde noch in Paris begonnen; vielleicht wächst sie hier. Vorläufig fällt das Schreiben mir schwer [. . .]. (An Lou, 15. Juli 1903)

Doch das Erlebnis Rußland blieb mit ihm in Paris wie in Worpswede, durchwirkte seine Erlebnisse, drang immer wieder in seine Briefe:

> Ein Gebet Baudelaires; ein wirkliches, schlichtes Gebet, mit den Händen gemacht, ungeschickt und schön wie das Gebet eines russischen Menschen.

Dieser lange Brief an Lou ist erfüllt von der unverminderten Sehnsucht nach Rußland und schließt mit einem verzweifelten Aufschrei:

> Dir muß ich es sagen, weil in Deinen Händen meine ersten Gebete ruhen, an die ich sooft gedacht, und an denen ich mich sooft aus der Ferne gehalten habe. [. . .] in Deinen Händen soll alles sein, was einmal hätte meine Heimat werden können, wenn ich stärker gewesen wäre. (18. Juli 1903)

In diesen Tagen schrieb er am dritten Teil des »Stunden-Buchs«, dem »Buch von der Armut und vom Tode«.
In Paris wurden Rodin und Cézanne zu seinen Freunden und Lehrmeistern.
Rodins Kunst verglich Rilke mit der antiken und goti-

* Im Original kyrillisch. ›Igor-Lied‹

schen, er behauptete, daß die von Rodin geschaffenen »Dinge«

> [...] obwohl sie zeitlich viel näher stehen, ebenso entlegen sind, ebenso namenlos, ebenso selbständig in ihrer Einsamkeit, ursprungslos wie die Dinge der Natur.

Diese Vergleiche leiteten zu einer neuen Entwicklung, seiner »dinghaften« Welt- und Kunstauffassung, in die aber sein Rußland als wichtiger Bestandteil hineingewoben wurde.
Den Brief über Rodins »Dinge« schrieb er in Rom, und in ihm bekannte er wieder, daß Rußland seine Heimat sei:

> Ich bin in Paris Rußland nicht ausdrückbar näher gekommen und doch denke ich irgendwie, daß ich mich auch jetzt in Rom, im Angesichte der antikischen Dinge, auf Russisches vorbereite und darauf, dorthin wiederzukehren. (An Lou, 15. August 1903)

Die Verbundenheit zu Rußland blieb unversehrt, und Lou blieb die wichtigste Kraft dieser Verbundenheit. Ihr schrieb er nach Beginn des russisch-japanischen Krieges:

> Daß dieses Unheil kommen mußte, diese Last, dieses Leiden für Tausende, die den Krieg alle so fühlen wie Garschin ihn gefühlt hat: als auferlegtes Leid.
> [...] Ich denke an den jungen Smirnow, den einen der Arbeiter, den wir bei Schillchen kennen gelernt haben. Ich bekam später noch zwei Briefe von ihm; er war in Warschau Soldat. Vielleicht ist auch er dort unter den Auserwählten, leidet und denkt, denkt, versucht zu verstehn ...
> Was geht jetzt in allen diesen Menschen vor, die man so plötzlich nach Osten geschickt hat aus ihren stillen verschneiten Dörfern und Vorstädten? – Aber von Dir zu wissen, tut mir jetzt über alle Maßen not. Bist Du zu Hause, bist in Rußland? (17. März 1904)

Wenige Tage darauf schrieb er wieder an sie aus Rom einen Brief, der mit dem russischen Ostergruß beginnt:

> Christos woskres!*
> Liebe Lou,
> Iwanow* und Gogol* haben diese Worte einmal von hier aus geschrieben, und viele schreiben sie jetzt von hier in die österliche Heimat. Ach, aber es ist keine Osterstadt und kein Land, das unter

* Im Original kyrillisch.

großen Glocken zu liegen weiß. Es ist alles Aufwand ohne Frömmigkeit, Festvorstellung statt Fest.
Mir war ein einziges Mal Ostern; das war damals in jener langen, ungewöhnlichen, ungemeinen, erregten Nacht, da alles Volk sich drängte, und als der Iwan Welikij* mich schlug in der Dunkelheit, Schlag für Schlag. Das war mein Ostern, und ich glaube es reicht für ein ganzes Leben aus; die Botschaft ist mir in jener moskauer Nacht seltsam groß gegeben worden, ist mir ins Blut gegeben worden und ins Herz. Ich weiß es jetzt:

Christos Woskres!**

[...] Der Krieg – unser Krieg –, ist fast wie eine körperliche Unruhe in mir, – aber ich lese wenig von ihm, weil Zeitungen mir ganz entwöhnt und zuwider sind und weil sie ja alles entstellen. In der »Zeit« (Tageblatt der Zeit) war vor einigen Tagen der Brief eines russischen Offiziers, den ich mitsende; freilich, man hat nichteinmal den Takt gehabt, diese schlichte, zitternde Nachricht, ohne kränkende Einleitung abzudrucken. Einmal las ich auch, daß der Krieg voraussichtlich Jahre dauern würde; Kuropatkin sollte es gesagt haben; aber das kann doch nicht möglich sein! (31. März 1904)

Über seine Arbeitspläne berichtete Rilke, daß er naturwissenschaftliche Bücher lesen und Vorlesungen hören wolle, archivarische Arbeit lernen, das Wörterbuch der Gebrüder Grimm und mittelalterliche Dichtung studieren, Dänisch lernen und fortfahren »russisch zu lesen und dann und wann aus dem russischen übersetzen«. (An Lou, 13. Mai 1904)
Von Rom fuhr er im selben Jahr nach Schweden, und auch dort mußte er immer wieder an Rußland denken:

Ich wage nicht, Dir mehr von mir zu sagen oder zu klagen; jetzt wo Rußland Leid um Leid über sich ruft, scheint mir alles Meine so gering, kaum der Rede wert. Bist Du vielleicht dort in Deiner großen, schweren Heimat, so wird ihr Weinen und Wehklagen Dich ganz erfüllen. Und ich wollte es wäre meine Heimat auch. Und ich hätte das Recht jeden Schlag zu fühlen und Leid zu sein von diesem großen Leide. (An Lou, 16. August 1904)
[...] mein zerwehter Willen, der die Dinge vorbeigehen *läßt*, fremde und eigene, wie den alten *Kobzar* auf dem Kreschtschatik***.

* Im Original kyrillisch. Der höchste Glockenturm im Kreml.
** Im Original kyrillisch. Christus ist auferstanden!
*** Im Original kyrillisch. Prachtstraße in Kiew.

[. . .] Für die großen Weiten (für die Wolga-Welt – nach der ich mich oft sehne) bin ich jetzt wohl nicht stark genug. War es ja auch nicht damals, als mir das Alles geschenkt werden sollte . . . (An Lou, 17. Oktober 1904)

1905 war ein Schicksalsjahr in der russischen Geschichte. Schwere Niederlagen im Krieg gegen Japan, Not im ganzen Lande, Streiks in Städten und Industriegebieten, Bauernaufstände in vielen Dörfern.
Am 9. (22.) Januar demonstrierten die Arbeiter von Petersburg. Sie zogen als friedliche Bittsteller mit Ikonen, Kirchenfahnen, Zarenportraits durch die Straßen, sangen Kirchenlieder. Aber die Gardetruppen schossen in die Menge, Kosaken stürmten mit blanken Waffen und mit Peitschen auf wehrlose Menschen . . . Darauf wurden in einigen Straßen Barrikaden errichtet. Es entstanden Widerstandsgruppen, die nach Waffen suchten.
Fünf Jahre zuvor glaubte Rilke, ein »frommes«, »demütiges«, »langsames«, »heiliges« Rußland zu erkennen, nun wurde es zum Kampffeld einer Revolution.
Im September 1905 war Rilke Sekretär bei Rodin. Zuvor machte er Reisen allein oder mit seiner Frau durch Deutschland und nach Italien. Überall schrieb er an Lou, die er im Juni 1905 zum ersten Mal nach fünf Jahren wiedersah.

Monatelang erwähnte er weder Rußland noch russische Dinge, in keinem Vers, in keinem Brief.
Ist dieses Schweigen nur damit zu erklären, daß ihn andere Probleme beanspruchten? Oder war das ein beredtes Schweigen eines traurig Verwirrten?
Erging es ihm vielleicht so wie Ewald aus den »Geschichten vom lieben Gott« (»Das Lied von der Gerechtigkeit«), den er sechs Jahre zuvor gestaltet hatte und der von den Aufständen im alten Rußland nichts hören wollte:

Verzeihen Sie, [. . .] wie ist das zu verstehen – wollte sich das Volk etwa vom Zaren losmachen? Das würde nicht zu dem passen, was ich mir von Rußland denke [. . .]. In diesem Falle würde ich vorziehen, Ihre Geschichte nicht zu hören. Denn ich liebe das Bild, welches ich mir von den Dingen dort gemacht habe, und will es unbeschädigt behalten. (7, 329)

Etwa eine solche Stimmung wird auch in Rilkes Briefen erkennbar:

> Ich schrieb nie, aber ich dachte viel zu Dir hin. Jetzt weiß ich aber gar nicht, wohin ich denken soll. Nach Petersburg? Wie ist es bei den Deinen? [. . .] Nun hab ich auch zwei russische Menschen hier in Paris und durch sie dann und wann russische Bücher. – Aber was wird dort, – geht nicht alles verloren –? (An Lou, 14. November 1905)

Er verzweifelte fast an seinem Rußland und wollte dennoch hoffen.

> Mir ist ein wenig wie dem russischen Volk zumute, von dem Fernerstehende oder Mißtrauischgewordene auch sagen, es müsse endlich aus seiner bisherigen Entwicklung heraus auf den normalen Bildungsweg herübergezogen werden und die Wirklichkeit ins Auge fassen, um zu etwas zu kommen. Und zu etwas käme es dann ja auch, ganz gewiß. Wie die westlichen Leute zu etwas gekommen sind, zu dem oder jenem, von einem zum anderen. Ob es aber zu dem Einen käme, wonach allein, über alles fort, seine Seele verlangt? Ich glaube, daß es dann ganz davon abgetrennt wäre und für immer. [. . .] Für das russische Volk scheinen jetzt die ›Chancen‹ aufgehört zu haben. (An Clara, 17. Dezember 1906)

Nachdem er die Aufführung von Gorkijs »Nachtasyl« am 7. Juli 1905 in Berlin gesehen hatte, meinte er:

> Neben den russischen Dichtern wirkt Gorki doch nicht eigentlich groß, und es ist trotz seines Aus-der-Erde-Herausgewachsenseins weniger Natur in ihm und weniger Notwendigkeit, – also auch weniger Kunst.[52] (An Clara, 7. Juli 1905)

Aus Capri schrieb er Lou:

> [. . .] Gorki wohnt hier, halb Anarchist halb Millionär, Geld und Drohungen gegen die Gesellschaft ausstoßend und vom Ruhm verdorben, wie es scheint. (13. Dezember 1906)

Er wollte nicht zu Gorkij gehen, weil er ihm im voraus unannehmbar erschien.

> Ich kenne ihn nicht und möchte mit jeder neuen Beziehung vorsichtig sein, besonders, da er hier und in Neapel wie ein Agitator sich feiern ließ, was ihn mir nicht grade näher bringt. (An Ellen Key, 9. Februar 1907)

Bald kam es doch zu einer Begegnung, über die er Ellen Key berichtete:

> Von Gorkis soll ich Dich sehr grüßen. Ich war neulich, Freitag, am Abend, eine Stunde bei ihnen. Es war lieb und herzlich, ihn zu sehen und zu hören; sein Lächeln kommt mit so tiefer Sicherheit durch all die Traurigkeit seines Gesichtes. [...] Aber der ›Demokrat‹, den er herauskehrt, steht doch arg zwischen uns. Das Hindernis ist um so größer in diesem Fall, als der Revolutionär mir sowohl ein Widerspruch gegen den Künstler wie gegen den Russen scheint: beide haben so sehr viel Grund, *gegen* Revolutionen zu sein in ihrem Innersten, weil bei beiden nichts so wichtig ist wie die Geduld und nichts so natürlich für den einen wie für den andern. (18. April 1907)

Dennoch entdeckte er einen ›russischen‹ Gorkij.

> Dabei ist er von einer großen, rührenden Güte (jener Güte, die es den großen Russen immer wieder unmöglich macht, Künstler zu bleiben) [...]. (An Karl von der Heydt, 7. Mai 1907)

In Paris stellte er eine neue Ausgabe des »Buches der Bilder« zusammen. Sie erschien im Dezember 1906.
Im ersten Teil des »Buches der Bilder« bringt das kurze Gedicht »Sturm« einen Windzug aus der russischen Geschichte.

> Dann fühl ich dich, Hetman, von fern
> (der du deine Kosaken gern
> zu dem größesten Herrn
> führen wolltest).
> Deinen waagrechten Nacken
> fühl ich, Mazeppa.

Iwan Mazeppa (1652–1709), »Hetmann«, d.h. Oberbefehlshaber der ukrainischen freien Kosaken, führte den Aufstand gegen das großrussische Kaiserreich Peters des Großen und versuchte 1709 im Bündnis mit dem schwedischen König Karl XII. einen selbständigen ukrainischen Staat zu schaffen.
Dieses Gedicht ist ein Vorbote der Ballade »Karl der Zwölfte von Schweden reitet in die Ukraine« im »Zweiten Buch«, die im Ton und Rhythmus den ukrainischen Volksepen verwandt klingt:

Ein junger König aus Norden war
in der Ukraine geschlagen.

[. . .]

Und er verließ sein graues Land,
das ohne Stimme war,
und ritt in einen Widerstand
und kämpfte um Gefahr,
bis ihn das Wunder überwand: [. . .].

Das »Wunder« war der Sieg Peters des Großen, der das schwedische Heer in der Ukraine bei Poltawa vernichtend geschlagen hatte.
In beiden Gedichten sind auch Nachklänge von Puschkins Poem »Poltawa« erkennbar.
Im Gedicht-Kreis »Die Zaren« (Zweiter Teil des »Buchs der Bilder«), das 1899 entstanden war und 1906 überarbeitet wurde, erscheint wieder Ilja von Murom, der unbesiegbare Held vieler Bylinen.

Zwei fremde Pilger riefen einen Namen,
und aufgewacht aus seinem langen Lahmen
war Ilija, der Riese von Murom.

[. . .]

Und reiten, reiten . . . vielleicht tausend Jahre.
Wer zählt die Zeit, wenn einmal Einer will.
(Vielleicht saß er auch tausend Jahre still.)
Das Wirkliche ist wie das Wunderbare: [. . .].

Die letzte Zeile könnte ein Motto zu Rilkes gesamtem Rußlandbild sein.
An Ellen Key hatte er geschrieben:

> Ich lebe nicht in Träumen, aber im Anschauen einer Wirklichkeit, die vielleicht die Zukunft ist. In Rußland nur, auf meinen beiden weiten Reisen durch dieses Land, habe ich Heimat gefühlt; dort war ich irgendwie zu Hause, vielleicht weil man dorten so wenig von der Zeit, von dem Zeitlichen, merkt, weil dort immer schon Zukunft ist und jede Stunde näher an der Ewigkeit vergeht. Ich dachte immer, daß ich einmal dort wohnen müßte . . . (3. April 1903)

* * *

Die »Neuen Gedichte« (erstes Buch 1907, zweites Buch 1908) kennzeichneten eine neue Wende in Rilkes weltanschaulicher und künstlerischer Entwicklung; er mußte und er wollte »Dinge« schaffen: »Kunstdinge« und »Ding-Gedichte«:

> Irgendwie muß auch ich dazu kommen, Dinge zu machen; nicht plastische, geschriebene Dinge, – Wirklichkeiten, die aus dem Handwerk hervorgehen. (An Lou, 10. August 1903)

> Das Ding ist bestimmt, das Kunst-Ding muß noch bestimmter sein; von allem Zufall fortgenommen, jeder Unklarheit entrückt, der Zeit enthoben und dem Raum gegeben, ist es dauernd geworden, fähig zur Ewigkeit. Das Modell *scheint*, das Kunst-Ding *ist*. (An Lou, 8. August 1903)

Er bekannte sich nun zu leidenschaftslosen Dingen, zu

> Formen, die rein sind, keine Geschichte überschattet ihre entkleidete Klarheit –: sie sind. Und das ist alles. (An Lou, 15. August 1903)

Das zweite Buch – »Der Neuen Gedichte Anderer Teil« –, das Rodin gewidmet ist, enthält präzise formgeschlossene »Ding-Wirklichkeiten«, Gedichte über biblische Gestalten, über exotische und alltägliche Erscheinungen, über alte Kirchen, italienische Landschaften und Pariser Parks. Doch plötzlich, inmitten dieser statischen Bilder, erscheint im harten Trabrhythmus das nächtliche, vernebelte Bild einer geheimnisvollen verzauberten Stadt.

Damals als wir mit den glatten Trabern
(schwarzen, aus dem Orloff'schen Gestüt) –,
während hinter hohen Kandelabern
Stadtnachtfronten lagen, angefrüht,
stumm und keiner Stunde mehr gemäß –,
fuhren, nein: vergingen oder flogen
und um lastende Paläste bogen
in das Wehn der Newa-Quais,

hingerissen durch das wache Nachten,
das nicht Himmel und nicht Erde hat, –
als das Drängende von unbewachten
Gärten gärend aus dem Ljetnij-Ssad
aufstieg, während seine Steinfiguren

schwindend mit ohnmächtigen Konturen
hinter uns vergingen, wie wir fuhren –:

damals hörte diese Stadt
auf zu sein. Auf einmal gab sie zu,
daß sie niemals war, um nichts als Ruh
flehend; wie ein Irrer, dem das Wirrn
plötzlich sich entwirrt, das ihn verriet,
und der einen jahrelangen kranken
gar nicht zu verwandelnden Gedanken,
den er nie mehr denken muß: Granit –
aus dem leeren schwankenden Gehirn
fallen fühlt, bis man ihn nicht mehr sieht.

Es sind zwei Sätze in kräftigen Atemzügen durch 25 rhythmisch gestraffte, nahtlos ineinandergreifende Zeilen langgezogen. Sie klingen frei und leicht wie »das Wehn der Newa-Quais« und sie wirken stabil und schwer wie die »lastenden Paläste« und die »Steinfiguren aus dem Ljetnij-Ssad«. Die Wirklichkeit dieses Gedichts ist plastisch greifbar, deutlich wie die schwarzen, glatten Traber, wie die hohen Kandelaber, und zugleich ist alles verwirrt, irgendwie irreal, die Stadt »gab zu, daß sie niemals war.«
In Paris erinnert sich der Dichter an Petersburg, er blickt zurück aus einer Großstadt auf eine andere. Die Sonderstellung Petersburgs in Rußland mußte Rilke aus der Entfernung und eben in den Revolutionsjahren deutlicher als je zuvor empfunden haben.
Natürlich konnte er sich nicht vorstellen, wie fremd die in Petersburg residierende Staatsmacht dem eigentlichen Rußland war, fremd und sogar feindlich. Aber die Rivalität zwischen dem alten, scheinbar volkstümlichen Moskau und der jüngeren westlichen Hauptstadt Petersburg war auch im Ausland bekannt; sie verbarg nicht nur vor Rilke die tiefen Gegensätze zwischen dem Kaiserreich und den Untertanen, zwischen den herrschenden Gewalten und den beherrschten Völkern.
Rilke, ein sensibler Poet, muß diese Widersprüche empfunden haben, konnte sie aber nicht begreifen, nicht definieren. So wurden seine Empfindungen zum Traumbild einer Stadt, »die niemals war«, zum Alptraum eines »Irren«, »dem das Wirrn plötzlich sich entwirrt«.

Auch darin ist er manchen russischen Dichtern wahlverwandt. Als eine mystisch verträumte »Unwirklichkeit« empfanden Petersburg – Petrograd – einst Gogol und Dostojewskij und etwa gleichzeitig mit Rilke auch Alexander Blok, Andrej Belyj, später Anna Achmatowa und Ossip Mandelstam.

Aus Rilkes Gedanken über den großen ukrainischen Poeten und Nationalhelden Taras Schewtschenko, aus seinen Erinnerungen an Schewtschenkos Lieder, die er von Kobsaren gehört hatte, und an sein Grab auf dem steilen Dnepr-Ufer entstand das Gedicht »Der Tod des Dichters«. Es ist auch eine erdichtete Wirklichkeit, aber ganz anders als die nächtliche Vision von Petersburg. Sie ist viel allgemeiner, viel weiter von dem Vorbild entfernt; niemand und nichts wird mit seinem eigenen Namen genannt.[53]

> Die, so ihn leben sahen, wußten nicht,
> wie sehr er Eines war mit allem diesen;
> denn Dieses: diese Tiefen, diese Wiesen
> und diese Wasser waren sein Gesicht.

Die »Weise von Liebe und Tod des Cornets Christoph Rilke« entstand in »einer einzigen [. . .] Herbstnacht« 1899 und wurde 1904 bearbeitet.
Einige Rilke-Forscher erkennen in der lyrischen Aussage dieses Poems in seiner rhythmisierten, teils auch gereimten Prosa deutliche Anklänge an die russischen Heldenlieder (byliny), die Rilke mehrmals wieder gelesen hatte und an das »Slowo o polku Igorewe«, das er übersetzte.[54] Den Bogatyr (Recken) »Ilja von Murom«, der den Gedichtkreis »Die Zaren« einleitet, erwähnt er mehrmals in Briefen, verglich sich selbst mit ihm:

> In den Jahren da Ilja von Murom aufgesprungen ist, setz ich mich nieder und warte und mein Herz weiß mir keine Beschäftigung. (An Lou, 28. Dezember 1911)

Doch mehr als die alten Sagen und Lieder bedeuteten Rilke die großen Dichter des neuzeitlichen Rußland.
Im Herbst 1907 beantwortete er die Frage des Buchhänd-

lers Hugo Heller nach den »Büchern zum wirklichen Leben«:

> [. . .] Dostojewski [. . .] ist mir [. . .] sehr wichtig geworden, als ich, durch sein Land und seine Sprache bis zum äußersten auf ihn vorbereitet, die ›Armen Leute‹ las und wiederlas und schließlich einen Teil dieses ahnungslos genialen Buches übersetzte.[55]

Einer jungen Leserin riet er:

> [. . .] fangen Sie an mit den Armen Leuten (seiner ersten Arbeit, die er achtzehnjährig schrieb; ich habe die schönste Episode daraus übersetzt, [. . .]). Dann lesen Sie Weiße Nächte (ich kannte es nur russisch, [. . .]). Dann, mit ganzem Herzen, den Idiot, diese Herrlichkeit [. . .], und wenn Sie dann schon einige Erfahrung haben in ihm, die drei Bände der Brüder Karamasow, seiner späten, großen, immensen Leistung. Und nebenan lesen Sie das Buch der Nina Hoffmann über Dostojewskij [. . .]. (3. April 1912)

In diesem Brief urteilte er ausführlich über verschiedene deutsche Dostojewskij-Übersetzungen.

Rilkes Verbundenheit mit Tolstoj, den er als »den ersten Menschen im neuen Lande [. . .], den ›ewigen Russen‹« verehrte, dessen Werke er immer wieder las, war für seine geistige und literarische Entwicklung von einer immensen, in ihrem Ausmaß noch kaum erkannten Bedeutung.

Seine Beziehungen zu Dostojewskij und Tolstoj sind in den lyrisch-philosophischen »Aufzeichnungen des Malte Laurids Brigge« verwoben und verkörpert. Daran schrieb er sechs Jahre, in Paris und Prag, in Deutschland, Schweden, Belgien und Italien. Er beendete die Schrift in Leipzig im Februar 1910.

Russische Reminiszenzen durchdrangen die skandinavischen und pariserischen Szenerien der »Aufzeichnungen«. In Maltes Kindheitserinnerungen erscheinen »die Grafen Schulins . . . ein mächtiges Geschlecht selbständiger Frauen«, zu ihnen gehören »die warme Wjera«, die »allwissende Zoe« und die jüngste Schwester, die zur Gräfin Naryschkin wurde. In den Schilderungen dieser Familie erkennt man wesentliche Züge mancher Gestalten von Turgenew und von Gontscharow, an dem Rilke seine »russischen Eigenschaften« bewunderte: Das Vermögen,

»geduldig in der Schwere zu ruhn«, das »Eintauchen in die Besinnung auf die letzten Urgründe«.[56]

Der Nachbar von Malte, der gutmütig schizophrene Nikolai Kusmitsch verspürt das »Vorüberziehen der Zeit« und die Bewegung der Erde so unmittelbar, so feinfühlig schmerzhaft, daß er, um diesen Gewalten zu widerstehen, einfach liegenbleibt und »Gedichte von Puschkin und Nekrassow hersagt«. Dieser Petersburger erinnert offenbar an die bekannteste Figur von Gontscharow, dem herzensguten Faulenzer Oblomow. Doch in seiner überspitzten Absonderlichkeit wie in der gesamten Atmosphäre, die ihn und den zweiten Nachbarn, einen verträumten Petersburger Geiger, umgibt, erkennt man deutlich Stimmungen von Dostojewskij.

Die Rilke-Forscherin Sophie Brutzer beweist, daß die düstere Atmosphäre der Pariser Krankenhäuser und ihrer Umgebung, wie sie Malte erlebt, auch von den wehmütigen Briefen des Malers Fjodor Wassiljew mitbestimmt wurde, der als junger Mann in einem Krim-Kurort 1872 gestorben war. Seine Briefe hatte Rilke gelesen und war von ihnen sehr beeindruckt.[57]

Die russische Revolution 1905 hatte Rilke überrascht und verwirrt. Er versuchte nach ihren historischen Ursachen und Vorzeichen in der Vergangenheit Rußlands zu forschen und wurde an die »Zeit der Wirren« (1605–1613) erinnert.

Die Gestalten des unglückseligen Zaren Boris und seines kurzfristig erfolgreichen Gegenspielers Grischa Otrepjew, der sich für den Zarewitsch Dimitrij – den jüngeren Sohn des Zaren Iwan des Schrecklichen – ausgab und wenige Monate 1606 Zar war, hatten auch in anderen Ländern Autoren (Lope de Vega, Kotzebue, Schiller, Hebbel) bewegt.[58] Alexander Puschkins dramatisches Poem »Boris Godunow« (1872) wurde 1874 zur Grundlage der Oper von Mussorkskij.

Rilke empfand das Schicksal Grischa Otrepjews – des ›falschen Dmitrij‹ – anders als alle vor ihm, deutete es als ein Gleichnis für den Drang, »niemandes Sohn mehr zu sein«, als eine Vorankündigung des Schlußabschnitts der »Aufzeichnungen«, der von der biblischen Parabel vom verlorenen Sohn eingeleitet wird.

Das Thema des Todes – des ›eigenen Todes‹ und des Todes schlechthin – windet sich von Anbeginn durch die meisten Knotenpunkte der »Aufzeichnungen« und wird zum wesentlichen Inhalt mancher Abschnitte.
In seinem Tagebuch schrieb Rilke am 3. Oktober 1900 darüber, wie Tolstoj das Sterben darstellt:

> Einer-werden-müssen, um aufhören zu können Einer zu sein [. . .] wie diese Entwicklung manchmal, in wenige Stunden eines Sterbenden gedrängt, mit großer Gewaltsamkeit vor sich geht.[59]

Rilke entdeckt bei Tolstoj die einzigartige Verbindung, das Ineinandergreifen von Leben und Tod:

> Sein enormes Naturerleben (ich weiß kaum einen Menschen, der so leidenschaftlich in die Natur eingelassen war) setzte ihn erstaunlich in den Stand, aus dem Ganzen heraus zu denken und zu schreiben, aus einem Lebensgefühl, das vom feinverteiltesten Tode so durchdrungen war, daß er überall mit enthalten schien, als ein eigentümliches Gewürz in dem starken Geschmack des Lebens [. . .]. (An Lotte Hepner, 8. November 1915)

Eben das wollte Rilke in den Sterbeszenen der »Aufzeichnungen« gestalten. Zunächst wollte er mit dem Abschnitt über Lew Tolstoj schließen. Warum das nicht geschah, kann man heute nur vermuten, da Rilkes eigene Äußerungen dazu fehlen.
Man darf annehmen, daß er entschieden hat, die Aufzeichnungen mit dem Gleichnis vom »lieblos liebenden verlorenen Sohn« zu schließen oder eher aufgeschlossen zu lassen, weil der Tolstoj-Abschnitt alles grundsätzlich geändert hätte; in ihm wäre ein neues Thema begonnen worden. So aber wurden wesentliche Motive abgeschlossen, andere aber »mittendrin« bewußt offen gelassen.

Nachdem er den Malte beendet hatte, vermochte Rilke keine neue, größere Arbeit zu beginnen, er erlitt eine schwere geistige Krise. Rastlos irrte er von Land zu Land, von Stadt zu Stadt, und sein Gestaltungsdrang wurde durch bedrückende Untergangsstimmungen gelähmt.
Doch auch in allen Stadien dieser jahrelangen Krise mußte er immer wieder an »russische Dinge« denken und immer wieder Lou ansprechen:

Ja, liebe Lou, Daj Bog schisn*! [. . .] Das Schlimme ist nur, daß mich jetzt, rein körperlich, das Empfangen fast ebenso angreift wie das Nichtempfangenkönnen. Ach, ich alte Kalesche, früher war ich so fein gefedert, und jetzt – wenn das Wunder mal eine halbe Stunde in mir fährt, ich wunder mich, daß es nicht aussteigt: ich stoße und rüttle wie die ärmste Teljega** und geh darüber beinah selbst aus den Fugen. [. . .] Jetzt aber proschtschaj*** [. . .]. (7. Februar 1912)

[. . .] Paris ist mir nun doch (und dabei scheints zu bleiben) [. . .] zuwider. Das muß schon so sein, in einer abgelebten Liebe. [. . .] Ich lege Dir einen kleinen rührenden russischen Brief mit Übertragungen ein, das letzte ›I vot odin**** . . .‹ las ich mir besonders gern, ich glaube es ist gut (?), und jedenfalls ist der ganze Brief so, wie nur von dorther einer kommen kann. Gieb mir ihn, bitte, bei Gelegenheit wieder, er ist noch nicht beantwortet. (18. Februar 1914)

* * *

Im August 1914 begann der große Krieg in Europa. Rilke war entsetzt. Seine Welt brach zusammen. Seine »Heimatländer« bekämpften einander. Die friedlichen stillen Götter, die in Rußland und Frankreich, in Italien und in skandinavischen Ländern, in Dingen und Kunst-Dingen lebten, wichen vor unheimlichen, gräßlich lauten Gewalten.

Zum ersten Mal seh ich dich aufstehn,
hörengesagter fernster unglaublicher Kriegs-Gott.

Die in den ersten Kriegstagen entstandenen »Fünf Gesänge« sind Rilkes einzige lyrische Äußerung zum Kriegsgeschehen. Ein Rilke-Forscher meint darüber: »[. . .] es ist gewiß nicht zu viel gesagt, wenn man sie die bedeutendste Dichtung in deutscher Sprache nennt, die das unselige Ereignis veranlaßt hat«.[60]

Rilke schrieb diese Gedichte in einen Band von Hölderlin. Eben damals überkam ihn die Erkenntnis einer geistigen

* Im Original kyrillisch. ›Gott gebe Dir das Leben!‹
** Bauernwagen
*** Im Original kyrillisch. Leb wohl
**** Im Original kyrillisch. ›Und nun einsam‹

Verwandtschaft mit Hölderlin. Sie wurde später besonders deutlich in den Duineser Elegien.

> Wie oft, liebe Lou, in diesem ungeheuerlichen August, wußte ich, daß es eine einzige Stelle gäbe, wo er [der Krieg] wirklich zu überstehen wäre: bei Dir, in Deinem Garten; denn wenn zwei Menschen denkbar sind, denen diese unvermutete Zeit genau das gleiche Leid bereitet, das gleiche tägliche Entsetzen: so sind wirs, – wie sollten wir nicht? (9. September 1914)

Den Krieg kann er sich eigentlich kaum vorstellen. Aber er kann und will auch nicht seine Entfremdung, seinen Abscheu und seine Angst vor der schrecklichen Abstraktion ›Krieg‹ verleugnen.

> Wars das? sag ich mir hundert Mal, wars das, was die letzten Jahre als ungeheuerer Druck über uns lag, diese furchtbare Zukunft, die nun unsere grausame Gegenwart ausmacht? [...] Jetzt erst begreif ich, genau so gingen die paar gewaltigen alten Männer herum, Tolstoj und Cézanne, und stießen Warnungen und Drohungen aus, wie die Propheten eines alten Bundes, der nächstens wird gebrochen werden –, und sie wollten diesen Bruch nicht mehr erleben. Was auch kommt, das Ärgste ist, daß eine gewisse Unschuld des Lebens, in der wir doch aufgewachsen sind, für keinen von uns je wieder da sein wird. Die Jahre vor uns, so viele es sind, was wirds sein, als, mit zitternden Knieen, ein Abstieg von diesem Schmerz-Gebirg, auf das man uns noch immer weiter hinaufschleppt ... (An Fürstin Marie von Thurn und Taxis, 2. August 1915)

Je deutlicher er den Krieg als eine grausame Gewalt, die auch auf seine nächste Umgebung einwirkt, wahrnimmt, desto schärfer, leidenschaftlicher wird seine Abneigung.

> Wieviel Vertuschung in den Städten, wieviel schlechteste Zerstreuungen, welche Heuchelei im unentstellten Hinleben, unterstützt durch gewinnsüchtige Literatur und erbärmliche Theater und geschmeichelt von der widerwärtigen Presse, die sicher an diesem Kriege viel Schuld hat und noch mehr Schuld daran, daß Zweideutigkeit und Lüge und Fälschung das ungeheure Geschehen zu einer Krankheit machen, wo es doch hätte eine reine Raserei sein dürfen. (An Antonie Baumgarten, 22. August 1915)

Im zweiten Kriegsjahr steigen seine Empörung, sein Zorn bis zur Verzweiflung an:

Warum gibt es nicht ein paar, drei, fünf, zehn, die zusammenstehn und auf den Plätzen schreien: Genug! und erschossen werden und wenigstens ihr Leben dafür gegeben haben, daß es genug sei, während die draußen jetzt nur noch untergehen, damit das Entsetzliche währe und währe und des Unterganges kein Absehen sei. (An Ellen Delp, 10. Oktober 1915)

Die Februarrevolution 1917 in Rußland scheint ihn kaum beeindruckt zu haben, er empfand sie wohl wie eines der vielen grausamen Ereignisse im Chaos des Krieges.

Diese Zeit mit allen ihren Hemmungen und ihrem ins fürchterlichste Zerstören verschlagenen Handeln ist wie Blei an mich herangegossen –, ich kann mich nicht rühren, außen nicht und nicht weit nach innen. Und sollte im Innersten noch etwas Leben sein, ich bin zu stumpf und zu undurchsichtig, mich daran zu fühlen und zu erkennen. (An Elisabeth Taubmann, 18. Mai 1917)

Rilke überlebte den Krieg, überstand ihn seelisch und geistig. Im ersten Kriegsjahr begehrte er auf, stürmisch und zornig wie nie zuvor. Im »V. Gesang« ruft er beherzt zum Widerstand gegen den Kriegsgott auf.

Auf, und schreckt den schrecklichen Gott! Bestürzt ihn.
Kampf-Lust hat ihn vor Zeiten verwöhnt. Nun dränge der
Schmerz euch,
dränge ein neuer, verwunderter Kampf-Schmerz
euch seinem Zorne zuvor.

Später aber kam die Resignation, das Sich-nicht-finden-Können, eine Menge unvollendeter Gedichte, darunter Nachrufe für gestorbene Freundinnen und Freunde, elegische, erotische, naturphilosophische und auch Gedichte von Gott.
Der »Gott der Trauer« spricht:

Du kannst mich nicht verkennen, denn ich bin
im Wald für dich und in der Schale Obst,
im Weg, im Wind; so aber hat der Herr
mich eingesetzt, nicht enge zwischen Zweie.

Dieser »Gott der Trauer« ist irdisch, langatmig, ausharrend und erscheint ganz nah dem »nachbarlichen russischen Gott« des »Stunden-Buchs«.

In diesem Jahr, das stark war im Zerstören
erstand ich rein
der Zukunft zu gehören.

Die Zukunft, zu der er sich bekannte, war wie seine Vergangenheit mit russischen Träumen verbunden.

Die unvergängliche Skaska

[. . .] alles, was das alte Rußland betrifft (die unvergeßliche heimliche Skaska), (ist) [. . .] mir nah, lieb und heilig geblieben, für immer eingelassen in die Grundmauern meines Lebens!* (1926)

Kriege und Revolutionen stürmten über Westeuropa und über Rußland.
Ein Brief von Lou an Rilke läßt manches von seiner Beziehung zur russischen Revolution ahnen, ist ein unmittelbarer Widerhall seiner unveröffentlichten oder verlorenen Briefe:

> *Das* wissen wir ja gewißlich Beide, daß, was Rußland jetzt tut, nicht viel zu tun hat mit dem, was Revolutionen sonst auch taten; daß auch noch all sein Negieren doch nur wieder eine Art des Regierens seines Gottes ist. Auch wenn es praktisch dran zugrunde gehn sollte, – wie ja leicht Derjenige untergeht, dem das Einssein von Gott und Erde zu tief aufgegangen ist (zu tief für ›Realpolitik‹!), – so bleibt es doch das russische Land allein welches jetzt lebt und ›siegt‹ für Alle. (9. Juli 1917)

Das »Einssein von Gott und Erde« war auch Rilkes Vorstellung vom Sinn der Welt und zugleich auch seine Vorstellung von Rußland, dem Lande, »das an Gott grenzt«. Das bewog ihn, Lermontows »Einsam tret ich auf den Weg« nachzudichten, das er im Januar 1919 Lou sandte. In die Briefe an sie suchte er russische Wörter oder Namen einzufügen und verabschiedet sich kurz mit »proschtschaj« oder ausführlicher mit »proschtschaj, Liebe, denk her! I wsego choroschego**«.

* russ., Märchen
** Im Original kyrillisch. ›Leb wohl . . . Und alles Gute.‹

Am 27. Oktober 1919 las Rilke in Zürich aus eigenen Werken. In seiner Vorrede zu dieser Lesung sagte er:

> Schon, da ich vor fast zwanzig Jahren neben Lew Tolstoj über die Vergißmeinnicht-Wiesen von Jassnaja Poljana ging, hatte ich mich gründlich zu entscheiden. Und seither, ich weiß nicht wie oft, an jeder Wendung meines Weges, hab ich mir mein Tun fraglich gemacht, fraglich und schwer, und hab mich geprüft und bedrängt, ob ich denn in ihm zu Recht bestehe und ausharre. (11, 1097)

Ein Jahr darauf bekannte er:

> Ich war fast alle Jahre des Krieges, [. . .] immer denkend, es *müsse* ein Ende nehmen, nicht begreifend, nicht begreifend, nicht begreifend! *Nicht zu begreifen:* ja, das war meine ganze Beschäftigung diese Jahre [. . .]. Für mich war die offene Welt die einzig mögliche, ich kannte keine andere [. . .]. (An Leopold von Schlözer, 21. Januar 1920)

* * *

Der russische Philosoph und Theologe Simon Frank glaubt, daß Rilkes Weltempfindung und Weltanschauung dem russischen religiösen Ontologismus wesensverwandt sei. Aus vielen vergleichenden Beispielen erkennt er direkte Beziehungen von Rilkes Lyrik und Essayistik zu der fröhlich-frommen Lebensbejahung des heiligen Serafim von Sarow zu theologischen und kunsttheoretischen Ansichten von Kirejewskij und Konstantin Leontjew und zu religiös-motivierten Gestalten von Gogol und Dostojewskij.

Selbst in den Gedichten, die dem heidnischen Mythos Orpheus gewidmet sind, entdeckt Simon Frank die Nachklänge der von Rilke so begeistert und tief empfundenen Osterfeste in Rußland. Denn die tiefste Grundlage der russischen Religiosität, der russischen Frömmigkeit ist die Auferstehungsidee, die Verklärung des Gottes, der mit der Erde, mit den irdischen Menschen »in unendlicher Güte und Süßigkeit« verbunden ist.

Rilkes »namenlose Entschlossenheit zur Erde«, die seiner Dichtung schlechthin, ganz besonders aber den Elegien und Sonetten eigen ist, sieht Frank der Gefühls- und Gedankenwelt des Fürsten Myschkin (Idiot) und Aljoscha Karamasow besonders nah.[61]

1920, als in Rußland noch der Bürgerkrieg wütete und Nachrichten von dort nur spärlich waren, las Rilke eine Biographie von Dostojewskij:

> Schon die kurze Einleitung, darin Mlle. Dostojewskaja, in den slawophilen Zusammenhängen ihres Vaters weiterlebend, den heutigen russischen Zuständen jene Auslegung gibt, die die wunderbarste und künftigste wäre: Der russische Muschik, das unerschöpflich überstehende und aufbauende Element Rußlands, sei schon an der Arbeit, schaffe große und tiefe Anschlüsse nach dem Osten hin und bediene sich des Bolschewismus nur ›als einer Vogelscheuche‹, um die Westlinge und ihre rechthaberische und störende Einmischung fernzuhalten. Wenn es auch heute noch nicht so aussieht, – ich bin sicher, Ljubow Dostojewski spricht nur verfrüht, mittels der Optik ihres Vaters aus, was früher oder später an die Reihe kommen muß, es müßte denn die ganze Welt stehen bleiben. Unter ihren nächsten Bewegungen aber wird diese die großartigste und gerechteste sein. (An Fürstin Marie von Thurn und Taxis, 19. August 1920)

Trotz Krieg und Revolution wollte Rilke immer noch nicht seine romantischen Vorstellungen von dem »wahren, heimlichen« Rußland aufgeben. Mehr noch, er schien sogar zu hoffen, daß seine Rußlandmythen von der neuen Wirklichkeit nicht zerstört würden, sondern nur verborgen bleiben. Ihm schwebten vage Umrisse einer – mehr poetisch als sozial bestimmten – Zukunft vor:

> Es ist zwanzig Jahre her, da hielt ich mich längere Zeit in Rußland auf. Eine Einsicht, die durch die Lesung der Dostojewskischen Werke nur ganz allgemein vorbereitet war, bildete sich in jenem, mir wahlheimatlichen Lande zur eindringlichsten Klarheit aus; sie läßt sich schwer formulieren. Etwa so vielleicht: Der russische Mensch hat mir in so und so vielen Beispielen vorgestellt, wie selbst eine, alle Kräfte des Widerstands dauernd überwältigende Knechtung und Heimsuchung nicht notwendig den Untergang der Seele bewirken muß. Es gibt da, für die slawische Seele wenigstens, einen Grad der Unterwerfung, der so vollkommen genannt zu werden verdient, daß er ihr, selbst unter dem aufliegendsten und beschwerendsten Drucke, etwas wie einen heimlichen Spielraum schafft, eine vierte Dimension ihres Daseins, in der nun, möglich die Zustände noch so bedrängend werden, eine neue, endlose und wahrhaft unabhängige Freiheit für sie beginnt. (An General-Major v. Sedlakowitz, 9. Dezember 1920)

Kurz darauf las er Gorkijs Erinnerungen an Tolstoj und war von ihnen ergriffen.

> Maxim Gorki hat es hier zustande gebracht, ein Zeugnis größter Liebe und Bewunderung für den alten Tolstoi abzulegen, ohne sich eigentlich um Beweise für sein gewaltiges Gefühl zu bemühen; im Gegenteil, er hat sich nirgends das Leiden erspart, abträgliche Einsichten und Verdachte, wo jene riesenhafte Erscheinung solche in ihm hervorrief, genau und rücksichtslos aufzuzeichnen. Das macht diese kleine Schrift zu einem sehr seltenen und ergreifenden Dokument der Wahrhaftigkeit, und man sieht (und nur ein Russe vermochte dies zu zeigen), wie der Wille zum Wahrsein der Liebe nicht Schaden tut, wo diese nur weit genug ist und sich nicht scheut, zu leiden.
> Mich haben Gorkis Fragmente um so stärker berührt, als ich, seinerzeit, bei meinen Begegnungen mit Lew Tolstoi dem mächtigen Greis ebenso zwiespältig gegenüberstand. Ich war damals zu jung, um mir eine so reiche Rechenschaft über meine Gefühle schaffen zu können, wie sie dem Gewissen Gorkis gelungen ist.
> (An Rudolf Zimmermann, 21. April 1921)

* * *

An dem Tag, als Rilke die letzte der Duineser Elegien beendete (11. Februar 1922), schrieb er Lou:

> Denk! Ich habe überstehen dürfen bis dazu hin. Durch alles. Wunder. Gnade. – Alles in ein paar Tagen. Es war ein Orkan [. . .]. Und stell Dir vor, noch *eins*, in einem anderen Zusammenhang, eben vorher (in den ›Sonetten an Orpheus‹ [. . .], geschrieben, plötzlich [. . .] das Pferd, weißt Du, den freien, glücklichen Schimmel mit dem Pflock am Fuß, der uns einmal, gegen Abend, auf einer Wolga-Wiese im Galopp entgegensprang –:
> *wie*
> hab ihn gemacht als ein ›Ex voto‹ für Orpheus! – Was ist Zeit? – *Wann* ist Gegenwart? Über so viel Jahren sprang er mir, mit seinem völligen Glück ins weit offene Gefühl.

Und Tage darauf, am 20. Februar 1922, schrieb er wieder:

> [. . .] unser russischer Schimmel, wie grüßt er Dich, Lou!

Dies schrieb er über das XX. Sonett, das er als Widmung des gesamten Zyklus dem Gott der Poeten »plötzlich« gedichtet hat.

Dir aber, Herr, o was weih ich dir, sag,
der das Ohr den Geschöpfen gelehrt? –
Mein Erinnern an einen Frühlingstag,
seinen Abend, in Rußland –, ein Pferd ...

Herüber vom Dorf kam der Schimmel allein,
an der vorderen Fessel den Pflock,
um die Nacht auf den Wiesen allein zu sein;
wie schlug seiner Mähne Gelock
an den Hals im Takte des Übermuts,
bei dem grob gehemmten Galopp.
Wie sprangen die Quellen des Rossebluts!

Der fühlte die Weiten, und ob!
Der sang und der hörte –, dein Sagenkreis
War *in* ihm geschlossen.
Sein Bild: ich weih's.

Ist es nicht schön, daß der Schimmel (Das ›Ex-Voto‹, erster Teil, 20stes Sonett [...]), den ich 1899 oder 1900, mit Lou auf einer Wiese in Rußland ›erlebte‹, mir wieder durchs Herz sprang?! Daß doch nichts verloren geht! (An Clara Rilke, 23. April 1923)

Nichts ging ihm verloren von seinen Rußland-Erlebnissen.

Eine eigenartige Übereinstimmung: Ungefähr um die gleiche Zeit dichtete Sergej Jessenin – der russische Bauernsohn –, rebellischer und anmutiger Lyriker, das Gedicht auf ein »Fohlen mit roter Mähne«, das frei und fröhlich mit einem Eisenbahnzug um die Wette zu rennen versucht.

Po bolschoj trawe,
Kak na prasdnike ottschajannych gonok,
Tonkije nogi sakidywaja k golowe,
Skatschet krasnogriwyj sherebjonok?
Milyj, milyj, smeschnoj duralej,
Nu kuda on, kuda on gonitsja?
Neushel on ne snajet, tschto shiwych konej
Pobedila stalnaja konniza?
[...]
I sa tystschi pudow konskoj koshi i mjasa
Pokupajut teper parowos.

Durch das hohe Gras
wie auf dem Fest eines verwegenen Wettrennens
galoppiert ein Fohlen mit roter Mähne,
dünne Beine bis zum Kopfe hoch werfend.

Mein liebes, liebes komisches Dummchen,
wohin denn rennt es?
Weiß es denn nicht, daß lebendige Rosse schon längst
überholt sind von der stählernen Reiterei?
[...]
Für tausende Zentner von Pferdehaut und Fleisch
kauft man jetzt eine Lokomotive.

Diese beiden Fohlen erscheinen wie nostalgievolle Sinnbilder des jugendlich verwegenen, fröhlich natürlichen Lebens der freien russischen Steppe; eines Lebens, das nie mehr wiederkommen kann, den Dichtern immer gegenwärtig bleibt, aber der Vergangenheit für alle Zeiten gehört.
Diesen beiden versprengten Fohlen ist 1914, noch vor dem Krieg, eine Herde junger Pferde vorausgerannt. Das Gedichtbuch des expressionistischen Lyrikers Paul Boldt hieß »Junge Pferde! Junge Pferde«.
Und noch früher sprangen, rannten, bäumten sich blaue und rote Pferde auf den Bildern von Franz Marc, Kusma Petrow-Wodkin und anderer junger Maler. In der übermütigen, verwegenen Lebenskraft der noch unzerstörten Natur suchten sie Zuflucht vor der neuen, industrialisierten, verstädterten, entgeisteten Welt.

Rilkes romantischer, heidnisch pantheistischer Rußland-Mythos war durchaus einzigartig, doch er wuchs aus den Mythenquellen heraus, die immer noch manche Strömungen russischer Dichtung und Kunst neu beleben.

* * *

Von Januar bis August 1925 kam er wieder nach Paris. Dort traf er einige alte russische Bekannte und Freunde, so Helena Woronina und seinen Übersetzer M. Zetlin (Amari). Er knüpfte auch neue Verbindungen an, lernte Iwan Bunin kennen, las seine Erzählungen und Romane und sprach darüber mit Verständnis und Sympathie. In

Paris gastierten der Schauspieler und Regisseur Pitojew, die Tänzer Alexander und Klothilde Sacharow und das Puppentheater von Julia Sasonowa-Slonimskij. Rilke hat sie öfters gesehen, diskutierte über die Aufführungen. Eine junge Russin, Shenia (Eugenia) Tschernoswjatowa, stellte Rilke als seine persönliche Sekretärin an. Sie sollte ihm helfen, russische Texte zu lesen, zu interpretieren.
So erlebte er den letzten Aufenthalt in Paris auch als ein Wiedersehen mit Rußland.

> [. . .] wie stark, mit wieviel Rührung habe ich das, lieber Leonid Ossipowitsch Pasternak, voriges Jahr in Paris gefühlt: ich habe dort alte russische Freunde gesehen und neue gefunden, und der junge Ruhm Ihres Sohnes Boris hat mich von mehr als einer Seite her angerührt. [. . .] Gedichte von ihm, sehr *schöne* (in einer kleinen Anthologie von Ilja Ehrenburg, die [. . .] ich manchmal seither hätte wiederlesen wollen). Nun rührt es mich zu wissen, daß nicht allein er, Boris, der schon erkannte Dichter einer neuen Generation, nicht aufgehört hat von mir zu wissen und mit meinen Arbeiten Umgang zu haben [. . .].

Das schrieb er am 14. März 1926, und ebendieser Brief enthält auch sein oft zitiertes Bekenntnis:

> Ja, wir haben alle viel Veränderung über uns ergehen lassen müssen, Ihr Land vor allem: aber, wenn wir es auch nicht mehr in seiner Auferstehung erleben werden, das tiefe, das eigentliche, das immer überlebende Rußland ist nur in die heimliche Wurzel-Schicht zurückgefallen, wie früher einst unter der Tartaschina*; wer dürfte zweifeln, daß es da ist und sich in seinem Dunkel, unsichtbar für seine eigenen Kinder, langsam, mit seiner heiligen Langsamkeit, zu einer vielleicht noch fernen Zukunft zusammennimmt?! Ihr eigenes Exil, das Exil von so vielen ihm Getreuesten, nährt diese gewissermaßen unterirdische Vorbereitung: denn wie das eigentliche Rußland unter der Erde, in die Erde sich verborgen hat, so sind Sie Alle ja nur fortgegangen, um seiner augenblicklichen Verborgenheit treu zu bleiben [. . .].

Boris Pasternak wurde seit seiner Jugend von Rilkes Dichtung angezogen und direkt beeinflußt. Als er von diesem Brief erfahren hatte, schrieb er sofort an Rilke:

* Tartarenjoch

Großer, geliebtester Dichter! [...] Ich bin Ihnen mit dem Grundzuge des Charakters, mit der Art meines Geistesdaseins verpflichtet. Das sind Ihre Schöpfungen. [...] Die stürmische Freude Ihnen einmal Dichtergeständnisse machen zu dürfen, ist nicht gewöhnlicher bei mir, als wie ich sie Aischylos oder Puschkin gegenüber fühlte, wäre der Fall denkbar.[62] (12. April 1926)

Von Boris Pasternak erhielt Rilke die Anschrift der Lyrikerin Marina Zwetajewa, die damals in Prag lebte, und er schrieb ihr am 3. Mai 1926:

Liebe Dichterin, ich erhalte in *dieser* Stunde einen mich unendlich ergreifenden, von Freude, vom strömenden Gefühl übergehenden Brief von Boris Pasternak. [...]
Muß ich erzählen? Sie wissen, daß ich Boris' Vater, Leonid O.P., von Moskau her (über 26 Jahre!) zu meinen getreuen Freunden rechnen darf. [...] Aber es hätte nicht der Nachricht von Leonid Ossipowitsch* bedurft, um mir mitzutheilen, daß sein Sohn ein namhafter und starker Dichter geworden war: davon hatten mir Freunde schon (voriges Jahr in Paris) Proben vorgelegt gehabt, die ich mit Rührung und Ergriffenheit gelesen habe (denn ich lese noch russisch, wenngleich immer erst nach einiger Einfindung und Übung; Briefe immerhin noch leicht!). Mein Aufenthalt in Paris im vorigen Jahr, durch fast *acht* Monate, hat mich mit russischen Freunden, die ich fünfundzwanzig Jahre nicht gesehen hatte, wieder in Umgang gebracht. Aber warum, so muß ich mich jetzt fragen, – warum ist es mir nicht vergönnt gewesen, Ihnen zu begegnen, Marina Iwanowna Zwetajewa*? Nach Boris Pasternaks Brief muß ich glauben, daß uns beiden eine solche Begegnung zur tiefsten innersten Freude ausgefallen wäre. Wird sich das jemals nachholen lassen?[63]

Es entstand eine stürmische Brieffreundschaft: Rilke-Zwetajewa-Pasternak. Rilke beklagte, Marinas Lyrik nicht vollständig verstehen zu können:

Weil ich Gontscharoff noch vor zehn Jahren, fast ohne Dictionnaire, russisch las und russische Briefe immer noch verhältnismäßig leicht lese und mir einen ab und zu in *das* Licht halte in dem alle Sprachen *eine* Sprache sind: (und diese, Deine, die russische, ist ohnehin so nah, *alle* zu sein!), konnte ich mich überschätzen ...: Deine Bücher, trotzdem Du mich führst an fremderen

* Im Original kyrillisch.

Stellen, sind mir schwer [...]. Könnt ich Dich lesen, Marina, wie Du mich liest![64] (17. Mai 1926)

Rilke lebte nur noch wenige Monate, aber diese kurze Freundschaft war leidenschaftlich intensiv. Er dichtete die Elegie »O, die Verluste ins All...«, sie verfaßte einen lyrischen Nachruf auf ihn: das »Neujahrrequiem«.
In seinem letzten Lebensjahr hegte er den Plan, ein größeres Buch über Rußland zu schreiben. Es sollte Erinnerungen und Aufsätze enthalten.
In den unruhig bewegten Vorkriegs-, Kriegs- und Nachkriegsjahren lösten sich manche Fäden, andere blieben fest und neue entstanden. Die Freundschaft mit Lou blieb für ihn wohl die wichtigste Verbindung mit Rußland.
»Der lebenslangen Beständigkeit der russischen Erlebniswerte entspricht die fast ununterbrochene Kontinuität der Freundschaft zu seiner Reisebegleiterin von einst.«[65]
Sein letzter Brief an Lou – eine Abschiedsklage des qualvoll Sterbenden – beginnt und schließt mit den vertrauten Worten: »Dorogaja [...] proschtschaj, dorogaja moja*«. (13. Dezember 1926)
Auf dem Nachttisch an seinem Sterbebett lag das Buch von Sergej Axakow »Die Familien-Chronik«, ein lyrisches Prosaepos aus dem alten Rußland.

* * *

Von der ersten Bekanntschaft mit russischen Gedichten und Erzählungen bis zur letzten Lektüre, von seinen ersten Besuchen bei dem greisen Lew Tolstoj und dem naiven Bauernlyriker Droshshin bis zu der stürmischen Freundschaft mit Marina Zwetajewa und Boris Pasternak spannt sich ein Bogen, der die mannigfaltigen Beziehungen Rilkes zur russischen Kultur kennzeichnet.
Er erfaßte nur einige Elemente der vielfältigen und widerspruchsvollen Welt der russischen Geschichte und Gegenwart, russischer Literatur, Kunst und Religiosität. Er kannte nur einzelne Erscheinungen des alltäglichen geistigen und materiellen Lebens in Rußland. Er verklärte, idealisierte und mythologisierte alles, was er wahrgenom-

* Im Original kyrillisch. ›Liebe [...] leb wohl, meine Liebe‹

men hatte, verdichtete es märchenhaft, ohne sich um Wirklichkeitstreue zu sorgen.
Aber manche Ideen und Vorstellungen, die er von russischen Künstlern und Autoren empfangen hatte, die ihn unmittelbar und direkt beeinflußten – wie Tolstoj und Dostojewskij –, und von denen, deren Ansichten er nur mittelbar aus den Schriften ihrer Schüler erkennen konnte – wie die von Kirejewskij und Leontjew –, sind den eigenen, den Rilkeschen poetischen Rußlandbildern wesensverwandt.
Seine jüngeren russischen Zeitgenossen, die in keiner Verbindung zu ihm standen, wie Jessenin, Klujew, Remisow und Jahrzehnte später die Lyriker und Epiker, die man in Rußland die »Dorf-Dichter« nennt, die Rilkes Werke nie oder erst als bereits reife Schriftsteller kennengelernt haben, schöpften aus den gleichen mythischen Quellen wie er.
Diese Autoren haben ihre Vorstellungen von dem alten, patriarchalischen Rußland nicht nur als Überlieferungen erhalten, sondern auch noch aus eigenen Erfahrungen und Erlebnissen entwickelt. In ihren poetischen Rußland-Mythen, bei allen unterschiedlichen Erscheinungsformen, zeigen sich deutlich gemeinsame Züge; ihre Werke sind, wenn auch religiös verklärt oder nationalistisch-idealisierend, zugleich auch lebhaft und dinghaft. Dabei erscheinen selbst die bodenständigsten unter den jüngsten von ihnen mit Rilke verwandt.
Alles, was er als »russische Dinge« auffaßte, die »russische Seele«, den »russischen Gott«, russische moralische und ästhetische Ideale, alles, was er darüber aus russischen Büchern erkannt oder in sie hineingelesen hatte, in russischen Kirchen erlebt oder in sie hineingesehen hatte, wurde zur Dichtung.
Aber seine russischen Erkenntnisse und Erlebnisse blieben nicht allein in den Worten verhaftet, die sie unmittelbar zum Ausdruck brachten, sondern wirkten auch weiter hinaus, beeinflußten manches von dem, was Rilke in anderen Ländern, in anderen Wirklichkeiten erkannte, erlebte und zur Poesie gestaltete.

»Decadence seeking its cure« nannte eine britische Kritikerin sein Verhältnis zu russischen Dingen.[66] Das stimmt gewissermaßen, wenn man diese Formel nicht auf Rilke allein bezieht, sondern auch auf seine Welt, aus der er auszubrechen versuchte.
Er wähnte im Lande, »das an Gott grenzt«, eine andere, eine menschenwürdige Welt, in der Leben und Kunst nicht mehr unversöhnlich entgegengesetzt wären, wo jedermann - und ein Künstler um so mehr - ungestört einsam sein kann und zugleich mit vielen Mitmenschen einig bleiben, wo unabhängig von allen äußeren Gewalten inmitten einer großen Gemeinschaft von »wir«, »ihr«, »sie« ein freies Ich bestehen kann und unter seinen unzähligen Lesern, Hörern, Zuschauern nie »überzählig« wird.
Das alles glaubte Rilke in Rußland finden zu können. Er glaubte, dort sei die Einheit der Kunst und der Menschlichkeit fast verwirklicht. Es schien ihm, in Rußland könne eine absolute innere Freiheit der Kunst »als Selbstzweck« erreicht werden - eine Freiheit, die das Streben des Künstlers zu sittlichen und religiösen Idealen nicht verhindern würde.
Rilke war überzeugt, daß zur nationalen Eigenart der russischen Kunst und Poesie, die in eigenem Boden, in eigener Sprache, eigenem Gott wurzelt, zugleich unbedingt eine übernationale Weltoffenheit, eine Allmenschlichkeit gehöre.
Solche gegensätzliche, einander widersprechende und ineinander verwobene, doch eben dadurch fruchtbare Eigenschaften entdeckte er in den Werken von Puschkin, Lermontow, Tolstoj, Dostojewskij, Tschechow, in den Bildern russischer Maler und in der Volkskunst.
Es geschah wohl, daß er seine aus großen Werken geschöpften Erkenntnisse in geringere Werke begeistert hineingelesen, hineinphantasiert hatte.
Doch trotz all seiner märchenhaften, träumerischen Vorstellungen - oder manchmal vielleicht auch dank ihnen - enthielten seine Ideen von der weltgeschichtlichen Bedeutung und Sendung des russischen Geistes der russischen Dichtung und Kunst auch eine weit über das Zeitgeschehen hinaus wirkende Bedeutung.

* * *

Rilke verabscheute die industrielle, großstädtische Zivilisation als natur- und menschenfeindlich empfand.
In den geist- und seelenlosen Gewalten der Maschinen, die von menschlicher Vernunft und menschlichen Händen geschaffen wurden, aber den Menschen bewältigen und unterdrücken, witterte er unheimliche Gefahren.

Sieh, die Maschine:
wie sie sich wälzt und rächt
und uns entstellt und schwächt.

[. . .]

[. . .] Nur noch in Dampfkesseln brennen
die einstigen Feuer und heben die Hämmer, die immer
größern. Wir aber nehmen an Kraft ab, wie Schwimmer.

[. . .]

Alles Erworbne bedroht die Maschine, solange
sie sich erdreistet, im Geist, statt im Gehorchen, zu sein.
Daß nicht der herrlichen Hand schöneres Zögern mehr prange,
zu dem entschlossenern Bau schneidet sie steifer den Stein.

Nirgends bleibt sie zurück, daß wir ihr *ein* Mal entrönnen
und sie in stiller Fabrik ölend sich selber gehört.
Sie ist das Leben, – sie meint es am besten zu können,
die mit dem gleichen Entschluß ordnet und schafft und zerstört.

Rilke glaubte, eine der bösesten Gewalten der Zivilisation sei ihre Dynamik; die unaufhaltsame Hast und Eile ihrer Entwicklung wirke widernatürlich entstellend auf einzelne Menschen und ganze Völker ein. Er sah die alten Kulturschätze von den Erzeugnissen der neuen hektischen Antikultur überwuchert und das geistige Leben seiner Zeitgenossen von der geistlosen Vermassung verderblich bedroht. Rußland, glaubte er, sei weniger gefährdet.

Atemlos kam die Renaissance auf den Gipfeln ihrer Entwickelung an, verstiegen in den steilen Einsamkeiten ihrer Ziele [. . .]. Vielleicht wird einmal in dem großen Nachbarreich dieser Aufstieg sich langsamer vollziehen als eine Erfüllung jenes jagenden Traumes, von dem Italien heute noch zittert. Rußland ist ja das Land der Wirklichkeiten, welches voll geduldigen Erwartens seine Ernten zögern sieht – aber dabei immer die Scheunen dem Einzug irgend eines plötzlichen Segens offen hält. (10, 469f.)

Er war überzeugt: die grenzenlosen Weiten und Tiefen der russischen Kultur, ihre Verwurzelung in der noch nicht zerstörten Landschaft – ihre Verbundenheit mit dem Volke, mit seinen geistigen Überlieferungen und mit seinem schlichten Alltagsleben – sind unerschöpflich fruchtbare Quellen für neue Generationen von Dichtern und Künstlern. Er schrieb über die russischen Kunstgewerbe, über die »vom Volke geschmückten Dinge und Geräte«:

> Hier ist wieder einer von den Wegen (und vielleicht der intimste), auf welchem die russische Seele versucht hat, zur Kunst zu gehen. [...] Denn im Grunde sehnt sich die Seele dieser Menschen, die in schwerem Nachdenken leben, nach einem Bilde. Nach einem Bilde, das nicht Schicksale und Geschichten erzählt wie ein menschliches Gesicht, sondern das einfach da ist, damit man es anschaue: also nach einer großen Kunst. (10, 622)

Aus seinen Jugendjahren in Böhmen, in Prag, von seinen Reisen durch Deutschland, Frankreich, Italien, Spanien und manche andere Länder wußte er, wie bitter die Leiden eines gekränkten Nationalbewußtseins sind, zu welch ätzenden, grausam gefährlichen Leidenschaften übersteigerte nationale Gefühle ausarten können. Dagegen glaubte er in Rußland aus Dichterwerken und aus seinen Bekanntschaften und Begegnungen, etwas ganz anderes zu erkennen.

> [...] die jüngste Stufe in der Entwickelung russischer Kunst, die mit zunehmender Nationalität sich nicht verengt, ja die vielleicht imstande sein wird, das höchste und allgemeinste Menschliche auszusprechen, wenn sie alles Fremde und Zufällige, alles Unrussische ganz vergessen haben wird. (10, 504f.)

Rilke hat trotz allen Erschütterungen der Kriege und Revolutionen, die doch recht viel von seinem Russenbild zerstörten oder änderten, dessen Grundrisse auch in seinem letzten Lebensjahr nicht aufgegeben.
Heutzutage diskutieren junge Menschen in Rußland, in der Ukraine, in kaukasischen, baltischen und mittelasiati-

schen Städten über Dostojewskij, Berdjajew, Florenskij, Bachtin, über theologische, philosophische und ästhetische Probleme, die ihren Großeltern bereits als gelöst erschienen. Und manche von den jungen Russen erkennen heute in Rilkes Äußerungen über ihre Heimat prophetisch hellsichtige Blicke. Aber auch im Westen werden Menschen jetzt wieder stärker als zuvor vom Rußlandmythos angezogen, von dem unvergänglichen Rußlandmärchen verzaubert. Viele Menschen verschiedener Völker, Generationen und Weltanschauungen begeistern sich für Rußland trotz aller bitteren Erfahrungen der neueren Geschichte, trotz zahlloser Schreckensberichte, den wahren, den übertriebenen oder auch den geschickt erfundenen. Denn es bleiben die Überlieferungen eines wohlwollenden Erkennens und Glaubens wirksam – Überlieferungen an denen auch Rilke mitgewirkt hat.

* * *

Rilke kam nicht dazu, ein geschlossenes größeres Werk über Rußland zu verfassen. Aber dieses Nicht-schreiben-Können war weder durch Vergeßlichkeit noch durch Unzulänglichkeit seiner Erlebnisse bedingt. Eher im Gegenteil: Das, was er als tiefstes, als entscheidendstes seelisches Erlebnis empfand, vermochte er meistens nicht unmittelbar auszudrücken, fürchtete, es »preiszugeben«.
Er mußte das jeweils Tatsächliche durch eine höhere und reine Verwandlung ersetzen, er nannte dieses Vermögen sein »Eigentlichstes«.

> Mein Instinkt ging so sehr in diesem Sinne vor, daß weder die Militärschulzeit noch die Zeiten in *Rußland* – die beiden bestimmendsten Epochen meines äußeren Lebens – beschreibende oder berichtende Darstellungen mir abverlangen konnten. (An Robert Heinz Heyrodt, 12. Januar 1922)

Über Paris, über Rodin hat er geschrieben, hat er ausführlich berichtet. Aber über Rußland, über Tolstoj vermochte er es nicht. Rodin und seine Fähigkeit, »die Erfahrungen seiner Kunst in eigentümlicher Freiheit auf alles Erlebbare anzuwenden«, waren für Rilke das »Gegenteil von dem bei Tolstoj Beobachteten«.[67] Denn, wie er andernorts erklärte, bedeute es, daß die »Orientierung Tolstois« auf die Verknüpfung des Dichters mit seinem ganzen lebenden Geschlecht »dann allerdings eine Absage an die seligsten Antriebe künstlerischer Leistung mit sich bringt.«[68]

Rilkes eigenes Schaffen und seine Kunstauffassungen entwickelten sich im Spannungsfeld zwischen den »Polen« Tolstoj und Rodin, zwischen den russischen »humanen Gegebenheiten«, die ihm gewährten, sich »unter Menschen brüderlich eingelassen zu fühlen«, und der freien, allein sich selbst genügenden Kunst, die nur als »der dunkle Wunsch aller Dinge« von ihm aufgefaßt wird.

Diese »Polarität« seines Dichterschicksals hat er in der Widmung für Marina Zwetajewa auf dem Band seiner französischen Gedichte ausgedrückt:

> Marina: voici galets et coquillages
> ramassés récemment à la française plage
> de mon étrange cœur . . . (J'aimerais que tu connusses
> toutes les étendues de son divers paysage
> depuis sa côte bleue jusqu'à ses plaines russes.)

* * *

Wenn man die facettenreiche Welt der Rilkeschen Dichtung gründlicher erforschen will, müßte man auch andere ›Pole‹ in Betracht ziehen: Die alten und die neuen Quellen der deutschen Poesie, »böhmischer Lieder Weisen«, die Bibel, »antikische Dinge« des hellenischen und römischen Altertums, Werke skandinavischer und spanischer Autoren, Reiseerlebnisse aus Italien, Afrika, Spanien, Bilder und Graphiken deutscher – vor allem Worpsweder –, russischer, französischer, italienischer Künstler und viele andere ästhetische Erlebnisse und philosophische Erkenntnisse bilden das multipolare Spannungsfeld, den vielschichtig fruchtbaren Grund und Untergrund seiner Weltempfindung, seiner Weltanschauung und seines Drangs zum welteinwirkenden Schaffen.

In einer Arbeit, die den französischen Einflüssen und französischen Motiven in Rilkes Werk gewidmet ist, wurde sein Verhältnis zu Rußland so aufgefaßt: »Dieses Verhältnis ist mehr landschaftlich gebunden, Landschaft hier gefaßt als Einheit von Raum und Volk.«[69]

Simon Frank bringt überzeugende Beweise für eine viel tiefere Verbundenheit Rilkes mit russischer Geistesart. Er glaubt, daß Rilke im »Stunden-Buch«, in den Elegien und den Sonetten immer weiter von dem »westlichen Individualismus« abgewichen sei, für den ICH und SEIN »wesensverschieden« sind und »nur von außen her sich berühren«. Rilke aber nähere sich immer mehr dem »russischen Ontologismus«, für den ICH im SEIN wurzelt und von ihm »innerlich genährt und durchdrungen« bleibt.[70]
»Einheit«, »einheitliche Ganzheit (zelostnost)« nennt Iwan Roshanskij – der Moskauer Philosoph und Rilke-Forscher – das, was Rilke als junger Dichter anstrebte und was er in Rußland suchte und zu finden glaubte. Roshanskij erkennt im »Stunden-Buch« eine Rilkesche »Dreieinigkeit«, die untrennbare Einheit, die wie die Winkel eines Dreiecks die Begriffe *der Russe*, *der Schöpfer* – oder *der Schaffende* – und *der Gott* unlösbar zusammenhält.

In dem Bewußtsein dieser Einheit sah Rilke eine Gewähr für die von ihm angestrebte Einheitlichkeit-Ganzheit; und die Grundlage dafür bildeten seine »russischen Erfahrungen«.[71]

Einheit von Kunst und Leben, von Dichtung und Gedankenwelt bedeutet Einheit der irrationalen, kaum bewußten, spontanen Empfindungen, die zur Selbstäußerung drängen, mit dem rationalen, bewußten, nach geübter »handwerklicher« Vollkommenheit verlangendem Gestaltungswillen.
Unentbehrlich dafür ist die Einheit von Persönlichkeit und Gemeinschaft, von stiller Einsamkeit, ja göttlicher Einmaligkeit des künstlerischen Schaffens und seiner gleichzeitigen tiefsten Verwurzelung in der Volkssprache, im Volksleben, in nationaler Geschichte und nationalem Gottesglauben.

Zu dieser geheimnisvollen und offenen multipolaren Welt Rilkes gehört als eines der wesentlichen Elemente sein Rußland-Erlebnis. Es ist widersprüchlich in der Verflechtung von Märchen und Realität, ebenso widersprüchlich wie sein Drang zur Einheit von sichtbaren, greifbaren Dingen, »Kunst-Dingen«, »Handwerken« und ihren unsichtbaren irrationalen Vorbe›ding‹ungen, wie sein Bekennt-

nis zur Einheit von Leben und Tod, von »unendlichen Sehnsüchten« und »endlichen Taten« einer unsterblichen Kunst, die von sterblichen Künstlern geschaffen wird.
Diese Elemente der Rilke-Welt, seine zu Worten kristallisierten Gedanken, Sehnsüchte und Träume sind jetzt besonders gegenwärtig, weil immer neue globale Krisen alle Völker bedrohen, weil immer neue verderbliche Gewalten der menschenfeindlichen Ideologien der marktgerechten »Massenkultur«, der »massenmediösen« Sintfluten auf das geistige Leben aller Völker erdrückend, krankhaft berauschend, zersetzend wirken.

Wir sind die Treibenden.
Aber den Schritt der Zeit,
nehmt ihn als Kleinigkeit
im immer Bleibenden.

[. . .]

Wandelt sich rasch auch die Welt
wie Wolkengestalten,
alles Vollendete fällt
heim zum Uralten.

* * *

Rainer Maria Rilke ist einer der wenigen großen Dichter des Westens, deren Leben und Werk so stark, so grundsätzlich von einem Rußland-Erlebnis bestimmt wurde. Darin sind mit ihm nur noch deutsche Autoren wie Paul Fleming (1609–1640), Ernst Barlach (1870–1938), Johannes Bobrowski (1917–1965) und Heinrich Böll (1917–1985) vergleichbar.
Die Studien zum Problem Rilke und Rußland wurden schon in einigen bedeutenden Schriften erörtert; besonders sind die Arbeiten von Konstantin Asadowskij hervorzuheben, aber es bleibt noch viel über die russischen Motive in Rilkes Werken und seinen auf Rußland bezogenen philosophischen und poetischen Äußerungen zu erforschen und nachzuvollziehen.[72]
Man wird verschieden darüber urteilen, was es alles für Rilke bedeutete und wie sein Werk in Rußland, in der Ukraine und in anderen Ländern der Sowjetunion aufge-

nommen und gewertet wird. Doch weitere Forschungen, mögen auch noch so heftige Auseinandersetzungen sie begleiten, werden bestimmt aufschluß – und erkenntnisreich sein.

Rilkes Rußland-Skaska wuchs aus russischer Poesie, aus Büchern, aus seiner Liebe zu Lou, aus Reiseerlebnissen in russischen Städten wie Moskau, Petersburg und Kiew, in Kirchen und Klöstern, am Dnepr und an der Wolga, aus Droshshin-Versen, aus Museen, Bildergalerien, Briefen seiner russischen Freunde und aus vielen anderen konkreten Dingen, die er poetisch verarbeitete.
Seine heidnisch-pantheistische, romantisch erdichtete Rußlandwelt war einzigartig, aber sie entstand aus den historischen Wirklichkeiten und Mythen, aus denen immer noch Ströme russischer Dichtung und Kunst hervorquellen.
Nach Rilkes Tod vergingen schicksalsschwere Jahrzehnte: eine Weltkrise, grausame Terrorherrschaften in Rußland und Deutschland, ein neuer Weltkrieg, der Völkerschicksale und Staatsgrenzen änderte, eine wissenschaftlich-technische Revolution und viele sozial-politische Entwicklungen, die das Leben auf allen Kontinenten von Grund auf umwühlten.
Manche Literaturwissenschaftler und Historiker glaubten schon, Rilkes Werk sei veraltet, überholt, unzeitgemäß. Doch allein sein Rußland-Märchen beweist seine unvergängliche Gegenwärtigkeit.

Moskau 1975 – Köln 1986

Diese Abhandlung wurde in Köln erweitert und neu gestaltet in Zusammenarbeit mit Karl-Heinz Korn und Brigitte Segschneider-Brückner.

Franz Kafkas schwierige Rußlandreise

Das erste Buch von Franz Kafka in russischer Übersetzung erschien 1965. So kam er erstmals nach Rußland, als er bereits vierzig Jahre tot war.

Freilich erschienen schon in den zwanziger Jahren eine oder zwei kurze Publikationen in Zeitschriften, doch sie blieben unbemerkt.

Von meinen Kommilitonen, die in den späteren dreißiger Jahren als Germanisten absolvierten und promovierten, war nur wenigen Kafkas Name bekannt: ». . . einer von den deutschen Expressionisten aus Prag.« Seine Schriften galten als nicht lesenswert, schon deswegen, weil sie im Nazireich erschienen. Beiläufig wurde er in Vorlesungen von Lunatscharskij und einigen Germanisten erwähnt, aber eben nur beiläufig, ohne Interesse zu wecken.

In zwei großen Moskauer Bibliotheken (der Lenin-Bibliothek und der Zentralen Fremdsprachen-Bibliothek) gab es deutschsprachige Kafka-Ausgaben. Zum ersten Mal las ich sie im Sommer 1955; es waren »Die Verwandlung« und »In der Strafkolonie«. Die Lektüre erschien mir bedrükkend, zugleich aber auch unabwehrbar, gewaltig mitnehmend, mißreißend, und ich wollte mehr von diesem Autor erfahren. Einige meiner Freunde und Kollegen, die Kafka zu lesen versuchten, fühlten sich bereits von den ersten Seiten der »Verwandlung« abgestoßen; sie empörten sich über die »radikale Misanthropie«, die »extreme Menschenverachtung«, die »morbide, lebensverneinende Absurdität« usw.

In den Jahren des »Tauwetters«, das nach Stalins Tod einsetzte, wurden Millionen politischer Häftlinge rehabilitiert – manche von ihnen posthum. Und auch viele Schriftsteller, Künstler, Wissenschaftler – sowohl einheimische

wie ausländische –, die jahrelang von den ideologischen Behörden verfemt, verurteilt und verdammt waren, durften zumindest wahrgenommen werden. Es erschienen neuaufgelegte und erstmals verlegte Bücher von Thomas Mann, Ernest Hemingway, Stefan Zweig, Erich Maria Remarque, Leonhard Frank u. a. – Autoren, die einst vor dem Kriege populär waren. Immer neue ausländische Schriftsteller wurden entdeckt: Wolfgang Borchert, Heinrich Böll, Graham Greene, William Faulkner, Antoine de Saint-Exupéry, Hans Werner Richter, Siegfried Lenz, Gabriel García Márquez u.a.m. Auch Bertolt Brecht wurde eigentlich erst nach 1956/57 in Rußland bekannt; frü-

her galt er für die Funktionäre, die Bücherproduktion und Theater kontrollierten, als Modernist-Formalist, außerdem als ideologisch unzuverlässig.
Doch im Zuge der Entstalinisierung wurde auch die ideologische Zensur brüchiger. Es entstanden immer neue Breschen in den Mauern, die die Schutzgebiete des sozialistischen Realismus gegen die zerstörenden, zersetzenden Einwirkungen des dekadenten Westens bewahren sollten. Die zuständigen Kontrollbeamten hatten ihre klar formulierten Kriterien: Das Werk eines ausländischen Autors durfte nur dann als übersetzungs- und publikationswürdig anerkannt werden, wenn es als fortschrittlich gelten konnte, und das bedeutete, es mußte lebensbejahend, volkstümlich, optimistisch sein, mußte die unmenschlichen Eigenschaften der bürgerlichen Gesellschaft entlarven und am besten auch noch das Herauslesen eines Dranges nach sozialer Gerechtigkeit bzw. einer Vorahnung sozialer Revolutionen ermöglichen.
Wir lernten, mit Hilfe all dieser und ähnlicher Redensarten manchen guten Autor aus dem Westen das »Einreisen« in die russische Literatur zu ermöglichen. Doch Kafka blieb ein schwieriger Fall.
Er gehörte zu der berüchtigten Dekadenten-Troika: Joyce – Kafka – Proust und stand auf dem Index.
Im Frühjahr 1956 wurden im »Staatsverlag für schöne Literatur« (Goslit) auf einer Versammlung die neuen Verlagspläne besprochen. Dazu wurden auch mehrere Autoren, Kritiker, Literaturwissenschaftler und Übersetzer eingeladen. In der Diskussion nannte ich unter den westlichen Autoren, die endlich dem sowjetischen Leser bekannt gemacht werden müßten, auch Franz Kafka. Darauf erwiderte der stellvertretende Cheflektor des Verlages, Boris Sutschkow: »Wie kommst du bloß auf solch extravagante Ideen? Alles, was Kafka geschrieben hat, ist durch und durch dekadent, morbid, misanthropisch; das sind hoffnungslos pessimistische Beschreibungen einer verzerrten Wirklichkeit« usw.
Neun Jahre danach gab Boris Sutschkow, der inzwischen zum Professor und Direktor des Instituts für Weltliteratur der Akademie der Wissenschaften aufgestiegen war, das erste Kafka-Buch heraus und schrieb ein Vorwort dazu. Er

verfaßte auch noch weitere Artikel über Franz Kafka; im wesentlichen wiederholte er darin dieselben abwertenden Urteile.
Die ersten größeren kritischen Abhandlungen über Kafka publizierte der ukrainische Literaturwissenschaftler Dmitrij Satonskij in der Zeitschrift »Inostrannaja Literatura« (Februar 1959). Er schreibt auch weiterhin über Kafka, publizierte inzwischen mehrere Artikel und ein Buch.
Das Werk und die Persönlichkeit von Kafka zieht ihn magnetisch an, trotz all der bewußten, vernunftmäßigen, ideologischen und ästhetischen Vorbehalte, Aversionen und Ängste. Mit den erprobten quasi-marxistischen Kunstgriffen – mit »einerseits–andererseits«, »Entfremdung der Persönlichkeit«, »unlösbarer innerer Widersprüchlichkeit« und sonstigen »dialektischen« Formeln – versucht er, diese Diskrepanz abzuwehren, um Kafka in Rußland dennoch veröffentlichen zu können.
Am schwersten war es, die internationale Bedeutung Kafkas, seinen Einfluß auf Dichter und Denker verschiedener Länder zu verneinen oder als schädlich, verderblich darzustellen.
Im ersten Band der »Literaturnaja Enziklopedija« (1962), in dem Artikel über *Österreichische Literatur*, wurde Kafka zusammen mit Georg Trakl und Franz Werfel als »Vertreter der expressionistischen Bewegung« bezeichnet, für die »das Entsetzen vor der Grausamkeit des Lebens und die Vorahnung einer weltumfassenden Katastrophe« charakteristisch waren.
»Von extremem Pessimismus sind die Romane F. Kafkas gekennzeichnet: »Der Prozeß« (1925), »Das Schloß« (1932); dieser Schriftsteller übte einen bedeutenden Einfluß auf die dekadente Literatur in Österreich und anderen Ländern aus.«

Man soll zunächst vor der eigenen Tür kehren. So muß ich gestehen, daß auch ich etwa gleichzeitig mit Satonskij einen großen Artikel über Kafka geschrieben habe, der eigentlich von den gleichen ideologischen und ästhetischen Denkweisen und kritischen Methoden geleitet, eher mißleitet war und an den gleichen Widersprüchen litt. Ich bewunderte wohl den Künstler, seine geheimnisvolle

Sprachgewalt, die magisch wirkenden, nüchternen, unterkühlten Beschreibungen materieller Dinge, alltäglicher Situationen und Gestalten, die aber in rätselhaften, phantastischen, traumhaft-absurden Verbindungen und Wechselwirkungen auftraten. Ich konnte nicht umhin festzustellen, daß die schlichten, ja naiv geschriebenen Prosatexte gleichsam rätselhaft verschlüsselt, poetisch vieldeutig, symbolisch waren. Offenbar war mir auch sein tiefstes Mitleid mit erniedrigten, gequälten und entmenschlichten Menschen.
Doch seine wehmütigen Erkenntnisse sowohl der eigenen subjektiven Ohnmacht als auch einer objektiven Unmöglichkeit, den Leiden der Entmenschlichung zu widerstehen, erschienen mir unannehmbar. Die Schrecken der Entfremdung, der trostlosen Einsamkeit, die in allen von ihm erdichteten absurden Verknüpfungen so scharf sich abzeichneten, versuchte ich als subjektivistische Verirrungen, als krankhafte Verzerrungen seines Weltbildes abzuwehren. Ich war nicht so rigoros anklägerisch, wie es Satonskij manchmal und Sutschkow immer waren. Sie verurteilten Kafka rücksichtslos dafür, daß er nicht erkannte, daß die Welt »veränderbar« sei, und daß er nichts von den wohltuenden theoretischen und praktischen Erfahrungen des kämpfenden Proletariats wissen wollte. Doch genau wie sie glaubte ich, daß Kafka trotz all seiner großartigen poetischen Leistungen keinen guten Einfluß haben könnte und daß alle, die ihm folgen und von ihm lernen wollten, in einen bodenlosen Abgrund stürzen müßten.
Darüber schrieb ich 1957/58 im Artikel »Am Abgrund der Einsamkeit. Franz Kafka und die Eigenarten des gegenwärtigen Subjektivismus«. Keine der literarischen Zeitschriften wollte meinen Artikel publizieren. Den Redakteuren erschien er zu »liberal«; ein Dekadenter sollte schärfer verurteilt, eindeutiger bloßgestellt werden. Es gelang mir erst 1960, ihn in dem Sammelband meiner literaturkritischen Essays *(Serdze wsegda slewa*, »Das Herz ist immer links«) unterzubringen.

Sowjetische Autoren, die seit dem Beginn des »Tauwetters« hin und wieder ins westliche Ausland reisen durften, beklagten sich anschließend: »Überall, wo wir über die Probleme internationaler Literatur diskutieren wollten, fragte man, was wir von Kafka hielten. Und keiner von uns hatte diesen Namen gehört. Da muß man sich einfach schämen.«

Im Herbst 1962 kam zum ersten Mal eine Gruppe bundesdeutscher Autoren nach Moskau: Heinrich Böll, Rudolf Hagelstange und Richard Gerlach. Im Schriftstellerverband, in der Universität, in den Bibliotheken hörten sie die üblichen Fragen: »Welche Dichter und Schriftsteller schätzen Sie besonders? Wer sind Ihrer Meinung nach die bedeutendsten zeitgenössischen Autoren in Deutschland und anderen Ländern?« Jedesmal nannte Heinrich Böll vor allem Franz Kafka und mußte erklären, wer Kafka war und was er geschrieben hatte.

Im Mai 1963 tagte in Liblice in der Tschechoslowakei eine »marxistische Kafka-Konferenz«. Literaturwissenschaftler und Philosophen, die damals noch zur kommunistischen Partei gehörten: Eduard Goldstücker, Ernst Fischer, Roman Karst, Roger Garaudy, Paul Reiman u.a.m. behaupteten, Franz Kafka gehöre zu den bedeutendsten Erscheinungen der Weltliteratur, des internationalen geistigen Lebens im 20. Jahrhundert.

Zu dieser Konferenz kam niemand aus der Sowjetunion; einige Literaten aus der DDR versuchten gegen die »revisionistische Rehabilitierung eines bürgerlichen Dekadenten« zu polemisieren. Aber die abgedroschenen Floskeln der Doktrinäre zeugten nur von der Hohlheit ihrer kritischen Methodologie. Die sowjetische Presse brachte über diese Konferenz nur wenige kurze Notizen oder kurze, verkrampfte, kritische Erwähnungen in Artikeln zu anderen Themen. Doch zu der Zeit konnte man in Moskau und Leningrad polnische, tschechische, französische und österreichische (kommunistische) Zeitungen lesen; ausführliche Berichte wurden auch für »interne Informationen« im Schriftstellerverband, in größeren Redaktionen, im Zentralkomitee der KPdSU übersetzt.

Im Herbst 1963 tagte in Leningrad eine internationale »Konferenz über die Probleme des zeitgenössischen Romans«. Und da sprach man wieder oft und leidenschaftlich über Kafka. Die französischen Autoren Roger Caillois,

Jean-Paul Sartre, Nathalie Sarraute und Alain Robbe-Grillet, die Deutschen Hans Magnus Enzensberger und Hans Werner Richter und der Italiener Giancarlo Vigorelli polemisierten gegen die sinnlose, pauschale Verurteilung von Joyce, Proust und Kafka als Dekadente. Sartre sagte: »Sehr oft merke ich, daß diejenigen, die diese Schriftsteller als dekadent bezeichnen, überhaupt nichts von ihnen gelesen haben.«[1]

Der Direktor des Moskauer Instituts für Weltliteratur, Iwan Anissimow, erwiderte darauf: »Die Traditionen eines Kafka und eines Joyce sind für uns unannehmbar und sind auch nicht wert, von den Schriftstellern aufgenommen zu werden, die danach streben, mit ihrem schöpferischen Werk an der Veränderung der gegenwärtigen Welt teilzunehmen.« Doch sowohl Anissimow wie auch der Vorsitzende des Schriftstellerverbandes Konstantin Fedin und der DDR-Kritiker Hans Koch, der ebenfalls eine »Rehabilitierung« von Joyce und Kafka entschieden ablehnte, vermieden es, ihre westlichen Kollegen direkt anzugreifen, und plädierten für »Verständigung«.[2]

Die Novemberhefte der Monatsschriften »Inostrannaja Literatura« und »Nowyj Mir« publizierten umständliche Berichte über diesen »Leningrader Dialog«. Tamara Motyljowa widersprach den ausländischen Kollegen, die in Kafka, Proust und Joyce die »Väter des zeitgenössischen Romans« sehen wollten. Doch sie schlug schon ganz andere Töne an, als es früher üblich war. Sie gab Böll und Enzensberger recht, die in Kafkas Werk »realistische Züge« erkannten, und war damit einverstanden, daß seine Helden die »Welt der Erniedrigten und der Beleidigten personifizierten«, wollte ihm aber nicht verzeihen, daß er »die Menschen nur als hilflose Opfer« gestaltete und nichts von Widerstand und Kampf erkennen ließ.

1963 war für Kafkas Schicksal in Rußland ein entscheidendes Jahr. Er erhielt endlich das »Einreisevisum«. Im Januarheft 1964 der Monatsschrift »Inostrannaja Literatura« erschien »Die Verwandlung« und »In der Strafkolonie« und im nächsten Jahr das erste Buch: »Romane, Novellen, Parabeln«. Sie wurden von Kritikern und Literaturwissenschaftlern besprochen. Die Publikation in der »Inostrannaja Literatura« wurde von einem Artikel der

bekannten Kritikerin und Essayistin Jewgenija Knipowitsch begleitet. Boris Sutschkow schrieb über Kafka in seinen Büchern »Gegenwärtige Probleme des Realismus und Modernismus« (1965) und »Die Antlitze der Zeit« (1969). Dmitrij Satonskij publizierte 1965 eine Monographie »Franz Kafka und die Probleme des Modernismus«, die zweite, erweiterte Ausgabe erschien 1972. Ein Kapitel über Kafka verfaßte der damals recht populäre marxistische Kritiker W. Dneprow in seinem Buch »Grundzüge des Romans des 20. Jahrhunderts« (1965).
Die meisten dieser Arbeiten enthielten ebenso wie die ersten kritischen Artikel von Satonskij und Sutschkow mehr oder weniger objektive und vernünftige ästhetische Analysen einzelner Werke Kafkas, denen aber in jedem Falle Vorwürfe und kritische Anklagen folgten. Grotesk waren aber auch die kafkaesken Schicksale der Autoren, die über ihn schrieben. Dmitrij Satonskij erlebte die Verhaftung seines Vaters, eines alten Bolschewiken, Volkskommissars für Aufklärung der Ukraine, der 1937 hingerichtet wurde; der Sohn kam als Kind in die Verbannung. Boris Sutschkow war 1947 Direktor des Staatsverlages für ausländische Literatur. Er wurde verhaftet, gefoltert und sollte gestehen, daß er ein amerikanischer Spion sei. Ein Ferngericht verurteilte ihn zu 25 Jahren Haft. Sieben Jahre verbrachte er in Gefängnissen und Lagern. Jewgenija Knipowitsch, eine der letzten Freundinnen von Alexander Blok, die als junge Literatin zur Petersburger und Moskauer Elite-Boheme gehörte, wurde zwar nie verhaftet, aber während des Krieges publizierte sie ein Feuilleton über erbeutete Tagebücher deutscher Soldaten. Sie wagte darüber zu spekulieren, daß jene eigentlich auch gewöhnliche junge Leute wären, die nur durch falsche Erziehung und böse Staatsgewalt zu schlimmen Taten verführt worden seien. Darauf folgte eine rüde Beschimpfung in der Presse für »objektivistische, schädliche Verniedlichung des Feindes« und ein Schreibverbot. W. Dneprow war als Volksfeind seit den dreißiger Jahren in Haft und Verbannung. Auch nach der gerichtlichen Rehabilitierung 1956 konnte er nicht wieder Parteimitglied werden, denn sein Name fand sich auf der Liste der parteifeindlichen Oppositionellen in dem offiziellen, von Stalin verfaßten bzw.

lektorierten Standardwerk »Kurze Geschichte der KPdSU«. Selbst in den Jahren der eifrigsten, gründlichsten Entstalinisierung 1961–1963 war die Macht des gedruckten Papiers so stark, daß ein fleißiger und begabter Dogmatiker trotz mehrerer Gesuche und Anträge nicht mehr zur Partei gehören konnte.

Die »Reise« Kafkas nach Rußland war schwierig, aber auch eigenartig. Proust wurde 1934/38 in Moskau herausgegeben, über Joyce wurde in den dreißiger Jahren viel geschrieben, 1935/36 begann man den »Ulysses« in der »Internazionalnaja Literatura« zu publizieren. Die »Dubliner« erschienen 1937. Zu der Zeit war Kafka gänzlich unbekannt. In der Nachkriegszeit kam er aber früher als diese beiden nach Rußland. Die neue Proust-Übersetzung »Auf der Suche nach der verlorenen Zeit« erschien erst in den siebziger Jahren, Joyce bleibt immer noch draußen vor der Tür.

Kafka ging auch seinem großen Landsmann Rainer Maria Rilke voraus. Die erste ernstzunehmende russische Rilke-Publikation erschien 1965.

In der Mitte der sechziger Jahre veränderte sich die Situation so weit, daß ich im dritten Band der »Literaturnaja Enziklopedija« (1966) in einem Artikel über Kafka auch über seine außerordentlich große Bedeutung für die internationale Literatur schreiben durfte und sogar Brecht zitierte, der schon 1930/31 Kafkas großartige prophetische Phantasie gepriesen hatte. Dieser Artikel aus der »Literaturnaja Enziklopedija« wurde 1973 gekürzt in die »Große Sowjetische Enzyklopädie« aufgenommen.

Noch bevor Kafkas Werke in russischen Übersetzungen vorlagen, waren sie schon mehreren Literaten bekannt. Boris Pasternak las seine Romane und Novellen im Original und in englischen Übersetzungen. Die englischen Kafka-Ausgaben schenkte er Anna Achmatowa, die es das beste Geschenk nannte, das sie je von ihm erhielt. Sie sprach oft darüber, daß Kafka nach Dostojewskij ihr meistgeliebter Autor sei.

> Er schrieb für mich und über mich [...]. Joyce und Eliot sind hervorragende Poeten, aber diesem allertiefsten und allerwahrhaftigsten von den zeitgenössischen Dichtern bleiben sie unterlegen.[3]

Für die jüngeren russischen Autoren wurde Kafka zu einem Lehrmeister. Für sie, die in positivistischen Vorstellungen von einer angeblich klar erkennbaren und veränderbaren Welt erzogen waren, war Kafkas Verhältnis zu der Welt, die er als unbegreiflich, geheimnisvoll, unabwendbar gefährlich empfand und doch zu gestalten versuchte, überraschend und herausfordernd. Seinem Dasein, das er nicht zu enträtseln vermochte, vor dessen Schrecken er immer wieder hoffnungslos resignieren mußte, versuchte er trotz alledem in Worten und Bildern gerecht zu werden. Das beeinflußte nicht nur die Autoren, die sich bewußt zu ihm bekannten, wie den Leningrader Boris Wachtin, sondern auch solche, die wie Wassilij Axjonow, Jewgenij Popow, Friedrich Gorenstein unbewußt unter seinem Einfluß standen.
Über das besondere Schicksal von Kafka in Rußland wurde auch im Westen verhältnismäßig viel geschrieben.[4]
Mit den meisten dieser Arbeiten stimme ich im großen und ganzen überein, aber einiges, was m. E. in traditionellen Mißverständnissen begründet ist, möchte ich doch zu korrigieren versuchen.
Die Haltung der sowjetischen Kritiker und Verleger gegenüber Kafka wird oft durch ihre ideologische Einstellung erklärt. Manch gut informierter und einsichtiger Kritiker im Westen ist davon überzeugt, daß Kafka den sowjetischen Redakteuren, Zensoren und sonstigen Literaturbehörden ideologisch nicht paßte. Das halte ich für unzutreffend. Denn gerade in diesem Fall kann man ganz deutlich erkennen, daß sowohl für die Publikationen wie für manche Besprechungen und literaturwissenschaftliche Abhandlungen am wenigsten die offiziell herrschende Ideologie entscheidend ist. Über den Zeitgeist – »der Herren eigener Geist« – in der Sowjetunion kann man Bände schreiben. Aber in solchen Fällen wie bei den Publikationen von Joyce oder Kafka entscheiden nicht die ideologischen Doktrinen, sondern eher sozialpsychologische Voraussetzungen und tagespolitische Rücksichten.
Kafka mißfiel den sowjetischen Marxisten, ebenso wie er den Nazis mißfallen hat oder heute manchen konservativen katholischen, evangelischen, jüdischen, islamischen u. a. Lesern mißfallen muß; denn sein Werk widerspricht

allen Vorstellungen von einer »nützlichen«, »erbaulichen«, »ideologischen«, »parteiischen«, »moralischen« u. ä. Kunst. Kafka läßt sich von keinem Ideologen, von keinem Ästhetiker einheitlich deuten. Eben das war und bleibt m. E. das Allergefährlichste an ihm für alle dogmatisch oder politisch-pragmatisch ausgerichteten Redakteure und Kritiker, unabhängig davon, welchen Dogmen, welchen politischen Parteien sie frönen.

In den sechziger Jahren leitete eine Parteitante mit Dauerwellen das Kulturreferat des Moskauer Stadt-Parteikomitees. Sie sprach in einer Versammlung im Kulturministerium vor Literaten, Regisseuren, Schauspielern und Journalisten: »Es ist wirklich unzulässig, liebe Genossen, was bei uns in der Theaterkritik geschieht. Es kommt eine neue Aufführung, und sie wird in der ›Komsomolskaja Prawda‹ gelobt, in der ›Moskowskaja Prawda‹ aber ganz negativ beurteilt und in der ›Literaturnaja Gaseta‹ wieder ganz anders. Ähnliches geschieht auch mit manchen neuen Büchern. In der einen Zeitung gibt es lobende, in der anderen verurteilende Besprechungen. Wie kann man so was dulden? . . .« Manche von uns, die es hörten, konnten sich des Lachens nicht enthalten. Sie sagte milde und vorwurfsvoll: »Ja, Sie lachen darüber. Aber das ist ja sehr traurig. Solche Uneinigkeit in unserer Presse!« Diese Dame war eine grotesk-überspitzte, aber doch typische Erscheinung. Was können schon solche Kulturfunktionäre mit einem vieldeutigen Kafka anfangen?

Ideologisch bedingt erscheinen die vordergründig atheistischen Argumente mancher Kritiker oder Zensoren. Sie behaupten, Kafkas Weltempfindung sei »offensiv religiös«, irrational mystisch, und seine Kunst bleibe immer der materiellen Wirklichkeit entfremdet, nur um die Transzendenz bemüht; deswegen habe er dem sowjetischen Leser nichts zu sagen.

Der militante Atheismus der Zensur und der offiziellen parteilichen Kritik hat in den letzten Jahrzehnten einige Stellungen aufgeben müssen, ist weniger rigoros und stur geworden, als er zu meiner Jugend war. Damals durfte man nur in einzelnen besonderen Fällen den amtlich anerkannten Klassikern – einem Puschkin, einem Tolstoj oder einem Dostojewskij – gestatten, über Gott und sonstige religiöse Dinge zu dichten. Tempora mutantur, und allmählich hat man sich daran gewöhnt, dies auch bei zeitgenössischen Autoren zu tolerieren – und das nicht nur bei prominenten Ausländern wie François Mauriac, Heinrich Böll, Graham Greene, sondern auch bei solchen Landsleuten wie Anna Achmatowa, Boris Pasternak, Michail Bulgakow; man hat sich, mit gewissen Vorbehalten, damit abgefunden, daß sie traditionell kirchlich sind. Kafkas Verhältnis zum Transzendentalen hingegen befremdete, reizte eben dadurch, daß es fern von allen bekannten Traditionen, undefinierbar, nicht greifbar erschien ... Es ließ sich in keine ideologische Rubrik einordnen und war deswegen mit altbewährten ideologischen Waffen kaum zu bekämpfen. Doch gerade dadurch konnte er auf sensible Geister so verderblich wirken, daß sie an allen möglichen Doktrinen, an allen irdischen Autoritäten zweifeln und verzweifeln würden.

Aber es gab und gibt auch noch andere Hürden und Schranken, die seinen Weg nach und in Rußland erschweren und die den meisten Menschen im Westen einfach unvorstellbar sind. Kafkas Freundschaft mit Milena Jesenská wurde weit bekannt. Die sowjetischen Behörden wußten von Milena Jesenská, daß sie Trotzkistin war, und Trotzkisten galten ja als fast so schlimm wie Faschisten.

Ebenso unannehmbar für die Kulturfunktionäre bleiben die jüdischen Themen in Kafkas Werken. Aus diesem Grund wurde 1982/83 die Inszenierung von Kafkas »Brief an den Vater«, die das Moskauer Künstlertheater bereits vorbereitet hatte, verboten. Für solche Verbote gibt es eine erprobte Begründung: »Dieses Buch (Bild, Film, Theaterstück o. ä.) könnte zionistische oder antisemitische Stimmungen provozieren.«

Doch ich glaube, am meisten wird die Aufnahme Kafkas in der Sowjetunion eben doch durch seine Vieldeutigkeit erschwert, denn sie verlangt einen freien Leser, einen vorurteilsfreien, unvoreingenommenen und tapferen Leser, der sich vor keiner gefährlichen Wahrheit scheut. Solche Leser gibt es auch in der Sowjetunion, allen bitteren und grausamen Erfahrungen dieses Jahrhunderts zum Trotz.

Wenn wir heute von Kafkas erster Reise nach und in

Rußland sprechen, darf man nicht vergessen, daß nicht nur ausländische, sondern auch russische Autoren »im selben Wagen« mitgereist sind. Es waren Achmatowa, Bulgakow, Platonow, die seit Jahrzehnten nicht mehr publiziert worden waren, es waren die Emigranten Bunin und Zwetajewa, die ermordeten und verbotenen »Volksfeinde« Babel, Pilnjak, Mandelstam und viele andere. Immer noch bleibt einer der größten russischen Schriftsteller der Gegenwart »unterwegs«: Vladimir Nabokov.
Aber auch Kafkas Reise hat eigentlich erst begonnen, ist immer noch auf wenige, schmale Straßen oder sogar auf den Wartesaal beschränkt; die Koffer mit den Schätzen, die er zu bieten hätte, sind noch kaum ausgepackt.
Immer wieder versuchte man, aus diesem großen Poeten einen Prediger oder einen Illustrator zu machen, der soziale Geschichte illustriert oder Kaffeesatz für politische Weissager liefert, der mystische Lehren, Evangelien oder Talmud predigt . . . So oder ähnlich wird man sicherlich auch weiterhin verfahren. Dabei kommt es vielleicht hin und wieder zu fruchtbaren Erkenntnissen und Entdekkungen. Ich glaube aber, daß für Rußland, für die Ukraine, für Georgien, Estland, Lettland, wie für alle anderen Länder, wo er erst jetzt übersetzt und besprochen wird, sein Nachlaß besonders reich an Überraschungen ist.

Brecht und der »Theateroktober«

Die »Wahlverwandtschaft« Brecht – Majakowskij

Wladimir Majakowskij schrieb 1921 in der Einleitung zur Neuausgabe seines »Mysterium buffo« (erste Fassung 1918), das zum ersten gewaltigen Massenschauspiel eines einmalig neuen, nicht wiederholbaren Revolutionstheaters wurde:

> [. . .] in einem halben Hundert Jahre werden vielleicht die Großflugschiffe der Kommune sich in den Raum werfen – zum Sturm auf ferne Planeten [. . .]. All ihr künftigen Schauspieler, Inszenierer, Rezitatoren und Herausgeber des »Mysterium buffo«, ändert jeweils seinen Inhalt, macht den Inhalt zeitgemäß, heutig, minutengerecht![1]

Diese in doppelter Hinsicht poetisch-prophetische Vision war in weniger als einem halben Jahrhundert Wirklichkeit geworden: Der Sputnik und bald darauf immer neue Riesenraketen trugen die Wappen der »Kommune« in den Weltraum, auf Mond und Venus.

Bertolt Brecht verfaßte in den zwanziger und dreißiger Jahren ebenfalls revolutionäre Mysterien, die zugleich freche Buffonaden waren. Auch er wollte immer wieder alles ändern – die Welt und die Bühnenkunst, Shakespeares Dramen und Gorkijs Romane, japanische Volksstücke und eigene Schauspiele, um sie zu »konkretisieren«, d. h. »zeitgemäß, heutig, minutengerecht« zu machen.
Käthe Rülicke-Weiler berichtet, wie Brecht ihr 1952 die deutsche Übersetzung des »Mysterium buffo« zu lesen gab, und wie er 1955 Majakowskijs Stücke »Die Wanze« und »Das Bad« zum ersten Mal in Moskau im Theater der Satire sah.[2]
War Brecht schon früher mit Majakowskij in Berührung

gekommen? In den Schriften zur Literatur erwähnt er ihn nur zweimal, beide Male im Zusammenhang mit der »Formalismus- und Realismus-Diskussion« (1938) nannte er ihn zustimmend einen »Formzerstörer«.[3] Im Arbeitsjournal der Jahre 1938 bis 1955 taucht Majakowskijs Name ebenfalls nur zweimal auf. Beide Erwähnungen geben keinen Aufschluß über Brechts Beziehungen zu Majakowskij.[4] Möglicherweise enthalten die noch unveröffentlichten Briefe mehr Information darüber.

Unmittelbar vergleichende Betrachtungen der poetischen Werke aus beider Jugendzeit lassen jedoch eine deutliche Verwandtschaft erkennen.

Die vordergründige Roheit in Sprache und bildlichen Ausdrucksmitteln, die frechen, blasphemischen Auseinandersetzungen mit allen überlieferten Heiligtümern – religiösen, ethischen und ästhetischen – sind dem Autor von »Wolke in Hosen«, »Wirbelsäulenflöte« und »Tragödie Wladimir Majakowskij« ebenso eigen wie dem Verfasser von »Baal« und »Hauspostille«. Die äußerlich ähnlichen Züge deuten auf tiefe innere Zusammenhänge.

Majakowskij und Brecht waren beide Nachfolger von Whitman und Verhaeren, Dichter einer neuen globalen Zivilisation – einer industriellen, urbanen, technisch anspruchsvollen Massenzivilisation, Poeten des fieberhafthektischen Lebens in den stählernen, asphaltierten und betonierten Städten, in den unaufhörlich lärmenden, buntdreckigen, von Dampf-, Elektro- und Benzinmotoren verhexten Menschenameisenhaufen. Whitman und Verhaeren begrüßten das neue Zeitalter, sangen ihm Hymnen und Hohelieder.

Majakowskij und Brecht aber waren nicht nur von seiner Macht berauscht, sondern auch von der Tragik seiner unlösbaren Widersprüche durchdrungen.

Brecht, der jüngere, war um die Erlebnisse eines verlorenen Krieges und einer verlorenen Revolution erfahrener, sah die großen Städte düsterer in »baalisch«-eschatologischer Vorahnung der »großen Erdbeben«.

Doch ebenso wie Majakowskij suchte er in der dialektischmaterialistischen Geschichtslehre, in den Perspektiven der proletarischen sozialistischen Weltrevolution eine Lösung und Erlösung.

Beiden war auch die »baalische« Weltempfindung, der unstillbare Lebensdurst gemeinsam, ein Lebensdrang, der tief im Unterbewußtsein und in den Urschichten der Sprache und der Volkspoesie wurzelte, der durch Beton und Asphalt hindurch, durch alle modernen ideologischen Hüllen und Oberflächen stieß.
Brecht und Majakowskij waren künstlerisch nicht direkt verwandt, jeder von beiden war unverwechselbar, jedoch als poetische Herolde ihrer Völker in demselben Zeitalter erscheinen sie *wahlverwandt.*
Majakowskijs Beziehung zur klassizistischen, erhabenen Poetik Dershawins, seine rebellische – und trotz aller

nihilistischen Frechheit – unlösliche Verbundenheit mit Puschkin, Lermontow und Nekrassow entspricht Brechts vielfädigen, dichterisch genealogischen Verbindungen mit der alten deutschen Volkspoesie, mit Luther, mit Barock, mit Sturm und Drang.
In mancher Hinsicht ähneln sich auch die polemischen und doch produktiven Beziehungen beider Dichter zu Geist, Sprache und Gestalten der Bibel.

Majakowskij war zwischen 1922 und 1929 viermal in Berlin, hatte aber schon vorher und auch zwischendurch in Moskau deutsche Schriftsteller und Künstler kennengelernt, die mit Brecht in beruflicher und freundschaftlicher Verbindung standen: Heartfield, Herzfelde, Becher, Reinhardt, Granach, Groß, Weisskopf, Mitarbeiter des Malik-Verlages, der »Roten Fahne«, des Deutschen Theaters u.a.m.[5]
Die ersten deutschen Übersetzungen von Majakowskijs Gedichten besorgten Rita Rait und Wladimir Neustadt 1917–1919. Rita Rait übersetzte auch das »Mysterium buffo« für den Komintern-Kongreß (1921). Von dem Regisseur Reinhold Reichenbach überarbeitet, wurde es für die ausländischen Gäste im Moskauer Zirkus aufgeführt.[6]
Im Majakowskij-Archiv befinden sich Briefe und Notizen aus dem Jahr 1922, in denen konkrete Pläne einer Aufführung des »Mysterium« in Deutschland diskutiert wurden.[7] Johannes R. Becher übertrug 1923 das Poem »150 000 000« und publizierte es, von Majakowskij autorisiert, in Deutschland. Becher übersetzte eine Reihe von Majakowskij-Dichtungen[8], die zum Teil ebenso unveröffentlicht blieben wie »Wolke in Hosen«, »Wirbelsäulenflöte« und »Mysterium buffo«, aber dem Malik-Verlag und den Brecht-Freunden Herzfelde und Heartfield bekannt waren.[9]
Becher erinnerte sich an diese Zeit:

> Der Ruhm Majakowskijs überholte seine Werke. Sein Name, von der Welle der großen russischen Revolution emporgehoben, brach über uns herein. Wir erzählten einander von seinen Versen, jemand las sie und gab sie weiter [. . .].[10]

Im April 1924 trat Majakowskij bei einem Künstlerabend in Berlin auf. Er las eigene Gedichte, die Schauspielerin

Mary Schneider rezitierte Brecht-Balladen. Bei Alexander Granach traf er mit Schauspielern des Deutschen Theaters zusammen. Gustav Wangenheim schrieb ein Gedicht über diesen Abend.[11]
Zwischen 1924 und 1933 traten Alexander Granach und Mary Schneider in mehreren deutschen Städten als Majakowskij-Rezitatoren auf. Im Mai 1927 war Majakowskij wieder in Berlin, las in Arbeiterlokalen, traf Leopold Jessner, Eduard Fuchs, Franz Weisskopf, Adolf Wolfenstein, Erich Baron, Nico Rost und andere Kollegen und Freunde. Über seine Deutschlandreisen schrieb er in Prosa-Berichten und in lyrischen Bekenntnissen, wie in »Deutschland« und »Zweierlei Berlin«.
Fritz Mierau meint in seinem Essay »Zur deutschen Rezeption russischer Lyrik« über die Beziehungen Brechts zu Majakowskij:

> [...] Majakowskij ist er nicht begegnet. Grund genug, daß das Kapitel Brecht und Majakowskij nicht geschrieben wurde. Es bedarf dringend des historisch-typologischen Studiums. Dann auch könnten die biographisch-anekdotischen Daten, die sich an mehreren Stellen finden, ausreichend qualifiziert werden.[12]

Man kann Mierau nur zustimmen, mit bloßen Anekdoten und vereinzelten Randbemerkungen ist »dem Gesetz der Beziehungen« von zwei großen Zeitgenossen nicht beizukommen. Mehr noch, manchmal können rein persönliche Beziehungen das wahre historisch-typologische Verhältnis eher verzerren und vernebeln – denn häufig sind ja große Künstler ihren ebenbürtigen Gegnern viel näher als ihren treuesten Freunden und Gleichgesinnten.
In diesem Fall kann man zwar nicht von Gegnerschaft sprechen, doch konnte Brecht Majakowskijs Dichtungen, nur in solchen Übertragungen kennenlernen, die ihn kaum interessiert haben.
In einer präzisen Analyse der Becherschen Nachdichtungen von Bella Tschistowa heißt es: »Der an die monologische Homophonie gewohnte Becher versuchte nicht, die eigentümliche stilistische Polyphonie Majakowskijs wiederzugeben.«[13] Becher verarbeitete Majakowskijs poetische Eigenart auf eher expressionistisch-pathetisch verallgemeinernde Art, er hat dies später selbst zugegeben und

die Vorzüge der neuen Majakowskij-Übersetzer Leschnitzer und Huppert betont.[14] Was Brecht von expressionistischem Pathos hielt, ist bekannt.
So ist wohl anzunehmen, daß der pathetisch interpretierte Majakowskij dem Autor der »Hauspostille« kaum wesensnah erscheinen konnte. Vom wahren Majakowskij hat Brecht überhaupt erst um 1928/29 etwas mehr erfahren können. Um diese Zeit ging man in Deutschland daran, »Die Wanze« aufzuführen. Diese »biographische Anekdote« hat nicht nur die Namen von Brecht und Majakowskij, sondern auch deren produktive Tätigkeit zum ersten Mal recht nahe zusammengebracht.
»Die Wanze« war von Meyerhold in Moskau uraufgeführt worden, und es gab schon eine deutsche Übersetzung, ehe Majakowskij über eine deutsche Aufführung zu verhandeln begann.[15] Etwa zur selben Zeit interessierten sich die Moskauer Theaterleute für neue deutsche Stücke, besonders von Brecht. Der junge Berliner Regisseur Slatan Dudow wurde nach Moskau eingeladen, um als Sachverständiger und Mittelsmann eventuell behilflich zu sein. Sein Biograph Horst Knietsch erzählt:

> Es ist paradox, aber erst durch diese Moskau-Reise wird Dudow mit Brecht bekannt. Anlaß dazu ist ein Moskauer Auftrag, Brecht wegen der Übersetzung von ›Trommeln in der Nacht‹ zu sprechen. Vier Stunden unterhalten sich die beiden über Moskau, dann versichert sich Brecht der Mitarbeit Dudows an seinem Theater am Schiffbauerdamm.[16]

Bald darauf folgt ein Brief von Dudow an Majakowskij vom 5. September 1929[17] und weiter ein Brief der Theaterdirektion an den Verlag Festland vom 29. November 1929[18], die eine Aufführung der »Wanze« unmittelbar betrafen. Diese Annäherungen hätten unausweichlich zu einer Begegnung Majakowskij–Brecht geführt; aber nur wenige Monate später starb Majakowskij.
Ein Jahr darauf begann die Freundschaft Brechts mit Tretjakow, und dieser hat ihm ausführlich über Majakowskij und Meyerhold erzählt. Käthe Rülicke-Weiler behauptet: »In der Tat steht kein Dichter Brecht näher als Majakowskij in der Auffassung der Kunst.«[19]
Majakowskij sagte einmal im Zusammenhang mit den Aufgaben des neuen revolutionären Theaters:

> In unserem Theater sollen die Ideen nicht auf der Bühne herummarschieren, sondern die Zuschauer sollen mit diesen Ideen aus dem Theater herauskommen.[20]

Das gleiche hätte auch Brecht sagen können. Ilja Fradkin, der eigentliche Begründer sowjetischer Brecht-Forschung, meinte in einem Gespräch, es sei eine sehr dankbare Aufgabe, die kunsttheoretischen Äußerungen von Majakowskij und von Brecht systematisch zu vergleichen, um die erstaunlichen Übereinstimmungen in manchen ästhetischen Vorstellungen festzuhalten.

Eine direkte Einwirkung von Majakowskijs Werken auf Brechts lyrisches, episches oder dramatisches Schaffen ist bisher nicht festgestellt worden. Und doch ist es keine zufällige Ähnlichkeit, die die Poesie und die Gedanken dieser in vieler Hinsicht grundsätzlich verschiedenen Dichter und Menschen miteinander verbindet.
Brecht hätte ebenso wie Majakowskij von sich sagen können, daß er für »die sprachlos in Krämpfen sich windende Straße« nach einer »nackten und genauen Sprache« suche. Majakowskij gestand, daß er »Dialektik nicht von Hegel gelernt« habe. Brecht studierte zwar Hegel, nachdem er bereits Marx gelesen hatte, aber auch er kam, genau wie Majakowskij, zu seiner politischen Überzeugung »nicht von unten her«, sondern »stürzte aus den Himmeln der Poesie in den Kommunismus«.
Die Wahlverwandtschaft zwischen Brecht und Majakowskij, von der sie selbst nichts wußten, war vom welthistorischen Augenblick bestimmt. Das gilt wohl auch für die Beziehungen Brechts zu einigen anderen russischen Zeitgenossen.

Neue Erkenntnisse alter Wahrheiten

Noch immer scheiden sich die Geister, sobald russische Literatur- und Theaterwissenschaftler über Verfremdung zu sprechen beginnen. Es tauchen derart grundlegende Deutungsunterschiede hinsichtlich »Paradoxie«, »Versonderbarung« (ostranenije), »Entfremdung« (ot-tschushdenije) und »Verfremdung« (otschushdenije) auf, daß gegenseitiges Verstehen unmöglich wird und eine Situation entsteht wie in Puschkins Fabel, in der »ein Tauber einen Tauben vor einen tauben Richter bringt«. Daher sollen hier erst die Begriffe geklärt werden.

Die *Paradoxie* in dramatischen Situationen, in Reden und im Handeln der Personen, wie sie z.B. der Dramaturgie Oscar Wildes oder G. B. Shaws eigen ist, kann verschiedene Funktionen erfüllen: Sie kann einfach komisch sein oder die charakteristischen Besonderheiten einer Person (des Wunderlings) unterstreichen. Oder sie kann eine ungewöhnliche Fabel schaffen, den Grundgedanken, das Leitmotiv zuspitzen oder unterstreichen – in diesem Fall ist die *Paradoxie* Mittel der *Verfremdung*.

Versonderbarung liegt vor, wenn äußere Gestalt, Gesten oder Reden auf der Bühne bewußt sonderbare, ungewöhnliche Züge erhalten. Alle möglichen Anachronismen, Ungereimtheiten, Masken, wunderliche Kleidungsstücke und Situationen haben Maeterlinck, Pirandello, Meyerhold, Wachtangow, Ljubimow vor allem für die Schaffung einer ungewohnten Umgebung, einer schroffen Entfernung der Szene von der Wirklichkeit gedient, die ihrer Ansicht nach allein geeignet ist, den Zuschauer zeitgemäß zu beeinflussen.

Viele der ersten Theoretiker und Praktiker der szenischen *Versonderbarung* sahen in ihr ein Mittel, die Menschen der Revolutionsepoche geistig zu erziehen. Dennoch entwickelte sich gerade die Methodik des »absoluten« Theaters logisch zur Poetik des absurden Theaters zur endgültigen Entfernung von der realen Wirklichkeit. Gleichzeitig charakterisiert die *Versonderbarung* viele Kunstformen, wenn gewohnte Stereotypen und Klischees zerstört werden, wie z.B. in der Karikatur, Clownerie, Farce und Parodie. *Entfremdung* ist ein wirtschaftlicher, philosophischer, soziologischer und politischer Begriff. (»Entfremdung der Erzeugnisse vom Erzeuger«, »Entfremdung der Persönlichkeit in der Klassengesellschaft«, Entfremdung des Staates von der Gesellschaft«)

Verfremdung ist ein Begriff, den Brecht zur Bestimmung einer der wesentlichen permanenten Eigenschaften verschiedener Formen des künstlerischen Schaffens geprägt hat. Verfremdung bedeutet: das Gewöhnliche als ungewohnt, Eigenes als und Fremdes, und im Gegensatz dazu, Ungewöhnliches als gewöhnlich, alltäglich und Fremdes als Eigenes darzustellen.

> Einen Vorgang oder einen Charakter verfremden heißt zunächst einfach, dem Vorgang oder dem Charakter das Selbstverständliche, Bekannte, Einleuchtende zu nehmen und über ihn Staunen und Neugierde zu erzeugen.[21]

Die Verfremdung setzt voraus, daß dem Künstler die Distanz zwischen dem Ding und dessen künstlerischer Gestaltung bewußt ist, daß er weiß: Das wirkliche Objekt (Mensch, Begebenheit, Gefühl) und seine Darstellung können nicht identisch sein. Als Mittel der Verfremdung werden so *Paradoxie* wie das poetische Oxymoron benutzt, ferner verschiedene Arten der *Versonderbarung*, lyrische Abschweifungen, kurz: beliebige Mittel des Dichters, Dramatikers und Schauspielers, ihre Leser und Zuschauer nicht nur zu unterhalten und zu rühren, sondern zum Mit- und Nachdenken zu bewegen.

Diese Verfremdungsmittel, die Brecht selbst vielfältig in Lyrik, Dramatik und Bühnenkunst entwickelte, waren von seinem beharrlichen Streben bestimmt, Leser und Zuschauer zum selbständigen und kritischen Denken anzuregen, damit sie nicht nur darüber, was sie lasen oder sahen, sondern auch über andere Fragen, über Probleme von weltweiter Bedeutung diskutieren.

Dieses Bestreben unterscheidet sich grundsätzlich von jenem zweckfreien Spiel des »Theaters für's Theater«, das zum Programm der Dramatik des absurden Theaters wurde. Es unterscheidet sich auch von der direkt agitatorisch-propagandistischen, erzieherischen Zweckmäßigkeit der Kunst der Aufklärer, der religiösen Moralisten oder des jungen revolutionären Theaters. Obwohl dem Theater Brechts sowohl das eine wie das andere eigen ist: die elementaren Leidenschaften des Spiels, die spontane »Schöpfertat und Wundertat« (Pasternak) und die berechnende Taktik des Revolutionärs, der Bewußtsein und Seelen seiner Zeitgenossen erobern will.

Verfremdung ist also ein bedeutend breiterer, umfassenderer Begriff als *Paradoxie* und *Versonderbarung*, sie kann das erste wie das zweite oder noch ganz andere, bisher unbekannte Mittel der »Objektivierung«, der »ablenkenden Mitteilung« in sich einschließen (letztere Bezeichnung taucht mancherorts als Übersetzung für *Verfremdung* auf). Die Brechtsche *Verfremdung* ist meistens von dem Willen des Künstlers bestimmt, den Zuschauer über die Grenzen des Gegenstandes – eines Poems, eines Musikstücks, eines Schauspiels, eines Prosawerks – zu jenen Erkenntnissen hinzuführen, die notwendig sind, um die Welt zu verändern.

Den Begriff *Versonderbarung* (ostranenije) prägte schon 1914 Wiktor Schklowskij.[22] Später wurde er von ihm und Jurij Tynjanow ausführlich definiert[23], in den dreißiger Jahren aber als »formalistisch« verworfen.

John Willet leitet die Brechtsche *Verfremdung* vom »Prijom ostranenija« (Kunstgriff der *Versonderbarung*[24]) der russischen formalistischen Kritiker her und glaubt, »daß die Theorie wie auch das Schlagwort erst nach Brechts erstem Aufenthalt in Moskau 1935 in seinem Werk auftaucht«.[25]

Beides stimmt nicht. Brecht war 1932 zum ersten Mal in Moskau, aber seine Theorie der Verfremdung hatte er noch früher formuliert – spätestens im Prolog und Epilog zu »Die Ausnahme und die Regel« (1929/30).

> Was nicht fremd ist, findet befremdlich!
> Was gewöhnlich ist, findet unerklärlich!
> Was da üblich ist, das soll euch erstaunen.

Und noch früher hat er bewußt und betont *Verfremdung* dichterisch praktiziert. Schon »Die Legende vom toten Soldaten« (1918) war eine vorbildlich zielbewußte und spielerisch spontane Verfremdung. – Unheimlich grotesk und poetisch verklärt, expressionistisch übertrieben und volkstümlich naiv verfremdete der junge Autor die Trostlosigkeit eines nichtendenwollenden Krieges. In gleicher Art und ebenso kraß einleuchtend verfremdete er in »Baal« den exaltiert pathetischen Idealismus mancher Expressionisten, und in »Trommeln in der Nacht« die Aussichtslosigkeit der deutschen Revolution des »kleinen Mannes«. (Willet erwähnt übrigens selbst, daß Brecht 1924 bei Reinhardt den Proben zu Pirandellos »Sechs Personen suchen einen Autor« beiwohnte[26], und dieses Stück ist ja schon an sich die *Verfremdung*, wie sie im Buche steht.)

Ilja Fradkin hat Willets Auffassung, die R. Grimm, P. Böckmann und andere teilen, sowie Schklowskijs Anspruch, Erfinder des Begriffs *Verfremdung* zu sein, den Brecht erst über Tretjakow kennengelernt habe[27], ausführlich und überzeugend widerlegt. Allerdings ließ er dabei die Frage unberücksichtigt, wie weit Schklowskijs Begriff *Versonderbarung* (ostranenije) und Brechts Begriff *Verfremdung* übereinstimmen und worin sie sich unterscheiden. Fradkin wies nach, daß die Verfremdung als Erkenntnis-Methode von Hegel in der »Phänomenologie des Geistes« vorweggenommen und von Brecht marxistisch »transpontiert« wurde.[28]

Wiktor Kljujew, der ein russisches Äquivalent für den Brechtschen Begriff konstruierte, »otschushdenije« (Verfremdung) im Unterschied zu »ot-tschushdenije« (Entfremdung), meint, der Verfremdungseffekt (V-Effekt), die Brechtsche »Entdeckung, die von ihm dank seiner dialektischen und materialistischen Weltanschauung gemacht wurde«, sei hauptsächlich mit Bühnenkunstmitteln verwirklicht worden.[29]

Kurz, aber trefflich erörtert Boris Singerman die eigentliche dramatische wie bühnenmäßige Gestaltung des V-Effekts und erwähnt dabei, daß das Bemühen, »Gewöhnliches ungewöhnlich darzustellen«, auch bei Shaw und Chaplin zu finden sei.[30] Singermann wie auch Arsenij Gulyga[31] halten *Verfremdung* und *Versonderbarung* für gleichbedeutend, ebenso Otto F. Best, der im »Handbuch literarischer Fachbegriffe« beide Termini gleichsetzt und auf Schklowskij zurückführt.[32]

Eine ausführliche, gründlich vergleichende Studie der theoretischen Schriften von Brecht, Tynjanow, Schklowskij und anderen wird die grundsätzlichen Unterschiede zeigen: Aber trotz dieser Unterschiede zeugen die Schriften und Äußerungen dieser Autoren zu den Problemen künstlerischen Schaffens von einer Verwandtschaft der Weltempfindung – eben eher der *Empfindung* als der *Anschauung*. Es ist eine klar erkennbare Verwandtschaft, die vor allem von ihrer sozialhistorischen Zeitgenossenschaft bestimmt war.

Schon im ersten Jahrzehnt unseres Jahrhunderts waren scharfsinnige Denker und seismologisch feinfühlige Künstler sich dessen bewußt, daß die scheinbar so friedlich und erfolgreich fortschreitende Zivilisation katastrophale Überraschungen birgt, daß die Erkenntnisse der Natur- und Geisteswissenschaften unzulänglich seien, daß jede neue Entdeckung neue Rätsel aufgebe und auf neue Geheimnisse in der Natur und in der Gesellschaft, im Atominneren und in der Menschenseele deute.

Machs und Einsteins empirokritische Betrachtungen in Physik und Philosophie, Lenins und Webers historisch-politische Analysen und Prognosen sowie die ästhetischen Aufstände der Kubisten, Expressionisten, Futuristen und anderen Kunsterneuerern waren Vorzeichen eines neuen Zeitalters – einer Epoche der großen Umwälzungen, der Kriege und Revolutionen.

1914 brach dieses neue Zeitalter nun schon für alle erkennbar an, Jahr für Jahr wurden immer neue Völker, immer mehr Millionen Menschen in seine Strudel gerissen. Die bisher gewöhnlichsten Alltagsdinge erschienen ent- und verfremdet, Heiligtümer versanken im blutigen Dreck, scheinbar ewige Werte zerfielen zu Schutt, man sah »klein das Große, groß das Kleine« (Goethe).

Damals merkten manche Künstler und Kunsttheoretiker, daß auch ihre autonomen freien Welten den großen Veränderungen ausgesetzt sind, daß *Veränderung* und Veränderbarkeit und somit auch *Versonderbarung* und *Verfremdung* zum eigentlichen Sinn, zur Natur aller Kunstarten gehören.

Man erkannte endlich, daß in den Felszeichnungen der Urzeit, in den primitiven und antiken ebenso wie in den allerneuesten und raffiniertesten Kunstarten es nicht bloß auf die Nachahmung oder auf die Widerspiegelung ankommt, sondern hauptsächlich auf die Um-, Neu- und Andersgestaltung, also auf Veränderung und Verfremdung der Wirklichkeit, die in der Plastik wie im Wort, im Laut wie in der Farbe, in konkret faßbarer Materie oder in abstrahierenden Begriffen dargestellt und typologisiert, verallgemeinert wird.

Das war eine neue dialektische Erkenntnis alter schlichter Wahrheit, und sie war eben revolutionär, sie entstand aus großen weltumwälzenden Ereignissen und wurde für manche Künstler nicht nur ästhetisch zum Anreger, sie schuf Impulse auch zu gesellschaftlich revolutionärer Aktivität.

Der Erste Weltkrieg erschien als eine zunächst unfaßbare, spontane, chaotisch wilde Ent- und Verfremdung aller gewohnten Begriffe und Vorstellungen von Zivilisation, Kultur, Menschlichkeit, Moral. Die darauffolgenden Revolutionen verfremdeten schon meistens zielbewußt die verderblichen Gewalten der alten Welt, damit man sie klarer erkennen und richtiger bekämpfen könne, und die verkannten, oder noch nicht erkannten Kräfte der Werktätigen, der Unterdrückten wurden verfremdet, damit sie ihrer selbst bewußt und kampfeslustig würden.
Siegfried Melchinger weist in seiner »Geschichte des politischen Theaters« darauf hin, daß die

> [...] internationale unverabredete Übereinstimmung der russischen Formalisten (Schklowskij als Theoretiker) mit dem Imaginismus von Pound und Eliot, mit Valérys Weg von Mallarmé und Jeune Parcque, auch mit Gottfried Benns ›Wirklichkeitszertrümmerung‹, seine Entsprechung in der revolutionären Bewegung der bildenden Künste [hat]. Das hat selbstverständlich auch auf die Bühne übergreifen müssen und stand im Zusammenhang mit dem ›Vorstoß der Musik zur Atonalität (Schönberg)‹.[33]

Die Russische Revolution warf ihren Riesenschatten Jahrzehnte voraus. Er ist schon in den Werken Tolstojs und Dostojewskijs erkennbar, deutlicher noch in denen von Gorkij und Majakowskij. So war es nur natürlich, daß die revolutionär dialektische Entdeckung bzw. Neuentdekkung der Verfremdung als eines universalen Kunstgesetzes gerade in Rußland des ersten Weltkriegsjahres angekündigt und in den Jahren des Bürgerkrieges entwickelt und präzisiert wurde.
Brecht machte eine ähnliche, eigentlich die gleiche Entdeckung wohl etwas später, aber unabhängig von seinen russischen Zeitgenossen, zumindest ohne ihren unmittelbaren Einfluß. Er zog seine Konsequenzen aus den gleichen oder ähnlichen geschichtlichen und ästhetischen Erfahrungen wie Majakowskij, Meyerhold, Schklowskij,

Tynjanow, Wachtangow; und seine ironisch kritische Einstellung zur Welt, seine tapfere dialektische Denkart waren den ihrigen ähnlich. Es war eine sozial- und kulturhistorisch determinierte Schicksalsverwandtschaft.

Brecht und Meyerhold

Seit frühester Jugend nahm Brecht viele ihn befruchtende Einflüsse auf: die Poesie der Bibel, die Volkssagen, Balladen, Lieder und Possen; die Dramen von Shakespeare, Goethe, Schiller, Büchner, Shaw, Wedekind, Gorkij; die Lyrik von Villon, Goethe, Heine, Rimbaud, Kipling; das literarische Schaffen seiner ihm wohlgesonnenen Landsleute wie Feuchtwanger, Döblin, Bronnen.
Gegner wie Toller oder Johst provozierten, forderten ihn zum Wettkampf oder zur Polemik auf. Er lernte immer, lernte gern, ja genießerisch. »Lerne das Einfachste!« Dieser Ausruf aus der »Mutter« galt auch für ihn selbst.

> Als ich jung war, hoffte ich
> daß ich einen Alten fände, der sich belehren ließe.
> Wenn ich alt sein werde, hoffe ich
> Findet sich ein Junger Mensch, und ich
> Lasse mich belehren.

Er lernte auch von seinen russischen Zeitgenossen, alten wie jungen, direkt und indirekt. Die Gastspiele der sowjetischen Theater in Deutschland (das Künstlertheater 1922, Tairows Kammertheater 1923 und 1925, die »Lebende Zeitung Blaue Bluse« 1927) ließ er bestimmt nicht unbeachtet.[34] Asja Lacis, die aus den russischen Revolutionstheatern nach Deutschland kam und mit Brecht zusammengearbeitet hat[35], der sowjetrussische Architekt und Maler Wesnin, der 1931 das Bühnenbild für »Mann ist Mann« entwarf, haben ihm vom »Theateroktober« erzählt, dessen Augenzeugen und Teilnehmer sie waren. Im Frühling 1930 gastierte das Meyerhold-Theater in Berlin und gab Anlaß zu vielen heftigen Diskussionen.
Brecht schrieb damals: »Die Lektüre der deutschen Thea-

terkritiken über Meyerhold wirkt sehr niederdrückend«, und er bezichtigte die Anhänger des »Erlebnis«-Theaters der Gleichgültigkeit und Interesselosigkeit in bezug auf »die historische Stellung des Meyerholdschen Experiments innerhalb der Versuche zu einem großen rationalen Theater«. (Übrigens erschien im selben Jahr das erste Heft der Brechtschen »Versuche«.) Brecht hob bei Meyerholds Experimenten vor allem hervor, »wie großartig alle Begriffe hier zurechtgerückt sind« und daß »über die gesellschaftliche Funktion des Theaters eine wirkliche Theorie besteht«. In der zweiten Notiz zu Meyerholds Inszenierung von Sergej Tretjakows »Brülle, China!« verteidigte er die offenkundige, scharf antikolonialistische Tendenz der Aufführung gegen die Vorwürfe, daß die »eventuelle Nettigkeit der Engländer im privaten Umgang« übersehen werde.

Dieses militant revolutionäre Drama war in Deutschland schon vor der Berliner Aufführung bekannt. Es war im Frankfurter Schauspielhaus am 9. November 1929 erstmalig aufgeführt und in der »Frankfurter Zeitung« sehr günstig besprochen worden.[36]

Es könnte sehr verlockend sein, Meyerhold-Aufführungen mit Brecht-Aufführungen zu vergleichen. Die Schaubuden- und Hans-Wurst-Traditionen, auf die Meyerhold oft und gern zurückgriff, auch in den alten Stücken (Gogol, Ostrowskij u.a.), die in Berlin gespielt wurden – sie kamen den ähnlich grotesken Effekten in »Mann ist Mann« und »Mahagonny« zuvor. Die beschrifteten Transparente als Szenentitel oder Motti im »Trust D. E.« von I. Ehrenburg und im »Revisor« glichen denen in der »Dreigroschenoper«. Die Rhetorik und Gestik, der militant kollektivistische Geist im »Mysterium buffo«, in »Erde bäumt sich« und in »Brülle, China!« ähneln dem, was Brecht in den Lehrstücken, in »Die heilige Johanna der Schlachthöfe« und auch in späteren Stücken (Karnevalsszenen im »Galilei«, Massenszenen in »Tage der Kommune«) dramatisierte.

Manche Theaterwissenschaftler vertreten die Ansicht, in Meyerholds künstlerischen Versuchen und ästhetischen Theorien lägen die Urquellen des modernen Theaters schlechthin. Norris Houghton behauptet: »Brecht und Pis-

cator had, for example, learned from Meyerhold, and the rest of us had learned from Brecht.«[37]
John Willet meint ebenfalls, Meyerhold habe einen direkten Einfluß auf Brecht ausgeübt.[38] Marjorie L. Hoover, die sehr gründlich den gesamten Werdegang Meyerholds untersuchte, erkennt schon in seinen früheren Versuchen bedeutungsvolle Vorzeichen und Vorbedingungen der späteren internationalen Theaterreformen und -revolten.[39] Sie erinnert daran, daß es Meyerhold war, der 1906 in Poltawa zum ersten Mal eine Aufführung ohne Vorhang (Ibsens »Gespenster«) auf die Bühne brachte, daß der im selben Jahr bei einer zwar mißlungenen Aufführung (»Hedda Gabler«) doch eine grundsätzliche neue Kunstmethodik entwickelte: ». . . used suggestive settings and symbolic color for each character« und mit der »Basic pose assigned to each character presaged the ›Gestus‹ advocated in the Brechtian theater today«.
In der Art, wie der junge Meyerhold Alexander Bloks Einakter »Die kleine Schaubude« aufgeführt und kommentiert hat, erkennt M. L. Hoover eine prinzipiell neue Auffassung der auf das Puppentheater bezogenen Schauspielerkunst, die »[. . .] foreshadowed the ›alienation‹ Brecht demands his actors«. Sie findet Zusammenhänge zwischen Meyerholds Aufführung von Hauptmanns »Schluck und Jau« (1905) und Brechts dramatischem Problem in »Mann ist Mann« und meint, die »Revisor«-Bearbeitung (1926) »[. . .] shows at least the Meyerhold of the 1920's as very close to Brecht, who finds it necessary to rewrite the classics for our time«.[40]
Einzelne konkrete Fälle, die M. L. Hoover anführt, könnte man wohl bestreiten. Man darf aber nicht vergessen, daß Brechts »Eduard II.« und Piscators »Räuber«-Bearbeitung früher entstanden. Selbst bei deutlicher Ähnlichkeit oder gar Identität künstlerischer Ereignisse ist eine direkte Beeinflussung bzw. Urheberschaft nicht nachzuweisen. Und doch bleiben Brecht und Meyerhold in der internationalen Theatergeschichte für immer fest verbunden.
Jürgen Rühle meint:

> Meyerhold [. . .] erarbeitete [. . .] eine besondere Technik, wie man das, was man im Text zu sagen hat, durch Miene und Geste

vorwegnehmen, ergänzen und kommentieren könne – also eine Keimform der späteren Brechtschen ›Verfremdung‹. (Beide, Meyerhold wie Brecht, knüpften da u.a. an das ostasiatische Theater an.)[41]

Die letzte – eingeklammerte – Bemerkung ist beachtenswert. Übereinstimmungen bei großen Meistern sind oft auf gemeinsame Vorbilder und Traditionsquellen zurückzuführen. Es darf dabei nicht unerwähnt bleiben, daß Brecht auch früher schon bestimmte Vorstellungen von ostasiatischer Bühnenkunst hatte (z.B. von den Nô-Spielen, dem Kabuki-Theater), ganz besonders beeindruckte ihn der chinesische klassische Mime, Mai Lanfeng, den er 1935 in Moskau kennenlernte.
1939 hielt Brecht in Stockholm einen Vortrag »Über experimentelles Theater«. Als die bedeutendsten Meister des Experiments nannte er:

Antoine, Brahm, Stanislawskij, Gordon Craig, Reinhardt, Jessner, Meyerhold, Wachtangow und Piscator, [die] ... die Ausdrucksmöglichkeiten des Theaters ganz erstaunlich bereichert haben.

Besonders hob Brecht hervor:

[...] Wachtangow und Meyerhold entnahmen dem asiatischen Theater gewisse tänzerische Formen und schufen eine ganze Choreographie für das Drama. Meyerhold führte einen radikalen Konstruktivismus durch.

Im selben Vortrag sprach er über den »Aufbau der Verfremdungstechnik«, die »Ausbildung eines neuen Darstellungsstils« durch die deutschen Schauspieler Weigel, Lorre, Homolka, Neher, Busch und deutete an, daß »ihre Versuche nicht so methodisch durchgeführt« werden konnten, »wie die (anders gearteten) der Stanislawskij-, Meyerhold- und Wachtangow-Gruppen« es vermochten.
Unmittelbar darauf betonte er, daß die Entwicklung des neuen Theaters, die er meint, durchaus eine Fortführung der früheren Experimente, besonders des Piscator-Theaters, sei.
Brecht wurde sich seiner Verwandtschaft mit den russischen Theaterrevolutionären schließlich doch bewußt, ob-

wohl er dabei auch die Unterschiede klar erkannte. Jürgen Rühle sieht sie darin, daß Meyerhold die Revolution als einen großen »Dammbruch der Befreiung« aufgefaßt habe und nie als »spezifisch bolschewistische Variante [...] (wie später Brecht)«.[42]

Diese Behauptung scheint mir sehr vereinfacht zu sein. Brechts revolutionäre Weltempfindung war ebensowenig – wenn nicht weniger – dogmatisch wie Meyerholds und Majakowskijs.

Jürgen Rühle setzt durchaus richtig den Wert der Zusammenarbeit Majakowskij–Meyerhold sehr hoch an, doch ist seine Behauptung: »Meyerhold entwickelte seinen eigenen Stil vor allem in dieser Zusammenarbeit«, stark übertrieben.

Brecht ist auch darin mit Meyerhold zu vergleichen, daß er eigentlich nie einen einzigen einheitlichen Stil dogmatisierte, sondern für jedes Stück neue Ausdrucksformen und eine besondere Stilistik entwickelte.

Boris Singerman, der eine Reihe gemeinsamer Züge in Meyerholds und Brechts Aufführungen sowie in ihren theatertheoretischen Spekulationen erkannte, faßte diese Beziehung ähnlich wie Willet, Hoover und Rühle als direkte Nachfolgerschaft Brechts auf:

> [...] indem er der Ostranenije-Methode eine Universalbedeutung gab, die sie bei Meyerhold eben nicht hatte, erarbeitete Brecht ein System des epischen Theaters und zog auf diese Weise aus den Entdeckungen der revolutionären Kunst der zwanziger Jahre einen neuen Sinn. Die Kunst der politischen Propaganda und der sozialen Maske, die scheinbar schon ausgeredet hatte und der Vergangenheit angehörte, erhielt durch Brechts Schaffen vollkommen neue Impulse und wurde, der historischen Situation der dreißiger Jahre entsprechend, umgewandelt.[43]

Diese Verallgemeinerung im Vergleich der kulturhistorischen Rollen der beiden großen revolutionären Künstler ist m. E. grundsätzlich richtig. Doch die Gleichsetzung der Methoden – »Ostranenije« mit »Verfremdung« – sowie der im Originaltext unterstrichene Begriff »System« widersprechen dem wirklichen Verhältnis erkenntnistheoretischer und künstlerisch praktischer Entwicklungen von Meyerhold und Brecht nicht minder als die Behauptung: »Alle Elemente des epischen Theaters von Brecht waren

in den Aufführungen von Meyerhold bereits vorhanden.« Übertrieben erscheint mir auch die Schlußfolgerung, Brecht trenne von Meyerhold »eine ganze Epoche der Entwicklung von Ideen und Kunst«.
Eher waren es doch verschiedene Künstlerschicksale, verschiedene Entwicklungsarten und von Beginn an verschiedene Künstlerindividualitäten, aber vor dem Hintergrund derselben Epoche, die auf sie einwirkte.
Je gründlicher und genauer die Merkmale dieser Künstler-Verwandtschaft erforscht werden, desto deutlicher treten die Unterschiede und Gegensätze hervor.
Das Meyerhold-Theater und das Wachtangow-Theater wurden während und kurz nach einer scheinbar siegreichen Revolution aufgebaut und mußten sich später unter dem Druck einer konservativen und reaktionären Kulturpolitik ändern oder aber verkommen.
Brechts Theater keimte aus einer offenkundig mißratenen, nie vollbrachten proletarischen Revolution in der kurzlebigen Weimarer Demokratie und reifte nach 1949 in der »Frontstadt« des Kalten Krieges.
In jedem konkreten Fall, in dem es um Kunst geht, muß man zuerst die individuelle Eigenart ergründen. Meyerhold und Brecht strebten beide ein revolutionäres Theater an. Doch Brecht blieb auch als Theaterleiter ein Lyriker und Stückeschreiber, frühreif, sprachlich und geistig souverän. Bis zuletzt, auch noch auf den höchsten Gipfeln seiner Regiekunst und in den tiefsten Tiefen seiner theoretischen Überlegungen war er vor allem poetisch. Seine Bühnengestik war nicht nur unlösbar von Idee, Wort und Fabel, sondern ihnen meistens untergeordnet, von ihnen bestimmt.
Meyerhold dagegen war vor allem Schauspieler, Mime, Clown. Für ihn war das Ziel jeder Aufführung vor allem schlagartige, emotionale Einwirkung. Die »biomechanische« Vollkommenheit des Ensemblespiels, das konstruktive und farbig plastische Bühnenbild, Musik, Tanz, possenhafte, akrobatisch oder rhetorisch hervorgehobene Pointen sollten durch die Sinne zur Vernunft sprechen, über das Unbewußte auf das Bewußtsein wirken.[44]
Brechts Methode war genau entgegengesetzt. Was für Meyerhold theatralisches Ziel bedeutete, war für Brecht

eher Mittel, diente einer zielbewußten Verfremdung seiner außer- bzw. überästhetischen Ideen. Er wollte in erster Linie die Vernunft anregen, das Denken selbst zum Genuß und zur Unterhaltung machen; über die Vernunft sollten Emotionen geweckt werden; das Bewußtsein sollte auf das Unterbewußtsein einwirken.[45]
Die beiden Methoden unterschieden sich aber auch ›andersherum‹: Meyerhold unterwarf alle Bühnenkunstelemente in jeder Aufführung einem rationalistisch konstruktiven, einheitlichen Plan und dem zentralen, oft sogar despotischen Willen des Regisseurs. Brecht dagegen erstrebte in seinem »Theater des neuen wissenschaftlichen Zeitalters«, das zugleich auch ein »Theater des Stückeschreibers« war, eine ungezwungene, »naive« Kunst, verlangte eine offenbare »Autonomie« verschiedener Kunstgattungen und entwickelte eine »basis-demokratische« Arbeitsweise, die stets und ständig eine bewußt un- und antidogmatische Selbstkritik voraussetzte.

Der lernende Lehrer

Brecht hat versucht, eine summarische Übersicht dessen zu geben, was er an den Methoden seiner russischen Vorgänger *fortschrittlich* fand.
Brecht erkannte die Fortschrittlichkeit der Stanislawskij-Methode und zählte ihre Vorteile auf:

1. Sie ist eine Methode.
2. Intimere Kenntnis des Menschen, das Private.
3. Widersprüchliche Psyche darstellbar.
4. Einflüsse des Milieus berücksichtigt.
5. Toleranz.
6. Natürliches Spiel.

An der Wachtangow-Methode erschienen ihm andere Wesenszüge fortschrittlich:

1. Theater ist Theater.
2. Das ›Wie‹ statt des ›Was‹.

3. Mehr Komposition.
4. Mehr Erfindung und Fantasie.

An der Meyerhold-Methode imponierten ihm Eigenschaften, die jenen, die er bei Stanislawskij rühmte, direkt widersprachen.

1. Bekämpfung des Privaten.
2. Betonung des Artistischen.
3. Bewegung in ihrer Mechanik.
4. Abstraktes Milieu.

In derselben Notiz nennt er Wachtangow den »spielerischsten« der drei, der die beiden anderen als »Gegensätze in sich hat«.

> Gegen ihn ist Meyerhold angestrengt, Stanislawskij lässig, der eine eine Imitation des Lebens, der andere eine Abstraktion des Lebens [. . .] Wachtangow ist, dialektisch gesehen, eigentlich eher der Stanislawskij-Meyerhold-Komplex *vor* der Sprengung als eine Synthese nach der Sprengung.

Die widersprüchlichen und wechselvollen Beziehungen Brechts zu Stanislawskij bedürfen eingehender Studien, die in dem erwähnten Buch von Käthe Rückle-Weiler schon begonnen wurden.[46] Hier ist Beschränkung auf wenige, unumgänglich notwendige Einblicke geboten.
Brechts Auseinandersetzungen mit dem Stanislawskij-»System« sind stellenweise unnatürlich kompliziert und vernebelt, weil die Vorschriften der ideologischen Behörden, der Eifer der Epigonen dieses System zur einzigen heilbringenden, realistischen Theater-Theorie erhoben. Stanislawskij erschien Brecht manchmal als ein Gipfel an der »Grenze der bürgerlichen Theaterkunst« und als sein eigentlicher Antipode; ein anderes Mal dagegen erkannte er ihn als einen großen revolutionären Künstler an, von dem man sehr viel lernen könne.
Von den drei »fortschrittlichen Methoden«, die Brecht im russischen Theater feststellte, war ihm die von Wachtangow am nächsten. Obwohl er über dessen Inszenierungen und die meisten seiner theoretischen Äußerungen nur mittelbar erfahren haben konnte, sind Wachtangows Vorstellungen von *Ironie*, vom Verhältnis des Theaters zur Wirklichkeit viel näher zu Brechts Verfremdung als die

Überaufgabe von Stanislawskij und die *Versonderbarung* (ostranenije) und die *Bedingtheit* (uslownost), wie Meyerhold und Tairow sie begriffen und übten.
Sollte es bloß Zufall sein, daß Brechts letztes, unvollendetes Drama »Turandot« aus derselben Fabel entstand, die Wachtangow für seine letzte großartige Theaterarbeit umgestaltete? Doch nichts weniger als zufällig ist es, daß ein Sproß der Wachtangow-Schule, Jurij Ljubimow, der das Taganka-Theater in Moskau von 1964 bis 1984 geleitet hat, die besten Aufführungen von Brechts Dramen im russischen Theater verwirklichte.[47]

Am 18. Januar 1932 wurde Brecht in der deutschnationalen Zeitung »Germania« ein »literarischer Interpret des Bolschewismus in Deutschland« genannt. Es ging um die »Mutter«-Aufführung. Der gehässige Rezensent hatte eins richtig erkannt: Brecht war kein Schüler, kein Nachahmer seiner russischen Zeitgenossen, sondern ihr Interpret, ihr freundschaftlicher Rivale: Er interpretierte den Geist der bolschewistischen Revolution auf seine eigene deutsche, Brechtsche Art.
Die Beziehungen Brechts zu Majakowskij, Meyerhold, Stanislawskij, Tairow und Wachtangow waren vieldeutig, vielschichtig, meistens indirekt und regten oft zu polemischen Auseinandersetzungen an.
In bestimmten Fällen jedoch kann man wohl auch von unmittelbaren und vor allem positiv aufgenommenen Einflüssen aus Rußland sprechen. Ihre Quellen waren die Filme Eisensteins und Pudowkins, die Werke Gorkijs und die Freundschaft mit Tretjakow.
Eisensteins »Panzerkreuzer Potemkin« erlebte in Deutschland 1926 seine erste Anerkennung. Die triumphale Aufnahme des revolutionären russischen Films im bürgerlichen Deutschland war auch für die meisten Landsleute Eisensteins höchst überraschend.
Eisenstein »übertrug den Geist des Theateroktober, Dynamik und Pathos der Massenfeste auf die Leinwand und wurde der große Bahnbrecher des Monumentalfilms«.[48]
Er verwirklichte in seinen Filmen und begründete später auch theoretisch die Kunst der *Montage* – diese von den Filmkünstlern entdeckte bzw. neugeschaffene Art der Ver-

fremdung, die aus Gegenüberstellung, aus kontrapunktischen oder metaphorisch wirkendem Aneinanderreihen verschiedener Elemente entsteht. Vorläufer dieser folgenreichen Entdeckung war Brechts Freund John Heartfield, der 1916/17 als Soldat die Fotomontage erfand und 1920 als Dadaist die »proletarisch revolutionäre Kunst« des russischen Konstruktivisten Tatlin propagierte.
Siegfried Melchinger erkennt ein Merkmal der ästhetischen Revolution in der »Verschärfung der Destruktion bis zu dem Punkt, wo sie in Konstruktion umschlägt«.[49]
Dieser Wendepunkt ist in Rußland im Übergang von Futurismus zu LEF und Konstruktivismus, in Deutschland in der Entwicklung des Expressionismus über Dada zur Neuen Sachlichkeit und zur konstruktiven Bauhaus-Ästhetik deutlich sichtbar.
Die Filme Eisensteins, Pudowkins, Dsiga Wertows, Dowshenkos ebenso wie das Theater Meyerholds waren Erscheinungen eines gewaltigen Dranges zu *revolutionärer Konstruktion*, die aus der *siegreichen Destruktion* aller alten Werte heraus neue Strukturen erschaffen sollte.
Sie konnte sich aber nur als Gegensatz zu den spießigen, pseudo-revolutionären und eigentlich restaurativen Entartungen der staatlich geförderten ideologisierten Massengebrauchskunst entwickeln. Deswegen wurde sie in der Sowjetunion rücksichtslos unterdrückt und verkannt.
Die Kunst der Montage gehört zu den Ausdrucksmitteln und -formen einer Hinwendung der Künstler zur neuen revolutionären Konstruktion. Die einfachsten Dinge und die gewöhnlichsten Abbildungen des Alltags wurden miteinander oder mit den kompliziertesten und ungewöhnlichsten Dingen und Bildern »montiert« – d. h. konfrontiert, zusammengesetzt, verschiedenartig gruppiert. Solche Montagen verschmolzen zu metaphernreichen politischen Kunstwerken.
Brecht erlernte die Kunst der Montage unmittelbar und mittelbar aus Filmen, Zeitschriften, von Piscator, von Chaplin, Pudowkin, Dsiga Wertow und aus dem alltäglichen Straßenbild. Das ist am Aufbau mancher seiner Stücke ablesbar: »Die Mutter«, »Heilige Johanna«, »Furcht und Elend des Dritten Reiches« sind auf die Wirkung der Bildmontage hin strukturiert.

In seinem autobiographischen Essay »Der Lernende ist wichtiger als die Lehrer« versichert Brecht:

> Nicht einmal die großen Filme Eisensteins, die eine ungeheure Wirkung ausübten [...] und die ersten theatralischen Vorstellungen Piscators, die ich nicht weniger bewunderte [...], veranlaßten mich zum Studium des Marxismus.

Diese Aussage war subjektiv durchaus aufrichtig. Brecht glaubte, daß er auf den Weg zum revolutionären Marxismus durchaus *rational* gelangte. Aber gerade da, als er an diese entscheidende Entwicklungsperiode seiner Weltanschauung zurückdachte, fielen ihm Eisenstein und Piscator ein. Damit beweist er eher das Gegenteil von dem, was er behauptet. Denn kurz bevor er sein Marxismus-Studium begann und sich offen zum revolutionären Sozialismus bekannte, erlebte er Eisensteins »Panzerkreuzer Potemkin«, Pudowkins Film »Die Mutter«, die Dokumentarmontagefilme von Dsiga Wertow und rebellisch anachronistische Piscator-Inszenierungen (»Die Räuber«, »Nachtasyl«, »Rasputin«, »Schwejk« (an letzterem hatte Brecht mitgearbeitet). Brechts 1928 preisgekrönte Geschichte »Die Bestie« personifiziert und verfremdet ästhetische Probleme in der Darstellung eines sowjetischen Filmstudios.
1931 begann die Freundschaft mit Tretjakow. Im Laufe von etwa sieben Jahren trafen sie sich mehrmals, der Briefwechsel war recht lebhaft. Brecht ließ sich von Rußland und China, wo Tretjakow eine Zeitlang lebte, von Majakowskij, Meyerhold und den literarischen Fehden in Moskau erzählen. Sie diskutierten politische, historische und ästhetische Fragen, Brechts Stücke, die Tretjakow ins Russische übersetzt hatte, die »Dreigroschenoper«-Aufführung in Tairows Kammertheater, die beiden mißfallen hatte.
In seinem lyrischen Nachruf für Tretjakow, der 1939 von Stalinschen Hexenjägern ermordet wurde, nannte Brecht ihn seinen »großen Lehrer«. Tretjakow hatte auch über die Erfahrungen und Traditionen des »Theateroktobers« mit Brecht diskutiert.
Gorkijs »Nachtasyl«, das Reinhardt im Januar 1903 kurz

nach der russischen Uraufführung (1902) im Berliner »Kleinen Theater« herausbrachte, erlebte bis zum Oktober desselben Jahres in Berlin und während der Gastspiele in Dresden, Prag, Wien und Budapest 250 Aufführungen, im Mai 1905 waren es schon 500.
Erwin Piscator führte zu Beginn seiner Entwicklung als »Großmeister der politischen Bühnenkunst« 1919/20 in seinem Berliner Proletarischen Theater zwei Gorkij-Stükke auf: »Rußlands Tag« und »Die Feinde«; 1926 inszenierte er »piscatorisch«-modernisiert das »Nachtasyl«.
Brechts Inszenierung des Romans »Die Mutter« wurde von Gorkij nachträglich anstandslos autorisiert.[50] Das war die erste Aufführung eines Stückes »antimetaphysischer, nichtaristotelischer Dramatik« auf deutscher Bühne. Für Brecht bedeutete die »Mutter« die Wendung zu einer unmittelbar agitatorisch propagandistischen Revolutionskunst.
Frederik Ewen schrieb dazu:

> Das war Brechts erstes Werk, das marxistische Lehre, Belehrung und Vergnügen auf einfache, direkte, unprätentiöse, aber höchst künstlerische Weise verschmolz und Gedanken in eindeutigen Begriffen ausdrückte, so daß jeder sie verstehen und danach handeln konnte.[51]

Die »Mutter«-Inszenierung war die letzte Aufführung eines Brecht-Stücks in Deutschland. Bald darauf ging er ins Exil. Seine Arbeit war von dem Pudowkin-Film mit angeregt. Das nahmen schon Herbert Ihering[52] und später Günther Rühle[53] wahr.
Unbekannt ist bisher noch, wieweit Brecht über Gorkijs Theaterpläne informiert war. 1919/20 und dann wieder 1930/31 beabsichtigte Gorkij ein volkstümliches Improvisationstheater zu gründen und hoffte, Wachtangow dafür zu gewinnen.[54]
Wenn man »Mutter Courage« mit Gorkijs »Wassa Shelesnowa«, die Brecht im Berlin-Ensemble aufführte, vergleicht, trifft man auf bestimmte ähnliche Züge im Charakter, in der Weltempfindung, ja selbst in der tragischen Schuld der beiden Frauen, die die eigentliche dramatische Handlung schicksalhaft bestimmt.
Ist das Zufall oder unmittelbarer Einfluß? Oder wiederum

ein Beispiel zeit- und gesinnungsgenössischer »Kongenialität«?

Diese Fragen bleiben für mich immer noch offen, wie auch viele andere, die sich auf konkrete Zusammenhänge zwischen Brecht und seinen russischen Vorgängern und Zeitgenossen beziehen. Einige Schlußfolgerungen erscheinen jedoch schon jetzt berechtigt.

Die internationale künstlerische Avantgarde des zweiten und dritten Jahrzehnts unseres Jahrhunderts war während der »Goldenen Zwanziger« – der Roaring Twenties – besonders produktiv. Im vor- und nachrevolutionären Rußland erlebte die Avantgarde – auch »Linke Kunst« genannt – den weitaus breitesten Triumph. Sie wurde nicht nur zu einer ästhetischen Strömung, sondern auch zu einer sozialpolitisch militanten Bewegung.

Gleichzeitig traten in Deutschland die Expressionisten und Dadaisten als bewußte Vorkämpfer eines »Kulturbolschewismus« auf.

In anderen Ländern waren die ästhetischen Rebellen weniger politisch aktiv bzw. weniger deutlich politisch festgelegt, obwohl auch französische, polnische, tschechische und ungarische Surrealisten meistens als »Rote« galten.

Die avantgardistischen Revolten ebbten in den dreißiger Jahren mehr und mehr ab. Diese Ebbe entstand nicht nur infolge brutaler Eingriffe, wie etwa durch die nazistische Bekämpfung der »entarteten Kunst« oder die stalinistischen »Säuberungen« von Formalisten und ideologischen Abweichlern. Es war auch eine »naturgesetzmäßige«, spontane und unaufhaltsame Wende der ästhetischen Strömungen.

Die naturalistischen Stürmer und Dränger des ausgehenden 19. Jahrhunderts waren ebenso spontan gesetzmäßig von den Neoklassikern, Neoromantikern und Symbolisten abgelöst worden, denen nachher die Expressionisten folgten. Bald darauf kam die »Neue Sachlichkeit« mit Fallada, Kästner, Feuchtwanger. Ähnliche Tendenzen kann man bei Alfred Döblin, Heinrich Mann, Vitesslaw Nezval, Pablo Neruda und Nâzim Hikmet beobachten. In den dreißiger Jahren gingen die Expressionisten Becher und Friedrich Wolf, die Surrealisten Aragon und Eluard zu einem »sozialistischen« Klassizismus über.

Diese Entwicklung wurde aber als Entstehung einer grundsätzlich neuen »künstlerischen Methode« eines *Sozialistischen Realismus* bezeichnet.
Dazu bekannte sich auch Brecht, aber im Unterschied zu den meisten anderen »sozialistischen Realisten« trat er dabei als bewußter Traditionsträger und Verteidiger der avantgardistischen linken Kunst der zwanziger Jahre auf. Er kam in die Literatur und auf die Bühne zunächst als ironischer, ja sarkastischer Expressionistengegner, verhöhnte schonungslos das »Oh-Mensch-Pathos« und die »Der-Mensch-ist-gut«-Illusionen. Aber in der »Expressionismus«-Debatte 1937/38 polemisierte er heftig gegen Lukács und andere Dogmatiker, die den Expressionismus verteufelten.

Im ersten Jahrzehnt nach 1945, als sich im Westen der Neorealismus ausbreitete und im Osten der behördlich geförderte quasi-sozialistische Quasi-Realismus zu einer staatspolitischen Doktrin wurde, wollte Brecht nicht von seinem eigenen Weg weichen. Er verleugnete weder seine Jugendwerke noch seine Jugendlehrer und seine Verwandtschaft mit den bösen Formalisten. 1951 verteidigte er Barlach denn auch folgerichtig gegen ideologische »Dekadentenjäger«.
Brecht wird als der legitime Erbe Meyerholds, des LEF sowie der gesamten russischen revolutionären Kunst empfunden und gedeutet. Dabei sind wohlgemeinte Übertreibungen und Simplifizierungen unvermeidlich; aber eins ist für alle objektiven Beobachter klar: Die russischen Quellen und Einflüsse in Brechts künstlerischem Schaffen waren mindestens ebenso bedeutend wie die wichtigsten, die er aus anderen Teilen der Welt bezogen hat. Sie wirkten aber entscheidend an den Wendepunkten seiner Entwicklung: In den zwanziger Jahren, als er »Die Mutter« verfaßte, in den dreißiger und vierziger Jahren, als er mit »Mutter Courage« und »Galilei« in neuer Weise auf die »alte Dramenform« zurückgriff, die er noch ein Jahrzehnt zuvor »kaputtgegangen« wähnte.
Es bleibt die Frage: Wie und wodurch, von welchen Einwirkungen wurden in seinem letzten Lebensabschnitt seine Denk- und Lernlust, seine Fähigkeit, die »Dinge zu

erkennen, indem man sie ändert«, und sein lyrisches, dramatisches und bühnenkünstlerisches Schaffen beeinflußt?
Darüber wird man bestimmt noch viel diskutieren.

Wenn es im Geahnten ist
Wenn es im Losen ist
Wird es gepriesen
Wenn es im Großen ist
Wenn es im Geplanten ist
Wird es verwiesen.

Das sollte auch für ihn selbst gelten.

Erregung von heute und die Märchenfarben

Anna Seghers unterwegs

Sie ist immer noch unterwegs zu ihren Lesern. Anna Seghers, die bereits 1928 den Kleist-Preis erhielt und bis zu ihrem letzten Lebenstag als das literarische Oberhaupt in der DDR galt, hat bis heute noch nicht die meisten derjenigen Leser erreicht, denen ihr Werk Freuden und Erkenntnisse bringen müßte. Ihre Schriften sind im Westen, leider auch im deutschsprachigen Westen, viel zu wenigen bekannt. Ihr Werk, ihr Dichterschicksal wird sowohl von gehässigen Gegnern wie von manchen treuen Verehrern mißdeutet.

Mit achtzehn Jahren las ich den »Aufstand der Fischer von St. Barbara«: Die Gestalten scharf gezeichnet wie Holz- oder Linolschnitte; der Hintergrund – das Fischerdorf, die Insel, das Meer – in klaren, aquarellhaft sanften Farben; die Tragik des mißlungenen Aufstands und der unbezwungene rebellische Geist. Ich bewunderte diese Erzählung als wahre revolutionäre Kunst. Es war eine doppelte Freude: an dem plastisch gestaltenden poetischen Wort und an der kämpferischen Begeisterung.
Kurz darauf sah ich Anna Seghers: 1930 in Charkow. Zusammen mit einigen Kollegen und Freunden kam ich zur letzten Sitzung der internationalen Konferenz des »Bundes proletarisch-revolutionärer Schriftsteller«, der im Literatenclub tagte. Wir bewunderten die berühmten Autoren: den Polen Bruno Jasieński, die Franzosen Louis Aragon und Léon Moussinac, die Deutschen Ludwig Renn und Egon Erwin Kisch. Die kleine Frau mit dem ernst-neugierigen Blick und den glattgekämmten Haaren – solche Knoten im Nacken trugen unsere Lehrerinnen – war Anna Seghers. Zum Schluß sangen die Delegierten die Inter-

nationale – auf deutsch, französisch, englisch, italienisch, und wir sangen auf russisch und ukrainisch mit.
Dieses Erlebnis hat sich mir für immer eingeprägt auf der Innenseite der Augenlider, im Ohr, im Herz. Jedesmal, wenn ich Anna Seghers las oder hörte, kam es wieder: »Völker, hört die Signale!« – in verschiedenen Sprachen, mit *einer* Melodie, *einem* Glauben, *einer* Begeisterung – Auf zum letzten Gefecht!«
Die Bücher von Anna Seghers, die ich später las, »Die Gefährten« (1932), »Der Kopflohn« (1933), »Der Weg durch den Februar« (1935) und »Die Rettung« (1937), haben mir gut gefallen; sie bestärkten mich in meiner Überzeugung, daß ein ehrlicher Schriftsteller auch Revolutionär sein müsse. Die Autorin schrieb wohl manchmal zielbewußt propagandistisch, blieb aber stets scharfsinnig beobachtend, öfter trauernd als fröhlich und immer mitleidend. Sie war für meine Freunde und für mich *die* proletarische revolutionäre Dichterin.
In den höheren Semestern der philologischen Fakultäten haben viele Studenten damals gelernt, differenzierter zu denken. Sie verwarfen die flach ideologische zweidimensionale Auffassung der Kulturgeschichte, der Kunst und Literatur. Die Belehrungen der dogmatischen Professoren überzeugten uns nicht mehr. Wir lehnten ihre vulgärsoziologischen Deutungen der Literaturgeschichte ab. Zusammen mit jüngeren Dozenten, den Schülern von Georg Lukács, diskutierten wir darüber, warum Marx und Engels solche konservativen und reaktionären Dichter wie Shakespeare oder Calderón leidenschaftlich liebten und verehrten. Warum schätzten sie den Royalisten Balzac viel höher als den radikalen Sozialisten Zola?
In allen Lehrbüchern galt Gorkijs Roman »Die Mutter« als das erste und musterhafte Werk des sozialistischen Realismus, der proletarisch-revolutionären Kunst; aber wir wußten, daß Lenin diesen Roman äußerst bescheiden bewertete – »ein Buch zur rechten Zeit« –, obwohl er mit Gorkij auch persönlich sehr befreundet war. Dagegen bezeichnete er das Werk Lew Tolstojs als »Spiegel der Revolution«, obwohl Tolstoj alle sozialistischen Theorien und revolutionären Praktiken verabscheute, sich zum Christentum, zur Gewaltlosigkeit bekannte.

Ideologische Maßstäbe galten für viele von uns nicht mehr bei der Beurteilung von Dichtung und ästhetischen Problemen.
In den dreißiger Jahren waren Ernest Hemingway, John Dos Passos, Thomas und Heinrich Mann, Lion Feuchtwanger, Romain Rolland die meistgelesenen und populärsten ausländischen Autoren in Rußland.
1940 kam »Das siebte Kreuz«. Dieses Buch hat bei mir damals alle anderen Leseerlebnisse übertroffen. Ich hatte schon früher Bücher über die Konzentrationslager gelesen; Willi Bredels »Die Prüfung«, Wolfgang Langhoffs »Die Moorsoldaten« und einige andere Erzählungen wa-

ren tief bewegende Berichte, sie riefen Entsetzen und Zorn hervor. Aber »Das siebte Kreuz« wirkte auch noch anders. Dieses Buch riß mit, überwältigte ... Es war ein Kunstwerk, es war Poesie.
Sieben Häftlinge flüchteten aus dem Konzentrationslager. Sie wurden, einer nach dem anderen, gefangen und umgebracht, an den Kreuzen aufgehängt, die der Lagerkommandant auf dem Appellplatz hatte errichten lassen.
Der siebte, der Kommunist Georg Heisler, entkommt. Das siebte Kreuz bleibt leer. Der Lagerkommandant wird abgesetzt.
Ausführlich werden Tag für Tag die Erlebnisse der Flüchtlinge geschildert, die Alltagsbilder der Ortschaften, durch die sie kommen, die Menschen, die ihnen helfen oder nicht helfen – nicht helfen wollen oder nicht helfen können; das Leben im Lager, das Verhalten der im Lager zurückgebliebenen Häftlinge. Die bis ins kleinste genauen Bilder der Menschen, der Landschaften an Rhein und Main. »Inniger ist kaum eine Landschaft beschrieben worden«.[1]
Das facettenreiche realistische Panorama wird zu einer poetischen Metapher, zum Sinnbild: Das Leben bekämpft den Tod. Die sieben Kreuze – eine mystische Zahl. Der Kreuzestod des Gottessohnes auf Golgatha war ein Sieg des Lebens über den Tod. Daran wurde nicht ich allein erinnert. Im Freundeskreis stritten wir, ob es eine religiöse oder antireligiöse Symbolik sei, daß ein Kreuz – aber eben ein leeres Kreuz neben den sechs Kruzifixen – zum Zeichen des Sieges wird.

> Dieses Buch wird nicht aufhören, in seinen Lesern ein brennendes Gefühl des Am-Leben-Seins zu wecken, Glück und Qual zugleich. Und man wird dafür keinen besseren Ausdruck finden als die Worte: »Jetzt sind wir hier. Was jetzt geschieht, geschieht uns.«[2]

»Das siebte Kreuz« war ein gewaltiges, wichtiges Erlebnis, aber danach kamen die Jahre, die mir viele andere schwerwiegende Erlebnisse bescherten – an der Front, in der Haft, in der Zeit des »Tauwetters«. Eben zu Anfang dieser Zeit hatte ich wieder eine Leserbegegnung mit Anna Seghers. Die Erzählung »Der Mann und sein Name« wurde

1955 in der Monatsschrift »Inostrannaja Literatura« veröffentlicht, die damals zu erscheinen begann. Ein junger SS-Mann, der unter fremdem Namen ein DDR-Bürger geworden ist, will nun als rechtschaffener, gewissenhafter Arbeiter leben. Verschiedene Gründe: Gewissensbisse, Liebe, die Begegnung mit einem alten Kameraden, bewegen ihn, seine Vergangenheit zu gestehen. Einige Arbeitskollegen sind empört über den Betrug. Er wird verhaftet, aber nach Ermittlungen wieder freigelassen. Seine Geliebte bleibt bei ihm, auch mehrere Freunde halten zu ihm, und er beginnt nun wirklich ein neues Leben.
Mit dieser Erzählung erschien in der sowjetischen Presse zum ersten Mal die Gestalt eines ehemaligen Nazis, der nicht als Ungeheuer, Schuft oder Trottel geschildert wurde, sondern als gewöhnlicher Mensch, der seine Schwächen und seine guten Eigenschaften hat. Die unauffällig artikulierten ausführlichen Schilderungen der Personen, der Landschaften und Gegenstände, exakte und folgerichtige psychologische Erklärungen menschlicher Beziehungen und Handlungen – das war die wohlbekannte epische Kunst von Anna Seghers. Ebenso wie in ihren Romanen wurden manche Episoden so ungekünstelt naiv geschildert, als sei die Autorin selbst verwundert über das, was sie beschreibt, oder nicht sicher, wie sie darüber urteilen sollte.
Diese Erzählung war eine der vielen literarischen Äußerungen des »Tauwetters«, keine besonders hervorragende; auf manchen Seiten gab es vordergründige propagandistische Rhetorik, die in der DDR damals noch nicht so verschlissen war wie bei uns. Ich mußte Anna Seghers vor manchen jungen Kritikern verteidigen. Das fiel mir viel leichter, nachdem ich ihren Roman »Transit« wieder und wieder gelesen hatte.

Transit – Ein Neubeginn

Es dauerte mehrere Jahre, bis es gelang, dieses Buch in Moskau herauszugeben. »Maßgebende Genossen« behaupteten, es sei ein mißlungenes Werk, »durchdrungen von dekadenten pessimistischen Stimmungen«, es sei fast ebenso schlimm wie die Erzählung »Der Ausflug der toten Mädchen«, die nach ihrer Ansicht nichts weniger als realistisch, eher schon mystisch war.

Für mich wurde »Transit« zu einer faszinierenden Neuentdeckung, die alle meine früheren Vorstellungen von Anna Seghers über den Haufen warf. Als ich die letzte Seite zu Ende gelesen hatte, fing ich sofort wieder bei der ersten an und las nochmals Seite für Seite, so hingerissen, als sei dies die Erzählung von Erlebnissen eines mir sehr nahen und eng verbundenen Freundes.

Der Ich-Erzähler ist ein deutscher Antifaschist in Frankreich im Sommer 1940. Er ist aus einem Internierungslager für Ausländer nach Paris entkommen. Durch Zufall erhält er die Papiere und Manuskripte des deutschen Schriftstellers Weidel, der aus Verzweiflung Selbstmord beging. Aus Paris flieht er nach Marseille; von dort will er nach Amerika gelangen. Er trifft Marie, Weidels Frau. Sie hatte ihren Mann im Stich gelassen, bereut es, glaubt, daß er noch am Leben sei, und hofft, ihn wiederzusehen. Der Erzähler liebt Marie, bemüht sich, für sie und für sich ein Transit-Visum zu bekommen. Ein anderer deutscher Flüchtling, ein Arzt, wirbt auch um Marie. Mit ihm kommt sie endlich auf das rettende Schiff. Der Erzähler verzichtet auf sein Visum und bleibt in Frankreich.

Der Roman entfaltet sich als Monolog, als ein »Bewußtseinsstrom«, als Erinnerungskette eines sehr einsamen Menschen. Die Komposition gleicht einem Drehbuch. Die Sequenzen lösen sich in wechselreichem Tempo ab: Ereignisse, Gespräche, Landschaften, immer neue Menschen, »eingeschobene Novellen«, längere Berichte von grausamen oder traurigen Schicksalen, dann wieder hastig aufblitzend einzelne Bilder, Zornesausbrüche, Streit, stilles Nachdenken ... Der Gesamtaufbau ist unsymmetrisch, ungleichmäßig.

Die Kollision entsteht daraus, daß der Erzähler – zunächst ohne es zu wollen – den Namen des toten Schriftstellers übernimmt, seiner Witwe begegnet und sie liebgewinnt. Je eifriger er versucht, ihr zu helfen, desto überzeugter ist sie, daß ihr Mann lebt, trotz verschiedener Nachrichten von seinem Tode.

Die verwickelte und dennoch überschaubare Fabel wird in ihrer Entwicklung immer spannender. Man sieht und hört das wirre Treiben in der Hafenstadt, an den Stätten der um die Transit-Visa besorgten Flüchtlinge aus allen Ländern, die von den Nazis überrannt wurden. Man sieht und hört alle diese Menschen, selbst jene, die nur kurz auftauchen. Manchmal schien mir, als wäre ich selbst dabei – in den Vorzimmern der Konsulate, in den Cafés und Pizzerias, in den Straßen von Marseille.
Beim Lesen kamen mir Fragen um Fragen. Ich sollte ein Nachwort zu der russischen Ausgabe schreiben und wagte es, die Autorin direkt um einige Auskünfte zu bitten. Sie antwortete postwendend*:

> Lieber Genosse Lew Kopelew,
> Ihr Brief vom 27. Februar hat mich sehr gefreut. Einige gute Freunde teilen Ihre Vorliebe für das Buch »Transit«. Hier gibt es viele Leute, die es nicht leiden können, ja, die es gar nicht »verstehen«, das heißt, sie verstehen nicht, welche Anweisung darin gegeben ist, die Leiden dieser Erde wirksam zu bekämpfen.
> Nun ist die Sache so, lieber Genosse, ich bin Ende April fast sicher in Moskau. Dann möchte ich unbedingt mit Ihnen zusammen sein, wenn Sie auch Lust dazu haben.
> Ich will Ihnen aber trotzdem auf Ihre Fragen antworten. Dieses Buch »Transit« widerspricht den meisten Vorstellungen, die sich die Leute von seinem Zustandekommen machen.
> Erstens (das ist zum Teil leicht erkennbar), ich habe fast alles, was darin vorkommt, miterlebt. Ich habe aber (und das ist der Widerspruch zu einigen Leuten, die sich falsch über das Buch freuen, im Westen usw.) niemals etwas so unmittelbar im Erlebnis Steckendes geschrieben. Das Buch ist in Marseille entstanden, in den erwähnten Cafés, wahrscheinlich sogar, wenn ich zu lange warten mußte, in Wartezimmern von Konsulaten, dann auf Schiffen, auch interniert auf Inseln, in Ellis Island in USA, der Schluß in Mexiko.
> Zweitens, meine Lehrer sind daran schuld, daß das Buch in all diesem Wirrwarr (für mich wenigstens) an eine einfache klare Handlung geknüpft ist. Jetzt werden Sie erstaunt sein. Ich spreche von den Lehrern Balzac und Racine. Balzac, den ich in der Emigration, besonders als ich, polizeilich verfolgt, an einem kleinen

* Die Erlaubnis für die Publikation der Briefe von Anna Seghers verdanken wir ihrer Tochter, Frau Dr. Ruth Radvanyi.

Ort lebte, viel las, knüpfte die Schilderung eines gewissen Sektors unseres Lebens an das persönliche Schicksal von Menschen, die durch irgendein Erlebnis in diesen Sektor hineingeraten sind. Das macht er so in »Verlorene Illusionen«, bei dem Dorfpfarrer, bei all seinen hundert Büchern.
Racine habe ich erst verstanden, als ich in Angst vor Verfolgung in dem deutsch besetzten Paris war. Da verstand ich erst, wie gut eine klare einfache Welt ist. Und alle Erregung reduziert auf das Wichtigste.
Was mit dieser Frau und ihren zwei Freunden und ihrem toten Geliebten passiert, das gleicht der Handlung von Racines »Andromaque«: Zwei Männer kämpfen um eine Frau, aber die Frau liebt in Wirklichkeit einen dritten Mann, der schon tot ist.
Jetzt habe ich Ihnen einen ganzen Haufen verraten.
Ich glaube, ganz gut hat über mich geschrieben, d.h. über »Transit«, der inzwischen verstorbene Paul Rilla, Verlag der Akademie.
[...]
(7. März 1960)

Wenige Wochen danach kam Anna Seghers zum ersten Mal in unsere Moskauer Wohnung. Sie erschien uns geradeso, wie sie in ihren Schriften war: ungekünstelt natürlich, offen, frei von jeglichen zeremoniellen Formalitäten, schlicht, neugierig, wach. Sie lachte und scherzte gern. Überraschend war, wie sie blitzschnell von einer Sprache zur anderen wechselte: Sie begann etwas deutsch zu erzählen, erinnerte sich, daß nicht alle Gesprächspartner sie verstehen konnten, sprang mitten im Satz auf Französisch oder Spanisch über, verdolmetschte das bereits Gesagte. Mit meiner Schwiegermutter, die keine Fremdsprachen kannte, radebrechte sie fröhlich russisch. Sie überraschte auch manchmal mit sonderbaren Fragen. Zunächst erschienen sie naiv oder zufällig, nicht zur Sache gehörend. Sie lächelte verschmitzt, stellte zusätzliche Fragen, und plötzlich merkte man, daß es um etwas recht Wichtiges ging. Es war ja die Zeit des wärmsten »Tauwetters«, und sie wollte wissen, was wir wirklich darüber dachten, wie wir früher unter Stalin gelebt hatten usw.
Im ersten Jahr unserer Bekanntschaft war mir »Transit« besonders nahe. Nachdem 1961 die Ausgabe mit meinem Vorwort erschienen war, über das Anna Seghers mir bei der nächsten Begegnung einige wohlwollende Worte sagte, mußte ich feststellen, daß dieses Buch noch viele

Schichten enthält, zu denen ich beim ersten Anlauf nicht durchgedrungen war. Ich lobte »Transit« als ein Musterbeispiel des sozialistischen Realismus, so wie ich damals diesen Begriff recht vage, eher »Brechtisch«-frei und nicht kanonisch-sowjetisch, deutete. Anna bemerkte dazu beiläufig, daß die meisten Genossen mir wohl kaum zustimmen würden, obwohl sie untereinander selber nicht einig seien, was sozialistisch-realistisch eigentlich heißen solle. Und gleich darauf meinte sie: Es sei alles gut und richtig, was ich über ihre Vorbilder Balzac und Racine geschrieben habe. Sie selbst habe mir ja deren Namen verraten. Doch ein sehr wichtiger Lehrer sei von mir nicht erkannt worden: Kafka. Sie fragte, ob ich den »Prozeß« und die Parabel »Vor dem Gesetz« gelesen hätte. In Marseille, vor den Türen der Konsulate, habe sie oft daran denken müssen.

Paul Rilla hat eben diese Quelle von »Transit« erkannt:

> Das Merkwürdigste an dem Buch ist seine Verwandtschaft mit der erzählerischen Albdruckwelt Kafkas. Ja, es ist dieselbe Unentrinnbarkeit eines Albdruckzwanges, hinter dem dieselben Instanzen einer allmächtigen Sinnlosigkeit walten. Und die Kunst . . . ist von der gleichen Genauigkeit.[3]

Doch auch später, noch nach vielen Jahren, jedes Mal, wenn ich »Transit« in die Hand nehme, entdeckte und entdecke ich etwas Neues. Jedes Mal ist es ein verlockendes Abenteuer,

> mich in diese grundeinfache, zugleich schier unentwirrbar komplizierte Geschichte hineinzubegeben, mich von dieser trügerisch nüchternen Sprache in einen Sog von Abgründigkeit hineinziehen zu lassen [. . .][4]

Das schrieb Christa Wolf, die, wie ich glaube, Anna Seghers menschlich und literarisch besser versteht als alle, deren Arbeiten ich bisher gelesen habe.

Die Quellen von »Transit« findet man in konkreten Tatsachen. Es sind die Schicksale vieler Flüchtlinge, die wie Anna Seghers selbst, ihr Mann und ihre Kinder, erst nach qualvollen Strapazen, Enttäuschungen und tödlichen Gefahren über Marseille nach Übersee gelangten. Manche verzweifelten – wie die Schriftsteller Walter Benjamin,

Carl Einstein, Walter Hasenclever und Ernst Weiß – und flüchteten in den Freitod. Anna Seghers traf Ernst Weiß noch in Paris, kurz bevor er Selbstmord beging. Er hinterließ ein Roman-Manuskript, das später in Amerika unter dem Titel »Ich – der Augenzeuge« herausgegeben wurde. Manches, was in »Transit« über Weidel erzählt wird, über den bereits toten, irrealen und dennoch einflußreichen Teilnehmer der dramatischen Handlung, erinnert direkt an Ernst Weiß.
Doch bedeutsamer erscheinen mir die sinnbildhaften Realitäten, die im Roman selbst aus der Handlung, aus den Kollisionen wachsen und weit über die Grenzen seiner Fabel und seiner Zeit hinaus reichen.

> Ein Transit – das ist die Erlaubnis, ein Land zu durchfahren, wenn es feststeht, daß man nicht bleiben will.[5]

Ein Transit kann erkämpft, erbettelt, verdient oder gewonnen werden, ein Transit durch Länder, durch Parteien und ein Transit durch Liebe, durch Weltanschauung. Für das eigentliche Leben gibt es ja auch lang oder kurz währende Transits bis zur Endstation.
Darüber sprach ich mit Anna Seghers und ihrem Mann. Anna nannte es meine »phantastischen Übertreibungen« und verlieh mir den Spitznamen »Transitmann«.
Auch heute bleibe ich davon überzeugt, daß in diesem Buch noch manche unentdeckte »transitäre« Themen und Probleme verborgen sind. Durchaus möglich, daß die Autorin selbst sich einiger nicht bewußt war. Es gehört ja zu großer Dichtung, daß die Werke ihre Schöpfer überleben und auch solche Früchte tragen, welche weder von den Autoren noch von den Zeitgenossen vorausgesehen wurden.

Der Held von »Transit« liest das Manuskript des toten Schriftstellers Weidel und fühlt dabei, beginnt zu begreifen, was heutzutage zahllose Menschen, die ihre Heimat verlassen mußten, noch schärfer fühlen und begreifen.

> Ich vergaß meine tödliche Langeweile. Und hätte ich tödliche Wunden gehabt, ich hätte auch sie im Lesen vergessen. Und wie ich Zeile um Zeile las, da spürte ich auch, daß das meine Sprache war, meine Muttersprache, und sie ging mir ein wie Milch dem

> Säugling. Sie knarrte und knirschte nicht wie die Sprache, die aus den Kehlen der Nazis kam, in mörderischen Befehlen, in widerwärtigen Gehorsamsbeteuerungen, in ekligen Prahlereien, sie war ernst und still. Mir war es, als sei ich wieder allein mit den Meinen.[6]

Der deutsche Antifaschist verzichtet auf sein Transit in die Sicherheit, er bleibt bei seinen gefährdeten französischen Freunden.

> Was sie trifft, wird auch mich treffen. Die Nazis werden mich keinesfalls mehr als ihren Landsmann erkennen. Ich will jetzt Gutes und Böses hier mit meinen Leuten teilen, Zuflucht und Verfolgung. Ich werde, sobald es zum Widerstand kommt, mit Marcel eine Knarre nehmen. Selbst wenn man mich dann zusammenknallt, kommt es mir vor, man könne mich nicht restlos zum Sterben bringen. Es kommt mir vor, ich kennt das Land zu gut, seine Arbeit und seine Menschen, seine Berge und seine Pfirsiche und seine Trauben. Wenn man auf einem vertrauten Boden verblutet, wächst etwas dort von einem weiter wie von den Sträuchern und Bäumen, die man zu roden versucht.[7]

In diesem Einzelschicksal sind die Probleme poetisch verdichtet, die viele Menschen in Zeiten großer sozialer Erschütterungen lösen müssen: Die Wahl zwischen persönlicher Sicherheit und dem Kampf für große allgemeine Ziele ist immer schwer, aber besonders schwer, wenn der Kampf aussichtslos erscheint. Ein Künstler, ein Schriftsteller ist immer einsam in seinem Beruf und dennoch vielfach verbunden mit seiner Umwelt, mit Menschen – mit Einzelnen und mit Gemeinschaften, mit der Sprache, der Natur, den Landschaften seiner Heimat; er möchte frei sein und ist doch von vielem abhängig. Ein wahrer Künstler lebt auch nach dem Tode, er hilft anderen, auch wenn er sich selbst nicht helfen konnte.
Der Held, der selbst hartnäckig am Leben festhält und kampfbereit ist, verteidigt den Schriftsteller, der weder kämpfen konnte noch leben wollte:

> Er hat um Besseres gekämpft. [. . .]
> Um jeden Satz, um jedes Wort seiner Muttersprache, damit seine kleinen, manchmal ein wenig verrückten Geschichten so fein wurden und so einfach, daß jeder sich an ihnen freuen konnte, ein Kind und ein ausgewachsener Mann. Heißt das nicht auch, etwas

für sein Volk tun? Auch wenn er zeitweilig, von den Seinen getrennt, in diesem Kampf unterliegt, seine Schuld ist das nicht. Er zieht sich zurück mit seinen Geschichten, die warten können wie er, zehn Jahre, hundert Jahre.[8]

Es gibt nicht nur die eine Wahl zwischen Tod und Kampf. Man wählt auch das Leben als solches, das am Leben bleiben, auch darum, weil man keinen »im Stich lassen« kann, weder die Menschen, mit denen man zusammenlebt, noch die Städte, die Dörfer, das Land. Faust bekannte sich dazu:

Und was der ganzen Menschheit zugeteilt ist,
Will ich in meinem innern Selbst genießen, ...

Der Antifaschist in »Transit« bekennt sich auch zu allen Menschen, die auf ihr Transit verzichten und dableiben:

[...] sie alle gehörten zur Menge derer, die nie abfahren, mag geschehen, was will. Der Einfall, abzufahren, kommt ihnen so wenig wie einem Baum oder einem Grasbüschel. Und wenn ihnen auch der Einfall käme, für sie gibt es keine Billette. Die Kriege sind über sie weggegangen und die Feuersbrünste und die Rache der Mächtigen. Wie dicht auch immer die Haufen von Flüchtlingen waren, die alle Heere vor sich trieben, sie waren geringfügig im Vergleich zu denen, die trotzdem geblieben sind. Was wäre auch aus mir, dem Flüchtling, in all den Städten geworden, wenn sie nicht geblieben wären! Sie waren mir, dem Waisen, Vater und Mutter, sie waren mir, dem Geschwisterlosen, Bruder und Schwester.[9]

Solange der Erzähler auf der Suche nach einem Versteck durch Frankreich zog, solange er in Marseille endlose Stunden in den Wartezimmern von Konsulaten und in kleinen Cafés verbrachte, solange lebte er wie alle obdachlosen Flüchtlinge von vagen Hoffnungen und empfand die Wirklichkeit wie im Nebeldunst. Aber allmählich wird die sprunghaft gespannte Reihenfolge der Episoden von einem ruhigen Strom der Erzählung abgelöst. Das letzte Kapitel knüpft unmittelbar an das erste an, als der Erzähler sich, in einem Hafenlokal in Marseille, zu erinnern begann. Ihn bewog dazu die Nachricht – vielleicht ein Gerücht – vom Untergang eines Schiffes, das auf eine Mine gelaufen sein sollte. »Auf dieser ›Montreal‹ gab es ein Paar, das ich einmal flüchtig gekannt habe.«[10]

Ein geschlossener Ring? Nein, eher eine offene Spirale. Das Transit gilt weiter, für neue Menschen, für neue Zeiten.

Zwei Seelen einer Dichterin

Anna Seghers hat zeit ihres Lebens neben Erzählungen und Romanen auch publizistische Essays und kunsttheoretische, literaturhistorische Artikel und Kritiken geschrieben, sie hat in Gesprächen, Interviews und Briefen ihre Ansichten zu sozialpolitischen und ästhetischen Problemen wie auch zu ihren eigenen Arbeiten geäußert.
Dennoch: eine konsequente »Weltanschauung« aus all diesen Texten herauszuschälen, ist nach meiner Überzeugung unmöglich und auch unnötig. Sie war gewiß eine sehr kluge, vielseitig gebildete Persönlichkeit, eine Dichterin, die auch über ihr eigenes Schaffen ernsthaft und verantwortungsbewußt nachdachte. Dabei war sie eine überzeugte Kommunistin, die trotz allen bitteren Erfahrungen, Zweifeln und Enttäuschungen ihrer Partei selbstlos ergeben blieb und sich, soweit ich weiß, niemals vorstellen konnte, etwas gegen den Willen der Partei zu tun oder ideologische Thesen, die von der Partei verkündet wurden, öffentlich zu kritisieren.
Aber vor allem war sie eine Dichterin, eine Künstlerin. Ihre geistige Entwicklung kann gewissermaßen mit der von Bertolt Brecht verglichen werden. Doch der parteilose Dichter Brecht hat immer wieder mit aller Kraft seiner Begabung versucht, seine marxistischen Erkenntnisse – »die Lehren der Klassiker«, wie er zu sagen pflegte – in seiner Dichtung zum Ausdruck zu bringen. Seine Ideen, seine Gedanken verkörperte er künstlerisch, »verfremdete« sie poetisch und dramatisch, damit möglichst viele Leser, Zuschauer und Hörer sie aufnehmen, sich mit ihnen auseinandersetzen und selbst weiterdenken.
Das Parteimitglied Anna Seghers hat wohl versucht, in einigen Werken (»Der Weg durch den Februar«, »Die Entscheidung«, »Das Vertrauen«) ähnliches zu vollbringen, kämpferische »parteiliche« Literatur zu schaffen, und als erfahrene Künstlerin ist ihr das mehr oder weniger

gut gelungen. Doch in ihren besten Werken, im »Siebten Kreuz«, in »Transit«, in »Der Ausflug der toten Mädchen«, in »Das wirkliche Blau« und in vielen anderen Erzählungen wirkt die souveräne Dichterin frei von jeglicher ideologischer Voreingenommenheit, und keine politische Zwecksetzung ist erkennbar.
Christa Wolf erinnert sich daran, wie sie 1949 als junge Journalistin ihr erstes Interview mit Anna Seghers für die »Neue deutsche Literatur« machte:

> Später, in der Redaktion, als wir ihre Antworten durchlasen, sagten wir tadelnd und gelinde bekümmert: Die Anna hat wieder mal ihren Kopf für sich. Wir nämlich waren mächtig sattelfest in dem, was wir für marxistische Literaturtheorie hielten.[11]

Brechts Werke sind oft zutiefst durchdrungen von seinen Ideen, von seinem zielbewußten Streben zur weltanschaulichen Aussage, sowohl die sehr guten – z. B. »Mutter Courage« oder »Galilei« – wie auch die weniger guten oder mißglückten (z. B. der Versuch, das »Kommunistische Manifest« als Poem zu verdichten).
In dem, was Anna Seghers schrieb und sprach, blieben dagegen Poesie und Ideologie meistens unvermengt, voneinander getrennt wie Wasser und Öl. Wenn sie Illustrationen oder Modelle für parteipolitische Thesen entwarf, erreichte sie nicht »die letzte Stufe zur epischen Lebensfähigkeit«, wie Siegfried Lenz es in seiner sehr freundlichen und nachsichtigen Besprechung des Romans »Der Kopflohn« zutreffend bezeichnete. In diesem Buch erkannte er »die unüberhörbare Resignation der Kommunistin Anna Seghers . . .«[12]
Die »getrennte Nachbarschaft« der politischen Weltanschauung und der poetischen Weltempfindung bestimmte in vielem ihr Leben und Werk. Bereits in ihrer Jugend hatte sie sich von der Bürgerlichkeit getrennt, in die sie hineingeboren war. Als Studentin begeisterte sie sich für die Ideale der sozialen Gerechtigkeit, der Freiheit und Brüderlichkeit aller Menschen.
Die junge promovierte Kunstwissenschaftlerin Netty Reiling widerstand den Einflüssen ihrer akademischen Lehrer und selbst ihres kunstsinnigen Vaters, die sie in geschlossene Zirkel einer geistigen Elite emporgehoben

hätten. Der junge ungarische Kommunist László Radványi wurde ihr geistiger Mentor und später ihr Ehemann, mit dem sie 54 Jahre lang bis zu seinem Tode in Liebe und Freundschaft verbunden blieb. Er behielt bis zuletzt seinen Parteinamen Johannes Schmidt, Anna und seine Freunde nannten ihn Rodi.
Anna Seghers wurde 1928, im selben Jahr, als ihre Erzählung »Der Aufstand der Fischer von St. Barbara« ihr den ersten Ruhm brachte, Mitglied der KPD.
Sie hat es sich nicht leicht gemacht, ihre politischen Ansichten mit ihrer Kunst in Einklang zu bringen. Sie wollte eine ehrliche, konsequente Genossin – Klassenkämpferin, Propagandistin, Aufklärerin – sein, aber sie blieb vor allem Dichterin und war sich dessen bewußt.
Den Widerspruch zwischen Tendenz und Kunst hat sie gespürt, begriffen, immer wieder zu lösen versucht.

> Allein durch die Tendenz kann ein schlechtes Kunstwerk zu keinem guten werden.Nur wenn beides zusammenkommt, wenn ein Künstler seine Begabung einsetzt, wenn er die »reine« Kunst »anwendet«, bringt er die Menschen, vor die sie gestellt ist, weiter.

So schrieb sie 1948 in einem kurzen Essay, »Die Tendenz in der reinen Kunst«[13]

Im Frühjahr 1964 und im Sommer 1965 war ich zu Besuchen in der DDR, habe dort mit Kollegen und Freunden über verschiedene politische, kulturhistorische und literarische Probleme diskutiert. Mit Anna Seghers gab es einige sehr lebhafte Streitgespräche, in denen Rodi ruhig-überlegen und versöhnend vermittelte, wenn Anna von meinen »abweichlerischen« ideologisch-häretischen Äußerungen, gerade zu den Problemen Kunst und Fortschritt, Dichtung und Ideologie, besonders gereizt war.
Bald darauf schrieb ich einen Essay »Wieviel deutsche Literaturen gibt es?«, den ich in der Moskauer Wochenschrift »Neue Zeit« publizierte. Ich verteidigte die schlichte These, daß unabhängig von der staatspolitischen Spaltung *eine* deutsche Nationalliteratur existiert und sich weiter entwickelt, daß die Werke von Bertolt Brecht, Anna Seghers, Erwin Strittmatter, Christa Wolf ebenso wie die Werke von Heinrich Böll, Günter Grass, Wolf-

gang Koeppen, Siegfried Lenz und aller guten deutschen Autoren in Ost und West zu *einer* Literatur gehören. Die »regionalen« politischen Unterschiede seien besonders deutlich bei tendenziösen, mittelmäßigen oder schlechten Literaten, mochten sie auch Bestseller produzieren. Das seien indes Randerscheinungen oder sogar literarischer Ausschuß, aber eben doch inmitten *einer* Nationalliteratur. In jedem Land gebe es unterschiedliche, gegensätzliche weltanschauliche Strömungen, aber unabhängig von ihren politischen Ansichten gehörten gute, mittelmäßige oder schlechte Schriftsteller zu ein und derselben Nationalliteratur.

Am 15. Februar 1966 schrieb mir Anna Seghers darüber einen langen Brief:

> Lieber Transitmann Kopelew,
> [. . .] Du hast mir vor längerer Zeit Deinen Artikel geschickt über die zwei deutschen Literaturen. Das ist eine Frage, die andauernd gestellt wird und so oder so beantwortet. Entweder handelt es sich um eine pure Terminologie-Frage – denn im reinen Wortsinn ist Russische Literatur was auf Russisch geschrieben wurde und Englische Literatur was auf Englisch geschrieben wurde – oder es handelt sich um eine sehr ernste Frage, über die ich noch keine ausreichend formulierte Antwort gelesen habe. Auch bei Dir nicht.
> Selbstverständlich gehören zu Volk und Sprache und Literatur usw. alle Assoziationen, die aus gemeinsamen Erlebnissen, aus gemeinsamer Geschichte usw. herrühren. Nun, und das reicht bis zu einem gewissen Punkt, dann hören auf einer Seite die Assoziationen auf. Mir gefällt zum Beispiel Böll sehr gut, ich schätze Peter Weiss. Es gibt aber Inhalte, die vom Klassenstandpunkt bestimmt werden, und das ist ein Standpunkt, den sie nicht oder kaum erfaßt haben können. Das hat zunächst nichts zu tun mit ihrem Talent und mit meinem Gefallen. – Doch, es hat anders herum viel damit zu tun.
> Es ist die alte, langweilig gewordene Frage über Form und Inhalt, vielleicht besser gesagt über Inhalt und Darstellung. [. . .]
> Ich möchte gleich vorweg nehmen, daß es mir nur in diesem Zusammenhang gar nicht darauf ankommt, ob die Ideen, die mir wichtig sind, sagen wir Gerechtigkeit, Freiheit usw. schlecht vertreten werden und von Menschen verhuddelt und heuchlerisch behandelt. Ich kann sie ja nur als Ziel nehmen. Darum ist mir ein auf diesen unser Ziel gerichteter Inhalt, wenn er mit großer Darstellungskraft verbunden ist (selbstverständlich gehören Ta-

lent und Darstellungskraft dazu) wesentlicher als irgendein anderer Inhalt, der mit dem gleichen Maß von Talent und Darstellungskraft verbunden wäre. Wie man das genau ausdrücken kann, weiß ich nicht.
Ich möchte Dir einmal ein Beispiel aus einer ganz anderen Epoche geben, so daß persönliche Erinnerungen ausschalten.
Es gibt einen Franzosen, ich glaube mit Namen Thiery, ein ziemlich bekannter Mann, der über die Völkerwanderung, die Merowinger, halb dokumentarisch viel Material zusammengefaßt hat. Es gibt in dem Buch einen Bericht, in dem ein junger abenteuerlustiger Italiener vorkommt. Er gehört ganz zur antiken Kultur. Aus irgend einem Grund reitet er in dem verwüsteten Südfrankreich herum, das einmal eine römische Provinz war. Er kommt durch Zufall in ein Frauenkloster. Die Äbtissin und eine Novize bewirten ihn. Er ist ganz erstaunt über die Kultur, die er hier antrifft. Die Frau kann mit ihm lateinische Dichter zitieren, hat entsprechende Bücher usw.
Nun kommt meine Erfindung dazu: Es ist möglich, sogar sicher, daß dieses Kloster zu irgendeinem Orden, zu irgend einem Bischofssitz gehörte, der aber weit weg lag. Es gab also irgend einen Mönch, vielleicht auch irgend einen Bauern, der angesteckt von einer im Entstehen begriffenen Weltanschauung ein Kruzifix schnitzte, schlecht und plump. Trotzdem hat künstlerisch dieses schlechte und plumpe Machwerk bei der Kathedrale von Chartres geendet, – erschöpft und ihrem Ende nah war die lateinische Kultur und Dichtung.
Das ist kein Kriterium, zunächst, für Gehalt und Schönheit. Man kann aber nicht sagen, daß im selben Moment der Geschichte beides gleichwertig war.
Es ist möglich, daß in einer plumpen und schlecht geschriebenen Novelle, in einem Teil Deutschlands etwas steckt, was in der Darstellung noch nicht bewältigt wurde, aber als existent erfaßt, und im anderen Teil Deutschlands ist es noch lange nicht existent. Und vor allem, es ist auch noch nicht erfaßt. Denn erfaßt, natürlich, kann es überall werden.
Aber das Kriterium ist ja nicht, ob etwas in beiden Teilen Deutschlands gespielt und verstanden wird usw., das Verständnis reicht bis zu einem bestimmten Moment, bis zu einem bestimmten Klassenmoment, der den antifaschistischen Kampf noch einbezieht, der aber nicht identisch ist mit der Tendenz zum Sozialismus.
Weiß der Teufel, ob ich mich verständlich ausdrücke. Du brauchst mir auch gar nicht darauf zu erwiedern. Es ist ein lautes Denken. Es bezieht sich auf manche Sachen, die Du in Deinen Arbeiten berührt hast. (Und in Deinem Leben.) Wie ich schon am Anfang

sagte, hat es überhaupt nichts damit zu tun, ob dieser Kampf wirklich ausgetragen wird, ob er wirklich von würdigen Menschen ohne Heuchelei repräsentiert wird. Damit hat zunächst unsere rein künstlerische Frage noch nichts zu tun. [...]
In diesem Zusammenhang denke ich noch über eine andere Frage nach. Und diese scheinbare Nebenfrage wird vielleicht plötzlich zur Hauptfrage.
Sieh mal, die Fabel oder – wenn Du willst – das Thema, das Motiv eines Buches hat ungeheuer viel zu tun mit Qualität. Ja, auch mit rein künstlerischer Qualität. Das Auffinden der richtigen, dem Stoff entsprechenden Fabel. Dafür kann man x Beispiele nennen. Du mir, ich Dir. Zum Beispiel ist sicher »Amerikanische Tragödie« von Dreyser ein fast klassischer Roman. Es gibt 10 Novellen von dem selben Autor, die sozusagen an dem Motiv herumsuchen und erst als die Fabel gefunden war, wurde es ein großer kritischer Roman des Bürgertums, oder wie man es nennt. Nun, manchmal sucht ein Einzelner die richtige Fabel, manchmal wird sie von vielen guten und mittelmäßigen und schlechten Künstlern gesucht. Welche richtige Fabel? Die Veränderung in der Zeit usw. – ich glaube, da wird schon nicht mehr das selbe gesucht in beiden Teilen von Deutschland. Du kannst nicht plötzlich den Klassenstandpunkt auslassen. [...]

Darauf habe ich am 25. März 1966 geantwortet, und an den damals ausgesprochenen Ansichten halte ich noch immer fest:

Liebe Anna!
Dein Brief, Dein »lautes Denken« hat mich und Raja sehr beeindruckt, wir denken und sprechen viel darüber. Er ist wirklich schön dieser Brief und das Schönste in ihm ist daß eben das Denken eines Künstlers laut wird, eines humanen, aufrichtigen Künstlers, bei dem auch die unausgleichbaren Widersprüche fruchtbar sind. Hin und wieder mußte ich an das alte Gebet denken: »ich glaube, o Herr, hilf mir in meinem Unglauben!« Nun aber noch etwas über einige konkrete Probleme, die ich in meinem Artikel so ungeschickt und oberflächlich zu lösen versuchte. Du hast Recht – Klassenstandpunkt in der Literatur ist eine objektive Realität, ebenso wie nationale Substanz. Bei Kleist und Puschkin ist ihr Adel ebensowenig wegzudenken, wie bei Thomas Mann sein Bürgertum. Es gibt wohl kompliziertere Fälle – z. B. Heine, Dostojewski, Tschechow, Brecht – aber dafür verfügen [wir] ja über die recht weitmaschigen Begriffe von kleinbürgerlicher, innerlich widersprüchlicher deklassierter Intelligenz u.dgl.m. (Leider manchmal verwickelt man sich so im Gewebe [...] abstrakter

Spekulationen, daß der eigentliche künstlerische Inhalt glatt verloren geht). Trotzalledem sind aber Klassenstandpunkt und Parteilichkeit vollkommen reale Eigenschaften auch künstlerischer Tätigkeit. Doch ihr gegenseitiges Verhältnis ist nicht immer harmonisch ebenso wie ihr Verhältnis zum historischen Fortschritt. Dante war ein leidenschaftlicher Guelfe, meinst Du aber, daß ein Leser, der es heute nicht weiß, oder gar ihn einen Ghibellinen nennt dadurch auch nichts von seiner poetischen Macht spürt. [...] Goethe und Schiller nahmen Partei gegen die französische Revolution, diese Parteinahme äußerte sich nicht nur in schlechten Komödien (»Bürgergeneral«, »Aufgeregten« etc.) und rhetorischen Versen, sondern auch in bedeutenden, in großartigen Werken, solchen wie »Herm. u. Dorothea«, »Lied von d. Glocke«, »Wilh. Tell«, »Natürl. Tochter« u.a.m. [...] Klassenstandpunkt ebenso wie Nationalität ist unbedingt in jedem Künstlerwesen verkörpert, in seiner Fabel, Stimmung oder auch in Sprache, Stil usw. Manchmal ist eben dieser Klassenstandpunkt sehr wichtig [...] nicht nur für Zeitgenossen u. Landsleute, sondern auch für Ausländer, für Nachkommen. [...] Doch Klassen vergehen wie Staaten, Nationen und Kulturen, die Kunst aber bleibt und gilt auch für diejenigen, denen alle Gegensätze der Guelfen und Ghibellinen oder Jacobiner und Girondisten vollkommen unbekannt oder gleichgültig sind. Korn wächst am besten auf gut gedüngtem Boden, es gehört Mist dazu, um letzten Endes unser tägliches Brot zu bekommen. Aber deswegen braucht ja das Brot nicht nach Mist zu schmecken oder zu riechen. Viele unserer [...] Mißverständnisse erfolgen daraus, daß Kollegen, die über Kunst und Literatur am eifrigsten theoretisieren oder auch rechthaberisch entscheiden, am wenigsten davon verstehen, und ihren Marxismus schon seit Jahren gründlich verlernt haben. Ich kenne keine bessere Methode für Analysieren und Begreifen gesellschaftlicher historischer Vorgänge – darunter auch literarischer und künstlerischer – als die Marxistische Dialektik, die so klar und deutlich in den bekannten Äußerungen von Engels über Balzac und von Lenin über L. Tolstoj zum Ausdruck kam. Diese Dialektik berücksichtigt aber die grundsätzliche Besonderheit des ästhetischen Bewußtseins im Vergleich zu anderen Arten des gesellschaftlichen Bewußtseins. Kunst und Literatur ebenso wie Sprache und Naturwissenschaften haben ihre besondere Art vom »gesellschaftlichen Dasein«, sind wohl auch mit philosophischen, religiösen, politischen Gedanken verbunden, aber diese Verbindungen sind meistens recht kompliziert und widersprüchlich. Da wo man das bloß philosophische oder politische Illustrieren beginnt, da hört die Kunst auf. [...]

Der Töpfer Benito Guerrero aus dem mexikanischen Dorf Santiago Isquinta stellte mit blauen Mustern verziertes Geschirr her. Plötzlich gab es keine Farbe mehr. Sie war immer aus Deutschland gekommen, aber der Krieg hatte die Verbindungen unterbrochen. Benitos Kunden wollten jedoch keine anderen Muster, keine andere Farbe. Und der Töpfer selbst wollte auch nichts anderes.
So begann er nach einem Ersatz, nach einer gleichen Farbe, nach dem »wirklichen Blau« zu suchen. Er mußte lange und mühevoll wandern und reisen, bis er endlich in den Bergen weitab von seinem Heimatdorf das fand, was er suchte. Dort entdeckte sein Verwandter, der Bergarbeiter Rubén, in verlassenen Halden das Gestein, aus dem sich ebensolche Farbe gewinnen ließ.
Rubén, ein Junggeselle und Einsiedler, arbeitete besessen von seiner Entdeckung – dem wunderbaren Blau, das in den Steinen verborgen war. Sein Partner und Vetter Lorenzo, ein tüchtiger Geschäftsmann und temperamentvoller Frauenheld, hat seine Braut verlassen, um in eine reiche Familie einzuheiraten, die dem Bergwerk helfen konnte. Beide Vettern empfingen den Töpfer Benito zunächst mißtrauisch und unfreundlich. Doch er gewann Rubéns Vertrauen, als er ihm erzählte, wie das mit der Wunderfarbe verzierte Geschirr vielen Menschen Freude bringen werde: »Von dir wird etwas in ihrem Leben sein.« Auch der pragmatische Lorenzo, der gleichfalls leidenschaftlich »hinter dem Blau her« war, ließ sich überreden.
Der Töpfer bekam seine Farbe, erreichte sein Ziel, obwohl er bettelarm war und ein Analphabet, der nichts von den wirren Verwicklungen des Markthandels verstand. Er bekam sein wirkliches Blau trotz des Weltkrieges, trotz aller Behinderungen durch Gleichgültigkeit, Mißtrauen und Unverständnis.
Er fand, was er suchte, weil er zielbewußt und selbstvergessen »immer strebend sich bemüht« hatte, aber auch, weil seine Frau und seine Söhne, die das letzte Stück Brot mit noch Ärmeren teilten, auf ihn warteten, an sein blaues Muster glaubten, und auch deshalb, weil seine Kunden

nur sein Geschirr mit seinem blauen Muster haben wollten. Ihm halfen viele Menschen, denen er begegnete: seine alte Tante, die ihm von dem verborgenen Bergwerk erzählte, und die beiden Vettern, die ihn mitarbeiten ließen, damit er die gesuchte Farbe bekommen konnte.
Er hat sie nicht wie früher gekauft, sondern nach langen mühevollen Wanderungen erbettelt und erarbeitet. Er hat gehofft und gezweifelt, war verzweifelt und hat von neuem gehofft. So gewann er nach langen Wanderungen aber nicht nur die Farbe, sondern auch neue Erfahrungen, neues Vertrauen in sich selbst, eine neue Vorstellung vom Sinn seines Berufes, eine neue Auffassung von seinem Leben und dem Leben anderer Menschen. Früher hatte er seinem Sohn »besonders streng und besonders oft die Schule verboten«, weil er den »Schlaksel von Schullehrer« verachtete, nun aber dankte er dem Lehrer dafür, daß er seinen Buben schreiben und lesen lehrte.

Mexiko lebt in dieser Geschichte – in der Töpferhütte, auf den Straßen und auf dem Marktplatz der Stadt, in dem kleinen Krämerladen und im Kontor der Großhandelsfirma, in stickigen Eisenbahnwagen und überfüllten Autobussen, im Bergarbeiterdorf, das sich mit Kakteen gegen die steinigen Hänge abgrenzt, und wieder auf den staubigen langen Straßen, in den lärmenden Pulquerias – den Kneipen der Armen, auf waldigen Bergen und in verlassenen Bergwerken. Es klingt darin die Sprache Mexikos – im ungeschickten Gestammel und im lebhaften Wortschwall, in leidenschaftlichen und gelassenen, erregten und ruhig überlegten Reden.
Die Erzählung von den Abenteuern des Töpfers, von seinem alltäglichen Dasein und seinen Wanderungen, von seinen arbeitsamen und tapferen, armen und stolzen Landsleuten, ist auch eine Erzählung über das Wunder der Kunst – über das geheimnisvolle und dennoch offenbare Wunder, das in jedem Werk eines wahren Künstlers lebt, weil jedes Kunstwerk einmalig ist.
Das blaue Muster auf den Tellern des Töpfers Benito ist das Werk seiner Hände und seiner Phantasie. Es ist naiv, schlicht und eben deswegen geheimnisvoll-zauberhaft. Damit dieses Muster entstehen kann, ist die Farbe not-

wendig, die früher aus der Ferne kam, die aber auch in der Nähe gewonnen werden konnte. Für dieses Geschirr braucht man die tagtägliche Mühe vieler Hände, aber vor allem die Kraft, die nur wenigen eigen ist – die schöpferische Phantasie des Künstlers.

Von dem mexikanischen Töpfer schrieb Anna Seghers in Dilishan, einer kleinen armenischen Stadt, und sie widmete diese Erzählung ihren »armenischen Freunden, Schriftstellern und Töpfern«.[14] Vielleicht erinnerten deren Werke sie an Mexiko – oder war es einfach die Freude an diesen Werken, die ihr geholfen hat, die schon früher begonnene Arbeit zu vollenden?

Für mich war diese Geschichte aus dem gestrigen Mexiko, geschrieben im heutigen Armenien, ein Wiedersehen mit der deutschen Romantik.

Von der blauen Blume träumte der junge Dichter und Ritter in Novalis' Roman »Heinrich von Ofterdingen«. Sein Traum wurde an der Wende vom 18. zum 19. Jahrhundert zum poetischen Manifest und die blaue Blume zum ewigen Symbol aller romantischen Träume. Aber in Novalis' poetischem Roman, wo sie erstmals blühte, sah der Held »nichts außer der blauen Blume«, die er mit »unbeschreiblicher Zartheit« betrachtete. Seither mußten manche Romantiker bittere oder spöttische Vorwürfe darüber hören, daß sie »nichts außer der blauen Blume« sehen wollten.

Novalis' epische Dichtung, mit Versen durchsetzt, von altfränkischem Pathos durchdrungen, ist einer mythisch verklärten Vergangenheit gewidmet. Für ihn gilt: »die Welt wird Traum, der Traum wird Welt« – etwa so wie in Calderóns Barockdrama »Das Leben ein Traum«. Für Novalis ist der poetische Traum »eine Schutzwehr gegen die Regelmäßigkeit des Lebens«.

Anna Seghers dagegen schildert eine reale Gegenwart. Ihre Sprache ist betont einfach, frei von Schmuck und Pathetik. Keine blumigen Metaphern, kein phonetischer Wohlklang. Klare Worte reihen sich aneinander; ungekünstelt und schlicht miteinander verbunden werden sie zu poetischer, farbenreicher Epik.

Novalis läßt den weisen Dichter Klingsohr sagen:

Überhaupt können die Dichter nicht genug von den Musikern und Malern lernen. In diesen Künsten wird es recht auffallend, wie nötig es ist, wirtschaftlich mit den Hülfsmitteln der Kunst umzugehen.

Er belehrt Heinrich von Ofterdingen:

[...] daß die Poesie ganz auf Erfahrung beruht [...] Es ist gar nichts Besonderes. Es ist die eigentümliche Handlungsweise des menschlichen Geistes.

Und er sagt, es gebe Länder, in denen die »Poesie einheimisch und überall sichtbar« ist.[15]
Solch ein Land – Heimat der Poesie – fanden Goethe und Byron in Italien, Puschkin, Lermontow und Pasternak in Georgien; Hemingway in Spanien; Anna Seghers fand es in Mexiko.
Der eigensinnige, hartnäckige Töpfer ist ein Nachfahr des Ritters, der die blaue Blume suchte. Der Handwerker-Künstler, vom Willen besessen, das einzig wirkliche Blau zu finden, seine treuen Angehörigen und Kunden erinnern an die romantische Vorstellung Novalis' von alltäglichen Gegenständen längst vergangener, dürftiger, aber poetischer Zeiten:

Dafür war aber der Sinn für die Gerätschaften und Habseligkeiten, die der Mensch zum mannigfachen Dienst seines Lebens um sich her versammelt, desto zarter und tiefer. Sie waren den Menschen werter und merkwürdiger.

Das trifft genau auch auf den Töpfer Benito und seine Freunde zu.
Darüber schrieb ich an Anna Seghers, nachdem ich »Das wirkliche Blau« erstmals gelesen und in einer Moskauer Zeitschrift besprochen hatte. Sie erwiderte in einem Brief vom 17. März 1971:

[...] Deine Besprechung der Novelle »Das wirkliche Blau«, diese sehr schöne Besprechung, hat mich herzlich gefreut. [...] Übrigens habe ich diese Novelle selbst gern, nur mit der »Blauen Blume der Romantik« hat sie, glaube ich, nichts zu tun. [...] Aber Deine Besprechung ist vielleicht die schönste, die ich erhalten habe – ich weiß gar nicht, ob man hier auf diese Novelle sehr achtete. [...] Du hast genau gefunden, was mir daran wichtig ist: Die Arbeit des Töpfers und das Unfaßbare, das in der Kunst

> enthalten ist. [. . .] Übrigens, im »wirklichen Blau« sind gerade die Tatsachen wahr. Ich erlebte sie selbst. [. . .]

Diese Worte von dem »Unfaßbaren in der Kunst« ermutigen mich, trotz Anna Seghers' Erwiderung an meinem Vergleich mit Novalis festzuhalten. Ist es denn bloß ein Zufall, daß diese Farbe immer wieder in Dichtungen auftaucht? Das Stück des Symbolisten Maurice Maeterlinck »Der blaue Vogel« (1908) wird bis heute auf russischen Bühnen gespielt. Das Gedicht des georgischen Romantikers Nikolos Barataschwili (1817–1845) »Dieses allerliebste Blau liebe ich seit Kinderjahren« gehört dank Boris Pasternaks Nachdichtung zu den schönsten Kleinoden der russischen Lyrik dieses Jahrhunderts. »Der Blaue Reiter« war das Wappen des deutsch-russischen Künstlerbundes, den Wassilij Kandinskij und Franz Marck 1910 begründet hatten. Erwin Strittmatters Erzählungen »Die blaue Nachtigall oder Der Anfang von etwas« (1972) und alle seine späteren Nachtigall-Geschichten sind Meisterwerke lyrischer Epik. Im deutschen Volksmund leben seit Jahrhunderten die Begriffe: »das blaue Wunder«, »der blaue Dunst«, »das Blaue vom Himmel«, »die blauen Märchen« und sogar »der blaue Montag«.

Bei Anna Seghers kommt das Blau auch noch in einer anderen mexikanischen Erzählung vor: »Crisanta« (1950). Die Waise Crisanta wird von ihrer Patin, einer »ruhige[n], schweigsame[n] Frau« Gonzáles, aufgezogen, kommt in die Großstadt, erlebt dort Leiden und Freuden, freundschaftliche Hilfsbereitschaft und kalte Entfremdung, eine große Liebe und viele Männer, mit denen sie schlafen muß, um nicht zu verhungern. In den schwersten Zeiten, »wenn ihr bang war«, kam ihr »eine Erinnerung, von der sie nie jemand etwas erzählte«. Es waren ganz vage Bilder, von einem Ort, an dem sie als Kind gewesen war;

> dann fiel ihr immer nur ein: Blau. Ein sanftes und starkes Blau, das es später nirgendwo gab. Die ganze Welt war vorbeigerauscht, aber nicht durch das Blau gedrungen.

Zuletzt hat Crisanta einen Arbeitsplatz, betreibt Kleinhandel mit Obst und Gemüse, bekommt ein Kind; und der Schluß der Erzählung lautet:

> Auf einmal fiel ihr der Ort wieder ein, an dem sie als Kind gewesen war. Das unvergleichliche, unbegreifliche tiefe und dunkle Blau. Das war der Rebozo, das Umschlagtuch der Frau Gonzáles gewesen, und was dahinter strömte, ihr Volk.[16]

»Das wirkliche Blau« und »Crisanta« sind Poeme in Prosa, realistisch und romantisch, farbenreich und musikalisch. Diese Geschichten sind so konkret und *irdisch* wie eine Töpferscheibe, wie das alte Umschlagtuch, der Rebozo, aber sie werden von allgemeinen *unirdischen* Ideen bewegt – den Ideen, die in der »Blauen Blume«, im »Blauen Vogel« und im »Blauen Reiter« verdichtet wurden. Es sind uralte Ideen von der Kunst im Handwerk und auch neue Ideen von der Brüderlichkeit der Völker, der Mexikaner und Armenier, der Russen und Deutschen, von der Brüderlichkeit aller schöpferischen Menschen auf Erden.

Irdisch und unirdisch

In ihrem »Gruß an Pablo Neruda« (1954) zitiert Anna Seghers sein Gedicht über die deutschen Spanienkämpfer. Neruda segnet und preist sie, weil sie »in den flüchtigen Seelen den Glauben an das Irdische« erhalten haben. »Glauben an Irdisches« lautet der Titel eines Essays, den Anna Seghers ihren französischen und polnischen Freunden gewidmet hatte. Diese Worte sind auch der Titel des Sammelbandes ihrer publizistischen Arbeiten, den Christa Wolf 1969 herausgegeben hat.[17]

»Glauben an Irdisches« bedeutet für die Dichterin: Verständnis für Menschen, so wie sie sind und nicht, wie sie sein sollten, Bewunderung für die Kraft der Schwachen, herzliche Verbundenheit mit heimatlichen Landschaften, mit ihrer »patria chica« an Rhein und Main (diesen Begriff »patria chica«, kleine Heimat, habe ich zuerst von Anna gehört), ein waches Künstlerauge für viele irdische Dinge des alltäglichen Daseins, in der Stadt, auf dem Lande, in den ärmlichen Behausungen, und für die großen Werke der Kunst, für die stolze Schönheit der gotischen Kathedralen, die Märchenfarben ihrer Fenster, die von Menschenhänden geschaffen wurden. Dies sind die Urquellen ihrer dichterischen Weltempfindung.

Doch sie glaubte auch an das Unirdische, das zu der »Farbigkeit der Märchen« gehörte. Eine Erzählung, die sie 1972 veröffentlichte, nannte sie schlicht »Sagen von Unirdischen«.

In einer mittelalterlichen Stadt erscheinen Kundschafter eines fernen Sterns, die in allem irdischen Menschen ähnlich sind, ihre Sprache sprechen, sich mit ihnen grämen, irdische Mädchen lieben und irdische Nachkommen zeugen.

Sie sind Engel oder Kosmonauten, gute, zeitweise ungewöhnlich starke und dennoch vollkommen menschenähnliche Wesen. Sie kommen aus einer den Menschen unbekannten, glücklichen Welt, der aber die Kunst fehlt. Sie beginnen, die Erde zu lieben. Einer bleibt für immer, ungeachtet der Kriege, des Unglücks, des Leids, weil

> man auf diesem Stern Herrlichkeiten erfunden hat, die es bei uns gar nicht gibt. Beides ist da, das Furchtbare und das Herrliche; wieso beides zugleich da ist, weiß ich noch nicht.[18]

Irdisches und Unirdisches im Werk von Anna Seghers widersprechen sich, bleiben aber miteinander verbunden. Und so war es von Anbeginn ihres Dichterlebens. Ihre erste Erzählung »Die Toten auf der Insel Djal – Eine Sage aus dem Holländischen – Nacherzählt von Antje Seghers«, erschien 1924 in der Weihnachtsausgabe der »Frankfurter Zeitung«. Christa Wolf berichtet über dieses romantisch-expressionistische Märchen, in dem die junge Autorin mit »einem wilden Entzücken [. . .] die Toten und ihren Pfarrer ihr Unwesen treiben« läßt.[19] Der Pfarrer, der eigentlich auch ein Toter ist, hat einzig und allein durch seine unvergängliche Lebensgier Gott gezwungen, ihn auferstehen zu lassen.

Netty Reiling promovierte 1924 über Rembrandt und wußte auch von seinem unglücklichen Landsmann, dem Zeichner und Maler Hercules Seghers, der zeit seines Lebens nicht anerkannt wurde und jung verstorben war. Sie nennt den lebenslustigen toten Pfarrer, den Helden ihrer ersten Erzählung, Jan Seghers und unterzeichnet diese Erzählung, da sie sich als eine Art Enkelin des Alten empfindet, mit seinem Namen. Unaufdringlich, doch deutlich wird ein Verwandtschaftsanspruch angemeldet.[20]

Fast ein halbes Jahrhundert später, 1972, veröffentlichte Anna Seghers ihre Erzählung »Die Reisebegegnung«.
In einem Café in Prag treffen sich in den zwanziger Jahren des 20. Jahrhunderts drei Schriftsteller: E. T. A. Hoffmann, Nikolaj Gogol und Franz Kafka. Sie erzählen von ihren Arbeiten, diskutieren literarische Probleme.
»Ich möchte wohl wissen«, sagt Gogol, »was den Dichter so furchtbar verlockt, das Böse, ja das Teuflische besonders gut darzustellen – warum ihm das meistens besser gelingt als die Darstellung des Guten und Reinen.«[21]
Hoffmann macht Kafka den Vorwurf, in seinen Erzählungen fehle das, was Gogol gelungen sei, »daß man sich irgendwann, irgendwie hoch erheben kann über die Leiden und Qualen in unserem bedrohten Leben.«[22] Hoffmann verteidigt das Recht des Dichters, unbeschränkt frei zu phantasieren. »Manchmal gelingt es sogar einem Dichter, etwas zu erfinden, was das Leben selbst noch nicht verwirklicht hat.«
Kafka gibt nicht nach: »Man wird mir vorwerfen, meine Welt sei ausweglos. Habe ich aber nicht das Recht, wenn sie mir ausweglos vorkommt, sie darzustellen, wie ich sie sehe?« Hoffmann erwidert: »Man muß aber nach einem Ausweg suchen, nach einer Bresche in der Mauer.« Gogol verlangt von seinen Kollegen: »Sie müssen sich aber auf jeden Fall an die Wirklichkeit halten.«
Als sie sich voneinander verabschieden, kann der Kellner weder Gogols alte Zarenrubel noch Hoffmanns Taler annehmen.

Es endete schließlich damit, daß Kafka für alle drei die Rechnung beglich. Wie mager er auch bei Kasse war, er freute sich, Gogol und Hoffmann begegnet, ja beide bewirtet zu haben.[23]

Diese Erzählung könnte als ein einziges großes Motto zum Werk von Anna Seghers aufgefaßt werden. Sie läßt die drei Dichter, die für sie nicht nur in ihren Lehrjahren von großer Bedeutung waren, sehr lebhaft über manches diskutieren – über Realismus, über soziale und moralisch-

erzieherische Aufgaben der Literatur u.a.m. Hoffmann und Gogol äußern Ansichten, von denen Anna Seghers glauben wollte, daß sie richtig und notwendig seien. Aber sie selbst hat diesen Ansichten in ihren Dichtungen oft und mit künstlerischem Erfolg widersprochen.
Graue Wirklichkeit und farbenreiche Märchen leben in ihren Werken gleichberechtigt nebeneinander, vergleichbar dem, was in Hoffmanns Erzählung »Der goldene Topf« oder in Gogols »Die Nase« geschieht.

Als ich »Sonderbare Begegnungen« – die Erzählungen »Sagen von Unirdischen«, »Der Treffpunkt« und »Die Reisebegegnung« – gelesen hatte, schrieb ich Anna am 5. August 1973:

> [...] das ist alles so unerwartet, unvoraussehbar, unberechenbar, [...] So das Irdische mit dem Unirdischen, das alltäglich Reale mit dem märchenhaft Irrealen verschmelzend (synthesierend), daß es laut Christas trefflichem Urteil »wirklicher als die Wirklichkeit« wird ... Und was Du in der wunderschönen »Reisebegegnung« fertigbrachtest beweist [...] Deine unversiegende Jugend und ist eine sehr eigenartige dichterische Ergänzung Deiner einstigen Diskussion mit Lukács. [...]

In einer Besprechung der »Reisebegegnung« bemerkte ich unter anderem, daß darin die lebensfrohe, revolutionäre Dichterin Anna Seghers gegen Kafka nicht rhetorisch, sondern künstlerisch-bildhaft polemisiere. Darauf schrieb sie mir:

> Ich habe überhaupt nicht daran gedacht mit Kafka zu polemisieren, den ich, glaube ich, viel, viel länger kenne als Ihr (und seine letzte Frau, glaube ich, ging in die Schule vom Rodi, in die MASCH*.). Diese Menschen standen uns natürlich gar nicht so fern. Das Alleinsein der Kafka-Leute wird jetzt so oft ausgelegt und blöd benutzt. Ich glaube, man kann in unserem Kosmos noch tüchtig allein sein. Zum Beispiel auf dem Mond, aber auch auf der Erde. Also, hat nichts mit Kafka zu tun. Um Gottes Willen.

Und dennoch hat ihr Werk manches »mit Kafka zu tun«, ebenso wie mit Hoffmann und Gogol, mit Kleist und Balzac, mit Jorge Amado, Gabriel García Márquez und dem brasilianischen Epiker João Guimarães Rosa. Von

* Marxistische Abendschule

seinem Roman »Grande Sertao« schrieb sie am 9. Juli 1973:

> [. . .] die Menschen in diesem Buch, alles Gute und Böse, das aus Räubern hervorbricht, und der ganze Aufbau des Romans, [. . .] das macht mich alles ganz freudig verrückt.

Anna war immer eine unermüdliche, leidenschaftliche Leserin. Über ihre Lektüre urteilte sie unabhängig von ihren politischen Ansichten. Fast in jedem ihrer Briefe berichtete sie von Büchern, die sie uns empfahl, und wollte auch von uns Ratschläge und Auskunft über russische Neuerscheinungen:

> Ich habe zuletzt mit grossem Interesse von Friedenthal »Martin Luther und seine Zeit« gelesen. Ob der Mann immer recht hat, weiß ich nicht. Ich fand das Buch sehr aufregend. Er schrieb auch »Goethe und seine Zeit«, wurde dafür attackiert und viel gelesen. Es ist aber nicht so interessant wie der alte Luther. (1967)

> Dann möchte ich Dir raten, Dir folgendes Buch zu beschaffen: Hermann Grimm (wahrscheinlich derselbe, der das Buch über Migelangelo schrieb) »Das Zeitalter Goethes« erschienen 1947, ich glaube in Stuttgart, den Verlag habe ich vergessen. In diesem Buch sind auch sehr interessante Beziehungen zwischen russischen Prinzessinnen am Weimarer Hof mit ihrer Heimat. Und auch Essays über manche Schriftsteller. Der Verfasser ist nicht eigentlich reaktionär, aber konservativ und sehr präzis in seinem Wissen. Ich hatte deshalb das Buch gern gelesen. Man erfährt daraus eine Menge sonderbarer Sachen. [. . .]
> Ich las dieses Jahr englische Romane (in deutscher Übersetzung), die mich sehr interessierten, z. B. von Michael Farrell »Unter dem Jägermond« und Howard Spring »Geliebte Söhne«, [. . .]
> (15. April 1971)

> Das Buch von Gerhard Wolf über Bobrowski habe ich. Ich finde es ein recht schönes Buch. [. . .] (11. Januar 1972).

> Etwas, was mir sehr gut gefällt, in der NDL erschienen, wird aber auch da und dort auf der Bühne gegeben, wenn auch noch zögernd, »Die neuen Leiden des jungen W.« Das Ganze ist für meine Begriffe ein seltsames Gemisch von Goethe und von dem »Hüter im Korn«*. Der junge Mensch, der aus irgendeinem Grund eine Zeitlang allein in einer Laube lebt, hat nur zwei Bücher zur

* J. D. Salingers »Der Fänger im Roggen«.

Verfügung: »Die Leiden des jungen Werthers«, die er zufällig als Klo-Papier findet und den »Hüter im Korn«, den er zwar nicht bei sich hat, aber dreimal jede Woche ›trocken liest‹, d.h. sich auswendig vorsagt. Ich glaube, nach und nach wird es auch hier thematisch und stilistisch neue Nachkriegssachen geben.
Ich habe mich gefreut, daß Böll den Nobel-Preis bekam, besonders daß er hinterher gegen den Krieg in Vietnam aufrief, was sein Nobel-Preis-Vorgänger verabsäumte. [. . .] (9. Januar 1973).

Du könntest mich [. . .] auf sehr schöne Bücher aufmerksam machen. Ich lese eben in Novyi Mir den kleinen Artikel über Thomas Wolfe. Manchmal ist es sonderbar, auf welche Liebe ihr verfallt. Obwohl ich vieles von Thomas Wolfe außerordentlich gern habe. [. . .] (9. Juli 1973).

* * *

Erzählen, was mich heute erregt, und die Farbigkeit von Märchen. Das hätte ich am liebsten vereint und wußte nicht, wie.

Mit diesen Worten bezeichnete Anna Seghers das Wesen ihrer dichterischen Arbeit. Sie

hat immer wieder das Tragische erzählen wollen, die menschliche Existenz zwischen der Wärme und der Kälte. Die Kraft der Schwachen. Das Eingedenken der Toten.

Das sagte Hans Mayer in seiner trefflichen Gedenkrede auf Anna Seghers.[24] Auch den Schlußsätzen dieser Rede kann ich nur zustimmen:

Wie aber soll man deuten, daß das Werk der Anna Seghers, das weltberühmt ist, weil es unzählige Menschen in allen Sprachen der Welt gelesen und geliebt haben, das Werk einer der großen Schriftstellerinnen unseres Jahrhunderts, in ihrer eigenen Heimat so unbekannt blieb: [. . .] Die Parteipolitik reicht als Erklärung nicht mehr aus. Eher muß daran gedacht werden, daß eine Wegwerfgesellschaft, die keine Herkunft mehr kennen will und an keine Zukunft zu glauben vermag, die tragische Wirklichkeit in den Werken von Anna Seghers kaum mehr ertragen kann. Anna Seghers hat immer gefragt, mit dem Titel ihres Essays über Dostojewski und Friedrich Schiller: »Woher sie kommen, wohin sie gehen« [. . .]
Wer sich auf Anna Seghers einläßt [. . .], fragt gleich ihr nach den Ursprüngen und Aussichten der Menschen in aller Welt. Der meint es ernst mit der Geschichte und mit unserer Zukunft. Er fragt mit Anna Seghers in jedem Augenblick: woher sie kommen und wohin sie gehen.«

Sie ist immer noch unterwegs. Neue Leser-Generationen in Deutschland und in anderen Ländern werden sie besser erkennen, als es bis heute geschieht. Sie gehört zur deutschen Gegenwartsliteratur. Sie war vor allem der deutschen Klassik zugetan und verpflichtet, aber sie ist auch mit der russischen, französischen, lateinamerikanischen und manchen anderen Teilen der Weltliteratur durch viele Fäden untrennbar verbunden.
Ihr dichterischer Werdegang führte sie durch verschiedene ästhetische Strömungen. Sie begann als romantische Expressionistin, wurde Realistin und blieb dabei dennoch Romantikerin. Manche Züge ihrer Epik waren impressionistisch und symbolistisch. Aber ihr gesamtes Werk läßt sich in keine »Ismus«-Schranken einordnen. Die farbenreiche, fruchtbare Widersprüchlichkeit des epischen Nebeneinanders und der poetischen Verschmelzung von Ideal und Kunst in ihrem Werk sind ein wunderbares Beispiel für das, was Goethe meinte:

> Freuet euch des wahren Scheins,
> Euch des ernsten Spieles;
> Kein Lebendiges ist ein Eins,
> Immer ists ein Vieles.

Heinrich Böll, der brüderliche Dichter

Warum gerade Böll?

Diese Frage bekamen wir in verschiedenen Auditorien, in Gesprächen mit Landsleuten und Ausländern immer wieder zu hören.
Warum sind gerade Bölls Werke in der Sowjetunion so populär – in Rußland wie in Georgien, in der Ukraine wie in Lettland –, diese Werke eines westdeutschen Katholiken, der über Menschen, Ereignisse und Probleme schreibt, die doch ganz anders als die unsrigen, uns so fremd und fern sind.
Stetig und unaufhaltsam wächst in der Sowjetunion die Beliebtheit Heinrich Bölls; sie ist wohl vergleichbar mit der von Hemingway, Saint-Exupéry oder Márquez. Aber jeder dieser Autoren hat einen verhältnismäßig deutlich abgegrenzten Leserkreis, vornehmlich bei der Intelligenzija, bei der studierenden Jugend. Bölls Bücher dagegen lesen Menschen aller Schichten und Altersgruppen, sie werden von äußerst unterschiedlichen Lesern geliebt, diskutiert, begeistert gelobt, aber manchmal angegriffen.
In dem ersten Artikel über Heinrich Böll, den ich 1956 geschrieben hatte und 1957 veröffentlichen konnte, versuchte ich das hervorzuheben, was in seinen Werken meinen Freunden und mir besonders nahe und wertvoll erschien:
Bölls brennendes Interesse für seine Helden, seine Aufnahmefähigkeit für menschliche Leiden, seine Wahrheitstreue in der Erschließung der »Untergründe« menschlichen Denkens und Fühlens rücken ihn in die Nähe von Dostojewskij. Aber im Unterschied zu Dostojewskij predigt Böll nicht. Er fragt, sucht nur. Er sucht die Wahrheit und den Sinn menschlichen Daseins.
Eben darin, *wie* Böll sucht und *wie* er fragt – in seiner

wachen und beseelten Aufmerksamkeit für die Leiden einfacher Menschen, in seinem beharrlichen Suchen nach moralischen Werten, die dem menschlichen Leben Sinn geben –, liegt der Zauber, den sein Schaffen ausstrahlt. Böll ist sehr musikalisch. Seine Helden sind stets auf die eine oder andere Weise mit Musik verbunden. In schicksalshaften Minuten ihres Lebens wird die Musik für sie zu einem unentbehrlichen Mittel, der feindlichen Wirklichkeit zu entfliehen oder ihrer Herr zu werden. Die ganze Weltauffassung ist bei der Mehrzahl seiner Helden und beim Autor selber musikbestimmt. Sie leben in einer klangreichen, singenden, klingenden und dissonierenden

Welt. Feinfühlig lauschen sie auf alle Töne und Geräusche dieser Welt, zucken bei jedem falschen Akkord zusammen. Musik und Lieder erklingen in allen Büchern des Schriftstellers. Sie dienen der Charakteristik der einzelnen handelnden Personen.

Die Weltempfindung von Bölls Helden zeichnet sich durch eine eigentümliche musikalisch-analytische Schärfe aus. Bisweilen könnte es scheinen, daß der Autor die Welt eher mit dem Ohr als mit dem Auge erfasse. Und selbst Konturen, Farben, Gerüche und abstrakte Begriffe werden von seinen Helden als harmonisch oder disharmonisch, als rhythmisch oder unrhythmisch empfunden. Sogar die Worte sind für ihn nicht nur Träger von Gedanken und realen Vorstellungen, sondern auch einer hörbaren Musik; er läßt sie aufeinanderfolgend oder einander wiederholend harmonisch zusammenklingen oder in Dissonanzen aufeinanderprallen. Gedanken, Empfindungen und Stimmungen, in Wortgruppen verkörpert, werden im Grunde genommen nicht nur begrifflich, sondern auch klanglich zum Ausdruck gebracht: Sie klirren, rauschen, ächzen, stottern, schreien auf, singen vor sich hin, wehklagen ...

Im Aufbau von Bölls Werken schließlich wird auch eine musikalische Architektonik klar wahrnehmbar. Die Erzählweise im Roman »Der Zug war pünktlich« wird von einem Moll-Leitmotiv bestimmt. »Wo warst du, Adam?« trägt bereits »polyphonisches« Gepräge. Die zwei nächsten Romane Bölls sind breit angelegte symphonische Gemälde. Hier erklingen deutlich ausgeprägte »Paare« musikalischer Themen. Im Roman »Und sagte kein einziges Wort« folgen die Kapitel rhythmisch aufeinander, bald erzählt der Mann, bald die Frau. Manchmal fährt sie fort, wo der andere aufhört, manchmal wiederholen sie einander, es wird auf andere Art und Weise von ein und derselben Episode erzählt.

In »Haus ohne Hüter« sind es die sich im Finale vereinigenden Themen von zwei Jungen, die zwei verschiedenen Familien und verschiedenen Gesellschaftsschichten angehören.

Die Schlußworte des Buches lauten: »... er dachte an die Hoffnung, die für einen Augenblick im Gesicht seiner

Mutter gestanden hat, nur *für einen Augenblick*, aber er wußte, daß *ein Augenblick* viel ist.«
Die lichte Melodie der Hoffnung verklärt das Schaffen Heinrich Bölls jetzt, wo er in die Periode seiner schriftstellerischen Reife tritt.[1]

1962 kam Böll zum ersten Mal nach Moskau und hatte schon in den ersten Stunden ein bedeutsames Erlebnis. Ein Kellner im Restaurant ›Peking‹ kam an seinen Tisch und fragte: »Hier soll der deutsche Schriftsteller Heinrich Böll sein.« Daraufhin holte er aus der Tasche ein zerlesenes Bändchen »Haus ohne Hüter«. »Bitte ein Autogramm; es ist das Lieblingsbuch unserer Familie.«
Konstantin Paustowskij erzählte: »Als wir auf dem Wege nach Paris mit dem Zug nachts in Köln für einige Minuten hielten, stand ich am Fenster und dachte: ›Hier lebt Heinrich Böll, und da schien mir die fremde unbekannte Stadt irgendwie vertraut.‹«
Anna Achmatowa sagte über Böll, daß er ihr viel besser gefalle als alle ausländischen Schriftsteller, die sie kennengelernt habe.
Die vielen lobenden Äußerungen sowjetischer Übersetzer und Literaturkritiker über Böll könnten einem Ausländer vielleicht übertrieben erscheinen. Aber jeder Skeptiker kann sich überzeugen, daß nicht nur Literaten, Künstler, nicht nur Wissenschaftler, wie Landau und Sacharow, Musiker wie Mstislaw Rostropowitsch, sondern auch Handwerker, Taxifahrer, Zollbeamte, Zimmermädchen, Eisenbahner, seine Bücher kennen und meistens mit wahrer Sympathie über sie sprechen.
In den sechziger und auch noch in den siebziger Jahren hielten meine Frau und ich Vorträge über ausländische Literatur in vielen Städten: in Tbilissi, Taschkent, Eriwan, Kischinjow, Tschernowitz, Odessa, Riga, Tallinn, Wilna, Wladiwostok, Charkow, Saratow, Kaluga, Nowosibirsk u.a.m. Die Vorträge waren nicht nur für Studenten bestimmt, sondern auch für alle Leser der örtlichen Bibliotheken. Überall traf ich leidenschaftliche Böll-Leser, begeisterte Anhänger, aber auch nörglerische Kritiker. Ich hörte ihre Diskussionen untereinander, beteiligte mich auch selbst daran. Jedesmal kam immer wieder die Frage:

»Warum sind Bölls Bücher bei uns so beliebt?« Viele meiner Kollegen glaubten ebenso wie ich, darauf antworten zu können.
Das Anfangsinteresse an Bölls Werk erklärt sich vor allem aus dem Wunsch zu erfahren: Wie sind sie, die heutigen Deutschen, wie leben sie, was denken sie, wie stehen sie zur jüngsten – zu unserer gemeinsamen – Vergangenheit? Das Zeugnis eines aufrichtigen, klugen Erzählers, eines Schriftstellers »von drüben« interessierte natürlicherweise viele Leser. Das gleiche Interesse galt auch den Werken aller westdeutschen Autoren, die bei uns in Übersetzungen erschienen sind, wie: Hans Werner Richter, Paul Schallück, Günter Grass, Siegfried Lenz, Hans Magnus Enzensberger, Peter Weiss, Günther Weisenborn, Erich Kästner, Wolfgang Koeppen, Leonhard Frank. Sie alle fanden Leser.
Doch bald begann die Beziehung zu Bölls Büchern sich deutlich von diesem generellen Interesse abzuheben. Böll eroberte auch einen bedeutenden Teil jener Leser, die gewöhnlich nur Abenteuer-, Science-fiction- und Kriminalromane lesen.
Seine Werke werden mehr als die aller zeitgenössischen ausländischen Autoren nicht nur russisch, sondern auch ukrainisch, georgisch, estnisch, lettisch, litauisch und in die Sprachen anderer Völker übersetzt. Vor allem aber zeichnet die Beziehung der Leser zu Böll eine besondere Vertraulichkeit aus, ein beinahe verwandtschaftliches emotionales Verhältnis, das gewöhnlich nur zu den Werken der Schriftsteller entsteht, die man von Kind auf kennt, deren Bücher man wieder und wieder liest im Urlaub, im Krankenbett oder abends vor dem Schlafengehen.
Solche mit den Jahren nicht nachlassende Vertrautheit kann nicht bloß mit dem Interesse nach »Information« erklärt werden, auch nicht mit Anfälligkeit für literarische Moden.[2]
Schon bei den ersten Begegnungen mit Bölls Werken erkannten viele Leser in ihnen eine tiefverwurzelte Verwandtschaft mit der russischen Literatur, mit Dostojewskij, Tolstoj, Tschechow. Doch wenn es bloß Einflüsse wären, hätten sie so eine starke Zuneigung zu dem deutschen Autor nicht verursacht. Wichtig und wesentlich sind

tiefere, organische Verbindungen zwischen Bölls Werk und der russischen Literatur.

Will man die grundlegenden Eigenschaften der russischen Literaturtradition skizzieren, muß man feststellen, daß am wichtigsten die Untrennbarkeit von ethischer und ästhetischer Weltauffassung ist. Das Gewissen des Dichters soll ein Maßstab für alle seine Wahrnehmungen, Schilderungen und auch für alle Verallgemeinerungen des Erkannten sein, sowohl in seiner Kunst wie auch in seinen philosophischen Spekulationen und publizistischen Äußerungen.

Dieser Imperativ gilt auch für Böll, den Dichter und Denker. In seiner Rede: »Die Sprache als Hort der Freiheit« (1959) brachte er exakt und poetisch zum Ausdruck, was nach seiner Vorstellung das Gewissen für einen Schriftsteller bedeutet:

> [. . .] Worte können Krieg vorbereiten, ihn herbeiführen, nicht immer sind es Worte, die Frieden stiften. [. . .] Das Wort [. . .] kann zur Todesursache für Millionen werden, die meinungsbildenden Maschinen können es ausspucken wie ein Maschinengewehr seine Geschosse: vierhundert, sechshundert, achthundert in der Minute [. . .]. Der Spruch: Wenn Worte töten könnten, ist längst aus dem Irrealis in den Indikativ geholt worden: Worte können töten, und es ist einzig und allein eine Gewissensfrage, ob man die Sprache in Bereiche entgleiten läßt, wo sie mörderisch wird.[3]

Bei seinem ersten Besuch in Moskau wurde Böll auf einer Zusammenkunft im Schriftstellerverband die Frage stellt: »Was haben Sie im Krieg getan?«

Der Diskussionsleiter, Mitglied der Führung des Schriftstellerverbandes, geriet in Verlegenheit: »Herr Böll, Sie brauchen nicht darauf zu antworten, das ist eine taktlose Frage, hier ist doch kein Veteranentreffen. Wir Schriftsteller sind hier zusammengekommen, um über unsere Arbeit und unsere Erfahrungen, über die Aufgaben der Literatur zu sprechen.«

Böll errötete zornig: »Nein, ich werde antworten. Sie haben meine Bücher über alle Maßen gelobt. Doch wenn Sie sie gelesen haben, wie können Sie dann annehmen, daß ich einer solchen Frage ausweichen könnte? Ich war sechs Jahre lang Soldat. Habe es zwar nur bis zum Gefreiten gebracht. Hier könnte ich mich darauf berufen, daß ich Telefonist war, mein Gewehr im Gepäck blieb und ich nur dann daran erinnert wurde, wenn der Feldwebel mich dafür rügte, daß es nicht gereinigt war. Aber ich will keine Rechtfertigung. Ich war Soldat der Armee, die Polen, Holland, Belgien und Ihr Land überfallen hat. Ich kam als deutscher Soldat nach Kiew, nach Odessa, auf die Krim. Und ich fühle mich verantwortlich für alle Verbrechen der Hitler-Wehrmacht. Aus dem Bewußtsein dieser Verantwortung schreibe ich.«

Während ich Bölls Worte den Kollegen übersetzte, notierte ich sie mir. Und jedesmal, wenn ich auf Fragen antwortete, warum Bölls Bücher so beliebt seien, zitierte ich diese Antwort, und jedesmal erlebte ich im Auditorium und bei den Diskussionspartnern Verständnis und Zustimmung.

Manche Kritiker nennen Böll einen Moralisten, um seine künstlerische Bedeutung herabzusetzen. Damit aber bringen sie ihn in eine gute Gesellschaft. Den gleichen Vorwurf hat man auch Tolstoj und Dostojewskij gemacht.

Zu den Eigenschaften, die Böll beliebt machen, gehört auch sein natürlicher und spontaner Demokratismus. Die Menschen in seinen Romanen und Erzählungen leben und wirken im Gedränge der Großstädte und Vororte, in ärmlichen Wohnungen, in billigen Kneipen. Böll findet seine Helden unter denen, die man sonst »kleine Leute« nennt, über deren Jämmerlichkeit man sich ärgert. Böll aber verteidigte sie:

> Die kleinen Leute? Ich bin größenblind, so wie man farbenblind ist, ich bin milieublind und versuche, Vorurteilslosigkeit zu üben, die gar oft mit Urteilslosigkeit verwechselt wird. Größe ist eine Vokabel, die nicht vom sozialen Ort abhängt, so wie Schmerz und Freude unabhängig vom Sozialen sind [...].[4]

Böll betrachtete und beschrieb die »kleinen Leute« ohne herablassende Rührung und ohne Verachtung; er idealisierte sie nicht, aber er liebte sie. Eben aus der Liebe, die selbst die bitterste Wahrheit nicht scheut, aus dieser scharfsichtigen brüderlichen Liebe wuchs Bölls Dichtung.

***

Nach seinem Tod erhielten wir im August 1985 viele Briefe aus Rußland. Ein Renter, über 70 Jahre alt, früher aktiver Offizier, kam von Stalingrad bis Prag:

> Die Nachricht von Bölls Tod hat uns erschüttert. Von solchen Erschütterungen erholt man sich nie mehr. Und die Welt wird leerer. Mit Bölls Fortgehen ist für mich die ganze Welt leerer geworden, seinen Brief an die Söhne las ich wie ein Vermächtnis für mich.

Naturwissenschaftler (60 Jahre):

> Heinrich Böll war für mich seit der ersten Bekanntschaft mit seinen Büchern und mit ihm persönlich einer von den sehr wenigen, die ich kenne, wirklich gläubigen Christen, der nichts in einer Kirche oder in ihrer Umgebung, in einer Dogmatik zu suchen brauchte, sondern der eben glaubte . . ., er war aufrichtig in seinen Beziehungen zu allem, was seinen Glauben – das Wichtigste für ihn – irgendwie berührte.

Künstler (etwa 50 Jahre alt):

> Heinrich Böll war der erste – nachher auch noch Wolfgang Borchert –, der mich von Grund auf umkrempelte und vieles ganz anders sehen ließ . . . In meiner Kindheit, und das waren ja Kriegsjahre, waren für mich alle Deutschen in zwei Teile geteilt, die einen – und das waren die alten, die aus der Literatur, aus den Büchern, die vor hundert Jahren lebten –, die waren gut; und die gegenwärtigen, die uns überfallen haben, sie waren ›die Fritzen‹, die Faschisten, die Feinde. Als ich sechs, sieben Jahre alt war, sah ich, wie in unserer Stadt Kriegsgefangene eine Steinmauer bauten, darunter waren einige gutmütige und uns Kindern recht freundlich gesinnte ›Onkels‹. Aber das konnte nichts daran ändern, daß *alle Fritzen* für mich Feinde blieben. Und so war es noch lange, bis in mein Leben Heinrich Böll kam – seine Bücher. Erst war es eine Empfindung, dann war es ein Verständnis: Auch drüben auf der anderen Seite sind ebensolche Menschen wie wir, die man verstehen und mit denen man verbunden sein kann. Damit begann für mich eine neue Auffassung von dem, was »fremd« und was »eigen« ist . . ., ein Verständnis dafür, daß die anderen ebenso sein können wie wir. Diesen Sprung im Bewußtsein verdanke ich Heinrich Böll.

Eine Medizinerin, älter als 60:

> Das Büchlein ›Das Brot der frühen Jahre‹ habe ich 1957 zufällig gekauft. Ich stieg in die U-Bahn und begann zu lesen. Und ich las

und fuhr an meiner Station vorüber, kehrte zurück und las immer noch [...]. Dieses Buch war für mich geschrieben, über mich, über die Jungens aus unserer Klasse: Zwölf zogen in den Krieg, und zehn sind nicht zurückgekehrt; über die Nachkriegsjahre; über unsere Schicksale, über Liebe, Brot, Hunger, Zerstörungen ... Und das war so geschrieben, daß ich glaubte, schon seit langem darauf gewartet, davon geträumt zu haben. Seit diesem Tag wurde er MEIN Schriftsteller und blieb es. ›Billard um halb zehn‹ habe ich mehrere Male wiedergelesen. Eben ›Billard‹ war das erste Buch, das mein Sohn bat, ihm zu schicken, als er verbannt wurde. [...] Jetzt habe ich wieder nach dem kleinen Buch ›Das Brot der frühen Jahre‹ gegriffen; es ist zerlesen, zerschlissen. Ich begann es zu lesen, und wieder war es das gleiche Erlebnis wie beim ersten Mal. Wieder fuhr ich in der U-Bahn an meiner Station vorbei.

Der Nachruf russischer Autoren im Exil beginnt und endet mit einem Bekenntnis zum Dichter und Menschen:

Der Dichter Heinrich Böll ist nicht gestorben, sein Wort lebt und wird weiterleben. Uns verließ Heinrich Böll, unser Freund, der Verteidiger, der Beschützer von Leidenden und Verfolgten ... Bölls tatkräftige Barmherzigkeit ist untrennbar mit seinem poetischen Schaffen verbunden [...]
Für jeden von uns, der ihn kennengelernt hat, der ihn gelesen hat, bleibt er nicht nur eine literarische, sondern auch eine moralische Autorität, ein unverrückbarer Maßstab der Menschlichkeit, die Verkörperung des reinen Gewissens.
Es gibt nicht wenige gute Schriftsteller auf Erden, es gibt nicht wenige hilfsbereite, warmherzige, integre Menschen. Aber eine solche Einheit von dichterischem Wort und brüderlicher Menschenliebe wie bei Heinrich Böll können wir nur mit dem vergleichen, was wir über Lew Tolstoj und Wladimir Korolenko wissen. Ohne Heinrich Böll wird uns allen schwerer sein zu leben. Die Welt ist dunkler geworden.

Frei, geordnet, untröstlich

Viele Menschen in vielen Ländern kennen und lieben Böll als Erzähler, Romanautor, Meister einer einzigartigen humor- und wehmutsvollen poetischen Prosa. In seiner Heimat und überall, wo deutsch gelesen und gesprochen wird, ist er auch als Theater-, Hörspiel-, Drehbuchautor, Kritiker, Publizist und Übersetzer bekannt. Weltweit kennt man Böll, den Friedenskämpfer, den Moralisten, den unermüdlichen Verteidiger der Menschenrechte der Unterdrückten auf allen Kontinenten und den leidenschaftlichen, unerschrockenen Gegner aller totalitären Gewalten und demagogischen Auch-Demokraten, der Aufrüstungsspekulanten und der »kalten Krieger«.

Aber nur wenige kennen Bölls Gedichte. Doch wenn man diese Gedichte gelesen und wiedergelesen, sie nachempfunden und über sie nachgedacht hat, wird deutlich: Sie sind untrennbar von seinem Gesamtwerk, sie gehören dazu: »wörtlich, den Worten nach«, wie er selbst vielleicht sagen würde.

Man muß sich nur etwas Mühe geben und sich in seine Verse hineinfühlen, hineindenken. Sie entbehren jeglichen Reims und Versmaßes, auch jeder offenkundig harmonischen Melodik; weitgehend fehlt die Interpunktion; sie haben zuweilen einen stolpernden Rhythmus; die Aufteilung der Worte in Zeilen scheint manchmal auf den ersten Blick willkürlich zu sein. Doch eben dadurch werden die Bilder prägnanter, die Gedanken deutlicher hervorgehoben, die Gefühle stärker betont. Wenn die syntaktischen Rahmen gesprengt sind, verleihen die Inversionen, die ungewöhnlichen Wortfolgen den gewöhnlichen Wörtern überraschende Ausdruckskraft.

Meine Muse steht an jeder Ecke
billig gibt sie jedermann
was ich nicht will
wenn sie fröhlich ist
schenkt sie mir was ich möchte
selten hab ich sie fröhlich gesehen

Meine Muse ist eine Nonne
im dunklen Haus
hinter doppeltem Gitter
legt sie bei ihrem Geliebten
ein Wort für mich ein

Meine Muse arbeitet in der Fabrik
wenn sie Feierabend hat
will sie mit mir tanzen gehn
Feierabend
ist für mich keine Zeit

Meine Muse ist alt
sie klopft mir auf die Finger
kreischt mit ledernem Mund
umsonst Narr
Narr umsonst

Meine Muse ist eine Hausfrau
nicht Leinen
Worte hat sie im Schrank
Selten öffnet sie die Türen
und gibt mir eins aus

Meine Muse hat Aussatz
wie ich
wir küssen einander den Schnee
von den Lippen
erklären einander für rein

Meine Muse ist eine Deutsche
sie gibt keinen Schutz
nur wenn ich in Drachenblut bade
legt sie die Hand mir aufs Herz
so bleib ich verwundbar

Die Muse – Göttin der Poesie – ein immaterielles weibliches Wesen, ist seit Jahrhunderten eher eine allegorische Gestalt, eine Abstraktion. Dagegen ist Heinrich Bölls vielgesichtige Muse in jeder Erscheinung alltäglich, irdisch konkret: ein Straßenmädchen, eine Nonne, eine Fabrikarbeiterin, eine böse Alte, eine Hausfrau, eine Aussätzige. Nur als Deutsche bleibt sie eher abstrakt, doch wenn der Dichter wie Siegfried im Drachenblut badet, um unverwundbar zu werden, bewahrt sie sein Herz vor Verpanzerung, es bleibt verwundbar.
Historische und mythologische Gestalten erscheinen in seinen Gedichten nicht als eindeutige Allegorien, sondern als Symbole, als Sinnbilder, poetisch vieldeutig.

Wer an Kanälen lauscht
kann sie hören
in Labyrinthen
unter der Stadt
über Geröll, Scherben, Gebein
stolpert die Madonna

hinter Venus her
sie zu bekehren
vergebens
vergebens ihr Sohn hinter Dionys
vergebens Gereon hinter Caesar
Hohnlachen
wer an Kanälen lauscht
kann es hören

Der dunklen Mutter
durch Geschichte
nicht gebessert
steht Schmutz
gut zu Gesicht
in Labyrinthen
unter der Stadt
verkuppelt sie die Madonna
an Dionys
versöhnt den Sohn mit Venus
zwingt Gereon und Caesar
zur großen Koalition
sich selbst verkuppelt sie
an alle die guter Münze sind.

Bölls »dunkle Mutter« – die alte Heimatstadt, sein Köln – wuchs aus dem Boden, der von der zweitausendjährigen Geschichte durchwühlt und gedüngt ist. Die Schatten der Vergangenheit, den Nachhall verflossener Epochen erkennt der Dichter nicht im romantischen Dämmerlicht unter alten Gewölben und Ruinen, nicht in den Schatzkammern der Museen und Archive, sondern im stinkenden Halbdunkel der Abflußkanäle, in den Geräuschen der unterirdischen Labyrinthe. Dort sieht er die Madonna und die olympischen Götter, den heiligen Gereon und den heidnischen Caesar über Abfallhaufen stolpern.
Im Triptychon der Köln-Gedichte erhalten Vergangenheit und Gegenwart dinghafte Formen; sowohl historische, politische, soziale und ästhetische Probleme wie auch die Erinnerungen des Autors, seine Träume, Visionen und Aversionen werden konkret, »gegenständlich«.

[. . .]
[. . .] Süppchen
[. . .]
aus Tränen
Asche der Heiligen
Hurenblut
Bürgertalg
zermahlenem Domherrengebein

[. . .] Preßlufthammerflak

Die schicksalhafte Nachbarschaft:

die Baukräne des WDR
[. . .]
wie früher
[. . .]
die des Doms

Ebenso gegenständlich ist die beschwörende Bitte an den Engel – Bitte um eine Auferstehung »aus Tränen und Rheinwasser«. Bölls »Engel« erinnert uns an die leidenschaftliche Bitte von Majakowskij, der ein halbes Jahrhundert früher den »hochstirnigen Chemiker der Zukunft« anflehte: »Erwecke mich, laß mich auferstehen.«
Bölls Lyrik ist seiner Epik, seiner Publizistik direkt verwandt in Geist und Vokabular. Doch in den Gedichten lebt sein Wort noch freier, ungebundener, selbständiger. Worte, die aus konkreten Dingen, aus alltäglicher Wirklichkeit, aus Geschichte und Mythen abgeleitet sind, werden unabhängig, als überwänden sie die Schwerkraft der Erde.
Den Stoff seiner Erzählungen und Romane bilden die Schicksale der Personen, ihre Beziehungen und ihre Umgebung, ihre Sprache, ihre Auseinandersetzungen, kurzum: die gestaltete Wirklichkeit.
Seine Gedichte aber sind Extrakte dieser Wirklichkeit, destillierte Auszüge – der Geist, der *Spiritus* des Dichters; er atmet aus seinen lyrisch verdichteten Worten, mögen sie auch noch so schlicht prosaisch und alltäglich sein. »Nicht Leinen / Worte« hat seine Muse in ihrem Schrank.
Bölls Lyrik ist mit seinem gesamten Werk widerspenstig, aber untrennbar verbunden, etwa so, wie er selbst mit

seinem Köln widerspenstig verbunden war. »Die Stadt der alten Gesichter« des Erzählers Böll lebt in seinen Versen als »versunkene« Stadt »unter verstümmelten Türmen«. Der Dichter bewundert und beklagt, verabscheut und liebt sie »im Ernst ihrer frühen Schönheit« in der »Vielfalt des Grau« in den »romantischen Herzkammern« ihrer Kirchen, denen er bedingungslos verbunden bleibt, auch wenn er den Dom – den »riesigen Doppelfinger wilhelminischer Täuschung vergeblicher Wacht am Rhein« ironisiert.
Bölls Poesie entsteht aus realen Dingen, aus Alltäglichem, Niedrigem, Häßlichem. (Die weise Dichterin Anna Achmatowa schrieb: »O wüßtet ihr, aus welchem Unrat sprießen / die Verse, unberührt von der Erkenntnis Scham!«)
In den Gedichten über die Muse, über Köln, im Gebet um Wiedergeburt, in Gedichten an Freunde und Zeitgenossen, in sarkastischen Epigrammen und im elegisch sanften und weisen Zuspruch an die kleine Enkelin Samay, ebenso wie in seinen Erzählungen und Romanen, Rezensionen und Interviews lebt ein und dieselbe Weltempfindung des großen Dichters der »kleinen Leute«. Zu ihnen hat sich Heinrich Böll stets bekannt, aus ihrer Mitte kamen seine Musen, und ihren Glauben atmen seine Worte.
Heinrich Böll war ein Katholik; ein widerspenstiger, ein rebellischer, aber auch ein demütiger, eben ein rheinländischer, ein Kölner Katholik. Er konnte karnevalistisch frech über die heiligsten Dinge sprechen und schreiben, Frömmlinge mögen es als blasphemisch empfinden, wie er im gleichen Atemzug über Madonna und Venus, über Sankt Gereon und Sankt Gerling schreibt oder »oh heiliges Brutto allerheiligstes Konto« beschwört.
Im Gedicht an Beuys mit dem Untertitel »In memoriam Rudi Dutschke« äußert er Entfremdung von denen, die »angeseilt an allen Gletschern in mörderischer Unschuld« verbleiben, und gesteht: »Im Kloster der ewigen Anbetung [. . .] war mir immer so kalt nur die Poesie der Anfechtungen wärmte mich.«
In dem Gedicht für Alexander Solschenizyn bekennt er sich zu denen, deren »[. . .] einzige Heimat ist der Hunger nach Gerechtigkeit [. . .] erbarmen wir uns ihrer«. Und in

dem Gedicht für den reuigen Terroristen Peter-Jürgen Boock prägte er die Maxime: »Gerechtigkeit ohne Barmherzigkeit ist grausam.«
Aus allen Worten Bölls atmet der Geist, den das Neue Testament in unseren Teil der Welt brachte. Anderswo lehrten Geistesverwandte wie Buddha und Lao-tse, aber für uns gilt seit zwei Jahrtausenden immer noch der Geist der Bergpredigt.
Böll gestand:

> Ich habe immer den Eindruck gehabt, daß das Christentum noch gar nicht angefangen hat. [. . .] Ich habe Angst vor der Trockenheit der theologischen Sprache, fürchte auch Mißverständnisse, weil die Wörtlichkeit eines Wortes für einen Schriftsteller eine andere ist als für einen Theologen. [. . .] Schließlich ist jedes Wort ein unerforschter Kontinent, und das Wort Gott ist ein unerforschter Himmelskörper, der, wenn wir ihn entdecken würden, sich als sehr steinig erweisen könnte, weil er voll abgelenkter menschlicher Hoffnungen, mißbräuchlich verwendeter Abfertigungen läge, voller Flüche, die alle zu Steinen geworden sind, weil die Menschen nicht das geworden sind, was der Menschgewordene war: ein Mensch [. . .], und das alles sammelt sich als Stein und Gestein auf diesem Wort-Kontinent Gott, der einsam und öde wird, weil als Abladeplatz mißbraucht.[5]

So hatte er eine eigene dichterische *Böllsche Theologie* geschaffen – im wörtlichen Sinn dieses Begriffs: logos – das Wort – ist göttlich. Er empfand es mit dem Glauben des poetischsten der Evangelisten – »Im Anfang war das Wort« – und als Dichter des 20. Jahrhunderts, der über Atomspaltung und kosmische Entdeckungen viel nachgedacht hat.
In seiner Rede »Die Sprache als Hort der Freiheit« sagte er:

> [. . .] welch gespaltene Wesen Worte in unserer Welt sind. Kaum ausgesprochen oder hingeschrieben, verwandeln sie sich und laden dem, der sie aussprach oder schrieb, eine Verantwortung auf, deren volle Last er nur selten tragen kann [. . .].[6]

Dantes inbrünstiger Glaube befähigte ihn, alle Höllenkreise zu durchwandern und in ihnen manche schlechten Glaubensgenossen anzusiedeln, selbst Päpste wurden nicht verschont.
Mit Dantes Glauben ist auch die Gottempfindung Hein-

rich Bölls vergleichbar. Er stieg in manche Kreise unheiliger Wirklichkeit: – in ein Soldatenbordell (»Der Zug war pünktlich«), in Schützengräben und in ein KZ (»Wo warst du, Adam?«), in eine Kasernenlatrine (»Entfernung von der Truppe«), in die Kanalisationslabyrinthe von Köln und anderswohin mehr und kam zu dem Schluß: »Ich nehme an, Gott fehlt etwas, solange dem Menschen etwas fehlt.«

In einer der Vorlesungen, die Böll 1964 an der Frankfurter Universität hielt, sprach er über die verschiedenen Bedeutungen des Wortes »Poesie«:
Das griechische Verb, von dem es abgeleitet ist, lautet »poiein«. Es kann bedeuten:

> schaffen, [. . .] veranlassen, auch machen, bereiten, stiften, veranstalten, leisten, opfern, dichten, erdichten – zu etwas machen, als etwas darstellen, zu etwas erklären, als etwas erachten – tun, handeln, geschäftig sein, sich abmühen, sich wirksam äußern, regen, wirken, einwirken, gelten, verrichten, ausrichten, unternehmen, vorhaben, leisten, treiben, verfahren, sich Mühe geben, aufbieten, bewerkstelligen, erzeugen, bauen, aufschlagen, errichten, anstellen, anlegen, erheben, verschaffen, anschaffen, erwerben, bringen, leisten, ausführen, betreiben, zeigen, fassen, liefern, richten, fällen, tragen, sich einlassen [. . .].[7]

Dabei hat er festgestellt, daß unter den etwa fünfzig Bedeutungen von »poiein« das Verb »unterwerfen« weder in transitiver noch in intransitiver Bedeutung zu finden ist.
So ist auch seine Poesie in Prosa und Gedichten niemandem unterworfen und versucht auch niemanden zu unterwerfen. Über das Erhabenste und Gemeinste spricht er mit Worten, die er in der großen Welt der kleinen Leute gefunden, von seiner protheischen Muse gehört hat. Seine Gedichte entstanden aus Musik, die um ihn herum und in ihm selbst klang; er sehnte sich nach Harmonie, aber er wollte und konnte die kreischenden Dissonanzen nicht überhören.
Er erklärte genau, wie er sich Poesie vorstellt:

> Poesie; frei, geordnet, untröstlich – eine geheimnisvolle Trinität, die nicht aufgebrochen werden kann [. . .]. Immer wieder und

> immer wieder vergebens greift *sie* mit diesem Dreizack in den unendlichen Ozean der Vergänglichkeit, ihm einen Fetzen zu entreißen [. . .]. Nicht, daß *sie* Dauer habe, ist für den, der sie macht, wichtig – wichtig ist, daß etwas, irgend etwas dauern könnte auf dieser Erde, denn sie ist ganz und gar von dieser Erde [. . .].[8]

So ist die Poesie Heinrich Bölls. Sie ist ganz *von dieser Erde* – immer wieder von Köln, von Bonn, wo der einsame Clown Hans Schnier sich verirrt hat, von Irland, von manchem deutschen Krähwinkel, aus den Waschküchen und Kneipen, wo man den Wert von Braten und Bier zu schätzen weiß, von der Erde, auf der mehr gesündigt als gebetet wird, wo es mehr Leiden als Freuden gibt und wo dennoch die Menschen hartnäckig weiterleben.

Eines der letzten Gedichte von Heinrich Böll, das seiner kleinen Enkelin Samay gewidmet ist, bringt in wenigen Worten das Wesen seiner Poetik deutlich zum Ausdruck.

Wir kommen weit her
liebes Kind
und müssen weit gehen
keine Angst
alle sind bei Dir
die vor Dir waren
Deine Mutter, Dein Vater
und alle, die vor ihnen waren
weit weit zurück
alle sind bei Dir
keine Angst
wir kommen weit her
und müssen weit gehen
liebes Kind

Bölls Werk ist *frei*. Nie unterwarf er sein Wort irgendwelchen Doktrinen, nie ließ er es von politischen oder geschäftlichen Rücksichten leiten.

Sein Werk ist *geordnet*. Worte – Gedanken; Worte – Gestalten; Worte – Rufe und Bekenntnisse sind von seinem wachen Gewissen, seinem Scharfblick und seinem musikalischen Gehör geordnet.

Sein Werk ist *untröstlich*, denn in unserer Zeit kann ein Dichter mit verwundbarem Herzen nicht tröstlich sein.

Ein Wundertäter sattelfest

[. . .] das, was mich da spaltete und trieb und trieb, etwas aufzuschreiben, (war) eine Kraft, die [. . .] nur für den, den sie antreibt und belästigt, einen dunklen Namen hat, und [. . .] dieser Name (läßt) sich nicht mitteilen. Jedenfalls geht diese Kraft mein Leben lang bald als Trösterin, bald als Belästigerin, bald als fliegendes Roß und bald als Pack-Esel, bald als Himmel und bald als Hölle mit mir.

(Erwin Strittmatter)

Neue Dichtung auf alten Wegen

Kurz nachdem Erwin Strittmatter die literarische Szene betreten hatte, nahm sich Bertolt Brecht seiner freundschaftlich an und führte mit dem Berliner Ensemble sein erstes Stück »Katzgraben, Szenen aus dem Bauernleben« auf.

Brecht schrieb damals über Strittmatter:

> Er geht neue Wege, nicht ohne Kenntnis der alten. [. . .] Die Sprache des Stücks ist außerordentlich plastisch, bilderreich und kräftig, voll von neuen Elementen. [. . .] Aus so ›prosaischen‹ Dingen wie Kartoffeln, Straßen, Traktoren werden poetische Dinge![1]

Brecht war in seinem literarischen Urteil streng und anspruchsvoll, sparsam mit Lob. Um so gewichtiger ist dieser Ausspruch, dessen Richtigkeit bald voll bestätigt wurde.

Strittmatter kam durchaus nicht als Jüngling zur Literatur. Er war 35 Jahre alt, als er seine ersten Erzählungen veröffentlichte. Er erinnerte sich daran in einem Interview:

> Nach 1945, als ich Kreisredakteur an einer Bezirkszeitung war, schrieb ich Reportagen, Glossen, Theaterkritiken, und da es manchmal an Geschichten aus der unmittelbaren Gegenwart mangelte, begann ich, sie selber zu schreiben.[2]

Hinter ihm lag eine karge Kindheit in einer Bäcker- und Kleinbauernfamilie, Jugendjahre als wandernder

Handwerksbursch und Hilfsarbeiter, dann Kasernen und Kriegsschauplätze. Die ersten Nachkriegsjahre verbrachte er wieder auf dem Lande, beteiligte sich am Aufbau der ersten landwirtschaftlichen Produktionsgenossenschaften in der DDR, wurde »Amtsvorsteher für sieben Dörfer«; dann arbeitete er an einer kleinen Zeitung und ging schließlich nach Berlin. Es waren ereignisreiche, widerspruchsvolle »Lehrjahre«, voll nützlicher Erfahrungen und mancher Irrlehren.

Schon seine ersten Bücher, zumindest die Romane »Ochsenkutscher« (1951) und »Tinko« (1954), waren keine Gesellenstücke, sondern von Meisterhand geschrieben.

Damals war er eher naiv in seinen Begeisterungen und schematisch-illusorischen Vorstellungen von der Geschichte. Als überzeugter Kommunist glaubte er die Gesetze der Geschichte endgültig begriffen zu haben, den Stein der Weisen zu besitzen, der ihm die Geheimnisse der Welt offenbare und ihn unfehlbar befähige, Gutes und Böses eindeutig zu unterscheiden.

Dennoch war er bereits in diesen frühen Arbeiten ein echter Künstler. Seine Romane – die beiden Erstlinge, aber vor allem der Erste Band von »Der Wundertäter« (1957) und »Ole Bienkopp« (1963) – folgen den Traditionen der Schelmen- und Bildungsromane. Dabei sind sie auch modern und einzigartig in dem, *was* und *wie* erzählt und dargestellt wird. Gegenwärtig sind die historischen Hintergründe, die konkreten Chronotopoi – Zeit- und Raum-Knotenpunkte – seiner Fabeln, die Ereignisse und die Menschen, welche unmittelbar aus der Lebensgeschichte des Autors kommen; gegenwärtig und grundsätzlich neu ist die Art, *wie* er darstellt, erzählt, gestaltet, erörtert: verschmitzt-spöttisch, sarkastisch oder poetisch-märchenhaft, begeistert, philosophisch-ernst überlegend oder jugendlich-träumerisch verzückt.

Durchaus modern, gegenwärtig und einzigartig ist Strittmatters Sprachkunst – seine Versenkung in die tiefsten Schichten der Sprache und seine abenteuerlichen Wanderungen in ihren entlegensten Randgebieten. Der Dichter beherrscht mehrere deutsche Mundarten; in seinen Erzählungen und Romanen werden die unterschiedlichsten Redeweisen hörbar: dörfliches Alltagsgerede, papierenes

Bürokratenidiom, alltägliches Stammtisch- und schwülstiges Spießergeschwätz, pathetische Agitprop-Rhetorik, sperriges Zeitungsdeutsch, exakt wissenschaftliches Vokabular, ausgelassene Possen der Marktschreier, großstädtischer Slang ... Doch immer wieder schöpft er das meiste aus dem farbenreichen Wortschatz der deutschen Zunge – der Volkslieder, der alten Sagen, der Lutherbibel, der Klassik und der Romantik.
Sein Verhältnis zur Sprache ist unbedingt spontan, er genießt sie und spielt mit ihr, freut sich, scherzt, doch gleichzeitig reflektiert er über sie, er weiß,

daß die Sprache etwas mit Musik zu tun hat und daß man sich Möglichkeiten verscherzt, wenn man sie zugunsten einer kleinen Menschenschicht verhunzt. Mit ihrer Musikalität ebnet die Sprache den Weg vom Menschen zum Menschen und erleichtert den Transport von Informationen und Erkenntnissen [. . .][3]

Von den mittelalterlichen und neuesten expressionistischen Wortkünstlern erbte er den Wagemut zum frechen Oxymoron, zu phantastischen Metaphern und neuen Wortbildungen.

»Anerleben« ist eine Strittmattersche Neubildung aus »erleben« und »aneignen«, ein besonderes Wort, das nötig war, eine besondere Haltung zu beschreiben.[4]

Dies alles verbindet Strittmatter in seinen Büchern organisch miteinander; sie wachsen aus den Lebenserfahrungen eines wissensdurstigen, unermüdlichen Autodidakten. Er wurde in einem kleinen Dorf in der Niederlausitz geboren, hat sich als junger Mann, in seinen »Wanderjahren quer durch Deutschland«, in vielen Berufen geübt und ist heute ein kundiger Agronom, Ornithologe, Botaniker, Pferdenarr, ein sachverständiger Kenner von Theater- und Zirkuskunst, ein Bücherwurm und Waldläufer. In seiner epischen Prosa bleibt er ein Lyriker, der sich den Lesern preisgibt.

Will man seine menschlichen und literarischen Eigenschaften auflisten, muß man als erstes den Wahrheitsdrang nennen, das stete Verlangen und Streben nach Wahrheit: ein beharrliches Suchen nach genauem Erkennen und ein Bedürfnis, das Erkannte möglichst wahr darzustellen.

Er ist ein Poet, ein Lyriker, und darum beginnt er bei sich selbst. Er muß zunächst sich selbst wahrheitsgetreu erkennen und beschreiben. In seinen »Selbstermunterungen« (1981) heißt es:

Ein anderes Ecce homo!
Das bist du, Erwin Strittmatter, einsachtundsiebzig, vergehender Leib zwischen Sohlen und kahler Kopfhaut; wandelnder Sack voll Kartoffelsand aus dem Lande der Lausitzer Sorben. Kriege, Unruh und blanke Lust trieben dich tierhaft auf Erden umher, Sucher, Belaurer, Papierverbraucher, Nestbescheißer von manchen geheißen und ein Irrer von einigen deiner Söhne, gehaßt von der

Rotte der Plapperer, meinst du, auf einem Heuboden hockend, lauernd und starrend, vor Einsamkeit heulend, Tage und gute Tinte verkritzelnd, was von hinter den Dingen zu fassen. [. . .] nur an die eine Hoffnung geschmiedet: Die da nach deinen Nachkommen kommen, möchten befinden, du wärst nicht ganz umsonst aus den magren Kartoffeln gekrochen.[5]

Fast ebensogut wie er sich selbst muß ihn seine Frau erkannt haben. Eva Strittmatter, eine begabte Lyrikerin, ist der Natur ebenso liebevoll ergeben wie ihr Mann. Sie dichtet begeistert, verträumt und zugleich reflektierend von Bäumen und Vögeln, von Pflanzen und Tieren, von Sternen und von Alltagssorgen der Menschen ihrer Umwelt. Sie schrieb über ihren Mann in einem Brief:

[. . .] die sprichwörtlichen Redewendungen in Strittmatters Büchern sind erfunden. Meistens hat diese Erfindung den Zweck, eine Sache parodistisch zu übertreiben, aber Abwandlungen von bekannten Wendungen benutzt er auch, um die Sachen *runder*, interessanter, um durch Neuheit aufhorchen zu machen. Man hört auf etwas, was man nicht kennt, besser hin, als wenn es einem geläufig ist. [. . .]
Die Hauptlektüre der Menschen, die ihn in seiner frühesten Kindheit beeinflußten, war der Bauernkalender. Sehr zeitig kam bei ihm die klassische Literatur dazu; aber der Eindruck seiner kleinbäuerlichen Kinderwelt war stark. [. . .]
Es ist ein Irrtum, anzunehmen, daß ein Schriftsteller alles bewußt tut. In jedem guten Roman steckt eine Menge rein rationaler Arbeit, aber das meiste wird doch mit Spaß gemacht, mit Spaß – und unwillkürlich gefunden. Ob es nachträglich gebilligt oder verworfen wird, ist eine andere Sache. Aber *ausgeklügelt*, konstruiert wird selten etwas.[6]

»Der Wundertäter« nannte Strittmatter seinen Schelmen- und Bildungsroman (Erster Band 1957, Zweiter Band 1973, Dritter Band 1980). Der Hauptheld, eigentlich der lyrische Protagonist, Stanislaus Büdner, ist wie der Autor ein Bauernsohn. Auch er war ein wandernder Handwerksbursche, Hilfsarbeiter, Tierwärter, Chauffeur, wurde Soldat in Hitlers Wehrmacht, desertierte, war ein unersättlich wissenshungriger Autodidakt und wurde nach dem Krieg in der DDR erst Journalist, dann Schriftsteller. Entscheidend fördert ihn der Dichter *Lukian List*, dessen Haltung und Verhalten in vielem an Bertolt Brecht erinnern . . .

Die durch und durch realistische, unverkennbar autobiographische Erzählung durchziehen auch märchenhaft-phantastische Fäden: Der Wundertäter Stanislaus Büdner offenbarte als Kind seltsame Fähigkeiten, er zähmte Vögel und Waldtiere, erriet verborgene Gedanken und heilte kranke Menschen. Ein Sonderling und Pechvogel, entdeckte er noch im kümmerlichsten Alltag zauberhafte Wunder.

Im »Wundertäter II« erscheint Stani Büdner als Wanderer zwischen Welten, im steten, unermüdlichen, oft vergeblichen, manchmal verzweifelten Suchen nach dem Sinn des menschlichen Daseins, nach dem Sinn und Ziel seines eigenen Lebens. Auch früher schon hatte er gedichtet, hatte romantisch verträumte und tiefsinnig philosophierende Verse verfaßt. Er ist ein Dichter, immer und überall: Als wandernder Bäckergeselle, als Soldat an der Front und als griechisch-orthodoxer Mönch im Kloster, wohin er aus der Wehrmacht flüchtete, als Bohemien und Freund reicher Mäzene, als angehender Marxist und Klassenkämpfer, aufmerksamer Schüler seines Schwagers, eines überzeugten, kampferprobten Kommunisten, als Arbeiter und als Journalist, erst im Westen, dann in der DDR – stets ist er vor allem ein Dichter. Immer drängt es ihn zu schreiben, zu beschreiben, alles, was ihm wesentlich, wichtig erscheint, durch Worte zu gestalten. Dabei will er auch begreifen und erklären können, warum und wozu er es macht. Er verfällt den theoretischen und letztlich ideologisch bedingten Deutungen seiner Berufung, seines Lebensziels. Er hat früher so viel geirrt und gezweifelt, daß ihm jetzt die rigorosen, eindeutigen, kategorischen Lehren und Doktrinen überzeugend, wegweisend vorkommen. Den Dogmatikern und Fundamentalisten bleibt er fremd, eifrige Anpasser und sture Wächter der Ideologie verachtet er. Aber er glaubt an die Wahrheit, an die Fruchtbarkeit der Ideen, auf die auch die Dogmatiker und Anpasser sich berufen. Dagegen erscheinen ihm die habsüchtigen Raffer im Westen, die reichen Tunichtgute und die dekadenten Tagediebe viel schlimmer als die schlechtesten unter seinen neuen Genossen. Denn all die neuen Abwandlungen der alten Welt, die er bereits in seiner Jugend verschmähte, müssen – so glaubt und fürchtet er –

zwangsläufig einen neuen Faschismus entstehen lassen. Deshalb wird der Wundertäter Stani zum Mitglied der SED, zum Redakteur einer Kreiszeitung in der DDR.
Als Journalist und Parteimitglied erlebt er die ersten Jahre des Bestehens der DDR, die zugleich die letzten Jahre der Stalin-Ära waren (Der Wundertäter, Dritter Band). In seinem Schicksal, dem eines aufrichtigen, idealistischen Kommunisten und Literaten, spiegeln sich viele dramatische, tragische und bis zur Absurdität tragikomische Gesetzmäßigkeiten des in bürokratischen Treibhäusern gereiften Auch-Sozialismus. Wahrheitsgetreu und realistisch sind Menschen und menschliche Beziehungen auf verschiedenen Ebenen – in Betrieben, Redaktionen, Parteiinstanzen und Künstlerkreisen – dargestellt. Und märchenhaft-phantastisch wirken einige Liebesgeschichten des Helden und der Mordanschlag einer Westagentin auf ihn.
»Der Wundertäter III« mußte in der DDR recht lange auf seine Veröffentlichung und noch viel länger auf eine russische Übersetzung warten. Der Autor und sein Protagonist sind eben zu wahrheitstreu. Die Geschichte von dem Mädchen, das von sowjetischen Soldaten vergewaltigt wurde und sich töten mußte, von ihrem Vater, dem Grubenarbeiter, der das Schreckliche dieses Todes nie vergessen, seinen Russenhaß nicht verbergen konnte und eben darum in der DDR ins Gefängnis kam, das war für ideologische Zensoren und Sittenwächter schwer verdaulich.
Unter dem Eifer der ideologisch wachsamen Genossen hat der Schriftsteller Büdner bitter leiden müssen. Da hat ihm auch seine Wundertäter-Fähigkeit nicht helfen können.
Was ideologische Zucht ist, weiß Erwin Strittmatter aus eigener Erfahrung, obwohl er seit Jahrzehnten offiziell als angesehener, verdienstvoller Autor der DDR gilt, mit Preisen und Ehrungen reichlich bedacht. Dennoch erfuhr sein Roman »Ole Bienkopp« bereits 1963 zunächst offizielle Mißbilligung; er entfesselte hitzige Diskussionen in der DDR, die dem vergleichbar sind, was seinerzeit Erich Maria Remarques Roman »Im Westen nichts Neues« ausgelöst hatte. Die bösesten Schmähungen, aber auch die größte Begeisterung galten dem Helden. Ole Bienkopp ist

ebenso wie Stanislaus Büdner ein herzensguter Sonderling und Aufschneider, ein Freund von Menschen, Vögeln und Bienen; seinen Spitznamen »Bienkopp« hatte er sich erworben, als er einmal einen ganzen Bienenschwarm auf dem Kopf trug.

In diesem Buch schillern bunte Farben und wehen würzige Düfte der Erde, der Atem von Wäldern und Heide. Seine Sprache, die bald brodelt und kocht, bald frei dahinfließt, ihr Wortschatz und Tonfall erinnern an Volkslieder und gehen stellenweise in Versmaß über. Es entstehen realistische, authentische Bilder aus dem Bauernleben in den schwierigen Anfangsjahren der DDR.

Der hartnäckige, zielbewußte Utopist Ole gründet in seinem Dorf eine landwirtschaftliche Genossenschaft. Aber die Staats- und Parteiführung hat das noch nicht befohlen und nicht empfohlen. Engstirnige Bürokraten und sture Doktrinäre – zu denen auch Bienkopps Frau gehört – wollen den eigenwilligen Abweichler zurechtbiegen; er widersteht, bis er stirbt ...

Das brachte dem Autor zahlreiche Vorwürfe wegen »Schwarzmalerei«, »Pessimismus«, »ideologischer Fehler« usw. ein.

Im ersten Buch über Stanislaus Büdner und dem von Ole Bienkopp sind die Helden kauzige Wundertäter, die von Kindheit an aufs engste mit der Natur verbunden bleiben, die aus dem trüb-grauen Alltag vielfarbige Poesie hervorzaubern, kindlich und weise das Wunder des Daseins erleben.

In ihnen personifiziert Strittmatter seine eigene lyrische Weltauffassung. Doch in diesen Büchern bleibt der Autor noch im Hintergrund. Er beobachtet seine Personen und berichtet über sie »mit epischer Gelassenheit«, wie der Kritiker Günter Ebert später zutreffend bemerkte.[7]

Mit offenem Visier

Beginnend mit dem »Schulzenhofer Kramkalender« (1966) und danach in den Prosasammlungen »Ein Dienstag im September« (1969), »3/4hundert Kleingeschichten« (1971),

»Die blaue Nachtigall oder Der Anfang von etwas« (1972), »Meine Freundin Tina Babe« (1977), in seinen »Selbstermunterungen« (1981) und in seinen »Wahre Geschichten aller Ard(t)« (1982) entfernt er mit sicherer Hand fast alle Dekorationen der erfundenen Fabeln und tritt immer öfter selbst, ohne Vermittler auf, spricht den Leser direkt an, erzählt ihm vertrauensvoll von sich, von dem, was er sah und empfand, erinnert sich, denkt laut nach über seine Zweifel, über die Fragen, auf die er selbst keine Antwort findet.

Lesekalender sind seit langem bekannte und beliebte Sammlungen belehrender und ergötzlicher Geschichten, guter Ratschläge für alle möglichen Anlässe, mit Aphorismen, Anekdoten, Humoresken usw. Der erste Lesekalender in deutscher Sprache erschien bald nach der Erfindung der Buchdruckerkunst, im Jahre 1455. Bis in unsere Tage blieben diese Kalender für viele Menschen eine beliebte Lektüre.

Bedeutende Schriftsteller schrieben Kalendergeschichten: Grimmelshausen gab 1670 den »Großen Kalender« heraus und veröffentlichte von 1669 bis 1673 den »Kalender wundersamer Geschichten«. Johann Peter Hebel, Jeremias Gotthelf und Peter Rosegger waren auch als Kalenderautoren bekannt und angesehen. In unserem Jahrhundert haben Oskar Maria Graf, Karl Heinrich Waggerl, Joseph Weinheber und auch Bertolt Brecht Kalendergeschichten geschrieben.

Mit seinem »Schulzenhofer Kramkalender« folgt Strittmatter einer langen literarischen Tradition. Doch schon im Titel steckt eine ironische Verfremdung. Was der Autor als »Kram« bezeichnet, ist für ihn sehr wichtig: seine Beziehung zur Natur, zu Leben und Tod. Schulzenhof ist ein winzig kleines Nest in der Mark Brandenburg, hundert Kilometer nördlich von Berlin, abseits des Weltgetriebes. Dort wohnt Strittmatter mit seiner Familie; dort besuchte ich ihn 1965 in seinem Arbeitszimmer über dem Pferdestall.

Einige von den zweihundert »Kalenderblättern« sind nur ein paar Zeilen, andere mehrere Seiten lang. Thematisch wie stilistisch sind sie recht unterschiedlich. Die meisten sind »Gedichte in Prosa« (den russischen Leser erinnern

sie an Turgenew und Prischwin; beide Namen erscheinen auch einige Male im Text des Kalenders).
Der Autor verbirgt sich nicht vor dem Leser; er erzählt seine Erlebnisse, Kindheitserinnerungen und Erinnerungen an Brecht, Ereignisse in seinem Haus, in Wald und Feld ... Er reitet täglich aus, er beobachtet den Himmel, Wolken, Vögel, Bäume, Pflanzen, beobachtet sie aufmerksam und ausdauernd ...
Aber er sieht all dies nicht als spazierender Naturschwärmer, sondern mit dem Blick des Bauernsohnes und Landmenschen, der selbst in der Natur lebt und arbeitet, untrennbar von ihr – Naturforscher und Dichter zugleich. Er nimmt die leisesten Waldgeräusche wahr, die zartesten Farbschattierungen am Abendhimmel, die flüchtigsten Bewegungen der Vögel. Er versteht die Sprache des Windes und des Regens, die Stenographie der Spuren im Schnee und die Chiffren von Gräsern und Zweigen. Ihn bekümmern oder erfreuen die dramatischen Ereignisse auf den Wildpfaden, in Nestern und Höhlen, in den verborgenen Winkeln seines Hofes und Stalls, der zähe Lebenskampf von Bäumen, Büschen, Pilzen und Blumen.
Eine wichtige Person dieser Kalendergeschichten ist Strittmatters Großvater Kulka, der alte sorbische Bauer. Er ist ein Aufschneider, grob und zärtlich, verständnisvoll und eigensinnig, geizig, zänkisch und dennoch gütig. Der Großvater hatte seinen Enkel gelehrt, Pferde zu füttern, zu satteln und zu reiten, Vogelstimmen zu unterscheiden. Aus seiner alten Pfeife sog er die ungewöhnlichsten wahren und erfundenen Geschichten heraus. Und er war ständiger Leser seines Kalenders.

> Großvater wurde neunzig Jahre alt, [...].
> Ich mußte wieder weiter, und ich sah Großvater nicht sterben, aber seine Flüche hörte ich Jahr für Jahr, wenn ich dasaß und an die Kindheit dachte, die poetisch war durch Großvater. Und eines Tages begann ich die Geschichten vom Großvater zu schreiben, und jede Geschichte war eine Abbitte für mein Versagen.[8]

Strittmatters Frau Eva und seine Söhne arbeiten mit Erwin auf dem Feld und im Stall, begleiten ihn auf seinen Spaziergängen. Häufiger als die anderen wird Matthes erwähnt, der kleine Poet; er hat von Eltern und Groß-

eltern die selbstvergessene Liebe zur Natur und zum Spiel mit dem Wort geerbt.
In vielen Kalendergeschichten wird von Bertolt Brecht erzählt, dem Dichter und Philosophen, dem scharfsinnigen Spötter und Hasser der Dummheit, dem treuen Freund ...
Auf den meisten »Kalenderblättern« aber erscheinen als handelnde Personen Hasen, wilde Schwäne, Käfer, Hunde, Lerchen, Füchse, Ameisen – alle lebenden Geschöpfe um ihn herum. Lebend und handelnd erscheinen auch Schneeplacken, die von den Bäumen fallen und so den Frühling prophezeien, der blaue Rauch über dem Wald, die jungen Fichten, die vor dem Holzeinschlag erzittern, der Kaktus auf dem Fensterbrett, der Regen, der den einsamen Reiter vor sich her jagt, und der mächtige Südwind, der den Frost vertreibt.
Aus konkreten, irdischen Dingen steigen poetische Gedanken, Sinnbilder, Ideen hervor: eine Ringeltaube flog »mit feinblau gehämmertem Gefieder aus der Kiefernkrone, und sie flog davon wie ein blauer Duft, wie ein Wölkchen Poesie«.[9]
Das Gedicht in Prosa »Amseln« ist exemplarisch für Strittmatters Poetik.

> Die Amseln flogen auf, und es war, als ob Erdklumpen aufflögen und mit ihnen die Wahrheit, daß alles von der Erde herkommt und daß auch ich – auf einem Stück Erde reitend – ein Stück Erde bin, dessen Hirn – ein verwandeltes Stück Erde – sich abmüht zu ergründen, ob ich morgen ein Nichts oder ein zu einer Schwingung verwandeltes Stück Erde im Weltall sein werde.[10]

Aber mir ist dieses Gedicht in Prosa noch persönlich besonders lieb und wert, weil es meiner Frau und mir gewidmet wurde; und die Widmung blieb auch in der Auflage vom Jahre 1985 erhalten, obwohl wir den Autor seit langem nicht mehr sehen und ihm nicht mehr schreiben konnten.[11]
Die kürzeste Kalendergeschichte lautet:

> Mein Roman ist der große Bruder dieser kleinen Geschichten. Er ist eifersüchtig und stößt mich: Immer die Kleinen![12]

Der Weg von den Romanen zum »Kalender« war ein Weg vom verborgenen Lyrismus der Epik Strittmatters zu sei-

ner »offenen« Lyrik. Diesen Weg ging ein erfahrener Spurenleser. Er reitet durch Wald und Feld, bald im Schritt, bald im Trab. Bald biegt er in eine bekannte Schneise ein, bald bahnt er sich durch Dickicht einen neuen Pfad, bald hält er an, sich umzuschauen, sich an etwas zu erinnern, nachzudenken. Er freut sich auf neue, unbegangene Pfade, aber auch auf neue Entdeckungen in vertrauten Schneisen, auf alten Wegen.
Doch nicht nur solche Freuden bestimmen sein Werk. Er ist ein Dichter, der immer auch über Dichtung nachdenken muß:

> [. . .] ich versuchte auf kleinem Raum philosophische Themen abzuhandeln . . . Wenn ihre äußerliche Versorgung gesichert ist, beginnen die Menschen zu fragen: Wo komme ich her? Weshalb bin ich hier? Welches sind meine wirklichen gesellschaftlichen Verpflichtungen? [. . .]
> Es lag mir fern, vorsätzlich über Natur an sich zu schreiben. Naturschwärmer sind mir so makaber wie alle Sektierer. Ich fand jedoch, wir verloren über unseren ökonomischen und soziologischen Kämpfen aus den Augen, daß der Mensch selber ein Produkt der Natur ist und daß er sich selber vernichtet, wenn er sie in urbanistischer und pseudofortschrittlicher Überheblichkeit mißhandelt und mißbraucht.[13]

Dem »Schulzenhofer Kramkalender« folgten Sammelbände mit Erzählungen, aber »die großen Brüder«, »Der Wundertäter« und »Der Laden«, haben sie bald eingeholt und überholt.

In allen Werken Erwin Strittmatters – Erzählungen, Gedichten, Romanen, Dramen und Essays – sind unterschiedlichste, manchmal ursprünglich unvereinbar gegensätzliche Elemente vereinigt: realistische oder auch naturalistische Epik – Spiegelungen der ungeschminkten Wirklichkeit und märchenhafte Phantasie, romantische Lyrik und bittere Ironie, Sarkasmus, aber auch naive Begeisterung für Menschen und Natur, philosophische Spekulationen und lustiges Fabulieren, Dramatik und Publizistik . . .
Die Gegensätze verschmelzen, vereinigen sich in kontrapunktischer Harmonie oder folgen aufeinander, wechseln sich ab.

Strittmatters Theaterstücke »Katzgraben« (1953) und »Die Holländerbraut« (1960) waren »episch«, aufklärerisch, manchmal sogar vordergründig belehrend. Auch das hat dazu beigetragen, daß Bertolt Brecht in dem jungen Autor eine wahlverwandte Dichterseele erkannte.
Bereits die ersten größeren epischen Werke (»Ochsenkutscher«, 1951; »Tinko«, 1955; »Pony Pedro«, 1959) wiesen deutlich dramatische und lyrische Züge auf.
Mit dem »Schulzenhofer Kramkalender« und den nachfolgenden Kurz- und »Nachtigall-Geschichten« begann und entwickelte sich eine wesentlich neue Periode in Strittmatters künstlerischem Schaffen. Der Autor trat offen hervor als sein eigener Dramaturg, Regisseur, Bühnenbildner und Bühnentechniker und blieb dabei oft auch »das lyrische Ich«.
In den neuen großen Büchern, in »Der Wundertäter III« und »Der Laden« (Erster Teil 1983, Zweiter Teil 1987), und auch in »Grüner Juni«, der bisher letzten »Nachtigall-Geschichte« (1985), wird die neue Reife seiner Poetik besonders deutlich. Diese Romane sind polyphon und dramatisch, und ihre Dramatik wurzelt nicht nur in den tausendjährigen Traditionen der Theaterkunst, sondern auch in der Drehbuchdramatik des Zeitalters von Film und Fernsehen. Strittmatter beherrscht die »Kunst der Montage«, die Sergej Eisenstein als Kunstform des 20. Jahrhunderts hervorgehoben hat, die Montage der Sequenzen: Menschenbilder, Landschaften, und »verfremdende« Einschübe: lyrische Abstecher, Erinnerungen und Reflexionen.
Diese künstlerische Methodik ist schon in den »Nachtigall-Geschichten« erkennbar. »Der Laden«, das bisher letzte große Romanwerk, verkörpert die reife Meisterschaft.

Eine der »3/4hundert Kleingeschichten« lautet:

> Eine Buche und eine Kiefer wuchsen am Seerand so nahe beieinander, daß ihre Stämme sich gegenseitig wundscheuerten. Buchen- und Kiefernsaft schienen sich zu vertragen, und die Bäume wuchsen an den Scheuerstellen allmählich zusammen.
> Als wir diese Kiefernbuche oder Buchenkiefer entdeckten, hielten wir sie für ein NATURWUNDER. Ist man aber erst auf eine solche Besonderheit eingestellt, entdeckt man bald eine zweite

und dritte, und so fanden wir im Laufe von zwei Jahren zehn solcher Doppelbäume an den Ufern verschiedener Seen. Sie verloren ihre Besonderheit, aber wir kamen einem mathematischen Gesetz auf die Spur: Das Wunder ist mit der Zahl Eins verknüpft; sobald es sich mit der Zahl Zwei verknüpfen läßt, verwandelt es sich ins Alltägliche.[14]

In einer anderen Geschichte beobachtet der Autor zwei Rehe, von einem Vogelruf aufgeschreckt:

Ein Bild, das ich hundertmal sah.
Aber kein Morgen und kein lauschendes Reh gleichen dem anderen. Die Gleichmacher sind unsere unzulänglichen Sinne, und wir täuschen uns, wenn wir von zwei Dingen, denen wir Gattungsnamen gaben, glauben, sie seien danach auch im Wesen gleich.[15]

So sind auch die Werke dieses Dichters einmalig, unwiederholbar und dennoch diachronisch mit vielen Vorgängern, Vorbildern und synchronisch mit verwandten Gattungen verbunden.
Die Quellen und Wurzeln von Strittmatters Werken kann man in den Parabeln der Bibel finden, in den uralten Fabeln von Äsop, in Volksliedern und in den Schriften der Aufklärer, in Kalendergeschichten und naturwissenschaftlichen Arbeiten, in den Überlieferungen der deutschen Klassik und in den Werken von Tolstoj, Turgenew und Brecht, in der deutschen und sorbischen Folklore und in den ungeschriebenen Erzählungen der Jäger, Fischer, Vogelfänger, Waldhüter, in Gesprächen der alten Bauern, die am Stammtisch beim Bier oder zu Hause für die Enkel wahre und erfundene Geschichten zum besten geben.

Die Bücher bleiben offen

Strittmatter schrieb über den Erzählungsband »Die blaue Nachtigall oder Der Anfang von etwas« in seinem »Nachsatz«, es solle

ein ›offenes Büchlein‹ bleiben, in das ich von Zeit zu Zeit weitere Forschungsberichte aufnehmen möchte.[16]

Die Offenheit seiner lyrisch-epischen Dichtung ist von seinem unablässigen Streben nach Wahrheit bedingt: nach Wahrheit der Erkenntnis und der Darstellung des Erkannten. Diese Offenheit bedeutet auch, daß er nie mit seiner Arbeit zufrieden bleibt, nie selbstgefällig wird, immer wieder zweifelt, fragt und weitersucht.

Die Offenheit, die in seinen poetischen Miniaturen – den Kalenderblättern, den »Romanen im Stenogramm«, den »Nachtigall-Geschichten« – besonders deutlich zum Ausdruck kommt, ist auch für die großen Romane maßgebend, für deren widersprüchliche Einheit von Inhalt und Form. Sie sind auch strukturell offen. Im »Wundertäter III« ist das letzte Kapitel mit dem abenteuerlichen Mordversuch kein Schluß, sondern eine Unterbrechung des großen lyrischen Epos. Der zum Schriftsteller gereifte Stanislaus Büdner hat noch viel zu erleben und zu erzählen. Und auch der Zweite Teil vom »Laden« darf nicht der letzte bleiben.

Seine ersten »Nachtigall-Geschichten« nannte Strittmatter »Der Anfang von etwas«. Doch noch früher hatte er das große Buch seines Lebens und seiner Poesie, das Buch der Wahrheit und der Dichtung, angefangen. Seine frühesten Erzählungen sind die ersten Teile dieses Buches und seine neuen Romane wohl die bisher wichtigsten, aber noch nicht die Schlußkapitel.

Hermann Kant schrieb über Strittmatters Epik:

> [...] das Ganze ist ein großes Menschenbuch. Eines, das von großartigen Menschen großartig erzählt.[17]

Unter den früheren Seiten gibt es auch solche, die hastig ins Unreine geschrieben waren, und solche, von denen der Autor glaubte, eine richtige Antwort gefunden zu haben und erst später merkte, daß er irrte oder einer schweren Frage ausgewichen war. Doch auch diese Seiten gehören zum Ganzen. Erwin Strittmatter bleibt seiner Kindheit, seinem Großvater Kulka, seinem jugendlichen Suchen nach der blauen Nachtigall unverbrüchlich treu. Eben darin liegt eine der wichtigsten Quellen seiner Kunst. Und er selbst weiß das.

> Es steckt in jedem Kind ein Dichter. Steckt auch in jedem Dichter ein Kind?

Ein verhältnismäßig gutes Buch könne praktisch jeder Mensch verfassen, denn jedes Leben liefert reichlich Stoff dafür. Doch ob einer ein Schriftsteller sei, könne man erst erkennen, wenn mehrere Bücher vorliegen. Das pflegte Maxim Gorkij zu sagen. Man sollte annehmen, daß dabei nicht die Vielfalt der Themen, Fabeln oder Materialien maßgebend ist. Alexandre Dumas, Jules Verne, Karl May und auch manche zeitgenössische Bestsellerautoren überbieten sich in der Buntheit phantastischer Stoffe, der historischen, geographischen und sozialen Hintergründe. Dennoch oder zum Teil eben deswegen vergehen die meisten ihrer buntscheckigen Werke »wie Rauch, und die Wärme geht auch«.
Ein William Faulkner oder Michail Scholochow dagegen schufen ihre eigenen Welten in den kleinen Orten, in denen sie lebten, in Yoknapatafa, einem amerikanischen Krähwinkel, in einem Kosakendorf am stillen Don. Aber ihre Erzählungen über ihre zeitlich und räumlich begrenzten Welten, über Menschen, die bei ihnen von Buch zu Buch wanderten, über Ereignisse, die sich – manchmal nur unter anderen Umständen – wiederholten, wurden zu unvergänglichen Bestandteilen der Weltliteratur.
Erwin Strittmatters Werke gehören zu derselben Art konkret realistischer Kunst wie die Werke Faulkners und Scholochows.

Und es ist das ewig Eine,
das sich vielfach offenbart:
klein das Große, groß das Kleine,
alles nach der einen Art.

In Strittmatters Roman »Der Laden I und II« wird dies ganz deutlich. Die kleinen Orte seiner sorbischen Heimat, Bossdom, Grodk und ihre Umgebung, bilden die fruchtbare Zelle, aus der die großen Welten seiner Dichtung wachsen. Aus diesen Dörfern und kleinen Städten, aus diesen Landschaften, aus der Mitte der dort lebenden Bauern, Handwerker, Kleinbürger, kleinen Beamten stammen auch der Wundertäter Stani Büdner, der in Ost und West herumreist, und der bedächtige Reiter vom Schulzenhof, der durch vertraute Landschaft streift.
Brecht schrieb, daß die bäuerlichen Helden von Strittmat-

ter »Geduld ohne Nachgiebigkeit, erfinderischen Mut, praktische Freundlichkeit, kritischen Humor besitzen«. Das gilt auch für den lyrischen Helden der farbenreichen »offenen Bücher« von Erwin Strittmatter.

Er ist längst ein über die Grenzen seiner kleineren und größeren Heimat hinaus bekannter Schriftsteller. Zu Beginn des Jahres 1987 waren seine Bücher in 37 Sprachen übersetzt, hatten eine Auflage von fast 5 Millionen. Es ist eine absurde Paradoxie, daß seine Werke ausgerechnet in der Bundesrepublik immer noch so wenig bekannt sind. 1961 war der »Wundertäter I« im S. Fischer Verlag bereits angekündigt und gedruckt, aber statt des Buches erschien im »Börsenblatt für den Deutschen Buchhandel« die Anzeige:

> Angesichts der Ereignisse in und um Ost-Berlin
> haben wir uns entschlossen, den Roman
> ›Der Wundertäter‹ von Erwin Strittmatter, Erster
> Sekretär des sowjetzonalen Schriftsteller-Verbandes,
> nicht zur Auslieferung zu bringen.
> 13. August 1961 S. Fischer Verlag[18]

Das ist ein Beispiel verderblicher Dummheit. So versuchte man, die Spaltung Deutschlands auch von der anderen Seite aus zu vertiefen, so baute man die westliche Seite der Mauer aus.
Das gilt auch für einen Kritiker, der sein Handwerk im stalinistischen Osten gelernt hatte, dann nach dem Westen überwechselte. Mit umgekehrten Vorzeichen: Plus statt Minus und vice versa produziert er hier seine Verrisse nach der alt bewährten Methode: Schimpfen statt Beweisen, Verdammen statt Nachvollziehen; je dürftiger Sachkenntnisse und Argumente, desto boshafter die Attacken, desto arroganter die Selbstgefälligkeit, desto kategorischer die Ansprüche auf das einzig richtige, das eigene Urteil. Eben dieser eifrige Berufsverreißer hat die schlicht polizeiliche Verlagszensur durch seine ideologisch-ästhetischen Denunziationen ergänzt. Er beschimpfte Strittmatter, nannte ihn einen »propagandistischen«, »provinziellen« »Heimatautor« usw. Seine Schelte kann als eigenartige Ehrung betrachtet werden, denn im gleichen Ton und Stil

wurden von demselben Rezensenten auch manche Werke von Heinrich Mann, Heinrich Böll, Anna Seghers und Christa Wolf »besprochen«.
Hoffentlich wird man die Dreckwälle ideologischer Fronten eher vergessen als die tödlichen Wälle an der innerdeutschen Grenze. Zu den verzwickten Verhältnissen der deutschen Autoren mit der deutsch-deutschen Wirklichkeit äußerte sich Hermann Kant in seinem Artikel über Erwin Strittmatter:

> Die Wundertäter-Geschichte begibt sich in einer Welt voller Verbände, Parteien, Gesellschaften, Gemeinschaften, Genossenschaften, Körperschaften, Korporationen, Kooperativen, Vereine, Verbindungen, Gruppen, Klassen, Schulen, Kollektive, Brigaden, Kompanien und Regimenter. Es ist eine Welt der Zweck- und Zwangsbünde und auch der freiwilligen Zusammenschlüsse, aber der Zusammenschlüsse eben. Anders geht es nicht, aber es muß nicht alles so gehen. Sagt die Geschichte vom Wundertäter.[19]

Es müßte ganz anders gehen!
Heute ist vor allem das Wort der überzeugendste Beweis für die unvergängliche Einheit der deutschen nationalen Kultur - ein Beweis und zugleich das beste Mittel, diese Einheit zu festigen und weiter zu entwickeln. Die Werke von Bertolt Brecht, Anna Seghers, Christa Wolf und Erwin Strittmatter ebenso wie die Werke von Heinrich Böll, Günter Grass, Siegfried Lenz, Hans Werner Richter und vieler ihrer Kollegen in Ost und West sind die Grundsteine, sind die Pfeiler der Brücken, die über staatspolitische und ideologische Trennungsgräben führen.

In der Diskussion mit Kritikern, die Strittmatter Naturalismus vorwarfen, sagte Brecht:

> Die Naturalisten [...] zeigen Menschen, als zeigten sie einen Baum einem Spaziergänger. Die Realisten zeigen Menschen, wie man einen Baum einem Gärtner zeigt.[20]

Die realistische Poesie Strittmatters ist die Poesie eines Gärtners und Künstlers, der Menschen wie Bäume und Bäume wie Menschen zeigt. Seine Poesie erneuert sich auf alten Wegen; sie sind nicht glatt und eben, sondern holprig und steil, mit vielen scharfen Windungen. Der Dichter geht mal durch Neuland, mal durch unwegsames Dickicht. Er verheißt noch viele unvorhersehbare Entdekkungen.

Wahrheitsmuster

Über einen Roman von Christa Wolf

... weil die Wahrheit Licht um sich her nach allen Seiten verbreitet.
(Goethe)

I

Das Motto zum Roman »Kindheitsmuster« von Christa Wolf ist ein Gedicht aus dem »Buch der Fragen« von Pablo Neruda. Es beginnt mit dem Vers:

> Wo ist das Kind, das ich gewesen,
> ist es noch in mir oder fort?

Die erste Zeile des ersten Kapitels lautet:

> Das Vergangene ist nicht tot; es ist nicht einmal vergangen. Wir trennen es von uns ab und stellen uns fremd.[1]

Der Roman entwickelt sich in drei »grammatisch-psychologischen« Dimensionen: SIE, DU und ICH. Und zugleich in verschiedenen Dimensionen von Raum und Zeit:
SIE – Nelly Jordan – ist präsent in der Zeit von 1929 bis 1947.
DU und ICH – von Juli 1971 bis 1975, bis zum Abschluß der letzten Seite des Buches.
SIE, das Mädchen Nelly, verläßt als Fünfzehnjährige im Februar 1945 ihre Heimatstadt L., verfolgt von Angst, getrieben von Panik.
DU fährst im Juli 1971 mit deinem Mann, deinem Bruder und deiner fünfzehnjährigen Tochter Lenka von Berlin (DDR) nach »G. – früher L. –« in Polen, in jene Stadt, in der Nelly einst gelebt hat, gehst auf ihren Spuren, erinnerst dich an ihre-deine Kindheit und Jugend, an ihre-deine Eltern, Verwandten, Freunde, Bekannten ... Und wirst immer wieder ein ICH.
Aber dreidimensional erscheint der Roman nur dem flüchtigen Blick. Allmählich werden immer neue Dimensionen, immer neue verborgene Tiefen erkennbar.

* * *

BDM-Mädchen in weißen Uniformblusen mit schwarzen Schlipsen haben sich in Reih und Glied auf der Spielwiese aufgestellt, sind zum Appell angetreten. Die Scharführerin »mit ihrem krausen rotblonden Haar, ihrer scharfen Brille, ihrer Himmelfahrtsnase und dem geflochtenen Zopf« rezitiert ein Gedicht von Annacker:

> Nun fügt das Ich dem großen Wir sich ein
> und wird zum kleinen Rad an der Maschine.
> Nicht, ob es lebe – ob es willig *diene*,
> bestimmt den Wert von seinem eignen Sein! [2]

Nelly schrieb sich diesen Text auf. Sie empfand ihn wie ein Glaubensbekenntnis. Damals hat sie nur irgendwie dumpf quälend gespürt, was sie erst viel später begriffen hat: »Daß man sich zwischen zwei einander ausschließenden Arten von Moral [. . .] entscheiden muß, um nicht zerrieben zu werden.«[3]
Diese Wahl zwischen der Moral der Menschlichkeit – der persönlichen Moral – und der unmenschlichen Moral des überpersönlichen WIR, dessen Inkarnation ein Staat, eine Kirche, eine Partei, eine Kaserne sein kann, überstieg und übersteigt bis zum heutigen Tage nicht nur die Kräfte eines fünfzehnjährigen Mädchens.
Die Aufteilung in drei Personen ist jedoch nicht bloß ein Stilelement, das die Struktur dieses eigenwilligen Erzählens bestimmt, und schon gar nicht die Folge einer krankhaften »Persönlichkeitsspaltung« der Autorin. Im Gegenteil, gerade in dieser eigentümlichen »Dreiheit« wird die *Entwicklung* ihrer Schriftstellerpersönlichkeit besonders deutlich; es bestätigt sich erneut, daß eine lebendige Entwicklung immer zugleich »Kampf und Einheit innerer Widersprüche« ist.
»Mit meiner verbrannten Hand schreibe ich über die Natur des Feuers.« Diese Zeile von Ingeborg Bachmann ist das Motto zum 8. Kapitel von »Kindheitsmuster«.
Nelly wußte nicht, wie schwer es ist, »über sich selbst zu schreiben«, und die Schriftstellerin Christa Wolf verheimlicht weder sich noch den Lesern, wie schwer das ist. Deshalb wohl die Sprünge vom ICH zum DU und zum SIE.

Nellys Vater, den man für gefallen hielt, war in Gefangenschaft. Sein Brief hat die Familie erst nach langer Zeit auf Umwegen erreicht. Nach jahrelanger Trennung kehrt er zurück: schrecklich gealtert, ausgehungert und verwahrlost. Seine Frau, die ihn am Bahnhof abholt, kann ihn lange nicht erkennen. Doch auch er erkennt sie nicht wieder. Am schwersten war es für Nelly:

> Dem Vater gegenüberzutreten, ihn zu umarmen, seine knochigen Schultern zu umfassen, sein zuckendes, unbekanntes Gesicht dicht vor sich zu sehen, die Zahnlücke in seinem Gebiß. Den säuerlichen Geruch einzuatmen, der von ihm ausging. [. . .]

Nelly, noch nicht eingeweiht in die Sünden der Lieblosigkeit, beobachtet lieblos und über sich selbst entsetzt ihren Vater, der immer noch in Gefangenschaft, immer noch gefesselt ist von den Bedürfnissen seines Leibes. Nicht nur, daß er keinen Teller Essen abschlagen, auf keinen Brotkanten aus der Bauernküche verzichten kann - den Hunger eines Mannes, der neunzig Pfund wiegt, können die anderen, mögen sie dreist hungrig sein, sich nicht vorstellen –: Der Gesichtsausdruck, mit dem er die Suppe holen geht, den Kanten nimmt, verletzt Nelly so wie seine ängstlich-rechthaberische Art, um den Blechlöffel zu kämpfen, um die skurrile Blechschüssel, die Charlotte aus seinem Beutel fischte, um das Stück Steinzucker, in einen dreckigen Lappen gewickelt, um die Fetzen von Fußlappen.
Nelly begreift es nicht, daß sie nicht mehr in Zeiten und an Orten lebt, wo der Dichter »Zeit« auf »Persönlichkeit« reimte und ein Ausrufezeichen hinter seine Anmaßung setzte. Nelly mißt ihren ums Haar verhungerten Vater mit falschem Maß.[4]

> ... zu jeder Zeit:
> Höchstes Glück der Erdenkinder
> Sei nur die Persönlichkeit.

Nelly wußte es noch nicht. Die Autorin aber weiß es; sie weiß auch, welche Gewalten den »Erdenkindern« dieses Glück nicht gönnen wollen, und weiß, wie sie - Nelly –, wie du und ich sich diesen Gewalten unterworfen hatten und daß wir vielleicht immer noch nicht stark genug sind, um ihnen zu widerstehen.
Auf nicht einmal drei Seiten wird die Entfremdung der Tochter von ihrem Vater geschildert. Einige wenige Szenen, nur ausschnittweise, aber klar und deutlich gezeichnet: Die Erzählerin hält sich zurück - aus Scham und Schmerz, die sich aber auch durch die bittere Selbstironie nicht verheimlichen lassen.

Im Februar 1945 nahm Nelly Abschied vom Elternhaus, von der Stadt, in der sie geboren und aufgewachsen war, und nahm damit auch Abschied von ihrer Kindheit.
Ein Vierteljahrhundert später kehrt sie zurück. Für ein paar Tage. Sie sieht die alte Heimat wieder, die *ihr-dir* zur Fremde geworden ist; es ist jetzt die Heimat anderer Menschen, die eine andere Sprache sprechen, mit anderen Erinnerungen leben.

Viele hunderttausend, ja Millionen Menschen mußten und müssen in unserem Jahrhundert ihre Heimat verlassen. Die Erinnerung an die Vergangenheit ist für viele ein untröstlicher Kummer, ein unheilbarer Schmerz. Manche derer, die flüchten mußten, vertrieben wurden, empfinden noch immer einen ohnmächtigen Haß auf ihre Verfolger – von denen die meisten nicht mehr leben – und einen blinden Haß auf die neuen Bewohner, die an der Vertreibung keinerlei Schuld tragen.

Die Erinnerung, wie sie in »Kindheitsmuster« dichterisch gestaltet wird, ist dagegen frei von jeder Verbitterung, ist durchdrungen von Wehmut, aber auch von dem Streben, die Ereignisse, ihre Ursachen und Folgen zu begreifen. Hierin ist es den Büchern von Johannes Bobrowski und Günter Grass verwandt. In seiner humanen Aussage kommt es dem Buch einer ganz anderen Gattung besonders nahe – den historischen Skizzen und Erinnerungen von Marion Gräfin Dönhoff, »Namen, die keiner mehr nennt«.

Dort äußert sich die unvergängliche Liebe zur ostpreußischen Heimat zugleich als Eingeständnis unwiederbringlicher Verluste, als vornehmer Stoizismus und weise Resignation. »Sie gehört im letzten und höheren Sinne ohnehin niemandem, allenfalls vielleicht dem, der imstande ist, zu lieben, ohne zu besitzen.«[5]

* * *

Mit fünfzehn Jahren flieht Nelly mit ihren Angehörigen vor der Sowjetarmee, vor »den Russen«, die ihren Heimatort einnehmen sollen, die ihre Welt – ihren Glauben, in dem sie aufgewachsen ist – bereits zerstört haben.

> Sie hatte in ihrem Leben keinen Russen gesehen. Woran dachte sie, wenn sie »der Russe« sagte? Woran hat Nelly gedacht? Was sah sie? Das bluttriefende Ungeheuer auf dem Buchdeckel des Bandes »Der verratene Sozialismus«? Die Filmstreifen mit den Herden von sowjetischen Gefangenen – geschorene Köpfe, ausgemergelte, stumpfe Gesichter, Lumpen, zerrissene Fußlappen, schleppender Gang –, die nicht aus dem gleichen Zeug gemacht schienen wie ihre straffen deutschen Bewacher?
> Oder sah sie gar nichts? Genügte ihrer Angstbereitschaft der Schrecken, der von dem düster-geheimnisvollen Wort »vergewaltigen« ausging? Die Russen vergewaltigen alle deutschen Frauen:

unbezweifelte Wahrheit. Ein Mädchen, das nicht imstande ist, seine Unschuld zu bewahren. Dunkles Gerangel von Körpern und, sicherlich: Schmerz und Schande, unvermeidlich danach: der Tod. Dies überlebt keine deutsche Frau. Ein Glied mehr in der Kette, die körperliche Liebe und Angst aneinanderfesseln.[6]

Nach der Flucht kam sie schließlich in ein fremdes Dorf in Mecklenburg, kam ins Exil.

Das Dorf war mit Leuten vollgestopft, die ihre Katastrophe überlebt, und mit solchen, die keine Katastrophe bemerkt hatten. Das steigerte ihre Erbitterung gegeneinander.
[...] Sie fand, die Menschen seien vorwiegend schlecht, und zögernd nur mischte sie sich ein auf der Seite der Überlebenden, weil sie zu ihnen gehörte. Das Dorfleben war ihre Rettung, aber es lag ihr nicht.[7]

In »Kindheitsmuster« sind viele unterschiedliche Themen und Probleme verwoben. Die Auseinandersetzungen der Autorin mit ihrer Vergangenheit und ihrer Gegenwart, mit ihrer Umwelt und mit sich selbst sind vielfältig und tiefschürfend. Wie können sich Kinder und Eltern verstehen? Wie kann man Erfahrungen einer Generation einer anderen übermitteln? Wie eine gemeinsame Sprache, wie einen gemeinsamen moralischen Nenner finden, wenn die Älteren und die Jüngeren in verschiedenen Epochen, unter grundsätzlich anderen Bedingungen aufgewachsen sind?

Der Dreiheit: SIE – DU – ICH steht Lenka, die Tochter der Erzählerin, entgegen; sie ist fünfzehn – so alt wie Nelly war, als ihr Leben so einschneidend verändert wurde. Lenka bekommt von der Mutter erzählt, wie deren Vater zwei Jahre nach Kriegsende »bis zur Unkenntlichkeit verändert« aus der Gefangenschaft kam, wie er sagte: »Was haben die mit uns gemacht.« Lenka versteht solche Sätze nicht:

Von Leuten, die die ganze Zeit dabeigewesen sind. Sie will nicht – noch nicht – erklärt haben, wie man zugleich anwesend und nicht dabeigewesen sein kann, das schauerliche Geheimnis der Menschen dieses Jahrhunderts. Sie setzt Erklärung noch mit Entschuldigung gleich und lehnt sie ab. Sie sagt, man müsse konsequent sein, und meint: rigoros. Du, sehr bekannt mit diesem

Verlangen, fragst dich, wann der Schwund der unbedingten Strenge bei dir begonnen hat. Was man dann »Reife« nennt.[8]

Von Lenka und vom DU aus den siebziger Jahren schwingt die Erzählung unmittelbar zurück zum SIE, zu Nelly, ins Jahr 1933 und zu dem Tag, als Nellys Vater, der Kaufmann Bruno Jordan, wie »ein hypnotisiertes Kaninchen« einem herumkommandierenden SA-Standartenführer gegenüberstehen mußte.

Nelly hat nie erfahren, wie man mit sechzehn ist. Sie kam nicht dazu, sechzehn oder siebzehn zu sein. Ihr Ehrgeiz war es, mindestens wie zwanzig auszusehen und sich keine Blöße zu geben, keine Schwäche zu zeigen. Mühsam holte ihre wirkliche Lebenszeit den Vorsprung, den sie sich abgezwungen hatte, später wieder ein. Aber die Jahre fehlen, für immer. Die Kinder haben es mit Eltern zu tun, die selbst nicht jung gewesen sind. Ruth, Lenka, ohne zu wissen (vielleicht auch bewußt), belehren ihre Mutter über das Fremdwort »Jugend«. Lehren sie den Neid, mildern ihn durch die Gelegenheit zur Mitfreude.[9]

Die Töchter Lenka und Ruth sind – nebst Nelly, DU und ICH – der vierte Energie-Pol im Spannungsfeld der künstlerischen Erfassung von Menschenschicksalen, »stellvertretend« für alle jungen Menschen, die dieses Buch ansprechen soll.
Dem Elend der Nachkriegszeit versuchte Nelly zu widerstehen; doch das siebzehnjährige Mädchen war all den Spannungen und Nöten nicht gewachsen. Sie erkrankte an Lungentuberkulose. Einen Herbst und einen Winter verbringt sie im Krankenhaus. Es mangelt an Ärzten, Medizin und Essen. Sie ist umgeben von Todgeweihten, Sterbenden und auch Genesenden; sie versucht, einigen von ihnen zu helfen, vor allem den Kindern. Sie lebt Seite an Seite, Auge in Auge mit dem Tod, mit unstillbaren Leiden und vergeblichen Hoffnungen. Ihr bleibt viel Zeit zum Beobachten, zum Nachdenken und zum Lesen.
Dort, im Krankenhaus, erlebt sie zum ersten Mal, was Bücher, was Gedichte bedeuten können. Sie entdeckt Goethe. – Nie zuvor hat sie so viel und so intensiv gelesen.

[...] manchmal dachte sie, daß sie eben dafür krank geworden war. (Die meisten Gedichtzeilen, die du auswendig kennst, hat Nelly in jenen Jahren in sich aufgenommen. »Aus Morgenduft gewebt und Sonnenklarheit / Der Dichtung Schleier aus der Hand der Wahrheit.«)[10]

Dieser Goethe-Vers könnte ein Motto für das gesamte Werk von Christa Wolf sein.

II

Wann wird sie näher heranrücken? Wann werden du und sie im Ich zusammenfallen?

Diese Fragen gehen der Beschreibung von Nellys Wiedersehen mit dem Vater voraus. – Nelly und ihr Vater, Lenka und ihre Mutter – sind ihre Beziehungen miteinander vergleichbar?
Gegen Ende des Buches entrückt Nelly immer weiter. Die Grenzen der verschiedenen Ebenen erscheinen immer schärfer gezogen.

Dieses Mädchen, das immer noch Nelly heißt, entfernt sich, anstatt allmählich näher heranzukommen. Du fragst dich, was geschehen muß – was geschah –, sie zur Umkehr zu bewegen.[11]

Die Geschichte von Nellys Kindheit und Jugend im Dritten Reich, in Krieg und Nachkrieg ist gleichzeitig eine Geschichte der Gegenwart und ein zeitloses Drama des Einander-Verstehens und Nicht-Verstehens von Eltern und Kindern, von Älteren und Jüngeren und der immer neuen Kollisionen von Ich und Wir.
Heinrich Böll schrieb über die Autobiographie des Schriftstellers Manès Sperber, der auch als Kind seine Heimat verlassen mußte.

[...] es ist das ewige Dilemma zwischen Geschichtlichkeit und Geschichtslosigkeit: man kann sich in dem einen und im anderen nicht niederlassen, die Zeit ist keine Heimat, und doch wissen wir, daß Zeitgenossenschaft, das Beobachten und Erdulden der Zeit, unsere einzige Niederlassung ist, Ungeduld in einer Gegenwart, die es gar nicht zu geben, deren Wesen Flüchtigkeit zu sein scheint: flüchtig, auf der Suche nach einer Heimat, auf dieser Erde und in dieser Zeit, mißtrauisch gegenüber einer Zukunft, in die uns der Sekundenzeiger immer wieder hineinschiebt.[12]

Das könnte auch über dem »Kindheitsmuster« stehen. Christa Wolf schreibt beherzt spontan – so unmittelbar und so natürlich, wie man atmet. Und dennoch schreibt sie immer nachdenklich, immer bewußt – sie weiß, warum und wozu sie es tut. In einem literaturkritischen Essay, den sie viele Jahre vor »Kindheitsmuster« geschrieben hat, sagt sie, es gebe für den »Wunsch, Vergangenes möge nicht vergangen, nicht tot sein, es möge sich nicht ein für allemal verfestigen«, nur ein Mittel:

> die Neuerschaffung der Vergangenheit, die allerdings auch nicht zu jedem beliebigen Zeitpunkt möglich ist, sondern nur genau zu jenem vergänglichen Moment, da die undurchsichtige Gegenwart so weit zurückgetreten ist, um durchsichtig, dem Erzähler verfügbar zu sein; aber noch nah genug, daß man nicht damit »fertig« ist [. . .].[13]

Die Schriftstellerin hat erkannt, welche Schwierigkeiten ein Künstler überwinden muß, der den Mut aufgebracht hat, seine Vergangenheit zu erkennen, sich ihr zu stellen, sie zu bewältigen und darzustellen.

> Was war – die Vergangenheit –, in einen blutigen Nebel gehüllt; was ist – die Gegenwart –, durch eine Brille mit ungeheuerlichem Verzerrungseffekt gesehen: in solchen Zeiten gibt es nicht den nüchternen Blick des Erzählers. [. . .] Die schreckliche Verlassenheit dieser Jugend ist noch nicht geschildert. Verlassen inmitten der vielen kleinen Räusche, welche die staatlich angestellten Magier maßgerecht produzierten – als höchsten unter ihnen den Todesrausch: Nichts ist der einzelne; [wie oben »von Ich zu Wir« – L. K.] unsterblich ein Mythos, den die Bücher unserer Jugend »Volk« nannten.[14]

Aber sie hat auch erkannt, über welche Möglichkeiten der zeitgenössische Schriftsteller verfügt:

> Es ist eine Alltagssituation der modernen Psyche, eine Relativierung und vorübergehende Aufhebung der objektiven Zeit, eine durchschnittliche Erfahrung: daß der Augenblick fast unendlich dehnbar ist, daß er eine enorme Menge und Vielschichtigkeit an Erlebnismöglichkeiten in sich trägt, während fünf Minuten doch schlichte fünf Minuten geblieben sind.[15]

Die Hauptbedingung des Vertrages, den Faust mit dem Teufel geschlossen hatte: *nie einen Augenblick verweilen lassen wollen*, nannte Sergej Eisenstein »das zentrale Problem der Kunst und aller schöpferischen Tätigkeiten des Menschen des 20. Jahrhunderts« (vgl. S. 82f.). Christa Wolf erkennt, daß der Augenblick unendlich dehnbar ist. Die Gleichung, die Goethe in den überirdischen »Bergschluchten« der himmlischen Sphäre aufgehen läßt, wagt sie hier auf Erden in einer neuen »Menge und Vielschichtigkeit« wieder aufzustellen, ohne eine Lösung zu versprechen. Doch sowohl für ihre »Rechnung« wie auch für ihre Unberechenbarkeit gelten dieselben Kräfte, die Goethe beschworen hatte: »Die allmächtige Liebe, / Die alles bildet, alles hegt«, »das Ewig-Weibliche«.

III

Im »Kindheitsmuster« ist die Vergangenheit nicht von der Gegenwart zu trennen, das persönliche Schicksal nicht vom Schicksal des Volkes, das Alltägliche nicht vom Wesentlichen, die schwierige Entwicklung des individuellen Selbstbewußtseins nicht von der dramatischen Geschichte des gesellschaftlichen Bewußtseins, und das gilt nicht nur für die Gesellschaften, in denen die Schriftstellerin gelebt hat und lebt.
Christa Wolf weiß:

> Je näher uns jemand steht, um so schwieriger scheint es zu sein, Abschließendes über ihn zu sagen, das ist bekannt.[16]

Ein großer russischer Denker unseres Jahrhunderts, Michail Bachtin, untersuchte die Poetik Dostojewskijs und erkannte dabei:

> Man kann einen lebendigen Menschen nicht in seiner Abwesenheit zum schweigsamen Objekt endgültiger Erkenntnis machen. *Im Menschen ist immer etwas, was nur er selbst im freien Akt der Selbsterkenntnis und der Rede darlegen kann* [...].
> [im Original kursiv – L. K.][17]

Max Frisch sieht in dieser Gesetzmäßigkeit die Grundlage wahrer Kunst, die Entwicklung des ersten Gebotes der Bibel:

> Du sollst dir kein Bildnis machen, heißt es, von Gott. Es dürfte auch in diesem Sinne gelten: Gott als das Lebendige in jedem Menschen, das, was nicht erfaßbar ist.[18]

Daher ist es auch mir unmöglich, irgend etwas Abschließendes, Endgültiges über die Schriftstellerin zu sagen, die ich verehre und bewundere, und über das Buch, das mir zu einem Vertrauten geworden ist.
Trotzdem möchte ich versuchen zu erklären, was eigentlich an diesem Buch so besonders anziehend erscheint. Was kann als Grundton seiner Polyphonie, als wichtigste Rolle seiner mehrdimensionalen Dramatik definiert werden?
Einen russischen Leser beeindruckt es auch durch die Nähe zu den Traditionen der russischen autobiographischen und bekennenden Epik; es erinnert an die Bücher von Alexander Herzen, Lew Tolstoj, Wladimir Korolenko, Maxim Gorkij.
»Kindheitsmuster«, ein poetisches und wahrheitsgetreues Zeugnis der Vergangenheit, ist ebensosehr ein Buch der Gegenwart wie der Zukunft, denn Verbindungen zwischen gestern, heute und morgen gehören zum Leben jedes Menschen und jeden Volkes, das um seine Zukunft besorgt ist.

> Nichts ist zarter als die Vergangenheit;
> Rühre sie an wie ein glühend Eisen;
> Denn sie wird dir sogleich beweisen,
> Du lebest auch in heißer Zeit.

In der schweren Zeit ihres Lebens entdeckt Nelly Jordan die Poesie Goethes. Diese Poesie wurde zu einer der Quellen im Schaffen von Christa Wolf. Im »Kindheitsmuster« zeigt sich deutlicher als in anderen ihrer Bücher, daß Goethe ihr vermutlich mehr bedeutet als irgendein anderer ihrer literarischen Vorbilder oder Lehrer – von Heinrich Kleist bis zu Anna Seghers. Natürlich versucht sie nicht, Goethe nachzuahmen, ihm direkt zu folgen. Aber sowohl in ihrer klar erkannten, philosophisch verallgemeinernden Weltanschauung als auch in ihrer unmittelbar künstlerischen poetischen Weltempfindung zeigen sich die ewig jungen Goetheschen Eigenschaften: Wißbegier und die Fähigkeit, immer wieder aufs neue vor der Mannigfaltigkeit der Welt zu staunen. »So gestaltend, umgestaltend – zum Erstaunen bin ich da.«

Goethisch ist auch ihre Aufrichtigkeit, ihre unerbittliche Wahrheitstreue.
»Alle Gesetze und Sittenregeln lassen sich auf eines zurückführen: Wahrheit.«[19] – »Schädliche Wahrheit, ich ziehe sie vor dem nützlichen Irrtum. Wahrheit heilet den Schmerz, den sie vielleicht uns erregt.«
Christa Wolf vermag es, selbst die kleinsten Nuancen der Seelenregungen, die unausgesprochenen und nicht zu Ende geführten Gedanken – eigene und fremde – wahrzunehmen und über das Wahrgenommene genauestens, mit allen Einzelheiten zu berichten. Sie erinnert zuweilen an Lew Tolstoj, an sein Streben nach schonungsloser Wahrheit in der Darstellung und in der Selbstanalyse. Doch vor allem ist sie eigenständig, einzigartig, in allem, was und wie sie schreibt.

Im letzten Abschnitt des Romans wiederholt sie die Frage – die erste Zeile des Mottos: »Wo ist das Kind, das ich gewesen?«:

> Das Kind, das in mir verkrochen war – ist es hervorgekommen? Oder hat es sich, aufgescheucht, ein tieferes, unzugänglicheres Versteck gesucht? Hat das Gedächtnis seine Schuldigkeit getan? Oder hat es sich dazu hergegeben, durch Irreführung zu beweisen, daß es unmöglich ist, der Todsünde dieser Zeit zu entgehen, die da heißt: sich nicht kennenlernen wollen?[20]

Sie versucht nicht, diese Fragen zu beantworten. Weder darf noch kann sie es tun. Ihre aufrichtig eingestandene Ungewißheit ist wesentlich für die Glaubwürdigkeit, für die »Offenheit« des Buches. Sie regt den Leser an, nachzudenken und weiterzudenken, sich an den Gedankengängen der Autorin und ihrer Personen zu beteiligen.
Doch der Leser darf und kann versuchen zu antworten: Ja, das Kind lebt! Ja, das Gedächtnis hat seine Schuldigkeit getan!
Das Kind kann nicht verschwunden sein. Unerschöpfliche, kindlich-naive Unmittelbarkeit ist der Schriftstellerin ebenso eigen wie ihre erwachsene, spontan emotionale und zugleich bewußt reflektierende Mutterliebe – und all das »ewig Weibliche«.
Der Roman ist den Töchtern der Autorin gewidmet. Eine

Tochter nahm an der Reise teil. Ihre Ansichten, ihr Verständnis und Unverständnis, ihre von Trauer, Spott und Zorn geprägten Wahrnehmungen, ihre gerechten und ungerechten Urteile bestimmen einen der Spannungs-Pole, eine der Dimensionen des Romans, eine der immer anderen »sich eröffnenden Tiefen«.

* * *

Christa Wolf hat in einer Diskussion über ihr Buch sehr deutlich definiert, warum und wozu sie es schreiben wollte:[21]

> [. . .] ein Kernproblem dieses Buches ist, wie Angst entsteht. [. . .] Ein Kapitel Angst – [. . .] was alles für Ängste auf schauerlichste Art in uns aufgebaut wurden. Zum Beispiel die Angst gegenüber anderen Völkern. »Der Russe« als Angstfigur: Wie war das überhaupt möglich, wie hat man das geschafft, und auch: auf welche Weise werden solche realen Ängste abgebaut. Man verliert die Angst vor Menschen – Völkern, Gruppen, die man kennenlernt. [. . .] Warum können bei uns so viele Leute sich nur unter Angst gegen Autoritäten aufrichten, »Männermut vor Königsthronen« so schwer zeigen? Das hat doch Gründe. Darum finde ich auch, daß dies ein Gegenwartsbuch ist, weil es versucht, mitzubeschreiben, was vorher war, ehe die Leute sich so verhielten, wie sie sich heute verhalten.
> Ja, ich sehe auch, daß ein Schreibender oder Malender oder sonst in der Kunst Tätiger im Vorteil ist. Denn er hat eine Möglichkeit, sich mit Konflikten auseinanderzusetzen, die wirksam ist. Aber ich glaube eigentlich, daß jeder das kann, der wirklich will und es braucht, indem er es mit sich selber und in Gesprächen mit anderen tut. Nur, warum sprechen wir so wenig miteinander? Warum eigentlich? Aus Angst natürlich. Aber wovor denn, um Gottes willen? . . . Angst vor uns selber, daß wir irgend etwas herauslassen könnten, was der andere nicht vergißt, womit wir uns ihm in die Hand geben würden. . . .

> [. . .] die Literatur [. . .] wirkt stark, aber sie wirkt auf solche unterirdische Weise, daß man es sehr schwer messen kann.

> [. . .] Wie sind wir so geworden, wie wir sind? Das ist eigentlich eine Frage, der ich etwas näherzukommen suche. [. . .] Denn ich glaube, daß so manches, was unsere Generation heute tut oder nicht tut, noch mit der Kindheit zusammenhängt.

»Kindheitsmuster« ist das Muster einer mehrdimensionalen poetischen Wahrheit, erzählt und gestaltet von einer aufrichtigen, weisen und traurigen Frau, die in ihrem Schaffen eine lebenspendende widersprüchliche Einheit verkörpert: Sie ist zugleich Kind und Mutter, Dichterin und Denkerin.
Kindlichkeit und Weiblichkeit verneinen nicht, sondern verstärken die Reife und die »androgyne« Weisheit der Geschichtsphilosophie der Autorin. Die subjektive künstlerische Wahrheit ihrer Darstellung, ihrer Sprache, ihrer Gefühle und ihrer Gedanken bestimmt die objektive historische Wahrheit und wird – vice versa – von ihr bestimmt. Die Selbsterkenntnis der Schriftstellerin ist zugleich die Erkenntnis der Vergangenheit und der Gegenwart ihrer Heimat.

In Dichters Lande

Gerhard Wolf über Johannes Bobrowski

»Wer den Dichter will verstehn, muß in Dichters Lande gehn.« – Dichters Land, wo ist es zu suchen? Dort, wo er geboren, oder dort, wo er zum Dichter wurde? Dort, wo er die schwersten und darum unvergeßlichen, oder wo er die schönsten Zeiten erlebte? Ist es immer ein bestimmtes reales Land, ein Staat, ein Bezirk, ein Dorf, eine Stadt – »patria chica«, wie Anna Seghers zu sagen pflegte – oder vielleicht auch ein Traumland, ein Arkadien, ein Eldorado, Thule, Utopia? ...
Johannes Bobrowski, geboren am 9. April 1917 in Tilsit, lernte zuerst in einer Dorfschule, dann im Königsberger Gymnasium, studierte in Berlin, war von 1939–1945 Soldat in Polen, Frankreich, Rußland, von 1945–1949 Kriegsgefangener – Grubenarbeiter, Häuer unter Tag – in der Sowjetunion; von 1945 bis zu seinem letzten Lebenstage (er starb am 2. September 1965) Verlagslektor in Berlin. Seit 1954 veröffentlichte er Gedichte und Prosa, die nicht nur bald in allen deutschsprachigen Ländern bekannt, sondern auch in alle europäische Sprachen übersetzt wurden und zahlreiche dankbare Leser fanden.

> Zu schreiben habe ich begonnen am Ilmensee 1941, über russische Landschaft, aber als Fremder, als Deutscher. Daraus ist ein Thema geworden, ungefähr: die Deutschen und der europäische Osten. Weil ich um die Memel herum aufgewachsen bin, wo Polen, Litauer, Russen, Deutsche miteinander lebten, unter ihnen allen die Judenheit. Eine lange Geschichte aus Unglück und Verschuldung, seit den Tagen des deutschen Ordens, die meinem Volk zu Buche steht. Wohl nicht zu tilgen und zu sühnen, aber eine Hoffnung wert und einen redlichen Versuch in deutschen Gedichten. Zu Hilfe habe ich einen Zuchtmeister: Klopstock.

* * *

Gerhard Wolf betrat Johannes Bobrowskis Wohnung in Berlin-Friedrichshagen, Ahornallee 26, mehrere Jahre nach dessen Tod. Dem Besucher aber erschien alles so, als sei der Hausherr nur eben ausgegangen und könne jeden Augenblick heimkommen.
In seinem kleinen Buch »Beschreibung eines Zimmers. 15 Kapitel über Johannes Bobrowski«[1] erzählt Gerhard Wolf von der Einrichtung des Arbeitszimmers, den Büchern in den Regalen, von Bildern, Zeichnungen und Karten, Manuskripten und Notizheften auf dem Schreibpult, vom Clavichord und den Noten. Er illustriert und ergänzt seine Erzählung durch Fotos. Lebendige Fäden

verbinden verschiedene Abschnitte der Zeitgeschichte mit verschiedenen Lebensabschnitten des Dichters, das längst Vergangene und das Nahe, das Heute.
Im Eingangskapitel »Eintreten« erklärt Wolf:

> Das Zimmer bedeutet uns Welt, wir haben sie hereingeholt, nicht um sie einzusperren, sondern um mit ihr zu leben.[2]

Er unterhält sich Seite um Seite, Kapitel um Kapitel mit dem Leser. Es ist eine lebhafte, ungezwungene Unterhaltung; manchmal schweift Wolf auch vom Gegenstand ab, springt von Thema zu Thema. Aber diese unbefangenen, spontan sich entwickelnden Gespräche werden dennoch unauffällig vom Literaturforscher geleitet. Wolf kennt die Werke Bobrowskis genau und freut sich, wenn er nun auch manche Quellen dieser Werke entdeckt – aus welcher konkreten Erfahrung, aus welchem literarischen Eindruck oder Alltagsereignis ein lyrisches Motiv entstand, eine eigentümliche Wortverbindung, die auf den ersten Blick unerklärbar schienen.
Er erzählt von Bobrowski, dem Dichter und dem Menschen, er beschreibt sein Arbeitszimmer, schildert einzelne Dinge, erinnert sich an seine Gedichte und an Gespräche. Aus freier Erzählung-Unterhaltung leitet er unmittelbar zu wissenschaftlich-kritischen Überlegungen, Vermutungen und Schlußfolgerungen über, und manchmal wird seine dinghafte Schilderung zur Metapher, zum Sinnbild.
So beschreibt er die Landkarte, die Bobrowski aus dem Brockhaus herausgerissen hatte:

> Auf ihr ist mit gradlinigen Tintenstrichen sein Territorium umrissen, großzügig, weiträumig, anspruchsvoll. Gebietsstreifen, eingeteilt in Zonen, dichterische Zonen einmal, versehen mit Ziffern.[3]

Die erste, die kleinste Zone ist das nordöstliche Ostpreußen, Bobrowskis Geburtsland, in dem er Kindheit und Jugend verbrachte. *Die zweite Zone* umfaßt Litauen und Lettland; dort leben die Helden seiner Bücher. In seinen Werken begegnen wir der Landschaft und den Liedern dieser Länder. *Die dritte Zone* ist das europäische Rußland: Hierher kam er 1941 als Soldat, und hier schrieb er aus dem Erlebnis der russischen Landschaft und des Krieges seine ersten Gedichte. Er gewann das Land lieb, das er bisher nur aus Büchern kannte. *Die vierte Zone* auf dieser Landkarte ist Polen. Hier lebten die Helden seines ersten Romans »Levins Mühle« (1964). Polnische Landschaft und polnische Musik waren ihm vertraut. In die *fünfte Zone* hatte er alles, was zum Westen hin liegt, einbezogen, so auch die beiden deutschen Staaten.

Bobrowski lebte in der DDR. Hier begann sein Aufstieg als Dichter und Schriftsteller. Aber seine Gedichte, Erzählungen und Romane benötigten kein Visum, um nach dem deutschen Westen zu gelangen. Ihm wurde der Heinrich-Mann-Preis der Deutschen Akademie der Künste der DDR verliehen und ebenso der Preis der Gruppe 47.

Seine Landkarte ist eine Karte der Dichterlande in Raum und Zeit. Ostpreußen besteht in Bobrowskis Werken für alle Zeit; in seinem Dichterwort leben Häuser, Gärten, Dörfer, Städte, die Straßen seiner Kindheit. Ihre Abbildungen schmücken die Wände seines Zimmers. Aber in seinen Gedichten, in seiner Prosa leben sie wirklich, sichtbar, hörbar, dynamisch, man kann ihre Veränderungen wahrnehmen.

Es gibt heute noch verbitterte Ostpreußen, bei denen Erinnerungen an ihre verlorene Heimat böse Gefühle hervorrufen, böse Vorurteile nähren. Doch Bobrowski hat seine Heimat nicht verloren, er hat sie für immer lebendig bewahrt.

Fruchtbare Heimattreue verbindet seine Lyrik und seine Epik mit manchen Werken seiner ostpreußischen Landsleute – mit den Erinnerungen und Essays von Marion Gräfin Dönhoff, den Romanen von Siegfried Lenz und Günter Grass. Sie alle erhalten der deutschen Geschichte und der deutschen Kultur die östlichen Gebiete, die politisch, administrativ und demographisch nun anderen Völkern gehören.

Für sie gilt, was Anna Achmatowa dichtete:

> Gold rostet; Stahl verwest;
> Marmor zerbröckelt; alles ist des Todes.
> Am haltbarsten auf Erden ist die Trauer,
> am dauerhaftesten des Wortes Majestät.

Johannes Bobrowskis Ostpreußen ist ein reales und zugleich mythisches Land, es erstreckt sich über viele Jahrhunderte und ist von verschiedenen Völkern bewohnt. Auf seinen Regalen stehen ein pruzzischer Katechismus und ein deutsch-pruzzisches Vokabular, Abhandlungen über die leidvolle Geschichte dieses baltischen, den Litauern verwandten Stammes der Pruzzen, denen die Eroberer Land und Namen genommen hatten. In einem Vokabelheft notierte er sich Wörter ihrer im 18. Jahrhundert ausgestorbenen Sprache. Pruzzische Worte, die fast zweihundert Jahre verstummt waren, wurden in seinen Gedichten neu belebt. Er glaubte nicht an den Tod der Sprache, er wollte sie auferstehen lassen.
Neben zerlesenen alten Folianten stehen Bücher über litauisch-deutsche Kulturbeziehungen und Sammlungen litauischer Volkslieder – den *Dainos*. Wolf darüber:

> Dainos ist ein Synonym für Fließendes, für Gewässer. Die Wurzeln des Wortes stecken in den Namen Donau und Don, Donez und Dnjestr (Tanaster), gehen zurück bis zum asiatischen Tanais, dem heutigen Syr-Darja, der im Tienschan entspringt und in den Aralsee mündet. Da öffnet sich bei einem Wort schon sarmatische Landschaft. Aus den Niederungen und Wäldern der Küste des sarmatischen Ozeans erstreckt sie sich, riesige Ebene, weit nach Südosten in den Kontinent hinein, der taurischen Straße nach Mittelasien folgend zum Kaspischen Meer, Okzident und Orient verbindend und hinabsteigend zu alter antiker und vor-antiker Kultur.[4]

1828 rezensierte Goethe eine deutsche Ausgabe von »Dainos oder littauische Volkslieder«; er schrieb darüber:

> Es gibt nur eine Poesie, die ächte, wahre; alles andere ist nur Annäherung und Schein.

Und:

> Das poetische Talent ist dem Bauer so gut gegeben als dem Ritter, es kommt nur darauf an, ob jeder seinen Zustand ergreift und ihn nach Würde behandelt, und da haben denn die einfachsten Verhältnisse die größten Vorteile [...].[5]

Besonders bedeutsam wurde für Bobrowski das Werk von Kristjonas (Christian) Donelaitis (1714–1780), des großen litauischen Nationaldichters und Aufklärers. Er war »ge-

nau zweihundert Jahre früher« Schüler des berühmten Altstadt-Kneiphof-Gymnasiums in Königsberg gewesen, das auch Bobrowski von 1928–1937 besuchte.
»Was hat ihn an der Gestalt fasziniert?« fragt Gerhard Wolf.

> Die enzyklopädische Tätigkeit des Mannes?
> [...] Von Donelaitis sind vor allem seine Idyllen überliefert [...]. Es sind die ersten großen Zeugnisse litauischer Dichtung, in einer Bauernsprache, die dieser Mann in die Literatur erhebt, um im Vers zugleich die Gewalt dieser Sprache dem Volke bewußt zu machen – [...].[6]
>
> Für B[obrowski] war Donelaitis eine Gestalt, die über die Jahrhunderte hinwegwies, bis auf unsere Tage. Ein Mahner, [...] wert, ihn der Vergessenheit zu entreißen, *um meinen deutschen Landsleuten etwas zu erzählen, was sie nicht wissen.*[7]

Bobrowski sagte 1962 in einem Vortrag über die Aufgaben und Möglichkeiten der Literatur, den er in der Evangelischen Akademie in Berlin-Weißensee (DDR) hielt:

> Ich befasse mich, nach meiner Ansicht, mit dem Verhältnis der Deutschen zu ihren östlichen Nachbarvölkern. Ich benenne also Verschuldungen – der Deutschen –, und ich versuche, Neigung zu erwecken zu den Litauern, Russen, Polen usw. Da ein solches Thema von historisch gewachsenen Vorurteilen und von aus Unkenntnis oder Voreiligkeit resultierenden Ressentiments weitgehend verdeckt ist, kann eine einfache Propagierung von Ansichten oder Empfehlungen nichts ausrichten. Ich beziehe mich also möglichst auf das, was ich selber kenne, ich will möglichste Authentizität, weil ich denke, daß ›wahre Geschichten‹ noch immer eher überzeugen: weil ich eine Wirkung wünsche.[8]

An der Wand hängen das Wappen der alten Bauernfamilie Bobrowski, Fotos, Ölbilder und Aquarelle – Ansichten von Tilsit, Königsberg, Klaipeda (Memel) und Landschaftsbilder. Sie erinnern an die Vorfahren des Dichters, an die ehemaligen Nachbarn und Landsleute: an die Vorbilder seiner erdichteten Personen. So lebt die ostpreußisch-memelländische Heimat seiner Kindheit – sie lebt in der vielsprachigen, verschiedenstämmigen historischen Wirklichkeit und in der Vieldimensionalität seines Gedächtnisses, seiner Phantasie, seines Wortes.
Auch Rußland wurde zu seinem Land, und nicht nur

Städte, Dörfer, Wälder und Steppen, die er gesehen hatte, Orte, wo er als junger Soldat Gedichte schrieb. Auf seinen Bücherbrettern stehen die Werke von Gogol, Tolstoj, Turgenew, Dostojewskij, Herzen, von Wladimir Solowjow, Brjussow, Fedin, Babel, Scholochow, Pasternak, Tynjanow, Bücher über russische Kunst und die kleinen Ikonen, die »Fensterchen in die Ewigkeit«, hinter der Glasscheibe des einen Bücherschranks. Sie erinnern an jene Ikonen, die er in Nowgorod, inmitten der zerschossenen, verkohlten Stadt in den alten Kirchen gesehen hatte.

Ihr Tafeln, die zusammen ich getan
aus vielen Stücken, scheu, ihr blickt mich an,
als müßtet ihr mit euren Feuerblicken
mich nun zusammentun aus vielen Stücken.

Aus dem Erlebten, das durch gründliche Studien erweitert und vertieft wurde, entstanden neue Gedichte. Rußland existierte für ihn in vielen Dimensionen: das reale Rußland mit seiner Geschichte und mit seiner Gegenwart, daneben das legendäre Sarmatien, das Zauberland, das Land der alten Wunder, das Land jener Melodien, die er um sich und in sich hörte und in deutschen Worten zum Ausdruck brachte.

Die Wolgastädte

Der Mauerstrich.
Türme. Die Stufe des Ufers. Einst,
die hölzerne Brücke zerriß. Über die Weite fuhren
Tatarenfeuer. Mit strähnigem Bart
Nacht, ein Wandermönch, kam
redend. Die Morgen
schossen herauf, die Zisternen
standen im Blut.

Geh umher auf dem Stein.
Hier im gläsernen Mittag
über die Augen hob
Minin die Hand. Dann Geschrei
stob herauf, den Wassern entgegen, Stjenkas
Ankunft – Es gehn auf dem Ufer

bis an die Hüften im Unterholz
Sibiriaken, ihre
Wälder ziehn ihnen nach.

Doch
einen Menschenmund
hörte ich rufen:
Komm in dein Haus
durch die vermauerte Tür,
die Fenster schlag auf
gegen das Lichtmeer.

Die meisten deutschsprachigen Bücher in diesem Zimmer sind sehr alt, einige aus dem 16. und 17. Jahrhundert, zahlreiche Ausgaben stammen aus dem 18. und frühen 19. Jahrhundert – aus der Zeit der Aufklärung, des Sturm und Drang, der Frühromantik, als die Volkslieder ästhetische Gleichberechtigung im Reich der Literatur erlangten, als wissenschaftliche Sprachforschung und Folkloristik entstanden.
Die Werke von Klopstock, Hamann, Herder und Hölderlin waren für Bobrowski keine Museumsstücke. Ihre Gedanken und Leidenschaften leben in seinen Gedichten, in seinen Romanen und Erzählungen.

Ausführliche Aufzeichnungen über Hamanns Lebensgeschichte liegen in Bobrowskis Nachlaß; Hamanns Reisen – von Königsberg nach Riga, Warschau, Berlin, Amsterdam, London und Weimar – hat er sorgfältig auf Karten gezeichnet, die Jahreszahlen vermerkt, auch die Personen genannt, mit denen »der Magus des Nordens« auf diesen Reisen zusammengetroffen war, sich anfreundete oder gestritten hatte.
Für Hamann, Herder und ihre Freunde war Klopstock der meistgeliebte, verehrte, bewunderte »seraphische« Dichter; doch Lessing scherzte:

Wer wird nicht einen Klopstock loben?
Doch wird ihn jeder lesen? – Nein.
Wir wollen weniger erhoben
und häufiger gelesen sein.

Bobrowski las Klopstock. Er liebte seine erhaben-pathetische Rhetorik, seine Oden, seine poetischen Dramen, die der deutschen Umgangssprache biblische Kraft und Glut verliehen. Zweihundert Jahre später erklangen in den ersten dichterischen Versuchen des jungen Bobrowski Worte und Intonation des alten Barden.

Wenn ich das Wirkliche nicht
wollte, dieses: ich sag
Strom und Wald,
ich hab in diesem Sinne aber
gebunden die Finsternis,
Stimme des eilenden Vogels, den Pfeilstoß
Licht um den Abhang

und die tönenden Wasser –
wie wollt ich
sagen deinen Namen,
[...]

Dieses Gedicht ist überschrieben »An Klopstock«.

Auf Regalen und an den Wänden hängen Landkarten, Zeichnungen, Stiche, Fotos.
Eine Winternacht. Auf dem verschneiten Hügel ein frierender Wolf, unten im Tal die Häuser des Dorfes. Es ist die Reproduktion des Gemäldes »Eine Winternacht in Litauen« von Wierucz-Kowalski, eines polnischen Malers des 19. Jahrhunderts. Darüber, »inmitten der Bücherwand«, eine farbige Chagall-Lithographie: »Der Maler aus Witebsk führt seine bekannten Figuren aus: den Fisch im Strom, das Mädchen mit dem fließenden Haar, das Schaf mit dem Hirten.«[9]
Ein Öldruck. Ein bronzenes Kruzifix. Expressionistisch-surrealistische Graphik von Günter Bruno Fuchs, der mit Bobrowski befreundet war. Eine Ecke mit Bildern von Albert Ebert, dem Maler aus Halle, in kräftigen, leuchtenden Farben. Bobrowski bewunderte sie. Gerhard Wolf meint, daß sich die lyrischen Bilder Bobrowskis mit den gemalten von Ebert »begegnen«.[10]
Die Bilder und Graphiken sind ebenso vielfältig und verschieden in Art und Stil wie die Bücher, und sie erscheinen auf den ersten Blick ebenso unsystematisch ohne irgend-

eine rationale, logische Verbindung zusammengetragen. Dennoch bilden sie eine Einheit. Der Forscher ist jedes Mal verwundert und erfreut, wenn er diese Einheit in alten Büchern und neuen Gedichten, in den Gemälden, Karten und Zeichnungen an den Wänden dieses Zimmers und in Bobrowskis Schriften entdeckt.
»Winternacht in Litauen« erinnert an Bobrowskis Gedicht »Die Wolfszeit«, in dem die gleiche Landschaft beschrieben wird: »[...] Finsternis, dem fliegenden Mond zu.« Und in seinem Gedicht »Wilna« die Zeilen: »Mit grünen Augen ist deine Wolfszeit versunken.«
Aus den mannigfaltigen philologischen Quellen – sprachwissenschaftlichen und literarischen, aus verschiedenen Sprachen und Jahrhunderten, aus farbigen Bildern, Stichen, Silhouetten, aus dem geistigen und aus den künstlerischen Zeugnissen verschiedener Epochen entstand der vielschichtige Boden von Bobrowskis Dichterland. Dieses Land ist preußisch, litauisch, russisch, polnisch, lettisch, jüdisch, zigeunerisch, samartisch. Es ist real und märchenhaft. Und vor allem ist es das Land der deutschen Dichtung, ihrer Urquellen, ihrer Sprache. Sie entwickelte sich durch Jahrhunderte in vielen Schichten, in der Umgangssprache, der Gelehrten- und Predigerrhetorik, in Volksliedern und in der Poesie des Barock, der Aufklärung, der Romantik und auch der Expressionisten und Dadaisten.
Goethe sagte:

> Wer fremde Sprachen nicht kennt, weiß nichts von seiner eigenen.

Bobrowski beherrschte seine Sprache so souverän, weil er in verschiedensten Mundarten verschiedener Zeiten und in vielen anderen Sprachen zu Hause war. Vor allem waren ihm die Sprachen der Völker geläufig, deren Schicksale mit deutscher Geschichte verbunden sind. Er kannte, er erlebte selbst manche tragischen Widersprüche dieser Verbindungen, die aber dennoch unlösbar und letztlich fruchtbar bleiben.
Bobrowskis eigene Sprache, besonders in seinen Gedichten, erscheint beim ersten Lesen zuweilen schwer verständlich, ungelenk, verworren. Aber je aufmerksamer, je

häufiger man diese Verse liest und hört, desto deutlicher wird, daß ihre manchmal so sperrigen, so trotzig eigenständigen Worte eine gedankenreiche, einzigartig-ungestüme Poesie zum Ausdruck bringen.
Gerhard Wolfs Entdeckungen im »Zimmerland« des Dichters bestätigen auf neue Art eine alte Wahrheit: daß die Urquellen jedes poetischen Schaffens aus der Harmonie kommen.
In seiner Jugend wollte Bobrowski Musiker werden. Er spielte Orgel. Und noch in seinen letzten Lebenstagen saß er gern am Clavichord, spielte Bach, Buxtehude, Mozart, geistliche und weltliche Lieder.
Auftakt und Schluß vieler Gedichte, auch seines Romans »Litauische Claviere« (1966), waren musikalisch. Seine unmittelbare Weltempfindung, das Wahrnehmen des Sprachklangs, aber auch der Farben, Umrisse, Bewegungen, sein akustischer und visueller Bilderreichtum waren von Musikalität bestimmt.
Die Fabel des Romans »Litauische Claviere«: Zwei Deutsche und ein Litauer wollen eine Oper über Kristjonas Donelaitis schreiben. Sie treffen sich am Sonnwendtag des Jahres 1936, zu der Zeit, als schon deutlich wurde, daß der Hitlerstaat auch Litauen bedrohte. Es gab auch schon gespannte Beziehungen zwischen Deutschen und Litauern in den Grenzgebieten. Doch die beiden Deutschen, der Gelehrte und der Musiker, sind hingerissen von dem Plan, gemeinsam ein Musikwerk mit litauischen Volksweisen zu schaffen. Es soll dem litauischen Nationaldichter Donelaitis gewidmet sein. Ihnen ist der anmaßende Chauvinismus der Nazis zuwider. Ihr litauischer Freund ist Lehrer und Volksliedsammler, mit einem deutschen Mädchen verlobt.
Gerhard Wolf definiert die Idee des Romans:

> [. . .] das Zusammenleben der Völker, die Gleichberechtigung verschiedener Stimmen nebeneinander [. . .]. Alle Töne zusammengenommen geben die Vielstimmigkeit seiner Fuge in Sprache.

Dies gilt für Bobrowskis gesamtes Schaffen.
Harald Hartung schlußfolgerte nach der Lektüre der »Gesammelten Werke« von Johannes Bobrowski:

[. . .] eines der Geheimnisse von Bobrowskis Prosa, [. . .] ihre volltönende, doch immer leicht dissonierende Musikalität, die den Lyriker verrät. [. . .] ihr mal umständlicher, mal raffender Erzählton.[11]

Seine Gedichte und Romane erschließen sich dem Leser nicht auf Anhieb. Es ist nicht immer leicht, sich auf den »Wechselstrom« seiner Lyrik und Epik einzustellen, den eigenwilligen Gedankengängen des Autors zu folgen, der Ereignisse des 18. und des 20. Jahrhunderts ineinandergreifend schildert, den erwachsenen Helden im nächsten Absatz unvermittelt wieder zum Kind werden läßt oder ihn gar mit einem anderen Menschen, der 150 Jahre früher gelebt hat, identifiziert, mit dem, was jener gedacht, gelernt, geliebt hatte. Ungewöhnlich ist auch die Sprache: Ganz gewöhnliche, alltägliche Worte klingen erhaben, feierlich oder geheimnisvoll, während umgekehrt feierliche, überhöhende, archaisierende Redewendungen ganz schlicht und einfach wirken. In freier, ungehemmter Folge überschreiten die Worte alle Hindernisse der Syntax, verfahren so souverän mit den Strophen eines Gedichts, daß man gezwungen wird, sich mit aller Konzentration in die dunkelsten Untergründe zu vertiefen, das Leiseste und Stillste zu erlauschen.

Wolf hat in sein Buch Worte, Verse, Prosapassagen Bobrowskis aufgenommen; sie sind nicht durch Anführungszeichen, sondern durch Kursivdruck hervorgehoben. Sie bestätigen und illustrieren das, was der Forscher schlußfolgert. Bobrowskis Wort ist mit Gerhard Wolfs Gedanken verflochten; ohne sich mit dessen Texten zu vermischen, bestimmt dieses Wort dennoch deren Grundton und Struktur. Wolfs Buch erleichtert den Zugang zu den steilen Pfaden, die in Dichters Lande führen. Zugleich hilft es, sich anderen Dichtern zu nähern, die Bobrowski gar nicht ähnlich sind, deren Werk auf andere Weise »schwierig« ist.

Bobrowskis Besonderheiten im dichterischen Ausdruck haben nichts mit Originalitätssucht zu tun, mit absichtlicher Gedankenverschleierung, durch die einfache Verbindungen kompliziert und unübersichtlich gemacht werden. Er strebte nach möglichst klarer Darstellung dessen, was er sah, hörte, dachte, fühlte. Der sensible und äußerst gewissenhafte Dichter wollte und konnte nicht so schreiben, wie es in der Trivialbelletristik zur Regel, zur obligatorischen »literarischen Ausdrucksform« erhoben wurde. Er empfand solche literarischen Kodizes als gekünstelt, unannehmbar, tendenziös-absichtsvoll. Doch er lehnte literarische Erfahrungen der Vergangenheit durchaus nicht ab, im Gegenteil, er fühlte sich als Fortsetzer alter Traditionen. Sein erster Gedichtband »Sarmatische Zeit« (1961) schließt mit dem Gedicht »Absage«.

Dort
war ich. In alter Zeit
Neues hat nie begonnen.

Er mied die Lehrer nicht, er suchte sie und war dankbar für ihre Lehren. Er lernte bei Klopstock und Hölderlin, bei Alfred Brust und vielen anderen Dichtern verschiedenster Völker und Epochen. Die Werke des Spaniers Luis de Góngora y Argote (1561–1627) zogen ihn ebenso an wie die des Finnen Aleksis Kivi (1834–1872). Er liebte Adam Mickiewicz und Boris Pasternak. Er fühlte sich Else Lasker-Schüler, Nelly Sachs und Peter Huchel verwandt. Er lehnte weder literarisches Erbe noch literarische Verwandtschaft ab.

Gerhard Wolf beweist, daß in Bobrowskis Eigenart nichts Verkrampftes, nichts Gewolltes ist, und er zeigt die konkreten Verbindungen zwischen Dichterwort und Dichterland. In der Kriegsgefangenschaft schrieb Bobrowski das Gedicht »Ebene«, ein Gebet in Versen:

Lehr mich reden, Gras,
lehr mich tot sein und hören,
lange, und reden, Stein,
lehr du mich bleiben, Wasser,
frag mir, und Wind, nicht nach.

Harald Hartung haben Bobrowskis »Erzählungen, vermischte Prosa und Selbstzeugnisse« zu klaren Erkenntnissen geführt:

Die Besonderheit seiner Prosa hat Bobrowski selbst sehr genau bezeichnet. Er sah sich in der Mitte eines Dreiecks, dessen Endpunkte er mit den Namen Babel, Robert Walser und Sudermann bezeichnete. Mit Isaak Babel verband ihn das Thema der osteuropäischen Judenheit, mit Robert Walser die Form der ernsthaft-skurrilen Künstlergeschichte, und mit seinem ostpreußischen Landsmann Hermann Sudermann teilte er die Vorliebe für dörfliche Kriminalfälle, überhaupt für die Sitten und Gebräuche der östlichen Grenzlandschaften.
So erweist sich der Roman »Levins Mühle« als die Umformung einer Familienchronik zum historischen Modellfall – oder mit Johannes Bobrowskis Worten aus einem Interview: »Das der Schurke meiner Erzählung ein Deutscher ist und ich mich gezwungen fühle, ihn ›meinen Großvater‹ zu nennen, ist eben leider wahr, wenn es auch erfunden ist.«

Seine Besprechung der »Gesammelten Werke« schließt Hartung mit der Feststellung, daß der literarische Lebensweg Johannes Bobrowski »in die poetische Erkundung der Verschuldung des eigenen Volkes« geführt habe.[12]

In den letzten Kapiteln des Buches von Gerhard Wolf lernen wir Bobrowski als Freund seiner Freunde, als liebenswürdigen, aufmerksamen Gastgeber, als fröhlichen Gesprächspartner und Zechkumpan, als streitbaren Diskussionspartner, Publizisten, Redakteur und als Lehrer junger Autoren kennen. Er vermied es möglichst, vor großem Auditorium aufzutreten, aber auch dort, auf der Rednertribüne, blieb er sich treu, posierte nicht, biederte sich nicht an. Selten ließ er sich auf theoretische, philosophische Spekulationen ein, aber alles, was er sagte, war ernsthaft durchdacht.

Jeder hat seinen Personalstil und setzt sich mit der Sprache, indem er schreibt, auseinander [...] er stellt praktisch ja die Sprache, indem er schreibt, her [...] Aber indem der Autor schreibt [...] fließt notwendig Ideologie ein, die Ideologie des Autors. Das ist mir eigentlich wesentlicher, als daß ich also künstlerische Probleme oder Experimente dabei mache.[13]

Gerhard Wolf liebt und verehrt Bobrowski, aber er würdigt ihn nicht herab durch Lobhudelei und Übertreibung seiner Tugenden, auch nicht durch nachsichtiges Verschweigen seiner Schwächen. Bobrowski war so gastfrei

und gesellig, daß man ihm Gleichgültigkeit in der Wahl seiner Freunde vorwarf; er war naiv religiös, sogar abergläubisch; zechte gerne, war sorglos bis zum Leichtsinn; hemmungslos im Schabernack. Untersetzt, starkknochig, schwerfällig, ähnelte er eher einem Bauern oder einem Dorfkneipenwirt denn einem »homme de lettre«; er spielte den Spötter und Witzbold; er konnte grenzenlos offenherzig sein und blieb doch verschlossen.
Wolf weiß, daß er die Ruhe und Stille liebte, und stimmt mit dem Urteil eines Freundes überein, der Bobrowski so beurteilt: »Verschmitzt, musikalisch, trinkfest, menschlich.«

Das Wort Mensch, als Vokabel
eingeordnet, wohin sie gehört,
im Duden:
zwischen Mensa und Menschengedenken.

[. . .] die Vokabel
hör ich hier häufig, ich kann
aufzählen von wem, ich kann
anfangen damit.

Wo Liebe nicht ist,
sprich das Wort nicht aus.

Dies ist eins der letzten Gedichte Bobrowskis. Er schrieb es im Sommer 1965 kurz vor seinem plötzlichen Tod. Menschlichkeit und Wort waren ihm unzertrennlich. Immer, überall und vor allem war er ein Meister des Wortes.
In Bobrowskis Arbeitszimmer hat Gerhard Wolf das Land des Dichters entdeckt, hat es mit Vernunft und mit dem Herzen wahrgenommen, hat die Gedanken und die Gefühle des Dichters »in Resonanz mitschwingend« besonders klar und deutlich wiedergegeben. Er vermochte in einem dreidimensionalen Zimmer eine »vierte Dimension« – die der Geschichte – aufzuspüren und auch in alltäglichen Gegenständen und alten Büchern Quellen und Samenkörner der Poesie zu entdecken.
So erfüllt sich die Vorahnung des Dichters Bobrowski:

Die mich einscharren
unter die Wurzeln,
hören:

er redet,
zum Sand,
der ihm den Mund füllt – so wird
reden der Sand, und wird
schreien der Stein, und wird
fliegen das Wasser.

Das kleine Buch von Gerhard Wolf ist eine große Leistung einer neuen literarischen Gattung, der poetisch-wissenschaftlichen Literaturgeschichte. Der Autor schildert die wesentlichen Züge der Dichtung und der Persönlichkeit Johannes Bobrowskis wissenschaftlich-exakt und künstlerisch-plastisch. Dieses Buch kann mit der Zeit nur aktueller werden, denn die nationale und internationale Bedeutung Bobrowskis wird immer deutlicher erkannt.

* * *

Der Dichter aus Ostpreußen, der seine Heimat in seinem Wort, in seiner Lyrik und Epik für alle Zeit deutsch bleiben läßt, verkörpert die wahre Einheit der deutschen Dichtung. Sein älterer Kollege Hans Werner Richter nannte ihn den »Apostel der unzerstörbaren Einheit der deutschen Literatur«.[14]
Bernd Leistner schrieb in Leipzig:

> »Erfahrung« und »Hoffnung« – es sind dies bei Bobrowski zwei sehr wichtige, ja zentrale Begriffe [. . .].
>
> Zweifel blieben jedoch nicht ausgeschaltet. Es gibt, zumal aus dem für Bobrowski schweren Jahr 1959, resignativ gerichtete Gedichte, und noch 1963 drängen sich, vereinzelt, Verse zu, in denen sich eher Verzweiflung als Hoffnung ausspricht.[15]

Horst Bienek schrieb über Bobrowski in München:

> Wenn er in München oder Leipzig, in Stockholm oder Aschaffenburg vor dem Pult stand und mit seiner schweren, rauhen, langsam sich lösenden Stimme aus seinen Arbeiten las, fragte keiner mehr danach, ob die deutsche Literatur zweigeteilt sei oder nicht. Seine Bücher erschienen zuerst in West- und dann in Ostdeutschland. Das hatte es seit Brecht nicht mehr gegeben. Es war wie ein Signal. Bobrowski hat es nicht damit erkauft, daß er zunächst aus der politischen Gegenwart floh und sich in jenem geschichtlichen und zugleich imaginären Land Sarmatien ansiedelte, das seine

> dichterische Heimat war und blieb. Von hier aus beschwor er die Sarmatische Zeit, die Immerzeit, die gestern wie morgen galt und gilt.[16]

Bobrowskis Werk verkörpert die Einheit der deutschen nationalen Kultur und damit der deutschen Nation, die sich seit vielen Jahrhunderten in vielen verschiedenen Einzelstaaten entwickelte. Das Werk und das Leben Johannes Bobrowskis beweisen, daß keine politisch-ideologischen Gegensätze, keine Staatsgrenzen – mögen sie von noch so hohen Mauern, noch so mörderischen Gewalten »gesichert« werden – diese Einheit zunichte machen können.
Stephan Hermlin sagte von ihm:

> Die Sprache dieses Mannes aus Tilsit, dunkel, kräftig, gleichzeitig von vertracktem Humor und unbezwinglicher Melancholie, streckt ihre edlen Wurzeln hin bis zu Klopstock und Hölderlin, Sturm und Drang, Büchners *Lenz*. Seine Gedichte, sein Roman *Levins Mühle* handeln von dem Boden, aus dem er stammte, von den Leuten, die dort lebten und starben. [. . .] Das ganz Neue bei Bobrowski bestand in der Umwertung einer geschichtlichen Landschaft. Seine Gedichtbände heißen *Schattenland Ströme* und *Sarmatische Zeit*. Aus historischen Fernen dröhnt der Hufschlag schweifender Völker, das Geläut der Glocken von orthodoxen Kirchen und das Heulen des Schofar aus niedergebrannten Synagogen. Ein endloser, unaufhaltsamer Ostwind jagt durch diese Dichtung.[17]

Der Ostwind, der in Bobrowskis Werk weht, läßt alle dunklen Nebelschleier durchsichtig werden, und seine Stellung in dem ost-westlichen Dickicht deutlicher erkennen. Er ist einzigartig und gegenwärtig, ist aber zugleich auch in eine jahrhundertelange Tradition verwoben.
Der Barockdichter Paul Fleming verfaßte Gedichte und Poeme über Moskau, Nowgorod, über russische Städte und Landschaften. Seine Poesie ist von wahrer Liebe zu Rußland durchdrungen.
Der »unaufhaltsame Ostwind« weht auch durch viele Werke Rainer Maria Rilkes, Thomas Manns und Heinrich Bölls.
Im Krieg, in der Zeit der schlimmsten Entfremdung zwischen Ost und West, war Albrecht Goes, wie Bobrowski und Böll, als Soldat an der Ostfront. Er dichtete 1941:

Wind der Ukraine,
Nachtwind und Frühwind,
Sag mir, von wannen
kommst du gezogen?

Kommst du von Osten
Grauschwarze Schwinge
Eishauch und Krähenruf und
Tod im Gefolge?

Wo sind die Rufe der
Kinder, der eignen?
Bring sie uns, Westwind,
Wind du der Heimat!

O, wie bedrängt ihr das
Herz, ihr unähnlichen
Windesgeschwister hier
In der Ukraine.

Nicht nur berühmte Dichter, sondern auch weniger bekannte Autoren, wie Seume, Kotzebue, Varnhagen von Ense, Bodenstedt – Lyriker, Epiker, Philologen, Übersetzer –, haben in den letzten zwei Jahrhunderten an den geistigen ost-westlichen Verbindungen produktiv mitgewirkt.
In keinem anderen Land der Welt gibt es auch nur ähnliche Traditionen geistiger Verwandtschaft mit Rußland wie in deutschen »Dichters Landen«. In keiner anderen »westlichen« Sprache dichtete bisher ein Autor, dessen Leben und Werk so elementar spontan, so tief vom russischen Geist durchdrungen ist wie Leben und Werk Paul Flemings und Johannes Bobrowskis. Und in keinem anderen nicht-deutschen Lande kenne ich Autoren, deren Gedankenwelt, deren Werk so tief vom deutschen Geist durchdrungen ist wie das von Wassilij Shukowskij, Iwan Turgenew, Marina Zwetajewa und Boris Pasternak.
Die tief verwurzelte und weit verzweigte Verbundenheit deutscher und russischer Kultur, die Wahlverwandtschaften deutscher und russischer Autoren gehören zu jener Art inter-nationaler Beziehungen, welche die nationale Eigenständigkeit jeder Seite besonders deutlich erscheinen lassen, festigen und weiterentwickeln.

Diese russisch-deutschen und deutsch-russischen Beziehungen, Verbindungen und Verwandtschaften überdauerten zwei Weltkriege und zahllose Giftwellen ideologischer, chauvinistischer Hetze, sie widerstanden den althergebrachten Vorurteilen und den neuesten Feindbildern, dem Mißtrauen, den Ängsten, die aus schwersten Erfahrungen entstanden und von zweckbewußter Propaganda immer wieder neu belebt und breitgetreten werden.
Denn geistige Brücken widerstehen den staatspolitischen Zerstörungsmächten, die ost-westlichen »Windesgeschwister« wehen unaufhaltsam über Fronten, Grenzen und Mauern hinweg.
Heute ist die »russische Begeisterung« des Rheinländers Heinrich Böll und des Ostpreußen Johannes Bobrowski zugleich auch ein Beispiel – ein überzeugender Beweis für die Unteilbarkeit und Einheit der deutschen Literatur.

Wer sich selbst und andere kennt
Wird auch hier erkennen:
Orient und Occident
Sind nicht mehr zu trennen.

Werner Keller

Empfehlungen eines Lesers für Leser

Die hier vorgelegten Aufsätze gehören zwei verschiedenen literarischen Genres an: Als literarhistorische Essays greifen sie in die Vergangenheit zurück, als Buchkritiken befassen sie sich mit der literarischen Gegenwart, der Zeit nach 1945. Die historischen Studien, die verschüttetes Wissen sammeln und in sinnvollem Zusammenhang deuten, verknüpfen die Nationalliteraturen, indem sie bewußt und gewollt deren Grenze übergehen – sei es, um Tolstojs wechselndes Verhältnis zu Goethe zu ergründen, oder sei's, um die Bedeutung Rußlands für Rilke zu belegen. Hier ist der um Sachlichkeit bemühte Forscher bei der Arbeit, der mit strengem Fleiß und weiter Übersicht an der Vergangenheit abliest, was die Gegenwart zur Einsicht ins Eigene vom Fremden wissen muß. Für den Tag geschrieben, doch lange über den Tag hinaus lesenswert, gelten die Rezensionen deutschsprachigen Büchern unserer Zeit, mit den Augen eines Russen gelesen, gewertet und verglichen mit den Tendenzen der Literatur des Ostens. Hier ist der Kritiker mit seiner Sensibilität am Werk, der an den Themen die offenbaren Probleme, an den Darstellungsformen die ansonsten noch verborgenen Wandlungen des individuellen wie des kollektiven Bewußtseins abliest.

In Köln überprüft oder überarbeitet, wurden die vorliegenden Studien fast alle in Moskau geschrieben. Der deutschsprachige Leser muß also mitbedenken, daß die ersten, die eigentlichen Adressaten russische Leser waren, die die meisten Bücher, von denen in den Rezensionen die Rede ist, nicht kannten. Da selten zu hoffen war, daß die Lektüre bald nachgeholt werden konnte, war der Rezensent verpflichtet, von der »Fabel« zu berichten, manchmal

sogar gehalten, die Handlung ausführlich nachzuerzählen, um die Bedeutung, das »Ideelle« wie das Atmosphärische, einzufangen. In seinem Bobrowski-Beitrag zitiert Lew Kopelew Goethes »Divan«-Verse, wonach in »Dichters Lande« gehen müsse, wer den Dichter verstehen wolle. Daß man sich in *seinen* geistigen Provinzen umsehe, darf auch der Literaturkritiker aus Moskau erwarten, der seine Arbeiten dem gegenseitigen Verstehen der Völker widmet, das die Kenntnis der nationalen Eigenart und die Anerkennung der Andersartigkeit voraussetzt. Man weiß durch vielerlei Berichte: In Rußland wird viel gelesen, mehr als anderwärts, wo Zeitungen und Illustrierte das Interesse an Büchern begrenzen und wo der Konformismus der Unterhaltungsindustrie die Gesichtslosigkeit des Einzelnen wie des gesellschaftlichen Ganzen fördert. Was immer an Gründen für die Lesekultur in Rußland angeführt werden kann – sie ist dort weit entwikkelt, weil das Buch von alters her unvergleichlich hoch gewertet wird. Schon die Nestorchronik nennt am Anfang des 12. Jahrhunderts Bücher »die Quellen der Weisheit«, »Flüsse, die das Weltall tränken«. Wie eine Mär muß uns die Nachricht anmuten, daß allein zwischen 1971 und 1986 dreieinhalb Millionen Exemplare von Goethes »Faust« – in den Übersetzungen von Cholodkowskij und Pasternak und nur in russischer Sprache, wohlgemerkt – gekauft wurden. Trotz der bei allgemeinen Urteilen gebotenen Vorsicht wird man schließen dürfen, daß in Rußland die an den Rändern des Politisch-Ideologischen angesiedelte geistige Wirklichkeit nicht in zwei Kulturen zerfällt, wie für den Westen vielfach beklagt, sondern daß Literatur vielmehr für beide die Basis liefert.
Wer eine Rezension schreibt, muß seine Leser im Auge behalten; ihre Vorkenntnisse und Erwartungen bestimmen die Vermittlungsformen mit. Lew Kopelew wollte und will mit seinen Besprechungen das Publikum erreichen und zugleich für das Gelesene werben. Dies bedeutet, daß er seine Liebe zu einem Buch und zu dessen Autor eingesteht und seine Freude über ein neues Leseerlebnis auch freudig weitergibt. Um nicht mißverstanden zu werden: Kritik muß nach dem Gelungenen fragen und das Mißlungene beim Namen nennen. Aber während übli-

cherweise die Kritiker das Verfehlte geradezu brauchen, da erst der Tadel ihre Fähigkeiten zu bestätigen vorgibt, wollen Lew Kopelews Rezensionen für ihre Gegenstände einnehmen und für Gesinnungen eintreten, die sich, unaufdringlich und indirekt, als Mühsal für ein Humanum, für die Wahrheit eines individuellen Lebens zu erkennen geben.

»Bölls brennendes Interesse für seine Helden, seine Aufnahmefähigkeit für menschliche Leiden, seine Wahrheitstreue in der Erschließung der ›Untergründe‹ menschlichen Denkens und Fühlens rücken ihn in die Nähe von Dostojewskij. Aber im Unterschied zu Dostojewskij predigt Böll nicht. Er fragt, sucht nur. Er sucht die Wahrheit und den Sinn menschlichen Daseins.« (S. 294) Diese Sätze, bereits 1956 für Heinrich Böll geschrieben, als dieser auch im deutschsprachigen Raum eben erst bekannt wurde, enthalten Lew Kopelews ästhetisches und ethisches Credo. Keine dogmatisch oder ideologisch erstarrte Moralanweisung wird damit sanktioniert, wohl aber eine Kunstwahrheit, die der Lebenswirklichkeit nicht das Mitgefühl mit ihren Opfern vorenthält. Es muß unerörtert bleiben, ob die Literaturkritik im Westen gut daran tut, sich dem unverbindlichen Pluralismus der Meinungen bei der Setzung der letzten verbliebenen Werte zu überlassen, – die russische Kritik jedenfalls besteht seit den Tagen Wissarion Belinskijs (1811–1848) darauf, daß das Gewissen nicht nur eine sittliche, sondern auch eine ästhetische Kategorie ist. »Will man die grundlegenden Eigenschaften der russischen Literaturtradition skizzieren, muß man feststellen, daß am wichtigsten die Untrennbarkeit von ethischer und ästhetischer Weltauffassung ist.« (S. 299)

Die Frage der Wertung – natürlich bietet die Weltanschauung kein Qualitätsmerkmal, denn sonst wäre alle Literatur, die sich als religiös, staatskonform oder gesellschaftsdienlich ausgibt, per se hochwertig. Gleiches gilt für die Themenwahl, die wertneutral ist, und auch das Zeitgemäße eines Werks kann keinen vollen Kredit beanspruchen, denn das Zeitgemäße ist oft das Zeitverhaftete. Daß ein Kritiker seine expliziten wie impliziten Wertungskriterien offenlegt, darf ein Publikum erwarten. Lew Kopelews Persönlichkeit ist zu kräftig und zu selbständig, sein Sinn zu freimütig, als daß er Zuneigungen verbergen wollte und Abneigungen kaschieren könnte. Der unerreichbaren Objektivität verpflichtet, äußert sich in jeder Zeile seine Subjektivität: Da zieht jemand beim Schreiben auch sein Herz zu Rate; im Urteil verbinden sich, von Lessings Autorität gutgeheißen, das verständige Gefühl und der mitfühlende Verstand, gleichviel, ob vormalige Literaturbeziehungen zwischen Russen und Deutschen oder gegenwärtige literarische Tendenzen im deutschen Sprachraum bedacht werden.

Ein Buch Lew Kopelews trägt den Titel: »Worte werden Brücken«. Das ist seine erste und letzte Absicht: über Grenzen hinweg durch Sprache, durch Dichtung Verbindungen zu schaffen. Dem dienten seine Übersetzungen auch bundesrepublikanischer Autoren, dem dienen, in genauer Folgerichtigkeit, überdies seine Überlegungen zur Theorie und Praxis des Übersetzens bei Goethe. Lew Kopelews Mittlertätigkeit wollte bewußt das Verstehen – und damit die Verständigung – fördern, denn es ist die deutschsprachige Nachkriegsliteratur, vor anderem Heinrich Bölls Werk, die dem russischen Leser die schwere Versöhnung mit uns Deutschen erleichtert hat. Der frühere literarische Austausch – Tolstojs Antwort auf Goethe, Brechts Dialog mit Majakowskij – demonstriert die Einheit der Kultur, die nationale Grenzen nicht anerkennen kann, und die gegenseitige Beeinflussung, die früher möglich war und immer nötig ist.

Orientiert sich die Wahl mancher literaturgeschichtlicher Gegenstände am Ziel, mit den Methoden der Komparatistik Wirkungen und Gegenwirkungen nachzuzeichnen, – manche Rezensionen, wie die für Anna Seghers, können bisher unbekannte Briefgespräche zwischen Autor und Rezensent verwenden, die das Geschriebene zusätzlich legitimieren und Blicke in die Werkstatt eines Schriftstellers freigeben. Andere Berichte wiederum stellen mehr den Menschen als den Autor vor, deuten die Entwicklung von Freundschaften an, die, wie die mit Heinrich Böll, zwei Männer tief verbunden hat. Die kühle Rationalität, die das Rezensentenwesen braucht, mildert Lew Kopelew durch die Wärme seiner Teilnahme – durch sein Engage-

ment und, wenn's geboten ist, durch seine Kühnheit, mit der er, um ein eindrucksvolles Beispiel anzuführen, die literarische Einbürgerung Franz Kafkas mitbetrieb. In solchen Erinnerungen erreicht das Literarische die Bedeutung eines geschichtlichen Dokuments. Was an unserem Jahrhundert Schreckensgeschichte ist, hat Kafka vorweggenommen. Er, der die allersubjektivste Bewußtseinsform beschrieb, lieferte die universalen Metaphern für die drohenden Verunstaltungen der Menschen. Die Berührungsangst, die die Kulturfunktionäre im Ostblock auch noch nach der Konferenz von Liblice im Mai 1963 vor Kafka empfanden, wurde von dessen Darstellung einer total verwalteten Welt hervorgerufen, die sich im Osten wie im Westen breitmacht, mit einer anonymen Bürokratie, die, für alles zuständig und für nichts haftbar, in ihrer angemaßten Allmacht die Ohnmacht des Individuums mitbedingt. Lew Kopelew erkannte an der Außen- und Innenerfahrung von Kafkas Figuren das Neue, das nichts mit vordergründiger Aktualität zu tun hat, sondern eine präzise Hellsicht für die sich konturierende Wirklichkeit von morgen enthält. Nach Krieg und Diktatur lesen Deutsche wie Russen Kafka heutzutage anders als an dessen Anfängen um 1912.
Empfehlungen für Lew-Kopelew-Leser sollen auf schmalem Raum gegeben werden – keine Resümees seiner Studien und keine Resultate seiner Besprechungen. Der Leser, der die angenehme Mühe der Lektüre auf sich nimmt, wird mit Wissen und Einsicht reich belohnt, wenn er die Gründe für die Abkehr des späten Tolstoj von Goethe im Widerruf der ästhetischen Prinzipien der eigenen Jugend findet. Und ein erstaunter Blick ins russische Geistesleben wird dem zuteil, der die unvergleichliche Wirkung des »Faust« kennenlernt, die von Puschkin über Dostojewskij bis hin zu Pasternak, Bulgakow, Lunatscharskij und Solotusskijs »Faust und die Physiker« reicht. Nicht nur in direkten Zeugnissen und augenfälligen Konfigurationen, sondern noch in entlegenen thematischen Anspielungen entdeckt der Interpret den singulären Einfluß von Goethes Drama, an dessen jeweiliger Rezeptionsweise sich die geistige Physiognomie literarischer Gruppen ablesen und überdies, wie bei Maxim Gorkij, das Verhältnis zu

Macht und Schuld bestimmen läßt. Der Brecht-Essay demonstriert das Wechselspiel von Individuum und Epoche, verdeutlicht, wie die Überzeugungen des »Stückeschreibers« unter dem Druck der politischen Erfahrung und mit Hilfe der Tradition entstehen und wie sich die Resultate des Dialogs mit Majakowskij in Brechts Œuvre niederschlagen. Immer beeindruckt neben der methodischen Vielfalt die in der östlichen Germanistik nach wie vor seltene Befähigung zur Formanalyse, gleichviel, ob der sogenannte Bewußtseinsstrom bei Anna Seghers oder die Film- und Montagetechnik als Mittel der Zeitdarstellung erörtert werden. Bei Strittmatter interessieren besonders die Jahresringe, die Entwicklungsphasen des Gesamtwerks; Heinrich Böll, bei anderer Gelegenheit von der Sprache her – den konkurrierenden Sprachebenen und der die Erzählform konstituierenden Gebets- und Pastoralrhetorik – erschlossen, wird als Lyriker auch für uns Deutsche entdeckt.

In kräftiger Holzschnittmanier gehalten, beeindrucken die Essays allesamt durch die Weite des Wissens und die Liberalität des Urteils; sie nehmen ein durch ihre Redlichkeit und überzeugen durch die Schlüssigkeit ihrer Argumentation. Nie geben sie dem bloß Interessanten, dem Prätentiösen oder modisch Beiläufigen Raum. Diese Untersuchungen zielen aufs Grundsätzliche und bedenken das Wesentliche, worauf das ebenso schwere wie reiche Leben Lew Kopelews angewiesen ist. Nie erlaubt sich der Autor Konzessionen an die gängige Doktrin, der er während der Niederschrift ausgesetzt war. Ob wir, die so selbstzufrieden wie nörglerisch unserer Freiheit leben, uns dies mit zulänglicher Konkretion vergegenwärtigen können?

Jeder von uns trägt Voraussetzungen in sich, die, oft unreflektiert, ihn dennoch bestimmen. Drei solcher Prämissen seien für Lew Kopelew namhaft gemacht. Da ist einmal die Überzeugung, daß die in der Sprache wiedergegebene Welt der Schriftsteller nicht weniger wirklich ist als die sichtbare, greifbare um uns.

Lew Kopelews Nötigung zum Schreiben entstammt dem Wunsch, das Gelebte wie das Gelesene zu bewahren, damit der heutige Tag nicht ganz dem gestrigen anheimfällt,

damit das Vergangene einen Teil seiner früheren Gegenwärtigkeit zurückerhält. Hier schreibt also jemand nicht nur gegen die menschliche Vergeßlichkeit, sondern auch gegen die Vergänglichkeit des eigenen Lebens an.
Und schließlich: Da für Lew Kopelew die Phantasie durch die Sprache normative Kraft gewinnen kann, vermag sie unser Bewußtsein und dessen Verhältnis zur Wirklichkeit zu verändern. Lew Kopelew will folgerichtig mit dem Wort wirken – er will unterrichten, Verständnis unter Menschen wecken und Versöhnung zwischen Völkern vorbereiten. In der Tolstoj-Nachfolge besteht er auf der mühsamen, stets gefährdeten Einheit von Kunst und Wahrheit. Literatur und Literaturwissenschaft bedeuten für ihn moralische Veranstaltungen im Sinne des jungen Schiller. Dieser Anspruch – das Beharren auf Toleranz und Menschlichkeit – scheint naiv zu sein und ist doch bezwingend kühn inmitten unserer bequemen Läßlichkeit und der Lethargie der Skeptiker. Er belegt die Jugendlichkeit eines Fünfundsiebzigjährigen, dessen erlittene Geschichtserfahrung nicht von der verwegenen Hoffnung abläßt, daß, wenn erst Kunst und Wahrheit koalieren, der dumpfen Realität eine wirksame Opposition erwächst.
Die deutsch-französische Versöhnung – nach jahrhundertelanger Erbfeindschaft das schönste Ereignis unserer Nachkriegsgeschichte – ist geleistet; es gilt, trotz der Verschiedenheit der politischen und gesellschaftlichen Systeme, die Aussöhnung zwischen russischen und deutschen Menschen fortzuführen. Ich kenne niemanden, der dafür mehr getan hat als Lew Kopelew – in Moskau und, seit November 1980, in Köln. Auch nach seiner Ausbürgerung trifft auf ihn schmerzhaft und tröstend zu, was Rilke von sich bekannt hat: daß Rußland als Heimat zu den »Sicherheiten« gehört, »aus denen ich lebe«.

Werner Keller ist Ordentlicher Professor für Neuere deutsche Literatur an der Universität zu Köln.

Anmerkungen

Goethe entdeckt die Weltliteratur

1 Johann Wolfgang von Goethe. Briefe, Kommentare und Register. Hamburger Ausgabe in 4 Bänden. Hrsg. von Karl Robert Mandelkow. 1. Aufl. Hamburg 1962–67; hier Bd. I, S. 172. Im folgenden zitiert als B mit Band- und Seitenzahl.
2 Johann Wolfgang Goethe. Sämtliche Werke in 18 Bänden. Hrsg. von Ernst Beutler. Zürich und München 1977 (Artemis-Ausgabe); hier Bd. 11, S. 87. Im folgenden zitiert als W mit Band- und Seitenzahl.
3 Vgl. Fritz Strich: Goethe und die Weltliteratur. 2. Aufl. Bern 1957, S. 220f.
4 Thomas Carlyle (1795–1881).
5 Jean Jacques Ampère (1800–1864), Übersetzer und Autor eines Aufsatzes in der romantischen Zeitschrift »Globe«.
6 Stepan Petrowitsch Schewyrjow (1806–1864), Übersetzer der »Helena Szenen« und Verfasser eines Aufsatzes darüber im »Moskowskij Westnik« (Januar 1827).
7 Goethe machte keine Unterscheidung zwischen lettisch und litauisch.
8 Ein Theaterlibretto für ein Schauspiel mit Liedern, das Goethe 1781 in Weimar geschrieben und am Hoftheater aufgeführt hatte.
9 Vgl. Anmerkung 7.
10 Ein Drama von Calderón (1600–1681).
11 Johann Diderich Gries (1775–1842), Übersetzer von Calderón (in acht Bänden) sowie spanischer und italienischer Literatur.
12 Goethes Gespräche. Zweiter Teil. Bd. 23 der Gedenkausgabe der Werke, Briefe und Gespräche. Hrsg. von Ernst Beutler. Zürich 1950, S. 514.
13 Johann Peter Eckermann: Gespräche mit Goethe in den letzten Jahren seines Lebens. Bd. 24 der Gedenkausgabe der Werke, Briefe und Gespräche. Hrsg. von Ernst Beutler. Zürich 1948, S. 332.
14 Ebenda, S. 172.
15 Gemeint ist die Klassizismus-Theorie des 17. und 18. Jahrhunderts.

16 Scherzhafte Umschreibung für die Altertumswissenschaft; eigentlich Wiedergeburt der Seele.
17 Johann Peter Eckerman, a.a.O., S. 228f.
18 Ebenda, S. 262.
19 Johann Wolfgang Goethe. Sämtliche Werke in 45 Bänden. Hrsg. von Peter Boerner. München 1961-63; hier Bd. 32, S. 312.

Faust in Rußland

Eine der entscheidensten Anregungen zu dieser Arbeit war für mich das Buch meines großen Lehrers Wiktor Maximowitsch Shirmunskij (1891–1971): Gete w russkoj literature [Goethe in der russischen Literatur], das in erster Auflage im Schreckensjahr 1937 erschien und 1982 wieder neu aufgelegt wurde.

1 A. O. Smirnowa: Sapiski, dnewnik, wospominanija, pisma [Aufzeichnungen, Tagebuch, Erinnerungen, Briefe]. Moskau 1929, S. 261.
2 B. W. Tomaschewskij: Puschkin i Bualo [Puschkin und Boileau]. Im Sammelband: Puschkin w mirowoj literature [Puschkin in der Weltliteratur]. Leningrad 1926, S. 352.
3 W. A. Rosow: Puschkin i Gete [Puschkin und Goethe]. Kiew 1908. G. Glebow: Puschkin i Gete. In: Swenja 2, Moskau 1932, S. 41–64. Alexej Wesselowskij: Puschkin i jewropejskaja poesija [Puschkin und die europäische Poesie]. In: Shisn 5 (1899), S. 125.
4 A. N. Wesselowskij: W. A. Shukowskij. Poesija tschuwstwa i »serdetschnogo woobrashenija« [Poesie des Gefühls und der »aus dem Herzen kommenden Phantasie«]. St. Petersburg 1904, S. 355f.
5 A. S. Puschkin. Polnoje sobranije sotschinenij [Gesamtausgabe der Werke]. 4. Aufl. Leningrad 1977–79; Bd. 7, S. 27.
6 André von Gronicka: The Russian Image of Goethe. Philadelphia 1968, S. 70f.
7 Zit. nach: W. M. Shirmunskij: Gete w russkoj literature [Goethe in der russischen Literatur]. Leningrad 1982, S. 109.
8 A. S. Puschkin, a.a.O., Bd. 10, S. 193.
9 Johann Wolfgang Goethe. Sämtliche Werke in 18 Bänden. Hrsg. von Ernst Beutler. Zürich und München 1977; hier Bd. 14, S. 959.
10 A. S. Puschkin, a.a.O., Bd. 7, S. 37.
11 G. Glebow, a.a.O., S. 47.
12 A. S. Puschkin, a.a.O., Bd. 5, S. 422; im Original französisch.
13 Ebenda, S. 514.
14 Den Unterschied zwischen Puschkins und Goethes Faustauffassung analysiert Glebow (a.a.O., S. 49ff.), indem er Puschkins

durchaus historisierende und sozial konkrete Gestaltung der universal-humanitären, naturphilosophisch abstrahierenden Goethes gegenübergestellt. Vgl. auch W. M. Shirmunskij, a.a.O., S. 110f.

15 I. S. Turgenew. Sobranije sotschinenij [Gesammelte Werke]. Moskau 1956; hier Bd. 11, S. 226.

16 W. Belinskij. Sobranije sotschinenij. St. Petersburg 1900–1917; Bd. 6, S. 37f. und 344; Bd. 7, S. 3 und 488; Bd. 11, S. 104 und 282. Ders. Pisma [Briefe]. St. Petersburg 1914; Bd. 2, S. 196 und 350f.

17 M. Bakunin. Sobranije sotschinenij. Moskau 1934; Bd. 1, S. 82 und 253; Bd. 2, S. 128, 214, 217, 255. W. M. Shirmunskij, a.a.O., S. 181–185.

18 A. Herzen. Polnoje sobranije sotschinenij i pisem [Gesamtausgabe der Werke und Briefe]. Petrograd (Leningrad) 1915–25; Bd. 2, S. 401.

19 Ebenda; Bd. 12, S. 476f.

20 A. Grigorjew. Sobranije sotschinenij. Petrograd 1915; Bd. 2, S. 20f., 24, 32. W. M. Shirmunskij, a.a.O., S. 304-321.

21 I. S. Turgenew, a.a.O., Bd. 11, S. 32.

22 Ebenda, S. 34.

23 Ebenda, S. 36.

24 Swenja. Bd. 2. Moskau 1933, S. 98.

25 Ivan Tourgenev: Nouvelle correspondence inédite. Bd. 1. Paris 1971, S. 281.

26 W. M. Shirmunskij, a.a.O., S. 353.

27 Ebenda, S. 392.

28 Von 1837 bis 1917 wurde »Faust« in neunzehn verschiedenen Nachdichtungen in Büchern und Zeitschriften publiziert. Von 1917 bis 1976 sind drei verschiedene Nachdichtungen von »Faust« (Cholodkowskij, Brjussow und Pasternak) zweiundzwanzigmal veröffentlicht worden. Von 1842 bis 1917 wurden in Petersburg und Moskau Goethes ausgewählte und gesammelte Werke in sechs verschiedenen Ausgaben verlegt. Von 1917 bis 1980 waren es vierzehn neue Ausgaben allein in russischer Sprache, darunter die zwei großen Gesamtausgaben: 13 Bände 1932–49 und 12 Bände 1972–78.

29 W. M. Shirmunskij, a.a.O., S. 226–230 und 321–330. D. Pissarew. Polnoje sobranije sotschinenij. St. Petersburg 1909–13; Bd. 2, S. 288ff.; Bd. 4, S. 51f.

30 Literaturnoje nasledstwo [Literarisches Erbe]. Bd. 83. Moskau 1971, S. 596.

31 F. M. Dostojewskij. Polnoje sobranije sotschinenij. Bd. 15. Leningrad 1976, S. 82 und 594.

32 Ders.: W rabote nad romanom »Podrostok« [Während der Arbeit an dem Roman »Der Jüngling«]. In: Literaturnoje nasledstwo. Bd. 77. Moskau 1965, S. 59.

33 Ebenda, S. 208 und 247.
34 Michail Bachtin: Problemy poetiki Dostojewskogo [Probleme der Poetik bei Dostojewskij]. Moskau 1972, S. 382f.
35 Anna Seghers: Über Tolstoj. Über Dostojewski. Berlin 1963. Nikolaj Wilmont: Dostojewskij i Schiller. In: Welikije sputniki [Große Weggenossen]. Moskau 1966.
36 André von Gronicka: The Russian Image of Goethe. Bd. 2. Philadelphia 1985, S. 117.
37 Ebenda, S. 127.
38 Ebenda, S. 118.
39 Wjatscheslaw Iwanow: Po swesdam [Nach den Sternen]. St. Petersburg 1909, S. 268f.; ders.: Borosdy i meshi [Furchen und Raine]. St. Petersburg 1916, S. 158 und 161; ders.: Gete na rubeshe dwuch stoletij [Goethe zur Jahrhundertwende]. In: Istorija sapadnojewropeijskoj literatury [Geschichte der westeuropäischen Literatur]. Bd. 1. Moskau 1912, S. 112–156; Andrej Belyj: Simwolism [Symbolismus]. Moskau 1910, S. 9.
40 André Dabezies: Visages de Faust au XXe siècle. Paris 1967, S. 57.
41 Ralf Schröder: Gorkis Erneuerung der Fausttradition. Faustmodelle im russischen geschichtsphilosophischen Roman. Berlin 1971.
42 Maxim Gorki: Über Literatur. Berlin und Weimar 1968, S. 200f.
43 Ralf Schröder, a.a.O., S. 32.
44 Maxim Gorki: Satiren. Berlin und Weimar 1968, S. 47.
45 Ralf Schröder, a.a.O., S. 31.
46 M. Gorkij. Sobranije sotschinenij. Moskau 1949–56; Bd. 29, S. 428.
47 Maxim Gorki: Klim Samgin. 4 Bde. Berlin 1953–57; Bd. 4, S. 362f.
48 Ebenda, S. 382.
49 M. Gorkij. Sobranije sotschinenij, a.a.O.; Bd. 4, S. 33.
50 Ebenda, S. 33ff.
51 Ebenda; Bd. 29, S. 123f.
52 Ebenda; Bd. 5, S. 473f.
53 Den Begriff von Gorkijs »zwei Seelen« prägte als erster Kornej Tschukowskij in seinem Essay »Dwe duschi Maxima Gorkogo« [Die zwei Seelen des Maxim Gorkij]. Moskau 1924.
54 Literaturnoje nasledstwo. Bd. 70. Moskau 1963, S. 49.
55 M. Gorkij. Sobranije sotschinenij, a.a.O.; Bd. 30, S. 428ff.
56 Ebenda; Bd. 27, S. 255 und 311.
57 Ebenda; Bd. 24, S. 403.
58 Samuil Aljoschin: Mefistofel. Moskau 1963, S. 3.
59 Ilja Selwinskij: Tschitaja Fausta. Moskau 1953.
60 Konstantin Simonow: Na literaturnye temy [Zu literarischen Themen]. Moskau 1954, S. 279.
61 Alexander Lewada: Faust i smert. Kiew 1960.

62 Zit. nach Kurt Adel: Die Faust-Dichtung in Österreich. Wien 1971, S. 229f.
63 Kurt Becsi: Zur Aktualität des Faust-Problems. In: Kurt Adel, a.a.O., S. 229f. und 236.
64 Sergej Eisenstein. Isbrannye proiswedenija [Ausgewählte Werke]. Moskau 1964–71; Bd. 3, S. 156; Bd. 4, S. 525.
65 ZGALI (Zentrales Staatsarchiv für Literatur und Kunst), fond 1923, op. 2, jediniza chranenija 1031. Dieses Material erschloß der Eisenstein-Forscher Leonid Koslow, dem ich aufschlußreiche Ratschläge verdanke.
66 Iossif Brodskij: Ostanowka w pustyne. Stichotworenija i poemy [Haltestelle in der Wüste. Gedichte und Poeme]. New York 1971, S. 161.
67 Elizabeth Stenbock-Fermor: Bulgakov's ›The Master and Margarita‹ and Goethes Faust. In: The Slavic and East European Journal 12 (1969), S. 309-323.
68 Ralf Schröder, a.a.O., S. 294f.
69 Monika von Zitzewitz: Suche nach Gott. Ein Roman von Bulgakow. In: Die Welt, 15. Juni 1967.
70 Elizabeth Stenbock-Fermor, a.a.O., S. 320.
71 W. Turbin: Towarischtsch wremja i towarischtsch iskusstwo. Moskau 1961.
72 I. Solotusskij: Faust i fisiki. Moskau 1968, S. 14 und 28.
73 Ebenda, S. 37, 39, 76f. und 117.

Neue russische »Faust«-*Ausgaben (1971-1986)*

»Faust«, übersetzt von N. Cholodkowskij:
- Vorwort und Kommentar von T. Luzenko. Minsk: Narodnaja Osweta 1971. (Aufl. 200000)
- Vorwort und Anmerkungen von S. Turajew. Moskau: Detskaja literatura 1973. (Aufl. 100000)
- Petrosawodsk (Karelien): Republik-Verlag 1975. (Aufl. 200000)
- Vorwort und Anmerkungen von S. Turajew. Moskau: Detskaja literatura 1977. (Aufl. 200000)
- Vorwort und Anmerkungen von S. Turajew. Kiew: Misteztwo 1979. (Aufl. 100000)
- Ordshonikidse: Ossetischer Verlag 1979. (Aufl. 160000)
- Vorwort und Anmerkungen von S. Turajew. Moskau: Detskaja literatura 1983. (Aufl. 200000)
- Vorwort und Anmerkungen von S. Turajew. Kiew: Dnipro 1983. (Aufl. 100000)

»Faust«, übersetzt von Boris Pasternak:
- Moskau: Prawda 1975. (200000)
- In: I. W. Gete. Sobranije sotschinenij [J. W. Goethe: Gesammelte Werke]. Bd. 2. Moskau: Chudoshestwennaja literatura 1978. (Aufl. 200000)
- Vorwort und Kommentar von A. Anikst. Moskau: Chudoshestwennaja literatura 1978. (Aufl. 200000)
- Perm: Obl. isd. dlja junoschestwa 1981. (Aufl. 75000)
- Vorwort und Kommentar von A. Anikst. Moskau: Moskowskij rabotschij 1982. (Aufl. 200000)
- Vorwort und Kommentar von A. Anikst. In: I. W. Gete. Isbrannoje [Ausgewählte Werke]. Bd. 2. Moskau: Prosweschtschenije 1985. (Aufl. 812000)
- Eingeleitet und kommentiert von A. Michajlow. In: I. W. Gete. »Faust«; lirika [J. W. Goethe. »Faust«; Lyrik.] Moskau: Chudoshestwennaja literatura 1986. (Aufl. 500000)

Gesamtauflage in 15 Jahren: 3572000
Hier sind nur *russisch*sprachige Ausgaben angeführt. Im gleichen Zeitabschnitt erschienen noch mehrere »Faust«-Ausgaben in Sprachen anderer Nationalitäten der UdSSR.

Anhang

Neue russische Literatur über »Faust« (1972–1987)

1972

G. G. Chawtassi: K probleme faustowskogo w episode Jeleny getewskogo »Fausta« [Zum Problem des Faustischen in der Helena-Episode von Goethes »Faust«]. In : Trudy Tbilisskogo universiteta 4 (1972), S. 173–187.

O. Dshinorija: O poslewojennyj »sapadnoj« rezepzii getewskogo Fausta [Die »westliche« Rezeption von Goethes Faust nach dem Kriege]. In: Literaturnaja Grusija 7 (1972), S. 71–78.

1973

N. A. Chochlowa: »Faust« Gete w GDR [Goethes Faust in der DDR]. In: Westnik MGU, ser. 10, Nr. 4 (1973), S. 46–54.

Sch. Mirsojewa: Djawol i tschelowek. K wychodu w swet »Fausta« Gete na aserbajdshanskom jasyke [Teufel und Mensch. Zum Er-

scheinen von Goethes »Faust« in aserbaidschanischer Sprache]. In: Literaturnyj Aserbajdshan 7 (Baku 1973), S. 134–139.
N. M. Petrenko: »Faust« Gete w swete degeroisazij [Goethes »Faust« im Licht der Entheroisierung]. Grosnyj 1973. (Institut usowersch. utschitelej tschetscheno-ing. ASSR)
T. Petuchowa: Metoditscheskije ukasanija w pomoschtsch utschitelju pri isutschenii ... tragedii Gete »Faust« [Methodische Anweisungen als Hilfe für Lehrer bei Studien ... zu Goethes »Faust«]. Iwanowo 1973.

1974

G. G. Chawtassi: Ob odnoj interpretazii finalnych szen getewskogo »Fausta« [Über eine Interpretation der Schlußszenen des Goetheschen »Faust«]. In: Filologitscheskije nauki 4 (1974), S. 10–13.
I. Muschina: Gete i Dostojewskij [Goethe und Dostojewskij]. In: Swesda 11 (1974), S. 187–192.
B. I. Purischew: Klassitscheskij ideal w »Fauste« Gete [Das klassische Ideal in Goethes »Faust«]. In: Filologitscheskije nauki 4 (1974), S. 5–10.

1975

Metoditscheskije rekomendazii po isutscheniju tragedii »Gamlet« Schekspira i tragedii »Faust« Gete w schkole [Methodische Empfehlungen zum Studium von Shakespeares Tragödie »Hamlet« und Goethes Tragödie »Faust« in der Schule]. Rowno 1975.

1976

F. P. Fjodorow: »Faust« Gete [Goethes »Faust«]. Riga 1976.

1977

W. N. Tichomirow: Tradizii Gete w powesti Turgenewa »Faust« [Goethes Traditionen in Turgenews Erzählung »Faust«]. In: Woprossy russkoj literatury 1 (Lwow 1977), S. 92–99.

1978

A. W. Gulyga: Gete i Kant [Goethe und Kant]. In: Iswestija AN SSSR, ser. lit. i jas., 37 (1978), S. 430–438.

1979

A. A. Anikst: »Faust« Gete [Goethes »Faust«]. Lit. kommentarij. Moskau 1979 (100000 Ex.).

1980

I. W. Gete i ego tragedija »Faust«. Metoditscheskije rekomendazii [Goethe und seine Tragödie »Faust«. Methodische Empfehlungen]. Kirowograd 1980.

A. A. Michajlow: Posdnij Gete i problemy romantisma [Der späte Goethe und die Probleme der Romantik]. Moskau 1980. (Diss.)

Je. I. Wolgina: Twortschestwo Gete 1790-ch godow. Gete i Welikaja franzuskaja rewoluzija [Goethes Schaffen in den 1790er Jahren. Goethe und die Große Französische Revolution]. Moskau 1980. (Habil. schrift)

1981

M. Epschtejn: Faust na beregu morja: Tipologitscheskij analis parallelnych motiwow u Puschkina i Gete [Faust am Meeresufer. Typologische Untersuchung paralleler Motive bei Puschkin und Goethe]. In: Woprossy literatury 6 (1981), S. 89–110.

N. I. Krugowa: Istoritscheskije wsgljady I. W. Gete [Die historischen Ansichten Goethes]. Tomsk 1981. (Diss.)

1982

A. A. Anikst: »Faust« – welikoje tworenije Gete [»Faust« – Goethes großes Werk]. K 150 letiju wychoda w swet. Moskau 1982.

W. A. Awejtisjan: Problema iskusstwa i religii w estetike posdnogo Gete [Das Problem von Kunst und Religion in der Ästhetik des späten Goethe]. In: Filologitscheskije nauki 3 (1982), S. 16–21.

N. S. Lejtis: O shanrowoj prirode »Fausta« Gete [Über die Genre-Zuordnung von Goethes »Faust«]. In: Iswestija AN SSSR, ser. lit. i jas., 41 (1982), S. 460–465.

1983

A. A. Anikst: Gete i Faust [Goethe und Faust]. Ot samysla k swerscheniju. Moskau 1983.

W. Fojgt und U. Sukker: I. W. Gete jestestwoispytatel [J. W. Goethe, der Naturforscher]. Kiew 1983.

G. Jakuschewa: Smert i wosroshdenije doktora Fausta [Tod und Wiedergeburt des Doktor Faust]. In: Literaturnaja gaseta vom 16. Februar 1983.

S. Neretina: Kogda umer »Faust«? [Wann starb Faust?]. In: Literaturnaja utschjoba 5 (1983), S. 167–171.
A. W. Smirnow: Dramaturgija Gete 80-ch godow. (K probleme »wejmarskogo klassizisma«) [Die Dramaturgie Goethes der 80er Jahre. Zum Problem des »Weimarer Klassizismus«]. Moskau 1983.
K. A. Swasjan: Filossowskoje mirowossrenije Gete [Goethes philosophische Weltanschauung]. Jerewan 1983.

1984

W. A. Awejtisjan: »Faust« i konzepzija mirowoj literatury Gete [»Faust« und Goethes Konzeption der Weltliteratur]. In: Iswestija AN SSSR, ser. lit. i jas., 53 (1984), S. 415–427.
O. G. Dshinorija: Twortscheskij put Gete [Goethes Schaffensweg]. Tbilissi 1984.

1985

W. S. Fjodorow: Blok i Gete [Blok und Goethe]. In: Utschjonnye sapiski Tartuskogo universiteta. Tartu 1985, Ausg. 680, S. 29–42.
A. Je. Njamzu: Sakonomernosti pereosmyslenija tradizionnych sjushetow w literature. Sjushet o Fauste w russk. sow. dramaturgii [Die Gesetzmäßigkeit des neuen Verständnisses der traditionellen Literatur-Sujets. Das »Faust«-Sujet in der russisch-sowjetischen Dramaturgie]. Kiew 1985.

1986

A. A. Anikst: Twortscheskij put Gete [Goethes Schaffensweg]. Moskau 1986.
W. A. Awejtisjan: Gete i Bajron [Goethe und Byron]. In: Iswestija AN SSSR, ser. lit. i jas., 54 (1986), S. 378–389.
M. I. Bent: Gete i romantism: Problemy litschnosti w »Fauste« i dramaturgija G. Klejsta [Goethe und der Romantismus: Die Probleme der Persönlichkeit im »Faust« und in der Dramaturgie von H. Kleist]. Utschebn. posobije po spezkursu. Tscheljabinsk Gos. universitet 1986.
Getewskije tschtenija – Goethe-Studien. Moskau 1986.

1987

Karl Otto Conrady: Gete. Shisn i twortschestwo [Goethe. Leben und Werk]. 2 Bde. Moskau 1987.

1 Sämtliche Tolstoj-Zitate sind entnommen aus: Polnoje sobranije sotschinenij (jubilejnoje isdanie) [Sämtliche Werke (Jubiläumsausgabe)]. 90 Bände. Moskau und Leningrad 1938–58.
2 Michail Jurjewitsch Lermontow (1814–1841), nächst Puschkin größter Dichter Rußlands. Sein Roman »Ein Held unserer Zeit« erschien 1840.
3 Gegründet 1862.
4 Sofja Andrejewna (1845–1919), Tolstojs Frau. Zitiert nach: Lew Tolstoj w wospominanijach sowremennikow [Lew Tolstoj in Erinnerungen von Zeitgenossen]. Bd. 1. Moskau 1960, S. 144.
5 Dreivierteljahrhundert später kam Brecht zu einer dem Wesen nach gleichen Überzeugung, dann noch radikaler Friedrich Dürrenmatt. Vgl. seine Theaterschriften, Zürich 1966, S. 118ff.
6 Anna Andrejewna Tolstaja (1817–1904), Lew Tolstojs Tante.
7 1896 vollendete Tolstoj das Drama »Und das Licht scheinet in der Finsternis«, das er schon 1891 entworfen hatte.
8 L. N. Tolstoj w wospominanijach sowremennikow. Bd. 2. Moskau 1978, S. 82.
9 Wladimir Grigorjewitsch Tschertkow (1854–1936), Tolstojs Sekretär und Mitarbeiter; Duschan Petrowitsch Makowizkij (1866–1921), Tolstojs Arzt.
10 Wladimir Wassiljewitsch Stassow (1824–1906), Kunst- und Literaturhistoriker, Kunstkritiker.
11 L. N. Tolstoj w wospominanijach sowremennikow, a.a.O., Bd. 2, S. 143.
12 A. B. Goldenweiser: Wblisi Tolstogo [In der Nähe von Tolstoj]. Moskau 1959, S. 61 und 115f.
13 Thomas Mann: Goethe und Tolstoi. In: Th. M. Leiden und Größe der Meister. (Gesammelte Werke in Einzelbänden. Frankfurter Ausgabe. Hrsg. von Peter de Mendelssohn), Frankfurt a. M. 1982, S. 29–144; hier S. 102. Im folgenden im Text zitiert mit Seitenangaben.
14 Greift nur hinein ins volle Menschenleben!
Ein jeder lebts, nicht vielen ists bekannt,
Und wo Ihrs packt, da ists interessant. (Faust I)
15 Wiktor Anatoljewitsch Lebren, Literaturhistoriker.
16 Tolstojs ältester Sohn Lew Lwowitsch (1865–1945).
17 Literaturnoje nasledstwo [Literarisches Erbe]. Bd. 75/2. Moskau, S. 392.
18 A. B. Goldenweiser, a.a.O., S. 273.
19 L. N. Tolstoj w wospominanijach sowremennikow, a.a.O., S. 126.
20 Vgl. Anm. 13.
21 Thomas Mann bezieht sich auf Tolstojs Äußerung: »Die Schule,

in der weniger Zwang ist, ist besser als die, in der mehr Zwang ist. Die Methode, die zu ihrer Einführung keiner Anstrengungen der Disziplin bedarf, ist gut; die, welche mehr Strenge braucht, ist sicherlich schlecht. Nehmen wir eine Schule wie die meine, und versuchen wir, dort Gespräche über Tische und Zimmerekken zu führen oder kleine Würfel hin und herzuschieben. In der Schule wird eine entsetzliche Unordnung entstehen, und es wird unbedingt nötig sein, die Schüler durch Strenge zur Ruhe zu bringen. Aber versuchen wir, eine interessante Geschichte zu erzählen oder Aufgaben zu stellen, oder lassen wir einen an der Tafel schreiben und die anderen korrigieren, und *lassen wir alle aus den Bänken heraus*, und sie werden alle beschäftigt sein, und es wird zu keinem Schabernack kommen, und eine Verschärfung der Disziplin wird überflüssig sein. Man kann ruhig sagen, daß diese Art gut ist.«

22 Swenja. Bd. 2. Moskau 1933, S. 118.

23 W. M. Shirmunskij: Gete w russkoj literature [Goethe in der russischen Literatur]. Leningrad 1982, S. 327.

24 Vortrag an der Humboldt-Universität Berlin, 15. November 1960, anläßlich einer Konferenz über deutsch-slawische Kulturbeziehungen.

25 Vgl. Nikolaj Wilmont: Dostojewskij i Schiller. In: Welikije sputniki [Große Weggenossen]. Moskau 1966, S. 7–318. Anna Seghers: Glauben an das Irdische. Leipzig 1969, S. 120ff., 136ff., 145ff.

26 »Neue Zeit« 5 (1887), S. 1ff., 62ff., 105ff., 545ff.

27 Literaturnoje nasledstwo. Bd. 75/2. Moskau, S. 222.

28 Johann Wolfgang Goethe. Sämtliche Werke in 18 Bänden. Hrsg. von Ernst Beutler. Zürich und München 1977; Bd. 14, S. 522f.

29 Von Puschkin 1836 gegründete literarisch-gesellschaftskritische Zeitschrift, um die sich die fortschrittliche Intelligenzija scharte.

Die faustische Welt Boris Pasternaks

Alle Gedichte wurden – soweit nicht anders nachgewiesen – von Eva Rönnau übertragen.

1 Renate Schweitzer: Freundschaft mit Boris Pasternak. München 1963, S. 24.

2 Boris Pasternak: Sametki perewodtschika [Notizen eines Übersetzers]. In: Snamja 1/2 (1944), S. 166.

3 Renate Schweitzer, a.a.O., S. 26.

4 Davon erzählten mir W. W. Iwanow und A. P. Meshirow, die bei der Lesung anwesend waren. Vgl. Lidija Tschukowskaja: Sapiski

ob Anne Achmatowoj [Aufzeichnungen über Anna Achmatowa]. In: Pamjati Achmatowoj. Paris 1973, S. 107.

5 Boris Pasternak: Stichotworenija i poemy [Gedichte und Poeme]. Moskau 1965, S. 158/ 641, 159/641, 537/699.

6 Boris Pasternak: Ochrannaja gramota [Geleitbrief], Prosa 1915–1958. Ann Arbor 1961, S. 204f.

7 Übersetzung von Christel Pesch. In: Boris Pasternak: Gedichte. Erzählungen. Sicheres Geleit. Frankfurt a.M. 1959, S. 29.

8 Die Übereinstimmung ist im Original noch deutlicher, da auch in »Ljubow Fausta« immer wieder die unbestimmten Pronomen »alle, aller« usw. verwendet werden.

9 Nachdichtung von Rolf-Dietrich Keil. In: Boris Pasternak: Doktor Schiwago. Frankfurt a.M. 1958.

10 Von diesem Gespräch berichteten mir Wjatscheslaw Iwanow und Walentin Berestow.

11 Vgl. Ariadna Efron: Wospominanija [Erinnerungen]. In: Swesda 6 (1975).

12 Diese Widmung sowie die Antwort von W. F. Asmus zitierte ich mit seiner freundlichen Genehmigung noch zu seinen Lebzeiten in meinem Buch: Zwei Epochen deutsch-russischer Literaturbeziehungen. Frankfurt a.M. 1973, S. 78.

13 Sapiski otdela rukopisej biblioteki im. Lenina, Heft 29, Moskau 1967, S. 67.

14 Boris Pasternak, Olga Freudenberg. Briefwechsel 1910–1954. Frankfurt a.M. 1986, S. 386.

15 Die Briefe werden zitiert mit der freundlichen Genehmigung der verstorbenen Marina Baranowitsch und ihrer Angehörigen. Teilweise wurden die Texte bereits in der Zeitschrift Woprossy literatury 9 (1972), S. 168, veröffentlicht.

16 Boris Pasternak, Olga Freudenberg, a.a.O., S. 387f.

17 Um diese Zeit war Pasternaks enge Freundin und Ratgeberin Olga Iwinskaja in Haft.

18 Boris Pasternak, Olga Freudenberg, a.a.O., S. 391.

19 Sapiski otdela rukopisej . . ., a.a.O., S. 69f.

20 Vgl. in diesem Band: Tolstoj bekämpft sich selbst. S. 91–125.

21 Aus dem Manuskriptarchiv mit der freundlichen Genehmigung von Jewgenij Pasternak.

22 Ebenda.

23 Gespräch mit Eckermann vom 6. Mai 1827.

24 Renate Schweitzer, a.a.O., S. 21–23.

25 Zitiert mit freundlicher Genehmigung der Familie Lado Gudiaschwili.

26 Negative Kritiken der Übersetzung bei Franz Leschnitzer: Goethes Faust in der sowjetischen Literatur. Rostock 1964; W. Pohl: Russische Faustübersetzungen. 1962.

Sehr positiv wurde die Übersetzung bewertet von: E. Etkind in: Poesija i perewod [Poesie und Übersetzung]. Moskau 1963; N. Assejew in: Masterstwo perewoda, 1965; N. Wilmont in: Welikije sputniki. Moskau 1966, S. 373–376.

27 Dieses Zitat ist bei Goethe so nicht nachweisbar. Gemeint ist vermutlich die Stelle: »Nach Golde drängt,/ Am Golde hängt/ Doch alles! Ach, wir Armen!«

28 Lidija Tschukowskaja, a.a.O., S. 270.

29 Das Manuskript befand sich im Besitz von Konstantin Bogatyrjow (1925–1976), dem Pasternak es schenkte. Zitiert mit freundlicher Genehmigung K. Bogatyrjows.

30 Dimiter Statkow: Pasternaks Faust-Übersetzung. In: Arcadia 7 (1972), S. 45.

31 Boris Pasternak: Doktor Schiwago. Ann Arbor 1962, S. 341.

32 Aus dem Manuskriptarchiv B. L. Pasternaks. Für den Hinweis auf diesen Text und die freundliche Genehmigung, ihn verwenden zu dürfen, danke ich Jelena und Jewgenij Pasternak.

Rilkes Rußlandmärchen

1 Vgl. Peter Demetz: René Rilkes Prager Jahre. Düsseldorf 1953, S. 130.

2 Zitiert nach Ingeborg Schnack: Rainer Maria Rilke. Chronik seines Lebens und seines Werkes. 2 Bde. Frankfurt am Main: Insel 1975; hier Bd. 1, S. 26.

3 Vgl. H. F. Peters: Lou. Das Leben der Lou Andreas-Salomé. München 1962, besonders S. 67–131 und 189–246.

4 Rainer Maria Rilke. Lou Andreas-Salomé. Briefwechsel. Hrsg. von Ernst Pfeiffer. Zürich und Wiesbaden: Insel 1952, S. 20 (8. Juni 1897). Im folgenden wird mit Angabe des Datums nach dieser Ausgabe zitiert.

5 Vgl. Albert Soergel und Curt Hohoff: Dichtung und Dichter der Zeit. Düsseldorf 1964, S. 323.

6 Alle Briefstellen, die in einer der folgenden Brief-Ausgaben zu finden sind, werden mit Adressaten und Datum zitiert.
Rainer Maria Rilke. Gesammelte Briefe in sechs Bänden. Hrsg. von Ruth Sieber-Rilke und Carl Sieber. Leipzig: Insel 1936–1939.
Rainer Maria Rilke. Briefe. 2 Bde. Hrsg. vom Rilke-Archiv in Weimar. Wiesbaden: Insel 1950.

7 Rilke und Rußland. Briefe, Erinnerungen, Gedichte. Hrsg. von Konstantin Asadowski. Berlin und Weimar 1986, S. 85. (Auch Frankfurt am Main 1987)

8 Lou Andreas-Salomé: Lebensrückblick. Grundriß einiger Le-

benserinnerungen. Hrsg. von Ernst Pfeiffer. Frankfurt am Main: Insel 1974, S. 116f.
9 Zitiert nach Sophie Brutzer: Rilkes russische Reisen. Königsberg Pr. 1934, S. 29. (Neuauflage Darmstadt 1969)
10 Rainer Maria Rilke. Marina Zwetajewa. Boris Pasternak. Briefwechsel. Hrsg. von Jewgenij Pasternak und anderen. Frankfurt am Main: Insel 1983, S. 15.
11 Sophie Brutzer, a.a.O., S. 48.
12 Zitiert nach Ingeborg Schnack, a.a.O., S. 84.
13 Rilke und Rußland, a.a.O., S. 87.
14 Zitiert nach Ingeborg Schnack, a.a.O., S. 84.
15 Rilke und Rußland, a.a.O., S. 95.
16 Ebenda, S. 97ff.
17 Ebenda, S. 100.
18 Ebenda, S. 101–106.
19 Ebenda, S. 110.
20 Ebenda, S. 113f. (An Leonid Pasternak, 5. Februar 1900)
21 Sophie Brutzer, a.a.O., S. 4f.
22 Rilke und Rußland, a.a.O., S. 444f.
23 Rainer Maria Rilke. Tagebücher aus der Frühzeit. Hrsg. von Ruth Sieber-Rilke und Carl Sieber. Frankfurt am Main: Insel 1973, S. 234 und 236f.
24 Sophie Brutzer, a.a.O., S. 6.
25 Zitiert nach Daria Rothe: Rilke and Russia. A Re-Evaluation. Phil. Diss. University of Michigan 1980, S. 196.
26 Sophie Brutzer, a.a.O., S. 67f.
27 Ebenda, S. 9f.
28 Ebenda, S. 29f.
29 Rilke und Rußland, a.a.O., S. 240ff.
30 Ebenda, S. 229 und 559.
31 Ebenda, S. 121 (16. Februar 1900).
32 Lou Andreas-Salomé: Rainer Maria Rilke. Leipzig: Insel 1928, S. 90.
33 Vgl. Rainer Maria Rilke. Sämtliche Werke in zwölf Bänden (Werkausgabe). Hrsg. vom Rilke-Archiv . . . Frankfurt am Main: Insel 1976; hier Bd. 8, S. 968. Im folgenden wird die Werkausgabe zitiert mit Band- und Seitenangabe.
34 Ebenda, 11, S. 943.
35 Rilke und Rußland, a.a.O., S. 336f.
36 Rainer Maria Rilke. Tagebücher aus der Frühzeit, a.a.O., S. 173.
37 Vgl. Rilke und Rußland, a.a.O., S. 229 (An Wladimir Tschertkow, 22. Dezember 1900). – Sophie Brutzer, a.a.O., S. 50.
38 Zitiert nach Marion Böhme: Rilke und die russische Literatur. Neue Beiträge mit besonderer Berücksichtigung der Rezeption Rilkes in Rußland. Phil. Diss. Wien 1966, S. 16.

39 Sie erschienen in der Beilage der deutschsprachigen Prager Zeitung »Bohemia« (5. Januar 1902).
40 Rilke und Rußland, a.a.O., S. 337.
41 Ebenda, S. 174.
42 Ebenda, S. 242.
43 Sophie Brutzer, a.a.O., S. 38.
44 K. Asadowskij und L. Tschertkow: Russkije wstretschi Rilke. In: Rainer Maria Rilke: Worpswede, Auguste Rodin: Pisma, stichi [Briefe und Gedichte]. Moskau 1971, S. 357–385, hier S. 380.
45 Vgl. Eva Wunderlich: Slavonic Traces in Rilke's »Geschichten vom lieben Gott«. In: The Germanic Review 22 (1947), S. 287–297. – Patricia Pollock Brodski: The Russian Source of Rilke's »Wie der Verrat nach Rußland kam«. In: The Germanic Review 54 (1979), S. 72–77. – Dmytro Nalywajko: Ukrajinski motywy w poesiji Rilke [Ukrainische Motive in der Poesie Rilkes]. In: Showten 1 (1971), S. 135ff.
46 Rilke und Rußland, a.a.O., S. 85f.
47 11, S. 971–978.
48 An eine junge Freundin, 17. März 1926.
49 Marion Böhme hat überzeugend nachgewiesen (a.a.O., S. 12ff.), daß Rilkes Gedicht »Von den Fontänen« eine erweiterte Nachdichtung von Tjuttschews Poem »Fontan« ist.
50 Alfred Rammelmeyer: Russische Literatur in Deutschland. In: Deutsche Philologie im Aufriß. Hrsg. von Wolfgang Stammler. Bd. 3, 2., überarbeitete Auflage. Berlin und München 1962, S. 439–479; hier S. 463.
51 Wolfgang Leppmann: Rilke. Sein Leben, seine Welt, sein Werk. 2. Aufl. Bern und München 1982, S. 141f. – John Sandford: Landscape and Landscape Imagery in R. M. Rilke. London 1980, hier S. 14ff.
52 Zitiert nach Ingeborg Schnack, a.a.O., S. 213.
53 Rilke studierte die Geschichte der Ukraine nach französischen und russischen Quellen. In den »Geschichten vom lieben Gott«: »Wie der Verrat nach Rußland kam« und »Das Lied von der Gerechtigkeit« spürt man Nachklänge der ukrainischen Folklore, in der Taras Schewtschenkos Dichtung tief verwurzelt war.
54 Vgl. André von Gronicka: Rainer Maria Rilkes Übersetzung des »Igor-Liedes« (Slovo). In: Rilke heute. Beziehungen und Wirkungen. Hrsg. von Ingeborg H. Solbrig und Joachim W. Storck. Frankfurt am Main 1975, S. 130–153.
55 11, S. 1021.
56 Vgl. Sophie Brutzer, a.a.O., S. 47–53.
57 Ebenda, S. 40f.
58 Bereits 1606 hatte Lope de Vega das Drama »El gran Duque de Moscovia y Emperador perseguido« geschrieben. 1710 entstand in

Deutschland eine Oper von Mattheson; Dramen über Boris und Demetrius schrieben Kotzebue (1782) und Schiller (1804).

59 Rainer Maria Rilke. Tagebücher aus der Frühzeit, a.a.O., S. 293.

60 Hans Egon Holthusen: Rainer Maria Rilke in Selbstzeugnissen und Bilddokumenten. 3. Aufl. Hamburg 1981, S. 120.

61 Simon Frank: Rainer Maria Rilke und die russische Geistesart. In: Germanoslavica 2 (1932/33), S. 481–497.

62 Rainer Maria Rilke. Marina Zwetajewa. Boris Pasternak, a.a.O., S. 74f.

63 Ebenda, S. 103f.

64 Ebenda, S. 126.

65 Hans Egon Holthusen, a.a.O., S. 44.

66 E. M. Butler: Rainer Maria Rilke. Cambridge 1941, S. 52.

67 An Hermann Pongs, 21. Oktober 1924.

68 An Bernhard von der Marwitz, 12. Februar 1918.

69 Heinrich Goertz: Frankreich und das Erlebnis der Form im Werk R. M. Rilkes. Stuttgart 1932, S. 1f.

70 Simon Frank, a.a.O.

71 Iwan Roshanskij in: R. M. Rilke. Worpswede. August Rodin. Pisma. Stichi [Briefe. Gedichte]. Moskau 1971; Einleitung.

72 Rilkes Frankreich-Beziehungen sind bisher vielseitig und intensiv studiert worden. Ein besonderes Kapitel muß die Rilke-Rezeption im heutigen Rußland bilden. Der Briefwechsel Rilke-Zwetajewa-Pasternak ist 1984 publiziert worden, es bleibt aber noch sehr viel Unbekanntes in den Archiven der beiden großen Dichter, die mit Rilke geistig eng verbunden waren. 1986 erschien das aufschlußreiche Buch von Konstantin Asadowskij »Rilke und Rußland«. Kaum abgesteckt als Forschungsfeld ist bislang noch die bereits ausgedehnte russische, ukrainische, georgische, estnische u.a. Rilkeana, zu der auch die wissenschaftlichen Arbeiten und viele neue Übersetzungen und Nachdichtungen gehören. Darunter sind hervorragende Leistungen wie die von Konstantin Bogatyrjow, Sergej Petrow, Wladimir Mikuschewitsch, Jewgenij Witkowskij in Rußland, Mykola Bashan, Grigorij Kotschur und Mykola Lukasch in der Ukraine, Wachtang Kotischwili in Georgien u.a.m.

Anhang

Ausgewählte Literatur zu Rilke und Rußland nach 1972. Empfehlungen für interessierte Leser:

Brodsky, Patricia Pollock: Russia in the works of Rainer Maria Rilke. Detroit 1984.

Emerson, Caryl: Rilke, Russia and the Igor Tale. In: German Life and Letters 33 (1979/80), S. 220–233.
Epp, George K.: Rilke und Rußland. Frankfurt am Main 1984.
Hähnel, Klaus-Dieter: Rainer Maria Rilke. Werk – Literaturgeschichte – Kunstanschauung. 2. Aufl. Berlin und Weimar 1986.
Hendry, J. F.: The Sacred Threshold. A Life of Rainer Maria Rilke. Manchester 1983.
Höhler, Gertrud: Niemandes Sohn. Zur Poetologie Rainer Maria Rilkes. München 1979.
Imhof, Heinrich: Rilkes »Gott«. R. M. Rilkes Gottesbild als Spiegelung des Unbewußten. Heidelberg 1983.
Ingold, Felix Philipp: M. I. Cvetaevas Lese- und Verständnishilfen für R. M. Rilke. In: Die Welt der Slaven 24, N.F. 3 (1979), S. 352–368.
Ders.: Rilke, Rußland und die »russischen Dinge«. In: Zwischen den Kulturen. Festschrift für Georg Thürer zum 70. Geburtstag. Hrsg. von F. Ph. I. Bern und Stuttgart 1978.
Lenguel, B.: Gorki über Rilke – Rilke über Gorki. In: Studia slavica academiae scientiarum hungaricae 21 (1975), S. 191–198.
Mühlberger, Josef: Rilke und Rußland. In: Sudetenland. Böhmen, Mähren, Schlesien 15 (1973), S. 161–174.
Nalewski, Horst: Rainer Maria Rilke in seiner Zeit. Leipzig 1985.
Prater, Donald A.: Ein klingendes Glas. Das Leben Rainer Maria Rilkes. München und Wien 1986.

Franz Kafkas schwierige Rußlandreise

1 Vgl. Guy de Mallac: Kafka in Russia. In: Russian Review 31 (April 1972), S. 65.
2 Ebenda. Übersetzung aus dem Englischen.
3 Zitiert nach Isaja Berlin: Wstretschi s russkimi pisateljami 1945 i 1956 [Begegnungen mit russischen Schriftstellern 1945 und 1956]. In: Slavica Hierosolymitana. Slavic Studies of the Hebrew University, vol. V–VI. Jerusalem 1981, S. 628f.
4 Dresler, Jaroslav: Die Verwirrung der Zungen. Franz Kafka im Spiegel kommunistischer Kritik. In: Osteuropa 10 (1960), S. 473–481.
Ders.: Kafka and the Communists. In: Survey (April/June 1961), S. 27–32.
Etkind, Efim: Franz Kafka in sowjetischer Sicht. In: Franz Kafka. Themen und Probleme. Hrsg. von Claude David. Göttingen o.J., S. 229–237.
Garaudy, Roger: D'un réalisme sans rivages. Picasso – Saint-John Perse – Kafka. Paris 1963.

Hasselblatt, Dieter: Kafka russisch. In: Der Monat 16, H. 187, (1964), S. 84–88.
Herling, Gustavo: Kafka in Russia. In: Tempo Presente 10 (1965), S. 42–45 (italienisch).
Karst, Roman: Wer hat Angst vor dem bösen Franz? Der Kampf der Sowjetunion gegen den Dichter Kafka. In: Frankfurter Allgemeine Zeitung vom 13. Juli 1979.
Ders.: Kafka and the Russians. In: Perspectives and Personalities. Studies in modern German literature. Honoring Claude Hill. Ed. by Ralph Ley, Maria Wagner, Joanna M. Rarych and Kenneth Hughes. Heidelberg 1978, S. 181–197.
Mallac, Guy de: Kafka in Russia. In: Russian Review 31 (April 1972), S. 64–73.
Nivelle, Armand: Kafka und die marxistische Literaturkritik. In: Beiträge zur vergleichenden Literaturgeschichte. Festschrift für Kurt Wais zum 65. Geburtstag. Tübingen 1972, S. 331–354.
Struc, Roman S.: Franz Kafka in the Soviet Union: A Report. In: Monatshefte für deutschen Unterricht, deutsche Sprache und Literatur 57 (1965), S. 193–197.
Ders.: Critical Reception of Franz Kafka in the Soviet Union. In: The Annals of the Ukrainian Academy 2 (1965), S. 129– 142.
Kafka's Works in the Estimation of Soviet Critics. In: Soviet Literature 5 (1965), S. 141–149.

Brecht und der »Theateroktober«

1 Wladimir Majakowski. Werke (Werkausgabe) in zehn Bänden. Hrsg. von Leonhard Kossuth. Frankfurt am Main 1980; hier Bd. 7, S. 39.
2 Käthe Rülicke Weiler: Die Dramturgie Brechts. Berlin 1966, S. 255.
3 Bertolt Brecht. Werkausgabe in 20 Bänden. Frankfurt am Main 1967; hier Bd. 19, S. 334 und 379. Sämtliche Brecht-Zitate sind, wenn nicht ausdrücklich anders vermerkt, dieser Ausgabe entnommen.
4 Bertolt Brecht: Arbeitsjournal 1938–1955. 2 Bde. Frankfurt am Main 1973, Bd. 1, S. 775 und 1020.
5 Über Majakowskijs Bekanntschaft mit deutschen Schriftstellern vergleiche:
Bella Tschistowa: Berlinskije pojesdki i wstretschi Majakowskogo [Majakowskijs Berliner Reisen und Begegnungen]. In: Utschjonnye sapiski Petrosawodskogo Universiteta, Bd. 6, Heft 1, 1957. – Dies.: K istorii wsaimootnoschenij Majakowskogo s nemezkimi literatorami [Zur Geschichte der Beziehungen Maja-

kowskijs zur deutschen Literatur]. In: Woprossy literatury 6 (1960); deutsche Übersetzung in: Kunst und Literatur 4 (1961). – Dies.: Majakowskij und Becher. In: Kunst und Literatur 7 (1970). – Vgl. auch Efim Etkind: Bertold Brecht (russ.) 1971, S. 43f. Etkind bezieht sich hier auf Angaben des Majakowskij-Forschers Alexander Fewralskij.

6 Reichenbach war später Mitarbeiter Reinhardts am Deutschen Theater. Vgl. Kunst und Literatur 4 (1971).

7 Majakowskij-Museum, Moskau, Archive Nr. 7.716.

8 Malik-Verlag, Berlin 1924, und in Arbeiterliteratur, Wien 1924, Hefte 5 und 6.

9 Bella Tschistowa, a.a.O., in Kunst und Literatur 4 (1961).

10 Prawda vom 14. April 1940; zitiert nach Bella Tschistowa, a.a.O.

11 Nyota Thun: Majakowskij in Deutschland. In: Neue Deutsche Literatur 7 (1953). – Gustav Wangenheim in der Anthologie »Sieg der Zukunft«. Berlin 1952.

12 Fritz Mierau in: Deutschland – Sowjetunion. 1966.

13 Bella Tschistowa: Majakowskij und Becher, a.a.O., S. 703.

14 Ebenda, S. 712. Vgl. auch Johannes R. Becher: Poetische Konfession. Berlin 1958, S. 727.

15 Bella Tschistowa: Majakowskij und die deutschen Künstler. Diss. Ms. russ.), S. 123ff.

16 Horst Knietsch: Slatan Dudow. Lebensdaten eines sozialistischen Künstlers. In: Neues Deutschland, 31. Mai 1958.

17 Majakowskij-Museum, Moskau, Nr. R. 338/54–49. Zitiert nach Kunst und Literatur 4 (1961).

18 Handschriftenarchiv des Gorkij-Instituts für Weltliteratur, Moskau, Nr. 16.028.

19 Käthe Rülicke-Weiler, a.a.O., S. 115. Vgl. auch Klaus Schuhmann: Der Lyriker Bertolt Brecht. Berlin 1964, S. 201 und A. R. Wolkow: Obobschtschennost mesta i wremeni dejstwija w dramaturgii majakowsko-brechtowskogo naprawlenija [Verallgemeinerung von Ort und Zeit der Handlung in der Dramaturgie der Majakowskij-Brecht-Richtung]. In: Woprossy literatury 2 (1967), S. 115.

20 Wladimir Majakowskij. Sobranije sotschinenij [Gesammelte Werke]. Bd. 12, S. 404.

21 Bertolt Brecht. Schriften zum Theater. 3 Bde. Frankfurt am Main 1963, Bd. 3, S. 101.

22 Wiktor Schklowskij: Woskressenije slowa [Die Auferweckung des Wortes]. St. Petersburg 1914. – Ders.: Iskusstwo kak prijom [Kunst als Verfahren]. Petrograd 1917.

23 Ders.: Teorija prosy [Theorie der Prosa]. Moskau 1925; Jurij Tynjanow: Archaisty i nowatory [Archaiker und Neuerer]. Leningrad 1925.

24 Um »ostranenije« nicht mit »Verfremdung« gleichsetzen zu müs-

sen werden wir durchgehend das ungefüge Wort »Versonderbarung« verwenden.
25 John Willet: Das Theater Brechts. Hamburg 1964, S. 163.
26 Ebenda, S. 160.
27 Ilja Fradkin: Bertolt Brecht (russ.). Moskau 1966, S. 132ff.
28 Ebenda.
29 W. O. Kljujew: Teatralno-estetitscheskije wsgljady Brechta [Theaterästhetische Ansichten Brechts]. Moskau 1966, S. 143.
30 Boris Singerman: O teatre Brechta [Brechts Theater]. In: Jan Wilar i drugije [Ja Wilar und andere]. Moskau 1964, S. 141f.
31 A. Gulyga: Brecht i fisiki [Brecht und die Physiker]. In: Westnik otdelenija obschtschestwennych nauk Akademii nauk Grusinskogo SSR, Tbilissi, 2 (1971), S. 48ff.
32 Otto F. Best: Handbuch literarischer Fachbegriffe. Frankfurt am Main 1972, S. 300.
33 Siegfried Melchinger: Geschichte des politischen Theaters. Hannover 1971, S. 363 und 433.
34 Joachim Fiebig: Sowetskoje teatralnoje iskusstwo i proletarskij rewoluzionnyj teatr Wejmarskoj respubliki [Sowjetische Theaterkunst und das proletarisch-revolutionäre Theater in der Weimarer Republik]. In: Sapiski o teatre [Theaternotizen]. Leningrad 1968, S. 276.
35 Asja Lacis: Revolutionär im Theater. Berichte über proletarisches Theater, über Meyerhold, Brecht, Benjamin und Piscator. München 1971.
36 Günther Rühle: Theater für die Republik. Frankfurt am Main 1967, S. 991ff.
37 Norris Houghton. In: Return engagement. New York 1962, S. 17.
38 John Willet: Theatre of Bertolt Brecht. London 1957, S. 209.
39 Marjorie L. Hoover: V. E. Meyerhold. A Russian Predecessor of Avant-Garde Theatre. In: Comparative Literature, University of Oregon 17/3 (1965), S. 243ff.
40 Ebenda, S. 241ff.
41 Jürgen Rühle: Theater und Revolution. München 1963, S. 10.
42 Ebenda, S. 70.
43 Boris Singerman: Korifei sowetskoj reshissury i mirowaja szena [Koryphäen der sowjetischen Regiekunst und das internationale Theater]. In: Woprossy teatra. Sbornik WTO. Moskau 1970, S. 100.
44 Konstantin Rudnizkij: Regisseur Meyerhold (russ.). Moskau 1959, S. 374, 422, 465, 488f.
45 Vgl. »Kleines Organon«, §§ 24, 34, 36.
46 Kathe Rülicke-Weiler, a.a.O., S. 179ff.
47 Lew Kopelew: Ljubimow und die Tradition der Avantgarde. In: Theater heute (Jahressonderheft) 1972, S. 114f.

48 Jürgen Rühle, a.a.O., S. 79. – Käthe Rülicke-Weiler, a.a.O., S. 109ff.
49 Siegfried Melchinger, a.a.O., S. 362.
50 E. Wargaftik: Jelena Wejgel w roli Pelagej Wlassowoj [Helene Weigel in der Rolle der Pelageja Wlassowa]. In: Sapiski o teatre. Leningrad 1968, S. 239.
51 Berliner Börsen Courier, 18. Januar 1932.
52 Frederic Ewen: Brecht. Hamburg 1970, S. 244.
53 Günther Rühle, a.a.O., S. 1102.
54 Jürgen Rühle, a.a.O., S. 94.

Erregung von heute und die Märchenfarben

1 Christa Wolf: Die Dimension des Autors. Essays und Aufsätze, Reden und Gespräche 1959–1985. 2 Bde. Berlin und Weimar: Aufbau-Verlag 1986, Bd. 1, S. 264.
(Beide Teile in einem Band sind auch im Luchterhand-Verlag, Darmstadt und Neuwied, 1987, erschienen.)
2 Ebenda, S. 265.
3 Paul Rilla: Essays. Berlin/DDR 1955, S. 320.
4 Christa Wolf, a.a.O., Bd. 1, S. 367.
5 Anna Seghers: Transit. Darmstadt und Neuwied (Sonderausgabe) 1985, S. 52.
6 Ebenda, S. 30.
7 Ebenda, S. 301f.
8 Ebenda, S. 298.
9 Ebenda, S. 292.
10 Ebenda, S. 10.
11 Christa Wolf, a.a.O., Bd. 1, S. 340.
12 Siegfried Lenz: Die Krise und die Partei. Anna Seghers' Roman »Der Kopflohn«. In: Frankfurter Allgemeine Zeitung vom 26. Februar 1977.
13 Anna Seghers: Die Tendenz in der reinen Kunst. In: Aufsätze, Ansprachen, Essays 1927–1953. Gesammelte Werke in Einzelausgaben, Bd. XIII. Berlin und Weimar, 2. Aufl. 1984, S. 272.
14 Anna Seghers: Das wirkliche Blau. Eine Geschichte aus Mexiko. In: Erzählungen 1963–1977. Gesammelte Werke in Einzelausgaben, Bd. XII. Berlin und Weimar, 2. Auflage 1981, S. 188.
15 Novalis. Werke. Leipzig o.J., S. 197, 160f., 158 und 72.
16 Anna Seghers: Crisanta. In: Erzählungen 1945–1951. Gesammelte Werke in Einzelausgaben, Bd. X. Berlin und Weimar, 2. Aufl. 1981, S. 244, 245 und 270.
17 Anna Seghers: Glauben an Irdisches. Hrsg. v. Christa Wolf. Leipzig 1969. Gruß an Pablo Neruda. In: Aufsätze, Ansprachen, Essays

1954–1979. Gesammelte Werke in Einzelausgaben, Bd. XIV. Berlin und Weimar, 2. Aufl. 1984, S. 32; Glauben an Irdisches. In: Aufsätze, Ansprachen, Essays 1927–1953. Gesammelte Werke in Einzelausgaben, Bd. XIII. Berlin und Weimar, 2. Aufl. 1984, S. 273–281.

18 Anna Seghers: Sonderbare Begegnungen. In: Erzählungen 1963–1977. Gesammelte Werke in Einzelausgaben, Bd. XII. Berlin und Weimar, 2. Aufl. 1981, S. 436.

19 Christa Wolf, a.a.O., Bd. 1, S. 354.

20 Ebenda, S. 355.

21 Anna Seghers: Sonderbare Begegnungen, a.a.O., S. 516.

22 Ebenda, S. 519.

23 Ebenda, S. 525.

24 Hans Mayer: Gedenkrede auf Anna Seghers. Gehalten in Mainz an ihrem Geburtstag und an ihrem Geburtsort. In: Frankfurter Rundschau vom 26. November 1983, S. 3.

Heinrich Böll, der brüderliche Dichter

Dieser Beitrag besteht aus neubearbeiteten Essays, die in Rußland in den sechziger und siebziger Jahren geschrieben wurden. Sie wurden teilweise veröffentlicht in der deutschsprachigen Zeitung »Die Freundschaft« (Zelinograd 1971), in »Die Zeit« 1971, 1973 und als Nachwort zum Lyrikband: Heinrich Böll: Wir kommen weit her. Göttingen: Steidl, 1986.

1 Dieser Artikel erschien in der Monatsschrift »Sowjetische Literatur« (März 1957) und wurde als Vorwort zu den ersten russischen Buchausgaben von »Und sagte kein einziges Wort« verwendet.

2 Das wurde 1973 geschrieben. Im Jahrzehnt 1975–85 erschienen keine neuen sowjetischen Ausgaben von Bölls Werken, weil er wegen seiner Verteidigung verfolgter Menschenrechtler in der Sowjetunion dort zur »persona non grata« wurde. Dennoch blieb er einer der vielgelesenen, wenn nicht sogar der meistgelesene ausländische Autor; in den Bibliotheken gab es Wartelisten für die Leser, die nach seinen Büchern fahndeten, auf dem Schwarzmarkt wurden sie hoch gehandelt.
Vgl. hierzu: Peter Bruhn, Henry Glade: Heinrich Böll in der Sowjetunion. Berlin 1980.

3 Heinrich Böll: Zur Verteidigung der Waschküchen. Schriften und Reden 1952–1959. München 1985, S. 298f.

4 Ebenda, S. 296.

5 In: Internationale Dialoge 4, Wien 1969.

6 Heinrich Böll, a.a.O., S. 297.
7 Heinrich Böll: Heimat und keine. Schriften und Reden 1964–1968. München 1985, S. 45f.
8 Ebenda, S. 226.

Ein Wundertäter sattelfest

1 Bertolt Brecht: »Katzgraben«-Notate, 1953. In: Gesammelte Werke in 20 Bänden. Frankfurt am Main 1967, Bd. 15, S. 775 und 779.
2 Erwin Strittmatter: Damals auf der Farm und andere Geschichten. Leipzig 1974, S. 289.
3 In »Neue Deutsche Literatur« 1973, zitiert nach: Schriftsteller der Gegenwart – Erwin Strittmatter. Analysen, Erörterungen, Gespräche. 2. Aufl. Berlin/DDR 1984, S. 248.
4 Hermann Kant: »Ich habe gelesen« – Der Wundertäter, dritter Band, von Erwin Strittmatter. In: Neue Deutsche Literatur 6 (1980), S. 6.
5 Erwin Strittmatter: Selbstermunterungen. Berlin und Weimar 1981, S. 51f.
6 Eva Strittmatter: Briefe aus Schulzenhof. 5. Aufl. Berlin und Weimar 1984, S. 68f.
7 Günter Ebert: Wunderwelt und Wirklichkeit – Strittmatters Dritter ›Wundertäter‹. In: Sonntag 32 vom 10. August 1980, S. 4.
8 Erwin Strittmatter: Schulzenhofer Kramkalender. Berlin und Weimar 1985, S. 284 und 288.
9 Ebenda, S. 190.
10 Ebenda, S. 203.
11 Als wir im Sommer desselben Jahres den neu aufgelegten »Schulzenhofer Kramkalender« in Köln erhielten, da nisteten auf unserem Balkon über der recht belebten Straße zwei schwarze Amseln. In jenem Sommer brüteten sie zweimal, und die kleinen Amseln übten das Fliegen auf Blumenkästen, auf Tisch und Stühlen. Ein Zufall, ganz Strittmatterisch-wunderbar. Das Buch aus dem Schulzenhof und die leibhaftigen lieben schwarzen Vögel – alles ein Gruß von Erwin und Eva.
12 Erwin Strittmatter: Schulzenhofer Kramkalender, S. 148.
13 In »Neue Deutsche Literatur« 1973, zitiert nach: Schriftsteller der Gegenwart – Erwin Strittmatter . . ., S. 251f. und 249.
14 Erwin Strittmatter: 3/4hundert Kleingeschichten. 6. Aufl. Berlin/DDR 1985, S. 44f.
15 Ebenda, S. 90.
16 Erwin Strittmatter: Die blaue Nachtigall oder Der Anfang von etwas. 5. Aufl. Berlin und Weimar 1985, S. 140.
17 Hermann Kant, a.a.O., S. 11.

18 In: »Börsenblatt für den Deutschen Buchhandel«. Frankfurter Ausgabe, Nr. 66 vom 18. August 1961.
19 Hermann Kant, a.a.O., S. 9f.
20 Bertolt Brecht, a.a.O., S. 797.

Da Strittmatters Bücher zur Zeit bei keinem Verlag der Bundesrepublik gedruckt vorliegen, sei darauf hingewiesen, daß sie alle in Ausgaben des Aufbau-Verlages, Berlin und Weimar, erhältlich sind.

Wahrheitsmuster

1 Christa Wolf: Kindheitsmuster. 6. Aufl. Darmstadt und Neuwied 1981, S. 9.
2 Ebenda, S. 179.
3 Ebenda, S. 178.
4 Ebenda, S. 369.
5 Marion Gräfin Dönhoff: Namen, die keiner mehr nennt. Erinnerungen an Ostpreußen. Düsseldorf und Köln 1980, S. 7.
6 Christa Wolf: Kindheitsmuster, a.a.O., S. 297.
7 Ebenda, S. 309.
8 Ebenda, S. 42.
9 Ebenda, S. 313.
10 Ebenda, S. 367.
11 Ebenda, S. 375.
12 Heinrich Böll: Vergebliche Warnung. In: H. B.: Man muß immer weitergehen. Schriften und Reden 1973–1975. München 1985, S. 269.
13 Christa Wolf: Lesen und Schreiben. Aufsätze und Betrachtungen. 2. erw. Aufl. Berlin und Weimar 1973, S. 60.
14 Ebenda, S. 208.
15 Ebenda, S. 199.
16 Christa Wolf: Kindheitsmuster, a.a.O., S. 476.
17 Michail Bachtin: Probleme der Poetik Dostojewskis. München 1971, S. 66.
18 Max Frisch: Tagebuch 1946–1949. In: M. F.: Gesammelte Werke in zeitlicher Folge. Bd. II, 2. 1944–1949. Hrsg. von Hans Mayer. Frankfurt am Main 1976, S. 374.
19 Goethe zu F. v. Müller, 28. 3. 1819.
20 Christa Wolf: Kindheitsmuster, a.a.O., S. 377.
21 Christa Wolf: Erfahrungsmuster. Diskussion zu »Kindheitsmuster«. In: C. W.: Die Dimension des Autors. Essays und Aufsätze, Reden und Gespräche 1959–1985. Bd. 2. Berlin und Weimar 1986, S. 350–387. Die folgenden Zitate dort auf S. 362f., 367 und 370.

1 Gerhard Wolf: Beschreibung eines Zimmers. 15 Kapitel über Johannes Bobrowski. 4. durchgesehene und erweiterte Auflage. Berlin/DDR 1981. (1. Aufl. 1971).
2 Ebenda, S. 5.
3 Ebenda, S. 8.
4 Ebenda, S. 23.
5 Johann Wolfgang Goethe. Sämtliche Werke in 18 Bänden. Hrsg. von Ernst Beutler. München und Zürich 1977, hier Bd. 14, S. 569.
6 Gerhard Wolf, a.a.O., S. 31.
7 Ebenda, S. 32f.
8 Johannes Bobrowski: Selbstzeugnisse und Beiträge über sein Werk. Berlin 1967, S. 31.
9 Gerhard Wolf, a.a.O., S. 101f.
10 Ebenda, S. 123.
11 Harald Hartung: Mitte eines Dreiecks. Der Erzähler Johannes Bobrowski. In: Frankfurter Allgemeine Zeitung vom 2. Januar 1988.
12 Ebenda.
13 Johannes Bobrowski: Selbstzeugnisse . . ., S. 57.
14 Hans Werner Richter in seiner Grabrede für Bobrowski am 7. September 1965; zitiert nach Dieter Hildebrandt: Genie der Freundschaft – Trauerfeier für Johannes Bobrowski. In: Frankfurter Allgemeine Zeitung vom 8. September 1965.
15 Bernd Leistner: Nachwort zu Johannes Bobrowski: Erzählungen. Leipzig 1986, S. 157 und 159.
16 Horst Bienek: Nachwort zu Johannes Bobrowski: Sarmatische Zeit. Schattenland Ströme. München 1978, S. 112f.
17 Stephan Hermlin: Grabrede für Bobrowski. In: Lektüre 1960–1971. 3. Aufl. Berlin und Weimar 1979, S. 159.

Von Johannes Bobrowski ist 1987 eine vierbändige Werkausgabe als Gemeinschaftsausgabe der Deutschen Verlags-Anstalt, Stuttgart, und des Union-Verlags, Berlin/DDR erschienen:
Gesammelte Werke. Hrsg. von Eberhard Haufe. Bd. 1: Die Gedichte; Bd. 2: Gedichte aus dem Nachlaß; Bd. 3: Die Romane; Bd. 4: Die Erzählungen, vermischte Prosa und Selbstzeugnisse.

Publikationsnachweis

1. »Goethe entdeckt die Weltliteratur«
   Erste Fassung erschien auf russisch im Sammelband: Masterstwo perewoda. Moskau 1965, S. 406–443.
2. »Faust in Rußland«
   Erste Fassung: »Faust in Rußland angeeignet ...«. In: Ansichten zu Faust. Karl Theens zum 70. Geburtstag. Hrsg. von Günther Mahal. Berlin, Köln und Mainz: Kohlhammer 1973, S. 117–130, und die Fortsetzungen in den »Faust-Blättern« Nr. 29–32 (Knittlingen 1975–76).
3. »Lew Tolstoj bekämpft sich selbst ...«
   Erste Fassung erschien unter dem Titel »Tolstoj und Goethe – Dialog zweier Epochen«. In: Lew Kopelew: Zwei Epochen deutsch-russischer Literaturbeziehungen. Aus dem Russischen von Heddy Pross-Weerth. Frankfurt am Main: S. Fischer 1973, S. 5–45.
4. »Die faustische Welt Boris Pasternaks«
   Erste Fassung erschien auf russisch unter dem Titel: »Faustowskij mir Borisa Pasternaka«. In: Boris Pasternak. 1890–1960. Colloque de Cerisy-la-Salle (11–14 septembre 1975). Paris 1979, S. 491–514.
5. »Rilkes Rußlandmärchen«
   Erste Fassung erschien auf englisch unter dem Titel: »Rilke and Russia«. In: Rilke. The Alchemy of Alienation. Hrsg. von Frank Baron, Ernst S. Dick und Warren R. Maurer. Lawrence: The Regents Press of Kansas 1980, S. 113–136.
6. »Franz Kafkas schwierige Rußlandreise«
   Erste Fassung in: »Was bleibt von Franz Kafka? Positionsbestimmung«. Kafka-Symposion Wien 1983. Hrsg. von Wendelin Schmidt-Dengler. Wien: Braumüller 1985, S. 173–183.
7. »Brecht und der ›Theateroktober‹«
   Erste Fassung erschien unter dem Titel »Brecht und die russische Theaterrevolution«. In: Lew Kopelew: Verwandt und verfremdet. Essays zur Literatur der Bundesrepublik und der DDR. Aus dem Russischen von Heddy Pross-Weerth ... und

Heinz-Dieter Mendel. Frankfurt am Main: S. Fischer 1976, S. 7–38.

8. »Erregung von heute und die Märchenfarben«
Erste Fassung erschien als Vorwort zur russischen Ausgabe von Anna Seghers: Transit. Moskau 1961.
9. »Heinrich Böll, der brüderliche Dichter«
Frühere Fassungen: »Heinrich Böll und wir«. In: Lew Kopelew: Verwandt und verfremdet, a.a.O., S. 63–91. Und: »Bölls Gedichte: Frei, geordnet, untröstlich«. In: Heinrich Böll: Wir kommen weit her. Gedichte. Göttingen: Steidl 1986, S. 87–91.
10. »Ein Wundertäter sattelfest. Erwin Strittmatter«
Erste Fassung in: Lew Kopelew: Verwandt und verfremdet, a.a.O., S. 92–110.
11. »Wahrheitsmuster«
Erstpublikation.
12. »In Dichters Lande«
Erste Fassung erschien in der Zeitschrift »Freundschaft«/Zelinograd (Kasachstan) vom 3. März 1973. Aus dem Russischen von Nora Pfeffer.